U0735814

滕贞甫 主编

新时代文学作品集

长篇小说卷·上卷

北方联合出版传媒（集团）股份有限公司
春风文艺出版社
·沈阳·

图书在版编目（CIP）数据

新时代文学作品集. 长篇小说卷：上下卷 / 滕贞甫
主编. —沈阳：春风文艺出版社，2022.10（2023.8重印）
ISBN 978 - 7 - 5313 - 6343 - 9

Ⅰ. ①新… Ⅱ. ①滕… Ⅲ. ①中国文学 — 当代文学 —
作品综合集 — 辽宁 ②长篇小说 — 小说集 — 中国 — 当代
Ⅳ. ①I218.31

中国版本图书馆 CIP 数据核字（2022）第 187998 号

北方联合出版传媒（集团）股份有限公司
春风文艺出版社出版发行
沈阳市和平区十一纬路25号　邮编：110003
永清县晔盛亚胶印有限公司印刷

责任编辑：崔　丹　平青立　　　助理编辑：周珊伊
责任校对：赵丹彤　　　　　　　封面设计：姜　鹤
印制统筹：刘　成　　　　　　　幅面尺寸：155mm × 230mm
字　　数：520千字　　　　　　印　　张：38.5
版　　次：2022年10月第1版　　印　　次：2023年8月第2次
书　　号：ISBN 978-7-5313-6343-9
定　　价：98.00元（全2册）

出版说明

2014年，习近平总书记主持召开文艺工作座谈会，为新时代文艺繁荣发展指明了前进方向。在习近平总书记关于文艺工作的系列重要论述的引领下，辽宁省作家协会组织引导全省广大作家坚持以人民为中心的创作导向，热忱描绘新时代新征程的恢宏气象，书写生生不息的人民史诗，创作出一系列反映时代气象、讴歌人民创造的"辽字号"文学精品。为展现新时代文学辽军风采，辽宁省作家协会与春风文艺出版社共同策划，推出了这套"新时代文学作品集"。

"新时代文学作品集"按作品发表或出版时间分为三卷，包括：《新时代文学作品集·长篇小说卷》（上下卷）和《新时代文学作品集·中短篇小说卷》。精选2014年以来我省作家荣获中宣部"五个一工程"奖、鲁迅文学奖、全国少数民族文学创作"骏马奖"、全国优秀儿童文学奖、茅盾新人奖等具有重大影响力的国家级文学大奖获奖作家作品，以及入选中国作家协会各类扶持项目且已发表或出版的作品。《新时代文学作品集·长篇小说卷》（上下卷）收录20部长篇小说节选，《新时代文学作品集·中短篇小说卷》收录6部中短篇小说。这些作品政治性、思想性和艺术性高度统一，既有经过时间沉淀、深受广大读者喜爱的精品，也有热情书写辽宁全面振兴全方位振兴生动实践的新篇，还有关注普通老百姓日常生活的佳作，从不同角度反映了文学辽军为时代书写、为人民放歌，努力攀登新时代文学高峰所取得的可喜成绩。这是新时代辽宁文学创作成果的一次集中展示，更是辽宁文学事业的一次重要历史纪念。

春风文艺出版社自成立以来，一直将助力本省文学事业发展作为光荣使命和重要目标。今后，我们将以此次与辽宁省作家协会合作为契机，立足出版行业，服务发展事业，用精品图书讲好"辽宁故事"，为新时代辽宁全面振兴全方位振兴贡献力量。

目录 Contents ▶

上　卷

下　卷

（按作品发表或出版时间先后排序）

我在你身边（节选）

于晓威

十三

东莞市位于广东省中南部，珠江三角洲东北部。春秋战国时代，这里属百粤地。秦始皇统一中国后，改属南海郡番禺地。唐肃宗至德二年（公元757年），更名为东莞，这是因其境内盛产一种叫作"莞草"的水草，故此得名。这里景色宜人，地面有山，山脚有江，江水入海，如果以足够的高度来俯视，它的地形是自东向西倾斜的，也就是说东高西低，一边为丘陵台地，一边为冲积平原。由于气候温暖，这里盛产水稻、香蕉、荔枝等农作物。

提到农作物，不能不讲到番薯，即红薯、地瓜。讲到番薯，不能不说起陈益。1850年，东莞人陈益随船到安南（今越南）做客，席间当地酋长每每命侍从以一种美物示人。这种美物，在陈益吃来，完全陌生，却食之如膏，甘之如饴，并且，饿了可以熟吃做干粮，渴了可以生吃做水果，更加了不得的是，它不仅耐旱，同时产量奇高，容易种植。这种美物中国没有，安南酋长把它视为国宝，绝不送人。陈益心想，如果中国广袤的大地上能种植它，该有多好。接下来的两年时间，陈益一边游山玩水，羁旅经商，一边深入

1

田间，暗中观察美物的种植方法，了然于心。终于在1852年，陈益回国，行前携带酋长赠送他的一面铜鼓，内中则藏有自己偷偷收集到的美物。船行半途，因有人告发，酋长急派快船追拦，而陈益凭着熟悉的海陆知识和技能，摆脱对方周旋，顺利回国。回国后，陈益在他祖父的墓旁开地三十五亩，开始种植美物，不久村村效仿，远近闻名，直至震动朝廷。这种美物，就是番薯。经明代科学家徐光启在《农政全书》里推广，终于遍植大江南北，这大大促进了中国农业的发展并缓解了饥荒，直接支持了后面康乾时代的全国人口增长。

而陈益，无疑是中国引进番薯种植的第一人。

这些都是很久远的事了。20世纪80年代，改革开放使得东莞不断抛弃传统的农业社会生产方式，转而向工商业的经济社会迈进。这里南离深圳仅九十公里，北距广州五十公里，水路至香港四十七海里，至澳门四十八海里，是穗港经济走廊要道，这一切使得人们争相涌来，短短不到二十年间，人口由最初的几十万激增至近五百万，本地企业不算，仅外商投资企业就将近一万家，它们共同促使这里成为一座重要的国际制造业名城，而平均每年百分之二十的经济增长率，更使它成为中国经济发展最快的地区之一，以至深圳人惊呼：再这样下去，东莞这座城市要追上深圳的规模了！

向外看是这样，向内看，东莞人却不能不垂青于它拥有的一座古城镇——虎门。提起虎门，正如提起东莞要想起陈益一样，也不能不想起一个人，那就是林则徐。1839年6月3日，五十四岁的林则徐率领众多官兵和百姓，在虎门沙滩进行了著名的"虎门销烟"运动。众人先在沙滩上挖出两个长和宽各十五丈的销烟坑，引入海水，撒入白盐，然后将收缴的鸦片先后倒入坑内，再拌以生石灰，使鸦片产生化学反应，不燃而毁。这个过程持续了二十三天，共销毁鸦片二百多万斤，由此揭开了中国反帝斗争史的第一幕。这是全世界都瞩目的事件，中国人更是引以为豪。然而，也许是自豪和高兴得过了头，也许是中国人愿意追求宏大场面和气魄，也许是中国历来的兵燹之中有将不平事物付之一炬的传统，甚至也许仅仅是，粤语中的"销"和"烧"同音，因此，"虎门销烟"无论在当世还是后世人眼里，都被展现成燃起熊熊烈火，将鸦片焚烧殆尽的情景，连许多影视剧也是如此表现。普通人以讹传讹倒也罢了，被称为"二十五史"之一的《清史稿》，竟也在书中的"志一百二十九"和"列传一百五十七"等多处，一口一个"虎门烧烟"，这就不可理喻了。试想，二百多万斤鸦片如果被焚烧并持续二十三天，那么别说林则徐在禁烟，由此产生的气体是否反令林则徐的官兵及百姓沾上鸦片瘾，也成为不可知的事。

除了"虎门销烟"和"虎门炮战"，在接下来长达一百四十年的时间里，虎门再也没有什么声名值得炫耀，它变得寂寂无闻。它像一只寂寞的怪兽，蹲守伶仃洋，眼望珠江口。夏天，风从南边吹来，虎门的海水向北泛起涟漪；冬天，风从北边吹来，虎门的海水又向南泛起涟漪。站在虎门的炮台边久了，连本地人都时常搞不清，虎门的海水是向南边流，还是向北边流；是从伶仃洋流到狮子洋，还是从狮子洋流到伶仃洋；而最终，它们又要共同流到哪里去……

时间同样来到了20世纪80年代初，虎门人开始重新打量外面的世界。他们以自身的行动，引起外界的关注，而绝不是外界强行给他们颁布政策或命令，指导他们的生活方式。

虎门人对美好生活的追求更多地符合了日常生活点滴美的定义。最初，穿着朴素而沉闷的虎门人到香港去串亲戚，临行时，香港的亲戚总会买来几件时新的服装作为礼品送给他们。当然，有时候他们自己也会去街上挑选两三件，以便带回虎门后再送给他们自己的亲戚。这样的事情总会发生：某一天，服装的型号不对了，或是颜色不大适合，穿又不能穿，退又不能再退到香港去，怎么办，只好到虎门的街头去卖掉。想不到的是，这样的服装竟然很快就被人争相买走，而买不到的人还会再三缠问是否还有。因为这些服装太漂亮了！这倒给这些虎门人一个最初的启示，何不借机去香港批发一些服装回虎门零售呢？于是，这样的零售摊点由最初的两三家很快发展成三十多家，到了20世纪80年代中期，已经发展到六十多家。又过了五六年，受这些自发经济激励，当地政府决定兴建一座大型的专业服装商场，将临街分散的服装商户集中在一起。这座商场就叫"富民商业大厦"，占地一万三千平方米，经营面积三万八千平方米，包含商铺一万零八十个。为了方便运货车上下往来，楼内六层全部采用螺旋式斜面通道，让顾客和推销人员每天忙得不亦乐乎。它当年的交易额达到了十亿元人民币，不久，国务院发展研究中心将它誉为"全国第一号服装批发商"。到了香港回归这一年，虎门类似的大型服装商场，已经建成了十几个。当然，它早已不满足从香港批发服装来卖了，局势产生了扭转，香港甚至国内外众多投资家和经营家开始云集于此，大展身手，自行设计生产服装并销往全世界。小小的占地仅一百七十平方公里的虎门，现在拥有上规模的服装企业一千多家，另外有织布、定型、漂染、拉链、刺绣等配套企业一百多家，服装从业人员几十万人，年产服装上亿件……

苏米所在的确尼制衣公司，正是其中的一家。

"好，转身——胸挺起，眼平视，转——停！"

那位招聘苏米做服装模特的姓乔的女人，原来同时兼任模特队的编导，她此时正在指导苏米的训练。这是确尼服装公司一间自用的模特展演厅，除了苏米是新来的之外，另有七名模特正在旁边做着各自的事情。她们有的在走台，有的在换试衣服，还有两人一直在欣赏苏米。

"羞涩是对的，但是要有自信，它们两者并不矛盾。羞涩有一些自信会格外打动人，否则它不足以构成力量。再来一遍。"

乔编导口里喊着强弱分明的八拍子口令，苏米做了一个慢速的曼宁奎恩式转法。

"不错，不错。"乔编导满意地说，"下一个，卡罗赛尔式转法，一——二——三、四，五——六，重来。"

苏米停了下来。

乔编导亲自示范了一下。她来自一个市级舞蹈团，因为年龄稍大，辞职后来到这里。她对模特表演还是很有自己一套的。"看，主力腿保持稳定，动力腿围着转动，转，转，好像让身上的长裙飘动一样。"

苏米又跟着做了一遍。

"对，就是这样。大家组合走台一次，苏米在最前面。"

每天就是这样训练下来。因为苏米具有天然的姣好体形，她几乎不再需要进行借助于哑铃或其他健身器械的训练了，不需要游泳，不需要跑步，也不需要减肥。事实上那样统统来不及了。乔编导已经说过，还有一个多月就到了虎门国际服装交易会召开的时候了，届时就要靠她们大显身手，展示和促销确尼公司生产的各类服装。那是一个盛会。现在，她们需要的是苦干。

苏米如今不仅熟练地学会了走猫步，将前后脚尖一步一步踩在同一条直线上，充满着温柔与警觉，或者说羞涩与自信，她也学会了下意识地在换步和转身过程中，两腿膝盖内侧要相互摩擦，这样靠近T型台的观众，是可以听见轻微的唰的一声的，它不仅使身体充满媚感，也提醒观众对服装欣赏的下一个环节保持注意力。她不仅学会了怎样展示性感，比如半蹲时如何展示魅力，她也学会了与之相反的身体保守形式，比如穿短裙坐在椅子上时，应该两腿并拢，稍稍侧向一边，双手自然放在腿面。她学会了怎样边走边竖起衣领，怎样插兜，怎样背包，怎样持丝巾……

当然，她也学会了怎样化妆。每当女伴们散去，大厅内安静下来，那温馨的化妆间便为她一个人准备了琳琅的盛宴。那明亮的化妆镜前的镊子、睫毛夹、睫毛刷、眉毛刷、削笔器、唇刷、眼影刷、大中小号腮红刷、海绵块、棉签，仿佛各式各样饕餮的用具，而那些睫毛膏、腮红、口红、眼影、发胶、定妆粉、粉底霜、化妆水、乳液，又仿佛是色香味俱佳的点心，它们共同迎接和伺候尊贵的客人。夕阳西下或晨光初起，有时候干脆不顾及外面的天色，苏米拉上厚厚的窗帘，将龙骨架上或壁橱里的上百套服装一一试穿。有一次在试穿一套崭新的睡衣时，她甚至大胆地脱光了自己，让自己美丽的身体反映在镜前。是呀，几百年来的服装发展潮流，无非都是在为强调人的身体美而不懈努力。设计无胸罩T恤，是为了强调小巧的乳头；设计桃形领衬衫，是为了强调优雅的乳沟；设计露腰装，是为了强调平滑的小腹；设计超短裙，是为了强调性感的大腿……这些部位连同整个身体，是自然界的万物中唯一融线条起伏感、韵律感、软感、硬感、弹性感、棱角感、柔和感并和气质上的温柔、娴雅、细腻、聪颖、灵活、沉稳、热烈等元素结合在一起的无可比拟的生命体现，是上天所赐，它们是美。虽然有时候苏米望着镜中的自己，感觉那仿佛是一个异者，看不清自己在想什么，要做什么，这正如她的头发梳成左三七式，而镜中提供的映像恰恰相反，她右腮的酒窝更浅一些，而镜中表现的恰恰是左腮一样，她永远看不到真实的自己，在别人眼里，同样如此。她不知道自己每一时刻或每一年当中，要做什么，要怎样做成她自己。啊，也许乔编导说得对，针对喇叭裤流行完又流行萝卜裤，萝卜裤流行完又流行直筒裤的现象，她是这样说的："设计师并不需要不断地创新，他只需要在合适的时候拿出合适的款式。"当然后来她又说这句话不是她说的，而是法国著名服装设计大师香奈儿说的。在苏米身后的墙上，正贴着一张香奈儿家中客厅的海报，茶几上的几只红色木盒，分别镌刻着当时大英帝国最有权势的男人西敏公爵的纹章，那是他们热恋时，对方馈赠给她的一些礼物。虽然恋情不再，但盒子密封和珍藏着浪漫往事。难道不是吗？苏米想，香奈儿的话说得没错，譬如她现在，也许并不打心里愿意做服装模特，但是，"在合适的时候拿出合适的款式"，生命本身既然是流动的，那又何妨拿出随之变化和流行的生活态度呢？

接下来的几天里，苏米还在为另一件事苦恼着，那就是，她该不该把眼下的工作告诉几千里之外的许晚志。她已经好长时间没有给他写信了，她也收不到他的来信——那主要怪她，她没有告诉他地址。等忙过这一阵吧，苏米暗忖，到时候好好给他讲讲她现在的心情，她的担忧，以及快乐。

十四

一年一度的中国（虎门）国际服装交易会如期开始了。这对虎门、东莞乃至整个珠江三角洲来说，无疑是一件盛事。在那短短的几天里，有来自全国各地乃至全世界的几十万人频繁穿梭于交易会的主会场和各个分会场之间，他们当中有各种服装采购商、推销商、设计师、政府官员，也有普通群众，包括大学教授、大学生、演员、商界女性、戴金边眼镜的白领、律师、享受带薪假的旅游者、勤杂工，甚至也包括无所事事的漫游者、乞丐……他们用匆匆而行的脚步和四顾不暇的眼神互相传达一个讯息：这是一件大喜事！

外面是热闹的，可确尼制衣公司设在主会场的服装模特表演厅内却是静悄悄的。来宾早已经坐好了。三百多个座位，暂时只有十几个椅子是空着的。在舞台幕后的化妆间里，苏米小声问一个同伴："换场间隙一分钟来得及吗？"

"当然来得及。"

"你那件衣服的拉链没拉好。"

"帮帮我。"

大家在轻手蹑脚地有秩序地忙动着。乔编导最后扫视了整个房间一遍，她指着过道旁的一只衣箱问道："这个是谁的？"

"我的我的。"一位高挑个子的姑娘答道。

“快拿走，别在换场时绊着人。”

苏米不放心地检查一遍镜子里自己的妆容，那是化妆师给她化的妆，她看看是否需要补妆。一位男士在化妆间警觉地走来走去，他检查窗户、天花板等处是否安全密封，以前总有人试图偷拍模特更衣时的照片。

乔编导说：“马上上场了，准备好情绪。”

苏米立刻发自内心地笑了。

第一单元服装表演的是休闲装系列。随着灯光和音乐的骤然开起，苏米率先从铺着赭色地毯的T型台亮相。她面带微笑，目光柔和而纯净，一条奶白色的七分裤、一件同色棉质高领T恤，外套一件淡宝蓝色短衫，配着向后盘起的秀发，再加上轻盈而富于弹性的步伐，使她看起来青春而活泼。她走到T型台前端，停住，单手叉腰，摆造型，平转身，退了两步后又连续转身，白色和黄色交叉的中等强度灯光照在台上，使她全身的着装在观众看来有一种随意却又殊异的效果。随后陆续出场的其他模特队员，穿着不同的服装，但演绎的是相同的休闲服装主题。她们像是一只只自由的小鸟，展示着晴空下荡却尘埃和洗尽铅华的生命姿态。

第二单元是职业装表演系列。苏米一出场就感到在场所有观众的目光齐齐对准了她。四周静悄悄的，除了音乐在自如流淌。她看到原本空着的那十几个座位已经坐上来宾，更远处有一些人是站着的。她穿一件浅灰色枪驳领双排扣上装，下穿黑色斜嵌线袋小A形裙，脚上穿着亚克力楔形鞋跟的纯白色凉鞋，全身服装线条流畅自然，含蓄端庄。她台步扎实，造型有力，是的，她代表的是经济浪潮和高科技发展的背景下，遍布而生的公司办公室内无数女职员的典型形象。这是企业形象设计的一部分，体现了对外有别的高强度的竞争手段。就一般模特而言，这种服装不容易穿，因为它格外需要内在的知识涵养和气质作为依托，达到人文精神与办公形象的和谐统一，否则就会显得外重内轻，呆板生硬。苏米走到T型台前端的时候，她看到许多照相机的闪光灯闪了起来，她慢慢地转身，让服装的每一个细部展现在观众面前。向幕后走去的时候，她看到同伴们暗暗流露出期许的目光。

第三单元是都市新潮主义，也叫前卫主义。与众多同类风格的服装走秀不同，苏米和她的同伴们没有夸张的妆容，比如绿色眼影、黑色唇膏、脸颊上闪亮的高光等。她们仍旧是略施粉黛，有一种"草色遥看近却无"的效果，只不过着装奇特无比。要么是上着厚厚的灯芯绒长衫，下面却配一条薄薄的真丝短裙；要么是西装外套贴身而穿，只系一粒扣子，露出平坦的腹部，腹部上扎着一条腰带，腰带下面却是一条带松紧带的西式热裤；要么就是看似一件旗袍，却又中腰断开，一件无袖衫的下摆掖在了腰里……她们的队形变得复杂，步伐弹性十足，上身甩动剧烈，下身摆胯灵活，骀荡的视觉效果无处不在。前卫主义风格的服装一般不适于推销且难以流行，但诸多服装公司仍热衷于此，主要是因为它体现了企业的创新能力，它在某种意义上，只是一种喧宾夺主的策略，为了扩大品牌影响力而招人侧目而已。但是对苏米来讲，那激越的节奏，不羁的打扮，随意的身形变动，确实令她感到前所未有的畅快。

最后一个单元，第四单元，是晚礼服表演系列。这次是其他队员们先出场。灯光骤然暗了下来，音乐的节奏也从激越转为舒缓低沉。模特们都穿着银灰色晚礼服，身姿雍容典雅。晚礼服是所有服装的梦的极致，人类在晚礼服的设计和追求上花费了太多的精力、才智以及情感，它象征着绝无仅有的神圣和华美。观众们聚精会神地看着，笼罩在他们头上的是一片暗光，只有那条T型台，像是一条长形的点缀灯火的船，在无声的波涛上行驶。模特们的队形时而凝立不动，时而穿插变换，就在这闪烁的身影中，苏米姗姗出场了。她穿着一套几乎无与伦比的黑色曳地晚礼服，披着一件赛尔曼红的薄披肩，光洁纤长的手臂上，戴着一副纯白色桑波缎长筒手套，头发向后精致盘起，双眸波光流转，显得神采奕奕。她一点点地走近，走近，步伐似乎带着犹疑，然而那是为了让观众更仔细地欣赏。她的那套晚礼服，用料高档，做工考究，高腰处设计的褶皱简约而柔和，低低的一字领的外缘无雕无饰，衬出洁白修长的脖颈，而那拖地如风的晚礼服的下摆花边，据说每一针都是人工缝就。场内的音乐是梦幻风格的，这样的氛围下，苏米在轻轻一个半转身后，突然优雅而自如地脱去她的红色披肩，露出一截后背。一束强烈的圆形追光灯猛地打在那里，与黑色的晚礼服相衬，她的背肌显得那么白嫩平滑，美艳无比。音乐声似乎增强了一到半度，苏米轻轻地又一个全转身，将披肩拿在手里划成波浪形向远处的幕后缓缓走去。极力挽留她的是吉他混合着单簧管的声音，还有管风琴，然后是架子鼓的低音大鼓，一下一下叩在人们的脉搏和心跳上。

苏米，无疑是这台演出的最美的定音符号。

观众们的掌声热烈地响了起来。全部灯光同时打亮。门口处，几束外面的阳光照在地板上，没有一个杂乱的步子踩踏到它们。人们都不愿离去。

"怎么结束得这么快？"一个人小声嘀咕着。

"不快啦，老兄，"另一个人说，"一台服装模特表演的标准时间是三十分钟，完了。"

当天下午确尼制衣公司举行了一个中型的鸡尾酒会，在主会场附近的一家四星级宾馆。厅子里有六七十人仍很宽敞，因为不设座位，大家都围聚着站立交谈或自由走动，显得轻松随意。厅子的这一边设了长长的食品台，点心和水果供人自己取用，酒水有人专门调制，另一边则设了交易签单区，客人可以随时去签订购买确尼服装的合同。那里已经有了很多人。

"苏米，苏米！在这边！"苏米还在四处张望的时候，她的那些同伴叽叽喳喳倚到食品台前，向她招手嚷道。

"苏米今天看起来格外漂亮。"

"哪儿啊，你不也是。"

"胡丹刚才小声跟我说，她要是变成一个男人的话，她就会爱上你。"

"可我现在已经爱上她啦。"苏米说。她已经换上一套休闲的打扮，白黑相间的横纹排球衫，湛蓝色牛仔裤，透孔式纯皮旅游鞋。

"彭红娜，你的头发是怎么卷的？那么别致？"

"喏，"叫彭红娜的转了一下身，"我用了一绺染成黄色的假发夹在当中，看不出来吗？"

"天，真是，这个机灵鬼。"

大家都笑起来。

"我小时候妈妈有一副假发，有一天晚上她洗澡的时候被我偷偷戴了出来，"提起假发，另一个姑娘讲起，"我走在一群野小子中间，他们平时经常欺负我。我说，咱们玩变脸的游戏吧？他们分别把手扒在脸上，还有眼睛上，做出恐怖的样子来吓我。我呢，说道，我给你们变一个头吧。我把那副假发一下子从头上扯下来扔在他们中间，他们全都吓跑了。呵呵，那时候我才八九岁，他们以后再也没敢欺负我。"

这个小故事引发了大家可说的话题。先前的那个姑娘说："你那是变脸，我给你们讲一个笑话吧，是讲怎样变人的。说是一个一辈子没出过大山的农民来到城里的大医院，站在一楼的电梯前迟迟不敢进。人家问他怎么了，他胆战心惊地指着电梯说，这玩意儿真了得，我刚才眼睁睁看见一个女的上去，下来时却变成了一个男的。围观的人打趣说，你那算什么呀？刚才另一部电梯里上去个小姑娘，下来时小姑娘已经带出个孩子了！"

姑娘们再一次肆无忌惮地笑起来，有两个甚至笑出了眼泪。乔编导从人群中走过来，笑吟吟地说："什么事这么高兴，连风度都不顾？"

一个姑娘笑得弯着腰，忙不迭地解释说："就是说呀，已经带出个孩子的事！"

乔编导立刻用一种审视的目光看着她们，说："都是大姑娘家，跟你们说多少次了，言行举止要有个安稳劲。"

"对呀，你就是要我们向苏米学习呗，安静啊，端庄啊，含蓄呀什么的。你——"这个姑娘灵机一动，"你干脆让苏米上电梯里走一遭，看看下来的还是不是她。"

大家又大笑起来，弄得乔编导不明就里，也只好笑了。苏米被她们说得有些不好意思了，她望了一下远处，问乔编导："那边的合同进展怎么样？"

"很不错呢，"乔编导让侍应生给她调了一杯鸡尾酒，她拿过后跟大家碰了一下，"已经订出二十多万套衣服了，这都离不开你们的功劳哇。"

有几位来宾走过来邀请姑娘们跳舞，乐队的伴奏已经响起来了。舞池那里人影幢幢。

"我可不会跳。"苏米事先声明。另有三四个同伴愉快地随客人步入舞池。

"你们谈吧。"乔编导对剩下的几个姑娘说，她平时迈得扎实的步子，已经有点不稳了，她之前就高兴得没少喝酒，"我去照顾另一边的客人。"

苏米目送着乔编导的背影，她同时看到在同一方向的门口处，确尼公司的总经理、副总经理还有另外两个男人站在一起说话，其中一个戴黑边眼镜的男人，正不动声色地盯着自己。

苏米把目光拉回来，她们几个又开始谈论着深圳和东莞的一种海鲜为何与其他地方的叫法不同。

苏米不知怎么，潜意识里有一种不安稳的感觉——她不知怎么又侧头去看了那个戴黑边眼镜的男人一眼，原来那个男人一直在看着她。

"那是谁呀？站在总经理右边的那人，"苏米小声问同伴，"他为什么一直看我们？"

有几个姑娘回头看了一下。"啊,那是总经理的一个朋友,"其中一个说,"一个和总经理没什么业务往来的朋友,但他经常出现。据说他是开矿山发家的,可是德行不好,都说他玩过许多女人。"

大家不说话了。苏米很后悔自己为什么问这个。可是过了一会儿,苏米明显感觉大家情绪的变化其实跟她挑起的话题无关。她弄不懂这是怎么回事。更多的人加入到舞池当中,群情热烈,可是欢欣过后,必然是一场分散。是因为这个吗?

十五

苏米接到一个电话。她不知道对方是怎么知道她的手机号码的,他们是深圳"靓之花"城市小姐大赛组委会,邀请苏米前去参加他们举办的一个模特表演活动。

"报酬怎么算呢?"苏米问。

"每天一千元出场费。如果能够获奖,奖金五千元到两万元不等。"对方说。

"那么需要几天时间?"

"三天。"

三天,苏米想,这个时间还算短,按惯例公司虽然不会准假,她偷偷出去大概也无大碍。说实话,服装交易会开过之后,公司眼下并没有什么事情可做。

"你们的地点是——"

"这个不用苏小姐劳神,我们届时会派车接送你的。另外,每天的伙食由我们免费提供,如果苏小姐能够取得好的名次的话,将来的宣传和推广活动也由我们全部包办。"

"啊,我想这样总是可以。"这件事就算定下来了。苏米现在知道,像这样的模特走秀或城市小姐比赛,深圳简直多的是,可谓此起彼伏。因为模特比赛活动具有亮点,容易吸引大众眼球,企业也愿意提供赞助，所以往往是几个单位一联手，事情就成了，这无论对主办方还是选手来说，都是各取所需和皆大欢喜的事情，何乐而不为？

活动的前两天是预赛，苏米不出所料地顺利取得决赛资格。面对如云的佳丽，苏米本没想取得所谓的冠、亚、季军，她想只这三天的出场费已经非常可观了。但是进入决赛那天，她突然对自己充满了信心。她分析了一下，此前她感觉自己是中等个头儿，与那些一米七八甚至一米八几的模特比起来，自己处于劣势。但当她在两轮预赛中顺利地淘汰掉那些高个子模特后，她悟到模特比赛毕竟不是看谁能破吉尼斯身高纪录，不是个子越高越好，而是看一个人整体的身材、相貌与气质的协调水平。这样一想，苏米就对那些进入决赛的高个子模特不再打怵了，她立刻精神抖擞起来。

决赛是在深圳一家著名的五星级酒店的大堂里举行。前一天的《深圳晚报》已经登出决赛启事，并配发十八名角逐模特的照片和名单，再加上其他宣传方式，当天社会各界来了许多人。金碧辉煌的大堂T型台展板上方，悬挂着精致而鲜明的横额：深圳"靓之花"城市小姐大赛。两旁的升降梯银光闪闪，仿佛钻油井架一般，上面的摄像师正聚精会神地忙碌。观众座位上竖起的各式长短筒照相机，与天花板上悬垂的聚光灯筒上下呼应，宛如一场地对空武器大战。大堂内的冷气开着，可人们还是感觉热极了，很多人脱掉了外套。

不断有观众往场子里走。有人在私下议论，或是打赌，他们预测本轮决赛哪几位模特会进入前三名。也有人在谈天气，或是好久不见的熟人相隔很远无声地打着招呼。只有位于最前排的评委们正襟危坐。

"请问，你这个位子上有人吗？"陈妙穿着一身凉装，踢踢踏踏地走到一位观众的座位旁，向对方问。

"噢，没有，"那个男人把旁边座位上的黑色公文包拿起来，挂到椅子扶手上，"请坐吧。"

"谢谢。"

"今天的人可真不少哇。"对方看了一眼,说。

"是呀,我来得还不算晚。当然,晚一点也无所谓。"

"你很喜欢看这种比赛?"

"不。我是有一点别的事情。"

"——外面的警察还在吗?"

"什么?"

"我来的时候看见一场车祸,那里围了许多交通警察。"

"没看见。"

"噢,那是散了。"

陈妙觉得这个陌生人说话有点没头没脑,她开始一心看演出。

比赛很快进行到了中场,评委们对每位选手的评分并没有拉开太大的距离,也就是说,竞争还是很激烈的。苏米抽签领取的是9号牌,下一个。

"小姐,你热的话请拿这个扇风。"对方递给陈妙一把扇子。

"不,我觉得还是蛮凉快的。"如果在平常,对待哪怕不这么殷勤的男人,陈妙也会主动去认识的,但是今天她没这个心情。不过凭着习惯,她还是掏出小镜子仔细地照了照自己。

"待会儿可有一场好戏看。"那个男人自言自语,似乎是忍不住让人知道他正面临一场可笑的幸福。

陈妙轻轻对着镜子补了一点口红。

那个男人咳嗽了两声。

"你刚才说什么?"陈妙问。

"待会儿会有好戏看。"

"什么意思?马上吗?"

"下一个,一个叫苏米的选手马上出来。"

"那又怎么了?"

"这是城市小姐比赛,是未婚姑娘们的事,可是叫苏米的已经结过婚了。"

"你怎么知道？"陈妙大吃一惊。

"嘿，她的结婚证在我这里。"那个男人指了指他挂在椅子上的黑色公文包。陈妙不知说什么好。碰巧一个电话打给那个男人，他立刻弯着身子，垂着头，捂住一只耳朵小声地和电话那边说着什么。

陈妙坐不住了，她只好轻轻站起来走了。

主持人清晰地介绍："马上出场的是9号选手，来自东莞的苏米小姐——"话音刚落，苏米便款款出现在T型台上。观众的目光立刻集中到她身上。她穿着一件马蹄袖藕粉色碎花开衫，下身是一条白色的修长曳地的开司米长裙，带有巴洛克装饰图案和金银线镶边，显得亦庄亦谐，卓尔不群。她含情脉脉，两腮绯红，在T型台上自由地展示着。待会儿她还要换上一套比基尼出场，那将更好地展现她的窈窕身段和肤色，这是比赛规定的。大赛组委会总是善于在最精微的人性细节上揣摩观众的心理。

"她是骗子！"一个声嘶力竭的嗓音突然在场内炸响，所有人同时惊异地向声音的发起处寻望。

"这个叫苏米的人是个骗子，我请她不要在这里欺骗大家，这简直是在开国际玩笑！"那个声音继续嚷道。

音乐声戛然而止，有几束灯光关掉了，然后又重新亮起。一个肥硕的节目总监模样的人出现在台上，他大声问道："你是干什么的？叫什么名字？"

"我叫李公明。"说话的男人霍地站起来，满脸通红，眼睛因激动而绷紧和变形，他指着台上的苏米，"你们这是评选城市小姐，是未婚女性们的赛事，怎么能容忍一个结过婚的女人混进来？"

场内轰地一片嘈杂。苏米站在台上，意外和紧张使她不知所措。

"请问你有什么证据吗？"所有的摄像机都停止了工作，大堂内静得有点可怕。

"有，当然有！这娘儿们的结婚证在我这里。"李公明转身去拿他的公文包，但是挂在扶手那里的包竟然没了。

"该死！"他暗暗骂了一句。

"请你把证据拿出来！"台上的节目总监愤怒地喝道。

李公明踮起脚像个傻子似的满场张望。他一句话也说不出来。

一个秃顶的中年男人走到台侧的保安那里，他大概是本次活动的赞助商之一，快速地对那几个保安吩咐了几句。

立刻有三四个保安冲过来，架住李公明的胳膊，试图把他拖出去。李公明气急败坏地挣扎着，几个保安把他拖到门外。

大堂内，主持人的话筒重新举了起来："女士们，先生们，请大家安静——安静，比赛继续。"

音乐再次响了起来，苏米内心却是另外一种纷乱的节奏。她勉强迈着台步，目光失神。她觉得自己好像什么也没穿一样。她受不了观众安静的目光，虽然那当中充满了善意和鼓励。此刻的T型台，无疑变成巨大的枷锁，束缚着她的双腿。在转体动作结束后，她刚刚迈动双腿，穿着高跟鞋的左脚不慎踩在自己曳地的裙角上，她猝不及防地从台上摔了下来……

阳光。鲜花。雪白的床单。输液架上的吊瓶通过细细的输液管，将药水滴入苏米胳膊的血管里。

苏米支起缠着绷带的肩膀，正半倚在医院的病床上打开一只信封。那是别人转交来的，一张红色的结婚证首先滑落出来。房间里除了她一个人也没有。一切像阳光一样安静。

是陈妙给她写的一张字条：

> 苏米，很高兴看到你表演的一切，不，你表现的一切。虽然，我中途离开了。
> 我是到会场跟你道别的。家里出了事，爸爸病重，我必须赶回河北老家。我不知道我还能不能回来，事先道别

是必要的。也许我不久就会回来，那样我们还会经常或偶尔见面。

你的结婚证我替你找回来了，物归原主。你要保存好。很怀念我们住在一起的日子。真羡慕你。

你见到这封信的时候，我已经离开了。再见。祝你好运！

陈妙

又：你的那本《瓦尔登湖》忘在我们的屋子里了，我替你收好。以后会有机会还你吧。但愿。

大约十天后，苏米出院了。她肩胛骨受了一些损伤，另外腿部有软组织挫伤，不过现在基本痊愈了。苏米怀揣着一份美好的信心准备迎接新的生活，大凡经历过病痛苦难的人，往往对生活格外乐观。她回到了确尼制衣有限公司，不过，对方的态度极其冷淡。

"我只是转述公司高层的意见，很抱歉，我也爱莫能助。"乔编导站在苏米对面说。她刚刚对苏米表述了两个意思：一、由于苏米擅自外出而未请假，公司除了对她的医疗费概不负担之外，还要扣除她一千块钱工资；二、公司服装模特不设专职，而改为兼职。也就是说，平时要在公司内正常参与生产，有演出需要再随时召集。

对于第一点，苏米表示可以接受。事情看来只能如此。对于第二点，苏米表示不可理解。"为什么要这样？"

"公司当初跟你签订合同的时候，是以工人名义招进来的，并没有详细规定工种，也就是说并没有指明要你做什么。再说，每月五千元薪水，已经比普通工人高出两三倍了。"

"平时要我做什么？下车间做普通工人吗？"

"我想是的。"

"可我不会车衣呀。"

"那就做熨衣工或质检员，再说公司可以进行任何方面的培训。"

"这不公平。"

"大家都这样的。别的模特队员也是这样。"

苏米一下子想起举行酒会那天，她的同伴们后来忽然变得落寞的表情。她们不是早已预见，就是彼此听说。看来事情是这样。

"苏米，你可以想一想，拿稳主意。公司可以给你两天时间来考虑。"

苏米沉默着。

"其实，"乔编导带着委婉的神情，她还是挺喜欢苏米的，"其实，任何一家公司都以追求利润为最高法则，为了这个不惜肝脑涂地。而追求利润有两种渠道，一是拼命赚取剩余价值，二是努力缩减人员开支。我也不例外，你知道，我在公司并不是专职的模特编导，我同时兼职服装推广部的主任，我手下还管着推销员。另外，由于你擅自离岗，公司原准备将你开除的，我已经尽量争取让你留下了。"

苏米极力露出一个笑容。

"好好想想吧，争取留下来。"乔编导最后说。

十六

许晚志拦了一辆驶往深圳的货车。下车后，他来到一家工商银行。他从自动提款机里取了两千块钱，然后打车来到了位于南山区的一家机械设备生产厂。在大门口，一个穿灰蓝色制服的保安拦住了他。

"拜托，我想打听一个叫苏米的女工。"许晚志露出些许犹疑的神情。

保安站在滑动式栅栏门里，瞅都不瞅他一眼。

许晚志只好递上五十元钱："拜托，我从很远的地方来，她是我妻子。"

保安接过钱，回到岗亭里，向里边打了一个内线电话。

过了五分钟，一个走路说不好是袅娜还是歪扭的女工，从工厂车间走出来。不待走近，保安就冲她喊道："阿开，你跟这个人说，他找什么……苏米。"

阿开走过来，看了许晚志一眼，说："苏米早就不在工厂了。"

"那她在哪里呢？"许晚志问。

"她开始和我们一起做工，后来干得好，调到办公室里……再后来，她离开了。我们都很想她。你是她什么人哪？"

许晚志并未回答，他接着问："你知道她到哪里了吗？"

"不知道哇。她也许回老家了吧？我们都觉得她做不长久。"阿开好像很困的样子，那实在是做工累的。

许晚志不言语了。苏米没有离开深圳，她最后给他写的信还盖着深圳的邮戳，他只是不知道她在深圳哪一个地方。

"别的人还知不知道她呢？"

"不知道。我们大家都不知道了。"

停了一下，许晚志又问："有一个人叫容小兰，你们听说过吗？"

"不认识。我们从没听苏米讲起过。"

"那好，"许晚志落寞地说，"谢谢你。"

整个下午，许晚志游荡在街上。他的目光像一条在水中不停寻找食物的鱼，四处游动。迎面而来或是店铺里的每一个年轻女子的身影，他都不落空地看一眼。他现在仍记得苏米两年前离家时穿的那身衣服，他开始只凭这个来辨识，就像在一堆眼花缭乱的塑料当中仍能靠磁铁吸住铁屑一样，但后来他放弃了。深圳街头的年轻女子太多太多了，倒不是这些女子会穿着跟苏米一样的衣服，而是他不相信苏米还穿着两年前的衣服混迹其中，看来年龄和性别才是她们共有的特征。他三天前曾按地址找到嘉宾路的裕润中药材商行，那里已经改为一家洗头房。

夜晚，他回到了寄居的那家小旅馆。旅馆老板打着饱嗝儿替他打开了房门。这是一家据说宿费低得不能再低的简易民宅，被后期改建成二层楼，巷子周围高高低低的全是密集的同类建筑。像这样的地方，外人称其为"城中村"。深圳有无数的原住民每天即便不做什么，也可以靠出租房屋来过一辈子。这个旅馆老板五十多岁，头发花白。他问许晚志："怎么样？"

许晚志摇了摇头。

"喝一杯？"

"不了，我在外面吃过了。"

许晚志疲惫地和衣躺到了床上。老板同情地看了许晚志一眼，给他的暖瓶重新换上开水，熄了灯，然后出去了。

许晚志睡不着。他猛然有一种想家的感觉，那么强烈。继而他知道他错了，家乡除了已离异的父母，再就只有妹妹许欣欣，而妹妹和妹夫一天到晚是经常吵嘴的。如果说家的概念是由夫妻组成，那么苏米在深圳，他的家也应该在深圳，可他为什么此时却睡在旅馆里？原来他是一个无家可归的人了。自从苏米中断音讯之后，他在家里，夜晚常被梦魇缠绕。他常被一个声音喊醒，那是苏米的，她向他求救，让他快到身边解救她。他开始一直相信苏米是病了，无人照顾，只是病情太久了，让他产生怀疑。后来他担心她会死于意外，就像大学时他认为苏米会因为一场病毒性肺炎死去一样，但是，"老山羊"和苏米原单位的一位同事打消了他的忧虑：她不久前还去信跟他们说，借他们的那些钱，她过一些时日会还。啊，原来她还向他们借过钱，这总不会瞒着他去治什么病吧。"老山羊"抱怨说，她好像借钱要干一点什么事情，但肯定跟种庄稼的事情无关。"老山羊"对女儿借走的那两万四千块钱倒没什么意见，他的疑虑几乎跟女婿如出一辙：她后面的来信上，为什么连地址都没写呢？

许晚志在极度疲乏中昏沉地睡了过去。

第二天，许晚志找遍了和平路、建设路、人民南路。

第三天，他找遍了春风路、湖贝路、翠园街。

第四天，他又找遍了文化公园、晒布路、文锦路。他几乎找遍了整个罗湖区。他的两条腿已经肿了起来。

第五天他将要出门的时候，旅馆老板看了他一眼："还要出去？"

"是的。"

"这个，"老板停了一下说，"你预存的房费已经没了。"

"还要续交是吧？"

"你看着办。"

"交多少呢？"

"还是五百元吧。"

五百元。许晚志想起了什么，"今天是几号？"

"16号。"

"糟糕。"许晚志叫了一声。

梁原和许晚志坐在拥挤的公共汽车上，他一直兴奋地和许晚志交谈着。车窗外是连绵的工厂，密集的工人宿舍楼，偶尔有几棵高大的木棉树闪过去。

"老兄，你可真沉得住气，再晚来一天，我就真的去扛木头啦！"

许晚志沉默地笑着。

"他妈的，我快有一个月没碰到妞啦……噢，你比我还久，照你说的。"

许晚志打开车窗，掏出一支香烟，尽情地吸着。

"我真得好好谢谢你。"

风把许晚志的头发吹得很乱。短短的时间，他的脸庞已经被南方的阳光晒黑了。

"叫我说，你该先找一个工作再说。"

"我不想在这里生活。"

"不，你现在就在生活，生活到处都在。你有一个工作，你才能跟这世界发生联系，这有助于你找你的那位……苏米。"

几个小时后，他们来到一家出租车公司大门口。梁原让许晚志在路边等他一会儿，他一溜小跑钻了进去。

足足有半个钟头，不见梁原踪影。许晚志只好又掏出一支烟来吸，他刚点着打火机，一辆淡蓝色出租车在他面前使劲地响着喇叭。

他看了一眼，竟然是梁原坐在驾驶员的位置上。"老兄！"他换了一套干净的衣服，牛仔裤，花衬衫，格子西服。许晚志觉得他上身看起来不对劲，但梁原已经替他推开了车门："上车。"

出租车行驶在宽阔笔直的红岭路上，许晚志觉得全身自由了许多。他问："这是怎么回事？"

"我的工作。"

"这么快就找了一个工作？"

"哪里，我只是找回我弄丢的工作。"

许晚志不作声了。梁原打开车内的音响，一阵音质极差的音乐声传了出来。一个叫作"拉丁每周"的摇滚乐队嘶哑地唱道：

> 在天的那边有一片云
> 有一片云在天的那边
> 有一片云
> 在天的那边有一片云
> 我的生活单调得令人厌倦
> 但我永远不会忘记这件事情
> 我不会忘记在天的那边
> 有一片云
> 有一片云在天的那边
> 在天的那边有一片云
> …………

出租车开到一幢大楼下面慢慢停下来。街上人来人往。梁原从头上的后视镜上面摘下一副墨镜，戴在脸上，扭头对许晚志说："下去。"

许晚志走下出租车，问："怎么回事？"

梁原踏动了油门，出租车慢慢甩开许晚志："老兄，这里是笋岗的深圳人才大市场，你总不能做个饿死鬼，进去碰碰运气吧！"

许晚志怔怔地站在那里。不过，出租车又很快亮起尾灯，倒了回来。"老兄，把这个带上。"梁原从车窗伸出了一只手。

许晚志接过，是一只半旧的手机。

"只能委屈你了，让你这样的帅哥拿这么破的手机，不过我可不想找不到你。再见！"

出租车箭一样冲了出去。

三天后的一个傍晚，许晚志用那只手机给梁原打了一个电话，电话马上接通了。"喂？"

"看来我的命也不赖。"许晚志说。

"什么工作？"

"跟你一样，干我的老本行。"

"哦？教师？哪家学校？"

"不，是家庭教师。"

（《我在你身边》发表于《江南》2008年第5期，入选中国作协2018年度"中国少数民族文学之星"丛书。）

红绸（节选）

赵　雁

引　子

初春的傍晚，垂落的夕阳像被血染一样，斜依在永安河边秀美的燕景山上。翠绿的松柏和红墙黄瓦的庙宇群，在袅袅升腾的薄雾中颇似海市蜃楼，它的倒影连同巍峨耸立的高炉和发电厂的晾水塔都映在碧波闪烁的群明湖中。

这时，正值燕钢下班时间，从四面八方涌出的人流，像潮水般沿着马路流淌开来，涌向东大门。

罗百灵和万秋莹随着人流沉默无语地走着。刚才的职工代表大会上，领导宣布，为了减少环境污染，燕钢总体搬出北京。

罗百灵中等个儿，身材苗条，五官小巧端庄，白皙的皮肤，清秀俏丽。平日里，她不笑时，单眼皮的凤眼很有神采，笑的时候，眼睛眯缝成月牙状，更迷人。大家都亲昵地称她"眯子"。

忽然，罗百灵的手机响了，她翻出来看了一眼，是艾岩的短信：下班后，功德阁。她犹豫了，不知是回还是不回，她与他已经很长时间未见面了。他怎么样了？这段时间到哪儿去了？她不否认他在自己心中的位置，而且，她一直牵挂着他。

万秋莹的身高与百灵差不多，只是身材稍胖，圆脸大眼睛，皮肤有点黑。她心情极坏，瞅了一下百灵的手机，有点酸溜溜地问："谁呀，啥事？"

百灵支支吾吾地回了一句："没啥事。"便一边走一边飞快地发回信息："好。"

"你别骗我，肯定又是卡西莫多那小子，眯子，你到底要干什么？老和他往一块儿凑，能有什么结果？老大不小了，赶快找个好人家嫁了吧。"

罗百灵停住了脚步，眼睛紧紧地盯着万秋莹说："卡西莫多怎么了？他除了脸丑还比我们差什么？他都那样了，还一次次来我们厂写生，真让人佩服，我就喜欢他！"

万秋莹被百灵抢白了一顿，小声嘟囔道："说实在的，你比他大五岁，女人不抗老，人家又是搞艺术的，美术学院那地方美女特多，说不上哪天就把你甩了！"

"我和他怎么了？我什么时候说要嫁给他了？"

"那还老见面，黏黏糊糊的，快点拉倒吧！"

百灵一时无语。看到百灵不再言语，万秋莹知道自己话说重了，马上转移话题："看，我还忘告诉你了，咱们燕钢设计院的李院长告诉我，他们到东北大学招来三名轧钢专业的毕业生，就有我们家天巍。"

"那你该高兴啊！"

秋莹满脸忧愁说："这会儿，高兴不起来呀，让孩子学轧钢，是想让他回北京，谁想到，人回来了，燕钢却要搬走了。"

她们说着就到了东大门，要分手了。秋莹拉着百灵的手，眼里闪着泪光说："眯子，先放下他，回家想想我们自己的事，这家里上有老下有小的，该怎么办哪？"

"好吧，我们回去都好好想想。"

罗百灵推门进屋，只见沙发上坐满了人，大哥、大嫂、二哥、二嫂，还有小弟罗龙的妻子朱丹，但都霜打了一样，蔫头耷脑地看电视，谁也不言语。

母亲伊白慧一见孩子们回来就高兴，她笑着说："劳模回来了！快炒菜，妈把饭都焖好了。"

百灵勉强挤出笑脸："妈，你逗我干啥，在家里还讲劳模，多让人笑话！"说完，脱下外衣系上围裙一头钻进厨房，把艾岩等她的事忘得一干二净。

伊白慧今年七十多岁，退休前曾是燕钢的总工程师。虽说年纪大了，精神头依然很足。这会儿她觉着蹊跷，今天不年不节，孩子们为什么来这么齐？她看看这个，又看看那个，说："怎么，太阳打西边出来了？平时打电话让你们来，不是这个忙，就是那个工作脱不开，今儿到底怎么了？是不是'填表'了？"（注：填表——是指燕钢实行承包制时，强化企业管理采取的一种方式。）

老太太随手一拍桌子，把茶杯盖儿都震落了。

"要是'填表'就好了，这个比'填表'更严重，大哥你说嘛，别让妈浪费脑细胞了。"百灵向屋里探着头催道。

老大罗虎自从初轧厂停产后，就到了高速线材厂，现在是车间主任，平日里话不多，今天就更不吱声了。老二罗豹今天特意从冀东的燕钢绿冶钢铁公司2160（注：2160——是指宽带板材轧机的规格，即板材的宽度）项目组赶回来。他平日话就多，这会儿他说："妈，您别拍桌子好不好？那些年在厂里您还没拍够哇！您知道大伙背后都怎么说您吗？"

老太太见儿子揭她的底儿，急了："还不是说我能训人，能拍桌子，谁让他们不好好干活了！"

"妈，您都退休回家这些年了，还这样厉害！"

伊白慧扑哧笑了："我哪里敢哪，这是在家里，一到外面遛弯净是找我'秋后算账'的，我得一个一个向人家赔礼道歉哪！"

"这还差不多，您是该向大家赔礼道歉了。"

"我问你们，到底出了什么事？"伊白慧问。

"大哥二哥，就跟妈实说了呗，还绕什么弯子呀！"百灵说。

"要说，你说。"

"说就说，妈，您老人家可得挺住哇！"

"到底啥事呀？好像要英勇就义似的。"

"妈，国家已经决定燕钢离开北京，到蓝宝港建一个新燕钢。"

"什么？已经决定啦？燕钢真的要搬出北京？"老太太一屁股坐在椅子上，两眼发直，什么话也不说了。

"妈，您没事吧？"孩子们都围了过来。

伊白慧长长出了一口气，说："没事没事，冷不丁还是接受不了。我和这大院里的高炉、转炉都有感情啊！"

伊白慧抬起头向窗外望着，自言自语："燕钢搬出去对咱们是好事呀，这样可以重新科学规划厂区，一下子就能从只能生产大路货的'小学生'，升到能生产板材的'大学生'了。那些年，国内外的钢铁专家都不想到我们燕钢来，说我们没有板材，来了会掉他们的身价。"

"妈，您总念叨2160，这回我们搬出北京就可以实现产品升级换代，2160就有希望实现了。"罗豹说。

伊白慧一听儿子提到2160，马上两眼闪着光："妈跟你们说，每次去兄弟企业开会学习回来都脸红，就连在全国十大钢以外的企业，都有一两条热轧板生产线。看到人家的板材生产线上那像红绸子似的板材，回来就做梦啊，梦到红色的绸带在我的眼前飘哇飘的，醒来却是个梦。"

"妈，不瞒您说，那次爸撕碎了您的红旗袍，我就想，长大了给您做件钢铁的旗袍，让爸再也撕不碎您的旗袍了。"

突然，伊白慧的眼圈红了，她两眼盯着百灵问："那次，是你把你爸的假手从窗户扔出去啦？死丫头，我猜也是你干的！"

百灵点点头，说："妈，那时，我恨爸爸，他为什么那样凶，撕碎了您的红旗袍？现在想起来，真挺对不起他的。"

伊白慧的丈夫去世三十多年了，她一个人拉扯这些孩子长大真不容易。最近，她常常在梦中见到丈夫。

伊白慧好像想起了什么，说："是呀，那个年代因为轧机的事，我和你爸对苏联专家的态度有分歧。"

"所以，他就撕了您的红旗袍？"百灵不解地问。

"他的气是冲着苏联人撕毁合同来的。我当时奉了你石伯伯的命令，想尽办法，也要让他们帮助我们把三百小型轧钢厂建设成功。没想到，他们吃尽了北京的美味，喝足了中国的名酒，逛够了北京的名胜，还是没有帮我们把三百小型轧机安装起来，扔下一堆半截子工程，就拍拍屁股走了……"

罗豹见母亲越说越伤感，便接过话头说："妈，我们燕钢以前没有板材，等我们冀东绿冶公司的2160建起来后，我再去蓝宝港的精品板材基地工作。爸活着的时候总对我们说，'专业永远是你们的传家宝'，我要亲手让冀东绿冶的2160板材轧机轧出您梦中的红绸子来，您高兴吧！"

伊白慧的眼里含着泪水，脸上现出了喜悦："高兴！高兴！就因为你爸这句话，我们一家人除了炼钢的就是炼铁的，我的孙女霄宏也随我搞炼钢。妈的好孩子，你爸没白喜欢你们，他不是还常说……"

她还没说完，罗豹抢着说："'笔记本是工程师的摇篮'。妈，这些年我学习2160的笔记和画的图纸就有两箱子。"

伊白慧笑了："还说那个，咱们燕钢光2160的图纸就有几百万张，设计院和研究所光装图纸就用了几个房间。"

"妈，现在可好，那几房间的图纸，我用几个U盘就全装进去了。时代不同了，从前老爸甩铁锹，现在儿子点鼠标，就把活都干了！"

"没法比喽！你们都赶上好时候了，我们那时候画图，一天到晚趴在图板上，累得头昏眼花。"

这时，桌子上的电话响了，伊白慧拿起电话，是小儿子罗龙："小龙，你哥、你嫂都回来了，你怎么没回来？"

"妈，我忙着呢，今天回不去，电话里向您做个汇报：眼下，我有三个任务，燕钢要搬出北京，我们要为生产一线输送人才，各厂的班组长、炉长，全从我这出；在大本营现有的资源情况下，创造更多的财富；我还要保证北京的生产和职工队伍的稳定。妈，我身为炼铁厂的书记，负责铁厂所有人员的分流和安置工作，等着大院里所有的高炉都停产了，我再离开北京成吗？"

"成，成，你妈都是退休老太婆了，还向我汇报什么！你书记不带头去，谁去。小丹在这，你和小丹说话。"伊白慧笑着说，把电话递给了罗龙的妻子小丹。

"吃饭了，别谈了，咱们家好像是工厂管理委员会在开会呢！"百灵边说着，就把饭菜摆好了，"妈，快吃饭吧！"

这时，百灵的手机响了，是艾岩，她才想起艾岩在功德阁下等她。她的脸一下子红了，急忙把电话挂断。

"二哥，你的车先借我用一下，有点急事，我一会儿就回来。妈，你们先吃吧！"

"百灵，啥事这么急，是不是有情况了？我怎么听说你和一个叫卡西莫多的人好上了，你行啊！还找了个老外？"罗豹问。

大哥接过话头："卡西莫多，不是《巴黎圣母院》里的敲钟人吗？就凭我妹这么优秀，能找个敲钟人？"

"大哥别听他的。二哥，不许你瞎说，把车钥匙给我。"百灵从罗豹的手中接过车钥匙，头发一甩，出了家门。

罗百灵驱车进了东大门，厂区内灯火炉火交相辉映，燕景山上的景色和白日一样。不知什么原因，她心中突然涌动起一丝悲伤，眼前模糊，泪水已顺着面颊流进了嘴里。她不得不把车停在群明湖边，情不自禁地把头埋在方向盘上哭了起来。

"为什么？命运这样戏弄我，把两个男人送到我的面前？"她心里的另一个他，是她的初恋，心中的白马王子佟勇，他和大哥是钢校同学，毕业后一起分到初轧厂上班。他英俊潇洒，国字脸，大眼睛，高鼻梁，白皙的皮肤，外号"飞毛腿"，是公司足球队的队员。她最喜欢看他驰骋在足球场上那雄姿勃勃的样子。每次足球赛时，她都坐在观众台上看他。他也喜欢她，小时候他每次来都给她买棒棒糖、糖葫芦什么的。后来，她长大了，他就给她买漂亮的花丝巾、手套，还教她唱歌。天有不测风云，因为天车工操作失误，佟勇被轧辊压断了双腿……

这时，她的手机又响了。

"百灵姐，你什么时候到？"

"哦，家里有点事，一会儿就到。"

"好，我等你。"

百灵掏出皮包中的化妆盒，用镜子照着自己已经出现细微皱纹的脸，耳边响起万秋莹挖苦她的话。她突然做出一个决定，不见艾岩……可是车到家门口，她刚要拔出车钥匙，心又软了。"不能这样，艾岩一定有重要的事来找我，我不能伤了他的心。"想到这儿，百灵再次发动了车，直奔燕景山而去。

天色渐渐暗下来，燕景山因高炉出铁而映得通红，天上也映出了红色的云团，高炉放散管发出刺刺的声音。

艾岩戴顶黑色的礼帽，身穿黑色皮大衣，戴着一副茶色的大墨镜，遮住大半张面孔。他站在一堵矮墙边向山下张望，嘴里情不自禁地说："真美！这不就是一个缩小了的颐和园吗？功德阁与佛香阁形似，燕景山和万寿山神同，群明湖不就是昆明湖吗？百灵姐说，这里曾有清朝的三位皇帝康熙、雍正、乾隆亲临，人称'燕都第一仙山'……"他看过一些书，知道这座山在历史上曾有过众多的名字，如梁山、碣石山、湿经山、石经山、骆驼山……此时，对艾岩来说，最感兴趣的是山上的两口古井和到处可见的古碑，碑上记载了历代文人们留下的碑文。他抬头看去，只见眼前的石碑上是明代万历时期的文人许用宾刻下的碑文："惟山雄峙一方，高接云汉，钟灵秀之气，郁造物之英，真是燕都之第一仙山也。"

突然，山下传来嘟嘟的喇叭声，艾岩的心怦怦直跳，飞快地向山下跑去。

罗百灵打开车窗探头说："对不起，艾岩，我来晚了，你还饿着肚子吧？"

"不饿，不饿，你来了，我就不饿了。"

"今天单位出大事了……燕钢就要搬出北京。我心里很不好受。冷了吧，上车。"

艾岩的确有些冷了，就钻进了车内。

"找我，有事吗？"

"姐，我已经接到法国罗浮宫博物馆的邀请，同他们签下完成一组雕塑的合同，时间会很长，今天是来向你辞行的。"

"学院同意你去？"

"同意。"

"好哇，我真的为你高兴！"

艾岩的声音哽咽了："姐，我有今天，多亏你，没有你，我连活着的勇气都没有。"

"别说这个，是你自己坚强，脸都那样了，还来我们这里写生，大家都很敬佩你。"

"我知道，他们在背后叫我'敲钟人'，还喊我'卡西莫多'，如果我是'敲钟人'，你就是我的艾斯梅拉达。"

"别人这样说，你也这样说！"一股暖流迅速地传遍百灵的周身，她那晶莹的眼眸安静地看着艾岩，轻轻摘下他的墨镜，手在那有疤痕的脸上抚摸着。

"这么好的机会，怎么会落到你的头上？"

"他们从全世界五十多个国家几百个雕塑作品中，选中了我的作品。"

"什么作品？"

"钢铁雕塑《生命》。"

"你怎么也玩起了钢铁？"

"'近朱者赤，近墨者黑'呀！"

"我说呢，当初你让我帮你搞一些废钢铁，原来是干这个呀。"

艾岩有些兴奋地说："我不知道结果会这样，就没有告诉你。"

"所以，你就不问世事，埋头创作，这么长时间连个电话也不给我打？"

艾岩像一个闯了祸的孩子，一言不发。

百灵的情绪有些失控，突然呜咽着："我……还……以为，这回，你真的跳楼了！"

艾岩努力地保持平静，向她笑："他们要是知道我这样丑，一定会拒绝对我的邀请。"

"谁说你丑，你才不丑呢，去吧，艺术与容貌无关，好好干，我相信你会做得很好。"

艾岩很冲动，呼吸急促起来，伸手紧紧地把百灵揽在怀中。她没有挣脱，他们相拥着……

罗百灵在职代会上听到燕钢要搬出北京的消息后，心中有些六神无主。她从来没有像现在这样渴望有个男人来爱她，渴望有个家，渴望与那个男人朝夕相伴。而这一切可能都要离她而去。她伏在艾岩的胸前哭了，哭得那样伤心。

"姐，别哭了，尽管这些年我已经做了三次整容，但是依然很丑，不配你，可你也这么大岁数了，等我回来，我们俩凑合凑合得啦！"

百灵扑哧一笑，眼睛眯成了月牙形，说："看来我真是嫁不出去了！"

"那倒不是，也有年轻的姑娘来找我，我不同意。你一天不结婚，我的心里都放不下你。我看你也别嫁别人了，就我俩到一起最合适。"

"艾岩，你还会回来吗？我有种预感，你不会回来了，这个工作干完后，你可能就是身价百倍的雕塑家了，还会想着我?"

有件事，艾岩向百灵隐瞒了，他同时已经得到了英国皇家学院美学博士的录取通知书，他心中默默念道，学成后一定回来娶她。就说："我一定回来。到时候我要给你一个惊喜！"

"什么惊喜？你说。"

"做我的新娘啊！我说过，等我们结婚时，我带你去巴黎，我们在那里举办一个教堂婚礼！"

百灵羞涩地笑了。

他们手挽手来到功德寺，听到里面传出悠扬的诵经声……

夜晚的功德寺塔，被山下的高炉炉火映照得通明瓦亮。百灵和艾岩手拉手站在塔下，默默地向山下望去。百灵想到燕钢要搬离，心中十分不舍，一下子想起外婆说过的话。燕西这一带的原住民很多都是明清两个朝代的帝王、贵族的守墓人。外公的祖上是清太祖努尔哈赤的后代，起初他们住在天桥一带，先祖去世，他们到燕西守灵三年后，见这里风水好，就扎根在福寿山礼王坟阳宅附近的佟各庄，再后来又搬到玛峪居住。佟各庄里住的都是满族人，清朝时就有"佟半朝"一说，皇上上朝时，有一半的大臣都姓佟。所以，百灵从小的时候起就跟着外婆走遍了燕西的寺庙。在她的记忆中，印象最深的是她七岁那年，外婆带她去了燕景山西南的北惠济庙，外婆说那是雍正皇帝秉承父亲康熙的遗愿，建的河神庙，还立了一座碑，是出于对永安河防治的重视。

艾岩此时在想，这燕景山可被称为"仙山"，原因有三：一来有仙气，它的地理位置好。二来有仙人，这山自古佛道共存。三来有仙境，自己眼前的这晋唐古刹功德寺塔，是辽金元明清历代以来游人登高远眺的胜地。他心中很惊喜，又向永安河望去，只见永安河的河水像一条玉带蜿蜒而去……

突然，艾岩打破了沉默，问："百灵姐，你知道永安河从前叫什么名字吗？"

百灵仰起头，说："这，你可考不住我。别忘了，我是喝它的水长大的，上小学时老师就讲过永安河的历史，它是北京最大的河流，也是北京的母亲河。永安河在历史上多次泛滥成灾，从明代开始治理，到了清代初期，康熙皇帝改'无定河'为'永安河'。说来真是神奇，自从改名后，永安河就不再泛滥了。"

艾岩说："那我再考考你，永安河它发源于什么地方？"

百灵一下子被问住了，摇头说："这，我还真不知道。"

艾岩得意地说："它发源于我的老家山西省的太行山麓，叫过治水、漯水、湿水、桑干河、无定河等名字。它的上游陡峻，中游缓坡，下游平敞，而且季节之间的水量相差悬殊，暴涨暴落。自康熙皇帝改'无定河'为'永安河'，距今已经三百多年了。他希望永安河安流顺轨，化害为利。这也是沿岸人民的希望。"

百灵很惊讶地看着艾岩，心想，他知道得这么多！心中对他又增加了几分爱意："岩，你怎么对燕西了解得这么多？"

"那还用问，我心爱的人在燕西呀！"说完，两个人拥抱在一起。

百灵看看手机，时间已经不早了，伸出手再次抚摸着艾岩满是疤结的面颊，温和地说："这次去法国有条件的话，可以再做次整容了。"

"我在网上查了，费用太昂贵，这不是我能受用的。看来，你还是嫌我丑。"

"瞎说，嫌你丑，还来看你？！不过是希望你做整容后，找个年轻貌美的女人做妻子。"

"不管我丑不丑，我的妻子就是你了！成不成？"

百灵笑而不答，艾岩紧紧地将她揽在怀里……

百灵和艾岩恋恋不舍地分手后回到家里，只有二哥罗豹和二嫂邱小惠在等她，她把车钥匙还给二哥。母亲坐在沙发上看电视，还不时地擦擦眼睛。

"妈，您怎么哭了？又想我爸了？"

"哪能不想啊！人老了都得有个伴儿，你都老大不小了，还一个人。当年佟勇要是不出事的话，你们的孩子也都挺大了。"

"妈，您是哪壶不开提哪壶，我要是有了孩子，这些年谁陪您哪？"

"我宁愿不让你陪着，也不能看着你现在一个人。"

"一个人不是挺好吗，多清净啊！"

"这回好，你们都要去更清静的地方了，你也陪不了妈几天了。"

百灵不解地看着罗豹。罗豹说："翟达民退休了，蒋瑞到冀东绿冶公司当总经理。他刚给我来过电话，想了解一下，你有什么打算？想去哪里？他们很需要你。"

百灵眼睛一亮，脱口而出："妈，我想到冀东绿冶去上班。"

伊白慧低着头说："只要你高兴就行，妈欠你的太多，你从小就和你姥姥替我扛起这个家，妈不能再拖你了。"

百灵低下头不说话。

罗豹很认真地说："百灵，你刚才出去，我们开了一个家庭会，大嫂主动提出，她够三十年工龄，可以退休在家陪妈妈。她说你年龄还小，业务又那么好，不能总让你一个人陪妈妈，让你自己选择去哪儿，说不定去外地，还能遇上一个好对象呢！"

百灵微微一笑："谢谢大嫂，想得真周到。"

这时，邱小惠的手机响了："喂，哪位？"

"小惠，我是老马，我现在已经调到蓝宝港造地公司了。"

"啊，经理，有什么事吗？"

"有哇，大事，经总公司研究决定，先抽调四十名精兵强将成立造地公司上蓝宝港吹沙造地，那里条件很艰苦，又要同多家水务部门和单位协调关系，成立了办公室。我推荐你做办公室主任，我认为这个工作你最胜任。我们本着个人申请，组织批准的原则，你考虑一下吧？"

"好，我和罗豹商量一下，再给你回话。"

罗豹听到了他们的通话，很果断地说："小惠，商量什么，早晚都得离开北京，就早点走出去吧！"

百灵急了："你们俩一个在冀东绿冶，一个去蓝宝港，这样天各一方能行吗？"

伊白慧说话了："有什么不行的，还不是公司领导看你们的工作好才选你们的。小惠，给领导回话，说你去。"

百灵说："二嫂，你们才结婚几天，二哥就去了冀东绿冶，你这回又去蓝宝港。"

邱小惠说："百灵，你去绿冶，有你照顾你二哥，我还能放心点，他的胃不好。"

罗豹不耐烦了："嘿嘿嘿，你们女人哪，真是多事，怎么整的，就像生死离别似的！你看我们男人多乐观，每周回来一次叫'每周抱'，半个月回来一次叫'半月谈'，两个人不就见面了！"

百灵抿着嘴笑了，说："二嫂，都说海上风大，你多带点衣服，照顾好自己。到时候，我去送你。"

邱小惠笑笑说："说不定，我去送你呢！"

罗豹说："妈，我和小惠回家了，明天一早我还要赶回冀东绿冶，2160有很多事等我处理，后天，我们的2160就要破土打桩了！"

"真的！二哥，我怎么听说，有人提出把2160建到蓝宝港？"

"是，前一段时间总公司内部有两种意见：有人同意建在冀东绿冶，有人同意建到蓝宝港。蒋瑞向总公司提出：我们离开繁华的城市，撇下老婆孩子，到荒凉的冀东绿冶来，如果不上2160，我们来这里还有什么意义？既然让我们来，就要让这个燕钢人的梦想，在我的手里实现！"

百灵说："蒋瑞说得真好，我相信他！那最后厂址定在哪里？"

"前天，公司主要领导来绿冶公司听取了厂址选择定案，还是选中冀东绿冶。"

"太好了！二哥，我决心已定，去冀东绿冶了！你猜，我刚才想起啥了？想起我们小时候，姥姥给我们讲鹰的故事，今天的燕钢就好比是鹰，只有经历痛苦，才会重生！"

邱小惠听得眼泪都流出来了，说："百灵，你说得真好！我喜欢你们家的人，很阳光，也很热爱生活。所以，我选择了你二哥。"

百灵送走他们，看见母亲坐在沙发上抹眼泪。

"妈，刚才你还说得那么好，人家一出门，你就变了，真是两面派！"

"去你的，说走就都走了，我哪个也舍不得呀！"

百灵站在那里，她的手机也响了："喂，你好！哪一位？"

"我是蒋瑞，眯子姐，怎么样？你二哥和你说了吧？"

"说了，我去绿冶，我肯定去。"

"家里有没有困难？做好你母亲的工作。眯子姐，可别咋咋呼呼说去，到时候又掉链子了！"

"头儿，我是啥人，你还不知道？我白在炼钢厂跟你们混那么些年了！"

"眯子姐，和你开玩笑，你还当真哪！"

"没有，我妈支持我去，你不给我打电话，我明天也要去公司报名。"

"好哇！报完名，把手头的活交代利索，星期天下午在厂东门乘绿冶的通勤大客车来冀东，绿冶公司欢迎你。"

"谁来的电话？"伊白慧凑到百灵跟前。

"妈，绿冶公司蒋经理同意我去那里了，星期天下午就走。"

"怎么，这么快呀！我儿子走了，我儿媳也走了，我女儿也要走了，说走都走了！"伊白慧从沙发上站起来，两只手背到后面，在地上不停地走着。

百灵跟在母亲的身后，泪水不住地流着，那是特别痛苦的眼泪："妈，不把大海建成陆地，怎么能建成蓝宝港钢铁基地？我们不离开北京去冀东绿冶公司，在哪里建2160？妈，我要走了，就是担心您。"

"我有什么可担心的，你大嫂办退休，小龙和朱丹他们还没走，你大哥在高速线材厂什么时候走也没定啊！有他们陪我就够了！百灵你们都去吧，老职工们一辈子都赶不上一个大工程，你们赶上了，那是福气，妈不拦你们。你知道吗？妈和你任阿姨总去厂区转悠，从前，我们都在群明湖那站下车，现在在月季园下车，就是为了去看你那张劳模的大照片。你是劳模，就应该带头走出去。妈没白拉扯你们一场，脸上有光啊！"

"妈，您坐着说吧。"

伊白慧慢腾腾地坐下了，她泪眼模糊地望着窗外，声音颤抖地说："那年，我带着你们兄妹随着五千人的钢铁大军，从东北的鞍钢来到北京支援燕景山钢铁厂建设；五十年后你们又要离开北京，去外地发展建设新燕钢。妈没有别的希望，就是'恨钢不成材'呀！在我活着的时候，能够亲眼看到2160轧制线上那像红绸一样的轧板就知足了，这是咱们燕钢几代人的梦啊！"

第十二章

2. 飘动的红绸

严冬的大雪覆盖着冀东大地，冀东绿冶公司的2160工程正在紧张施工中。

上午，2160总设计师尤博披着一身雪花从工地回到办公室，他抖抖身上的雪，摘下安全帽放到桌子上，站在那里两只手叉着腰，仰头看墙上的施工进度图。

突然，一串数字浮现在他的脑海中：三三五六四，这意味着，三个月基础，三个月基础下部施工，五个月主厂房施工，六个月机械安装，四个月调试出卷板。二十三个月的时间足够了。他抬起一只手捏着下巴，看了看挂历，今天是1月22日，他点点头，应该没有什么问题了。

这时，2160项目组组长罗豹推门进来了："我说，总设计师，开会了，怎么非得让我来请你呀！董事长他们都在指挥中心等你呢！"

"哎哟，看我给忘了，赶紧走！"

临要散会了，高经理说："这个春节，尤博，不许你回家！"

尤博挠挠头，说："老婆没有了，回家不回家没有什么区别，不回就不回！"

高经理又补充一句："尤博，这两个月不许你回北京！等2160完成后，我给你找个老婆！"

尤博说："董事长记个账吧，你和高经理都各欠我一个老婆！"

大家哈哈大笑。

陈浩说："走，我们再到铁厂和钢厂看看。"

蒋瑞又陪着陈浩他们来到了炼钢厂，他们来到控制室，透过明亮的大玻璃窗，他们看到炼钢平台上，副厂长郑庆铁和一位女同志比比画画地正在讨论什么。

罗霄宏博士身穿一套蓝色的工作服，把长长的头发绾到了安全帽子里，显得泼辣、干练，正好被陈浩看在眼里，他问蒋瑞："那个女同志是谁？我好像在二炼钢搞全三脱（注：全三脱是指脱硫、脱磷、脱硅）精品钢时看过她。"

"她是燕钢技术研究院绿冶公司派驻站的罗霄宏博士，来我们这试验新钢种的。"

"噢，她就是罗博士呀！我们燕钢现在不得了，博士已经过百，硕士过千，本科生已经过万了，就人才而言，我们燕钢占尽优势呀！"

他们说话间，郑庆铁和罗霄宏也来到了控制室。罗霄宏进来后，坐到了电脑前，专心地操作起来。

郑庆铁大大咧咧直奔董事长走过来，说："哎哟，大雪天的，各位领导都来了。"

陈浩说："郑厂长，要到春节了，我们过来看看。听说，你们二期工程就开始上自动化炼钢了。"

郑庆铁补充道："还有炼钢副枪改造，蒋瑞经理要求我们，没有副枪不炼钢！"

陈浩若有所思地说："是呀，我们是应该上自动化炼钢了，我听咱们的老领导石洪山说，他三十多年前第一次去日本时，看到人家一按电钮就炼出了一炉钢水，眼睛都直了。所以，他老人家有过自动化炼钢的设想，由于我们的技术条件不成熟，始终没搞成。"

"董事长，到明年3月我们计划三座转炉全部实现'一键式自动化炼钢'！"郑庆铁说。

"那太好了！"

陈浩走到罗霄宏身边，她站起身来，有礼貌地说："董事长来了。"

"罗博士，我在你的身上看到了我们公司早期女领导伊白慧的身影。"

罗霄宏微微一笑，说："她是我的奶奶。"

陈浩大吃一惊："噢，你是她的孙女！好样的，你继承了你奶奶的事业。"

"就连我的名字都是奶奶给起的，云霄的霄，宏伟的宏。她说，人要有志向，大气点，就叫罗霄宏。可是大家写起来为了方便，有时就写成罗小红了。"

"罗霄宏，好，大气！"陈浩说。

"我从小就崇拜奶奶，所以，就选择了炼钢专业。"

高经理说："罗博士呀，我看你能力很强，一定能把炼钢做下去。前些日子，你在三炼钢做高拉炭试验，我就觉着你是有想法的，技术思路很清晰。不错！"

"谢谢！是呀，炼钢把我变得坚强了。有时，我也很软弱，一掉眼泪就对自己说，你自己选择的，没有理由这样，就只好把眼泪往肚子里咽。"罗霄宏说完咯咯地笑了起来。

"你的父亲是？"

"我爸爸叫罗虎，在高速线材厂，现在也抽到2160轧制线工作，他带轧钢工们到武钢实习去了。"

"看来天下太小了，当年我参加工作时，就和你爸爸在一起。现在人家都是高级技师了！罗博士，你忙吧，我们走了。"

他们走出炼钢厂，王国栋提议："董事长，我在大院里就多次听说，燕钢绿冶办公楼八层办公室的灯光始终是彻夜通明的，我们2160的工程设计人员和项目组的同志都在那儿，应该去看看他们。"

陈浩说："应该应该，多亏你提醒。"

蒋瑞说："他们中有十几名职工，结婚都没有休过婚假，蜜月都是在工作中度过的。还有几个年纪稍大的同志，孩子和老人生病住院都回不去北京。"

就在他们说话间，罗百灵手里拿着一摞报表急匆匆地走过来，她看到陈浩一愣："董事长来了。"

陈浩笑笑："眯子姐，你也来这里了？"

"是呀，我都来两年了。"

郑庆铁接过话头："可别小看了你的眯子姐，一来就带着他们团队自主建成了绿冶全自动检化验室。"

蒋瑞说："人工测温没有标准，机器人测温避免人工的不准确，罗师傅他们做了绿冶公司的第一套精炼全自动测温取样装置机械手。"

"是金子在哪里都发光啊！"陈浩说。

郑庆铁说："她呀，现在是我们这里的罗仙姑，谁要是有事，就找仙姑。小青年们想家了，对象吹了，新婚小两口闹矛盾了，仙姑一到准好。她的宿舍里准备了一些吃的，2160那帮小青年们干活半夜回来饿了睡不着觉，就找仙姑要包方便面吃。"

罗百灵有些不好意思地说："其实，我也没起什么作用，就是立项、要钱、协调施工，为现场服务跑前跑后，瞎忙活呗！"

陈浩想起，当年自己在一炼钢厂开皮卡车，被自动化公司调入时，当时自己说舍不得离开，眯子姐说："将来你坐车，别人给你开车。"陈浩情不自禁地笑了。这个姐姐确实与别的女同志不一样，她的身上有一种特别的东西。陈浩想到这，就对罗百灵说："你忙吧，我们再到别处走走。"

春节到了，罗豹在2160项目组太忙，他回不了北京。邱小惠那边，今年蓝宝港大海边气候特别冷，海水结冰了。虽说他们已经完成了大面积的吹沙造地，基建队伍已经开始施工打桩。但是，仍有小面积的海还需要吹沙造地，天冷干不了活，造地公司四个"造地大姐"可以回北京过春节。邱小惠一想，和罗豹很长时间没见面了，就乘蓝宝港到冀东绿冶的通勤大客车来到冀东，陪罗豹过春节。

这一阵子，罗百灵他们科里的同志都参与炼钢厂的转炉自动化工作，每天早上天不亮她就乘第一班通勤车到厂里，晚上很晚才回到宿舍。这天深夜，她刚睡着，手机就响了："仙姑，转炉出故障了，怎么处理？"

百灵睡得懵懵懂懂，她努力使自己清醒："你说，我听着呢，什么情况？"

她竖起耳朵，认真地听，然后对对方说："你听着，我告诉你程序……"

"好，谢谢仙姑！"

百灵正赶上除夕和大年初一值班。可以说，从她来冀东绿冶后，每年的除夕夜和大年初一，她都主动提出值班，让别的同志回北京过春节。反正家里有哥哥、弟弟几家人陪着妈妈，自己一个人在哪里都行。蒋瑞年前就交给她一个任务，筹建绿冶公司的第一个信息化平台，她有时间就翻资料画图，工作一忙就把妈和艾岩都忘了。

除夕夜时，她给家里打了电话，知道大哥、罗鲸和罗龙他们每家三口都来了，陪着妈妈过年，大嫂和两个弟妹做饭。大家热热闹闹地吃过年夜饭，伊白慧满心欢喜地给孙子孙女发了压岁钱。到了半夜十二点，罗龙领着三个孩子出去放鞭炮。

这会儿，伊白慧却偏偏谁不在想谁，想百灵，想罗豹，一个人佯装去卫生间背着孩子们偷偷地掉眼泪。

百灵和邱小惠一直等到初三，百灵又替一个同事值了一个初二的班，罗豹手头的活干完了，他们才一起回北京。一路上，百灵开车，罗豹和小惠坐在后面，罗豹太累了，把头斜靠在小惠的肩头，两个人甜甜蜜蜜的样子，让百灵想起在英国学习的艾岩，不知他现在怎么样了。

他们的车驶进了院子里，百灵下了车，抬头向家里窗户望去，只见母亲像一尊雕塑一样站在窗前，向外面望着。百灵的泪水夺眶而出，她小跑着回到家里，发现母亲苍老了许多，两鬓已经全白了，额头上又多出几条皱纹。

伊白慧颤抖地说："百灵，你不在家，日子过得太慢，妈每天都在翻日历，盼你回来。"

百灵一边抹眼泪一边说："妈，我和二哥、二嫂，能赶上冀东绿冶和蓝宝港这样的大工程，挺荣幸的，就是对不住您了！"

大嫂庄秀兰做好了饭菜，热乎乎地端上来："百灵，你瘦了，也黑了，二弟、弟妹，快吃饭吧！"

"大嫂，你辛苦了！"

"别说这个，快吃饭吧。"

百灵眼里噙着泪："妈，您再陪我吃点。"

这时，百灵的手机来短信了，上面写道："把你的名字写在云朵里，被风儿吹走了；把你的名字留在江河里，被海水卷走了；把你的名字刻在葫芦上，葫芦烂掉了！爱你的牛丽，给你拜年了！过年好！"

百灵笑了："妈，我还忘了给您拜年！妈过年好！大嫂过年好！大哥呢？"

"从武钢学习回来，总公司举办'热连轧培训班'，你大哥是这个班的头儿。今天，他徒弟小猫和小萝卜请他出去喝酒了。"

"大嫂，小红呢？"

"去对象家了。"

"小红有对象了？在哪儿上班？"

"燕钢技术研究院的。"

"嘿，全是燕钢的。"

罗鲸的矿山生产很顺，矿石价格一路飞涨，他挣了大钱。大哥从武汉学习回来，听说二哥、二嫂和姐姐初七要回冀东和蓝宝港，他特意选定大年初六的中午，在王府井全聚德烤鸭店宴请全家。

母亲伊白慧身穿一件紫红色系纽襻的中式棉袄，黑裤子，花色的北京棉鞋，围一条米色的大披肩，精神极了。她在孩子们的簇拥下进了饭店。多少年了，她第一次进饭店，孩子们又这样齐，特别是邱小惠进了罗家，她不再为罗豹操心。如今只有一块心病就是女儿百灵还没有男朋友。

罗霄宏带着男朋友来了，叫金涛，高高的个子，白净的皮肤，两道浓浓的眉毛，眼睛不大却很有神。他是霄宏大学的同学，又一起读了博士，毕业后一同来到燕钢技术研究院工作。

伊白慧把两个孩子拉在自己的身边坐下，怎么看怎么喜欢。她又想起了丈夫罗天齐，他要是活着该有多好，看看他的孩子们，都那么有出息。

百灵看出了母亲的心思，便举起酒杯，说："今天妈最高兴了，小金也加入了我们罗家的钢铁军团，来，大家一起举杯敬妈妈，祝她老人家身体健康，天天都快快乐乐！"

罗鲸一身上下全是名牌，显得春风得意，也举起酒杯。百灵一脸坏笑，故意说："罗鲸，你不够格，我们家就你不属于罗家的钢铁军团，你暂时歇会儿，你是老板，自己单敬妈成吗？"

罗鲸一脸不屑的样子，嘴一撇，说："什么？我不够格，我是你们钢铁军团的后盾，我不出钱，你们能到这里来吃饭？"

江军的去世，给罗龙的震动很大，一想到他，罗龙心里就难过。他认为，当代最可敬的人就是燕钢的钢铁工人。所以，他烦罗鲸那帮有钱人的样子，一肚子的火气爆发出来："罗鲸，你别有几个臭钱就嘚瑟，我们炼铁厂哪个人单拿出来，都能请得起这顿饭，不要小瞧人！"

罗豹轻蔑地说："如今，我最瞧不上的就是你们这号人，东山打洞，西山挖窑，你看北京周边的一些山都让你们给祸害成什么啦？子孙后代的那份资源都让你们给提前消费了！我说你呀，打住别干了，积点德吧！"

罗鲸不服气，小声嘟囔着："又不是我一个人干，这不是全都在干吗？"

罗豹火了："谁都干了，燕钢十几万人就没干！你呀，罗鲸，太飘，钱来得太容易，烧得你都找不到北了！你要是还在燕钢，去我们冀东绿冶待上一个月，两只脚就能踩实了，绝不是你现在这个小样！我瞧不起你！"

"你，你们这是忌妒我，现在的人都仇富，不容别人有钱！妈，您给评评理，我好心好意请大家吃饭，他们反过来还埋汰我。"

伊白慧的眼睛看着小金，笑笑说："好了，好了，弟兄们之间说说就算了，今天有小宏的对象在，你们当叔叔的也没个样，都少说一句，话掉地上还能摔两瓣？小金你别笑话他们哪！"

小金憨憨一笑："没什么，没什么，挺有意思的。"

屋子里的气氛马上缓和了，罗龙也转变了态度，说："罗鲸，你说说，你的书法那么好，和你师傅都有一拼，我听说，有人故意把你们两个人的字，都遮去前后的印章，愣是有人把你的字看成是你师傅写的。"

罗鲸笑笑点点头，说："我的字现在写得还可以。"

罗龙又接着说："罗鲸，你扔下书法不干了，太可惜，当个书法家文化人该多好！区文联不是要调你去吗？"

"那都是什么时候的事了，写书法有什么出息，能赚几个钱？前两天美术馆搞书法作品展，几个书法家来找我拉赞助，还得我出钱帮他们买展位。小龙，你们不懂，现在是'经济搭台，文化唱戏'，没钱啥也玩不转！"

伊白慧听罗鲸这么一说，心里也有一种自豪感。罗鲸得意地看着小金，说："小金，你是客人，吃菜别客气！妈、哥、嫂子、姐、小红，你们都吃菜，姐不是说让我单敬大家吗？服务员，把杯子里的酒都斟满。"

服务员把杯子里都斟满了酒，罗鲸说："我敬大家了，我先喝为敬，你们随意！"

这时，罗鲸的手机响了，他拿起手机，仰着头，边走边说，到了走廊上。没一会儿，他回来了，说还有个饭局，对大家说："妈、哥、嫂子、姐、小红、小金，你们大伙吃好，我先走了。钱，我放在这，你们结账就行了！"说完，他把一沓钱往包房的茶几上一放，风风火火地拿起大衣和手提包就往外走。

罗豹看见罗鲸的傲慢样，站起来生气地说："罗鲸你给我站住，把钱给我拿走，我们自己能吃得起这顿饭。"说完，把罗鲸的钱甩到了地上。

大家都惊呆了。伊白慧没有思想准备，从未见过这样的场面，吓得直哆嗦："这是怎么了？这是怎么了？"邱小惠忙解围："罗豹，哪来的火气，人家三弟好心请吃饭，你别这样。"说完，俯下身将地上的钱捡起来。罗龙赶紧站起身，把罗鲸推出了包间。

一会儿，罗鲸又气呼呼回来了，手里拿着一个精制的礼包，从里面掏出一把大钥匙，走到伊白慧身边："妈，这我是孝敬您的，在宣武门那儿给您买了一套一百五十平的房子，这是钥匙，详细地址门牌号都在包里了，哪天让我姐陪您去看房子。我走了，妈，以后有事别找我。"

说完，嘴里嘟囔着："一个个那穷样，穷横穷横的，你知不知道外面的人都在抓钱，你们傻不傻呀？还都在燕钢做奉献！"

罗虎实在忍无可忍，站起身来揪住罗鲸的衣领，伸出手要打罗鲸，被庄秀兰隔开。罗虎气愤地说："你说谁穷？没有燕钢还能有你们矿老板吗？我看这一屋子人就你最穷，穷得只剩下钱了！你滚，老罗家没你这么个人，开除你！"

罗鲸傻了，说："大哥，我可是最尊敬你的，你，你也这样对我！"他一边说一边打自己的嘴巴："我犯的哪份子贱？好心当作驴肝肺！"他头也不回地离开了。

伊白慧坐在那里，半天没缓过神来。她哭了："这是干什么？大过年的，这是怎么一回事呀？你们都怎么啦？"

好在马姣今天在医院值班没来，要不乱子更大。百灵自知是自己惹的祸，也不敢吱声了。伊白慧说头晕，邱小惠和庄秀兰扶着她出去，上了罗豹的车，剩下的都上了罗龙的车。

伊白慧坐在车里，手里捧着罗鲸给她的大礼包，哭了："我们家怎么会出现这样的事呢？不应该呀！他给我买房子我哪敢去住哇！我就离不开老楼，你爸在那儿住过。百灵，你把这新房钥匙替妈还给罗鲸。"

罗豹开车，眼睛盯着前方说："妈，人只要有了钱，都这熊样，正常！"

罗豹又说："妈，有钱有文化还有德行，没钱有文化还有德行，这都是上等人，有钱有文化缺德那是下等人，有钱没文化还缺德那是人渣！"

"那罗鲸呢？"

"充其量也就是个下等人。"

"那我们罗家钢铁军团的人呢？"百灵很俏皮地一问。

罗豹笑着："那就是高尚的人呗！"

伊白慧满脸的不高兴："怎么说话呢？不害臊，哪兴这么夸自己的！我儿子罗鲸怎么成了下等人？"

"妈，你就护着他吧，他就是被你惯坏了！"百灵说。

伊白慧叹了一口气，说："你们都是我的孩子，我惯过谁？我有点害怕，你们以后可别往一块儿凑了！怎么越老还越不省心了呢？"

百灵不吱声了。

"百灵，你说话偏找刺激人的字眼儿，当着罗鲸的面提什么罗家钢铁军团？死丫头，今天全怨你！"

"行行行，妈，今天全怨我，成了吧！"

邱小惠坐在罗豹身边，抿着嘴笑。罗豹瞪了她一眼："今天算是让你白捡了一个笑。"

"我觉着，这样很真实呀！社会大环境就是这个样，家庭就是个小社会，这有什么奇怪的？"邱小惠说。

伊白慧点点头，说："跟什么人学什么样，罗鲸自从离开燕钢去开矿，人就一天天变了。那天，我给他打电话，我听电话里在唱歌什么的，乱哄哄的，他告诉我一个老板的妈过生日，请明星来唱堂会呢！你们说，他成天和这样的人泡在一起，能好吗？"

百灵不耐烦了："妈，咱们换个话题吧！告诉你，我们冀东绿冶的环保治理工作被评为全国先进单位，'全干法除尘'节能又高效，这在中国可是首创啊！专家评价我们是名副其实的绿色冶金企业。"

"好，哪天我去参观参观，你别在我这里老王卖瓜，自卖自夸。"

下午，尤博和杜昊都在2160工地给罗豹打来电话，工程上出了点问题，罗豹没有吃晚饭就开车回冀东绿冶了。

第二天下午，伊白慧和庄秀兰送百灵和邱小惠去东大门，她们手里拎着很多东西，分别去乘燕钢绿冶和蓝宝港的通勤车。

邱小惠上了车，探出头来，伊白慧向她摆摆手说："小惠，你啥时候回来？"

"妈，没有特殊情况，我下个星期一定回来。天挺冷的，您回去吧！"去蓝宝港的大客车开走了。

百灵上了去燕钢绿冶的车，她站在车门口，对车下的伊白慧说："妈，您和大嫂回去吧！"

"百灵，你啥时候回来？"

"活不忙，下个星期就回来。"

车开走了，庄秀兰去和别人说话，百灵看到妈妈孤零零地站在车下，鼻子一酸，她强忍着，不让眼泪掉下来。

这天，从早上起天空就布满了乌云，天气预报说今天上午有雨，到了下午这乌云散了，雨也没有下来，太阳还出来了。在2160的厂房里，两架荒轧机已经立起来了，后面七架精轧机也一字排开地安装着。

作为领队的罗虎带着燕钢总公司"热连轧培训班"的六十多名学员来到现场，他们看到厂房里已经立起的轧机大牌坊，都感到很震撼。他们在外面学习时，盼望的就是用自己学到的知识，为绿冶2160服务，轧出热轧板材。

罗虎的徒弟小猫和小萝卜站在轧机前兴奋极了。小萝卜说："师傅，我爸说，不管你师傅去哪儿，你都要跟着他走，看来我跟着你，跟对了！"

小猫说："师傅，我做梦还梦到过这个，它和我梦中的一模一样。"

罗虎说："梦是你心中想的。"

这些2160的储备人才，不久就会成为2160的生产作业长。这些年轻人中有一个非常引人注目的小伙子，叫周天巍，一米八的大个子，长形脸，大眼睛，浓眉毛，很帅气。他大学刚毕业来到燕钢，就去了德国西门子公司学习，他在那里因为学习工作都很出色，常常得到西门子技术总监的赞赏。如今，他已经成长为独当一面的骨干力量，被选拔为绿冶热轧生产作业区首席作业长，也是最年轻的作业长。而罗虎是这些人中最年长的作业长。

这时，罗豹风风火火地来了，他见到罗虎，高兴地说："哥，你们来了。"

罗虎说："我们已经完成了培训任务，从现在起，我把这些人交给你了。"

罗豹笑笑，说："别以为没你的事了，2160轧制线还等着你们呢！"

提起作业长，罗豹到2160项目经理部后，就开始为这个现代化的工厂设想了一个模式——全新的作业长制。他和父亲罗天齐一样喜欢思考。在过去的老企业管理中，所采用的都是苏联的模式，由厂到车间，再到工段、班、组的管理模式。所以，他很期盼用一种全新的思维来管理企业。

罗豹指着厂房里荒轧机和精轧机的大牌坊，一字一板地对学员们说："这是我们燕钢人自己铸造的大牌坊，它已经在老厂区的仓库里睡了十四年的大觉，现在它们站起来了！燕钢几代人2160的梦想，就要在我们手中实现了！"他正说着，办公室主任孟洋来到他面前："罗部长，总公司董事长的秘书来电话，让你准备准备，明天下午董事长找你谈话。"

第二天早上，罗豹交代完工作便开车离开冀东回北京。中午在路边的小饭店吃点饭，又匆匆赶路。太阳像个大火球，毒辣辣地照在高速公路上，晃得罗豹眼睛发花，为了安全，他放慢了车速，下午两点多才赶回北京。

下午三点，在燕钢月季园二楼的小会议室里，他与董事长陈浩相向而坐。办公室里很热，没有一丝风，秘书递给罗豹一瓶矿泉水，他咕咚咕咚地喝了下去。

陈浩看罗豹喝完了水，拉开了谈话的序幕："我找你来，是谈谈2160的情况，基建方面我觉得很放心，有梁总和你们这个团队，肯定没问题。下一步担心的是建热轧厂和厂班子的建设。"

罗豹沉默了，心想，董事长说这个问题是什么意思呢？过了一会儿，他开口说："建绿冶热轧厂，是我们燕钢几代人的梦想，也使我们早期2160工作筹备组的同志们有了归宿，大家经过几十年的努力，终于把它变成了实体。"

"是呀，是呀，的确是不容易！"陈浩说。

"董事长，在我看来，一个国家、一个企业，重中之重的工作就是管理，管理离不开规划和规则，国家没有规划和规则就会出现无序和混乱；企业没有规划和规则，势必就会导致管理工作的落空。所以，管理工作就是抓落实，通过落实最终达到我们的目标。"

"罗豹，说得好！那你想怎样管理呢？"

"国有国法，厂有厂规，首先要制定规划和规则。还有，当组织上安排我到2160项目组时起，我就开始为这个现代化的工厂设想了一个模式——全新的作业长制。"

陈浩点点头，说："说下去。"

罗豹见陈浩态度诚恳，就说出了自己的心里话："我想过，这个厂长由我来当，而且是一把厂长，我完全具备这个能力。我的阅历不比别人差，我内心有想法和目标。为了这一天，多少人黑发熬成了白发，多少人从青壮年熬到了退休，还有人永远离开了我们，所以，让别人当厂长我不放心！"罗豹的声音很坚决。

陈浩也是一个很爽快的人，他想，既然罗豹把话说到这个份儿上，而且对管理这个厂有十二分的把握，否则是不会说出这样的话来。他站起来，拍了拍罗豹的肩头，说："你小子，也太直白了吧！你没来时，我还真有点犹豫不决，就冲着你这态度，这个厂长就是你了！"

罗豹也站起来，情绪有些激动："如果2160干不好，我妈那儿我都交代不了。"

他们沉默了。

陈浩看了看罗豹，说："我怕你与年轻人有代沟。"

"真没有！我和他们能打成一片！因为人与人之间的关系，不光要凭借制度，还应该从个人的人格魅力、管理手段、管理艺术去灵活地处理。我会为优秀的年轻人创造良好的成长环境。有句话，'少年强，中国强；青年强，企业强'！"罗豹像机关枪一样，一口气说完了这些话。

陈浩哈哈大笑，用食指点着他说："罗豹，说得好！你这个人优点突出，缺点也突出。你回去可以照我们谈的去实施，制定热轧厂的规划和规则。不过，我要告诉你，在没建厂时，我支持你；建了厂，你当厂长，我就要监督你了！"

罗豹心领神会地说："董事长，这事我懂。"

陈浩又补充了一句："你们在适当的时候，可以到外边请专家来指导。"

"我知道了。"

不久，在罗豹的身边出现了三位宽带热连轧工程专家马长仁、仲伟越、孙乃夫。他们分别来自鞍钢、本钢和武钢，年龄都已经六十开外。他们被燕钢请过来，在2160的工地上，为燕钢的第一条宽带轧机夜以继日地工作着。

几天后，陈浩来到冀东绿冶搞调研，他来到2160厂房，见到罗豹说："你小子是个有争议的人物。你不是要当厂长吗？那你去找梁总和蒋经理谈谈。"

"我明白了。"

恰巧，蒋瑞也在厂房里，罗豹走到蒋瑞身边，嬉皮笑脸地说："总经理，厂子建好了，我想当个一官半职的。"

蒋瑞故意沉着脸说："我知道了，你再推荐几个，选个吉利的日子开建厂大会吧。"罗豹明白，便脱口而出："大斌子，他可是2160的元老了，他心细，干活好，技术方面琢磨得透，组织能力强，对他的工作我放心……"

中午吃饭时，罗豹贴到了梁总身边坐下，说："梁总，跟您混了这么多年，是不是该给我一个说法？"

"臭小子，我可说了你不少好话呀！"

"谢谢梁总！放心，我肯定会干好的。"

不久，冀东绿色冶金钢铁公司热轧厂宣告成立了！

在2160宽敞明亮的厂房里，公司总经理蒋瑞微笑着把厂牌递交给罗豹厂长。

罗豹从蒋瑞手中接过牌子的时候，全场爆发出热烈的掌声，在场的早期为2160工作的筹备组人员全都热泪盈眶，终于名正言顺有了自己的家。热轧厂是一个年轻的工厂，职工绝大部分是年轻人，他们的平均年龄还不到三十岁。

罗豹手里捧着厂牌，激动万分地说："同志们，我们终于有了属于自己的家。但是，在2160轧出卷板前的非常时期，我们不能谈休息，不能谈娱乐，不能谈回家，要谈的只是工作。大家只有团结一心，努力工作，才能共同完成2160这个伟大的事业！大家能做到吗？"

只见这些风华正茂的年轻人，信心满满地齐声回答："能！"这雄浑有力的声音在厂房的上空久久回荡……

随后，燕钢工学院也举办了热轧首届作业长培训班，冀东绿冶有五十人参加了为期两周的作业长培训班，学习的内容是"作业区管理的扁平化"。热轧厂甲班的首席作业长周天巍，同时又配备一名有实际经验的老同志做助手，小猫担任副作业长。罗虎是乙班的首席作业长，小萝卜当了他的助手，担任副作业长。

这天，陈浩带着罗豹去东北聘请本钢的开工队，来给绿冶的2160开工。

他们坐在一辆黑色的轿车里，罗豹说："董事长，你说神奇不神奇？我从来不相信缘分，今天相信了。"

"你小子怎么也学会这一套了，有话直说，弄得神神秘秘的。"

"听我妈说，20世纪70年代，我们国家就生产出两套国产1700宽带轧机，给本钢一套，给我们燕钢一套，本钢的上去了，我们的报废了。报废后很多设备和零部件都给了本钢，成全了他们的1700热连轧机，他们依托这套轧机又培养造就了一批轧制板材的技术力量。今天，我们2160请开工队，又去请本钢来给我们开工，而没去请鞍钢和武钢两家。众所周知，鞍钢的1700半连轧机可是我们国家宽带板材的祖宗，那还是20世纪50年代苏联援建我们的呢！"

陈浩恍然大悟："你说的是呀，我哪家都没想请，一下子就想到请本钢的开工队来。"

经过几个月的紧张工作，12月21日早上，2160的厂房里热闹起来了，甲班首席作业长周天巍和乙班首席作业长罗虎共同带人员熬了几个夜晚，已经准备好了生产第一卷钢的组织方案和人员组织机构。只见人们往里面抬沙箱、灭火器，在加热炉前演练着，过一卷钢时怎样操作，飞钢了应该怎么做，全部演练一遍。

这时，点检作业区机械专业员在调试精轧机人字齿轮箱时，发现有一组齿轮箱偏移二十毫米，原因是地脚螺栓与设备螺丝孔没有对正，他马上找来施工单位和外国专家，将这一误差进行了调整。

作业区年轻的技术员负责轧线干油系统的调试工作。2160的轧线上分布着上万个润滑点位。天气寒冷，管路又长，为了避免管路堵塞，此时，他正在五百多米长的轧线上爬上钻下，坚持打开每个润滑点检查，直到消除了全部隐患。

罗豹成了总导演指挥现场，有人喊："油管着火了！"

"又烧了一个油管！"

罗豹喊道："怎么整的，也不听摆弄啊！"

一连几天，第一卷钢怎么也轧不出来，总是卡钢，哎呀！罗豹急得团团转。

罗豹找到威廉姆斯，他对罗豹吼着："我说不具备条件，你们不听话！"罗豹见与他无法沟通，去找蒋瑞。

蒋瑞来到威廉姆斯的办公室，很客气地说："朋友，你不是很支持我的工作吗？拿出点诚意来，支持一下。"

威廉姆斯展开双臂耸耸肩说："不够条件怎么开？"

蒋瑞又说："虽然不够条件组织第一卷钢，可是，有头有脸的人都来了，在控制室里等着过钢呢！"

威廉姆斯很傲慢地说："很简单，把坯子放在滚道上，一按电钮，噗就出来了呀！"

第三天上午，罗豹急眼了，他按照专家建议先把经常卡钢的那架轧机甩开，他喊道："弟兄们，眼睛盯紧点！"

第一块钢试轧出来了，在轧制线上里倒外斜，形状不好看，像一块被撕扯坏了的红绸布。不管怎么说，总算是过去了。

罗豹向威廉姆斯确认一下，对轧机进行了微调，又轧了第二卷，出乎他们意外的是，第二卷钢一次试轧成功了！罗虎和小猫、小萝卜他们都热泪盈眶，在武钢代培时就盼着这一天。工人们都跳起来喊着："成功了！成功了！"

蒋瑞高兴地对罗豹说："给董事长打电话，就说虎崽子出来了！"

"好，马上打。"

"喂，董事长，我是罗豹，向你报告，虎崽子出来了！"

"26号揭幕式没问题吧？"陈浩在电话里问。

罗豹向蒋瑞示意，蒋瑞点点头，罗豹冲着电话大声说："董事长，我们总经理说没问题！"

蒋瑞是一个内向的人，话不多，做事非常严谨。他拍了拍罗豹的肩头，很真诚地说："以前，我还下不了决心用你，从今天起，这个厂交给你我完全放心了！"

26日早上，一股寒潮侵袭了冀东地区，北风呼啸，刮得昏天暗地。

罗豹起了个大早，赶到2160的厂房里。因为今天冀东省和总公司的领导，来给23日下线的那个2160轧出的第一个"虎崽子"揭幕。

没想到罗虎和周天巍、小猫、小萝卜他们都已经先到了。

罗豹说："哈哈哈，我以为我来得够早了，你们比我来得更早。"

罗虎说："不早点来心里没底。"他突然想起什么又说，"老二，妈和石伯伯他们今天也来我们厂参加揭幕式，你可别掉链子呀！"

"好哇！妈做梦都盼着这一天。那就看周作业长和你配合得怎么样了。"

周天巍信心十足地说："厂长，放心吧！保证没有问题！"说完，他们几个人把控制室、轧机组、通道、卷取机处都走了个遍，查找一下有没有死角。

上午，高经理和罗豹组织大家准备第一卷钢。在控制室里，罗豹摁了一下按钮，怎么也不行，油管又着火了。

高经理跟罗豹急了："烧了三个油管。"

这时，陈浩来了："罗豹稳着点，有事吗？"

"董事长来了，我没事。"

陈浩听罗豹说没事，就出去了。

罗豹问高总："钢出吗？"

高经理见烧了几个油管，很生气地说："不出了！"

罗豹也生气了，他突然想到董事长说的话，稳着点，就说："高经理，不出了，肯定出不来，出了，或许就出来了。"

高经理咧开嘴巴一笑，说："那就出！"

罗虎和周天巍他们一连轧了三个坯，都没有出来，急得满头是汗。那边高经理急了，喊道："罗豹，你怎么整的？我扇你耳光子，钢都烧成什么样了？！"

这时，本钢开工队的人上来了，只见开工队的师傅们分兵把口，一会儿就把故障排除了。

罗豹打心眼里佩服开工队的师傅们，不过，他心里还是没有底，他问："师傅，下午我们露脸的时候到了，来的都是领导，能成吗？"

师傅们说："放心，没问题！关键地方我们全部都派人把守。"听他们这么一说，罗豹心里有底了。

这时，控制室里，操作工一摁按钮，果然顺利过钢，轧出一个卷。

高经理笑了："罗豹，下午没问题了！"

罗豹扮了个鬼脸，说："你不是要扇我耳光子吗？"

临近中午，风停了，飘起了漫天的雪花。

下午两点多钟，通向冀东绿冶钢铁公司的以梁伟峰的名字命名的伟峰路上，出现了一个完全由小轿车组成的车队，它们缓缓地通过了以卢有顺的名字命名的有顺桥，驶向了冀东绿冶公司的生产指挥中心。

车停了，从车里走出冀东省省委书记、省长高民和副省长、人大、政协的领导，省政府各部委的领导共三十多人。站在那里迎接他们的是燕钢公司的董事长陈浩、总经理高继伟、副书记方旭、总工梁伟峰以及绿冶的总经理蒋瑞和书记郝平。

下午三点整，高民一行人来到炼钢厂三号转炉控制室视察自动化炼钢。蒋瑞向客人们介绍说："自动化炼钢很先进，好比无人驾驶汽车，这是我们燕钢的工程技术人员自主研发的新炼钢技术，它标志着中国转炉自动化炼钢已经达到了世界先进水平。"

高民问："自动化炼钢有什么好处？"

"它最大的好处是提高了产品质量，缩短了炼钢时间，以前炼一炉钢需要三十二分钟，现在只需要二十八分钟。我们有了今天离不开冀东省各级领导的关心和支持。我还记得，高书记您在三年前为我们的工程奠基铲了第一锹土，今天请您按动自动化炼钢的电钮，我们用这炉钢轧成卷板作为纪念，永久地保存起来！"

一位客人疑惑地问："只按动电钮就能炼钢？"

"是的。"

高民将手轻轻地按到红色的电钮上，顿时氧枪、副枪徐徐降下，开始吹氧。透过控制室巨大的玻璃窗，只见转炉炉火跳动着燃烧起来，那熊熊的烈焰就是燕钢的生命之火，引领着这个突出重围的百年老企业重获新生。

下午4时整，高民一行人来到绿冶公司的热轧厂，他们从头到尾目睹了2160这个钢铁巨人的雄姿，心中的敬意油然而生。燕钢人太了不起了，在一个人烟罕至的荒滩上，建起了一座雄伟的现代化钢城。

这时，2160轧机厂房里的参观通道上已经站满了人，人们发现了几张熟悉的面孔，燕钢的老领导石洪山、李良、林中、伊白慧，他们应陈浩的特别邀请，来参加2160板卷的揭幕仪式。

陈浩心情激动地向来宾致欢迎词："尊敬的各位领导、各位来宾：大家下午好！今天天气虽然寒冷，但高民书记一行专程来我们绿冶公司，为我们2160热轧卷板成功下线揭幕，让我们很感动！我们燕钢人善于学习，追求卓越，终于在12月23日轧出了第一块热轧卷板，实现了几代燕钢人的梦想，让我们记住这个特殊而有纪念意义的日子吧!"

接着，高书记在控制室轻轻地摁下红色的按钮，只见一块火红的钢坯从加热炉里出来，上了滚道，冲进了荒轧机，又冲进了精轧机，变成一条红彤彤的"绸带"在滚道上飘动……

人们欢呼着，雀跃着，像潮水一样在参观通道上随着红色的"绸带"一起拥向前方，最后只见卷取机将红色的"绸带"卷成一个暗红色的钢卷，热轧卷板成功下线了! 人们兴奋地围了上去，高呼着："我们的梦想成真了!"

威廉姆斯和那几名外国技术人员热烈地拥抱着，然后，走过来和罗豹拥抱在一起……

接着，一条又一条红彤彤的"绸带"又在轧制线上飘动着……

伊白慧坐在控制室里，热泪流了出来，嘴上喃喃自语："这，这是真的吗? 怎么和我梦中的红绸一模一样。"

孙女罗霄宏站在她的身边："奶奶，这是真的，这不就是您梦中的红绸吗?"

石洪山坐在那里，握着陈浩和将端的手说："感谢你们，燕钢的2160在你们手中终于实现了!"

林中握着罗豹的手说："豹子，你们是燕钢宽带板材的第一代轧钢人哪!"

李良和孙女李萌萌站在一起："爷爷，你看我写的文章。"李良接过还带着墨香的《燕钢日报》，上面醒目的标题是《飘动的红绸!》

文中这样写道："经过千锤百炼的燕钢2160，在公元2006年12月23日15时36分登上了燕钢的舞台，走在轨道上的钢板像扭着秧歌的红绸带，和着机械的轰鸣欢快地舞动着……"李良的眼睛也湿润了。

罗虎和他的徒弟们站在一起，他们欢呼着，跳跃着……

罗百灵和牛丽也在人群中，她们的手紧紧地握在一起。牛丽突然把嘴凑到百灵的耳边："姑姑，我和小米领结婚证了！"

"这么快，太好了！有情人终成眷属了！"

这时，后面有人喊："罗百灵，厂门卫来电话，有人找你。"

百灵想："这时候会有谁来找我呢？"

她开着车去了大门口，只见一位身穿皮大衣，头戴黑色礼帽、挺拔英俊的男人，站在那里冲她笑着。似乎有些熟悉，又想不起来。

百灵愣住了，那个人摘下眼镜，开口了："百灵姐，是我，艾岩。"

百灵一听声音，竟然是艾岩："艾岩，是你吗？你回来了？"

"回来娶你，做我的新娘。"

百灵突然感到全身的血液都往头上涌，眼前一黑，身体有些站立不稳。艾岩一步跨上来，用双手护住百灵，百灵双眼紧闭瘫软在艾岩宽厚的胸前……

晚上，绿冶公司举办了酒会，庆祝2160热试成功。伊白慧的身边坐着百灵和艾岩。

"妈，他就是艾岩。"

伊白慧惊讶地望着这位突如其来、英俊帅气的男人。

"妈，他就是我护理过的那个学生，他在法国做了整容修复手术，和从前不一样了。"

艾岩站起身来向伊白慧深鞠一躬，微笑着说："阿姨，我向您的女儿求婚，请把您的女儿交给我，做我的新娘。"

伊白慧不相信自己的耳朵："你要娶百灵？"

"是的，阿姨，我要娶她为妻。"

这时，艾岩像变戏法一样，手中出现了一朵红玫瑰，他半跪在地上，把花献给了百灵。

罗百灵的未婚夫从国外来了，这个消息轰动了整个绿冶公司，大家都为她高兴。公司办公室主任孟洋正在筹划元旦绿冶公司百对新人的婚礼，正好，罗百灵和艾岩也算是一对，还有牛丽和小米。

2007年的元旦，在温暖如夏的绿冶生产指挥中心的生态园中，罗百灵身穿白色婚纱，和艾岩随着百对新人一起走进了婚姻的殿堂。

尾　声

　　六年后。

　　金秋的下午，一架从法国巴黎飞往北京的飞机在蓝天中飞行。机舱里，罗百灵把头依在丈夫艾岩的肩头。艾岩把她的手紧紧地攥在自己的手中。百灵的双膝上放着一本精装的画册，上面的书名是《钢铁的生命》。封面是一位女人的雕塑，脸庞是用白钢雕塑的，身体上是用红色彩涂板雕制而成的一件旗袍。她高贵典雅端庄美丽。百灵对丈夫低低细语："你知道这些作品中，我最喜欢的是哪一个吗？"

　　"我不知道。"

　　百灵的头缓缓地离开丈夫的肩头，身体坐好后，翻开画册中标注"破碎的红旗袍"那一页，动容地说："这是我最喜欢的作品，虽然它残缺不全，却有生命、有故事。尽管，母亲已经去世了，我一看到这个作品，就会想起她坎坷的　生。"她说着，眼泪已经流了出来。

　　艾岩取出纸巾，为她擦眼泪，轻轻地说："我们这次回到燕景山工业园区搞雕塑展，就是对她老人家最好的怀念。别再流泪了，眼睛会哭出毛病的。"

　　百灵用牙齿咬住下唇，克制自己不再流泪。她打开画册，便是雕塑目录——《律动的心脏》《丰满的果实》《阳刚之气》《吐故纳新》《新陈代谢》《滚滚红流》……再往下翻——《钢铁慈母》《英雄》《半截人》《父亲的手》《破碎的红旗袍》《红绸》《炉火》《吐丝机》《鹰》……百灵的红唇微微向上一翘，说："你的作品中融进了我们罗家的元素。"

"岂止是罗家元素，还是燕钢元素呢，你别忘了，我的身体里也流着钢铁的血脉，我的父母也是钢铁工人，我娶了一个燕钢的老婆，能不融进燕钢元素吗？"

北京时间下午3点10分，飞机准时在首都机场平稳着陆。首都机场大厅的海关检查出口处站满了迎接亲友的人，身穿豆绿色风衣的万秋莹站在离人群不太远的地方踮着脚，她张望着从里面出来的旅客。

罗百灵身穿黑色风衣，肩上背着皮包，随着丈夫走过来。万秋莹迎上几步，朝着边走边观望的罗百灵亲切地喊了一声："百灵！"

罗百灵闻声快步走来，也兴奋地喊道："秋莹！"

两个人激动地抱在了一起，百灵哭着说："我再也没有妈妈了，上次我陪妈妈一起去了法国，又一同回来，她是那样高兴。而这次……我若不去国外，妈妈她或许不会走……"

"百灵，别难过，你已经没有什么可遗憾的了！所有的母亲都不会永远陪在我们身边，就像我们也不会永远陪在儿女的身边。"

万秋莹转过头看着艾岩，豪气地说："雕塑家，你又获了大奖，祝贺你呀！是不是应该请客呀！"

"当然，当然，感谢你来接我们。"

"应该的。"

"我已经把你们的展品，按照你们的要求都摆放布置好了，就等着你们回来揭幕了。"

"谢谢秋莹，让你受累了！"

"百灵，布置展厅的那些天，我每见到一件展品，就能引起我很多的回忆，我甚至一个人站在那里掉泪。"

"说说你们家的儿子天巍，他现在好吗？"

"好，他去了蓝宝港公司，当上了热轧厂的厂长助理。天巍说，那里的轧机是2250毫米的，比2160宽，开机的时候董事长说，还叫2160，因为2160是我们燕钢发展的里程碑，也是燕钢发展的纪念碑。2160这四个数字是我们燕钢永恒的记忆。"

"这个陈浩，挺重情义的。秋莹，你知道那里的2160是谁带着开工队开工的吗？"

"我当然知道了，是你们家罗豹带着天巍他们一群年轻人开工的。"

"我二哥挺了不起的，妈活着的时候总说，他特像我们的父亲。"

万秋莹突然想起什么："百灵，我看到佟勇了，你说神不，他越活越精神了，还送给我一本他的诗集《爱》，他的诗写得太棒了，我都被感动得哭了！"

百灵有些惊讶："真的？勇哥成诗人了！哪天我和艾岩去看看勇哥。"

这天清晨，艾岩和罗百灵驱车来到燕钢东大门，迎面假山上一只巨大的雄鹰傲然屹立在那里，罗百灵下了车，她不敢相信这是真的。她在寻找那三根旗杆，它们已经被立到了东大门喷水池的前面。她站在鹰的面前，浮想联翩，突然眼前闪出一道亮光，仿佛那只雄鹰舞动着翅膀向燕景山飞去……

他们驱车来到燕景山，这里人流如织，一派繁荣的景象。

2008年奥运会以后，燕钢总公司的涉钢产业整体搬出北京，在这个十平方公里的燕钢旧址中，建立了工业旅游和文化创意相结合的主题公园。

在燕西3A级旅游景区的燕景山工业园区博物馆内，展出了获得法国罗浮宫国际美术展雕塑金奖获得者艾岩的作品——《钢铁的生命》。

展会开幕式，定在10月12日星期日上午9时召开。

这天一大早，罗家的人都前来给艾岩和百灵祝贺。罗百灵穿一件黑色的毛衣外套，肩上披着一条奶白色的披肩，光彩照人。罗虎和妻子庄秀兰，他们的女儿罗霄宏和姑爷金涛，罗豹和邱小惠，罗鲸和妻子马姣也来了，还有罗龙和妻子朱丹，他们都围在《钢铁慈母》的雕塑作品前面合影留念。

这时，陈浩和高继伟来了，他们看到罗家一家人正在合影，便停住了脚步。陈浩看着他们深情地说："罗家一家人的成长史，是燕钢发展史的缩影，我们燕钢的历程就是中国工业的影子呀！"

新闻发布会开始了，北京美术界的一些艺术家、艾岩的同行和学生们纷纷前来祝贺。燕钢党委副书记方旭致了贺词。然后，大家走进宽敞明亮的展厅。

佟勇来了，因为那天百灵和艾岩专门去了他家，邀请他来参加今天的发布会。

他坐在轮椅上，在那尊《半截人》的雕塑前流下了眼泪，他恍然大悟，原来自己在百灵的心中还有位置。

罗豹在《父亲的手》作品前停住了脚步，他的两眼模糊了……

（《红绸》入选中国作协2014年度重点作品扶持项目，人民文学出版社2014年9月出版。）

索伦杆下的女人（节选）

冯　璇

第一章　相士预言

　　腊月的老北风终日咆哮着，撕扯着，把浑江两岸的沟沟岔岔紧紧地包围在一片雪团里。就连巍峨挺秀的五女山也不再棱角分明，变得模糊了笨拙了，远远望去，如一个倒扣的小泥盆。卧在索伦杆子下青砖青瓦大宅院抑或是错落的茅草房，更如大小不一的窝窝头，老老实实地杵在山坳里。还有那阳光的懒，如害喜的小媳妇似的，羞答答慢悠悠地，硬是把时光糅到了一块。这不，刚过晌午天就擦黑了。浑江两岸的老少人儿这时都不出门，袖着手抻长脖子嘶嘶哈哈地隔着窗户纸看外面。到了腊根儿^①，寒气一天比一天嗽碴^②了，吐口唾沫也能在地上竖起个小橛子。

　　富察郎中嘴里叼着烟袋不停地吐着，使得本来就弥漫着浓浓中药味的房间里又夹杂着一股浓烈的旱烟味，这种气味构成了富察郎中家特有的气息。富察郎中时不时抬起鞋后跟磕磕烟袋，紧锁的眉

---

　　① 腊根儿：指过年前那几天。
　　② 嗽碴：方言，指厉害。

66

头下一双混沌的眼睛时不时地看着外面。他支棱起耳朵听着从山上传来时远时近的风雪声，一会儿又把眼光瞄在伙计连福的双脚上。连福的双脚正踏着药捻子，嘎嘎吱吱的声音里透着小心和不安。东家这一瞅，更让他的胸腔紧急地敲着小鼓。

富察郎中慢慢地吐出一口烟，然后冲着里屋喊道："屋里的，天黑透了，去把大门拴紧喽，别让牲口啥的拱进院子……"

被富察郎中称作"屋里的"的关氏早被外面咆哮的风吹得一颗心吊到嗓子眼，她装了几次烟都没点着，最后还是把烟放回笸箩里，一边搓着烟末子一边絮絮叨叨地说："这天号得要把地下的小鬼都叫醒不成……"她听到了当家的这一声，捯着小脚走出屋子。她抻长脖子盯了会儿仓房。那里冻着过年的好嚼裹儿（好吃的）。是她和女儿忙活了一个腊月的杰作，可别让胡子掠了……她仔细看了看门闩，踮着小脚又找了根木头杠子顶在门上……

关氏没有回屋，在北风呼啸的院子里抬头看着索伦杆子。索伦杆子吱吱呀呀地在风中摇晃着，关氏喊出了富察郎中和连福，一主一仆拿出绳子虔诚地把杆子缠稳了，确认万无一失后，拍打着手回了屋。

大多数满族人家的院子里，都有索伦杆子。这是满族人家特有的标志。一般要立在院内东北角，上有锡斗。逢祭日，锡斗里放上食物，让乌鸦食用。

富察郎中祖上是满族黄旗中的统领十几人的牛录。曾先后跟随着老罕王努尔哈赤、皇太极、摄政王多尔衮征战疆场。横刀立马弯弓射月，最后成为脱离农事稼穑而专事军队的牛录了。后来他的祖上在一次战役中，被药箭射中了肩膀，久治未愈，只好怀揣着"跑马圈地"的赏勋，来到辽东大山一个叫桓仁的地方。他的祖上曾听说这地方是个绝佳宝地。上有一座平巅的五女山，下有一条蜿蜒的浑江水。传说五女山在远古时候曾有五位仙女屯兵在此，勇猛无畏保家护国，因而得名五女山。当年汉元帝建昭二年（公元前37年）

北扶余王子朱蒙逃至此。后来朱蒙建立高句丽第一卫城，也是明朝建州左卫首领李满的根据地。五女山四周悬崖陡壁，巍峨险峻，而山顶却平坦肥沃，草木茂盛。山下那条浑江，在汉代时称盐难水，明代称婆猪江。后因发源于浑江市三岔子，因而得名浑江。那江水如白练环绕，清碧透底，育有上百种鱼类。这座城还是当年老祖宗努尔哈赤建州时的主要根据地。县城城墙外呈八角，意为外八卦，城面四周设城楼，如生四象。整个城内有八条街，意为内八卦，从而分属乾、兑、离、震、巽、坎、艮、坤。南北两极属山水，主日月，阴阳相调。四面五座峰连绵围绕，俨然青阳、明堂、总章、玄堂、太室的金木水火土五室。那年有位盛名的道长指点城郭格局时说："青龙则为浑江，白虎则为雅河，朱雀为宽坦明堂之地，玄武乃是五女山。"如此水草丰沛、云气郁积之地，正是世间风水上乘的藏风聚气之所，让子孙后代在这样一个地方繁衍生息可谓明智之举。富察家族因而举家迁往这里，在浑江边上平静地过着普通人的生活，见这里草药竟达百种，便做起了药材生意。后来富察家族掌握了中医中药知识，并不断发扬光大。到富察郎中这辈行医已有三代。恪守医德，遵循祖诫，那些没钱的、过路的人有了疾患，富察郎中以先瞧病为主，付不付钱倒在其次，因而在浑江两岸积蓄了一定的口碑与人脉。富察家在这个不大不小的地方也属于上等人家，上等人家意味着丰衣足食的背后还随处都有乡邻们仰慕和尊敬的眼神，当然也会招来土匪和胡子。

去年也是腊根儿的一天傍晚，几个穿着獾子皮、狍子皮的胡子趁着夜色突然闯到富察郎中家。富察郎中正在煎药，还没弄清是怎么一回事，就被两个胡子用杀猪刀逼到墙角，这时的关氏被其中一人挡在了门口。伙计连福已经吓得趴在地上，双手抱头，嘴里的牙齿碰得上下直响，两腿间很快湿了一大片……

就在这时候，里屋的棉帘子突如狂风卷起一般，呼地掀到了门框上，随后从屋里跳出来个十六七岁的大姑娘，一身得体的绸缎旗装把她包裹得紧紧的。只见她的胸口一起一伏，圆圆的脸儿涨得通红，刘海儿下两条好看的眉毛倒立着，乌溜溜的大眼睛放出灼人的光。她把长杆的乌木烟袋在手上旋了下，最后如端枪似的横在腰里："大腊根儿的，就你们几个还敢上我家来？不就是想要点钱吗？我看你们哪个敢……"她一边说着，一边从背后拿出一团油纸，随手将冒着火的烟袋锅子往那包中的纸捻上凑。她不慌不忙地对着几个胡子说："姑奶奶今天让你们长长见识，让你们知道肉渣是怎么来的……"

须臾，只见那纸捻子迸出了火星，接着发出了刺刺的声音。几个胡子猜想这东西一定是炸药。他们对炸弹、炸药一点也不陌生，知道这家伙可了不得，胳膊腿甚至脑袋都会随着一声巨响立刻粉碎，还听说这东西如放烟花一样，会把人送上天，落地时连骨头渣都不剩……眼看着那刺刺作响的捻头越来越小，马上就要挨近包裹了，其中一人喊了声："快跑哇，不好了，是炸药，快跑快跑——"

几个胡子相继飞奔而逃，在他们身后传来一个姑娘嘲讽的骂声："就这胆子还敢当胡子……看我怎么一个个收拾你们。"其中一个胡子跑到大门口抱住头哭喊："不敢了，不敢再来了……"

几个人跑出院子停住了，然后你看我，我瞅你，奇怪，没听到那声巨响，却见一包东西从院子里扔了过来，紧接着还是那个女子响亮的声音："大过年的，贼不走空，这些都是好嚼裹儿，够你们过年的……"随后又听她说，"胆小再别来比量了……让人笑话……"

过了好久，一切恢复了平静，醒过神的富察郎中怔怔地看着女儿，不知道她怎么吓退了胡子。只见他的宝贝女儿抬着头倒背着手一副得意扬扬的样子，然后又模仿唱戏的腔调说："小女子自有办法呀——"

这哪像个大姑娘家呀！简直比胡子还胡子，将来可怎么找婆家。富察兰听着阿玛带有责备的话，不仅没有懊恼，反而受了奖赏和鼓励似的，拽起裤子抬起一只大脚故意在阿玛面前转了转脚脖子，然后摇晃着大步走了出去。走到门口又停住了，她对着一个哆哆嗦嗦的黑影子狠狠地踢了两下："你还算是个男人？给我起来！"

她回头笑呵呵地转向阿玛和额娘，只见她抖搂开油纸包，哪里是什么炸药，不过是把过年的鞭炮一根一根拆下来包在油纸里……富察兰兴奋得不能自已，咯咯笑罢后说："我再缺心眼，也不能把咱家房子炸了呀，我本想拆来玩玩的，没料到今天派上了用场……"富察关氏刚刚从凶险中恢复了常态，眼睛瞅着被女儿踢了的伙计，又看了看眼前这个宝贝女儿，叹息道："唉——这个虎了吧唧的大脚女儿啊，你让我说什么好哇，你都到嫁人的年龄了……唉——当年费劲巴拉的怎么就生下她啦？"

富察郎中听着外面的动静，觉得这会儿风似乎小了些。他带着满足的神情往炕里坐下了，然后慢悠悠地装上一袋烟，正要打火，突然听到大门外一声闷响，像是有什么东西重重地撞在门上。富察郎中立刻抄起采药的小镢头，并喊了兰儿和连福——里屋的兰儿正和额娘在灯下赶制过年的新袄。她迅速地放下手里的针线，答应了一声飞奔到阿玛的房间。这时的富察关氏也知道情况不妙，她急促地踮着小脚颤巍巍地奔过去。富察郎中见她吓得不知所措的样子，把脸上的肌肉挤了下愠怒地说："给我回去！"

富察关氏没敢声张，大气不敢喘，惊恐地看着爷儿俩。

富察兰一点也不慌张，和阿玛交换一下眼神，然后不约而同地朝大门口奔去。富察兰慢慢地移开了顶在门上的杠子，与阿玛用肩膀头子猛地撞开了门……

大门外静静的，不见一个人，只有漫天的雪花和空寂山谷。富察兰机警地看着阿玛。

怪了，明明清晰地听到了声音，这会子倒没动静了？

富察兰继续放眼四顾，突然发现大门背后有一团黑影。她立刻大叫了声："你给我出来！"随后用手中的棒子朝那个黑影挥去。

富察郎中一把拦住了。

"慢——看清楚再说。"

富察郎中用小镢头推搡着那个缩作一团的黑影，只听那个黑影发出了令人感到恐怖的声音："我快……要死了……救救……我……"

富察郎中立刻把小镢头扔在地上，在那团黑影的头上摸了摸，确认还有活气，便把他抱了起来。富察郎中只觉得手上不是抱了个人，而像托着一片树叶，秋后的树叶。

放在炕上后才发现是个小老头儿。

只见他穿着单薄的衣衫，头发上沾着草屑，一副眼镜掉在腮上，脸色黄里透紫，随着他身体不停地哆嗦，挂在嘴边的雪团纷纷滚落。富察郎中命家里的拿出棉被给他盖上，转身又吩咐富察兰往火炉里加了柴。富察兰看着炕上依旧哆嗦不止的那团棉被："这是冻的？"富察郎中摇了摇头说："不仅仅是冻的，也可能是饿的……快让你额娘烧水，再撮一簸箕雪化着……"

富察兰清脆地应了一声。

富察郎中一小口一小口地喂老人喝粥，富察兰在旁用雪水擦洗老人的头、脸。屋子里的温暖还有果腹的食物让他慢慢地睁开了眼睛，他环顾四周，蒙眬之中，仿佛灵魂从另一个世界周游一圈又回来了。他嗫嚅着想表达什么，最终力不从心，又昏过去了。

直到第二天早上，这个小老头儿身上的活气充盈了，神志很快恢复了，他要立刻翻身坐起。富察郎中明白，这是要给自己行礼。富察郎中忙制止了他。

"好好养着，不要动！"

小老头儿激动地颤抖嘴角，喃喃地说："不愧是名门之后……有德人家呀！"

富察郎中一听此人说话觉得耳熟，再仔细一看，这不是臭驴头村的张老秀才吗？

这张老秀才和富察郎中年轻时就认识，当年的张老秀才有考取功名的志向，后因时局动乱，便断了考状元的念头，渐渐地研究起了周易，靠给人看风水、批八字为生。

张老秀才苏醒过来了，一双眼里含着泪花，他的嘴哆嗦着说："你救了我一命……"

富察郎中用手摸了摸张老秀才的额头，打断了他的话："秀才老哥，别说见外的话，当年要不是你帮忙，我连阿玛都当不成，那我可真成了孤老棒子了……这谢过的话该轮到我说……"

当年富察郎中一直没有子嗣。眼看着富察关氏过门十几年了，依旧没有半点生养的迹象。富察关氏这个小户人家的女人觉得自己对不住富察家族，便劝富察郎中娶二房。身为满族的富察家族遵行一夫一妻制，整个家族中没有人娶小的。富察郎中对内人的话直摇头。他懂这个女人，他觉得眼前这个人已经够可怜的，自己不生养仿佛犯了滔天大罪，平日里低眉顺眼小声小语，恨不得跌到土里去。富察关氏三十五岁那年，富察郎中有些急了，于是他找出祖上留下的各种秘方，为内人调出了一道方子。每天用白药、枸杞子、何首乌、熟地，还有海马用药酒泡了，每天晚上让内人喝上二两，再用以鹿茸、狗肾、羊血等有情之品每日熬汤。逢特殊的日子，富察郎中还要在祖宗面前摆碗摆供，对着索伦杆子默默地祈祷，但愿这道利于子息的宫廷秘方在内人身上能有奇效。富察关氏知晓男人的心，屡屡配合。连服三年后，富察关氏面色红润，步履轻盈，肚子却如秋后的原野静悄悄的。富察关氏知道如此下去富察家族的命运将是更加清冷的冬天，她不免暗暗垂泪。富察郎中依然平静地看病配药，越是这样，越让富察关氏惶恐不安。

张老秀才不知怎么知道了富察郎中的心病，便对富察郎中说，他祖上是宫里的人，曾传说畜、兽的阳物趁新鲜配以枸杞共食可治不孕。从此，富察郎中便在镇上讨买些马、牛、羊、獾、鹿、狍的阳物。后来县城的屠夫们都知道了富察郎中用这东西做"药引子"，就把这些阳物源源不断地送到富察郎中家。这些高价收购的物件在第一时间让富察郎中忙碌不停。每每这时他不让富察关氏靠前，当他把这些东西小心虔诚地煨好后，端到富察关氏眼前，当然他要装着同她共食野味的样子。

盼子的愿望在富察郎中高一声低一声的叹息之后，如燃烧的灯芯，渐渐地矮了，塌了，最后灭了。

那年秋天，张老秀才亲自送来两只血淋淋的物件，富察郎中辨认半天不知是什么。张老秀才说这是刚阉下的男童的卵子。富察郎中听后身子不由得向后顿了一下。张老秀才神秘凑近他："我有个亲戚家里孩子太多，阉了一个准备送到宫里。这是刚刚阉割下的……"富察郎中疑惑地看着张老秀才，作为一个满族后人，他知道阉礼之术非得要宫中指定人来做才行，况这物件要用白灰腌了晒干，由专人负责送到指定地点，最后要和本人的身体同葬……张老秀才仿佛知晓了他的疑虑："我这是左托人右托人高价讨的，这东西可不是一般人能寻得到……你不要，自然还有人要，你可要好好想想……"富察郎中犹豫不语。张老秀才又说："百步可能就差这一步了……"富察郎中最终还是收下了。

不知道是富察祖上积德还是富察郎中的这份诚心感动了上苍。此后不久，富察关氏神情倦怠，时时瞌睡，一会儿身子不得劲两会儿不想吃东西。富察郎中起初还不以为意，当看到妇人脸色日益青白，浑身慵懒，终于觉察到了异常。那日他拉过富察关氏的手，切了脉，竟是滑脉。富察郎中顿时如被沸油烫了般，惊得不能自已。他平整了呼吸定了定神，又切了一次，在确定自己无误后，他当即给祖宗上了一炷香。这一消息让十里八村纷纷惊愕：快到四十的女人竟怀了孩子。看来是富察家积了大德，上天有眼哪！

在随后的十个月里，富察郎中既是贴身妈妈又是义务郎中，每日必是细细问诊，大事小事都不让富察关氏插手。富察关氏本来就心中有愧，哪受得起这般待遇。富察关氏起身要做事情的时候，富察郎中会动怒，随后含着泪光央求她。富察关氏知道眼前这个人太看重这个孩子了，索性听之任之了。

　　第二年四月的一天，富察郎中做了个梦，梦见有条龙在泥潭底挣扎，极其痛苦。那条龙睁着一双可怜的眼睛，一眨不眨地看着自己，富察郎中伸出手想帮它一把，谁知它竟然躲避着。富察郎中好不容易凑到了跟前，谁想那龙竟说话了。它说："你们这里水浊物不净，会让我呼吸不畅，与其这般倒不如在这里自生自灭……"明亮亮的眼睛里还噙着泪花。富察郎中心有所动，一心要救它出来，谁知那家伙突的一下不见了……醒来后的富察郎中一身冷汗，他不解地对内人说了这个奇怪的梦。富察关氏听罢猛然惊诧："我的天哪，老爷，今年可是龙年哪！莫非是上天托梦转告咱这孩子有难处哇？"

　　富察郎中狠狠地瞪了她一眼："说什么不吉利的话？"富察关氏忙把话咽了回去。可富察郎中依然觉得有什么东西如鲠在喉，说不出是个什么滋味。

　　三天后的一个早上，一群老哇子①落在院中的索伦杆子上不停地叫着，富察郎中心里一阵欢喜：神鸦来了，神鸦来了。当年老祖宗（努尔哈赤）就是因了这神鸦才逃过一劫。所以满族人开门见鸦、抬头见鸦都预示着有喜事好事降临。

　　富察郎中扶着杆子激动不已，这时小伙计来报说是富察关氏腹疼不止。富察郎中立刻命伙计请接生婆。接生婆来时说这还早着，宫口才开了一指。说话间，悠然地点燃一袋烟。富察关氏大呼小叫，汗珠子不停地涌出来。富察郎中擦了这边，那边又冒出来，忙得他快散架了。

　　就在这时，接生婆却让他出去。富察郎中不肯。接生婆说，男人看到这样的场面不吉利。富察郎中说他管不了那么多，我自己是

―――――――――――
　　① 老哇子：方言，指乌鸦。

74

郎中，万一情况有变，他要掌握火候。接生婆说女人生孩子就是撒开腿拉了泡屎，哪有那么多万一。富察郎中说这是头胎，年龄又大。接生婆说那又能怎么着？女人就是生孩子的，越是歇哩①，越会有事。吓得富察郎中再不敢与之分辩。

富察关氏痛苦地折腾了一个晌午后，孩子还没有生下来。此刻的富察关氏已经气若游丝，接生婆也紧张了。但见那接生婆再次撸了袖子欲要伸到富察关氏的下体，富察郎中冲了过来一把推开她，他用平日里配药开方的一双小手探了进去⋯⋯

孩子带着血丝坠地时，不是她的哭号把富察郎中震傻了，而是孩子挓挲着两只脚，富察郎中怎么瞅怎么别扭，待仔细看时，发现孩子的右脚上多了一趾。他慌忙捧着婴儿又来回翻看了几次，再次确认其他部位没有任何异样时，长长地出了一口气。

他无比敬重地跪在院子里仰望着索伦杆子，好半天从嗓子眼里喊出一句老天有眼哪⋯⋯仿佛语言穷尽。那种大喜之后的欣慰瞬间演变成泪流满面。

随后，富察家生了个怪物的消息一溜风地传遍了浑江两岸。怪物不怪物富察郎中可不管，这个孩子的到来毕竟让富察家族从此有后，怎么样也是他富察家族中的宝贝、荣耀。富察郎中于是给她取名兰儿，意为她像居室里的兰一样，高贵高雅。

富察兰打小起，就有人好奇，常常借看病之由来看她。当然也没看出什么两样。富察兰毕竟是被精心培育的孩子，一落地就结实得跟个小子似的。刚会说话就是个大嗓门，刚会走路就一溜小跑。那真是遇风也长遇雨也蹿，一眨眼就到了裹脚的年纪。

按说满族人是不裹脚的，可在浑江这个地方，满族的女子都效仿汉人裹脚了，而且大脚同样是被人耻笑的。一方面是将来不好嫁

---

① 歇哩：方言，指娇气。

人；另一方面意味着没家教甚至野蛮粗俗。她的脚本来就生得宽大，尝试着裹了几次都被她撕扯下来。一日，富察关氏狠下心，捆了她，让小伙计把她按住。不到六岁的兰儿突然咬住小伙计的手，死活不松口，手脚并用地反抗着。富察关氏不由她，趁机上前按住了，却见她气得昏死过去。吓得富察夫妇从此再不敢提裹脚的事。

富察郎中见她聪敏机警，便教她读书识字。从关、尺、寸学起，谁想她竟然过目不忘，几年工夫，竟然能看懂医书，能写会画，还学会跟阿玛诊病配药，这让富察郎中无比欣慰。

可这个比别人多个脚趾又不肯裹脚的女儿，一直令关氏忧心忡忡，如果把脚裹上，还会掩着些丑陋，这样一双大脚板子绝对有失富察家族体面的。在她稍大一点时，关氏便念叨着大脚的不雅和不好嫁人之类的话，她听了反而振振有词："不嫁就不嫁，为找个男人还要把自己生生弄残了，我才不吃那亏。"依旧一副宁死也不顺从的样子。富察郎中就劝慰婆娘说南方有些汉人已经不再裹脚了，有的地方还在放脚，还是顺其自然吧。

谁想这个宝贝女儿从来不玩女孩子的游戏，专门和男孩子玩。那天竟在街上"骑马"。"骑马"是满族男孩子喜爱的一种游戏，不是真骑马，而是用一根棍子骑在胯下，手里还要拿着一根长木杆当作刀。等到有人喊上场时，两个小男孩就开战了，双方打斗时口里还要伴着"嘿哈"的喊声，以示威风。败者要沿街逃跑，胜者要勇往直前，棍子拖在地上划起一溜溜烟尘，常常弄得整条街鸡飞狗跳，尘土飞扬。这个游戏是老祖宗传下的，目的是让男孩子通过这种游戏锻炼身体，从小养成强烈的进攻意识。富察郎中怎么也没有想到，自家的女儿竟和男孩子上街玩这个。弄得满街的邻居趴在墙头看热闹。邻居们悄悄地议论着这个大脚兰儿，认为这女子天生就是个男儿胎。

富察郎中曾锁了她不让出门，看女儿可怜巴巴的样子，又不忍心。只要一放她出去，她就如小虎进山。上树溜冰，打鸟捉鱼，哪样也少不了她。她说她不愿意和女伢子在一起抓嘎拉哈①、翻挂挂②。她还说她们小气爱哭，娇滴滴的，没意思。

富察兰十五岁那年，嚷嚷着要去骑马。她说自己将来要当花木兰、穆桂英，万一来了敌人，不会骑马怎么行。富察郎中当然不会允许。那天她瞒过双亲，换了短褂，让家里伙计把那匹大青马拉出来，到了大门口，她纵身跃了上去。那马从来没被人骑过，又没有放鞍子，突然意外一蹶，当即飞奔起来，颠得她随时要掉下来。富察兰紧紧地抓住马鬃。任凭她怎么吆喝，大青马根本没有停下来的意思，最终在风驰电掣中将她重重地甩在山梁上。

富察兰好半天才慢慢地站起来，她一边揉着摔疼的屁股一边骂着大青马。突然间，她觉得身体里有股东西流了出来，两腿间湿漉漉的。富察兰赶紧走到没人的地方，蹲了下来，两腿间有大片大片的殷红滚落，从小接触医药的她瞬间明白了怎么回事。她回到家里将换下的衣衫连夜洗了。富察关氏见洗衣盆里一片血红，她欣喜地说："以后要月月洗衣裳了。"

她顿时觉得自己长大了，不能再和那些小子玩了，那晚她翻开那本《女儿经》。

勤女工，要紧情，起早莫到大天明。扫地梳头忙洗脸，便拈针线快用功。纺织裁剪皆须会，馍面席桌都要通。件件用心牢牢记，会做还须做得精……不要闲立又闲坐，不要西去又往东……

富察郎中在她小时就要求她背这部《女儿经》。富察郎中一再告诉她，要按这个要求做，才像个大户人家的女孩，才能成为个好女人。她慢慢地理解了句中的意思后，越发地不明白了，如果好女人都是这个样子，那不就是个喘气的牲口？富察郎中拧着双眉说："怎

① 嘎拉哈：一般指猪、羊等动物后腿的髌骨，常作为中国东北妇女和儿童的一种游戏道具。
② 翻挂挂：一般指"翻花绳"，是中国民间儿童游戏，在中国不同地域有不同的名称。玩法是用一条绳子在手指上变换花样。

77

么是个喘气的牲口?"

她一本正经地说:"又不能闲,又不能立,又不要东又不要西,那一天天除了做女红就是做食饭,一刻也不能停,一停下来就有这个。"她扬了扬《女儿经》,"这不就是赶牲口的鞭子吗?"富察郎中怎么也没想到,她小小年纪骨子里竟然如此叛逆。富察郎中忍着耐心说:"这是咱们老祖宗让一个女人如何能嫁个好人家才制定的这本书,很多优秀的女人就是看了《女儿经》才明事理的。"富察兰噘着嘴说:"老祖宗也太会糟践人了。你们自己受用也就得了,千百年后还把这破玩意儿拿出来让我受罪。"说完便把书丢到一旁。

今天来了月事,她突然觉得自己长大了,当翻看到"修女容,要正经,一身打扮甚非轻,搽胭抹粉犹小事,持体端庄有重情"时,她啪的一下把书合上了。

谁能按书里的做?简直就是上刑。她把书扔到柜子上头:日后我再也不要看这东西。

从遗传学的角度来说,富察兰继承了满族人的特征,身材高,脸型较长,鼻子高挺,丹凤眼,看人的时候好像总是眯眯着,但是一睁开,竟是那样有神,再加上她皮肤是那种透着粉的白。要说逊色就是那双大脚了。不过,这样一副身板子,如果配着双小脚还不得侧棱得连站都站不稳。

眼看祖业就要断送在自己的手上了,富察郎中顾不得传男不传女的规矩。所幸富察兰对看病开方很感兴趣,是富察郎中的好帮手,富察郎中决定让她学医。别看她对《女儿经》不感兴趣,对各种医书还真上心研读。

醒来后的张老秀才气息渐渐顺了,也恢复了理智,有了说话的劲,他感谢富察郎中的救命之恩。原来他到外地走亲戚,谁想在路上遇了劫匪,连身上的棉袄都被扒了去,身无分文,又冷又饿。他坚持着不让自己倒下,好不容易看到富察家大门了……富察郎中命屋里的找出一身棉袄，张老秀才更是感激不尽。他说自己身上没有任何东西可作答谢的，等日后有机会一定登门谢过。说着话间，就打算辞别。富察郎中做这种事情已经记不得有多少回了，他是个不求回报的人。

这张老秀才走过前铺时看到柜台上放着一只玉石貔貅，驻足看了看。富察郎中说这是父辈留下的。张老秀才问："以前我也到过你家，怎么没发现此物？"富察郎中说："以前是放在角落里，近年才拿出来放在这。"富察郎中又补充说不是什么上好的玉石，就当放在这里做个摆设。

谁知张老秀才说："此物无论是什么材质做的，万不可当作摆设。再说这貔貅是龙王的第九个儿子，能腾云驾雾，号令雷霆，降雨开晴。喜钱，能吃四方财，正财、偏财都吃，是个最凶猛的神兽。更有辟邪挡煞，镇宅之威力。常以一对出现的。"

"是呀，还有一个放在了药铺桌上。"

"富察兄弟，你这可是大错呀！如果你信得过我，听我的，把它们放在一块。"

富察郎中不解其意。随后只听张老秀才又说："古代称它们是一对天禄，必须要放在一起才有神效，否则是对此物大不敬……"

富察郎中觉得他说得有理，没想到，张老秀才这些年研究易学还真有他的过人之处。富察郎中对易学之类一直执半信半疑态度，更认为看相批卦的带有唬人的意思。没想这张老秀才说得很在行。张老秀才又看了看其他房间接着说："此物件还是放在这里最合适，摆放时一定要注意其头朝外，不宜高过人的胸口，此乃一对招财兽，神兽，兄弟可千万要记住了。"

富察郎中不住地点头："看来兄弟真是臭驴头有名的半仙哪！"

"别说什么半仙之类的，我这两下你还不了解？不过就是混口饭吃而已。"

"莫怪小弟多打扰，我富察家族这辈子息不旺，这你也知道，那年还不是在您帮助下得了子嗣……今天想让仁兄看看她能不能继承祖业。"

张老秀才连连说："那好那好，你报上生辰八字。"

这张老秀才一时间真想不起富察郎中当年生的是少爷还是公主，他见院子里有个后生戴着棉帽子活蹦乱跳进进出出的，觉得可能是个少爷。

"农历四月二十五辰时生的。"

张老秀才半闭着眼睛，同时不停地捻着手指头，过了一会儿说："此日生人可是骑马坐轿，顶戴花翎，将相之才，将来可大有作为呀！"

"真的？"

"这男儿不但能继承祖业，日后还是个封疆大吏，光宗耀祖，你就等着万人景仰的好日子吧……"张老秀才正描绘着下文，突然一阵清脆的笑声伴着一股冷风扑面而来："阿玛阿玛快来看哪，你说多有意思，我把老鼠活捉灌上酒了，你看这东西醉得……你再看看连福，阿玛，他吓得要晕死过去了……咯咯咯……"张老秀才抬头一看，眼前站着一个年轻后生，只见"他"戴着狐皮帽子，上着马蹄袖箭衣，下着青布裤子，脚下是一双尖头靴。完全是猎人的打扮，分明是打仗或骑射出征的男儿。

"这少爷……"

富察郎中见女儿闯了进来，颇有不悦。"小女不懂规矩，还望见谅。"

张老秀才一下子愣住了。女儿？他再定睛看时，只见她长长的辫子卷在帽子里，高挑的身材照比男儿稍有些细弱，眉眼间的英气还是掩藏不住女儿家的一丝娇贵。

"一个女儿家，怎么这身打扮，给我换了去……"富察郎中训斥道。

"你忘了阿玛？你不是说了吗，过年只要我高兴，可以让我穿几天骑装的。"

"家里有客人，你又不是不知道，给我换去。"富察兰一转身，瞪了阿玛一眼，不高兴地回屋了。富察郎中长叹："唉，我这个女儿托生错了……"

"那刚才的生辰八字莫非是她的?"

"是的，正是小女的。"

张老秀才长长地吐出一口气，一屁股坐在椅子上，他本欲把富察郎中说得高兴些，一来作为答谢，二来显摆一下自己的相术。可是……他尴尬得找不到话了。富察郎中见他欲言又止的样子便说："仁兄你要直说无妨。"

张老秀才重新闭上眼睛："这二十五日生人，男丁必骑虎，女子必孤苦。"他又捻着指头说，"这年干为正官，月干为伤官，如此相挨，而伤官又很旺，这种性情，阳刚有余，阴柔不足，往往任性胆大，急烈刚强，此日生人若为女子那可要受很多苦哇……"

"要吃很多苦?"富察郎中心中一沉。

"别怪为兄嘴下不仁，我看过百千余人，只要是占这样生辰的女子，都是命硬之人，大多到凡间都是来还债的……"

富察郎中一听，有些急了。

"命硬? 命硬的意思是?"

张老秀才支支吾吾地说："就是，就是妨人……克夫……"

"克夫?"富察郎中觉得仿佛有口气堵在胸口，他睁大了眼睛直视着张老秀才。

张老秀才不安地说："我看了好多人，这个……当着兄长的面，我怎么也不能撒谎。"

富察郎中眉头紧锁，沉默了一会儿说："那要是招人入赘?"

谁知张老秀才连连摆手："那是万万不可以的，她妨性大，必须要嫁得同样命硬之人……而且，而且……"他抬头看着富察郎中，然后慢慢地说，"最好是离娘家远些，而且十七岁前必须出嫁，否则克娘家的……"

富察郎中听到这里，呆住了，他张着嘴好半天也没有一句话，仿佛宝贝兰儿悲凄的命运里传来的阵阵冰冷已经冻住了他这个阿玛。他木然地站着，浑身不禁颤抖起来。

"你也不必如此，俗话说，命里八尺，难求一丈，人生在世千万记着，争什么别和命争，她就是这个命……再说，你富察家祖上积德，老天不会亏待她的……"

富察郎中这时抬起泪光闪闪的眼睛问："有没有什么办法破解破解？"

"为兄道行浅，这命定的事，我也没有办法呀！"过了一会儿，他又说，"如果想改善，唯一办法就是找个同样命硬的，还能好些。"富察郎中若有所思地点点头。

送走了张老秀才，富察郎中闷闷不乐，他没有把这些话告诉屋里的，他怕她承受不了。只是他在心里暗暗寻思，找个好人家把女儿嫁出去。过了年兰儿可就十七岁了。

富察郎中叼着烟，看着窗外的宝贝闺女，按说只有这一个闺女，要多金贵有多金贵。别说富察郎中这样的家庭，就是普通人家那也要百倍万倍地宠惯着她。可是富察兰好像天生就不是小姐的命，浑身上下有使不完的劲。你看她放了这样拿起那样，一刻也不着闲。此刻她一手拿着斧子，一手扶住木墩上的柴。只见她把斧子举过头顶，咔的一声，磴硬①的柞木利落地分开。富察郎中看到这里，感慨道："放着小姐不当，非要当烧火丫头，没法儿啊！"

一堆劈好的柴火很快堆成了小山。富察郎中知道，女儿已经懂得了满族过年的规矩，大年初二之前不劈柴。看来她这是要准备一个正月的柴了。

富察郎中怕她累着，喊声连福，连福没有应，他这才想起，连

---

① 磴硬：方言，指坚硬。

福昨日已经回家过年去了。

富察兰依旧忙着，里屋外屋都是她咚咚的脚步声。富察郎中抬眼一瞧，她又担水去了。满族人过年期间不能外出担水，他知道宝贝女儿要把水缸填满为止。

年三十晚上，吃过年夜饭后的富察郎中点燃一袋烟，然后望着女儿。

"女儿啊，这可能是你在家过的最后一个年。"

"为什么？"

"满族的规矩你是知道的，满十六周岁就要嫁人的。今天你都十七了……"

"听你这话你是要把我嫁出去不成？"

"是呀！女儿嘛，早晚都是人家的，留也留不住……"

"我不想嫁人。"

"傻孩子，那怎么行。"

"嫁人也是伺候人，我干吗要去伺候别人，在家伺候阿玛和额娘不是更好吗？"

"伺候人也是尽女德。"

"阿玛你又来了，你知道女儿不稀罕那些。"

富察关氏见女儿不高兴，说："这大年三十的，不说这个，兰子不嫁就不嫁。"说着用眼睛使劲地剜了富察郎中，然后小声地说，"你还不知道你闺女的脾气，她是属小毛驴的，得这样——"她做着往下抚摸的动作，"得顺毛摩挲。"

"好好，我错了，不说了不说了……"

富察兰娇嗔顶撞阿玛："就不会说话，大过年的也惹本小姐生气。"

自从张老秀才走后，富察郎中就在心里踅摸他心目中合适的女婿。他脑子里把浑江两岸的黄旗、蓝旗、白旗的满族后生都过了一遍，都不理想。最后他把心里最合适的人选落到了赵家的德祥身上。德祥子家有良田，相貌也好，是个顶门立户的。

其实富察郎中早把女儿的婚事放在心上，他有他的打算，自己就这么一个宝贝疙瘩，让她嫁出去，那等于是剜了他的心，他早就想招个上门入赘的，一是继承医术，二来他和屋里的将来有个照应，所以那年他有意招了伙计关连福。

关连福是富察关氏的远房侄儿，那年家里遭了虫灾，地里颗粒无收，实在没法了，连福家里找到了这个远房姑姑。富察郎中看着这孩子可怜，又生得一副老实相便收留了他。富察郎中当初想把小伙计培养成郎中，也有意将来招门入赘到自己家。

连福刚来那几年，见了谁都紧张，有时富察郎中喊他一声，他竟然会吓得浑身哆嗦。富察郎中后来让他做些简单的活，晒药、捻药、打个包什么的。他倒是听话，一边嘴里答应着，一边手上却不知所以，常常自言自语："东家怎么吩咐来的……东家怎么吩咐来的……"有一天富察郎中让他去把火炉上熬的汤药转一下。直到富察郎中闻到了草药味的异样，却见关连福还眼巴巴地瞅着药壶，手中拿着药铲子停在半空中愣愣地说："这转下还不是原来的样子……"如此简单的事在他眼里竟然如考状元般前思后虑，富察郎中一把抓了铲子，翻转了下药罐子里还没有浸湿的草药，又把火拨小了，然后把铲子丢给他："这事就这么难吗？"连福打战地说："我以为，把药罐，转下，我以为……我以为……"他怎么也没说上来，待他再小心地抬头时，东家早没影了。他局促地搓着手，一副做错了事无法弥补的样子，一脸的惶恐。

有一回药房里来了个生疮的病人，黄黄的脓被富察郎中一挤便喷了出来，连福竟吓得差点晕过去。富察郎中觉得他根本不是做郎中的料。

富察郎中想打发了他，富察关氏小声地央求："他回去说不定就得饿死，就让他打杂吧，家里外头的，活也不少。"

连福也看出东家的意思了，于是跪下来苦苦哀求："我听东家的，不要打发我……我一定好好做事……"

留下来的连福更加小心，可是越小心越出错，那次不小心打了个药罐子，富察郎中没说什么，可他自己哭泣了好几回，连饭也不吃，意为自己没脸端碗。富察郎中觉得这孩子还有老实厚道的一面。

这几年工夫他的个子像雨后的棒槌，噌噌蹿了起来，筋骨粗壮得像头牦牛，可智力没长，还是个榆木疙瘩，扒拉一下动弹一下。担水打柴，上山种田，这些活他倒舍得力气，虽说看着还是那样笨笨的，毕竟也是个好帮手。这样一个人能托起家业？何况他还怕富察兰，他在富察兰面前呼吸都是不顺畅的。有时富察兰故意悄悄地走在他身后，再故意大声喊他，他竟吓得一激灵，半天连话都不会说了。每每看他这个样子，富察兰就咯咯地笑个不停，她越笑，连福越眨巴着空洞的两眼愣愣的。富察兰说他是蚂蚁托生的。胆子比芝麻还小。他会哆嗦地附和着："是的，比蚂蚁还小……"连福在富察家能吃饱饭，过着冬有棉衣夏有单衫的日子，已经很知足了。到年底东家还给工钱，他觉得一辈子能待在富察郎中家已是自己最大的福分了。

正月十五一过，富察郎中找到了媒婆。按说有女孩子的人家是不能主动找媒人张罗婚嫁之事的，可富察郎中不能等了。他委托媒人去赵家说媒，不几日回话来，说是赵家要换帖。看看两人命里、属相和不和。富察郎中提笔写下富察兰的生辰八字，突然张老秀才的话响在耳边，令他有些不安。他犹豫半天，还是落笔写下了。

就在他忐忑不安地等待的时候，媒婆来消息了，说是赵家也有和富察家结为儿女亲家的意思，可两人依照天干、地支阴阳五行之相生、相克的关系，生辰八字不合，属相也不合。富察郎中对着窗外长叹一声，那声音里透着无限的失落和惋惜。

富察郎中没有心思再坐在铺子里了，人一旦有了迫切的念头，就会将心里的内容准确及时地反映到脸上。富察关氏早就看出来了，她安慰道："咱富察家的女儿一挓挲开翅膀就是凤凰，不用急……"

富察郎中反反复复地搓着手里的烟袋，最后往那门框上一叩："一家女百家求，咱家这闺女眼瞅着十七岁了，连个媒人都不上门，这不是富察家族的耻辱吗？"

"有女不愁嫁，你怎么还急成这样？"

富察郎中看了内人一眼，只好把那天张老秀才的话说了。富察关氏听完一脸的茫然。接着她在屋里捯着小脚了："我就说了嘛，这霜打独根草，她一落地就这么好养活，怎么也有个说道……可是……可是当家的，这克夫的名要是传了出去，那就更不好找人家呀……我的天哪……"富察关氏不由得抽泣起来，富察郎中喝住了她，富察关氏委屈地看着富察郎中，不得不像关门一样收住了自己的眼泪。

眨眼，春天就打着转儿来了，富察郎中这时又把目光投向了卖古董的老钱家。他不好再托上次的那个媒人了，女方家总是主动找媒人那绝对是不体面的事。于是富察郎中向钱家走去。

谁知他刚刚走到大门口，就看到一对喜字热烈地红着，透着一股功成名就的得意和张扬。富察郎中烫了眼似的转身往回走，长衫在他的腿前快速地掀动着。

富察郎中怎么也没有想到，张老秀才从他家门出来之后，就被别人请去看风水，酒醉之后无意间就把富察郎中之女克夫的事说了出去。就像她当年坠地一样，浑江两岸的人们对这个奇女子充满了好奇和观望，当然，也封堵了媒人的目光和脚步。富察郎中根本就不知其情，而这时他恰恰想起了这个张老秀才，他认为张老秀才走南闯北认识的人多，又常到外地，说不定会给女儿找个好婆家。

这个念头一闪现，他觉得他不能等了，他付诸行动了。

第二章　托媒相亲

浑江的下游有个臭驴头村。那里山高林密，虎狼遍地。传说当年有个赶着驴车的生意人来到此地，口渴之时去河边饮水，待回来时那驴已被咬死。生意人惊慌之余，把驴皮驴肉卸下，然后把驴头挂在路口，意为警告进村的人注意安全。那驴头在日头暴晒下当天就臭了，渐渐地人们就把这村叫作臭驴头村。山里的上百户人家羊屎似的散落在山脚下，索伦杆子高低错落地立在天地间，一看便知村子里大多是满族人家。

富察郎中没让连福赶车，他觉得那样太兴师动众，索性一个人步行前往。一贯清高的他，一路上还想好了收购草药这个理由，要不这样去人家那里单单说女儿婚事，太唐突。

走了大半天，看见村子时已经是傍晚。他站在山头，欣慰地抹着额上的汗水。

这时节不是采药、存药时节，富察兰不知道阿玛近日早出晚归做什么。不过，阿玛不在家，倒让她放松许多。在一种自由痛快的日子里，她更想看到德祥子了。

长大真不好，有那么多规矩，小时多好，眨眼间跑出去，想见谁见谁。可是现在不行了，这一出去就有无数的说道，何况她越是心里急着见的，越是要装着无事。这一切逃不过额娘的眼睛，她知道女儿的心事，当富察关氏说了和德祥子八字不合的事。富察兰瞪着眼睛："这么大的事也不和我说，你们竟然要偷偷地……就凭他那德行，就是命里合我还不嫁呢？"富察关氏想安慰女儿几句，却见女儿转眼回屋，砰地关上了门。

富察兰拿出了法都①，那是给一个人绣的，用的是世界上最好的

---

① 法都：指荷包。

五彩丝线，她从会拿绣针的那天起，就精心地准备了这个东西，绣了多少年自己也说不清了。她曾幻想着有一天亲手送给德祥子，他一定会吃惊的。单看那针脚，任何人也不会相信出自她的手。还有那虎的眼睛，分明懂人心似的，谁看了都会都明白是什么意思……上面的每一针每一线都凝结着她的语言她的心思，眼看着这只威风凛凛的虎就剩爪下的草了，怎么会八字不合？怎么会呀？想到自己在灯下一针一线一心一意地绣着，想到自己在索伦杆子下默默祈祷着……额娘的话如铁榔头一样敲碎了她的心思，骨子里那股高傲挺立的自尊顷刻间倒塌了。

借口，全是借口。她握着剪刀，戳瞎虎的一只眼，剩下那只还是含情脉脉地看着她。

谁像你这样下作，还绣这东西……还准备送给他，真不要脸……她觉得自己倒在一片废墟之上了，再也无法令自己站立起来，胸腔里一股委屈怎么也兜不住了，终于汩汩地从眼睛里流下来，像春天开化的小河。

她和德祥子从小就在一起练习骑马。说真的周围男孩子没一个叫她佩服的，只有德祥子。你看他上树，是最快的；他打弹弓，是最准的。那次藏猫猫，德祥子拉着她躲在草垛里，两人贴得那样近，连脸上的汗毛都数得清。突然有一天，她发现他的个子高过了自己，偶尔在街上相遇，两个人的眼神在空中相接的时候，分明能感觉到对方的心跳……在富察兰的预感里，赵家迟早有一天会让媒人上门来。

此刻的富察兰看着地下的一堆碎片，觉得自己的心也碎了，乱糟糟的无法收拾。

她知道阿玛一定是为自己说媒去了。因为她听到了阿玛和额娘的谈话。

在富察兰的记忆里，阿玛极少求别人，阿玛能放下郎中的身份去为自己的亲事求人，这对于有女为尊的满族家庭来说，多么难为情，多么难为阿玛。是不是自己的一双大脚把自己推到了这种境地？额娘啊，阿玛呀，你们怎么就这样糊涂，当初我小我不懂事，可我一哭一闹你们怎么就依了？小孩子谁不想舒服一会儿是一会儿，谁想找那疼痛？他们当初为什么不死死地按住我成全了三寸金莲？如果那样，何苦自己走到哪里都有那种看怪兽的目光？何苦还要让你们这样四处去说媒？何苦让德祥子看不上自己？这双丑陋的脚如一颗长在脸上的丑陋黑痣一样，是那样不可改变，不可掩藏。

她看着自己的脚，越瞅越别扭，那长度差不多是额娘的两倍了，还有右脚那个多出来的脚趾。她从来不穿满族的盆底鞋，只能穿额娘做的绣花鞋。而且要一只大一只小，否则右脚穿不上。随着年龄的增长，她知道了这双大脚是无法改变的，倔强的她始终不明白：她比那些个侧棱着要倒的小脚女子到底差在哪儿？多一个脚趾的她又影响了什么？可是，看看周围，哪家女子生得这样一双丑陋的大脚？以前自己还不管不顾的，甚至谁爱看就看，爱说什么说什么。今天她终于知道，它让自己逊色，它让德祥子嫌弃，让阿玛为难。

那天她早早地吃过了晚饭，若无其事地回到自己房间。终于等到额娘的房间吹了灯。她从灶房里找出斧头回到自己房间里磨了起来。然后她把灯芯挑了挑，把斧头放在灯芯上烤着，她要解决它，不能让它给自己还有阿玛和额娘丢脸，不能让这个多出来的一趾使别人视自己为怪物。她要让自己和其他的女子一样，不多什么，不少什么，在任何一个地方，不再像耍猴一样被人围观、指点。她慢慢地脱了自己的袜子，伸出了自己的右脚，然后举起了斧头。她紧紧地握着，手心里出了汗，然后她咬着牙，终于下了决心："今天我要做个了断……"

"我的天哪！"

突然间从外屋带来一股风。

富察兰随后被一个黑影扑倒了。

"小姐……你，你要做什么……"连福颤抖着问。富察兰被高高大大的连福压得喘不过气，她想推开他，可是连福铁砣一样按住了她，并夺下了她手中的斧子。

连福还没站稳，就感觉眼前一阵风，接着啪的一声，打得他连连后退。待他站稳时，迎来富察关氏带刀的目光："好你个不知好歹的东西！"

连福捂着脸，低头不敢说话。富察兰见情况不好，忙拦着愤怒的额娘。

"额娘别价，我和连福闹着玩的。真的！"

"有你们这样闹着玩的？一个大小伙子，一个大姑娘家的……"

"真的！"富察兰眨着大眼睛说，"我，我要拿斧头砸榛子的……连福怕我砸手，来抢斧头……"

富察关氏问连福："是这样吗？"连福头也不敢抬，只在嘴里嗫嚅着："是，是的。"

富察关氏观察了两人，没什么异样，于是带着歉意责备道："还不回你的房间里睡觉去。小姐大了，晚上不得进小姐房间。"连福小声地应了声，委屈地回自己房间了。

富察关氏警觉地看着女儿，这时她果真拿着斧头咚咚地砸榛子。富察关氏说："都这时候了，还弄出这么大动静，一个大姑娘家的，就不能消停些……"她边说边往外走，顺手把那柄斧子拿走了，"一个姑娘房里，不能有这东西。"

原来连福今儿傍晚回来了，给富察兰带来了松子、榛子。那是富察兰一直爱吃的。他见东家的房里已经没了亮，小姐的房间里灯还亮着，他又不敢进门，就准备把东西放在门口就走，却无意间看到小姐举着斧子，他没有多想，立刻扑了过去。

第二天，连福一早就起来扫院子，见富察兰走出了门，就准备折回屋。昨晚那一记委屈的耳光让他不敢再看小姐。谁想富察兰叫住了他。连福不知道小姐要做什么，不安地转过身。

"你过来下。"

连福不安了，他抬头看了看四周。

"你没听见哪？"连福生硬地挪到了小姐面前。

"你说我这个人看上去是不是挺凶？"

连福对东家小姐从来不敢正眼看的。那年他来东家时，小姐还小，动不动就让他陪她玩，他哪敢。小姐就央求东家，每每得到富察郎中的准许后他才放下手里的活。可是她玩的那些玩意儿，他不会，再加上紧张，更显得笨拙木讷。富察兰见他手指头硬硬的，连个蜻蜓都捉不住，就让他一边去，他便得令似的赶紧跑了。

后来小姐问他会玩什么，他回答会玩陀螺。那是在冰上玩的。那年她好不容易等河上结了冰，于是拽着他在冰上用鞭子抽陀螺。他连连输给小姐。富察郎中发现后骂了连福："在家里玩这个东西还勉强可以，竟然到外面丢人现眼。"连福不敢声张，是小姐觉得不平为连福辩解。以后连福长了记性，不管小姐怎么磨他，他都不敢陪她玩。别看他们在一个院子里，两人很少说话。小姐说过他是个半语子①，是个会喘气的木头。

突然间听到这样的问话，连福不知道该怎样回答。他没敢抬头，眼皮耷拉着，一心一意地看着自己的脚尖。

"你哑巴了，说话呀——"

"你，不凶……"

"还有呢，我和前院的月梅哪个好看？"连福听了这话倒有些不好意思了，在他眼里，小姐是仙女，天上的仙女，仙女当然是好看。可打死他也不敢当面说小姐好看。

连福的头要缩到肩膀里了。这个问题比煎药难多了。

"你没听清吗？哪个好看？"

---

① 半语子：方言，指不善于讲话。

"都好看……"他喃喃地说。看来小姐对他的回答很不满意，还想再问什么，连福赶紧抓了扫帚，意为自己还有事要做。性情无常反复不定的小姐说不定还会问什么，高兴了又是秧歌又是戏的，不高兴翻脸就是雨，东家的姑姑和姑父拿她一点也没办法。今儿她问这些着头不着尾的话，谁知道她又想做什么？他还没转过身，只听小姐喝令道："站住。"富察兰一脸不高兴。

"过来……你说大脚好看还是小脚好看？"

连福划拉着扫帚，没有马上回答。富察兰急了："快说呀你……"连福扛着帚把袖着双手说："当然是大脚好看……小脚侧棱着……要倒的样。"他想起昨晚的事，急着又补充道，"真的小姐，小脚走路都不稳当……大脚多金贵，真的……"连福眉头都皱到一块了。富察兰还真没见过他有过这种表情。听到这里似乎很满意，她抿住嘴美滋滋的："你去吧！"

富察兰望着他高大笨拙的身影突然笑了："这半语子还挺会说话的。"

富察兰转身奔向了额娘房间，她打量了一圈故意问额娘："阿玛哪去了？"富察关氏正抻着脖子看着窗外："去看药了……唉，这也没说几时回，让人牵肠挂肚的……"

三个人正吃早饭的时候，突然听到外面有人叫门："富察郎中，快点开门，富察家的，快开门……"

连福和富察兰同时去开门，是索家妈妈，她跑得上气不接下气的。富察关氏也听到了，她不知道发生了什么事，快步地迎了出来。

索家和富察郎中家是世交。眼看着两家的儿女长大成年了，双方都有意结为儿女亲家。可是索家儿子说过，就是这辈子打光棍也不娶那院的大脚小子。富察兰当初没听到这话，要是听到了，非打他个满脸花不可。索家儿子去年风风光光娶了妻，马上又要当阿玛了。

索家妈妈气喘吁吁地说："我家媳妇要趴下①了。"

"趴下了，找咱家？"

"是东家让我来的……"

"郎中不在家，就是他在家，他也不会接生啊！"

索家妈妈急得要掉泪了："家人去请接生婆了，可是接生婆走亲戚没回来。这可怎么办哪……我家媳妇已经折腾快有小半天了。这会子可能都快没气了。"

富察兰听到这里说："我去看看。"

"一个闺女家的，赶这场②干什么？"富察关氏随后悄悄用胳膊肘捅了下女儿。索家妈妈说："兰儿，我求你，去看看吧！"富察兰一被恳求，心头的羞涩此刻化成了被人信任的动力。她拽了拽额娘说："我去看看，额娘，我看过西医书的……"富察关氏哪里肯，在她眼里，富察家的女儿虽说是个大脚，可是高贵无比，还没结婚怎么能去做这种事情。

"索家妈妈，我家兰子还没结婚，这事她可不能朝面③，你可要理解我……"

索家妈妈苦求道："好歹兰子也会下药，快去看看吧！"

富察兰没有听额娘的劝阻，跟着索家妈妈出了门。她丢下硬邦邦一句话砸在额娘耳边："都这个时候了，哪还有那么多说道。"

富察兰推开索家媳妇的房门，一股热浪使她打了个趔趄，屋内火炉还在热情高涨地燃烧，别说是双身子（孕妇），就是正常人也透不过气来。她看见索家媳妇躺在炕上，五官痛苦地拧在一起，身上还压着两床被子，大滴大滴的汗珠子急雨一般涌流下来。富察兰看见索家媳妇打开的双腿间淌着一汪血水，她是第一次看到这种场

---

① 趴下：方言，指生孩子。

② 赶这场：方言，指凑热闹。

③ 朝面：方言，指露面。

面，那个隐秘部位对她敞开着，多少还是令她难为情。

索家婆婆抓着媳妇的手说："你可要挺过这一关哪！我的媳妇啊，我的孩子呀！你可要挺住哇！"她见媳妇没有声息了，又跪下朝北叩头，额头和土地相击的声音令人感觉天要塌了。富察兰顾不得那么多了，她想起她以前看过的西医书，上面有女人生产的过程。

富察兰果断地把压在索家媳妇身上的被子拿掉，然后让索家媳妇坐起来。索家媳妇挺直了上身，似乎感觉好一些，慢慢地睁开了眼睛大口大口地喘息着。富察兰这时听索家婆婆说媳妇一天没吃东西了。

正常人一天不吃东西都会虚脱的，何况要生产的人。"快，快弄点吃的给嫂子。"

索家婆婆说："这都什么时候了还吃东西？"只听媳妇呻吟着说："我要吃……我饿呀……"

索家妈妈很快递给媳妇一碗粥。媳妇好像顾不得疼了，张着嘴吃得很迅速。还没吃完，她又叫喊着，鱼打挺似的，富察兰眼瞅着产门口有黑色的头露出来又缩了回去，她急着喊道："你使劲，加把了力气……"这时她又听到索家媳妇的哭声："让我死了……算了，这罪我遭不起了……"

富察兰让索家媳妇再吸一口气，吸满了，然后再使劲。她安慰道："这回保准让孩子出来。"索家媳妇按她的说法做了。很快，一堆红紫的东西掉了下来，几个妇人赶紧凑过去，只见那团红紫的肉蛋蛋没有声息。这时富察兰想到书里有这样的文字：把孩子倒立，轻击后背。

她来不及多想，抓起孩子沾着血水的脚，轻击几下之后，一声清脆的啼哭传出来。屋里的女人，屋外的男人，都长长地出了一口气。

索家婆婆惊喜得有些颤抖，看着这个刚刚出生的孩子，扑通一声给富察兰跪下了："菩萨呀，没想到小兰子这么丁愣①呀……我索家可要好好地谢你……"富察兰扶起她。这时索老爷和儿子也跟着索家婆婆说这样的话，更有索家媳妇疲惫的、感激的目光。

富察兰回到家里，用热水洗着手，她掩不住脸上的兴奋，被别人喊为菩萨的时候是怎样的一种荣耀和自豪哇！还有生命是如此的神奇……她不由得哼起小曲来。她完全没注意，此刻额娘的脸色已如渍过的菜叶一样，透着难看的黄，无限的蔫。她一回头，正迎着这张菜叶里射出来的愤怒的光。

"还没有出嫁呢，竟去给人接生，哪都显你。这要是传了出去怎么好？"

富察兰说："这有什么，这是救人哪！多有意思……"

"我的小祖宗啊，这怎么是有意思的事？你听说过哪个大姑娘给人家掏孩子？"

富察兰不解地看着额娘："女人这一遭关乎生死，我要是真的有熬奶奶（远近闻名的接生婆）那本事，我这辈子宁愿什么都不做，就专门接生。额娘你说的怎么那样难听，什么是掏孩子，那是接生。"

"我不管，反正以后这事你不能做。你要是不听，额娘我就死在你面前。"

富察兰顶撞道："哪个女人不生孩子？女人那样痛苦，我这是在解除这种痛苦，那可是咱家祖上积德了……"

"给我闭嘴！"富察兰真的闭嘴了，因为她看见额娘已经气得直打战，两个耳环前后撞击着脸腮发出了一阵阵碎响……富察兰扶住额娘，哄着道："好额娘，不生气，兰子听话。"

富察关氏抬着失神的眼睛："我不许你做这个，你是个小姐，是我们富察家的独苗。你知道吗？"

富察兰看着额娘小声说："额娘我就不明白了，你也是个女人，

---

① 丁愣：方言，指有用。

为女人解除苦痛有什么不好?"

"你要是个男儿，你想做什么就做什么，可你是个小姐，要传承富察家的规矩。你这么大了，更要有个女儿样。"

"我从小就不是女儿样的……你又不是不知道……"

"你不要气我了。"富察关氏瞪了眼睛，咬着牙，不停哭喊着，"你要是再这样，我和你阿玛说不定就得提前走了呀……呜呜……"眼泪跟放了闸门似的。

富察兰见额娘这样，害怕了。她只好安慰着额娘，并答应额娘再也不做这事了。好不容易把额娘哄好了，她自言自语："本小姐就不明白了，但凡认为有道理的事，在阿玛和额娘眼里全是大逆不道，大逆不道……这词是哪个臭先生发明的，真让本小姐讨厌。"

这次经历是老天给她的一份特殊赏赐，对于一个女孩子来说，精通世事的程度远远地超过了她的年龄。有时长大和成熟不是时间，而是经历事的过程和内心深邃的程度。这一晚，富察兰似乎更懂得了生命、女人的意义……她再次找出那本旧得拿不上手的书，反复看着，回忆着索家媳妇生产的全过程，她要牢牢地记下这些，掌握这些，把徘徊在鬼门关的女人拉回来。

张老秀才怎么算也没有算到救命恩人能来，开门的一瞬间让他顿觉意外，忙打千。只见他哈腰，左手扶膝，右手下伸，这是满族特殊的行礼。

"我一大早就觉得今儿个日子不寻常，没想到是仁兄您哪。"

他赶紧命家里的准备饭菜。张老秀才家里的小脚婆娘笑眯眯地见过客人，然后忙活去了。张老秀才介绍他的儿子。富察郎中知道张老秀才年过四十才和一个外地有孩子的寡妇成了亲。这个又高又壮的男子可能就是他的儿子。

"这是我的儿子，大仓子。"富察郎中看着这个人，他的脸上是那种长年在外劳作的日晒红，深深浅浅的皱纹不规则地分布在脸上，看不出年龄，看上去比张老秀才还饱经沧桑。他袖着手，腼腆地听从着阿玛的话，并给客人行了礼。尽管他给人一副老实巴交的样子，可那亮亮的肿眼泡转得很快，感觉他的老实是故意做出来的。

张老秀才拽过炕上的烟笸箩，那是用柳条编的浅筐，内外用纸或布糊着，筐中盛有搓碎的烟叶或旱烟袋。张老秀才双手横着托举烟袋给富察郎中点上，富察郎中忙俯身接住。

富察郎中趁着抽烟的工夫打量起房间。这是个老式的泥房子，由于年头太久，屋里墙壁和顶棚已经熏得发黑，南北大炕上铺着补着的炕席。满族人有句俗语："出门要脸子，进屋看席子。"富察郎中一看这光景就知道张老秀才家的情况了。

（《索伦杆下的女人》入选中国作协2014年度少数民族重点作品扶持项目，白山出版社2014年11月出版。）

祖坟（节选）

李秀生

第一章

"祖坟是咱们自己的根，咱家的祖坟是埋有德行人的地方，你一定要给俺好好地看护咱老李家的祖坟哪！"这句话是李老铳的父亲（从李老铳孙子孙女那辈就称他为祖太爷了）在老年的时候经常对他絮絮叨叨的一句话。

李老铳的父亲去世之前还眼巴巴地看着他叮嘱说："咱老李家的祖坟只埋好人，没德行的就是亲爹亲儿子也不能进来。"

老李家的祖坟在一处坐北朝南的山谷里，走出山谷，是一片很开阔的原野，开阔得你需要几眼才能望到边际。祖坟的两侧是起起伏伏的山，层层叠叠，秀峰林立。

与山谷祖坟遥遥对应的山峦叫驼峰谷，那凹谷和突起的山峰，老远地看，就像个巨大的金元宝，老李家的祖坟就正对着这座金元宝的凹谷山峰。

懂得一点风水的人一看老李家的祖坟，就会想到，这祖坟真的是明堂开阔，山峰秀拔，还有消纳沙水之气，真的是典型的龙气旺盛之处。更重要的是，它给人的感觉就是，谁要埋在这里，那可真的是回归自然，天人合一了。

老李家的这座祖坟从一开始就有说道。它是一块风水宝地，是九云山上的一位道士，也就是风靡当时的风水先生路过此地时，应老李家祖太爷请求，算上一卦后才落下来的。

老李家的祖坟前有条江，江的名字叫通江。通江或许是因为当地的百姓为了祈求富贵和功名起的名字，抑或为曾经的一场灾难而做的祭奠。总之，通江宽阔而浩瀚，清澈而磅礴，富有而通达。

通江有几十种鱼，有鲢鱼、鲤鱼、草鱼、鲇鱼，还有稀有的鱼种，什么船丁子啦，鳌花鱼啦，等等。

通江在盛夏的季节汹涌澎湃。每当旭日升起，江面红彤彤的一片，就像北方秋天的红叶，把汹涌的江水都渲染成了血色。

每当日落时分，江水则在暗淡中静静地流淌。红日沉浸在水底，那景象就像一条银蛇，吞下一颗火球，渐渐地让夕阳暗淡下来。

在严冬季节，江面被冰雪封锁起来，就像一条铁链子，把江水捆绑得哗啦啦抖开去，冰冷而闪着寒光，宛如银蛇般一泻千里。

通江的两岸，大片大片地种植着水稻。这里出产的水稻在清代被称作贡米。所谓的贡米，就是专供皇帝和朝廷享用的。贡米蒸熟了之后，每颗米粒都是倒立着的，那油光光、香喷喷的米饭，老远就能闻到它的香气。

老李家的祖坟就坐落在这个富饶之地的山谷里。老李家祖坟所在地叫双泉村。双泉村是因为有座寺而得名的，这座寺庙就叫双泉寺。双泉寺坐落在双泉村背面的山脚下。双泉寺的得名是因为寺院前的两眼井，这两眼井就像夜晚镶嵌在蓝天中的两颗星。井深难测，深不见底。在每眼井的旁边都生长着参天的老榆树。每当盛夏，老人们便在树下乘凉，挥动着蒲扇，凑在一起说古论今；孩子们则蹲在井旁举着钓竿垂钓井中的鱼，或者欢快地打闹着，嬉戏着。

孩子们有时在井水中钓鱼，那只是一种游戏和娱乐而已。双泉村村前就横着一条大江，那里的鱼有的是，随便撒下网，就能网上百八十条各种肥美的鱼。

双泉寺并不大，青砖灰瓦的四合院子中间有一直立的双泉寺塔碑，碑上刻着佛家偈语。每当晨钟暮鼓悠扬地响起，几个老和尚便或站立在佛殿香炉前敲着木鱼，或正襟危坐地念着"南无阿弥陀佛"。

双泉寺虽小，却远近闻名，特别是庙会之日，这里便聚集着善男信女、剃度僧侣，随着撞击的钟声，木鱼的敲击声，也随着僧侣"南无阿弥陀佛"的诵经声，整个寺院烟雾缭绕，在晨钟暮鼓声中，显得神圣和热闹起来。

因此，想当年，双泉寺的香火甚是兴旺。老李家的祖坟就坐落在与双泉寺紧挨着的双泉村东北方向，距双泉村十里地。

祖坟是老李家的祖太爷、祖太奶闯关东时留下的风水宝地。四面环山的双泉村，那时候土地肥得流油，眼前还有一条大江。把种子往地里一撒，嘎巴嘎巴就能长出翠绿翠绿的庄稼来。到了秋天，那沉甸甸的收获，能给你乐掉牙。那江里的鱼，只要撒上网，你往岸上拽都拽不动，那才叫个邪乎呢！

当年，祖太爷把家人领到这里，把挑子一撂，说："不走了，哪也不去了，这天下难找，就在这里了，死也死在这里。"李老铳的爹还很硬朗的时候，就总对他叨咕着一句话："祖坟是咱们自己的根，你要给俺好好地看护。"

正是这老爷子要死在这里，随着他的离世，以及他的子孙们还继续活在这里，祖坟的故事便开始了。

想当年，李老铳的祖太爷刚刚来到双泉村，连口气都舍不得喘，把旱烟袋往腰带子上一别，领着家人就开始挖地窖子，又在地窖子里面铺上了一些苫房草，就这样，祖太爷、祖太奶和家人就像獾子似的住在了地窖里。他们开始开荒种地，后来，就生出了很多个后代。

老李家的后代们也没有离开过双泉村。祖太爷眼见到自己一年不如一年地老下去，便想到了"入土为安"的事情来。

一天，祖太爷到处为自己寻找坟地的时候，突然遇见了自称是风水先生的居观。居观自称是九云山八宝云光洞的道士，善行算术、相术和风水。

在民国军阀混战，兵荒马乱时期，居观道士不顾个人安危倾力保护庙产，使九云山声威大震。九一八事变后，他毅然投入抗日救国的烈焰硝烟。

居观道士一手端着铜制罗盘，一手摇动着阔叶蒲扇。只见他身着青衣，脚踏青蓝面纳底圆口鞋子，褐发长须，白净的脸膛，目圆口方，口若悬河，振振有词。居观道士指着一块山谷洼地，对祖太爷道："无量观乃姓李，李树喜洼地，洼地植李树，命悠长，子嗣兴旺发达矣！"

居观道士煞有介事，惊得老李家的祖太爷神态庄重，立马对居观道士肃然起敬，目瞪口呆，神魂颠倒，扑地谢恩。

祖太爷此时仿佛已化作一缕青烟，将自己的灵魂埋在那块洼地里。他仿佛见到那块山谷洼地突然生长出了茂密的李树，李树先是白花盛开，然后是青青绿绿的一片，转瞬间又是硕果累累，那青色的李子、黄色的李子、红黄相间的李子，让祖太爷看得眼花缭乱，喜得老爷子恨不得马上就躺在洼地的李树下，让那黑色的暖暖的厚厚的尘土将自己埋在李树下。

居观道士给老爷子看完风水之后，说："无量观，风水皆人水，风水养人，人养风水，风水再好，也得有好的祖训家法，对那些'上对不起祖宗，下对不起子孙'和'不仁不义不忠不孝'之人，再好的风水也是一块青石黑土墓地而已，请无量观切记：福地须福人——风水养德，德养风水是也！"

居观道士说完，分文没收，便离开了双泉村。居观道士原来是清末义和团的一个团练的后嗣，那时居观道士只有十几岁，由于不堪清军和洋人的"围剿"，便辗转去往东北九云山出家修炼，后来又云游天下，借助算术、相术和风水传播"义和团精神"和宣扬人间正法。

居观道士离开了双泉村，老李家的祖太爷见居观道士分文未取，还指点迷津地说了祖传家训之类的东西，在惊喜之余，又徒增了许多的感慨。当时，老李家的祖太爷不知道那位居观道士是义和团的一位团练镖师的后嗣，只知道他是九云山云游的道士，只知道他会算术、相术和看风水什么的。

祖太爷早年在清军当兵，后来，他看透了清军的面目，也看透了清政府的腐败无能，便偷偷地离开了清军。

再后来，由于中原天灾人祸不断，在闯关东时，祖太爷领着老伴和儿子儿媳以及三个孙子李木林、李火林、李土林来到了东北，来到了这个四面环山，眼前一条大江的双泉村一望无际的盆地里，安了家，落了户，开始了新的生活。

那年，李木林二十岁，李火林十七岁，而李土林才十四五岁。祖太爷领着一家老小逃荒到东北，简单的行囊中，裹着他最珍视的东西——父亲和母亲的灵牌。因为老爷子始终没有忘记自己是满族后裔，他知道他的根应该在哪里。祖太爷临闭眼的前几天，着实折腾了一阵子。他的耳朵里总能听到那位居观道士的话："德养风水，风水养德是也！"祖太爷先把父亲和母亲的灵牌埋在了新选的坟地里，这坟地对于后辈来说就是祖坟。

他躺在炕上，不管有人没人，他的嘴里常常叨咕着："祖坟是咱们自己的根，你要给俺好好地看护好。"这句话，生怕他的下一代忘了。不久，祖太爷就一命归天了，又过了些日子，老李家的祖太奶也随祖太爷驾鹤西去了。

第二章

祖太爷临死将深藏了多年的铁盒子托付给李老铳的时候，指了指屋子的天棚，又指了指跪在屋地上的李老铳。李老铳昂起头，撅起山羊胡子马上回答说："上对得起祖宗！"

老爷子又指了指地下，李老铳立马磕头说："下对得起子孙！"老爷子已经是奄奄一息了，就是闭不上那双眼睛，心里明白，可是嘴上说不出来。李老铳看到老爷子的眼神里似乎还有什么牵挂。终于在一天早上，老爷子似乎是回光返照，他要李老铳抱着他到院子里，说他要看看"还愿杆"。"还愿杆"，其实又叫索伦杆。

老爷子家的"还愿杆"做得很粗壮，有小碗口那么粗，直直地、高高地伫立在院子中，有点像定海的神针。

老爷子奄奄一息地被李老铳抱到了院子里，可是他还是没有对儿子说上点什么，只是眼巴巴地望着"还愿杆"，艰难地抬起手，想摸摸它，还没等摸上几下"还愿杆"，老爷子就闭上了眼睛。

老爷子在闭上眼睛的那一刻，李老铳似乎感到院子里的"还愿杆"在风中抖动得特别厉害。李老铳永远记住了父亲去世前的这一举动，他隐隐约约地感觉到了什么。老爷子永远地闭上了眼睛。李老铳就领着三个儿子李木林、李火林和李土林，在坟墓的四周栽上了几棵松树，说来也怪，这松树栽上之后，便在短短的几年之间生长得茁壮而茂密，密密的松针将祖太爷和祖太奶的坟遮盖得严严实实的，就连乌鸦和麻雀都飞不进去。

从那个时候开始，老李家就有了祖坟。有了祖坟，也就有了漫长的岁月，有了漫长的岁月，就有了很多的后人，有了后人，也就有了许许多多的故事。老李家的祖太爷、祖太奶死了之后，那短短几年就生长起来的挺拔茂密的松林竟然落满了白鹭，白鹭唱着挽歌，一会儿从茂密如盖的松林上扑棱棱地飞抵宽阔浩瀚的通江波涛中，一会儿又从奔腾流泻的通江水岸飞抵老李家的祖坟，又扑棱棱地落入茂密的灌木林。

老李家的祖太爷临终时留下个铁盒子。这个铁盒子据李老铳的父亲生前说，他从来就没有打开过。

祖太爷死了，这个铁盒子就神神秘秘地传到了李老铳的手上，李老铳当然也和父亲一样不敢打开。

铁盒子是墨绿色的，四四方方，上面刻有太上老君驾鹤的图案，虽然年代久远，但那飞翔的白鹤，太上老君的凌云神采，以及松鹤延年的图案还依稀可见。

这铁盒子用铜锁头锁着，只由李老铳一个人珍藏着，据说铁盒子里面除了有祖训之外，还有家训、家谱和祖宗的画像，至于盒子里面还藏有什么神秘的东西，李老铳则讳莫如深，守口如瓶。直到抗日战争结束后，李老铳的子孙后代也不知道铁盒子里面究竟珍藏着的是什么东西。

在老爷子死后的几天里，李老铳总是在自己家的"还愿杆"下转悠，因为那上面他已经用刀刻上了两条横道儿。

老李家的祖坟里，埋着李老铳的爷爷和奶奶的牌位，还埋着李老铳的父亲和母亲。

老李家祖坟的所在地双泉村，不仅是个物产丰富的地方，还是个军事要地。其实无论是生在这里，还是死在这里，双泉村都是一块风水宝地。双泉村的通江渡口，或叫码头，既是一个通商口岸，又是一个军事重地。

双泉村山高林密，四面环山，通江即是连接朝鲜、东三省的水上交通要道。所以，双泉村通江码头自古以来就是兵家必争之地。

双泉村群山起伏，峡谷深长，密林纵横。双泉村四面环绕的崇山峻岭之上，至今还保存着高句丽的城墙，明清时代的烽火台和日俄战争时期的碉堡、暗道。这里易守难攻，进退自如。

时光的脚步已迈进了民国二十四年。这一年，日本派遣勘探队到双泉村测量绘图。再之后来了几个知识分子模样的人，他们宣传抗日救国，其中一个高个子的壮汉，是中国共产党从南方派来的干部，他还带来了东北抗日联军的一支部队。

而这一年，李木林也已经是两个孩子的父亲了。这天，李木林、李火林、李土林在江边打鱼。他们哥仨正一边收拾渔网，一边往水桶里装鱼。跟着李木林和李火林、李土林一起在江岸上打鱼的还有柞芽子，柞芽子是李木林的媳妇。柞芽子是生在双泉村，长在双泉村，吃双泉村大米长大的姑娘。柞芽子姓刘，大名叫刘文玉，柞芽子是她娘给取的小名。在灾荒的年月里，粮食已经吃光了，人们就捋山上的树叶子吃，而在春天时节，柞树发出的芽儿青黄嫩绿，是人们充饥的好食物，正赶上这个节骨眼儿，柞芽子的娘生了她，便取了个小名——柞芽子。

柞芽子小的时候长得又黑、又瘦、又丑。也许是女大十八变，或许因为是吃双泉村大米长大的，到了十五六岁的时候，柞芽子竟然变得端庄秀气、体态婀娜、身体健壮，满头乌黑的秀发被编成两条又粗又长的辫子，浓眉大眼，水灵灵的，就像夜晚天空的星星。她皮肤白皙，白得就像六月的天女木兰花。

柞芽子刚满十六岁就嫁给了李木林。不到一年就生下了一个男孩，取名李成栋，小名叫冬儿。又过了一年，生下了一个女孩，取名李成菊，小名叫山杏儿。

柞芽子还有一个姐姐，叫青稞儿，她比柞芽子只大两岁。青稞儿曾与外村邓姓的一个大户人家定了亲，只是还没到嫁娶的年龄，就被邓姓的人家退了亲。柞芽子长大之后，竟然跟她的姐姐长得一模一样。青稞儿也是体态端庄、婀娜、健壮，一双水灵灵的大眼睛，两条乌黑发亮长长的辫子。如果不仔细分辨，还以为她俩是孪生姊妹呢。

柞芽子跟她姐姐青稞儿不仅长得一模一样，而且脾气也极为相似，一个字——倔。尤其是姐姐青稞儿，来了脾气的时候，简直像个壮汉子。别看她们姊妹俩平日里对爹娘恭恭敬敬，百依百顺，对长辈们百般孝顺，但一旦遇到不顺心的事，便倔得像块铁，一敲当当响。

在东北娶媳妇既要看女方的家风，又要看娶来的媳妇是否健壮，柞芽子不仅家风正，而且长得端庄秀气、体格健壮。

李老铳就相中了这门亲事。一次，柞芽子被邻家的一只大黄狗给咬了，小腿肚子咧着一条孩子嘴似的大口子，鲜血直流。柞芽子疼得蹲在地上哇哇直哭。青棵儿见状不容分说，气哼哼地拎起一根木棒子，直奔那只大黄狗的主人家里。

大黄狗蹲在墙角下，瞪着一双蓝汪汪的眼睛，龇牙咧嘴汪汪汪地冲着青棵儿号叫。

青棵儿把双眼瞪得溜圆，一边骂一边举起棒子朝着大黄狗脑门砸了下去。可大黄狗也不示弱，见到青棵儿举起棒子袭来，便疯狂地向青棵儿反扑过去，青棵儿急转身，大黄狗扑了个空，一头抢在地上。说时迟那时快，青棵儿一纵身，便骑在了那只大黄狗的身上，容不得大黄狗翻身，青棵儿便双手抡起棒子，照着大黄狗的脑门子就是一顿猛捶。大黄狗四爪乱踹，嗷嗷直叫，过了一会儿，便瘫软了下去，四条腿也渐渐地伸直了，眼睛、鼻孔、耳朵和嘴巴流出了血。就这样，大黄狗被青棵儿活活地给打死了。

说来也怪，自从青棵儿打死了大黄狗，双泉村所有的狗见了青棵儿就像见到了瘟神似的，要么乖乖地蹲在地上，要么摇头摆尾老远地躲开了。

然而，为了这件事，青棵儿原本的婆家却提出退亲，理由是：青棵儿太倔，一个姑娘家竟然把一只活蹦乱跳的大黄狗给打死了，过了门之后不仅儿子要受气，说不定还会作出什么妖来呢。

在通江江岸上，柞芽子站在李木林的身旁，一边从渔网上摘取从江水中捕捉上来的活蹦乱跳的鱼，一边帮着李木林擦去额头和脊背上的汗珠子。李木林虽然已是两个孩子的爹了，可当着两个弟弟李火林、李土林的面，他还是有些不好意思，连连说："不用，不用！"

柞芽子则笑盈盈地说："你看你累的，身上都有汗咸味啦。"说着，便把毛巾塞给了李木林，说，"你若嫌俺，你就自己擦吧！"

柞芽子虽说已是俩孩子的娘了，可一举一动仍然像个初恋的少女。李木林接过毛巾，擦了两把身上的汗，又将毛巾还给了柞芽子。柞芽子接过毛巾，闻了闻，说："一股汗咸味，俺到江边洗一洗。"柞芽子甩着两条乌黑发亮的辫子，一溜小跑地来到江边，她一边搓洗着毛巾，一边望着江心。此时，已过了晌午，日头正在向西挪动着身影。天空湛蓝湛蓝的，太阳的光芒照射在江面上，江水的波浪像涂上了一层油金，波浪向江边推来推去，江水拍打着堤岸，在柞芽子的眼前掀起层层的涟漪。

柞芽子挽着裤腿，无意中低头见到小腿肚上的那块伤疤，自然想起了自己的姐姐，不禁伤感起来。她想到姐姐青棵儿为了给自己报仇，竟然将那只咬伤自己的活蹦乱跳的大黄狗给打死了，然而，为了这件事，却被退了亲，被退了亲之后的青棵儿至今也没有给说媒的。柞芽子内心酸溜溜的，伤感地流出了泪水。

柞芽子又想，都是自己害了姐姐青棵儿，要是姐姐能嫁给李木林这样的汉子该多好哇，李木林不仅能干，心眼又好使，虽然脾气犟得像头驴，可他人品好，自己跟李木林结婚这么多年了，他对自己就像亲妹妹，把自己当成了心肝宝贝！

柞芽子突然冒出的把姐姐青棵儿许配给李木林的念头，竟然把自己吓了一跳。她想，怎么能有这个想法呢，婚姻大事都是爹娘做的主，自己怎么能擅做主张呢？李木林是天底下最好的男人，自己怎么能让给别人呢？况且自己还有两个孩子。

柞芽子一边用力地搓着毛巾，一边自言自语："不让，这么好的丈夫打死也不让，哼！"柞芽子又为自己的想法感到好笑。是呀，人家青棵儿也没跟你抢丈夫，你却跟自己较上了劲，这叫什么事呀！

柞芽子用力地搓着那条白得像鲤鱼肚皮的毛巾，叹着气，不一会儿脸上又露出了一丝微笑，那微笑的脸庞就像夕阳照射下的江水水面，油金的，橘红色的，灿灿地涌动着春潮。

李老铳总是对儿子们说，你们有事没事的时候，别忘了看一看咱老李家的祖坟。这话似乎只有李木林比较上心。李木林看了柞芽子几眼后，情不自禁地往远处的山谷里望了望自家的祖坟。

严格地说，他并不是很懂父亲的话，为啥有事没事的时候都要看看自家的祖坟呢？

第三章

说是哥仨一起打鱼，莫不如说李土林就是跟着混场、玩耍，真正干活下力的只有李木林和李火林。

虽然李土林只有十四五岁，但在新中国成立前，十四五岁的男子也不是小孩了，在双泉村，有些十四五岁的男子已经娶妻生子当爹了。

李土林毕竟是个老疙瘩，李木林和李火林虽然是他的兄长，但当着娘的面，也只好任着李土林的性子。但是，只要娘不在跟前，李木林便瞪起眼睛狠狠地教训起李土林来，说："爷爷和爹是怎么教你的，不是让咱们从小就要勤劳、节俭、孝顺吗？祖训是怎么讲的，要'上对得起祖宗，下对得起子孙'！你可倒好，整天吊儿郎当，好吃懒做的，不仅不务正业，还总往歪门邪道上想，真是不仁不义的东西！"

李土林年纪还小，他根本不懂什么是"上对得起祖宗，下对得起子孙"，更不知道什么是"仁义忠孝"。但"对得起良心"他还是知道的。至于祖宗都说了什么，特别是祖太爷流传下来的铁盒子里面藏了些什么，他是一概不知，只是听李老铳讲，不管是谁，只要是"不仁不义不忠不孝""上对不起祖宗，下对不起子孙"，就不能入老李家的祖坟。

李土林对死毫无概念，他想，人活得好好的何必要死呢？至于死后入不入祖坟，他根本没当回事。所以李木林教训他要恪守祖训家法之类的话，李土林只是嘴上认可，而心里却有自己的主意。他想，什么祖训不祖训的，只要能有时间玩耍，只要能吃好喝好穿好就行。

李火林有些累了，他将渔网抖了几下，渔网上的水草随即被抖落到江岸。李火林背靠通江，站在江岸上，呆呆地望着四面的山峦，望着四面环山中间的那片辽阔的盆地，突然，李火林将目光又转向远处山谷洼地——祖坟。自家的祖坟从远处望过去，虽然只是几个土包而已，四周却挺拔着苍翠的松柏，茂密的松林上落满了白鹭，白鹭飞来飞去，就像天空飘动着朵朵洁白的祥云。

李火林指着自家的祖坟对李木林说："大哥，你说那个居观道士真是个神仙，给咱爷爷选的坟地真是个风水宝地，短短的几年间松树就长得那么老粗，这还不说，后来竟然飞来那么多的白鹭，真是祖宗的造化，修来的福分哪！"李木林只顾干活，他从渔网上将一条一条肥壮的大鲤鱼扔进水桶里，瓮声瓮气地说："你快摘你的鱼，祖宗的造化是祖宗修来的，反正爷爷说了，没德行的人谁也别想埋进祖坟，咱们当后辈的真要把怎样才能进祖坟的事当回事！"

一提起爷爷，李火林马上提起了精神，他说："俺听说爷爷从清军那里得到了个铁盒子，铁盒子里藏有祖训、家谱，还藏有老祖宗的画像。俺还听说，那个铁盒子里面还有爷爷从清军那里得来的一件宝贝。大哥，爷爷对你那么好，告诉俺，那个铁盒子藏在哪儿？那件宝贝是什么玩意儿？啊！"

李木林瞪了李火林一眼，说："爷爷说，有德的人自然会得到那件宝贝，无德的人就是死了也甭想得到，俺不但不知道那个铁盒子藏在哪儿，就是知道了俺也不会告诉你，你快干你的活吧，别总胡思乱想的！"

就在李木林和李火林从网上摘鱼，李土林往水桶里装鱼，柞芽子蹲在江边搓洗毛巾的时候，李土林大喊大叫起来，说："大哥二哥嫂子，你们看哪，那边来了一帮大兵，还举着旗，旗上还贴着一块红膏药。"说完，李土林撒腿就跑。

　　李木林、李火林猛抬头，果然，只见一大队人马从村口浩浩荡荡地走了进来。

　　此时，村口滚动着尘土，李木林赶忙放下手中的活计，立马爬到江岸的一棵老杨树上，抻着脖子仔细地查看。只见那队人马领头的骑着高头大马，挎着洋刀，戴着白手套的双手扯着马缰绳，脚踏高勒皮靴，头戴军帽，身穿"鸡屁眼"颜色的军装。跟在高头大马屁股后头的一个大兵举着旗，旗上好像贴着一块红膏药。

　　紧跟"膏药旗"后的是一大队人马。他们身穿黄了吧唧的军装，头戴像放羊人的"屁股帘子"的黄帽子，脚踏翻毛皮鞋，小腿肚子扎着绷带，肩上扛着长枪。

　　此时日头已经偏西，天空转瞬间阴暗了下来，远处好像有滚动的雷声。双泉村的村口尘土飞扬，整个村子里早已鸡飞狗跳，村民们喊爹叫娘，慌乱成一团。

　　李木林和李火林看到这群大兵凶神恶煞、气势汹汹地走进了双泉村，就像一群跳进羊圈里的饿狼。

　　李火林双手扯着渔网，双腿直打战，眼睛直勾勾地看着他们。他冲着李木林喊道："不好了，是鬼子来了，快跑吧！"

　　李火林扔下渔网，刚想拔腿跑，就被从树上蹦下来的李木林一把给薅住了。李木林说："胆小鬼，小鬼子也是人，也是两条腿支个肚子，肩膀扛个脑袋，怕他做什么！你看你个熊样儿？"

　　李土林趴在柳条毛子里，浑身上下直打突突。见状，李木林扯着他的脖领子，一把将他给拎了出来，像在拎江岸上的一条鲤鱼，随后骂道："你平时不是很能耐吗，今天怎么瘪茄子了呢？孬种！"

李木林身材魁梧，脸颊棱角分明，脸上的络腮胡子就像倒立的铁刷子，一双牛目一样的眼睛，瞪起来炯炯有神。

李木林呵斥着李土林，随后吧唧一声将李土林摔在地上，说："孬种，没出息的东西，还没死呢，就是死了，也要站着死！给俺爬起来！"

李土林被李木林一顿摔打和棒喝，可怜巴巴地从地上爬了起来，但双腿仍然像筛糠似的不停地颤抖着。

李木林突然见到柞芽子从江水边上急匆匆地赶过来，忙说："柞芽子，你赶紧回家，让爹娘和孩子赶紧躲一躲，快呀！"

柞芽子有些喘不过气来，她见到大队人马走进了双泉村，生怕李木林出现什么意外，便急三火四地说："木林，你可要小心哪！"

说完，柞芽子拔腿便往村子里面跑去。

第四章

这一年的夏天，鬼子来了，双泉村的村民提心吊胆地过了一个夏天。当然，老李家祖坟里埋进去的人并不知道，老李家的后辈却赶上了。天空渐渐地阴沉了下来。虽然是炎热的夏日，李木林内心却寒冷得颤动了一下，但他马上又坦然自若了。他一边收拢着渔网，一边自言自语："鬼子迟早会来的，今天终于来了，只是没想到来得这么快。"

自打一天夜里，李木林和柞芽子忙里忙外地给抗联杨大个子烧水做饭时，他就知道鬼子会来的，也多少知道了鬼子是个什么东西。

而柞芽子的姐姐青棵儿闻听杨大个子来了，便风风火火地赶到柞芽子家里，要么帮着烧火做饭，要么帮着照看李木林的两个孩子冬儿和山杏儿。她来的目的只有一个，那就是要亲眼看看杨大个子。她还听杨大个子讲抗联故事，听他们讲打鬼子的事。

鬼子迟早会来的。但李木林没有料到来得这么快，这么突然，虽然他心里早有准备。

李木林的眼前似乎蒙上了一层厚厚的乌云，胸口压着一块石头，似乎预感到一场灾难的降临。

不知道为什么，他又抬眼望向远处山谷里自家的祖坟。祖坟此时此刻还静静地卧在那里，一点都不张扬。不过李木林还是感觉自家的祖坟似乎有点异样。李木林第一次见到杨大个子时，只知道他是个抗联战士，不知道他是抗联的大官儿。

杨大个子操着一口浓重的河南口音，嗓门儿大，讲话有鼓动性。他个子高，留着络腮胡子，嘴唇厚，脚也大。平时总把狗皮帽子卡在后脑勺上，论长相他是个地地道道的美男子。

杨大个子出生那年，日俄为争吃中国这块"肥肉"，正在东北"咬架"，结果"小鼻子"（日本人）打败了"大鼻子"（俄国人），真正遭殃的还是中国的老百姓。在杨大个子三岁那年，慈禧老太太把偌大的国家交给了一个不懂事的孩子，自己撒手而去了。慈禧大出殡撒的纸钱如雪花在空中飘落，可是中国人并没因此送走苦难和战争。

日本早就看好了关东大地的大豆、高粱、水稻和小麦。他们把咱们的小麦，拿回去推成面，打成小饼，上课时日本老师给学生小饼吃，问这东西好不好吃，学生说好吃，老师说咱们要是把中国东北占下来，成天吃这个。

这时候西方列强敲开了古老的中国大门，把给中国看家的清军看成了"摆设"，继之而来的是军阀混战。正在六朝古都读书的杨大个子写了一篇感想：

……假借共和之面具，作盗跖之行为，使烽火连天，战声交耳，穷兵黩武之风，莫此为甚……使万民感受其荼苦，虽有南江南山竹之，海冤亦莫可诉噫。……若战争长此不息，则中国土崩瓦解之祸不远矣。

杨大个子甚至登上当年岳飞的点将台，"仰天长啸"，吟诵《满江红》。杨大个子还有一段不寻常的经历。在来东北之前，杨大个子把在开封上学的照片，作为信物给了妻子，妻子把照片放在出生刚五天的女儿的衣襟里。杨大个子到东北搞工人运动，曾五次入狱死里逃生，他对日本帝国主义恨到了骨髓里。日本关东军发动九一八事变后，杨大个子来到了哈尔滨，坚定地走上了抗日斗争的前沿，当上了东北反日总会会长。1932年，他上了长白山，来整顿和领导这里的抗日游击队，从此不回头。双泉村的百姓拥戴抗联杨大个子，因为他打日本鬼子，他的部队有铁的纪律。在他起草的军纪中，有七条关于"枪决"的处罚，其中有两条是"强奸妇女者枪决""烧杀人民者枪决"。在军纪中，还有一条"罚岗五点钟"的条款。有天晚上，杨大个子把一个弟兄批评错了，他罚自己站岗，整整站了一炷香的时间。

　　双泉村的百姓正是通过杨大个子的品行认识了抗联。

　　山林队，老百姓把他们称作"胡子"，日本鬼子称他们为"马猴子"。山林队中有的人是义勇军失败后上山的，也有因生活所迫上山的和以打家劫舍为生的当地穷人，但他们都打鬼子。

　　杨大个子在双泉村一带活动了几个月，知道了各山林队都在哪儿，就把"老常青""刁嘎子""豹子胆"等二十多个山林队的头儿都请了来，在一个临时搭建的窝棚里开会。

　　杨大个子对山林队的头儿说："家里不和外人欺，外御其侮，咱们一定要精诚团结，一致对外，有枪出枪，有粮出粮，有钱出钱，有力出力。不要坑害百姓，老百姓支持我们，就能把日本鬼子给制住！"

　　杨大个子的这个道理大家很赞同，选举的时候，大家举手，一致推举杨大个子为抗日联军司令。布告一发出，就让那些从前随意搞"绑票"和"赶边猪"的山林队收敛了匪行。

杨大个子与这些山林队"约法三章"——听从指挥,枪口一致对外,协同作战;不"绑票",不扰民,不叫"绺子",不说黑话;只要不为日本人卖命,我们就不揍他,还可以跟他们交朋友。

山林队遇见了杨大个子,便立马翻身下马背,拱手称他为杨司令。后来,山林队头目老黑风、摸地宽、德胜君、南侠、九江好、天良、打日本、占南洋、老疙瘩、日落好、小白龙、四海山、滚地雷等人,都投奔到杨大个子司令的麾下。

熟悉他的人都会说:"杨大个子宁死不拉松①,从来就没屈服于困难和鬼子。"杨大个子有一种火热的革命乐观精神,正像抗联军歌中唱的那样:

天大的房子,地大的炕,火是生命,森林是家乡,野菜野兽是食粮。

杨大个子很有文学天赋,有些抗联歌曲就是他创作的。杨大个子创作的那些以东北小调为主要旋律的歌曲,至今还在当地老百姓中传唱。就连日伪方也不得不承认,"抗联的活动方式与土匪完全不同。行军中途落脚在老百姓家中,吃饭时付饭费,带走物资按价付款,即便当时没带钱,过后也一定送到""对人民极其诚恳和蔼,宿营时,让大人小孩都睡在炕上,他们自己反而睡在地上"。

鬼子真的来了。来了是来了,可是由于双泉村的很多乡亲都听过杨大个子的讲演,因此,鬼子来到双泉村,对于双泉村的百姓来说,虽然恐慌,但毕竟心理还是有一点准备。

李木林不知为什么,眼睛死死地盯着远处山谷里自家的祖坟,他在想,这鬼子来到自己的家乡,会把双泉村怎么样呢?

---

① 拉松:方言,指退缩。

鬼子突然来到了双泉村，叫李木林一下子就想起了杨大个子来到自己家的情景。

杨大个子第一次来到双泉村时，司令部就设在李老铳的家里。李老铳家的老宅建在土山上，居高临下，既可将整个双泉村尽收眼底，又可瞭望到一望无际四面环山的盆地，也可把村前横亘的大江——通江尽收眼底。

四面环山下一望无际的盆地布满稻谷、苞米、高粱、大豆等庄稼。通江水，也在眼前或平静，或怒涛奔涌、浪花飞溅、浊浪滔滔地流淌过双泉村的村前。

距双泉村八里地的一个村子叫作柳林村。此时一个卖货郎，手中摇晃着拨浪鼓，一路吆喝道："花生烟卷芝麻糖，针头线脑小花布……"

卖货郎见有人围上来，放下担子，手上忙活着，嘴里也不闲着："老少爷们儿啊，咱东三省叫日本鬼子给占了，咱们都成亡国奴啦！小日本鬼子在南边杀了老鼻子中国人了，咱们这旮旯也没几天好日子过了。通江县有个杨大个子，是从南方来的，他是抗日的，杀死了不少的小鬼子，那杨大个子才是咱通江县的好汉哪！"

卖货郎见人们听得挺认真，嗓门儿更大了，他说："不少的屯子都拉队伍跟鬼子干上了，咱们屯子这么多老少爷们儿，也不能瞪眼等着，让日本鬼子来糟蹋祸害呀……"

牛三郎听得卖货郎一番话，兴致勃勃地瞪着眼睛问："你说拉队伍的是哪个屯子？"

卖货郎看他一眼，低头收拾货郎担子，说："俺是卖货的，说说外面的事热闹热闹，人多让大伙多买俺的货！"

卖货郎见牛三郎有些失望，就压低声音道："老弟真想买货，到沟上双泉村李老铳家里去一趟就有了！"

牛三郎的爹爹早逝，他娘又体弱多病，下边还有个弟弟，家里穷得无米下锅，牛三郎未过门的媳妇就是双泉村的姑娘巧珍儿。

就在前不久，一帮日本鬼子打柳林村路过，叽里呱啦地硬逼着牛三郎的娘给烧火做饭，可家里早已断顿了，哪还有米面给鬼子做饭，吹胡子瞪眼的小日本鬼子，把牛三郎家里的大黑锅端下来，把他的娘绑在锅灶上，下边架起火烧，硬是将牛三郎的娘活活地给烧死了。鬼子还拽起牛三郎的弟弟，用油灯烧腋窝。牛三郎只能瞪着眼睛瞅着，眼珠子都要鼓出来了。

那个假扮卖货郎的，就是九云山八宝云光洞四处云游的居观道士。居观道士就是给祖太爷看风水的东北道教传人，他是从九云山上来辽东半岛传道说法的，借着传道说法，来宣传抗日救国的爱国精神。

这是个漆黑的夜晚，只有李老铳的老宅点着昏暗的油灯。李老铳老宅的院子里站着几位持枪的抗联战士。他们脚踏乌拉鞋，头戴狗皮帽，身穿棉衣棉裤，站在凛冽的寒风暴雪中，一边跺着脚，一边警惕地注视着伸手不见五指的黑夜。

杨大个子端坐在窗台上。虽有些消瘦，颧骨隆起，眼窝深陷，络腮胡子蓬乱，却有着刚毅和顽强的神态。他将挎在前胸的手枪向身后挪了挪。柞芽子在外屋地烧水做饭，灶火从灶坑里蹿出来，照得柞芽子的脸颊通红通红的。

柞芽子带着恐惧，内心却又带着一丝灶火般的期望。她见到的杨大个子是那么威严，又是那么亲切。杨大个子讲的那么多的抗战道理，让丈夫李木林听得那么入神，也让她受到了感染。

杨大个子饭量很大，一顿吃了十几个豆包，喝了好几碗苞米粥。嚼着咸菜，嘎巴嘎巴，像乌拉鞋子踏着干冷的雪地。他的眼睛就像暗夜中的一盏灯，那么闪亮，那么熠熠生辉。

他一边吃饭，一边跟李木林、李火林和李土林他们聊着。

李火林叹着气说："杨长官，鬼子可了不得，他们杀人可不眨眼，将一个屯子的百姓都杀光了，活埋了，有的被活活烧死了。听说前不久鬼子把柳林村牛三郎的娘给活活烧死了，这小鬼子有长枪又有火炮，俺们拉家带口的，可不能遭灾惹祸呀，再说了，就靠你们几个抗联的，那么几把破枪，像烧火棍子似的，能打得过小日本吗？"

李火林唉声叹气地直摇头，把头摇得像拨浪鼓似的。李土林无心吃菜，他有些驼背，佝偻着腰，脑袋好像贴在桌面上，简直像个小骆驼。他抱着怀疑的态度说："杨大叔，咱们离省城那么远，鬼子能到咱这儿来吗？俺也没惹着他们，他们大老远地来杀俺们干什么？他们离开家乡、离开爹娘不想家吗？再则，要是鬼子来了，咱给他好嚼裹儿吃，他还能杀俺们吗？他还能刨俺家的祖坟吗？"

李木林啪的一声把筷子往桌子上一摔，骂道："混账话，孬种，一点骨气也没有，有好嚼裹儿宁肯喂狗，也不能喂那帮畜生！"

李木林气得有些噎住了，顿了一下，接着说："祖坟算个什么，跟'满洲国'比，跟恁大的中国比又算个什么？小鬼子是人揍出来的吗？他们是人吗？他们连畜生都不如，他们把一个一个屯子的老老少少都杀光了，把活人都给埋了，甚至活活烧死了，他们还有人性吗？他们就是一帮畜生，是一帮猪狗不如的禽兽，他们如果到咱们村来，我非宰了他们不可！"

杨大个子听了李木林的一番话，将背在后背上的盒子枪往前胸挪了挪，说："木林老弟，你说的有一定的道理，但我也要说你几句，祖坟还是要的，祖坟是什么，祖坟说小了，是你一个家庭的祖坟，可你家的祖坟被鬼子霸占了，千千万万个中国人的祖坟都被鬼子霸占了，不就等于东三省和整个中国被鬼子给抢夺去了吗。我说的意思是，祖坟是中国人民的祖坟，是中国人民的根，是中国人民的脊梁，试想啊，谁家没有祖坟，中国人民就一个祖坟，那就是中华民族的根，中国各民族就一个祖宗，老话不是说嘛'自打盘古开天地，三皇五帝到如今'，中国的人民都是一家人，都是兄弟姐妹，都是同根同族同一血脉，任何一个祖坟都是中国人民的祖坟。祖坟虽然小，只有那旮旯巴掌大，但只要是中国人民的祖坟，就是纽扣那么大小，也不能让小日本鬼子给糟蹋了！"

李木林刚才由于一时的激愤，竟然把祖训给忘了，当想起自家的祖坟和祖训，他的内心便像堵着一面墙。是呀，祖坟祖训是祖宗留下来的，祖坟是块风水宝地，那里埋葬着祖太爷祖太奶的牌位，埋着爷爷奶奶的尸骨，这块风水宝地怎么能够让小日本鬼子给糟蹋了呢，否则自己怎么能够对得起祖宗，对得起子孙后代呢？

李木林默默地想着，黑亮的眼睛闪烁着星星般的光芒。牛三郎当晚来到双泉村，就去了李老铳家里。这上下屯住着，互相都认识。

只见牛三郎穿着空筒子棉袄半敞着，黑夹裤上缝了不少的补丁，一双乌拉鞋子嘎吱嘎吱地踏在雪地上。走进了双泉村，牛三郎就摘掉了狗皮帽子，刚剃的光头上热气腾腾。

这天晚上，牛三郎平生第一次听到"共产党""阶级""阶级斗争""土地革命"等新名词，在似懂非懂中，觉得有道理，却又有股说不出来的什么劲。

李木林再一次把目光深深地投向了自己家的祖坟，心里说，小日本鬼子，你们要是敢动俺家的祖坟，俺就上你们家把你们家的祖坟也给刨了，而且要刨个底儿朝上。

李木林骂完之后，不知道为什么，他感到自己也没有多少底气。

第五章

就在李木林盯着自己家的祖坟想鬼子来了自己该怎么办的时候，他的父亲李老铳也知道鬼子来了。

他一时间也不知道应该怎么办，不过还是拎着老洋炮跑到了自己家的祖坟前。对着祖坟，李老铳跪下使劲地磕着头，心里在说，祖宗啊，祖宗，你们躺在这里，可一定要保佑你的后人哪！这小鬼子说来就来了，祖宗啊，你快告诉俺，俺该怎么保护咱老李家的后辈呢？

他对着祖坟叨咕完后，抱着老洋炮，就坐在自家的祖坟前，眼睛死死地盯着自己家那座老宅。

李老铳的老宅是他父亲闯关东时建的，房屋的四面墙壁是黄泥和鹅卵石垒就的，起脊的房顶苫着草，远处看去，就像一个披蓑戴笠的渔翁。

院子的左边，高高地立着"还愿杆"，可是锡斗里已经好长时间没有放东西了。

李老铳的老宅四周栽植着杏树、梨树、桃树、李树、山楂树和樱桃树等。每当春季，杏树花、梨树花、李树花和山楂树花、桃树花、樱桃树花都开了，姹紫嫣红、色彩斑斓、绚烂多彩。花朵引来了蝴蝶、蜜蜂，马蜂、蜻蜓，它们飞舞着，嗡嘤着，歌唱着。各色的花簇拥着，互相点缀着，在春风的吹拂下，雪白的梨树花、李树花、山楂树花，还有淡红色的樱桃花，粉红的桃花的花瓣，便飘飘洒洒、舞姿婀娜地从树枝上飘落下来，洒落在老宅的庭院和庭院的菜园子里。

每当夏秋季节，缀满枝头的鲜红的桃子，金黄的杏子、李子，玛瑙般的山楂，金灿灿的安梨、秋白梨、尖把梨，远远地望去，简直就是一幅花果梨园水墨画。

坐北朝南的老宅，东屋有两间，这里居住着尚未娶媳妇的李火林、李土林。西屋的三间北炕由李老铳居住，南炕由李木林和他的媳妇柞芽子以及冬儿、山杏儿居住。

西间房屋的正上方横着一根粗壮的房梁。离地有一人多高，房梁粗壮，搭在南北炕的墙垛子上，横跨屋地和南北大炕。房梁是弯曲的，而这弯曲是向上隆起着的，就像李老铳耕种时弯曲的脊背。房梁是承重的，它承载着房顶木料骨架所有的重量，就是再大的狂风暴雪，也不会坍塌下来。

房屋的墙壁上糊着壁纸，墙垛子上贴着年画。每当农历年到来，李老铳便在迎面山墙上挂上老祖宗的画像，并恭恭敬敬地摆放供品。祖宗的画像两侧还贴有一副对联，上联是"满门忠节传宇内"，下联是"世代宗亲在人间"，横批是"祖训在上"。

在紧靠南炕炕头的墙壁上，悬挂着一杆老洋炮，据说，这杆老洋炮是李老铳的爹留下的。现在老洋炮就抱在李老铳的怀里。

李老铳伸了伸紧张的腿，他感觉还好，双腿没有发抖。祖太爷在闯关东的时候一直把这杆老洋炮保留在身边，直到他死去之前，才传给了李老铳。李老铳老了，又把这杆老洋炮传给了李木林。当然流传下来的，还有那个极其珍贵的内藏着祖训、家训、家谱和祖宗的画像，以及不知道还装着什么珍宝的铁盒子。

这杆老洋炮是太平军从英法联军的手里夺来的，后来清军在攻打义和团的时候，祖太爷从战场上捡到的，但祖太爷没有用这杆老洋炮打义和团。这杆老洋炮既见证了英法联军的罪恶，也见证了义和团的爱国之志。

祖太爷在把这杆老洋炮交给李老铳时，说："记住，这杆老洋炮是英法联军的，它不知杀死了多少中国人，抢走了中国多少的财宝，这个仇迟早要报！"

当李老铳把这杆老洋炮交给李木林的时候，也是这么说的。李木林一直把这杆老洋炮视为传世之宝。他没事的时候就把老洋炮从墙上摘下来，左端详右查看，不住地摆弄着、抚摸着，用抹布擦拭得锃明瓦亮。老洋炮虽然陈旧了些，枪杆子上的油漆已经脱落，但长长的枪筒依然那么乌黑发亮。

李木林时常在冬天拎着老洋炮到密林里打猎，打狂奔的兔子、狍子、野猪，打飞在空中的野鸡，几乎百发百中。

李木林不仅用这杆老洋炮打猎，他还想，将来有一天参了军，还可以用它来打外国鬼子，用它来消灭敌人，守住村庄和祖坟。

李老铳家的被子就叠在北炕的炕头。长烟袋就搭在炕沿上，炕沿上还搭着一条长长的火绳子。火绳子是艾蒿编织而成的，编织得就像大姑娘长长的辫子，草编晒干之后夏天用来点烟袋锅，或用来熏蚊子。晒干的艾蒿点燃之后，还会发出一股香气来，就好像室内香氛，但艾蒿点燃后发出的香气，是一种纯净的草香。

每到冬季，柞芽子便用黄泥和干草和在一起，打制两个火盆，一个放在北炕，是给李老铳和婆婆取暖用的，一个放在南炕，是给李木林取暖和烫烧酒用的。很多时候，冬儿、山杏儿用来烧地瓜、土豆、烤黏火勺、豆包，或用来烧蝲蛄、江鱼、蛤蟆等。

别看这个泥草打制的火盆不起眼，它在寒冷的冬天可起了大作用呢，它既能驱除屋子里的严寒，又能烧制各种干粮食品。

站在李老铳老宅的庭院里，举目远望，就会眺望到四周绵延起伏的群山和那条奔腾不息的大江——通江，就会见到那片一望无际的盆地，也会见到远处山谷中自家的祖坟。

老李家的祖坟，从远处看去，就像一个黑亮的纽扣。祖坟坟地的四周挺拔着苍松翠柏，以及白桦、柞木等茂密的树木林荫，数百只白鹭在灌木林上飞起飞落，飞来飞去，像一朵朵祥云。

李老铳正在看着自己的老宅，并想着应该怎样对付鬼子的时候，突然感觉自己的右前方有一只什么东西在蠕动，他寻思都没寻思，端起老洋炮轰隆就是一枪，李老铳感觉那个东西倒下了，似乎是一只野兔。

野兔是打着了，不过李老铳还是在心里想，这鬼子一定要比野兔狡猾，绝对不是这么简单。

一想到鬼子，他自然而然地又想到了经常到自己家做抗日宣传的杨大个子。

双泉村既是富饶的沃土，又是抗联根据地。自打"九一八"日本鬼子侵占了东三省之后，抗联部队就经常出现在这里。

因为，这里不仅为抗联战士提供给养，让抗联战士在这里得到休整，尤其难能可贵的是，祖祖辈辈居住在双泉村的老百姓民风淳朴、勤劳智慧，有着强烈的爱国情结。

杨大个子选择双泉村作为抗联根据地,就是源于此。这已是杨大个子带领抗联战士第三次来到双泉村了,而每次来到双泉村,他都要首先来到李老铳的家里,因为李老铳的老宅就是杨大个子的临时司令部。他在李老铳的家里召集村民,宣传抗日救国的方针、政策,以及抗日的策略和战术,鼓励双泉村的老百姓支持抗战,早日把日本鬼子赶出东三省。

那次,李土林听杨大个子的话,罗锅腰马上挺了起来,说:"对,祖坟坚决不能让,日本鬼子敢动俺祖坟一棵草,俺就跟他没完!"

李火林说:"土林,你不是说忍吗?日本鬼子可不好惹,咱们拉家带口的,上有爹娘,下有兄弟姊妹全村千百口,咱可别招灾惹祸呀!"

李木林一听更是气不打一处来,他刚想发火,却见李老铳忽地从炕上爬了起来,腰杆子板板地挺坐在炕上。李老铳掀起被子,瞪着眼睛气喘吁吁地说:"火林、土林你这两个没出息的东西,你们这两个孽种,鬼子来了家就没了,东三省也没了,俺还要这把老骨头干甚。木林,你把那杆老洋炮给俺拿来,俺就是拼上这把老骨头,也不能让小鬼子进咱们双泉村半步,也不能糟蹋了咱老李家的祖坟!"

第六章

李老铳依旧在自己家的祖坟前坐着。其实他恨不得把祖坟抱在自己的怀里紧紧地搂着。他死死地盯着祖坟,不知道为啥,他的心从来没有这样恐慌过。

他抱着老洋炮,似乎现在鬼子要是动老李家的祖坟,他就会毫不留情地轰他一炮。

李老铳并没有去看到底是什么东西被自己打中了,他此时此刻没有一点打着猎物的高兴劲,全部的心思都在想,这鬼子说来真的就来了，这鬼子真的来了，双泉村会不会遭殃？双泉村要是遭了殃，那自己家也不会得好，自己的家要是不能得好，那自己家的祖坟怎么办？祖坟要是被鬼子祸害了，可怎么办？

李老铳想到这儿，真的感觉双腿有点发飘。他突然感觉自己在这个时候，最应该找的就是杨大个子。可是杨大个子来无影去无踪的，上哪里去找他呢？

一想到要找杨大个子，李老铳再一次想到了就在不久前，杨大个子在自己家里教乡亲们唱歌的场景。

那天，李老铳家里叽叽喳喳地站满了人，有男人，也有女人，有老人，也有孩子。男人像女人一样穿大襟衣服，他们冬天要扎条带子，扎前把棉袄使劲抿紧，就撅出一块，成了"撅腚袄"。穿裤子的时候，抓住裤腰往前一拽，然后向左或向右一抿，裤带就扎上了，叫"抿裆裤"。裤子没有裤鼻儿，也没什么前开门、旁开门，裤衩、衬裤、衬衣什么内衣之类的东西都不穿，不是不穿，而是穿不起，也买不到。乡民们裤脚上扎着绑腿，绑带在裤脚上扎几圈，它可以防止寒风灌进裤裆里。那时乡下冬天的风雪很大，嘎巴嘎巴地寒冷，村民们在寒冷的冬天，出门就被风雪包围着。冬天进山的猎户和在山里讨各种营生的人，除了穿"撅腚袄""抿裆裤"、乌拉鞋和戴狗皮帽子外，必备的是老羊皮袄、皮套袖和皮裤筒子，腰后再绑块叫作"屁挡"的狍子皮、羊皮或狗皮。而当时活跃在双泉村的抗联也时常是这副打扮。

杨大个子挎着枪，乡亲们听到他讲的那些入情入理的话，既感到稀奇，又感到亲切，特别是听杨大个子讲到日本鬼子所犯下的罪行，一双双眼睛喷吐着怒火。

保长陈宝和从人群中走到杨大个子的跟前，说："杨长官，你说鬼子能到咱们村里来吗？他们来咱村子干什么？你说鬼子到处杀人、放火、奸淫妇女，他们来了俺们该怎么办哪？这好端端的家园不就被糟蹋了吗？"

屋里拥挤的村民中还站着双泉寺的住持玄空方丈。他身披袈裟，脖颈戴着佛珠，双手合十。当他听杨大个子讲述日本鬼子到处烧杀掠抢、无恶不作的情景时，便耷拉着锃明瓦亮的脑袋，不停地念着："南无阿弥陀佛——南无阿弥陀佛——南无阿弥陀佛——"

　　杨大个子见到乡亲们挤得老宅水泄不通，便从炕上站起来，慷慨激昂地说："乡亲们，鬼子是人，咱也是人，鬼子是两腿支个肚子，肩膀头子扛了个脑袋，咱也是，也是人，是堂堂正正的中国人。只要咱们跟着共产党，把各民族、各阶级团结得紧紧的，动员全村老百姓跟鬼子干，就一定能把小鬼子打出东三省、赶出中国去，只要你们怀中有祖坟，心中有祖训，上对得起祖宗，下对得起子孙，小鬼子就会死无葬身之地！"

　　尽管杨大个子慷慨激昂，说得头头是道，可双泉村的百姓仍然怀疑鬼子是否会真到他们双泉村来。他们还想，鬼子来了真的能像杨大个子说的那样，到处杀人放火，奸淫妇女，无恶不作吗？小鬼子不也是人吗，他们不也有妻儿老小，不也是上有祖宗下有子孙吗？他们能干出这等伤天害理的勾当吗？难道他们不是人生出来的，是一帮禽兽，是一帮魔鬼吗？

　　吃过了饭，杨大个子仍然端坐在窗台上。柞芽子的姐姐青稞儿坐在对面炕的炕沿上，怀中搂着李木林的两个孩子——冬儿和山杏儿。柞芽子仍然在外屋地烧水。李老铳坐在北炕上，气得呼哧呼哧直喘。满屋子的乡亲们，仍然是心事重重，面面相觑。青稞儿望着杨大个子那张满是络腮胡子的脸，特别是刚才听了他那慷慨激昂的话语，原来恐惧的脸上，渐渐地露出了一丝威严，她把冬儿、山杏儿紧紧地搂在怀里，就像自己亲生的孩子。

　　尽管柞芽子的姐姐青稞儿脾气倔强、刚烈，可如今听杨大个子控诉日本鬼子到处烧杀掠夺，强奸妇女，甚至将整屯整屯的村民全部杀光、活埋，她的内心也不禁掠过一丝寒冷和战栗，而这种寒冷和战栗，是一个女性对死难者的一种原始的情绪反应，绝不是对鬼子的屈服和畏惧。青稞儿暗暗地咬了咬牙，马上又恢复了平静，从而更加刚毅、愤怒起来，刚毅愤怒得就像一个倔强的东北大汉。

青稞儿将李木林的两个孩子放到炕上，跟柞芽子赶紧将桌子上碗筷拾掇下去，又给杨大个子倒上了一碗滚开的水。

青稞儿倒完水，刚要转身，她似乎又想起了什么，忽闪着水灵灵的大眼睛，憋了半天，终于鼓足了勇气，冲着杨大个子说："杨大叔，俺能参加抗联吗？俺曾经打死过一只大黄狗，俺不怕鬼子，俺见了鬼子也像打死那只大黄狗一样，用棒子把鬼子一个一个捶死，一个不留！"

杨大个子见到这个眉目清秀的大姑娘，一双水灵灵的大眼睛，先是愣了一下，紧接着，他冲青稞儿和满屋子的村民们哈哈哈大笑了起来，这一笑，却让满屋子的百姓丈二和尚摸不到头脑。杨大个子说："乡亲们，你们看，一个描画绣花的大姑娘都有打鬼子、保护家园的爱国之志，这就是中国人民的希望所在，这就是战胜倭寇，消灭日本鬼子，建设新中国的脊梁啊！但是，青稞儿姑娘，抗联可不是描画绣花呀，那是一场艰苦卓绝的斗争，是要流血牺牲的呀！"

青稞儿身穿蓝底白花的对襟棉袄，满头的乌发，梳着两条粗粗的辫子。听了杨大个子的话，她挺了挺胸脯，握紧了白得像个剥了皮的土豆的拳头，说："杨大叔，反正俺也是嫁不出去的姑娘了，不如跟你去参加抗联杀鬼子，我听说你们抗联队伍中也有女人，他们能打鬼子，我为什么不能？"

满屋子里的村民们，见到青稞儿那生死不怕的表情，有的在点头称赞，也有的为青稞儿捏上了一把汗。

见到青稞儿如此大胆，如此慷慨激昂，即刻从人群里挤出几个棒小伙子来，有铁锤、石柱，还有二愣子、牛三郎、四驴子，等等。他们都是穷苦人出身，从小就饱受苦难的煎熬，他们有的给地主当长工，有的是无业游民。

这些青壮年虽然破衣烂衫，表情却十分严肃，他们齐刷刷地站

125

在杨大个子面前，紧紧地盯着杨大个子那双油黑发亮的眼睛。

铁锤，姓阎，叫阎雷光，铁匠出身，那年刚好十七岁。铁锤从小到大跟着爹爹学打铁，脸色黝黑，身体健壮，胳臂上的肌肉像一块块隆起的铁疙瘩，他虽然个子不高，但敦实有力，像个黑铁塔。铁锤站在杨大个子的面前，握着铁锤般的拳头，瞪着一双又黑又亮的大眼睛，他说："杨大叔，你把俺们领走吧，俺跟你一起打鬼子去，俺要给俺爹报仇！"

铁锤的话像落地的锤音，铿锵有力，嗡嗡作响。他声音洪亮，那震荡屋宇响亮的声音，简直把房顶翻了个个儿。

几个年轻人执意要参加抗联，他们的爹娘们顿时流出眼泪来。铁锤的娘扯着儿子的手冲着杨大个子说："他杨大叔，你就让孩子去吧，他爹就是被小鬼子给害死的，让孩子去杀鬼子，给他爹报仇，给俺报仇哇！"

牛三郎和十几个强烈要求参加抗联的青壮年也不约而同地请求道："杨大叔，俺跟你走，跟你打鬼子去，俺不怕死。"

爹娘们见到杨大个子一声不吭、一脸的严肃，便一齐跪在地上，就像跪在祖坟前。爹娘们哭着喊着，说："他杨大叔，你就带孩子走吧，俺当爹娘的求求你啦！"

杨大个子面对这些善良而勇敢的青壮年，不无感慨地说："小伙子们，鬼子是人，我们中国人也是人，为什么我们中国人要被他们欺辱、压迫和宰割。鬼子有一个脑袋，我们有无数个脑袋，咱们死一个，小鬼子死一个，但最终绝种的是小鬼子，咱们人多，小鬼子人少，咱们地盘大，小鬼子地盘小，咱们有全国人民的支持，我们是正义的，而小鬼子是侵略者，是非正义的，最后失败的一定是他们！"

杨大个子慷慨激昂，他见到挤满屋子的百姓屏住呼吸，眼中闪烁着星星般的光芒，他激动的内心就像村前涌动的通江。

此时，杨大个子好像突然想起了什么，他从衣兜里掏出一个发了黄的小本子来，翻开一页，又环顾了一下面面相觑的人们，激扬地说："乡亲们，我教给你们一首抗联歌曲，咱们一起唱好不好？"

满屋子的人齐声喊道："好！"杨大个子一手持筷子，一手端着那个小本子，教人们一起唱了起来：

> 同胞们哪！眼看那立了春，大家提精神，何不杀敌人，你们不要在梦里睡沉沉。日本鬼，是仇人，占东北，杀中国人，日本鬼，心太狠，苛捐杂税剥削人，抢掠烧杀还奸淫，处处欺负中国人，亡国仇恨实难忍。满洲兄弟们哪，眼看那立了冬，自己把心横，端起枪来打日本兵。
> …………

村民们黑压压地拥挤在李老铳的老宅，他们唱着，手舞足蹈着，唱着唱着，村民们便浑身颤抖地哭了起来，他们眼睛里流出了热泪，但热泪涌流的双眼似乎透出了一丝光芒。他们有的拎着镐把，有的握着长矛、大刀，他们被激怒了，他们仿佛已经来到了抗日的前线，与日本侵略者展开了殊死搏斗。

站在李老铳家里的村民们带着寒冷的颤抖，带着惴惴不安的心，更带着对日本侵略者的满腔愤怒，直到鸡鸣三更了才恋恋不舍地离开了李老铳的家里。

就在双泉村的百姓有的慷慨激昂，有的疑虑重重的时候，天空更加阴暗了，阴暗得就像一口大黑锅；雪越下越大，雪片就像男人的巴掌似的，虽然悄无声息地落在地面上，但在双泉村的百姓看来，就像一记记巴掌拍打在他们的脸上。

因为战况紧急，杨大个子便带着铁锤、石柱、黑娃子，以及二愣子、牛三郎、四驴子等十几个青壮年离开了双泉村。

青棵儿虽然再三恳求参加抗联，但终究没有去成，青棵儿感到很遗憾。李木林执意恳求跟随杨大个子参加抗联，但杨大个子考虑再三，最终也拒绝了他的要求。

后来，青棵儿是怎么加入抗联的，双泉村的百姓谁也不知道。李老铳想到这些，顿时心里充满了力量。他再一次深情地看看自己家的祖坟之后，抬头望了望自己家那高高的"还愿杆"，他知道他应该回家了。

（《祖坟》入选中国作协2015年度重点作品扶持项目，白山出版社2015年8月出版。）

响窑（节选）

叶雪松

第一章

俗话说：女大不中留，留来留去留成仇。

这是朱明祥跟太太最近唠叨得最多的一句话。此刻，朱明祥和太太围着火盆喝茶抽烟，又唠叨起这句话来。太太将烟袋锅往炕沿上一磕："要我看，七巧的眼光不错。"朱明祥说："那也不能由着她胡来呀！自古道，父母之命，媒妁之言。"太太说："那是你们汉族人的规矩礼法，我们满族人，只要闺女自己乐意，做父母的，没有干涉的。还记得当初，我是咋嫁给你的啦？"朱明祥说："闺女就随你。"

朱太太叫钮翠花，在旗，祖姓钮祜禄氏。当年，朱明祥差点饿死，是钮翠花一口热米汤把他救了过来。当时，翠花还是个十七八岁情窦初开的姑娘，和阿玛相依为命。朱明祥勤快嘴甜，感动了钮氏父女，就把他留了下来。一来二去，钮翠花和朱明祥产生了感情，就结婚成家了。钮翠花很是贤能，帮着朱明祥支撑门户，朱明祥的烧锅这才一点点做大的。

钮翠花说："听这话，是委屈你了？"朱明祥吐了口水烟，笑了："哪儿都好，就是嘴儿大！"钮翠花就笑，窗外人影一晃，人没到，声音先飘进来了。朱明祥说："你的宝贝闺女来了。"钮翠花嗔视他一眼，朱明祥不吱声了。

朱七巧像只欢快的小鹿，蹦跳着走了进来。一边走，一边哼着歌：

佟大姑，长得俏，
新花手巾围三道儿。
大坎肩，底罐边儿，
扭搭扭搭一袋烟儿。
…………

钮翠花说："都大姑娘了，咋还毛毛愣愣的呢？"朱七巧说："妈，这不是我小时候，你教我唱的《佟大姑》吗？"朱七巧搓了搓手，上炕绣起花来。

《佟大姑》是古老的满族摇篮曲，七巧小的时候，钮翠花常哼着这首民谣哄她入睡，今天不知啥事让她高兴了，竟然哼起了这个。最近，七巧常缠着她让她教绣花，她被缠得没法，就不厌其烦地教，时间不长，七巧还真就绣得有模有样，绣的花呀草哇的，都像活的一样。前阵子，刺绣的内容多是花草，最近，居然绣起并蒂莲和鸳鸯了。

看着闺女认真的样儿，钮翠花和朱明祥相视一笑。他们知道闺女的心里有人了，小伙子精明强干，长得也俊，和闺女挺般配。朱明祥走出屋外，呼吸一下新鲜的空气。雪下得正欢，朱明祥掐指算算，现在已是光绪三年了，距离自己当年入赘钮家，已经整整二十个年头了。他记得清清楚楚，当年，钮翠花嫁给他的那天，正是二月二龙抬头的日子，当时，天上也下着漫天的飞雪。远处是横卧在辽西大地苍龙蜿蜒迤逦的医巫闾山，此刻也隐藏在白茫茫的雪花中。

二十年的光阴，弹指一挥间。当年钮家那个小酒坊，现在在他手里已经变成盘蛇最大的烧锅了。老猫梁上睡，一辈传一辈。他朱明祥没儿子，就七巧这么一个宝贝闺女。闺女就是他唯一的希望，闺女嫁个好女婿，他朱明祥就有靠山了，死了，也能闭眼了。此刻，看着不远处作坊内升腾起的白色的蒸汽，朱明祥咧着嘴笑了笑，背抄手进了屋。

　　盘蛇在医巫闾山脚下，九河下梢的转弯处，它是明初修筑辽东镇长城中段辽河套边墙时所建的一个驿站。后来关外人口大量涌入，这里就变成一个繁华的小镇了，奉天省锦州府盘山厅通判衙门便在此处。滚滚东逝的辽河水在这儿打个旋涡，又通过双台子河口注入渤海湾。几经战乱，盘蛇几度沧桑，到清代，满汉杂居，又渐渐繁华起来了。

　　今年的春天分外寒冷，早过了立春，天还是嘎巴巴的冷。农历二月初二，阴着脸儿的苍穹又纷纷扬扬地下起了鹅毛大雪。今儿个是龙抬头，不管是有条件的富庶人家还是清寒的百姓，大都会躲在家里吃龙头，加之天寒地冻，街上鲜有行人。此时，朱家烧锅的酒坊里，两个伙计干得正欢。剑眉朗目红脸膛的叫关殿臣，黄白镜子长挂脸儿的是他的干兄弟佟保三。

　　佟保三噘着嘴："殿臣哥，伙计们都回家吃龙头去了，凭啥咱俩还在忙活？"关殿臣头都没抬："咱们闲着也闲着，受点累流几滴汗算啥？"

　　"你实诚我就得跟你遭罪。我一个草民倒没啥，可别忘了，你还是在旗的呢！"佟保三嘟囔着。

　　关殿臣喝了口水："老皇历，翻不得。"

　　关家隶属八旗中的正黄旗汉军世族，祖上从龙入关，跟着大汗老佛爷东征高句丽、平定过察哈尔，征过噶尔丹，关家几世，一直是朝中重臣，子孙后辈生下来就衣租食税，吃铁杆庄稼。到了五世祖，家道已现没落。六世祖关统调署南河高堰通判任职，正是春尽水长之时，洪泽湖连日长水，因为前任偷工减料，致使高家堰口子冲开百余丈，洪泽湖全行倾注，淮扬二郡几皆鱼鳖。嘉庆皇帝震怒，派人查办，关统被革职拿问，举家发配卜魁①。从此，备受殊荣的关家成了庶民衰草。到了关殿臣的高祖这辈，朝廷特赦，举家离开冰天雪地的卜魁，流落到银州②落脚。关统临终有言，凡我关氏子孙，耕读传家，不可入仕。关家世代，遵祖遗训，只知低头读书自娱，并无一人为官。可到了关殿臣的阿玛关吉这儿，出了意外，关吉因涉嫌参加白莲教受到官府追拿，不知所终。关殿臣的额涅为了腹中子，流落到盘蛇。

这几年，娘儿俩起早贪黑磨豆腐，日子渐渐有了起色，翻盖了几间破草房，还置上几亩上好的水浇地。清律规定旗人既不能从事农业生产，也不能经商。可关家沦落至此，也顾不得这些了。有了这几亩水浇地，关殿臣的腰板就硬了起来。

东头老爷庙有个会武功的挂单师父释脚凡。关殿臣去庙上送豆腐看到释脚凡习武，被释脚凡高超的武功吸引住了。关殿臣就免费给释脚凡豆腐吃。释脚凡被关殿臣的诚心打动，把浑身的武艺授他后云游去了。盘蛇有私塾，关殿臣卖完豆腐后就在窗外偷听，学业比坐在里间听课的学生们还要好。先生被他求学的心气儿打动，就将书借他读。关殿臣如饥似渴，很快有了一肚子学问。前年夏天，闹起了霍乱，死了不少人，关殿臣的额涅也在这场瘟疫中离世。

额涅去世了，为了还治病和发送额涅拉下的饥荒，关殿臣卖掉了房产和仅有的一头拉磨的毛驴，和干兄弟佟保三一起到朱记烧锅当了伙计。佟保三是和他光着屁股长大的，小时候，额涅没奶水，他就吃着佟保三母亲的奶活了过来。为报佟保三母亲的哺乳之恩，关殿臣便认她为干妈。佟保三离不开关殿臣，隔三岔五地跟着他一

---

① 卜魁：黑龙江省齐齐哈尔市旧城区的原名。
② 银州：古地名，今位于辽宁省铁岭市。

块儿住在朱家。在盘蛇，除了佟氏母子和朱明祥一家，几乎没有人知道关殿臣的旗人身份。有一次关殿臣在朱明祥面前说漏了嘴，这才承认自己是旗人。旗人的身份尊贵，朱明祥让关殿臣另觅高处，关殿臣说："落魄的凤凰不如鸡，东家能收留我，我已经感恩戴德了，我哪儿也不去。"朱明祥对关殿臣又生出几分好感来。

朱七巧坐在炕里头绣花儿。朱明祥说："今儿个是二月二，伙计们都回家了，殿臣和保三还在清酒糟。这俩小子，我没看错。"朱太太说："老爷，你说这俩孩子谁好？"朱明祥说："要我看，都不错。"朱太太说："路遥知马力，日久才见人心。今儿个吃龙头，晚上咱们在一起吃饭。七巧，你去作坊里，让他们俩别干了。"朱明祥说："这有三张戏票，你们仁儿去看戏吧，今个儿可是莲花落子名角成兆才的《盗金砖》！"

朱七巧接过戏票下了炕，欢快得像只百灵鸟。朱太太说："敢情你早把票买了呀！"朱明祥说："成班主喝过咱的酒，一大早让徒弟专程给送来的。我寻思着，与其咱们一家三口看，还不如让这三个年轻人一起开开眼，也显得咱们做东家的仁慈大气。这俩孩子是好苗子，将来，咱的烧锅得靠他们。尤其是殿臣，满肚子学问，这小子，是块好钢口儿！"朱明祥冲着朱七巧的背影努了努嘴，朱太太会意，二人心照不宣地笑了。

关殿臣和佟保三正干得起劲，朱七巧走了进来。关殿臣说："小姐，你咋来了？"朱七巧没回答，径直走到关殿臣面前，掏出手帕给他擦拭："殿臣哥，瞧你这一脑门子汗。"关殿臣窘得直躲，忙用手背擦拭脸上的汗。佟保三说："小姐，我这脸上也都是汗。"朱七巧斜楞一眼佟保三："还摆起谱儿来了，去去去，自己擦！"佟保三吐了下舌头。朱七巧说："猜猜，我今儿个给你们送啥好赫儿①来了？"

---

① 好赫儿：方言，指好东西。

关殿臣说："猜不出。"朱七巧将戏票举到了关殿臣和佟保三眼前："我爹说，今儿个是二月二，让你们俩带我去看戏！"佟保三说："殿臣哥，是莲花落子戏《盗金砖》！小姐，东家想得真周到。"

"我爹我妈都舍不得看，把戏票给咱们了。"朱七巧见关殿臣没吱声，问道，"殿臣哥，怎么，你不愿意去？"

关殿臣说："就这三张票，还是你和东家、太太去看吧。"朱七巧说："你啥意思呀，我爹和我妈不想让我要单个儿，特意让你俩带我去的。"佟保三说："东家和太太是好心，殿臣哥没说不去，走吧小姐！"关殿臣说："就你嘴儿快。"佟保三笑道："东家给咱脸，咱不能不兜着。"朱七巧说："保三哥说得对。殿臣哥不去，咱俩去。"关殿臣说："我去还不成吗？东家都不舍得去，我心里过意不去。"朱七巧欢快得像只蝴蝶："你俩起早贪黑地干，我爹和我妈可都看在眼里，这才让你们放松放松的。"

天上飘着飞雪，房檐下几尺长的冰溜子发出清冷的寒光，街上稀拉传来炮仗的脆响。三人正走着，忽听疯狂的狗叫和声嘶力竭的呼救声。三人顺声音跑过去，一个大户人家的宅门外，一只大黑狗正将一个十三四岁的小乞丐按在爪下撕咬，小乞丐本就单薄的棉衣被撕扯得棉絮乱飞。关殿臣不及细想，捡块砖头俯身冲了过去。那狗见这架势，夹尾巴跑进门洞内去了。小乞丐是关殿臣经常资助的狗剩子。狗剩子见关殿臣救了他，扑在关殿臣怀里哭号。

这时，从门洞里走出一位穿绸裹缎、圆头大脸的阔少，阔少揉了揉眵目糊："大黑，二黄，掏他们去！"刚才那只被关殿臣吓跑的大黑狗又同另外一只大黄狗向关殿臣他们扑来。这两只狗都身壮体胖，加之有主人撑腰，几个人突然陷入危机四伏的境地，朱七巧吓得花容失色，顾不得男女有别，一个劲往关殿臣怀里钻。

关殿臣毫无惧色，一挥手，两粒飞石脱手而出，两只狗负疼嗷嗷怪叫跑到主人身边。朱七巧说："殿臣哥，你真行！"佟保三没吱声，只顾看自己有没有被狗抓挠过。朱七巧说："保三哥，看什么看，狗又没掏着你！"阔少横指着关殿臣："打伤我的狗，你得赔！"关殿臣说："我来救你，你却说我多管闲事。"阔少说："你扒瞎！明明是你打伤我的狗，怎么反说你来救我？"关殿臣说："你的狗这么凶，我再不出手，非出人命不可。出了人命惹了官司，那可不是闹着玩的！"呆阔少见关殿臣这么一说，冲着朱七巧诡秘一笑，跑进院去将门关上了。朱七巧说："殿臣哥，咱们闯祸了，这是贵老爷的儿子方耀祖。"

"我管他谁儿子呢！放狗咬人就不对！"关殿臣掏出几个铜子儿塞到狗剩子手里，"买几个火烧去吧！"

"谢谢殿臣哥！"狗剩子给关殿臣打了个千，一溜烟儿跑了。

朱七巧说的贵老爷就是通判衙门里的通判方天贵。贵老爷家属镶黄旗，靠祖上福荫起家，到贵老爷这辈，家道渐衰，贵老爷的阿玛临终时给儿子捐了一个通判。戏台上的戏演得正欢的时候，贵老爷家也唱着一出戏。

贵老爷几房福晋，却只生了一个傻儿子。别看耀祖呆傻，却是贵老爷的宝贝疙瘩。

贵老爷和三福晋喝得正欢，忽听门外传来狗的惨叫声，紧接着，耀祖进来坐在一旁喘着粗气。贵老爷问："耀祖，你咋了？"耀祖："阿玛，我要娶萨里甘①！"耀祖这没头脑的话一出口，逗得贵老爷和几房福晋都笑出声来。贵老爷说："耀祖长大了，明儿个，阿玛就张罗着给你说媒去。"

"我要七巧！"

"七巧，七巧是谁？"

三福晋说："老爷，七巧是朱明祥的闺女。还真别说，咱耀祖有眼力，这七巧可是咱这儿头号美人儿。"贵老爷说："我明儿个找人

_____

① 萨里甘：满语，指妻子。

说媒去!"耀祖说:"阿玛,现在就去!他们的伙计打伤了二黄和大黑,我就娶他们家闺女。"

"咋回事?"贵老爷脸色阴了下来。

耀祖添油加醋将刚才的情形叙说了一遍,贵老爷说:"打狗还得看主人呢!耀祖,阿玛这就给你去办!"贵老爷想儿子这样,朱家无论如何也不会同意的。有什么办法能让朱家就范呢?贵老爷绞尽脑汁,管家刘大天说:"老爷,让朱家将闺女嫁给小爷,其实非常简单。"

"啥办法?"

刘大天满肚坏水,没少给贵老爷出坏主意。他本名叫刘呈禄,心眼儿多有一号,人们渐渐忘记了他的原名,而叫他"刘大天"了。刘大天指了指外边的二黄说:"老爷,只要舍弃这只狗,就能让朱家闺女成为你的儿媳。"贵老爷迫不及待:"你倒是快说呀!"刘大天俯身低语了一番,贵老爷说:"事成有赏。"刘大天说:"老爷,我办事啥时候失过手?你就放心吧!"

看完了《盗金砖》,关殿臣和佟保三扫院里的雪。天晴了,太阳晃得地面白花花耀眼。

二人正扫得起劲,朱七巧喊他俩进屋吃饭。关殿臣说:"这,不太好吧。"佟保三说:"东家叫咱们吃饭,有啥不好?"关殿臣说:"咱们是伙计,再说,三宿黑家①在一起吃过夜饭了。"朱七巧从关殿臣手里抢过扫帚:"进屋吧,菜该凉了。"这时,朱明祥站在门前冲他们摆手:"殿臣,保三,你们俩过来陪我喝酒!"

朱家三口和关殿臣、佟保三围坐在桌前。朱明祥说:"今儿个是二月二,打今儿个起,猫冬结束了,庄稼人就开忙了。咱们虽然不种庄稼,可咱们的烧锅没粮食就开不起来,所以,借今儿个的日子,一来,祈求今年有个好收成,二来,也祝在座各位有个好的开

---

① 三宿黑家:方言,指除夕夜。

136

始。"众人干了酒盅里的酒。关殿臣向佟保三使下眼色，二人起身："我们敬东家！"

"好好好！"朱明祥将酒喝了，示意二人坐下，"好好干，今年下秋，就给你俩说媳妇。"朱太太说："有门好手艺的人，那可是闺女们选女婿的首选哪！"关殿臣和佟保三低头没说话，朱七巧笑道："殿臣哥、保三哥，我妈替你们想得多周到，说媳妇都给你们打算了。保三哥，相中哪家闺女了，让我妈给你说去！"佟保三臊了个大红脸："我还没想过这个。你还是让太太给殿臣哥选个合适的吧。"关殿臣低声："保三，你瞎说什么！"朱七巧将一块肉夹给佟保三："保三哥，多吃点肉，瞧你，瘦得跟大眼灯似的。殿臣哥的事用不着你操心，管好自己的事就行了。"朱太太说："闺女家的不要胡说！"朱七巧吐了下舌头不说了。

这时，下人王嬷嬷进来："老爷，太太，刘大天领人来了，气哄哄的，在客厅等着呢！"王嬷嬷是朱太太的奶妈，这么多年一直跟着她。

"刘大天上我这儿来干什么？"朱明祥说，"你们吃着喝着，我看看去。"

朱明祥来到客厅。刘大天穿着件外翻的羊皮马褂，戴瓜皮帽，早坐在官帽椅上等候。倚仗贵老爷，刘大天坏事做绝，不过，朱明祥深知，通判家的狗都惹不得，更何况一个受通判器重的管家？刘大天此时上门，定然有事，于是面上挂笑："刘管家，哪阵仙风把你给吹来了？王嬷嬷，上茶！"

"朱东家，我没工夫跟你喝茶论禅，我是奉通判之命找你说事的！"刘大天矮胖的身子欠都没欠，紧绷一张刀条脸，枯枝般的手指弹着八仙桌，翻着一双露仁眼，一副趾高气扬的样子。朱明祥说："刘管家找我何事？"刘大天说："这不是说话的地儿，门外看看便知。"来到大门外，刘大天说："朱东家，你看看，这是啥？"

雪地上躺着只死去的大黄狗。朱明祥说："这是咋回事？"刘大天冷笑道："别问我，要问，就问你们家的伙计关殿臣，是他干的好事!"朱明祥说:"这和关殿臣有啥关系?"刘大天说:"这不明摆着吗?这只贵老爷最喜欢的二黄让关殿臣打死了!"

"有这事?"

"东家,狗不是我打死的!"

朱明祥回身,关殿臣、佟保三和闺女七巧走了出来。

朱七巧说:"爹,这狗不是殿臣哥打死的。我们去看戏,方耀祖放出两只狗咬狗剩子,殿臣哥看不过去才把狗驱开的。后来,方耀祖再次放狗咬我们,就是这只狗,爪子都扑我身上了,殿臣哥把狗打跑了。"关殿臣说:"东家,如果不把它们打跑,小姐就被狗掏了。"朱明祥知道刘大天找碴儿:"刘管家,刚才的话你也听见了,是你们家少爷放狗伤人,伙计救人也在情理。这狗不是他打死的,刘管家拿只死狗到我门前何意?"

刘大天的确是在找碴儿。贵老爷为儿子讨七巧为妻,刘大天给他出了这个以狗要挟朱家就范的主意。刘大天说:"只要说这只狗是千金不换,他朱家就得认栽!朱家的伙计不是把二黄打伤了吗?咱们干脆把二黄打死,然后就说这狗是太后老佛爷赏给北京庆王府的,庆王府又征得太后同意转赐给我们方家的。要将事情平息,办法有两条,一是将闺女嫁给咱们,二是赔给咱三千两银子。朱明祥把家底卖了也不值那么多银子,没办法,只能乖乖地让闺女嫁过来。"

刘大天说:"他说不是他打死的就不是他打死的呀!这小子用石子打在二黄脑袋上,二黄回去后就死了!我们老爷说了,二黄是小爷命根子,你得赔!"朱明祥说:"刘管家,通判家的狗可以随便咬人,我们老百姓防卫都不可以吗?大清国还有没有王法了?"刘大天冷笑:"大清国有王法不假,可在咱们盘蛇这巴掌大的地儿,贵老爷的话就是王法。这狗你赔也得赔,不赔也得赔。"

刘大天的话也不无道理,在盘蛇,通判老爷岂是他一个小买卖人能得罪的?如果贵老爷找他麻烦,生意就别做了,花钱买平安吧,想到这儿,朱明祥说:"刘管家,怎么个赔法?"刘大天说:"我们老爷说了，三千两银子，少一个大子儿都不行！"朱明祥差点摔倒："你们这不是讹人吗？"

"讹你？知道这狗啥来历吗？实话告诉你，这狗是太后老佛爷赏给北京庆王府的，庆王府又征得太后同意转赐给我们方家的。你们伙计把这只狗打死了，是打了太后的脸。这要告上去，就得满门抄斩。不过，也不是没商量，看你咋做了。"

"请刘管家明示。"

"贵老爷想和你成为儿女亲家。怎么样，别人高攀还攀不上呢！"

谁不知道贵老爷的儿子是个五谷不分的傻子？别说是他朱明祥的闺女，就是普通人家的闺女也不能嫁呀！朱七巧说："告诉贵老爷，我就是死也不会嫁给方耀祖的。"刘大天得意扬扬："朱小姐，嫁不嫁怕由不得你。"

"这事，容我和小女商量商量。"关殿臣要和刘大天理论，朱明祥使眼色阻止了。

刘大天说："贵老爷说了，三天为限。如果过期，后果自己思量。"刘大天让护院扛着二黄的尸身走了。"二月二"带来的喜庆一下子被刘大天带来的坏消息给搅成了一锅粥。关殿臣说："祸是我闯下的，理应由我担当，我找通判说道说道去！"

"你？"朱明祥抬头看看关殿臣，"贵老爷杀人不眨眼，你去了是白送死。"

"管不了那么多了。只要能保住烧锅，保住小姐，豁出去了！"

没等朱明祥表态，关殿臣身子一晃，走出门去。

刘大天正和贵老爷报功呢，下人禀报，朱记烧锅的伙计关殿臣来了。

"他来干啥？"贵老爷自语，吩咐："让他进来。"

下人将关殿臣领进，关殿臣施礼："贵老爷好！"贵老爷打量关殿臣："你们东家咋没来？"

关殿臣说:"贵老爷,我想讨个说法。"刘大天呵斥:"一个穷伙计跟我们老爷讨说法,活腻歪了吧!"关殿臣没理会刘大天:"贵老爷为一方百姓的父母官,我找父母官不妥吗?"贵老爷说:"你想说啥?"关殿臣说:"贵老爷家的狗比人金贵,我打死了它,就得由我偿命!"刘大天说:"你以为你的命有贵老爷家的狗金贵吗?"

"我和贵老爷说话,你一个奴才少插嘴!"关殿臣毫不客气扫视刘大天,又看着贵老爷说,"贵老爷,我这样做,也算仁至义尽了!狗再尊贵,毕竟是一只狗,就算告到紫禁城,我也不怕你。更何况,狗咬人在先,我当时只是吓退它而已,究竟咋死的,还有待勘验。"刘大天说:"来人,把他轰出去!"

贵老爷将刘大天斥到一边,对关殿臣说:"说得对,狗再金贵也是狗,我咋能让你为它偿命呢?告诉朱东家,还是那两个条件,让他任选其一。三天为限,至于三天后我咋办,他别后悔就行。"刘大天说:"趁贵老爷心情好赶快走,迟了,外边那两只狼狗可缺荤腥呢!"这当口儿,丫头慌慌张张跑进来说:"老爷,三福晋心口儿疼的毛病又犯了!"

几房福晋,贵老爷最喜欢的就是这个三福晋。三福晋留过洋,会洋文,贵老爷含在嘴里怕化了,捧在手里怕摔着。三福晋有心口儿疼的老毛病,平时不犯还好,犯起来疼得撞墙。这病在英国皇家医院都没治好,嫁到方家,贵老爷遍寻良医,也只是敲敲边鼓。每次,三福晋犯病,贵老爷恨不得这痛苦转到自己身上。

三福晋披头散发地跑到院子当间,原本如花似玉的脸变得铁青,疼得扑在地上用雪洗面:"老爷,让我快点死吧!"贵老爷将三福晋抱起:"忍着点,我给你找先生!"贵老爷让丫头去找西街的王先生,被三福晋喊住。三福晋说:"老爷,王先生治不好我的病,找他来也白搭。"贵老爷乱了方寸。关殿臣看着三福晋,刘大天说:"看什么看,再不走,我可放狗了!"刘大天打了个口哨,外边冲进两只大狼狗,其中一只骨瘦如柴,毛都快掉光了。关殿臣打量了一下那只癞皮狗："恭喜贵老爷，你这只狗可是福星啊。"贵老爷说：
"说说看，这只狗咋成福星了？"关殿臣绕着狗走了两圈："这狗能治
三福晋的病。如果我说对了，你就让少爷另娶别人，你看如何？"贵
老爷狐疑打量关殿臣："这狗真能治三福晋的病？"关殿臣点点头：
"三福晋病得不轻，她的病，只有这只狗才能救！"

"如果你看走眼了呢？"

"如果我看走眼了，凭你处置！"

贵老爷说："那好，你说吧！"关殿臣说："三福晋的病就是胸肋
胀满、噎嗝反胃，病发时心疼难忍，长此下去，性命不保哇！"

三福晋暗挑大指，小伙计说得太对了，这病害了她多少年，找
了不少先生，吃的草药都够喂头牛了。

"老爷，他说的有点意思。"三福晋捂着胸口，一股剧痛袭来，
忙抓住贵老爷的手，"老爷，就让他试试吧！"

贵老爷这才说："那好，你就说说这只狗怎么能救三福晋？"关
殿臣又绕着狗走了三圈："贵老爷，如果医好了福晋的病，你就让小
爷另娶别人，免除朱家的一切赔偿。"

三福晋是贵老爷的心头肉，如果能医好她的病，别说这两个条
件，割他身上一块肉都成。贵老爷点头说："都依你，那你说，这狗
咋能治三福晋的病？"关殿臣这才说："治病的药材就在狗肚里。"

"在狗肚里？"

关殿臣说："此药名叫狗宝，贵老爷如若不信，可当场杀狗验
看，狗肚里定有一种石头样的东西，是除病良药。"贵老爷骂道：
"你小子胡言乱语，信不信我杀了你?！"关殿臣面色不改："贵老爷
想医好三福晋的病，还在乎一只狗吗？我要没那个弯弯肚儿，也不
敢吞下这镰刀头！"贵老爷说："小子，如果狗肚子里没有你说的那
种东西，咋办？"关殿臣说："任凭处置！"贵老爷命刘大天用火枪将
癞狗打死，当场给狗开膛破肚，胃内果有一块鹅卵石大小的硬块。
关殿臣说："这就是与牛黄、马宝并誉为'三宝'的狗宝哇！福晋的

病有救了。"

原来，关殿臣曾跟释脚凡师父学过给牲畜看病，他看这只癞皮狗是只年岁大的老狗，眼睛暗淡无光，结膜发红，就知它腹中有狗宝。三福晋面色蜡黄，疼痛难忍，便看出她有胸肋胀满、嗳嗝反胃的老毛病，而狗宝正是治疗此病的良药，他就想起了解救朱七巧的妙计。关殿臣用狗宝给三福晋配了服药，熬好后让她当场服下。一盏茶的工夫，三福晋觉腹内如流泉般汩汩作响，接下来神清意转，疼痛和胸肋胀满的症状消失得无影无踪了。

"这药可真神，老爷，我的病好了！"

"贵老爷，你说话总得算数吧！"

"实话说了吧，刘大天去朱家也是玩笑，只因那二黄确是耀祖心尖儿，回去告诉朱东家别介意。"贵老爷又吩咐刘大天赏关殿臣十两银子。

拿了银子，救了三福晋，关殿臣这才长长地出了口气。其实，刚才，他也在拿命当赌注。老天有眼，他赢了。

一弯冷月斜挂中天。

关殿臣正要回房，朱七巧悄声说："殿臣哥，一会儿到我屋，我有话说。"关殿臣想问个究竟，朱七巧却快步走远了。换好了衣裳，关殿臣正犹豫，朱七巧却推门进来了。

灯光下，朱七巧穿件月白色短袄，一条乌黑的大辫子垂到腰际，含情脉脉冲他笑呢。朱七巧问他为啥没过去，关殿臣低头没说话。朱七巧将一双千层底递给关殿臣："鞋该换换了。"关殿臣低头看着快开帮的鞋，不好意思笑了。朱七巧说："试试跟脚儿不？"关殿臣说："小姐，我……"

"你什么你？麻溜儿换上试试！"朱七巧将关殿臣按在椅子上，拿鞋就给关殿臣换。

"哟嗬，好亲热呀！"门嘎吱一声开了，佟保三走进来。

朱七巧说："保三哥，我看殿臣哥脚上的鞋都坏得不成形了，就给他做了一双。前些日子我不是也给你做过吗？"佟保三嘿嘿一笑，双手抱着脖颈子跷着二郎腿躺到自己的行李卷上大声叹息："这人比人得死，货比货得扔啊……"佟保三的话还没说完，朱七巧将一只雪梨扔了过去："堵住你的嘴，看你还胡说八道不了？"佟保三扬手将梨接住："这还差不多。谢谢你，小姐！"

"七巧，你在干什么？"窗外，传来朱太太的声音。

"我妈叫我了。"

朱七巧关门出去了。关殿臣和佟保三脱衣躺下，佟保三说："殿臣哥，觉咋这么大？人家都说兴奋就睡不着觉，你倒好，脑袋挨上枕头就睡。"

"白天累一天，晚上不好好休息，明儿个干不干活了？"

佟保三说："殿臣哥，你这么聪明，就没发现小姐对你有意？"关殿臣翻了翻身："是吗？没发现！"佟保三说："你是真不知还是假不知呀！小姐看你的眼神儿都不对。"

"胡说八道啥？咱是伙计，癞蛤蟆还想吃天鹅肉哇！"

关殿臣说着发出了匀称的鼾声，佟保三却瞪着眼睛看着棚顶发起呆来。让佟保三嫉妒的是，朱七巧对关殿臣好得简直没的说，一会儿给关殿臣擦汗，一会儿又给关殿臣送开水，热乎劲让所有的伙计眼热，佟保三更是嫉妒得不行。凭什么朱七巧非跟关殿臣好？

可该怎样让朱七巧改变主意跟他好又做得神鬼不知呢？佟保三绞尽了脑汁。凭他在朱家的地位，是找不到任何排挤关殿臣的机会的。听着关殿臣的鼾声，佟保三暗忖，只要他长心眼儿，还是有机会的。

此时，躺在炕上没有睡意的还有一个人，那就是朱七巧。刚才妈把她喊出来，说一个姑娘家，晚上往伙计房中跑，算什么样子？自见到关殿臣，她就对这个英武淳厚的男人产生了好感。他做事沉稳，爹交代的事总是做得又快又好，来的时间不长，却已独当一面了。为救她和狗剩，宁肯自己挨咬。贵老爷刁难他们家那么大的事儿，居然被他轻轻松松解了围。长了十七岁，没一个像关殿臣这样的汉子让她觉得踏实。那天去看戏，要不是他的机灵，那只狗非把狗剩撕巴了不可。他挣得并不多，却将兜里的铜子儿毫不吝啬地塞给了狗剩。跟这样的男人在一起，没有过不去的坎儿，讨吃要喝心也甘。

屋顶上传来两只猫在叫萨①，朱七巧想起了她和关殿臣，甜甜地笑了。

时间如流水般过去，转眼，到了开春。

朱太太信佛，逢佛圣诞，就去三十里外老爷庙进香，有时也请住持僧道悦大和尚来家讲经说法。伽蓝菩萨圣诞，朱太太备下十斤香油和百斤黄豆给庙上送去。同去的还有关殿臣和佟保三。因为天气好，路两边桃红柳绿，佟保三坐在车沿上和朱七巧说个不停，关殿臣望着远处发呆。额涅去世两三年了，到现在，他也没打听到阿玛的消息。昨晚，他梦见一个人血淋淋地站在他面前。虽然他没见过阿玛的样子，可他坚信这个人就是从未见过的阿玛。难道，阿玛已经离开了人世？

"殿臣哥，你咋不说话呢？"朱七巧嗅着手中的桃花。

"没啥。"关殿臣说。

佟保三说："小姐，我知道殿臣哥在想什么。"

"保三哥，那你说说，殿臣哥在寻思啥？"

"殿臣哥呀，他在想着做梦娶媳妇呢！"

"从你嘴里就吐不出象牙来。"关殿臣抬起头，恰恰和朱七巧的目光相对，立刻红着脸看别处去了。

到了老爷庙，住持僧道悦将主仆几个让到禅堂。这时，沙弥禀报："方丈，那个挂单的觉尘在偏殿罗汉像下喝酒吃肉哩！"道悦说："夫人稍候，我去看看。"

_____

① 叫萨：方言，指动物发情时发出叫声。

144

关殿臣和佟保三也跟道悦去看究竟。只见偏殿罗汉像下，那被称为觉尘的和尚正一手拿着酒葫芦贪婪地吸吮，一手拿着半只香喷喷的烧鸡在吃。殿内散发着一股诱人的香味和酒气。觉尘见道悦走近，将酒和鸡举到道悦面前说："道悦师父，这酒正醇，肉正香，你也同我一起吃些？"道悦双手合十："阿弥陀佛，佛门净地岂能容你妄开污秽？本寺庙小，还请另觅别处存身吧！"觉尘回礼："大师，酒肉穿肠过，佛祖心中留。大师既不容我，我就再寻他处。"觉尘走出山门，关殿臣仔细打量，只见他衣衫褴褛，手里拿把破蒲扇，脚上趿着一双露着脚指头的僧鞋，使他想起戏文上唱的济公和尚和《水浒》里的花和尚。不过，这和尚阔眉朗目，浑身上下散发着一种说不清的威严，又使他想到庙门外的金刚。

因为往返路途较远，主仆几个人当天在老爷庙住下了，第二天一早回返。晌午，在一家小饭铺门口，朱太太领大伙进屋吃饭。

几个人正在吃喝，就听饭铺的一个伙计嚷嚷："去去去，这儿是你进来的地方吗？瞧你这衣服，恶臭的，把客人们熏跑了！"门外站着的竟是那个吃酒肉的觉尘。

"阿弥陀佛，施主就行行好，让我进去吧！我一天一夜没进一粒米了。"觉尘一边哀求一边迈步往里进。伙计骂道："你要再不走，我可叫人了！"朱太太心中不忍，买几个馒头递到觉尘手上。觉尘千恩万谢，接过馒头大吃起来。大家往回赶，正往前走，车把式喊："太太，有胡匪！"

车老板话落，从路旁的一片柳树后风驰电掣跑来十几匹马，马上坐着十几个彪形大汉。一个红脸大汉喝道："将车里的银子留下！"朱太太说："好汉爷，我们今儿个出来身上不方便，待我们回去后将银子奉上。"胡子头大笑："少在这儿啰唆，谁不知道你们朱记烧锅有的是钱，实话告诉你，老子绑的就是你们娘儿俩！弟兄们，把他们绑了，弄来银子这辈子都花不完。哥儿几个，动手！"胡匪冲向马车，关殿臣抄起一根木棍立个门户，佟保三也抄起一只板凳，车老板抄起了长鞭。可胡匪人多，三人很快被围，关殿臣脖子上的羊脂玉挂坠被胡子头掳去。

关殿臣拼命争夺，可胡匪人多，关殿臣被打倒在地。

"阿弥陀佛，以多胜少，算什么英雄？"

没等大家反应过来，一个人已经到了他们当间儿。来人竟是觉尘。红脸大汉说："这没添草料，哪蹦出你这个秃驴来？识相的快离开！"觉尘说："这事老僧管定了！"红脸汉子手一挥，过来一胖一瘦两个汉子，不由分说抢刀就砍。

当瘦子的刀快要落下来的时候，觉尘身子轻轻一晃，跃到了瘦子马脖上，像老鹰抓小鸟一般将瘦子抓住，当胸一掌，瘦子胸口发咸，鲜血喷出。胖子挥刀，觉尘变戏法似的将胖子手里的刀夺过来，胖子痛得直叫，腕子早被觉尘扭断了。红脸汉子上马就跑，脚刚踏上马镫，被觉尘拽下来，那只玉观音挂坠就到了觉尘手中。觉尘说："东西留下来了，你可以走了。"红脸汉子如遇大赦，率众狂奔。

觉尘说："好漂亮的玉观音。"关殿臣说："多谢师父，我代我阿玛和额涅谢过了。"觉尘说："举手之劳，何必言谢。施主代父母谢过，莫非，这只挂坠有什么来历？"关殿臣接过挂坠说："师父有所不知，额涅临终前将此物交我，说这是当年阿玛给她的定情物，也是我和阿玛的见面信物。"觉尘双掌合十："阿弥陀佛，善哉善哉，愿施主早日骨肉团聚。老僧还得去别处挂单，诸位慢走。"

"师父留步！"朱太太躬身施礼，"要不是师父相助，我们已遭不测。"觉尘说："要不是那几个馒头，老僧说不定饿倒街头了。敢问太太尊姓大名，容老僧日后报赏饭之恩。"关殿臣说："我们东家是朱记烧锅朱明祥，这位是太太！"觉尘说："朱太太，老僧定会讨酒。"说罢，扬长而去。

朱明祥知妻女有惊无险，很高兴。当他得知关殿臣、佟保三拼死护主时，拍着二人的肩膀说："好好干，我不会亏待你们的。"

当晚，朱七巧拿出给关殿臣做的马褂。

佟保三说："殿臣哥，还是你有福哇，小姐对你多好。"

"保三哥，胡说些什么？殿臣哥的褂子不是被胡匪扯破了吗？"

第二天清早，刚吃过早饭，关殿臣和佟保三正要下酒窖，朱明祥将他俩叫进上房。

"去年庄稼歉收，我准备让你俩去镇安①采购高粱。"朱明祥将五百两银票交给佟保三，"保三，这次采买，遇到啥事，你可以拿主意。殿臣，你听他的，采办完马上回来。"

"放心吧东家！"关殿臣说。

二人赶奔镇安。佟保三有些疑惑，关殿臣说："东家器重你！这次出门，你得有个管事的样，别让我跟你吃瓜落！"

镇安离盘蛇百十里路，车老板对路很熟，晌午，十几挂马车就到了镇安。镇安毗邻关东重镇北镇，明代叫镇远堡，地肥多产高粱，朱记烧锅的烧酒用的高粱大都产于此。因为庄稼歉收，几家粮栈都囤积居奇，价钱翻几倍。大半天，一粒米没收到。关殿臣犯了愁。

"殿臣哥，愁也愁不来粮食。大家的肚子早饿得前胸贴后背，咱们先喂肚子吧。"佟保三看了看落日染红的残霞。

好不容易在城西找个王家小吃，佟保三看着王家小店低矮的门楣，指着对街的一个高档酒楼说："殿臣哥，咱们走了这么远的路，又饥又渴的，就找个小吃店哪？到对街的聚香园吧。"关殿臣瞪了一眼佟保三："东家让咱们到这儿来，是相信咱们，咱们怎么能大吃大喝呢？"佟保三这才低头不再言语。两个人要了几个小菜，一盆小米饭，一边吃一边谈论下一步怎么办，一旁桌子有人说话："不就是红眼高粱嘛，你们要多少？"

众人扭头，一个留八字须的中年汉子在自斟自饮。那汉子脸色焦黄，像秋后晾晒的烟叶。

---

① 镇安：现在为辽宁省锦州市黑山县。

佟保三问："不知这位大哥有多少高粱可卖。"中年汉子说："要多少有多少。"关殿臣说："我们买五百担，你有多少?"中年汉子说："正好五百担，你们有意，就看看货。"

关殿臣和佟保三跟中年人来到他的住所，高粱是不少，可都是瘪籽儿。这样的高粱费料不说，也酿不出好酒。可高粱再不好，总比空手而归强。关殿臣说："敢问掌柜的，多少钱一担?"中年汉子伸出手指头："一两银子五担。"出来时，朱明祥交代，好高粱最多一两银子五担。关殿臣说："价钱太高了，瘪籽儿太多，能不能再商量商量，一两银子六担。"

中年人将关殿臣叫到外边低声说："今年高粱歉收你又不是不知道，我这高粱还是去年的呢！实话告诉你，这样的高粱，你手攥银子也买不着。"关殿臣说："可我们东家有交代呀，要二分银子一担的好高粱，你这样的高粱，就是价钱再低，我们也不能要。"中年人说："高粱是死的，人是活的。这样吧，我看你这兄弟实诚，价钱就按二分一担算，另有二厘给你做回扣，咋样?"见关殿臣没说话，中年人又说，"五百担高粱，一担二厘银子，就是十两银子呀，够你小子过大半辈子了。这么好的事哪儿找去?"关殿臣说："掌柜的美意我心领了，不过，东家有交代，要好高粱。"

中年汉子只好作罢。佟保三问关殿臣刚才怎么谈的，关殿臣将刚才和中年人的谈话叙述了一遍。佟保三惊叫："大哥，咋不答应呢? 这事办成了，咱俩盖房子说媳妇的钱都有了。"

"回去咋向东家交代呀?"关殿臣急了。

"殿臣哥，我咋细致板牙儿①地跟你说呢? 你也不动脑子想想，托着东家给的二分银子一担的价钱，现在是一粒高粱也买不到，虽然高粱不咋样，总比没有强吧。再说了，又得二厘银子的回扣，东家的高粱也收到了，这位大哥的高粱也卖了，这不是三全其美的好事吗?"

---

① 细致板牙儿：方言，形容仔细。

"这可使不得，让东家知道，饭碗就砸了。"

"这种好事咱们八辈子也遇不上一回。你不干我干。东家不是交代事情让我做主吗？出事我兜着，你就等着分钱吧！"佟保三不顾关殿臣劝阻，走到中年人身边："一担高粱二分银子，有我们二厘银子回扣，这事，就这么定了。"

关殿臣埋怨佟保三做事武断，佟保三将五两银子塞给关殿臣，被关殿臣推开："昧心钱我不要，你揣着自己用吧！"佟保三不以为然："我替你收下，需要时到我这儿来拿。"

出乎关殿臣意料，朱明祥检验高粱成色，不但没责备佟保三，还夸奖他灵活机敏。佟保三想，就是朱七巧不嫁给自己，有这十两银子，娶个心仪的姑娘开个像样的买卖也绰绰有余了。

却说关殿臣，从镇安回来几天仍百思不解。东家从不允许酿酒的材料以次充好，这次怎么了？

"殿臣哥，我爹叫你！"

这晚，关殿臣正准备回屋睡觉，后边传来朱七巧轻柔的声音。这么晚了，东家找他啥事？朱明祥在太师椅上等他，见他进来，示意他坐下。朱明祥说："殿臣，你来我这儿一年多了吧？"关殿臣点头："蒙东家照顾，要不，我和保三还不知流落在哪儿呢！"

"殿臣，话不能这么说，你和保三出不少力，我找你来，是想告诉你，打明儿个起，你就是管账先生了。"

"刘先生不是好好的吗？"

"让你当管账先生其实也是委屈了你。刘先生老母病重，他要回家奉母。"

"东家，可我觉得保三比我更合适。"

"让你接替刘先生是对你的信赖，至于保三，还是酿他的酒吧。别忘了明儿个到刘先生那儿接账。"

关殿臣不解，东家明明对佟保三好，为啥将这么重要的位置交给自己？接账时，刘先生掩门，压低声音："殿臣，东家早对你和保三试探过了，保三虽然机敏，却心术不正。"

"心术不正？"

"殿臣，还记得去镇安买高粱一事吗？那个卖你们高粱的是东家的朋友，东家想试试你们俩谁可重用，保三吃了回扣，而你没要，东家就择你而用了。"

关殿臣恍然大悟。在佩服东家深谋远虑的同时，也暗为佟保三捏把汗。还好，朱明祥并没揭穿佟保三。

早上，关殿臣和佟保三在洗漱，朱七巧拿个包裹走进来。佟保三问："小姐，啥好东西呀？"

"没你的份儿，"朱七巧打开包裹，将一套长袍递到关殿臣面前说，"殿臣哥，今儿个你管账了，管账先生就得有管账先生的样，我爹让我给你做的长袍，你穿上试试合身不？"

朱七巧一边打量一边笑："殿臣哥，你穿上长袍，可真精神！"

"东家让殿臣哥当管账先生，那刘先生呢？"佟保三惊呆了。

朱七巧说："刘先生回家奉母。"佟保三说："殿臣哥，恭喜你呀！"

这天晌午，关殿臣被朱明祥叫了进去。今儿个不是交账的日子，东家咋喊他进屋？关殿臣发现，梨木雕花的八仙桌上摆着四菜一汤。

"殿臣，咱爷儿俩喝几杯。"

聊了一会儿生意和账目上的事，朱明祥说："今儿个让你来，有件事和你合计。"

"东家太客气了。"

朱七巧过来添菜，朱明祥使个眼色，朱七巧出去了。朱明祥说："女大不中留，留来留去留成仇。"关殿臣说："东家这话从何而起呢？"朱明祥说："你和七巧都不小了，我有意将七巧许配给你，我没儿子，只有七巧这么个闺女，我让她嫁给你，这烧锅以后就是你的了。"

关殿臣说："东家的美意我心领了,可小姐是凤凰,我是个山鸡,山鸡咋能配凤凰呢?"朱明祥笑道："话不能这么说。这丫头的心事,我这当爹的最清楚。你看她啥时对别人好过,唯独对你,比对我都好。你不要左思右想了。你又没订婚,你阿玛不在,额涅病故,你的亲事,就得由我来操持。"

"谢东家!"

"这就对了嘛!"朱明祥看了看站在门槛儿上的朱七巧,"你们俩将来相亲相爱,把烧锅做大做好,我就放心了。七巧,你一会儿出去置办些酒菜,晚上,大伙在一起庆祝一下。"

朱七巧冲关殿臣一笑,跑了出去。

"这丫头,让我惯得没边。将来,你可得让着她点。"

关殿臣低下头来,不知道说啥好了。

晚上,关殿臣躺在炕上翻来覆去睡不着。没想到东家居然这么看好他。刚刚,东家请大伙吃饭喝酒,等于让他和朱七巧订了婚。

"殿臣哥,还兴奋呢!"佟保三捅了捅关殿臣,"成了朱家女婿,可别忘了兄弟呀!"

"别瞎说,八字还没一撇呢。"

"酒都喝了,还没一撇呀!东家对你真好,先让你当管账先生,又让你当倒插门女婿,这样的好事打着灯笼也难找哟。"

"别胡拉乱扯了,后半宿了,睡吧!"关殿臣打了个哈欠。

佟保三想接茬儿,见关殿臣发出了均匀的鼾声,只好熄灯睡下。

朱七巧嫁关殿臣那天,天气好得说不出来,盘蛇所有喝过朱记烧锅酒的人都赶来参加婚礼,贵老爷也让刘大天送来份子。

"阿弥陀佛,恭喜朱东家!"

人群中来个和尚,竟是几月前救夫人和小姐的觉尘。觉尘穿了身干净僧袍,手拿一串念珠,与从前判若两人。朱明祥抱拳施礼:"多谢师父,不知师父来自哪座宝刹?"觉尘双手合十:"朱东家,有缘何必曾相识？令爱大喜，老僧特来讨杯素酒，祝愿他们白头偕老。这是我给小夫妻的贺礼，请笑纳。"觉尘说着，从袖内掏出一个羊脂玉如意，递到朱明祥手上。

朱明祥一看，这玉如意是玉中极品暖玉，暗想与觉尘素不相识，怎能接受如此重礼？于是笑道："多谢师父美意，你我素昧平生，这么贵重的礼物定是师父心爱之物，我怎能留哇！"觉尘将话岔开，看着关殿臣："朱东家，这位女婿可是百里挑一呀！"关殿臣轻声对朱明祥说："这位就是数月前救岳母和七巧的那位师父哇！"朱明祥赶忙下拜。

"与人为善，路见不平是应该的。"觉尘看了一眼关殿臣，"施主，朱东家对你恩重似海，要好好报答人家！"

"多谢大师，我会的。"

关殿臣一边将觉尘往贵宾席上领一边琢磨，这觉尘一扫往昔褴褛，为什么送了这么贵重的礼品？觉尘挂单装癫，行动不定，一定是个奇人。关殿臣将觉尘领到一个雅座上："大师，你先在这儿品茶，我吩咐厨房给你做桌素席。"这时，有人喊："我要吃席！你们去别的桌！"关殿臣一看，刘大天带方耀祖坐在一张席面上，方耀祖正驱赶同桌的客人到别的桌子上。客人们碍于贵老爷，只好远远躲开。刘大天劝道："小爷，这不是在家，这是朱家嫁闺女，你独霸一席，让老爷知道了，非揍你不可！"

"阿玛才不会揍我呢！本来那是我的萨里甘，却让姓关的抢了先！"方耀祖并不理会刘大天，掰下一只鸡腿大吃起来。

关殿臣拱手："多谢方家小爷和刘管家捧场！"刘大天说："我家老爷公务繁忙，让我和小爷代他向你道喜。"方耀祖说："姓关的，朱七巧本来是我的萨里甘，你娶了她，我跟你没完！"刘大天说："我们家小爷不懂事，你要多担待。"关殿臣拿起酒壶给刘管家和方耀祖的酒盅满上："刘管家，今儿个是我大喜之日，你和小爷敞开了吃。我到别的桌上看看。"关殿臣没想到，刘大天对他的态度来个大转弯，更没想到贵老爷也随了份子。

关殿臣在酒席上转了一圈来看觉尘，可桌子上空空如也，觉尘早已不知去向。

入夜，看着红烛下刚掀了盖头的新娘害羞的俏模样，关殿臣疑在梦中。掀盖头的时候，关殿臣眼睛湿润了。他分明看到额涅在他眼前流着欣喜泪水笑呢！他面朝额涅的坟茔方向，跪在地上，大声说："额涅，你不要记挂我了，儿已生根发芽了。我要混出个样来，再给你上坟。"

"殿臣哥，等咱们的日子好起来，我就跟你给额涅上坟。"朱七巧轻柔地点了一下关殿臣的肩胛。关殿臣说："谢谢你七巧，我咋觉得像在做梦呢？"朱七巧伸手掐了掐关殿臣的胳膊。关殿臣又说："七巧，谢谢你给了我一个温暖的家。从今往后，我就像爱惜自己的生命一样爱着你！你给我生七郎八虎，一家人，和和美美过日子！"

"我才不给你生一大堆孩子呢！"朱七巧娇嗔着将身子偎依在关殿臣怀里，"我只想好好疼你，爱你！"

"七巧，我也想，可我不敢想啊！"

"原来，你心里早打了小九九！"

一股处子身上特有的馨香沁入关殿臣的鼻息。朱七巧的身子很轻盈，娇巧得像只晶莹剔透的小小鸟，关殿臣很容易地将她揽在宽阔的臂弯中，朱七巧也将白藕似的胳膊缠绕在他的脖子上。

（《响窑》入选中国作协2015年度少数民族重点作品扶持
项目，中国国际广播出版社2016年1月出版。）

绿茵少女（节选）

白小易

第一章

1. 从一个乌龙开始的征程

那是个风和日丽的午后，三十二中学校门前，十多个女孩轻松活泼地说笑着，上了大巴车。今天有一场与九十九中学的热身赛。

她们出发没多久，一通"战报"就传回了学校——不是赢了对手，而是在途经一个街边市场时，用她们强有力的秀腿踢翻了两名"抢匪"！全校师生极为振奋，纷纷用各种方式表达对这群女孩子的敬意。后来有人统计，每名队员的手机里平均收到二十多条与此相关的信息。但是当她们回到本校时，一个个却沉默不语，面带赧颜。同学们以为她们输球了，一问，比赛根本没打。后来终于有消息灵通人士透露：她们见义勇为捉住的那两个人，其实是报社的记者。有读者反映这个市场有很多摊位卖假货，记者便去暗访，不想被摊贩识破，居然贼喊捉贼，叫嚷有人偷东西……女足队员的大巴恰好路经此地，听到喊声便集体进入了激情状态，立刻嚷着让司机停车，一个个从前后两个车门鱼贯下车，以一字长蛇阵形直扑过去，围堵跑在前面的两个人。球队箭头林华依然冲在最前沿，她使出了最狠的飞铲的脚法，干脆响亮地放倒了一个。另外那个更惨，被一群姑娘射门般一顿横踢烂卷。随后大队人马押着这两人去了派出所。费了一番周折，两位记者终于说明了并且也证明了真相……

比赛就这么耽搁了，还有两个队员踢人太狠伤了腿，实际上其他女孩也没心情了。好在这只不过是一场两个学校间的交流赛。

但这场乌龙事件，使校女子足球队的关注度迅猛飙升，甚至超过了一直大红大紫帅哥云集的男篮。更有一大帮女孩子找教练钟云报名，要求作为那两名受伤队员的替补进队。对于钟云来说，选队员是个常态化的工作，就是没有这次意外事件，队内也是缺人，伤了两个，就是雪上加霜了。事发当时，她曾想下令制止队员下车，但稍稍犹豫了一下，就没机会了。她有点担心队员们觉得她没有社会责任感，看不起她……事后只好由她出面向记者道歉，回校还得向校领导检讨。学校就这么大，会踢球的女孩本来就不多，又无谓地减员了，真让她觉得这一天可是亏大发了。

消停一点之后，她去高一三班，想找卢红谈谈。卢红是球队的主力前卫，也是去年球队打进全国前八的功臣之一，但今年打完区选拔赛就退出了，要全力学习准备高考。这其实是一个比较普遍的问题。钟云去的时候是自习课，隔窗示意卢红出来。钟云一看她出来的表情就知道还得继续磨嘴皮子。

"不好意思，钟老师……"

"你别不好意思，我还没说呢！"

"我真的不能踢了，钟老师……要不，我给您推荐一个人吧……"

"用不着你推荐，咱校这几个人我心里都有数。我要的是你！看书做题也不用一天二十四小时吧？每天来活动活动腿脚，回去再学反而效率更高——这么点道理怎么就跟你说不通了？球队二十多号人，就你高考哇……"

卢红早就习惯了这套说辞，不慌不忙地找了个空隙说："老师，我说这个人以前没进过队，也没在学校踢过球。我看过她和她爷爷的球队踢球，脚法特别好……"

"她爷爷的球队呀？那有七老八十了吧？"

"是呀，老年A组，六十五以上。她爷爷是年龄最大的，身体可棒了。有一回他们分队训练比赛，缺几个人，那天凌凌和我正好在，就上去凑数了。结果呀，全场唯一的进球是凌凌进的。"

"你说的就是你班里的那个凌凌吗？"

"是呀。"

"天！她那么瘦，当模特儿还差不多。踢球？"

"那个球进得老漂亮啦！你没看见……"

"我不用看，在一群老年人堆里捡漏进个球，能说明啥呀。那帮老男人是哄着她玩呢。你别扯别的，赶紧归队！"

"是我爸妈不让我踢的。要不，您亲自去找他们商量？"

"那我今晚就去！"

"他们回老家去了，周一能回来，到时我告诉您吧。"

"关键是你的态度。你自己坚定，老师就好说话了。"

"我吧，其实怎么都行。"

"最烦的就是这副无所谓的样子。"

"我还是建议您这两天先抽空看看凌凌怎么样。"

"再说吧——要是你归队了，我答应你，看看她到底行不行。"

"太好了！哎！凌凌，出来一下，钟老师找你！"

"你这孩子！你得先兑现你的事呀！"

而凌凌已经出来了。

"钟老师好。"

钟云无奈"被迫"以看一名选手的眼光审视面前这个清秀的女孩子……真的好可爱，但无论如何也没法跟足球队员联系在一起呀！

"你好，凌凌。"钟云笑笑，觉得自己反应还足够快，"听说她们要搞一支啦啦队。我觉得你是一个好人选。"

"你们的比赛我常去加油的，早就算义务啦啦队员了吧?"凌凌微笑回答。

"老师您看出来了吧，她可是有心人哪。"

"有心就好……"钟云感觉自己在被两个女孩联手忽悠，她决定反击一下，"听小红说你喜欢踢球。我也算职业病吧，看你这腿，我特想知道你能踢出二十米不落地的球吗?"

"老师您真厉害! 我进的球差不多都是地滚球。"

钟云给逗乐了："听口气，你进球是家常便饭哪。"

"我那都是瞎玩，跟您说的不是一个概念。"

"这样吧，我给你一个机会，"钟云看了看凌凌的体格后，敢卖这个人情了，"明天球队训练时你可以来试试。"

凌凌还没反应过来，卢红抢先道："太感谢钟老师了! 我一定配合老师说服我父母大人!"

"干吗? 你这是跟我做交易呢? 我给她机会，行不行要看她能不能跟队员们踢到一块儿。"

"这样一个机会一定是我人生中最美的记忆。谢谢钟老师，谢谢小红。"

钟云只是觉得这孩子还真会说话。

2. 模特儿上了绿茵场

开车回家的路上，钟云一直在琢磨去哪儿再找几个队员。加上今天伤的两个，这个队缺五名替补队员。如果卢红真能回来太好了，她是绝对主力……可还缺四个呢。她根本没把凌凌算进去——她是没可能的。钟云也没打算去见卢红的父母——她一个月以前去过一次，谈得非常不愉快。尤其是那当爹的，见来的是体育老师就冷嘲热讽。而且钟云看出他并不怎么在乎女儿的未来，恨不能马上就让女儿挣钱养家。所以钟云相信那不过是卢红的托词，现在的孩子们都这样，自己不想做的，就假托是父母或老师说的，两头糊弄。

第二天，卢红果然和凌凌一道出现在球场上。队员们自发地一起拍手欢迎卢红的"复出"，而对卢红身边的美女则集体忽视了，仿佛在表明这样一个态度：你这样的女孩根本就不该出现在这里。

训练课从练体能开始。除了有伤病的，都先列队围着球场边的跑道跑圈。凌凌是"试训"，自然自觉地排在队尾。队长林华有意难为她，一上来就高速领跑。跑到第二圈时，凌凌就喘得不行了，拉的距离也越来越远。

钟云不动声色，但心里已经开始暗笑："果然不出我所料！"正当她措着辞想着怎么委婉地说两句的时候，凌凌已经退出跑道，走到球场上去了。

"怎么回事！这才跑几米呀？"钟云不得不说话了。

"钟……老师……我……不……习惯……这么……跑……"

"你习惯怎么跑哇？散步也行，总得把这堂训练课撑下来吧。"

"老师……我想……留点……劲……让我打一场……训练比赛吧。"

"留点劲？还够吗？你早说呀！"钟云意识到自己太刻薄了，"好吧，歇会儿吧。一会儿比赛的机会还有。"

"谢谢钟老师！"凌凌做了个拱手的动作。

教学比赛的时间只有三十分钟。这支校队近来的成绩越来越好，也吸引了更多同学的注意。很多没课的同学都聚集在场边看球。这使比赛显得隆重了些。球队一分为二，红队是主力前场加替补后场，黄队是主力后场加替补前场。凌凌自己要求的位置是前锋，自然被安排在黄队。凌凌的上场引起了场外同学的小小骚动——她的美貌使她在本校早就成为一个引人注目的女孩——她怎么来踢球啦？她能踢成什么样？

比赛开始，队内第一主力林华就率领红队猛攻黄队。球基本被压在黄队半场。作为黄队的前锋，凌凌毫无用武之地，甚至连触球的机会都不多。面对场外观众的异样目光，凌凌显得有些不知所措。这么踢完这场球，自己在钟老师眼里肯定是一钱不值了。

钟云嘴里叼着哨子充当场上裁判，近距离观察着每个队员的表现。她已经不再留意凌凌了，因为已经没必要了。

踢到一半时间时，卢红走到钟云身边小声说："把我换到黄队吧，实力太不均衡了。"

这时的比分是4：0。

钟云也小声回答："你的状态保持得不错，要抓住一切机会跟林华好好练配合，以后就靠你们了。"

"凌凌没机会发挥，黄队根本没人给她传球。"

"你就别操那么多心了。"钟云吹了一声哨子，"交换场地！不休息，踢下半场！"

下半场继续是红队对黄队的虐杀。打到将近终场时分，比分已经成了7：0！其中林华进了三球，卢红进两个。黄队这边东遮西挡，溃不成军，而且在场外观众为红队的喝彩声中大家已经渐渐失去了斗志。不过凌凌此时却还在最后一搏，她几乎是挨个央求着黄队队员："帮帮忙……打起精神来，咱们再拼一下好吗……"

看到钟老师在看表，准备吹哨结束比赛了，凌凌忽然在场中央一反常态地大喊大叫："裁判，给一分钟加时吧！黄队的姐妹们，求你们传个球给我好吗？"

闻听此言，场内场外一片笑声。此时球正在红队林华脚下。她停了下来，看了看大家，带着戏谑的笑容把球踢给了凌凌。凌凌接了球，迅速带球冲向红队球门。红队的几个后卫却不打算认可这个玩笑，上前认真抢断。凌凌正好秀一下过人的脚法，连过红队四个队员，与守门员形成了单刀之势。守门员见势不妙，只好冲上去封堵射门角度。凌凌及时出脚，轻轻一捅，踢出了自己昨天做过"广告"的地滚球。皮球在守门员肋下滑过去，不紧不慢地滚进了球门！

场下的观众一片欢呼。当然有点起哄和为红队喝倒彩的意味。

红队队员面面相觑，面露苦笑。黄队队员纷纷跑过来拥抱功臣……凌凌此时却很淡定，不忘忙中偷闲向林华示意感谢，还跟卢红击了一下掌。卢红虽然身在红队，却可以说是整个场上显得最开心的那一个。

钟云现在有点骑虎难下。从凌凌进球的全过程来看，她是有些脚法，并且是很轻灵的。但是能依据这么一个对方放水情况下的进球，就让她进队吗？她那体型，如果有一名防守队员上去撞一下，或者哪怕只是挤她一下，她就连站都站不住了吧……

卢红也真是的，急不可耐就过来"逼宫"："老师您看到了吧？是不是很有天赋哇？"

"真正的对手，能这么客气吗？我还需要再继续观察一下。今天到这儿吧！"钟云吹响了终场哨声。

"凌凌，祝贺你！钟老师留下你了！"卢红立刻高声宣扬。

凌凌见钟老师的表情并不认同，也就不好过分响应卢红，只是过去搂了一下卢红的肩膀。

场外的球迷们已经有人迅速成了凌凌的粉丝，他们还相互交流了一下，然后一起喊叫着："凌凌！凌凌！小杨颖！"这群追星族喜欢用跟某个球员有些相像的明星名字来称呼她们。今天这是给凌凌命名了。

凌凌面带羞涩，笑着对场外粉丝挥挥手。

这时林华走到凌凌身边，说："传你那个球，是不想看你难堪。你进的也不错，可你不适合踢足球——我是直言相告——你腿太没劲了。"

"我正想好好谢谢你！"凌凌说，"我喜欢听实话。我想练练腿劲，让它长点肌肉。"

"长成我这样，不可惜了你这双好腿吗？"

"那咱们换吧！"

"好，等这个赛季打完的。"林华笑笑，大步流星走了。

卢红说："她就这样，帮了你再踹你一脚，免得你谢她。假小子一个，没心没肺的。"

"可她是很难改变的。她觉得我不适合，会一直这么想。"

卢红压低声音："那你觉得她跟钟老师比呢？谁更难搞定？"

"这怎么能比呢？钟老师又不上场。"

"呵呵，有道理……还是凌凌脑瓜灵。"

3. 招牌绝技——地滚球

下一堂训练课时，为了好好考察凌凌，给她一个公平的机会，钟云在分组时尽量做到实力平均。经过上一堂课，大家也不怎么排斥凌凌了，该传球就传球，该配合就配合。这次卢红也如愿跟凌凌分在了一个组，更是不遗余力帮助凌凌。比赛结束时，比分是4：3，林华率领的红队小胜一分。林华进三球，凌凌进两球，卢红进一球，还有一球是红队的后卫刘旭飞踢进的。

凌凌的两球仍然是"地滚球"——她这是在打造自己的独特品牌吗？大家都觉得比较有趣了。

既然凌凌已经证明了她有进球得分的能力，钟云答应让她随队训练了。不过对于她的实战能力，仍然不抱太大希望，只是觉得再将其拒之门外，显得有些不近人情了。还有，钟云也的确对这个"另类球员"很好奇，明明不适合踢球，却偏偏有一招"独门绝技"，这都是她爷爷教的吗？她爷爷又是什么人……钟云很想一探究竟。

凌凌得到的球衣号码是21号。对于满额为二十二人的足球队来说，1号是正选守门员，22号属于替补守门员。那么在普通球员里，21号就是最末尾的号码了。但是凌凌看起来非常喜欢这个数字，甚至有点爱不释手的架势。

当时是在更衣室，林华看着觉得奇怪，就打趣道："我拿10号跟你换，怎么样？"

10号向来属于球队的头号球员，凌凌却故意装作不懂："我这可是全队第二大的号，你要是差个几号倒也行——那么小的号也好意思跟人家换？"

球队的更衣室是球队老大的天下，队员们都不敢笑，但是都兴致勃勃地等着看林华如何对付凌凌的玩笑。

林华在一瞬间确实很冒火，但是她觉得要为这么个故作天真的玩笑而发怒，就显得太没身份了。所以她尽量放低姿态和声音："我要是就好意思换呢，你好不好意思？"

"你敢换，我哪敢穿哪！我得拿回家挂起来，作为时刻激励自己的旗帜。"

这个面子终于给了林华，大家都松了一口气。

而卢红看着这一切，却有点反感。她和林华是队内仅有的两名具有国家一级足球运动员资格的女选手，两人可以说一直是旗鼓相当。卢红一直为人随和，她宣称绝不做老大，而且乐于成人之美，就基本上支持林华做球队的精神领袖。因为她的实力在，所以林华也一直高看她一眼，不会轻易为什么事惹着她。这样一来，一些觉得自己不被林华待见的队员，就会主动向卢红靠拢，以寻求一些安全感和归属感。林华看到这种情况，当然也会想卢红是不是要拉一拨人跟她分庭抗礼……所以时不时就会有一些小摩擦。上次卢红退出球队，理由之一便是厌倦类似的纷争。此番又被钟老师诚意邀回，她经常对队友们说她要加倍小心，尽量躲开这些事。不过这次凌凌是她力推进队的，此前凌凌又跟球队的其他人都不熟，卢红就觉得自己有义务照顾她。卢红当然希望林华对凌凌更友好一些。她早一些表明态度，可能会让林华有所顾忌，从而避免尴尬的冲突。所以卢红毫不避讳地表现出跟凌凌很亲密。此举被一些队员视为向老大的叫板……一支球队有二十多人，人多了，似乎就很难避免这样的故事。球队的战斗力，就是由实力和控制力等多方面因素构成的。实力再强，如果内耗严重，战斗力也会大打折扣。卢红相信林华也是懂得这个道理的，她希望以诚相待，跟林华处好关系。但眼下她需要让林华知道，自己是要站在凌凌一边的。

林华感觉有点奇怪……从实力来看，凌凌基本对她不构成威胁，但从凌凌来了以后，她却总有一种不太安定的感觉。这是一种被打乱了秩序的感觉，球队也突然好像有了另一个隐蔽的"极"。这一点比卢红还危险——卢红虽然也在队内有地位、有人脉，但她好像享受做幕后英雄的感觉。而这个凌凌好像不同，身上总有一种欲收还放的风格。更讽刺的是，她居然成为非主力队员的偶像！好像人人都看到了"曙光"，可以梦想像凌凌一样进球，在场上冷不丁就创造一个奇迹……

4. 奇葩之任翘楚

在球迷里边，一个男生近来天天到场，从不缺席。他还很含蓄，只是站在场边静静观看。一开始队员们还没看出他关注的是谁，后来渐渐从他用手机拍照的角度看出，他是冲凌凌来的。在支持林华的那一派眼里，这样的粉丝通通都是"伪球迷"——关心的不是球技只是姿色而已。而在支持凌凌的那些球员里，这样的粉丝却是很有内涵和情调的球迷——看球看的不仅仅是个输赢，而是要有多方面的启发和感受。这个男生是眉清目秀那种，个头儿不高不矮，一米七五左右。几个队员在更衣室猜测这男生能有什么举动，但这男生真的就是每次都安静地观看。他在拍照时也显得很节制，只拍在场上运动时的画面，而且是在大家都拍的时候才拍。所以他出现了很长一段时间，也没人知道他是谁。之后有人好奇心爆棚，终于"人肉"出他的来历——高一六班的任翘楚。这名字就让大家笑得好开心。但这家伙除了名字出人头地之外，人其实毫不显山露水，在学校的各项活动中从来没见这个人露过脸。非要找点亮点的话，就是作文写得还不错，他的作文经常被语文老师当作范文，还代表学校参加过作文竞赛之类，仅此而已。不过蓝玫等人经过深度观察，认为他的长相跟凌凌有较高的相似度，他俩应该属于有"夫妻相"一类。她们开这种玩笑,自然要避开钟云老师,一是因为她是老师,二是因为她单身。

队友们自然很注意观察凌凌到底对这个任翘楚是什么态度。凌凌看起来很有大将风度,显得没太当回事。但也并没有无视这个男生,看见他拍照,不太忙时会向他招招手。有时,还会跟他聊上几句。当然,有些事队友们是不可能知道的。比如任翘楚请凌凌吃饭或喝咖啡,凌凌一概不去,可也没告诉别人。

这样的邀请对凌凌来说很习惯,从初中就开始有,高中更多了,她还从没答应过任何人。爷爷说还不到时候。她愿意听爷爷的。在凌凌的生活里,爷爷是一身兼了三职,包括父亲和母亲。凌凌的生父是一位摄影家,喜欢浪迹天涯的那种。母亲是父亲的同好,在生下凌凌后的第三年,就把性命丢在了南极圈。凌凌那时太小,他们不可能带着凌凌去。于是凌凌就再也见不到母亲了。爸爸倒还能见着——每隔一段时间(一年半载或几个月)会回来一次,但他就是待不住。爷爷最后悔的一件事就是没把儿子养好——你可以不出色,但你至少应该是个正常人哪!不管你有什么理由,都不应该把亲人,尤其是那么小的孩子丢下呀!于是爷爷要在凌凌身上弥补缺憾,努力要把凌凌养成身心健康的正常人。凌凌懂事之后,知道爷爷为自己做了太多的牺牲,他差不多是放下了他所有的事,来专心养育她。爷爷是学术权威,原本可以在退休后继续在协会担任职务,为了凌凌彻底退出了。凌凌出生的那年,奶奶就患病去世了。爷爷还是有魅力,让很多女人喜欢的。爷爷考验她们的一项重要内容,就是能不能给凌凌当"妈妈"。人家是奔当奶奶来的,非让当妈!没人过得了这一关——大部分试都不试,有人试了几天,最久的坚持了两个月。结果就是爷爷自己把凌凌养大了。随着年龄的增长,凌凌越来越佩服爷爷。所以爷爷的话,她是一定要听的。有谁喜欢她了,凌凌回家就主动报告爷爷,然后听爷爷分析那小子为什么喜欢她,以及值不值得凌凌接受这种喜欢。到目前为止,都是不值得的，无一例外。凌凌喜欢听爷爷的分析，所以一有新的案例，她会急不可耐地赶回去告诉爷爷。关于这个"任翘楚"，爷爷对他本人未予置评，只是说他父亲或爷爷一定是很不靠谱的人——居然给孩子起了个这样的名字。翘楚这类词，只能是别人授予，而不能自封的。而且刚刚出生的一个婴儿，你让他翘什么楚？这不是自找不痛快吗？这名字"口感"也不好，一个顶着这样名字长大的孩子，一定会凭空遭受不少小同伴的奚落和提弄，身心能健康成长吗？

第二章

5. 奇葩之记者双雄

凌凌进队后，意外带动了全校女生的热情。大家纷纷来报名，要求足球队的教练老师给检验一下，她们是否也具备某种天分或潜力。虽然这部分学生差不多都是来凑热闹添乱的，但也带动了足球队的人气，使那些原本离队或者不想进队的人改变了主意。钟云老师的困境由此缓解，球队的人选增加了。

在球队即将开拔的前夕，两位不速之客给全队带来了意外节目——他们来了就让大伙仔细看他们，猜他们是谁。有人还真认出他们来了，捂着嘴惊叫起来——

"是你们？"

"对！没错！我们胆子大吧？今天送上门啦。"

"什么胆子大呀，"另一个说，"我们纯属贱皮子，自从挨了你们的飞踹之后，这没人踹我们还活不下去了！所以我们哥儿俩今天忍不住来了！"

原来他们就是前些天在街边市场被打的两个记者。女孩都被逗得哈哈大笑……

"可我们也没闲工夫哇！这不天天踢球吗，哪有心思踹你们呢？"

"是呀，要不你们俩将就着互踹一下？"

…………

直到钟云老师过来，玩笑才告一段落。两位记者乐乐和西西说了他们的来意——要随队采访，并制作一档女子足球专题片。这个项目是在他们领略了姑娘们的脚法后，向他们的电视台申报的，而且得到了电视台的重视和支持。他们还拿出了电视台与教育局和学校协商后共同起草的实施方案。从今天开始，他们两个就要扛着摄像机赖在这支球队里了。

钟云表示很欢迎，难得有专业人士来记录这段生活，要是自己找人拍，还真没那笔经费呢，呵呵，大好事呀。

当天他们就全程拍摄了球队的整个训练过程，然后又拿着名单缠着钟云，请她圈出主力队员，并一一介绍。

训练结束了也不算完，他们还要跟着钟云一路拍她的业余生活。钟云当即表示不行。他们连忙解释，说不但要拍她的，主力球员的学习和日常生活都要全面记录和表现——他们的目标是要拍摄一部国际范的"生活流"纪录片。

"那你们就先拍球员吧。不过她们是否允许，我可管不着。"

谁知队员们却争先恐后，自己就排好号了。林华从更衣室出来，骑上她那辆赛车，记者就开着车，忽前忽后随行拍摄。路人的好奇自不必说，走到林华家住的地方，更是引起了一些小轰动。大家一面围观，一面议论……

"林部长的姑娘这是又出啥风头啦？"

"是考上清华还是北大啦？"

"怎么可能——那丫头整天就爱疯跑，兴许是得了什么冠军吧。"

…………

林华意气风发地故意跟邻居招手致意，然后扛起自行车上楼。记者也尾随而上，接着拍林华敲自家的大门。

开门的保姆被吓了一跳："呀！你这是又惹什么祸啦！你们照

啥子？"

"没事呀，刘姨。你们进来吧。"

"你不用管我们，就当我们不存在。"乐乐说。

林华的妈妈从里屋出来了："华子呀，带人来录像，也不跟妈说一声，我好收拾收拾呀。"

"不用，不用，我们需要的就是原生态。你们最好像平时一样，该干吗干吗。"

穿着一身正装的林爸爸回来了。见这阵势，打趣道："我们家华子是捧回世界杯了吗？一个中学生业余球员，这样排场是不是太夸张了？"

"我们是想，要拍就趁早——等林华真成了世界冠军，我们要拍也费劲了。"乐乐应付自如。

这时林华发现妈妈正在悄悄地把一些花花绿绿的瓶子往各处显要位置摆放，立刻跑过去制止："妈！你干什么呢！给我拍几个镜头，你还想做成你的产品广告哇！"

扛着摄像机的西西笑得镜头直颤。

乐乐也赶紧说："阿姨，这可不行，回头台里的编辑都得把这镜头删干净喽，到时就没您女儿几个镜头啦。"

"咳，这不都是日常用品嘛。过日子人家谁没有哇。"阿姨不好意思了。

林爸爸却挂不住了："胡闹嘛！净跟着捣乱！赶紧拿一边去。"

录完林华，下一个主力当然是卢红。可是卢红似有难言之隐，问能不能只录她在球队的活动，不录她回家的镜头。这反而勾起两位记者的极大好奇，说这是这部片子的固定格式，每个球员都一样，必须完整记录其成长经历，当然也就包括家庭因素。卢红向来有愿意成全别人的天性，就带他们去了……

20世纪50年代，本市盖了一批三层的红砖楼，当时是国营大企业工人才有资格住的，全市人民都羡慕得不得了。现在这种楼只在边边角角还残存着一些。卢红一家三代五口人，就住在其中四十多平方米的两小间里。这房子着实让两位记者兴奋了半天——鸡窝里飞出金凤凰啊！要都是一色窗明几净的大房子，这片子不也忒没劲了吗……他们里里外外、楼前楼后地录，还拼命引导着卢红说点什么特励志的经典语录。结果他们的举动惹恼了卢红的爸妈，说他们在出他们家的丑，是别有用心。还骂卢红是个傻瓜，竟干出了引狼入室的勾当……

"你让他录了能干吗？是能给咱们解决新房子，还是能让你爹重新上岗啊？"

"叔叔阿姨，我们能让你们女儿出名啊——她出名有钱了，不就给你们买大房子了吗？"乐乐试图沟通。

"出个穷名，这辈子还想有钱？你们哪是为她好？不就是拿我女儿做卖点，你们自己出名吗？"

结果不由分说，两个记者被人家赶了出来。卢红的确很会做人，陪着他们一起落荒而逃，还帮他们拎着器材。乐乐忍不住就放了一句豪言——

"妹子，别回这个家了，跟哥走！"

卢红不慌不忙，只回了一句，就让乐乐没电了——

"大叔哇，我婶儿同意吗？"

西西的心底显然比乐乐清爽些，所以他提的问题倒让卢红有些脸红了。他问的是——

"听队员们说，你经常请大家吃饭。你家这么困难，你为什么还这样大方啊？"

卢红气呼呼地甩了一句——

"穷怎么了？穷就不吃饭啦？"

6. 我们一样可以玩得很开心

当录完所有主力队员的业余生活镜头之后，乐乐和西西再次要求录钟云老师的家中生活片段。钟云见再无推托可能，索性变了脸："谁给你们这么个冠冕堂皇的借口，去打探别人的隐私？"

搞得能言善辩的乐乐也闹了个大红脸："您……您怎么这么说？"

"这件事别再说了！想接着拍你们的专题片，就专心拍队员踢球的场面。不想拍就请走人吧。"

乐乐和西西碰了一鼻子灰，只好转移了目标，跟凌凌商量能不能拍她。凌凌说我是替补哇，我够格吗？乐乐说其他替补不够，可你是超级替补哇！凌凌说在"替补"前面加"超级"，不像什么好话吧？

"别管什么了，我们看好你！我们坚信，这次比赛结束，你就是超级明星了。"

凌凌想了想："这样吧，今晚我回去问问爷爷。他要是同意，你们就明天去。"

"为什么是问你爷爷？"西西问。

乐乐怕西西坏事，连忙说话："爷爷当然是家里最高首长——你这话问的。好，我们等你信儿！"

凌凌笑了。其实也没乐乐想的那么复杂，爷爷家离学校比较近，所以从上中学以后，凌凌就住在爷爷家里。爷爷非常有趣，他自己的儿子小时候基本没管，可是有了孙女，却把在身边，一天也不放手。这跟奶奶几年前的离世有很大关系。爷爷没有续弦的念头，一个人难免孤单，把精力就投到了凌凌身上。爷爷退休前是教中文的教授，凌凌出生那年正好退休，于是爷爷就成了凌凌的"私塾老师"。

"爷爷，明天电视台要来拍几个镜头，您得出镜。"

"拍的是你，我凑什么热闹。"

"拍我的家庭生活，谁都没有，那我在片子里不像个孤儿了吗？"

"你不是刚刚进队吗，怎么会把你选上的？"

凌凌小小得意了一下："记者是我的粉丝。"

"选的是你的球技吗?"

"那我不管!队里还有两位国家一级运动员呢,至少我可以作为普通学生参加足球运动的代表哇。"

"录像时你可以把这句话说出来,他们一定很需要。"

"我自己说多没劲啊,爷爷替我说才像回事。"

"把我这老头子跟你们这群十六七的女孩子录在一起,实在是不好看。"

"我们普遍觉得吧,四五十岁的男人,挤到我们身边显得特别扭,而七八十岁的来了,反而又协调了。"

爷爷看来逃不掉,就提了一个方案:"这样吧,我陪你录一段跟你盘球的镜头,向观众展示一下,我是怎么训练你过人绝技的。"

"嗯!这个镜头一定独特!"凌凌想起钟云老师见她第一面时就问她能否踢出一脚二十米不落地的球,她当时想回答:"我能踢出二十平方米的球!"因为爷爷常在客厅(正好二十平方米)里跟她玩盘球过人的游戏。但是她怕钟老师误解这个玩笑,就没敢这么说。

第二天拍摄时,这个动感十足的家庭生活镜头的确让两位记者感到非常过瘾。凌凌非常认真地对着镜头说:"我今年十七岁,球龄十六年。我刚刚学会走路时,就不得不每天面对爷爷的作弄和戏耍。我一开始踢的球只有橘子那么大,后来是苹果那么大、柚子那么大,现在终于可以踢西瓜那么大的了。"

"这不是一吃货吗,你知道那些主力队员都说的啥?"乐乐笑场了。

"她们说啥我不管,我就说这个,你爱录不录。"

"录!对不起了,你接着说。"

"爷爷并不是要把我培养成足球运动员,他是没别的哄孩子的招儿。所以我没有进行过系统训练,也没练过体能。但是我的运气好像特别好,只要我上了场,老天就会眷顾,给我射门的机会。球门在我看来特别大,把球不太费劲地踢进去,真的一点也不难。"

"哎哟，这牛吹得也有点忒大了吧?"乐乐又忍不住插嘴，"人家林华也没敢这么说呀!"

"我是林华的替补，她是队内超级明星，很少被换下，我必须珍惜这个说话的机会。"

凌凌越来越进入状态，放松的神态真的像个习惯出镜的明星了:"只要给我上场机会，哪怕只有一分钟，我也要拼命去争取进球。因为我是代表着大多数没有运动天赋的、普普通通的女孩子来到绿茵场的，我要证明，我们不是专业运动健将，但我们一样可以玩得很开心!"

"嘿!说得太棒了!不管你运动天赋怎么样，主持人的天赋反正是有哇!真的!"

7. 奇葩之冯校长

高中学业繁重，球队的训练只能安排在下午。现在距离市级选拔赛只有两个月时间了，全市只有两个队有资格参加全国比赛。为了争取训练时间，钟云在校长面前主动立了"军令状"，要打进全国的决赛阶段。可是队伍的现状，让她真是寝食难安。前锋和守门员都没有理想的替补。凌凌根本就没被她算在内。一个偶然的机会，让她在校篮球队发现了一个身手敏捷的大个子。一番好说歹说，终于说服她来试试当门将。当这个一米八五的女孩出现在场上时，大家都显得很兴奋。哈，下次再有机会"勇斗歹徒"时，咱们的阵势就更有威慑力了!

校长近来对球队也越来越感兴趣了，经常来看她们训练。他个子不高，顶多一米六五，却喜欢穿得笔挺，背手站立，双脚还叉得很开，他理想中的自己，大概是个伟岸的大男子。这位校长，一直就是让钟云头疼的一个问题。单独相处时，他有时会表现出跟在众人面前不一样的另一面来。譬如钟云向他争取对球队的支持，他有一次说这事其实不难办，就看你的了，再努努力……然后没有了下文，似乎人家在等着她"努力"。叮怎么个努力法呀？

　　开始几次，钟云见他来了便过来迎接一下，后来也就算了。有一天校长招招手，把她叫到了场边。钟云跑过去，问校长有指示吗。校长先表扬了钟云，说她带领队员训练很刻苦，成绩也是突飞猛进，然后问还有什么困难。钟云心里说我都跟你说多少遍了，只得再提出训练时间不足和缺员。校长说他今天就是来解决具体问题的，并且还给钟云推荐了一名球员……

　　"哪个班的？以前踢过吗？踢什么位置？"钟云很意外。

　　"明天我让她来找你，你看看她适合什么位置。"

　　第二天钟云很失望——是此前曾被她拒绝过的一个女生。

　　"我叫苏瑞欣。是冯校长让我来的。"她的神态有点小得意。

　　钟云必须马上做出决定，要还是不要她……钟云不喜欢她这副样子。这女孩的条件，恰在可与不可之间，而冯校长的心胸，又是跟他的身高成正比的……"看来你踢球的愿望还是挺强烈的，都找到校长那儿去了。这样吧，再给你一次机会，跟着试试吧。"

　　小苏显然对试试看的说法并不满意，她眼珠儿转了转："冯校长一会儿会过来，我怎么跟他说呢？"

　　"我跟他说，行了吧？"钟云回头就走。她想起来这个女孩也是踢前锋位置的，那么正好跟凌凌竞争一个替补位置。

　　等冯校长背着手来到时，钟云已经无所谓了。

　　"校长，小苏还需要试训一下。她那个位置是有竞争的。"

　　"竞争好！竞争才能选到最合适的人选嘛。"

　　很快，钟云就发现自己低估了这个苏瑞欣——校"领导班子"在仔细研究了校女子足球队的情况后，觉得这是一次难得的扩大学校影响力的好机会，所以决定加强球队的建设力度，再选派一名体育教师担任副教练，并选派一位副校长担任球队的领队。由这三人组成球队的教练组，集体决定球队人选、战术等各项事宜。

　　钟云有点目瞪口呆，以前都是临参加比赛，才象征性地找一位校领导当领队报名的，也从来没有过"副教练"。看来这回"领导班子"真的是空前重视了。

8. 红颜杀手

队员的进进出出，倒也是常态，但这次苏瑞欣的出现，让大家都觉得要有好戏看了。凌凌的拥趸都替凌凌担心，对手居然有校长做靠山，那还能有公平竞争吗？林华一派暂时持坐山观虎斗的态度。因为不管谁去谁留，林华的绝对主力位置都是不可动摇的，也就无须太在意。

副教练叫刘峥，也是本校的体育老师，专长是田径。钟云就问他是不是可以负责队员的体能训练。刘老师觉得这么安排合情合理，毫无争议地接受了。为了显得尽职尽责，他连夜重新制订了体能训练计划，把训练强度提高了几倍。第二天他兴冲冲地拿着新计划给钟云看。钟云也没客气，直接说了句："不行。"

"你保持住目前的强度就行了，眼看要比赛了，现在主要是练战术了。而且强度太大的话，再减员怎么办？"

刘峥觉得让他执行钟老师以前的计划，就没有让他来当副教练的意义了。于是拿着方案去找赵领队。赵领队深有同感，如果副教练的人生价值在这支球队得不到体现，那么他这个同时被任命的领队也将形同虚设。他立刻行使了职权，召集两位教练和他一起开会，并以举手表决的方式通过了副教练的体能训练方案。表决结果居然不是他预料的2∶1"险胜"，而是更加辉煌的3∶0"大胜"——钟教练看来连反对的力气都省了。

当刘峥副教练准备开始第一堂训练课时，却被告知今天临时安排了一场热身赛，对手是临校十九中学的男生队。

队员们都知道这场比赛背后的故事，几乎是怀着一颗"感恩的心"上场比赛的。跟男生队踢，她们也早习惯了，因为已经很难在附近找到能跟她们抗衡的女生队。这场比赛，约定的是可以随便换人。但钟云还是在开场派出了目前全部主力。守门员1号陈瑜君；后卫5号蓝玫、2号刘旭飞、3号田兴、4号杨萍；前卫8号卢红、6号文英、12号薛明明；左边锋11号梁虹；右边锋12号王欣岚；中锋10号林华。

一开始，对方的毛头小子都很亢奋，也没把这群姑娘放在眼里，一副大摇大摆吃大餐的架势，气焰嚣张地大举进攻。力量对抗优势也让他们占了上风，球基本被压在她们这半场，一度干脆变成了球门前的围攻。但此刻他们还知道对手是女生，一个个还有点君子风度，尽量避免身体冲撞。抢球时，见女生同时出脚了，也知道收一收力量，以免踢伤了对方。女生们的防守很顽强，前场队员也基本收缩回来，拼命参与防守。虽然场面有点难看，可毕竟坚持了十分钟不失球。小伙子们互相表达着不信这个劲，纷纷加力猛攻。

钟云在场外大声呼喊每个队员的名字，指挥补位防守。这样的机会也很难得，好好练练防守是十分必要的。但是林华还是叫不动，她就是不积极参与防守。而现在整体被对手压制，也基本无力组织进攻。钟云朝替补席上的苏瑞欣招招手——"您是叫我吗？"小苏真的有点不敢相信。

"就是你！上场！把林华替下来。"

等到一个死球机会，钟云立刻把林华换下了。林华在场上一脸惊愕——这才十多分钟，就换我？但见钟云脸上生着气呢，她知道的确是换她了。像所有大牌球星一样，她走得慢吞吞的，并且做着无辜的表情。全队球员也都报以一脸狐疑——这场球不要了吗？

苏瑞欣上场后，拿出来士为知己者死的劲头。她是身为替补前锋上场的，却一次次以舍身堵枪眼的动作，用自己凹凸有致的身形去封堵那些小伙子的大力射门。钟云尽管觉得有点夸张，但还是发现自己被感动着……难得她能如此看重这个机会……那么，马上她就联想到了凌凌——她要是上去了，会怎样呢？于是她接下来做了一个更让队员们看不懂的换人决定：换下右边锋王新岚，换上凌凌。

队员都在心里嘀咕，这两人不是二选一吗，怎么突然都成香饽饽了？

王欣岚下场时也很不解，走到钟云身边时，直接发问："才踢十分钟就放弃呀？"

"那帮小子挺猛的，我怕你们受伤。"对这几个主力，钟云也得哄。

嘿，这时凑热闹的又来了——西西和乐乐不知怎么得到消息，扛着摄像机来到了场边。双方队员一看专业摄像的来了，踢得更较真了。

现在很难得凌凌和苏瑞欣都在场上，大家更直观地比较起她俩来。别说，她俩的体型还真挺像，都是那种既有曲线，又很苗条型的。呵呵，不是冤家不聚头，且看她们如何全方位死掐！凌凌在场上感受到了大家的这种眼光和心态，又看苏瑞欣这么拼命，不想跟她一样，怕争得很难看，就暂时选择溜边，只在对方冲到自己的位置时才拦截一下。卢红替她着急，路过时提醒她："你不卖力的话，风头就全被人家抢去了。"

"她都不要命了，我还怎么弄啊？"

卢红盯着凌凌，没说出话来。

"没事，不会今天就决定的。"

很快，小伙子的努力得到了收获——他们通过长传配合，由个子很高的9号前锋顶进了一球。他们居然特别开心，还互相击掌拥抱呢。

卢红给凌凌使了个眼色，把球拿到中场开球点上放好，还故意蹲在地上做沮丧状。听到裁判的开球哨响，立刻起身就把球踢给了凌凌。凌凌早已心领神会，带着球就从右路向球门直冲过去。那帮小子大多还在中圈里聚堆呢，根本也来不及反应，离凌凌较近的几个人仓促跑过去拦截，都被凌凌轻巧地晃过去了。几秒的工夫，凌凌已经单刀杀到对方门前。

门将的个子比进攻者高一头还多，他还故意张开双臂，像一座山一般向面前的小姑娘压过去。他嘴也不闲着，大声吓唬着："来呀！往我身上踢吧！"

凌凌可不听他的，放慢了速度，继续接近他，等到他终于向前跨步抢球的那一刹那，将球从他的两腿之间送进了网窝。

追平啦！女队员们欢呼起来。当然林华除外——作为本队头号球星，自己在场毫无建树，刚被换下却由替补进了球，这不是给她好看吗！

对方的小伙子们则一脸尴尬，好不容易刚进一球，不到一分钟就被扳平，也有点被打脸的感觉。好在他们还能找到借口："这是偷袭呀！我们还没庆祝完呢，你们就动手动脚了。"

女队员也不示弱："那是你们不懂规则！"

男队的队长直接对着凌凌喊："美女，我这回盯上你了，有能耐再进一个！"

这小子个子一米八多，凌凌觉得过他没问题，就等机会吧。

再开球之后，小伙子们疯了似的大举压上，恨不得把姑娘们这侧的球门踢碎了。但是心态失衡，反而劳而无功。而姑娘们却是以静制动，头脑越来越清醒，看准时机就打反击。

又这么僵持了十多分钟，男队的一次射门打在横梁上，核心后卫蓝玫得到球，见对方后方空虚，就把球长传给突在前面的苏瑞欣。小苏带球跑了几步，对方后场仅存的三个后卫一下子上来两个来封堵，她怕丢球，把球回传给身后的卢红。卢红看到凌凌已经在右边启动冲刺，就把球挑向对方后场——球一落地，凌凌正好赶到，带好球就向球门杀去。剩下的那个后卫，正是发誓要死盯凌凌的大个子。也许是想起了自己的大话，他抢球的动作居然显得很紧张，结果被凌凌左晃右带，闪了一个跟头。凌凌顺利突破所有后卫，再次形成了单刀赴会之势。那守门员吃过一堑，短时间却也难长一智，没什么好法子，还得上前封堵射门角度——只不过这次格外留意裆下，只用碎步紧捅，免得再被穿裆。凌凌见他这姿势，干脆就再跑两步，带着球把他也过了，直接将球轻轻踢进了空门。

比分反超！姑娘们扬眉吐气，满场奔跑，击掌庆祝。场上队员依次跟凌凌拥抱，表达敬意。苏瑞欣也犹犹豫豫地走到凌凌身边。凌凌刚放开一个，下一个就把她抱住。这场景让了解内幕的本队成员看了，居然有热泪盈眶的反应。

场下的林华却坐不住了，她起身就往更衣室走。

"回来！比赛还没结束呢。"钟云叫住了她。

林华站住，忍了一下，还是没忍住："还用得着我吗？"

"替补进两个球你就自己认输了，这还叫林华吗？一会儿再给你个机会，要不要啦？"

林华没吱声，但回到替补席坐下了。

比分落后了，男生队的态度变了，他们不敢再小瞧对手了，原本不屑上场的两个主力也主动脱了外衣长裤，向教练请缨上场。他们上来之后，不到五分钟就连进两球，把比分又反超了。

这边钟云也把林华重新派上去，换下了苏瑞欣。踢了一会儿林华发现，对手居然已经把她当替补，而把凌凌当正选前锋了。他们居然有两个人盯着凌凌，却无人理睬她！林华真是怒了，用一脚二十多米远的远射轰开了他们的大门。

看到这个力道十足的进球，男生们有点蒙了——这支女生队是专业队吗？她们的进球个个都是高水平的呀！这么一嘀咕，他们也不太敢那么肆无忌惮地进攻了，生怕对方不知何时又冒出两个高人来。

这么纠缠了一会儿，比赛就结束了。因为是教学比赛，双方约定的就是半场球。男队的教练大概怎么也没想到会打平，脸上有点挂不住，就在嘴上找平衡，握住钟云的手说："你换人真挺神！更神的是，换下来还能再换上去，有创意！"

"咱们不是说好'随便'换的吗？"钟云也是较真的人。

"咳，行了行了。"男教练不好意思再说了。他理解的"随便"，是指不限换人数。

然后两个人又聊了一会儿。钟云还特意请他谈谈对本队球员的印象……

9. 谁是老大

凌凌回更衣室的路上，是被众人"簇拥"着的。乐乐和他的摄像伙伴也一路记录着这些镜头。"你今天这两个进球，绝对'世界波'呀！我除了这部专题片，将来再给你制作一部你个人进球集锦！多进点球哇。"

"那得我有机会上啊。"凌凌回应。

"你都踢成这样了，绝对是主力啦，还能不要你？"

"别瞎叨叨，让教练听见，反而对我不利。"

"没事！我们联名保你……"几个队员在卢红的带头下一起表示。

而场边的两位教练也一起目送着这群女孩子。

"我这21号怎么样？"

"算是个怪才吧。可以当奇兵用。但要被对手重视了的话，估计就作用有限了。"

进了更衣室，看到林华虎个脸坐在长凳上，大家立刻就噤声了。凌凌觉得在这种情况下，还得自己主动给她搭台阶："队长，你那脚远射，真是太爽了！"

"别谦虚了，今天没输，靠的是你呀。以后咱俩调个个儿吧，你打主力，我当替补。"

"我知道自己的半斤八两，我只是想在华姐麾下好好玩一回。"

"果然有大将风度哇。"林华拿起东西走了。

卢红又很及时地在凌凌身边坐下："别怕她。现在她也不能把你怎么样了。"

（《绿茵少女》入选中国作协2015年度定点深入生活项目，辽宁少年儿童出版社2016年5月出版。）

178

蒲河小镇（节选）

王立春

第一章　风的羊

1. 旋风送来一只羊

二丫说，她最先发现了我家大门外的那只羊。

我当时正坐在屋子里。我只看见，有几个旋风正在大门外转来转去。

旋风有大有小，挂着几片干树叶子，披着土袍子，用一条腿转，用脚尖点地。旋风本来是在山坡上跳来跑去的，不知怎么，这几天竟从山上下来，来到了我们小镇，来到了我家门前的街上，鬼鬼祟祟的样子。

姥爷曾说，躲着点旋风，别被旋风撞到身上。

戴格、二丫和尔福他们都看见了旋风，他们冲着旋风喊：

旋风旋风你是鬼，

三把镰刀砍你腿。

这是在骂旋风，骂完还不忘往地上唾两口唾沫。

旋风被骂了，才会变小，才会趴伏在地上，变没。有一年春天，一个大旋风把小镇上老佟家的一头猪卷走了，从此镇里的小孩，见了旋风就骂。

我相信，那年春天，肯定没一个人骂，才让旋风得了势。

后来，有旋风的地方，就有小孩子的骂声。

小孩才不怕旋风，就是旋风把小孩推倒，小孩也会站起来，迎着旋风呵呵笑。我们愿意一边骂着旋风，一边追打着旋风玩。

把旋风里的鬼骂跑了，说不定，坏旋风就会变成好旋风。

至于那些大人，他们是喜欢躲着旋风的。他们很怕被旋风撞到。小镇街道上仅有的那点脏土和干叶子，暴露了旋风的身影。今年小镇上的风大，风越大，旋风越多。

我曾问过姥爷，旋风是从哪里来的？姥爷说，旋风是从山缝里来的，那些山缝里的每一块石头里面都藏着旋风。

今年姥爷去城里三姨家了，去很久。这些来自山缝里的旋风，他一个没看见。

旋风来了。当我把这件事跟小妹一说，她就懂了。这个睡在悠车上的小妹，什么事只要跟她说，她就懂。她不仅懂旋风，还懂旋风里的事。

姥爷说，叫恩都里的神，都在小孩身上，小孩是神。小孩说的话，就是神的话，咿咿哈哈吱吱呀呀的，我们听不懂，小孩却懂。我小妹在屋里跟屋檐和空气说话，抱到外面跟鸟和树叶说话，听到它们发出咝咝叫或哗哗响，她自己就咯咯笑出来。

所以，小妹哭个不停的时候，她是看见了什么。每当那时，我就哄着她，给她唱歌，她被吸引过来，就不再乱看。

人一长大，神就离开。我一记事，就不知道恩都里神长什么样了，我为这件事感到恼火。我姥爷懂得那么多，他也没见过神。等再长大点，小妹也会忘了的。

我家的木格楞大门比我高。它看上去像个门，也应该叫大门，不然它直愣愣地戳在那儿，应该叫什么呢？总不能叫木桩或筛子吧？它立在那儿，被天天上班的妈妈用一根铁链子锁上。几根细木棍子懂规矩似的，排着队，一根一根竖着钉在一起。有个木棍有些松，我用了好长时间，把它弄得更松，底下松掉了一个钉子，就不再松，直接可以向左扭或向右扭。我仅仅凭着自己的力气，就把这件事做得很好。从那时起，木格楞大门就像奋拉着一条瘸腿，有大风的日子甚至可以微微地晃荡起腿来。这个缝隙一开，就开了一个窟窿，孩子侧着身子，就从那个窟窿里进进出出，都不用打开门，更不用费力气从上面跳了。

　　夜晚，趁着黑，窟窿门里更会走进许多东西。

　　白天，矮个子都走窟窿门。

　　夜晚或白天，有仙气的家伙都走窟窿门。

　　院子里忽然进来一个旋风，可不是从大门上跳进来的，是从那个窟窿里挤进来的。

　　看起来我爸最初在钉这个大门的时候，想防范许多东西吧。人是防不住的，风呢，只要学了人的样子，就更防不住了。

　　至于防别的，更显得可笑了。这个，我爸不懂。

　　那天，我在炕上悠着悠车，哄小妹睡觉。悠车是桦树皮做的。雪白的树皮围成一个椭圆形，用细木片上下固定住，再用四条绳子吊在屋顶，一悠就发出咯吱咯吱响，就像风从桦树林走过，刮着风干的桦树皮一样。小妹在悠车里一边等我哄，一边准备睡觉。在她还在半睡半睁着眼睛的时候，我用手推着悠车，眼睛看着窗外。这时，一个旋风落到了院子里，我告诉了她。

　　我说，旋风来了，旋风进院子了。然后，我就对着院子里的旋风，大声骂了一遍。

　　小妹什么也没说。估计她是想说，由于还不会说完整话，也就没说，只是转着黑眼珠看着我。悠车推动的劲很大，她拼命地向我挓挲了一下四肢。

她是告诉我，听懂了。告诉完，她闭上眼睛，睡着了。

她的意思是让我赶紧出去看看。不只是旋风这件事，有时候她为了让我多出去一会儿，也故意快一点睡。

她闭上眼睛，我就像一支箭一样，嗖的一下，射出去，都不用弓箭手在身后拉满、射击。姥爷不在家，他的雕花弓箭却在墙上挂着，没人拉开，只能做一个摆设，太花哨。尽管它当年被拉射的时候，比我快得多。

院子里的旋风已经不见了，只留了一点细土面儿。二丫、戴格和尔福在大门外喊我："海兰——关海兰——"

他们声音大得能传出去好远，顺着风，我的名字都能撞到东边的那个沟沿上。

扭开大门的那条瘸腿，探出脑袋向外望。我想先和戴格他们打个招呼，再扁着身子钻出去。就在这时，我听见戴格他们喊：

旋风旋风你是鬼，
三把镰刀砍你腿。
…………

我看见了一个很大的旋风。

这个大旋风转到我家门口，挡住了我的视线。我紧紧抓住木格楞大门。嘴里小声骂着，往地上唾了两口。

旋风转了几圈，忽的一下不见了。我晃了晃头，定了定神，转身靠在大门上，我看见了它。

它就在刚才旋风消失的地方，脖子上拴着绳子，像细条围脖一样，松松地、优雅地绕着，另一头垂在地上。

"羊?!"我惊叫了一声。

羊看见了我，咩——了一声，很突然，我吓得一激灵。就像听

182

见旋风发出羊的叫声一样，怪怪的。羊叫着，并昂起脖子，翘起下巴，下巴上有一簇又白又长的胡子。

尽管后来，戴格他们争辩说，我爸就在羊的不远处站着，我却根本没有印象。

这个毛茸茸的家伙，让我眼前一片发白。人的记忆是系在风上的，风吹开了好多记忆，风也卷走了好多记忆。不过，那个上午，我的童年缩了一个很大的扣儿，将我拴在一阵旋风和一只羊上。

记忆被吹得白花花，白花花地响着羊的叫声。戴格、二丫和尔福，老爸回来的身影，都没了。我的眼里，只剩了一只羊。

现在想想，当时那么小的我，如果不握住瘸腿大门，如果不躲过那阵旋风，我还会不会那么幸运，会不会遇见那只羊？

2. 羊小白

羊小白昂首阔步、目不斜视地走进了我家大门。它选择走的不是窟窿门，而是，从哗啦啦打开的大门走进来的。从恍惚中醒过神来，我才看清，是我爸用钥匙从外面打开的大门。

我靠在墙上看着，说不出一句话。

它进了我们家，羊小白。羊小白是后来我给起的名字。

当羊小白迈着四四方方的步子走进院子的时候，我的眼神忽然落在了它的后腿上。我注意看了它的后腿，它的后腿骨上有两个嘎拉哈。当然，羊毛和羊肉包着，看不见。

这是重要的事情，不只我，我们小镇上的孩子都认为这是重要的事情。

没有谁不玩嘎拉哈。嘎拉哈，是动物后腿上叫作拐骨的那两块一模一样的骨头，几个嘎拉哈撞在一起，能发出古怪又吸引人的声音。

小镇上的女孩都有嘎拉哈，我自己就有一个小羊皮口袋，装了许多嘎拉哈。

羊的嘎拉哈往嘎拉哈堆里一搁，晶莹剔透，这么说吧，再多的猪嘎拉哈都成笑话了。当然，羊往猪群里一站，一尘不染昂首挺立的样子，猪也会自愧不如。

羊小白有一副羊嘎拉哈，可真是的！

羊小白一定还不知道这件事。它用陌生的目光打量着我家的院子，站在院子里，耳朵像听着什么似的，转着身子，往四下看。

羊走进我家院子时，戴格、二丫和尔福也跟在后面一起走了进来。

我指着羊的后腿，让他们看。

戴格眨着眼睛说："羊嘎拉哈。"

二丫比她高出一头，绞着两只手，嘀咕着："羊嘎拉哈。"

尔福气急败坏，眉头皱得紧紧："你们都别说了……"

在女孩子的声音里，尔福是另类。

羊小白对着他们叫，用后脚跟跺着地，声音有些烦躁。我爸用木头、秫秸和松枝给羊搭一个窝，并把耳房上的干草拽下一捆，铺上。

大槐树上有只乌鸦，但凡有事，它都来。这时，乌鸦在树杈上啊——了一声。有时候，它一叫，让人一点准备都没有。它把自己当成了诗人，大声朗诵一句"啊"，再也没词了。现在，它又啊——对着一只陌生的羊，做出一副要抒情的样子。

乌鸦是神派来的鸟，就是有一天它能作出诗来，那也是神谕。

乌鸦一叫，我想起小妹，好像得到了指示一样。我跑进屋里，小妹果然醒了，在悠车里吃着拳头，耐心地等着我。我把小妹从悠车里抱出来，胖乎乎的小妹扑进我的怀里，让我的胳膊瞬间变细，变麻。

院子里，羊叫声，爸呵斥羊声，他们几个的吵嚷声，乱成一团。小妹从我的怀里，挣了一下，扭头看见了羊。她的手从嘴里拿出来，拼命地拍着，啊呜啊呜地叫起来。羊听见小妹的叫声，转过身来。

羊看见了小妹，愣了一下，然后低下头，垂下眼睛。

老槐树上的乌鸦不叫了。

戴格他们看看羊，又看看我怀里的小妹，停下了吵嚷。

羊转身去吃爸递给它的草，变得安静了。

只有小妹挓挲着手，啊呜啊呜叫。她笑着叫着，好像什么都知道，她不只懂得旋风，还懂得这只羊，也或许懂得我们说的羊嘎拉哈。

当我们还沉浸在羊小白腿上那两个嘎拉哈的时候。羊和小妹早已心照不宣。

因为小妹，羊来了。

3. 雪白羊奶

羊小白来到我家确实不是为了带来珍稀的羊嘎拉哈，它是来为小妹喂奶的。

我妈的奶水不够我小妹吃，我爸就领了这只羊回来。我爸呢，教完我和妈妈挤羊奶，就回城里上班去了。

我至今还记得小时候我爸给我们唱的歌谣，歌词都差不多，旋律却令人难忘，难忘的原因现在想起来，是里面夹带着一股风，起伏着婉转着：

> 小羊儿乖乖，
> 把门儿开开，
> 妈妈回来了，
> 妈妈来喂奶……

我爸始终是个很文艺的人，在这只羊身上，他实现了自己的理想——让一只羊儿从歌谣中走出来，来给他的孩子喂奶。

但是，对于我和妈妈，让羊儿给孩子喂奶，像面对一场灾难。

羊小白的两个奶头一被挤，就能挤出奶来，这是我告诉戴格他们的。因为他们起初也没闹清楚羊小白是来我家做什么的。

我们镇子的东边有条沟，沟沿上长了一些婆婆丁。婆婆丁开花前——相当于婆婆丁年轻的时候，会结出几个鼓鼓的花骨朵，没开花的花骨朵特别甜。我们管那些花骨朵叫羊奶子。羊奶子挂在沟沿上，吸引着孩子用石头子去击打，打落到沟底，才能下去捡着吃。能打下来的羊奶子不多，男孩子都练就了打羊奶子的本事。

　　羊奶子，挂沟沿，
　　又香又甜馋小孩。

大家都乱蹦乱跳地唱着这个歌谣，谁也没想到，只有我把真的家伙唱来了。

羊小白肚子上挂着货真价实的羊奶子，一点也不像沟沿上的那个，只叫名字，没有奶，假惺惺的。

小妹像腊月里刚蒸出锅的黏饽饽，又胖又喧腾，以这个速度成长，母乳肯定不够吃。我爸领回这只羊是对的。小妹吃了羊奶，长得会更胖更喧腾。

开始我觉得挤羊奶是多此一举。我认为小妹是可以直接吃羊奶的。有一次，我和戴格把她用小被单捆好，抬着，把她的头试图塞到羊肚子底下，让她叼住奶头，自己吸。羊却气急败坏，使劲用蹄子刨着地，后腿踢着，说什么也不干。小妹也哇哇大叫，本来她应该不叫，她应该懂得我们在做什么。这么大的事，羊和小妹却不配合。在把小妹摔着之前，我们还是放弃了。

或许，妈抱着她也行，动作熟练。当把这个想法跟我妈提出来，妈瞪了我一眼。好吧，我想，好好的一件事，谁都不尝试做。总不能让我把羊领到炕上，站到小妹跟前，让小妹自己裹奶吧。估计，这么做，羊和小妹也不一定互相就和，我倒是愿意领着羊，可羊不愿意让我领，为此我还被它狠狠地踢了一脚。结果，正如我所料的，一切都变得糟糕透顶。

也许世界上所有的奶羊都一样，在男人面前都装得驯服，面对女人和孩子，却露出了本来面目。

妈负责抓住羊和挤奶，我负责抱羊头，稳住羊，让羊心甘情愿地被挤。

挤羊奶，这个活儿干起来太狼狈，我和妈都是天快黑时挤奶。那时，我的那些小伙伴都各自回家了，不围着我们。那几乎就是一个热闹，还好，他们没看。

到底有一次，挤羊奶时，被墙外走过的一个陌生人看见了。

捉羊的事由我妈来做，我妈赤手空拳，先是张开胳膊扑上去，不知道害怕还是怎么，我总觉得妈那个扑羊的动作有点大，别说羊小白，就是我，看见那个架势，都想跑。我妈能抱住羊，是件不容易的事。等她抱住，也快筋疲力尽了。有一次弄断了绳子，她更遭殃，满院子追着羊跑。羊呢，遛了好几圈，才乖乖站住。

我妈开始喊我，喊得声音又大又颤。我战战兢兢跑过去，把接奶的大搪瓷缸递给我妈，然后从我妈手里接过羊头，抱住。我正好用手能抓住它的两只角，将它的头按在我的怀里。羊小白的脑门长得又宽又硬，它梗着脖子，拿出一副绝不低头的架势，不在我怀里待一分钟，用脑门顶我，仰着头撞，低着头顶，我被它撞得一个跟头接一个跟头。

我会爬起来，撞哭了也爬起来。看羊挣脱了再跑，看我妈再捉羊。那个又宽阔又坚硬的羊脑门，那两个像把手一样的尖角，让我好打怵。几次实践之后，我能抱住羊头的最佳办法是，手肘从羊脖子弯过来，手在羊脖子侧面紧紧攥住羊角，俯下肩膀，让羊从我肩头露出眼睛，它才稍稍安定了一点。

我那时盼望我小妹在旁边看，笑或者被吓哭，我发现，只要她一出声，羊小白就安静下来。只可惜，小妹软绵绵的样子，还不能自动从悠车里爬出来。

接下来，我妈终于可以挤奶了。或许是没弄疼它，或许是羊的奶憋得实在受不了——那两个乳房鼓胀得不行，我妈终于出手了。白花花的羊奶被我妈的手挤出来，落到搪瓷缸子里，声音足以抵得上世间最美妙的音乐。我的耳边，听到了羊小白长长地呼着气，和挤奶的节奏一样呼着气。

我们总是手忙脚乱，不是挤不完羊奶，就是被生了气的羊踢，弄洒了奶。

没有哪一次，挤奶是在一个固定的地方，我妈总是没有能力把这个地方固定。

也没有哪一次，我们俩不被顶撞。挤完奶回到屋里，我们俩互相检查，身上，腿上，肚子上，到处青一块紫一块。

小妹每次吱吱地吸着奶瓶的时候，我心里发跳，眼睛发酸，眼睛睁得大大的，希望她吸得干净一些，再干净一些，那些羊奶，来得多么不容易。

我早已忘记了嘎拉哈，它已无声无息地回到羊腿里。在又哭又叫、硝烟弥漫的挤奶战场上，旋风、羊嘎拉哈已无足轻重。

有一天，当我不知第几次被撞倒，第几次从地上爬起来，抱住羊头，鼻涕眼泪抹了满身满脸时，我听见了扑哧一声。谁在笑？我抬起头，声音来自院外。我发现院墙外站着一个陌生人。

来不及也腾不出胳膊擦一下脸，我又羞又恼，狠狠地瞪了那个人一眼，见他低下头，身子缩下去，不一会儿又探过来。

妈回头也看见了，她说认得他。那个人叫小工。小工是妈单位林场里干活的一个半大小子，干不了太重的活，再加上人小，大人们就叫他小工。

那个傍晚，天还没全黑。已经落山的太阳还剩下了一点光，光打在站起来又蹲下去、蹲下去又站起来的小工身上。他很瘦，穿的衣衫很肥大，看上去有点像田野里那个迎着风的稻草人。

多年以后，稻草人小工好像还站在我家的墙外，他笑着的脸上始终涂着一抹夕阳的余光。

4. 小工

一连几天，小工总是出现在我们挤奶的傍晚，出现在我家院墙外。我又羞又恼，嚷着让我妈把他赶走。

小工又一次出现在墙外的时候，我妈叫住了他，走过去和他说话。他会转身走的，我希望他再不要回来。他们俩说完话，小工竟跟着我妈，走进了我家院子。

"这是干什么？"我惊讶地看着我妈。

我妈对我说："他说能帮咱们挤奶。"

小工看我一眼，笑了一下。

他走到我和羊小白跟前，跟我说："小孩。"嗓音有点粗又有点细，不男不女的。我们镇上男孩长大了都这样，好像是变声，等变完了声，声音就粗了，和男人们一样。

他叫我"小孩"，他才多大？我用手背猛地抹了一下脸，狠狠瞪了他一下。

他直接把我拉到旁边。

他和我妈一起捉羊。几乎没怎么费劲，就把羊小白抱住了。那么瘦的人，劲却很大。他拍着羊小白，用手摸着它的头，那个又宽又硬的脑门被他抱在了怀里。

羊小白侧过头，眼睛看着我，像故意似的，在他的怀里服服帖帖。我妈挤出的羊奶声，哗啦啦响，撞击着搪瓷缸，我的心也被撞击着，一下一下，有点疼。

我的羊小白，被他抱着，顺从，听话。我的脸涨得通红，心里，像有火在烧。

小工在叫我："过来，小孩。"

我心里告诉自己不要听他的，不要听他的，脚却不听话，向他走过去了。

小工把羊小白的头扳过去，不让羊看我。然后让我抱住羊头，拿过我的手，用我的手搂住羊的头："别抓它的角，用手拍它的脖子，轻拍，这样，试试看。"

接过羊小白，照着做。羊小白依然扭着头，看也不看我，做出一副不情愿的样子。我手肘不去碰它的角，一只手搂着它的头，另一只手轻轻拍它的脖子。

我不那么紧张了。抓了这么多次羊，头一次不抓它的角，头一次感觉到羊身体是软的，是热的。

抱着驯服的羊，我的身体由僵硬变得自在了，羊虽然不正脸看我，但也不再在我的怀里挣来扭去了。就这样，直到我妈把羊奶挤完。

等我妈站起来，我松开羊时，我听见羊小白长长地喷出一口气。它抖落一下身子，像打个寒战似的。它把身子转过去，转向大门。随着羊，我们这才发现，那个小工，已经不知什么时候走了。

我妈说："小工书没念完，就出来打工了。工地上，他又瘦又小，干活却特别卖力气。挣的钱虽然比大人少，但是挺能干的。"妈还说，他不能不挣钱，他没了妈妈，爸爸是煤矿工人，在一次挖煤中，矿井爆炸，他的腿被炸坏了，现在卧床不起。究竟病到什么程度，小工也不说。小工是从镇子外来的。

"小工叫什么名字？多大了？"

我妈说："这个，不知道。"

那以后，小工来得少了。过了些日子，小工不来了。

妈说："有些日子，工地上没看到小工了。"

真心还想看到那个瘦瘦的身影，哪怕在我家院外像稻草人那样，再晃悠一下。我在想，小工教会了我抱羊，就不来了，这么看起来，他是专门来教我的。

不管怎么说，我学会了和羊小白相处，顺利完成了一次次合作。羊小白乖多了，只是，一碰到它的角，它还是不高兴，或多或少地要跟我犯倔、耍浑。

那个春天，风很大，风里藏着许多事情。

我每天去蒲河边放羊。牵着羊绳的我，个子小，拗不过羊，有时几乎被羊牵走。即便那样，我也一路和羊扭扯着，努力向前。镇上的许多人家，大人或小孩，都从院子里探出头来看我，羡慕，嫉妒，当然也有别的。

那个春天，鸟很多。风送来了很多鸟。

镇子东边最大的树上喜鹊在垒窝。那个窝已经不知垒了多长时间，又黑又厚又大，晚上整个月亮落在上面，都能装下。它还在垒，也许是想在某一天早上，垒到足够大，想把新出的太阳装进去。

长脖子老等在叫。长脖子老等是只大鸟，一只翅膀尖发红的鸟，它长年住在蒲河南边的大叶杨林里，一到春天就开始长一声短一声地叫，咕咕咕咕、咕咕咕咕。尔福他妈说，长脖子老等在说"这可咋整"，听起来确实挺像。

林场的建筑队还在干活，工人们盖房子的声音隐约传来。一大群工人当中，那个叫小工的，已经不在里面了。

蒲河水流着，蒲草直挺挺地往上钻，大脖梗子草和狗尾巴草借着风力在长。

辉山上，绿色在成片成片地浮动。

松软的街上发出潮气，春天的小镇，有我闻不够的味道。

羊小白穿着四只黑色的小羊皮鞋，黑色的小高跟鞋，高高地抬着头，谁也不理，从镇子西头走到蒲河边，骄傲而美丽。

它是我的羊。

5. 病的羊

有一天，羊小白病了。

它不吃也不喝，乳房涨得老大，却挤不出奶。两天了，它连碰也不让碰。它两只后腿迈着方步，拉着胯，走起路来慢慢腾腾。

我妈说，羊不下奶了。小镇上没有兽医院，只有一个给人看病

191

的医院。我妈只好买了消炎药，加在豆子里，给羊小白。羊小白连看也不看，让人焦急万分。

我抱着小妹坐在它的旁边。吃羊奶的小妹，身子越来越结实，看她那亮晶晶乌幽幽的眼睛，长得也越来越像羊。羊小白看着小妹，慢慢走过来，闻了闻，两条前腿弯下来，趴在小妹身边。小妹身上的味道一定是它的味道，它熟悉。小妹一点也不怕羊。

小妹呵呵呀呀地又跟它说上了，一边说，一边用手划拉着，有时划到它的头上，它也不恼，抖抖耳朵。

羊小白能听懂小妹说的话吗？小妹跟它说了什么吗？

筐里有早晨新薅的嫩草。我把草放在小妹手里，小妹拿过去，先放进自己嘴里，吃几口，吐出来，又送到羊小白嘴里，羊小白侧过头，不吃。

我给羊小白唱歌，就是给小妹唱的那个。小妹听着，很安静。羊小白把下巴抵在了前腿上。

要是听歌能让羊下奶，我愿意这么唱下去。

戴格、二丫和尔福他们从大门的窟窿钻了进来，他们听见我唱歌了，一听见，他们会及时过来，什么时候都是。

戴格说："这羊，中邪了。"

二丫说："你得唱避邪的歌，这个不行，羊不懂。"

我说："那你唱。"

戴格、二丫和尔福就都不吱声了。我只好再唱，二丫把耳朵堵上。

尔福说："不如我们跳大神儿给它看，万一能驱邪呢？"

戴格和二丫跳起老高："对呀，这是我们都能做的事。"

我进屋找出我爸和我妈的几件衣服，我们几个穿在身上，每人头上再系个布条子，扮好了，我们开始扭起来。张手拉胯，左摇右摆，浑身乱扭乱颤，像镇里金大仙那样，开始跳大神儿，一边跳，一边嘴里发出"齐了抖嗖"的叫声，绕着羊小白和小妹，张牙舞爪地转圈跳起来。

姥爷说："祖先的查玛舞最开始就很自然，像人类童年一样，简单又天真，应该是我们这个样子吧。"有一次我在姥爷面前就这样乱跳着，姥爷笑得不行，说这是"齐了抖嗖"。后来我跟伙伴再一跳，嘴里就发出"齐了抖嗖"的喊叫声。金大仙一跳大神儿，就加上了很多装扮什么的。我们没有腰铃和太平鼓，但是甩动的长袖子和嘴里发出的节奏，足以代替所有的鼓乐了。

金大仙跳大神儿说是给人驱邪治病，我们就不能跳大神儿给羊小白驱邪治病吗？

小妹愣愣地看着我们，一会儿要哭一会儿要笑的样子。羊小白呢，抬起了身，捯着穿着高跟鞋的四只脚，拉拉着胯，支棱着耳朵，在圈里，跟着我们转起来。

等我们跳到天旋地转的时候，就都一下子扑倒在地上，东倒西歪，浑身被抽了筋似的，"大神儿"一瞬间都从身上跑了。

小妹看我倒下了，这才哇的一声哭出来。羊也停下，咩——地叫着，看着我们。

看我们作够了，羊小白又耷拉下脑袋，喂什么也还是不吃。

看起来，就是"大神儿"上身，也没治得了羊小白的病。

我带着小妹进屋了，戴格、二丫和尔福他们回家了。只好等着我妈再带回什么给羊下奶的良药吧。

戴格他们走的时候，忘了把我家大门的窟窿合上。

小妹该睡觉了。但是她并不愿意睡，早晨妈怕她饿着，冲了炒面给她。吃了面糊糊的小妹依然不睡，让我烦恼不止。她睁着眼睛，看着我，故意浪费着时间。

跳完大神儿的我有点累，在看着小妹闭上眼睛时，我也不知不觉睡着了。

不知睡了多久，醒来，到院子里，才发现羊小白不见了。瘸腿木棍扭着，门上那个窟窿开了。

除了小孩，风，谁都不走那个门。羊小白，却走了。

6. 山坡后面

戴格住在我家隔壁，听到我声嘶力竭的喊声，从家里跑出来，她又跑去叫来尔福和二丫，他们几个一起帮我找羊。

尔福还跑去苗圃，把正在上班的我妈叫了回来。

我妈手里拿着给羊买的一瓶药。

整个上午，我们几个人撒开网，找遍了我们周围的每一家，各个角落。草地，树林，枯井，全都没有。

羊小白，它不应该跑远哪，两只胀胀的羊奶子鼓着它，走路，对它来说，是很吃力的一件事。

站在沟边老榆树下的容奶奶看见了我："跑啥呢，海兰，瞧这一身大汗……"

我一边弯腰喘气，一边跟她打招呼："容奶奶，"顺口问，"我在找羊……"

容奶奶牙没了，眼神也不济，想了半天，慢腾腾地说："羊……"

我刚要跑走，她拉住了我："你下去看看，我好像，影影绰绰看见有个啥东西，下到沟里去了……"

我不敢相信她的话。上次容奶奶帮翟姨照看孩子，就一袋烟的工夫，就让刚会走的小弟走街上去了，把翟姨吓坏了。

但是，我细想了一下，羊小白从我家门里出来，沿一条街，走到这里是可能的，从这一直往下走，走到沟底也是可能的。我怎么没想到？

我赶紧跑过去，顺着斜坡，下到沟里。沟的尽头是一大片草甸子，草甸子的南边就是蒲河。草甸子上开着成片成片细小的苦麻子花，那么小的花，我的羊不可能藏进一朵花里。

沿着草甸子继续往前走，爬上了一个缓缓的小坡，小坡过去，就出了沟，出了沟就出了小镇。大地上，刚耕种的黑土地，散着新翻的土味，一条白白亮亮的小道竖在大地中间，向远方伸过去。

从小道望过去，我望到了一块地。

在地那边，是一条横着的直线。在大地上，有一个灰白色的影子，一会儿大一会儿小，一会儿跳起来，一会儿落下去，直往大地那边跑。我撒开腿，向影子追去，跑过沟沿，跑过小道，跑过大地，我揉揉眼睛，怪事，影子忽然没了。

我站住，地的尽头是个小山坡，影子是翻过坡去了，我像被谁牵着似的，已停不下脚步，又开始追，翻过了山坡，那个人影，终于让我看清了，分明是一股旋风！我使劲跺着脚……旋风，这旋风里肯定有鬼，把我带出了这么远！我咒骂着旋风，骂了好几遍。

我发现自己已从地的那边跑到了这边。小道的尽头，有一个村庄，几幢小房子，零零散散的。土的，瓦的，木头的。这边，我没来过。

我打量着这个陌生的地方，旋风的影子不见了，我感到了害怕。

7. 没有小工的家

忽然，我听到一阵熟悉的叫声，咩——咩——从一座破旧的土房子里传出来的，我一下想到了羊小白，又惊又喜，赶紧跑过去。从一个木门缝里，我向院里张望。

我的羊，羊小白，就在院子里。我差点叫出声来。

一只狗向大门叫着，冲过来，我吓得往后退了几步。还好，狗没冲出来。

我又向门缝凑过去。一个个子不高的人，正端着一个瓢在喂羊小白。他蹲着，我看不清他的样子。等他站起来，我一下子愣住了，那不是，那不是小工吗？他还是穿着那件大衣服，空荡荡的，稻草人似的。他和羊怎么在这儿？

我忍不住了，使劲敲门，低着头两手一起推门，顾不得狗叫了。

忽然门被拉开了，正在使足劲推门的我，一下子扑进门里，跟趔着，差点摔个跟头。

我用袖子抹了一把脸，抬起头，看一眼小工，他正在呵斥着狗，把狗撵开。我看见了我的羊，真的是羊小白。

"小孩……"小工惊讶地看着我，用半粗不细的嗓子说话。

我几步蹿到羊小白的身边，拿起地上的绳。羊小白眼睛看着我，下巴向我伸过来。我伸出手，拍它的脖子。"羊小白……"嘴里小声叫着它，我的眼睛发酸。

"小孩，"小工把手里的瓢放下，拍着手对我说，"找羊了？"

我不看他，只把羊小白牵到手里。

"羊病了，小孩，"他看着我，两只手垂着，"我在沟里发现了它，就把它牵来了。"说着，他伸出手摸羊。

我打量着院子，一个篱笆菜园子，几只鸡，一个很大的石槽子，木棚子，棚子里有一堆干草。槽子里有新鲜的青草。屋子里传出一两声男人的咳嗽声，这是他的家？他爸爸卧病在床？我妈说的没错，原来小工的家住在这。

他在沟里发现了我的羊，就把它牵回了家？如果我不发现呢？会怎么样？

他好像知道了我的心思，就说："小孩，羊中午吃了我喂它的啤酒草，病就好些了。"他停了一下，"我正准备过一会儿给你送回去呢……"

我皱着眉，抬起头看向他，眼睛里充满疑惑。

小工揪着篱笆杖子上的一片秫秸叶子："真的，小孩。"

我的心放下来，我有点相信他了，他毕竟帮我挤过羊奶。我问他："啥叫啤酒草？为啥给羊吃这个？"

小工愣了一下，脸上露出了一点笑容。我想起了他在我家大门外扑哧一下笑出声的样子。

"羊，要是不下奶，就是上火了，吃点用啤酒蘸的草就好了，我领它回来的时候，就用草蘸着点啤酒喂它，它还真吃了……你看。"

这时，羊小白已经半卧半趴在我的脚边，我发现它的眼睛半闭半睁，有点困有点醉的样子，这是吃了啤酒草吗？我蹲下来，两手摸着它的眼睛，它闭上眼睛，任我碰着，长长硬硬的睫毛触碰着我的手。吃了多少啤酒草才这样子呀，羊小白？

"你咋知道要给它吃啤酒草？"我心里怪疑惑的。

"我爸告诉我的。"小工也蹲下来，手里拿着瓢，看着羊，"其实，最好是给它吃啤酒花，辉山里就有，等夏天啤酒草长出来了，开一串一串的花，那种花奶羊吃了最下奶。"他抓一把瓢中的豆子，送到羊小白嘴边，"现在啤酒花还没开，我爸说，用青草蘸啤酒也能行，我就给它吃了。"

羊小白闻了闻豆子，用舌头舔了几粒。

"小孩，你看，它吃食了，应该没事了。"小工脸上露出了惊喜。

我睁大眼睛，是的，羊小白在吃东西了，虽然一小口一小口的。

这时，我发现小工的狗不再冲我叫了，它绕到卧着的羊小白身边，低下头，吧唧吧唧舔起来。只见羊小白的乳头上正在往下淌羊奶。真的像小工说的那样，羊奶出来了！

小工也看见了，说了句："它下奶了，这么快。"

他站起来，转身进屋，和屋里的大人说着什么，过一会儿，出来了。他手里提着一个带把的黑罐子。他走到羊身边，把狗赶开，用手在羊乳上搋了几下，再用手指捏住羊乳头，只见吱的一下，喷出了一股羊乳。

羊小白站起来，想要动，小工冲我叫了一声："小孩，抱住它。"

我赶紧动作熟练地跑到它前头，轻轻地抱住它的脖子，它的眼睛睁开了，头乖顺地贴在我怀里。我能感觉出来，羊小白浑身一个劲地发抖，一定是疼了，但是它忍着，除了偶尔用脚刨着地，身子竟一动没动。

小工很快地挤着奶，不一会儿，就挤完了，我发现他的动作那么熟练。我妈说得对，他懂事能干，侍候病爸爸，什么事都会做呢。

这一回，羊乳看上去松松的了，羊小白也喷了几下鼻子，抖擞起精神来了。

8. 骑羊小孩

小工说："这回都挤空了，吃了东西，就会好了。"他把手里的罐子挂在撑篱笆的木桩上，"这个奶，是它上火时的奶，叫火奶，不好，不能给小孩喝。"

他怎么什么都知道，是他爸爸告诉他的吗？

他拎着罐子走进屋里，和他爸说话。我想往屋里看，个子小，什么也没看见，只好踮起脚来，从窗子往里看。他们家窗台可够高的，窗台上一个白绒绒的东西却吸引了我的眼睛。

我走过去伸手够下来，一个毽子，沉沉的铜钱，细绒绒的麻，一个精巧的毽子，乳白色，又圆又软，尔福有，伊汗有，我没有。我家没有麻，也没有铜钱，我爸没给我扎过这样的毽子。我用脚踢了一下，毽子在我的脚上忽闪着飞了一下，落在了地上。

小工走了出来，他看我踢着，笑了。

他拿过毽子，踢了起来。前面踢完，后脚翻过去踢，再踢高了，转了一圈踢，怎么踢都不落。毽子让他踢得，好像到处都是，天上是，地上是，院子里是，到处都是乳白色，像飞了一院子的鸽子。我情不自禁地拍起手来，呵呵地笑。

他气喘吁吁地接住落下的毽子，向我抖着："小孩，怎么样？"

"好哇！"我以为他要送给我，就张开手伸过去。

他一把藏在身后，用一根手指挡住嘴唇，看一眼屋里，小声说："这是我爸给我做的，不能给你。"然后把毽子轻轻放回窗台。他一边走向羊，一边说："小孩，别生气，赶明儿，我让我爸给你也做一个……我爸手巧……"

我有点失落。他有一个那么好的毽子，还有一个那么巧的爸。

他进屋去跟他爸说了几句什么，走了出来。"走吧，"他说，"我送你们回家。"

我顺从地跟着他，跟着羊，从他家走出来。走出大门的时候，我回过头，恋恋不舍地看一眼窗台，那毽子真的像一只鸽子，扑棱着翅膀，随时准备飞起来。

小工牵着我的羊，羊小白完全不像刚才那个迷迷瞪瞪的模样，酒也醒了，病也好了的样子。

他走得很快，羊也走得很快，我在后面紧跑着。

我终于跟上来，脑门上已经出汗了。我觉得自己跟小工很熟了，因为羊。

"你爸，病了？"我忍不住自己的好奇。

"嗯。"小工点头。

"你不上学吗？"这是我一直想问的问题。我们镇里的英子应该和小工一般大，都上中学了，小工也应该是吧？

"不念了……"小工声音不大。

"还去当小工吗？"我觉得虽然不念书，当小工也挺好，还能挣钱给爸治病。

他摇摇头："我爸离不了人……"好像不愿意回答我，又加快了脚步。

我心里有点酸，脚步慢下来。小工走在我的前面，衣服被风一吹，显得更宽大了。

小工离我很远了，才回过头，看我小跑着，就蹲下来等着我。等我到了他跟前，刚想跟他说，让他走慢点，他忽然说："小孩，骑到羊背上，行吗？"

我吓了一跳，赶紧摇头："我不敢，我胆小，再说，羊小白是不会让人家骑它的。"

"试试！"小工说着，用手抓住羊小白的两只前腿，羊小白竟弯下了腿，像跪下了一样，乖乖的，不动弹。

"我……我不，怕摔……"我慌慌的，摇着两手，不知怎么办好。

"来，上来！"小工用下巴指挥着我。我不知是自己生出了勇气，还是相信了小工，慢慢地走到羊小白身边，把一条腿跨了上去。

小工命令我坐好，然后放开羊小白的腿，一只手扶着我，一只手紧紧地牵着羊小白脖子上的绳套。

我像忽然悬到了半空中，坐不稳，左右乱摇，张开手，不让自己掉下来。羊小白也不情愿地摇着身子，刨着地，咩咩地叫着。

小工抓住我的手臂，扶紧我，然后牵着羊头往前走。

羊小白终于往前挪了两步，我也一点一点坐稳当，不再乱晃了。

小工把羊脖套交到我手里，让我抓紧，他走到前面牵着羊。就这样，小工牵着羊小白，羊小白驮着我，一起往前走。

我的鼻尖上冒着汗，手里死死地抓住羊绳，很怕从羊身上掉下来。

走到了山坡上。我忽然觉得自己变高了，变高了的我，从山坡上，从羊背上，看到了我们的镇子。蒲河水，那么白，那么长，从镇子前流过去，我仿佛听到它熟悉的水声。炊烟一缕一缕地，跟着风，直卷上天空。那是我的小镇，我的家。

小工唱起歌来，或许也不叫唱，叫喊才对。在后面，我能看见他脖子上的粗筋胀起来了。他变声的嗓子，再一喊，听起来怪里怪气的，比小公鸡学打鸣还要费劲，还要难听。我坐在羊背上咻咻笑个不停，笑声被走着的羊小白颠簸着，一颤一颤的。我越笑，小工越唱，小工越唱，我越笑。

傍晚的阳光斜照过来，小工成了金色的，羊小白成了金色的，我看不见自己，想必我自己也是金色的，就连那不成样子的小工的歌声，都成金色的了。

9. 羊妹妹

戴格、二丫和尔福他们从镇子里跑出来，看见了骑在羊背上的我，全都惊呆了。

当牵羊人、骑羊人和羊一起回到镇子里的时候，当我们三个金灿灿地从天而降时，他们，能不惊呆吗？

戴格后来说："那天晚上，我们看见山坡下来的你们几个，还以为是看动画片呢!"

不管怎么说，我的羊找到了，羊小白下奶了，我的小妹又有了羊奶喝。

那天，小工送我回来，我妈怎么留他也没留住，他说要回去给他爸做饭，说完就要走。我妈拽住他，进屋拎出了一小口袋米，硬塞给他。他接过口袋，向我妈鞠了一躬，说声谢谢，就跑走了。

那个瘸腿大门，是让羊小白走丢的罪魁祸首。我妈一发现，就把它给钉死了。好吧，我和伙伴们不能走那个门，就只好跳门走。羊小白也没那么大本事，没再学我们。

我一直想着骑在羊身上的那种感觉，真的，悠悠晃晃，起起伏伏，像做梦似的。曾试着再骑一下羊，羊小白却梗着头，刨着蹄子，说什么也不干。好吧，我只好放弃。

我还一直想着小工。他照顾着病爸爸，以后怎么办？是回去上学还是继续当小工？

我要每天放羊，带小妹，一忙起来，就把小工的事忘到脑后了。

我带羊小白走遍了小镇。

镇子里有谁没看见过我的羊呢？养一群猪的季瘸子，赶大车的金三麻子，老海，翟姨，傻媳妇。从他们跟前走过的时候，他们谁都夸过我的羊，当然，有时也夸夸我。

蒲河水流过的两岸，草甸子嫩绿嫩绿，猪毛菜，灰灰菜，场子棵，大脖梗子草，我的羊吃遍了这些草，就像把春天尝了个够。草丛里有时冒出金黄色的小花，有时雨后会冒出小蘑菇，这些，都被羊小白当作草吃掉了，也不知它尝没尝出花的滋味。

辉山坡下有些矮树丛，花开得最旺的时候，这一团那一团的，到处粉嘟嘟的，羊小白和我一样，喜欢看那些花，一看就看得眼睛发直。那些花又鲜艳又香，羊小白闻久了那些花香，我妈说它出的奶都是香的。

我爸回来的时候，总是去辉山给羊打草。辉山深处有啤酒草，啤酒草羊小白特别爱吃，吃完了，奶水就特别多。

小妹喝着羊奶，长得越发壮实了。羊小白对小妹的好我是看得见的。天热了，当我把窗子打开，嫌走外屋费事，直接从窗子里跳进跳出时，羊小白也学会了这一套。

有一次，趁我不在家的时候，羊小白从窗子跳进了屋里的炕上，和公鸡母鸡一起，在我的炕上走得大摇大摆。等我回来，看见羊小白半卧在悠车旁，扑闪着眼睛看着小妹。小妹一边吃着拳头，一边啊啊呀呀地说话。

羊小白也许会看孩子，或者说，小妹也喜欢和羊小白在一起呢，也说不一定。

有一天，我把会坐着的小妹抱到院子里，放到一个草苫子上，让她手里抓个拨浪鼓。趁她不注意，我溜到了大门外。

羊小白也不再去跳窗户，它在小妹的身旁站着。小妹两只小胖手挥舞着拨浪鼓啊啊呀呀，羊小白看着，听着，有时耳朵扑棱一下。

尔福走过来，看我探头探脑地往院子里看，他也和我一起看，我用手指示意他不要吱声。看了一会儿，他向我做个鬼脸，就从大门上跳进了院子。

尔福蹑手蹑脚地绕开羊小白，走到小妹跟前，伸手向小妹要拨浪鼓，小妹盯着他看，尔福一把抢过了拨浪鼓。这个动作做得挺快，小妹一下子就愣住了，然后嘴撇撇着，要哭出来。只见小妹身边的羊小白向尔福扭过头来，咩——了一声，还没等尔福反应过来，就一头向尔福撞了过去，尔福没提防，一下子被撞了个仰八叉！

小妹激灵了一下，嘴不撇了，两手抬着，胖腿蹬着，咯咯咯地笑起来，尔福赶紧爬起来。没想到的是，尔福刚站起身，羊小白又向他顶过去。尔福躲不及，就在院子里躲着跑，跑到哪儿，羊小白追到哪儿，追上就顶，每顶一次，我那坐着的小妹就发出一串笑声。结果是，羊小白又追又顶，我小妹笑个不停，可怜那尔福，被羊撵着，嗷嗷叫着，哭了出来。

我赶紧进来，随我后面，二丫也跟了进来。

我喊："羊小白——"羊听见喊它的名字，咩地叫一声，停了下来，一副意犹未尽的样子。

二丫跑到墙角，去看尔福。尔福用袖子抹着眼泪，一边哭哭啼啼地骂着，一边爬上大门，跳过去走了。

我和二丫互相看着，看一眼口水挂满前襟的小妹，又一起看向我的羊。

我们一起笑起来。哈呀，我的羊小白！

那天晚上，我做梦梦见了羊小白。只见它自己跪下了前腿，让我把会坐着的小妹扶到了它的背上，小妹骑着羊小白，我在前面走着，穿着妈妈的大衣服，袖子那么宽，走起来，风一吹，我自己美滋滋的，走哇晃啊，像稻草人一样。小妹稳当当地坐在羊背上，发出了比银铃铛还好听的笑声。

被妈妈唤醒的时候，我甩着袖子走得正欢呢。

妈摇着我："快醒醒，羊，丢了……"

10. 偷羊人

我睡眼蒙眬地跑到大门口，铁链子掉在地上，门大开着，羊小白不见了。

果然如我妈说的那样，羊丢了。

羊小白再怎么能耐，也不会打开用铁链子锁着的门哪，这，这真是人故意干的？

又一次跑遍前院后院，在确定羊小白被偷走的那一刻，我和妈垂手而立。我的鼻子一下子酸了，眼泪含在眼圈里转。

羊小白，你真的丢了吗？有人在半夜偷走了你？你怎么连个招呼也不打，哪怕叫一声，你怎么了？

是谁？谁偷走了我的羊小白？

整个一上午，我们找遍了小镇子的大街小巷。

戴格告诉我，在季瘸子家的猪圈里，她看遍了，除了两个黑猪和一个花猪，确实没有羊。镇子里谁都知道季瘸子喜欢别人家的东西，不管是捡的要的拿的，都喜欢。她没有别的地方放我的羊，猪圈里没有，就应该不在她家里。

二丫跑到王三麻子家的后院，看到他家的小仓房里，除了挂满那些黄澄澄的玉米，下面围着的粮囤子，空的，没藏着我的羊。

尔福在我的羊去过的那条沟里，继续找。

妈和她的同事们帮忙找遍了林场的每一个角落。

我妈说："别让谁牵到小镇外，卖了钱……"我吓了一跳，但愿不要这样吧！我心爱的羊小白，你在哪儿？喊遍了每一户人家的院墙外，没有听到一声那熟悉的叫。

要是我们的喊声传到镇子外面，羊小白会听见吗？可是，风小了，旋风也没了，要是有旋风，说不定它们会转着圈，帮上我们的忙。

旋风！

上次旋风带我去了大地那边的山坡，山坡的那边，有一个村庄，村庄里的小工……

小工？

我带着二丫和戴格，再叫出沟底的尔福，不由分说，奔山坡那边的小村而去。等我们翻过那个小山，风风火火地跑到小工家门前时，每个人，脸上都是汗了。

来到了那个熟悉的土房前，我害怕他家的狗，就指了指门。尔福怀疑地看着我，犹犹豫豫地走上前，敲门。

怎么？没听见狗叫？小工家的狗怎么没扑上来？

我觉得好奇怪，胆子大了起来，二丫戴格我们仨冲到门前，从门缝往里看。我想一眼看到我的羊。

院子里，静悄悄的。和我上回看到的一样，菜园子，草垛，石槽子，房门紧闭。任我们怎么喊，怎么敲，院子里也没一点动静。这才发现，大门用一个小小的锁头，锁着。

他们家人呢？小工呢？小工的病爸爸呢？

小工家的院墙并不高，要是一个半大小子，都能爬进去。这对于我们孩子，却是个难题。

二丫对尔福说："要不我们仨把你托上去？"

二丫戴格和我互相看看，要是在平时，早就撇嘴跑了，谁愿意帮他？但是现在，倒也没别的办法了。

尔福呢，吓得一步步倒退，撒腿要跑的样子。

二丫冲上去，一把抓住他的胳膊，把他拽到院墙下。

我蹲下来，二丫也蹲下来，一人伸出一个膝盖，尔福哭丧着脸，战战兢兢地踩上去。硬邦邦的鞋踩得膝盖好疼，我和二丫疼得龇牙咧嘴。戴格胳膊肩膀一起上，把尔福托到了墙上。

尔福站到了墙上，腿发软，半蹲半站着，不敢往下跳，二丫使劲推了他一把，他一下跳了下去，扑通一声，我从门缝里看见，他跌了个跟头。我心里挺感动，不管怎么说，胆小怕事的尔福，要是在平时，肯定不这么干的。

从门缝里望进去，他在院子的各个角落找，菜园子里找，到后院去找，然后皱着眉头向我们摆摆手。

"屋里——"我向他喊。尔福走到窗前，扒着窗子往里看，又把耳朵贴上去，然后向我摇头。

"叫一下——"我又喊。

尔福对着窗子喊："羊小白——"喊完又把耳朵贴上去，听了一会儿，失望地走回来。

我的心一下子沉下去，这么说，羊小白真的不在这里。小工和他爸爸去哪了？

当尔福要出来的时候，忽然发现，跳不出来了。是的，门锁着，他可以踩着我们跳过去，却怎么跳出来呢？

他在院子里绕了半天，也没找到梯子之类的东西。我们进不去，他出不来，真是糟糕透了。

我们在外面喊他，他在里面喊我们，像一群着急寻找的小兽一样。

尔福急得跺脚哭了起来，哭声越来越大，一边哭一边骂我们。

这时，我们听见了狗叫。只见从另一处院子里出来一个大人，狗在前面大声叫，大人在后面跟着。

我们三个女孩吓得躲在门边。狗向我们扑上来，大人赶紧呵斥住它。我认得，那只黑狗，是小工家的，上次在小工家的院子里，它吃了羊小白流出的羊奶，没错。

大人从墙头往里看，看见了尔福。他嘴里不知嘀咕着什么，用手里的钥匙把门打开，狗冲上去，把尔福吓得一屁股坐在了地上。

大人把狗挡住，让尔福起来，问尔福怎么进来的，进来干什么。又回过头，疑惑地看着我们。

我支支吾吾地说："我们，我们是来找羊……找小工……"

"什么？羊……小工？"大人皱着眉头，"几个熊孩子，做什么？"

"他们家，"我声音大起来，"他们家儿子和他爸爸呢？"我竟不知道"他们家儿子"叫什么。

"你认识他们？"大人打量着我。

"嗯。"我使劲点点头。

"他爸爸住院了，你不知道？"大人一边把院门锁上，一边跟我们说。尔福已从院里一边抹着脸，一边快速跑出来。

"住院了？住在哪个医院……"我着急了。

他看看我，挺不耐烦的样子："蒲河镇医院，好几天了。"说完，吆喝着狗，唠唠叨叨地数落着我们，转身走了。

大人眼里，是看不见孩子的。孩子的忧伤，大人更没法看见。

还好，尔福不哭了。

我们互相安慰着，回小镇。

我让跟着我跑了一天，遭了不少罪的伙伴们都回家去。是的，他们跟我又累又吓的，回家吧。我一个人去镇上的医院，为了我的羊，我忽然觉得，我什么都不怕了。

11. 神秘的小纸盒

不知为什么，我还是感觉羊的事和小工有关。既然小工在医院，就先找找他，找到了再说。

大路在小镇西边，过了大路就是镇医院，在我的印象里，算是很大了吧。大树那么多，一棵一棵的，每次走过路边，我都要看一看，以为那是一群穿绿色衣服的大夫，我觉得大夫应该穿绿色衣服，像树那样，看了让人心里安静。

我走进医院，忽然害怕起来。我赶紧跟在一个大人的身后，四下张望。我怕看到大人们常说的那些人死在医院的事。戴格的奶奶，就是在这里去世的。想到这里，我的心突突跳起来，不敢往里面走，急忙躲到一棵大树下，背靠着大树，身上有些发抖，又换一棵树，还是发抖。我后悔了，想跑出医院去，但我不知道把自己换到哪了，眼睛里全是树，竟找不到进来的路了。

好像怕谁来抓我似的，我紧紧地抱住了一棵树，吓得哭了起来。

忽然我听到一个怪怪的声音，鬼？我吓得"妈呀"一声叫出来，一下子把头缩到胸前，恨不得把自己缩进泥土里。

"小孩。"这个声音管我叫小孩，我忽然停止了哭，是谁？难道？我稍稍抬起头，泪眼模糊中，我看清了，是……小工！

"小工！"我大叫了一声，受惊吓的脸上不知是什么表情。

"我叫永祥，不叫小工……"他回答我，脸上笑了一下。我熟悉他的笑容。

"我要走了，小孩，我……"他声音变小了，头低下，"我一直等你来……"

"一直……等我来？"我迷惑地望着他，转过身子靠住大树。

他忽然指给我看，我看见有一辆汽车停在医院门口："我爸转院了……我现在就要走……"他抬起眼睛看着我，"我本来……但来不及了，这个，给你……"说着，他塞给我一个东西，然后，看了我一眼，一转身，跑了出去。

他还是穿着那件大衣裳，跑起来，像带着一股风的稻草人。

他塞到我手里的是一个小纸盒，我刚想打开看看是什么，忽然听到了汽车的发动声。我赶紧跑到大门口，汽车已经启动，慢慢地往大路上开去。

小工从车里探出头来，他看见了我，从车窗里伸出手，向外挥动："再见……小孩……"

我不知所措地站在医院门口，一直看着大汽车拐上大路，越开越远。

等我回过神来，我看见，路的那边，我妈一手抱着妹妹，一手牵着羊。

12. 羊的胡子

我跑到妈的身边，一下子抱住妈和小妹，又赶紧去抱住羊。

羊小白，羊小白！你终于回来了。

羊小白任我搂着脖子，用头蹭我。我闻到了它身上那种熟悉的、浓重的奶味。我摸着它，端详着它，有一天一夜没见它了，羊小白，好像变了一只羊似的。

它的眼里水汪汪的，含着眼泪似的，怎么了，受委屈了吗？还是，想家了？要不，想我和妈妈了？

我抬起头问我妈："羊是在哪里找到的？"

我妈说："医院的院长给送过来的。"

院长？医院？小工？我忽然想起我手中的盒子，小工塞给我的小盒子，想起刚刚发生的事。

"妈，看！"我把小盒子递到我妈面前，我妈不知道是怎么回事，我就把小工给我小盒子的事跟妈说了。说着，我和妈一起打开了小盒子。

盒子里是一张折叠的纸，纸的下面是一个白色的、毛茸茸的东西——上面一大簇绒毛，底部用一个铁皮瓶盖箍住，我拿出来，放到手里。这才看清，这是一个毽子。一个支棱棱、毛茸茸、硬翘翘的毽子！

妈长出了一口气，说了一句："哦，怪不得……"

我看了一眼妈，不知道她说什么。妈说："我明白了。"然后看着我，慢条斯理地说，"咱们看看信吧。"

信？那张折叠的纸就是信吗？

妈和我一起打开折叠的纸，一页医院用的纸，正面写着"处方"，背面写满了字，字是用油笔写的，歪歪扭扭，仔细辨认，才看得清。

我已经认识许多字了，但还是和妈一起读完了这封信：

小孩：

　　我在昨天半夜偷了羊，对不起。

　　我爸病重，已住了几天院。昨天开始昏迷，直说胡话。我爸单位矿里来人，说今天接去市里住院，说大医院能治好我爸的病。

　　我想让我爸喝羊奶，也让他看看羊。

　　我本来打算把羊给你送回去，但来不及了。我把羊交给了院长，他会转给你妈妈的。小孩，把羊照顾好！

　　我爸说，等他病好了，不让我再做小工，让我回学校念书。

　　我爸爸用羊胡子给你扎了一个毽子，送给你。

　　小孩，我不是坏人。

永祥

小妹在妈的怀里睡着了，妈紧紧搂着她。一只乌鸦啊地叫了一声，在我们头顶的天空上。天不知什么时候暗下来了，信结尾的字变得模糊。我转过身看羊。

羊小白眼里含着一汪泪水，直直地看向大路。

怪不得我觉得它哪里发生了变化，原来它的胡子不见了。

一个白白的、活泼泼的羊毛毽子落在我的手上，一根根粗硬的绒毛，闪着银色的光。那是一把羊小白的胡子。

"他不算小偷吧，妈？"我牵着羊，走在回家的路上，跟着妈。

"不算。"妈抱着小妹在前面匆匆走着，小妹软软地搭在她的肩头。

"他爸的病会治好吗？"我忧心着小工，希望他能回来上学。

"会。"

妈的声音有些模糊，夕阳簌簌下落，两种声音好像混在了一起。

13. 谁的羊

当我第二天向来到我家的小伙伴们炫耀我的羊，炫耀我的信时，大家都听傻了。

他们看着我手里的纸，都凑过来看。其实他们只是看，认不全那些字。

二丫比我们大一年，是个降级生，她抢过信，大声地读出来。我们都仰头听着，她读到最后两个字"永祥"时，说，没了。

戴格说："原来是永祥半夜来把羊偷走啦？"

我说："我妈说，他不是偷。"

尔福说："他把羊交给院长，院长还给你们了，算偷完又送回来了。"

我说："送回来了，就不算偷，算借。"

尔福拿着我的羊毛毽子，踢了两下，说："羊毛毽子，没听说……没我的麻毽子好玩……"

"可是，它是羊小白的胡子！"我说着，一把从他的手里抢过来，紧紧地攥在手里。

戴格看向窗外，忽然说："你们看，快看，羊小白年轻了！"

我们一起望过去，羊小白，没了胡子的羊小白，果然，显得好年轻。

二丫忽然叫了一声："哎，快看，"她伸过信来给我看，"背面，海兰，看，还有一行小字！"她点指着。我只看见了"处方"两个红字，她让我细看。果然，我看见那里有一行很浅很小的字。

上午的阳光照在信纸上，我们一起读出了那行字：

小孩：

　　我爸不让我告诉你，羊是我们家的，你爸是从我家买
走的。

我的脑袋嗡的一下，我也一下傻在了那里。

他们几个互相看着，再看着我，屋子里没有了声音。

小妹扶着窗台，用一条小胖腿蹬地，另一条抬起来跺着，向外咯咯地笑着。敞开的窗外，羊小白两条前腿扒在窗台上，咩地叫了一声。

我神情有些恍惚，看羊小白。

想起昨天羊小白水汪汪的眼睛，和它眼睛直直地看着大路的样子，那是它看着小工走的方向呢，原来，小工和他爸爸，是它原来的主人！

我跑到院子里，重新看着羊小白，我的羊小白，也是小工的羊小白。

在它的眼睛里，我看到了忧伤，那么深那么深的忧伤。我想起来，其实小工并不爱笑，每一次，他的笑都有点发涩。羊小白和小工，仿佛合在了一起。我的眼前模糊起来，羊小白的脸来回变着，一会儿变成了小工，一会儿变回了它自己。

我特别清晰地记得，我小妹学说话的时候，除了她的那些啊啊呀呀，和咯咯的笑，从嘴里蹦出的第一个字，不是妈，也不是爸，而是含混不清的"咩"，真的。

那是羊的语言，羊说了一辈子的话，羊一辈子也只说一句话。小妹从那一个字起，就会说了人话。

他们说，我小妹说的第一句话，是羊话。

但是后来，随着小妹的话多起来，人话就说得多了。羊一点点地从小妹的记忆里消失了，小妹记不起懂事之前的任何事，包括神的嘱咐。傻乎乎的，像人一样。

14. 草地上白色的花

姥爷回来了，姥爷回来的时候，带回了爸爸的话。姥爷说："你爸说，它该回去了。"

"该回去了？"

"羊小白该回去，该回哪去？"

姥爷回答我："回到它来的地方。"

它来的地方，是小工的家，小工家里已经没人了。除了小工家，它原来还有个家吗？我想起它来的时候是一个旋风带来的，难道现在回到旋风里，或回到起风的地方去？

"它不是我的羊小白吗？它来到我家，就仅仅是为了完成喂奶的任务吗？我们不可以继续养它吗？"

姥爷说："它已经完成了自己的任务。"

妈说："我们没必要再养它。"

我含着眼泪看着我妈，怪她狠。我爸、姥爷和羊小白没有感情，难道你还没有吗？我们这段日子是怎么和羊小白过下来的，你忘了吗？

妈总是回避和我说羊小白的话。

我知道，小孩总是拗不过大人。

最后的日子里，我整天什么心思也没有，只是看着羊小白发呆。羊小白新蓄的胡须已长出来了一些，小胡子的羊小白快要变成它原来的样子了。

我摸着羊小白，看着它的眼睛，我问它的话，它一句也听不懂，一句也回答不出来。只是看着我，看着我。

有一天姥爷终于说："该走了，羊要送到南边的一个村子去。"

不行。我必须跟着姥爷，我要亲自把羊小白送走。

姥爷一定想不到，他不在家的这段日子，羊小白和我有多么深的感情。

当我看着姥爷解开羊小白的绳子，往外牵羊小白的时候，我冲过去，抱着羊小白的头，眼泪簌簌往下掉。

姥爷不回头地说："不要让羊看见，羊懂感情，羊一哭，就麻烦了。"

我抹了一下眼睛："怎么了？"

"羊一掉眼泪，就知道自己要死了……"

"羊小白会死吗？"我吓了一跳。

姥爷摇摇头。我这才放下心来。

我赶紧擦干眼泪，跟着羊小白，跟在姥爷的身后。

几个小伙伴跟着我，一言不发，默默地，送过了小桥，送我们过到了蒲河对岸。

我含着泪，我不让姥爷看到，更不让羊小白看到。忽然，我的羊小白，我看到它的眼里也含了泪。小孩懂得小孩，羊小白是小孩。我真想最后叫它一声，小孩，而不是叫了一千遍的羊小白。

我几次停下来，想让姥爷把它拉回去，但是走在前面威严的姥爷让我不敢这么做。

那条送羊小白的路我这辈子也忘不了。我们走走停停，停停走走，我的泪流了一衣襟，而它的，却一直在眼里含着。

羊小白没掉下眼泪来，它不会死的。

213

小南村在西南面的山上，姥爷带我走进了一户人家。姥爷跟大人们进屋去了，我却跟着羊小白。他们把羊小白牵过去。他们牵过羊小白的那一瞬，我听见自己的心碎了。

　　我用最低的声音叫："羊小白——"却哽着嗓子，说不出"再见"，我怕它听出我的伤心欲绝。我怕它流泪。

　　它头也不回，跟着它的新主人，一直走进后院，走进敞开的后大门。我跟着走出后大门，才想起爸捎回的那句话：它该回去了。

　　大门外，是一个山坡，是山坡上的草地。一大群羊在那里吃草。

　　羊小白这时转过身来，昂着头，冲着我咩了一声。一路上它都是含泪沉默着，这个咩声很大，大得吓了我一跳。

　　我想起它刚来时，旋风把它送到我面前的样子，也这样咩的一声，吓了我一跳。羊小白，你怎么来的，还是怎么走了。可你，已经不是刚来时的羊了，你曾属于我，请你记住。我像那阵旋风一样，把你送回来了。回到了羊群，你还会不会记得我？

　　我捂住脸，捂住嘴，只露出眼睛，向它摆手。

　　羊小白转身走进羊群里。所有的羊都围上来，像约好似的。我一下子找不见羊小白，羊小白消失在羊群里，那个短胡子的羊小白，再也找不出来了，所有的羊，都变得一模一样。白花花的羊群，散开了，散了一草地，草地上开满了一朵又一朵白绒绒的大花。

　　后来我问姥爷："羊小白和那群羊，怎么变成了一朵一朵大花？"

　　姥爷说："它们应该变成一块一块白色的石头才对。"

　　我回头望去，那户人家，在西南坡上的一条沟边，沟边落满了白石头。那条沟，像山裂开的一条缝。

　　（《蒲河小镇》入选中国作协2016年度少数民族重点作品扶持项目，辽宁少年儿童出版社2017年3月出版。）

独活（节选）

王 开

第一章 战败

1

乌梁冈的太阳掺了辣椒粉似的，抹在人身上又毒又辣，把我们蒸成干萝卜条。锯齿狼牙的岩石喷着灼浪，烤蔫缝衣针粗细的茅草，有几蓬冒着青烟，和凝固的鲜血一起燃烧，散发出古怪的味道。热和死亡主宰着苍茫的乌梁岗，我们这些活人弱如蝼蚁，哪怕一个腐朽的草棍，也能置我们于死地。

要将我们赶尽杀绝的并非酷热秋阳，而是强大的日军。是的，我不否认日军的战斗力，甚至心底滋生几分畏惧，我认为这是一个人受到巨大挑战时的自然反应。日军犹如施过蛊咒，疯狂地消耗一支疲惫之师。这场仗不存在指挥错误，也不是我们主动和日军交火，是他们像追赶猎物一样漫山遍野搜寻我们，恨不能每条岩缝都拿笤帚扫一遍，然后把我们一个个摁灭。

我们已经围着乌梁山脉兜了好几圈，数次与日军正面过招，忘了饥饿焦渴——比起肉体的空乏，没有弹药才最令人惊悚。

王一民在数子弹，他从一只弹箱子里一颗颗捡起来，仔细地过完数，再放进另一只空箱子里。王一民数得很认真，左手食指在右掌心里扒拉，喃喃自语："一、二、三……"他手里握着七颗子弹，可生怕数错，又倒过来数："七、六、五……"徐德厚被王一民折腾得不耐烦："闷棍，你老鸹托生的？"王一民没理他。王一民少言寡语，枪法超准，人称"闷棍"，意思是让你防不胜防，给他起这个外号的，是战士张永和。徐德厚跟王一民斗嘴的时候，张永和敞着怀，撕成碎布条的军服像一群蝴蝶似的在胸前乱飞。他的烟瘾犯了，没的抽，耳朵上夹颗子弹壳当烟卷，仰着一张被炮火和太阳蹂躏得五花六道①的脸，手指来回搓着胸膛的泥卷。徐德厚见王一民不理他，冲着张永和发牢骚："锁匠，你还笑，你没看见他那副德行？"张永和越发哑着嗓子，夸张地笑起来。

"怕死有什么不好！难道非得跟敌人一块完蛋才算英雄？好汉要惜命。"

钟团长半躺半坐倚在石壁边，脸比我们山西的馍还白——他的双腿被炸断了，丢在另一条战壕里，是夹杂在牺牲的战士当中，还是埋在炮弹掀翻的泥土里，我们无从知晓。

钟团长话音一落，稀稀拉拉的笑声响起来。

笑声让大家恢复知觉，确定自己身体的零件还灵活。卫生员姚丽蹲在石坑看着我们，睫毛上抖动的泪珠在阳光下闪烁。起初，她帮我们记着打退敌人的几次攻击，后来再问，她就摇头。我们无法统计打死多少日军，但我们损失了多少人清清楚楚——全团连死带伤，剩下囫囵个儿的，只有十几个人了，弹药也即将告罄。

这场仗打得太胶着了，徐德厚感到恼火，不停地咒骂乌梁冈，骂它："秃瓢儿和尚，连根树毛也不长，头上脚下就是热浪，烤得人成了一张干面饼，撅起腚沟能烫开一壶水。"我的情绪也和徐德厚差

---

① 五花六道：方言，指五颜六色，色彩混乱。

不多，只是努力克制着。其他人也一样，被战役拖得心焦气躁，所以徐德厚骂骂咧咧的，大家像蔫白菜沾了水似的，青枝绿叶都支棱起来。

又一轮攻击开始了，日军的炮弹跟下饺子一样倾泻在阵地，压得我们喘不过气，耳根子被震得嗡嗡响。一顿铺天盖地的狂轰滥炸之后，步兵蝗虫般爬上来，我们赶紧支起身子，下意识地扣动扳机。

这场战斗整整进行了两天两夜，我们伤亡惨重，日军也没占多少便宜，也很疲惫，想快点搞掉我们，所以这一轮的冲击疯狂至极。其实打我们这几个残兵，用不着架大炮一个劲地猛轰，也用不着压上来那么多人，只要再耗个把时辰，我们就完蛋了。但日军吃不准我们的情况，咬牙切齿地跟我们死磕。眼瞅着就要全团壮烈牺牲的工夫，钟团长忽然大声喊我，他喘着气，胸脯剧烈地起伏："熊言顺，熊副团长，我命令你，带领没受伤的同志马上转移！"我惊愕，事情哪有反着来的道理？如果我扔下伤员脱险，上级怎么处置且不论，兄弟部队的唾沫星子也能淹死我，我就和临阵脱逃、贪生怕死一类罪恶的词沾上了。我说："不，要死咱们一起死！""蠢货！"一向温和的钟团长恶狠狠地盯着我，好像我是只斗败的鸡，丢了主人面子，让他万分恼怒，以致要拧断我的脖子泄恨。我往后缩了缩，望着他。他的眼珠子突出来，瞪得血红，慢慢举起枪，我以为他要顶上我的脑袋，威胁我走。谁知，他把枪停在自己的太阳穴上，嘴里骂道："给老子滚，你他妈再不滚，老子死给你看！"我看着他。他骂："看什么看，死人哪？滚！"

我方才缓过神，想到他说的好汉惜命的话，原来他早预计好这一步了。我抱定战死之心，但钟团长要大家活着，为了把没受伤的人带出去，我的争辩毫无意义，我也没有权利为虚无的好名声断送其他同志的命。而且我知道，如果我不走，钟团长会玩真格的。可我撇下团长一走了之，不符合我们的作战纪律，也太没人情味了，我怕我侥幸活下来，以后也没有一天好日子过。我犹豫着，不知如何是好。

日军的叫喊声越来越近。钟团长一眼不眨地瞪着我，眼里竟涌起泪光。我心里的那堵墙哗啦一下塌了，我给他跪下，磕了个头，留给他一发子弹，然后招呼同志们撤离。

<h2 style="text-align:center">2</h2>

我们迅速离开战场，来不及悲伤，每个人都抱着活下去的念头。一定要活着，我们的命，是钟团长和身受重伤的战友们换来的，谁浪费谁他妈的不是人。活，是对死最好的注解，是对死亡最大的抚慰。

那天，我带领十几名同志沿着乌梁冈北坡跑，我想，敌人的主力肯定被压在正面，我们出其不意地斜插出去，总有一线生机。我们一直跑到太阳偏西，炮声和枪声离我们越来越远，才敢停下来。这时，我们所在位置是一条沟壑，宽度足够同志们容身，我一做出停的手势，战士们立即瘫了，靠在山岩上不停地咳嗽，上气不接下气。姚丽倚着一棵拳头粗的灌木，神情呆滞，几近虚脱。"原地休息。"我说。命令一下，同志们横七竖八躺在地上。我没有指责他们，一副血肉之躯，体力消耗已超极限，再讲队形就太他妈的废话了。

十几名战士中，我最不放心姚丽。我们躲过一劫，前面不知还横着多少灾难，她要活下来，比别人更难。我朝姚丽走过去，她费劲地往旁边挪，想给我腾出点地方。我示意她别动，她伸手拍拍身边平坦些的岩石，让我坐下。我歪头打量她，她抱着卫生箱，帽子不知去向，头发乱得像草窝，辫子散开一条，有几缕被汗水粘在脸上。

"剪了吧。"我语调柔和。

姚丽仰起头，瞅我半天。

"剪了。"我说。

她没回答，噙着眼泪，打开卫生箱取出剪子，剪套套在手指上，手腕用力，乌黑的发丝随之飘落下来，有几根飘在灌木枝上，微微地颤抖。

"熊团长,女孩子家的,你让她剪什么头发呀?"徐德厚人歇嘴不歇,两手交叉垫着脑后勺,欠起上身,跷着腿,摆出替姚丽申诉的架势。

"嘁,你懂个屁,万一被鬼子抓……"

苏大方话没说完,半道儿咽回去。苏大方是侦察排长,脑子里绷着那根警惕的弦,可这时候说这种话,确实不太合适。果然,徐德厚不高兴了,呛苏大方:"苏排长,你怎么净说丧气话呢?"苏大方辩解:"我是说万一。"两人你一句我一句地顶牛,我没制止,打嘴仗也是愉悦精神的方式,何况苏排长的话也正是我担心的,眼下,别说乌梁冈,就是整个山西都沦为日军炮火的靶子,我们往哪里撤都还不知道,如果半路碰上日军,姚丽是女的,危险性高,作为副团长,我得为她的安全着想。

夕阳给乌梁冈披上一层金色的余晖,险峻的山脉闪闪发亮,傍晚的风也染上金子般的色彩,吹拂着我们及远远近近的景物。姚丽凝视着巍巍的山脊线,低声问我:"熊团长,你说,钟团长他们在哪儿呢?"我的心忽地沉下去,深不见底。我说:"不要想这些,钟团长唯一的心愿是希望我们活着,姚丽,你要想怎么活下去。"姚丽的眼里溢出泪水。

接下来发生的事情,证明我和苏排长的隐忧是对的。我们稍稍休整,起身下山,刚走不远,就遭遇一群搜山的日军。

"该死的乌梁冈!"我暗暗骂道。

藏是没处藏了,大家疏散开,各找有利地形,与日军短兵相接。我隐在一块兀立的岩石后面,脑子里飞速盘算,我们现在战斗力等于零,日军以逸待劳,若我们硬拼,只能无谓地伤亡。这样就对不起钟团长和留在阵地上掩护我们的同志,让他们白白牺牲了。于是,我下决心保全大家的生命,不管将来人们会不会认为我是一个贪生怕死的军人。我命令身边的王一民:"子弹耗尽,停止抵抗。"王一民不吭声。我以为他没听见，重复一遍。王一民脸色铁青，连射两颗子弹，才重复我的命令："子弹耗尽，停止抵抗！"

"子弹耗尽，停止抵抗！"

我听到的回应，不过十个人，说明又有几名战士饮弹身亡。很快，我们的子弹打光了，日军停止攻击，朝我们喊话，并冲入我方阵地，俘获了我们余下的几个人。

而我们更大的不幸，从那一刻开始了。

3

我们被俘的那一天是 1941 年 9 月 15 日，在秋季"反扫荡"中，我所在的山西决死纵队二一二旅五十六团顽强阻击日军后战败。

那一年，中日战争进入相持阶段，日本人"三月亡华"的叫嚣肥皂泡般破灭，绵延上千公里的战线和日趋匮乏的战略资源使之心力交瘁。为扭转不利战局，日本人不惜血本，调集四十七万人的军队在华北地区展开攻势，企图一举歼灭中国的抗日有生力量。但它遭到国共两军的抵抗，与此同时，我们也付出沉重代价：国民党军队几乎成建制地被俘，中条山一役，国民党军队以 20：1 的伤亡比例惨败，成为中国抗战史上最大的耻辱。敌后抗战也进入最困难的时期，日军在华北实行"三光"政策，制造无人区，企图摧毁抗日军民的生存条件，彻底消灭共产党及其领导的抗日队伍，我们五十六团就是在这种情况下失败的。

日军把阎锡山的兵营改成临时集中营，我们和兄弟部队的被俘战友全部被押解到那里。我环视一下周围，心中百感交集。我熟悉阎锡山兵营，在这座大兵营里，我受过军训。决死纵队表面归阎锡山统辖，实际上是共产党领导的抗日队伍，因此，我们在接受军事训练的同时，更多接受了布尔什维克思想的熏陶。

阎锡山兵营面积很大，一排排的窑洞式平房，每一眼窑洞的南北各设一铺火炕，容纳上百名士兵。窑洞和窑洞之间挺拔着大杨树，入秋时节，太阳光晃得树叶子金灿灿，迷乱人眼。由于战俘太多，兵营大院非常拥挤，日军把我们和国民党军兄弟隔开五米八米不等的距离，分别列队训话。训话之前，还有登记的程序，调查你的姓名、军籍、职务、年龄等基本资料，这个登记等于排查，筛出隐藏在战俘中的军官。为了摸到真实情况，日军安排一些战俘参与登记工作，利用他们指认熟悉的各级军官。刚一排到我们，坐在登记桌后面的一个人就让我心怦怦跳。

苏大方比我眼尖，倾着身子，低声对我说："团长，看见那个人没？"我以沉默作答。苏大方说："团长，咱凶多吉少哇。"我说："别慌，稳住神，到时候听我的。"其实我根本没有办法，刀架在脖子上，只有挨。我一见到那个人的瞬间就想好了，豁出自己，也绝不搭上一名同志的性命。队伍缓慢向前移动，我离那人越来越近，我站在那里，眯着眼睛看他，听见自己急促的心跳声，似乎他也感觉到我朝他投过去的眼神，转向我，视线一寸一寸往上长，然后，在我脸上停下，用一种奇怪的神态注视我。我心脏几乎停止跳动。几秒钟后，他垂下眼皮，埋头做记录。

"这里的，有认识的没有？"我站在他面前的时候，日军问他。他抬起头，做出仔细观察的样子，眼睛在我们身上扫来扫去后说："没有。"日军不相信地盯着他。他收了表情，加重语气："没有！"日军错扭着下巴颏，不甘心地一挥手。

苏大方舒了一口气，一块石头落地样地轻松："团长他为什么没供出咱们呢？"我说："不到万不得已，谁出卖自己人哪！""那他为什么干这个？"苏大方不解。我说："或许他有别人想不透的打算吧。"

没揭穿我的那个人，叫吕阳民，我们旅五十三团的政治部主任，但他说不认识我，出乎我的意料，一时想不出其中原因。

接下来，我们被粗暴地撕掉胸牌，退到一边等候。这时，挨着我们的国民党军队伍出现骚动，只见日军拽出一名国民党军伤兵，强迫他面对战友站好，一个军官走近他，指着队伍说："这里边，谁是你们的长官?"伤兵不答。日军军官往旁边一撒身,上来一个日本兵,举起枪托,朝伤兵的腹部伤口撞去,血立刻流出来,顺着衣襟,雨滴般落到地面,润出一个小坑。日军军官又问:"谁的,你们的指挥官?"伤兵拒绝回答。日军军官是个急脾气,咆哮着骂人,日军蜂拥上前,架起伤兵,把他捆在一根柱子上,挥起鞭子噼里啪啦抽打。那根柱子原来是拴马桩,拴马的时候,地上堆着青草,散发着好闻的草香味,现在它成了日军虐待战俘的工具,黏糊糊地沾着血,拴马桩上还有麻的纤维,即使没有风,也神经质地发抖。我注意到,绑伤兵的麻绳也被血浸透,失去麻的天然弹性。几只绿豆蝇子和瞎蒙子嗅着血腥气,围绕着飞舞,等待下嘴的机会。大概日军军官嫌手底下的士兵力道不够,气冲冲地夺过鞭子,胳膊画着圆圈,朝国民党军伤兵抽下去,抽一鞭子,逼问伤兵队伍里有没有他们的指挥官。伤兵的喉咙咯的一声,日军军官以为他想交代,用鞭子杆儿捅了捅他的脸颊,捏开他的下巴,意思叫他开口。这时,伤兵猛一张嘴,一口血痰喷到日军军官脸上,紧接着,伤兵一抬腿,把日军军官踹倒在地。这两个动作一气呵成,太意外,也太突然,日军和我们都愣了。

片刻,战俘队伍中不知谁兴奋地喊道:"兄弟,有种!"我们怪笑,有人竟扔帽子、吹响哨喝彩,战俘队伍的秩序顿时大乱。

日军军官当众出丑,气得拔出战刀,朝着国民党军伤兵的腿刺进去。他故意横穿膝盖刺的,国民党军伤兵表情极其痛苦,但他没有叫,只是一条腿失去支撑力,身体不由自主地倾斜,若没有绳索捆绑,他会就势倒下去。日军军官并未因此放过他,翻着小眼儿,手底用劲往前探,刀尖一点一点穿透国民党军伤兵的腿,逐渐宽到看见风槽,薄刃尖凝着寒意和血。国民党军伤兵浑身颤抖,脖子的青筋绷起老高,把体重转移到另一条腿上,尽可能地减少痛楚。

苏排长低声说:"团长,救救他吧。"我说:"再等等。"徐德厚急得说:"再等没命啦!"我掐了徐德厚一把,他疼得直转脖子。我说："救，火候到了就出手。"我想，国民党军战俘不会眼睁睁看着兄弟受祸害的，我们应该联合起来，对付凶残的魔鬼。果然，国民党军战俘中闪出一个人，几步蹿到日军军官跟前，挥拳直击他的鼻梁。日军军官没提防，手一松，朝后面仰过去，鼻孔里往外喷血。那名国民党军战俘跟着又一个下腿绊，将他绊倒在地，冷冷地看着狼狈的日军军官。

几名日军见状，嗷的一声扑过去，搀扶起他们的军官。那个军官像只挨宰的鸡，两只手扑棱着，指着那名国民党军战俘，嘴里一迭声叫骂。日军端着枪，刀尖对准那名国民党军战俘。队列里的国民党军战俘一齐拥上去，又把日军围在圈里。别处的日军慌忙跑过来，包围国民党军战俘。我想，我们必须在气势上取胜，不能让国民党军兄弟吃眼前亏。于是，我给身边的徐德厚等人暗示一个"上"的动作。我们往前一冲，旁边的战俘也就势拥过去，在我们身后形成一堵人墙。外圈的日军试图驱赶我们，反而被我们冲开一道缺口，国民党军兄弟自动让开一条通道，帮着我们冲开第二层日军，这样，我站到那个日军军官对面。我夺过他的手绢，左右开弓，抹了两把他的鼻血，把他抹成一只血蝴蝶，扔了手绢，一眼不眨地盯着他。我知道，适时的沉默胜于一切吼声。

更多的战俘虽弄不清发生了什么事情，但根据现场判断，一定是双方起了冲突，便群情激昂，使原本的混乱更加混乱。日军军官没想到会出现这样的情形，翻着眼珠子寻思了几分钟，悻悻地摆手，释放了伤兵和那个夺战刀的国民党军战俘。

之后，我们被分别押往各自的集中营。

4

在集中营里，我们认识了一个兄弟部队的战友，他叫马守义，临汾战区转来的。因为保密的关系，他没有说他的真实身份，我猜测，他也和我一样，不是普通战士。马守义说，看日军的举动，他们不会善罢甘休，接下来可能会更严格地分批审讯，排查隐藏在战俘中的各级军官。我认同他的分析，日军需要我们掌握各种各样的情况，以便结束这次"大扫荡"，达到"剿杀"国共两党抗日力量的目的。我说："大家做好准备吧，兵营已经成了阎王殿，将来的形势比两军对垒战还残酷。"马守义点点头。徐德厚玩着一截草叶，在手指上缠了一圈又一圈，放开，再缠上，满不在乎地说："大不了一死呗。"

张永和吧唧吧唧地插一句："也许比死麻烦呢。"

徐德厚回敬张永和："你不会往宽处想？"

苏排长接过话茬儿："刚才的事你没看着哇，往宽处想，哄自个儿玩吧。"

马守义无声地乐了。

我说："你别乐，他们几个是今世聚头的冤家，不拌嘴不舒服。"话是这么说，其实只有我们决死纵队心里明白，我们用玩闹的方式，减缓当前形势造成的心理压力。

为容纳更多的战俘，兵营宿舍里原有的南北炕被刨掉了，成了空筒子房，我们挤坐在地上，屋里飘荡着土腥味、汗味和血腥味，空气十分浑浊。即便这样，我们也头挨头、肩挨肩地昏昏欲睡。我困得头晕眼花，可是一合上眼，乌梁冈的泥土石块就像蛾子一样，在脑子里落下，飞起，让我不得安宁。

集中营里乱哄哄的，伴着风吹杨树叶子哗啦哗啦的声响，令人心里迷茫。我们这些国共战俘，仿佛哑了一样，听着日军吆喝牲口似的训斥，挨到下午、黄昏。

黑夜来临，日军甩给我们每人一块硬干粮，两个土豆，一块咸姜头。我们咽下去食物，呆坐在地上，木然无声。夜深了，雪亮的探照灯使集中营更加漆黑，只有漏进来的月光，让我有尚存人间的真实感。直到这时，我才从惊心动魄中平静下来，想起钟团长，还有那些为掩护我们而牺牲的战友，悄悄流下眼泪。

"熊团长，你哭了?"姚丽轻轻地问我。

"没有。你怎么不睡呢?"

"睡不着，我眼前总是出现钟团长他们。"她说，声音有些哽咽。

这时候我实在不知怎样安慰她。

"熊团长，白天你救的那个人……我认识。"姚丽又说。

"你认识?"我惊讶。

"你困吗?"姚丽答非所问。

"睡不着。"我说。

"那好，我和那个人有很深的渊源，你愿意听吗?"

前路未卜的时候，听一个人述说往事，暂时忘却忧患，不啻一次美好的际遇。

姚丽给我讲了一个称得上古老的故事。在此之前，我对她家族的事情一无所知。

姚丽的姚姓，非她的本姓，她的原籍也不在山西，却在三千里外的东北。姚丽说，她乃满族后裔，远祖库尔丹吉自幼游走丛林，熟悉各种草药，精通草性医理，青年时代受招募到八旗军队，专门为将士治病疗伤。库尔丹吉自创了很多神奇妙方，挽救无数将士的生命，被尊称满族第一"喔克托西"，喔克托西，就是优秀医生的意思。

清军入关后，库尔丹吉举家定居北京，摄政王多尔衮念及他的功绩，下诏奖赏一套大宅院，供他和家人居住。库尔丹吉过上稳定的生活，萌生将多年累积的草药医疗经验写成书的想法，当他和结拜兄弟，也是随军的喔克托西杨古尔谈起这个主意时，杨古尔十分赞成，约定两人一起写。库尔丹吉和杨古尔辛苦记录，写成医书《纳鲁草集》初稿。这部医书成稿之时，赶上清军入山西平叛，开始出师不顺，清军伤亡很大。多尔衮急召库尔丹吉远赴山西，救治受伤的清军。库尔丹吉领命，临行将《纳鲁草集》手稿交给杨古尔先修正，等他从山西回来，再一同校改。平定山西后，库尔丹吉和一

225

部分清军暂时留守，想等局势稳定再择期回京，不料库尔丹吉意外患病死亡。

库尔丹吉的儿子闻阿玛噩耗，远赴山西发丧安葬，他本打算背上阿玛骨灰返京，不料由于战争死人太多，尸体掩埋不好，暴发传染病，驻守清军请求他留下，效力军中。库尔丹吉的儿子便住了下来。天长日久，为生活交往方便，改称汉姓，娶妻生子，以医为生。到姚丽祖父一辈，曾救活一身患重症的何姓富户，从此两人成了刎颈之交，胜似亲兄弟。这位何姓富户，就是姚丽认识的那个国民党军战俘的祖父，那国民党军战俘叫何牧。那时，中国进入民国时代，民不成民，国不像国。何家因富有常被官府打秋风，何家长子不顾父亲反对，执意送儿子何牧念军校，指望家里出个扛枪的，日后免受欺负。不久，战乱迭起，在山东做生意的何家老二卷入军阀混战，连累全家，从此家道败落，人走异乡杳无音讯。

与命运多舛的何家相比，姚家一向安守祖业，悬壶济世，救人于危难中，所以越是乱世，无论穷富官商，还是匪贼流寇，越发尊敬瞧病的郎中大夫，这个职业反而越重要、安全。何家遭难时，姚丽秉承家业，考取医学院，何家的情况大致听父亲在书信中叙述，姚丽就这样失去幼时玩伴何牧的消息。多年来，这事一直搁在她心里，成了莫大遗憾，没想到转来转去，竟在这种地方遇上故人。

我恍然大悟，难怪他夺刀的时候身手敏捷，原来是正经的科班出身。我说："白天我就猜测他的身份，照你这么说，他肯定不是普通士兵。"

"嗯。"

"也许还有机会见到他。"

"熊团长，你说，接下来鬼子会怎么处理我们？"姚丽岔开话题。

"姚丽，不管今后遇到什么事情，都要记住钟团长的话，坚持活下来，活着才有复仇的资本。"

"嗯。"

226

"我，苏排长他们，会尽力保护你，你要坚定信心。"

"熊团长，只要和你在一起，我什么都不怕。"黑暗中，姚丽伸出手，攥住我的手指，她的手很凉。

"姚丽，睡吧，睡醒了心情就好了。"

姚丽蜷曲着身子，挨着我睡下。那时我还不知道，她刻意瞒下另一段隐情，而她有意隐瞒，则是因为我的缘故。

（《独活》入选中国作协2016年度少数民族重点作品扶持项目，德宏民族出版社2018年11月出版。）

大辽诗后（节选）

赵　颖

第一章　天女下凡

　　大辽重熙九年。医巫闾山脚下，饶阳河岸边，土地肥沃，水草丰茂，百里平川。一座金碧辉煌的辽塔耸入云端，塔下是朱墙碧瓦闻名千里的懿州城。当年辽圣宗耶律隆绪将他最宠爱的三女儿燕国公主耶律槊古嫁给了北府宰相萧孝惠，特建这座城郭携农户四千八百兵赠予公主。又建佛光璀璨的公主塔，福佑懿州大地。槊古公主十月怀胎，欲金盆分娩，五月初五端午凌晨，梦见天空中有一轮又圆又大的月亮，忽然坠入怀中，之后又冉冉升起，在天上升成一轮光辉灿烂的皎月。月亮在空中缓缓移动，绽放出万道银光。槊古公主沐浴在明亮的月光中，全身温暖如坠入仙境。忽然，一只天狗从暗处爬来，张大嘴巴，一口吞掉月亮，天地瞬间一片黑暗。槊古公主惊骇得大唤一声，醒来后大汗淋漓腹痛难忍，又见身下血红弥漫，随后一女婴呱呱坠地。屋内顿时光芒四射，惊倒驸马和产婆。

　　女婴肤色白皙如玉，凝脂晶莹，黛眉杏眼四处环顾，樱桃小口生来会笑，"呵呵呵……"产婆举着染血的双手，扑通一声坐到了地上，惊恐地说，妖女……

驸马萧孝惠一把抱过女儿，喜庆地惊呼："天女，上苍赐给我萧家一位天女。"

槊古公主筋疲力尽地说："光芒璀璨的月亮啊！怎么就让天狗吞了呢？"

驸马将女儿抱给公主看："天女，上苍真的赐给我们一个天女。你看她美得像一团白玉，正冲你笑呢。""呵呵呵……"女婴又发出一串串铃铛似的笑声，全身闪现着洁白的光芒。

槊古公主顿时惊得说不出话来，不由得欢喜喃喃："天女！真是天女下凡了！"可是，公主又想到了那个奇怪的梦境，不由得全身抽搐了一下。

驸马回头看到坐到地上的产婆大声说："还不快点收拾干净，让公主歇息！"产婆急忙从地上爬起来，飞快地进进出出。

槊古公主抱过女儿，将她贴在胸前，眼泪却一串串地滴在了孩子的脸上。孩子用小手抓挠着公主的面颊，又是一串呵呵呵的笑声。

驸马不解地说："公主生下这等美貌的女儿，应该高兴才是，何故落泪？莫不是喜极而泣？"

槊古公主更是泪流不止，驸马不知所措，只好将公主和女儿搂在怀中。

槊古公主哽咽着说："只因先前做了一个怪梦，梦见我家小女生来才慧冲天，如皎月光芒万丈，却被天庭一只恶狗吞食，因而心生恐惧，担心小女命运多舛。"

驸马摇头笑笑说："公主大可不必被虚幻的梦境左右。我们的女儿是天女下凡，有天庭护着呢！"

槊古公主轻轻地点了点头，越发喜爱和心疼怀中的孩子。

驸马说："公主，给孩子起个名字吧！你博览群书，贯通古今，小女和你一样聪慧，起个兰雅芬芳的名字为好。"

槊古公主说："这孩子乃天女下界，超凡脱俗，天女的神力除王母娘娘就数观音菩萨了。我看叫萧观音吧，谅那天狗不敢加害观音菩萨！"

驸马立即说："好，小女是天女下凡，观音转世，我们家就是阿弥陀佛的佛门圣地了。"

这时，一轮红日冉冉升起，金灿灿的光芒映红了医巫闾山脉，映红了饶阳河边的佛塔，映红了广袤的草原，将懿州城辉映得金碧辉煌。

一年后，萧观音周岁生日，驸马举全城大庆三天。坊间早有传闻，驸马和槊古公主通汉文，喜佛教，乃大辽血脉之精华，其女"生有神光之异"，故取名观音。

懿州是辽朝陆上交通和水上交通的战略要地，缠绕懿州城的饶阳河是辽河的重要支流，舟船从懿州出发入辽河，经牛庄入渤海，也是高丽人常来贩马的地方。宴庆的宾客中，就有前来祝贺的高丽大臣金海宝。

刚满周岁的萧观音已能言行走，如芙蓉出水，月落华庭，美如女神。刚牙牙学语，即能背诵诗文：离离原上草，一岁一枯荣，野火烧不尽，春风吹又生……萧观音的琅琅幼声，令满座皆惊，共谓之天女。唯有高丽人不信其实。高丽大臣金海宝说，周岁幼童，刚牙牙学语，岂能背诵诗文，分明是以三岁顽童欺骗我等。

驸马萧孝惠顿感其辱，呼来户籍官举证。户籍官说："懿州户籍册载，此女为耶律槊古公主诞于一年前五月初五卯时，且天有佛光异象，地有鼓乐笙鸣，更有产婆谓之妖女。然公主驸马人之精华，天之英才，诞下此奇女合天理，凝地气，此乃上天对我大辽的厚爱，岂可辱之。"高丽大臣越发震惊却无言以对，回国后佳话传之海外。

庭宴刚刚散去，一僧人手敲木鱼缓缓而至，站在殿前，轻轻吟唱："天女平安兮，大辽中兴兮，天女夭折兮，大辽气尽兮……"

驸马听此吟唱，心生不悦，命管家速取银两，撵僧侣离去。

槊古公主拦住僧侣，请进府内，令其尽情吟唱，聆听曲中深意。僧人入府继续歌唱："贵为皇后兮，大辽中兴兮，生儿龙子兮，契丹明君兮；天女夭折兮，大辽气尽兮，奸佞当道兮，大厦倾塌兮……"

槊古公主越听越糊涂，忍不住问大师："吾女生在宰相公主之家，何人敢加害于她？"

僧人合掌回答："小女生来乌云盖月，是大不吉，犯天狗小人；小女五月端午毒日降生，古来大忌，命贵多劫，恐难得善终。"

槊古公主顿时泪流满面，求僧人授道以改天意。

僧人说："此女若放弃荣华富贵，莫入大辽宫门，可躲过劫难，一生平安。"

槊古公主拜谢说："谢大师指点，本公主早已厌倦宫闱荣华，定叫小女放弃奢靡，淡泊名利，以求平安。"

公主府中，槊古公主的耳边仍然环绕着僧人的谶语，朝廷险恶，小女难得善终。可是纵观当下朝堂，当朝皇帝是槊古公主的同胞兄长，观音的亲舅。当朝皇后萧挞里是观音的堂姐。晋国王、兰陵王、楚国王、丰国王、西平郡王、武宁郡王、南北院枢密使……满朝的舅甥姻亲、萧氏王侯，观音怎么可能不得善终呢？

槊古公主百思不得其解，说与驸马萧孝惠，萧孝惠更觉蹊跷。

公主说："解大师语，唯有龙首书院博士韩伟庭莫属。"

辽朝崇尚佛教和大唐之风，建佛塔一百余座。辽贵族子弟喜读唐诗宋词，爱慕习字绘画。被掠入辽地的北宋文人许多成为契丹贵族的家庭教师。这位韩伟庭乃辽初汉人重臣韩知古的后代，韩家世代被辽朝宠幸，为官入相者十几人。韩伟庭自幼不愿做官，唯喜史书诗文，善音律琵琶，考中龙首书院博士，专以教授契丹贵族子弟为生。

韩先生来到公主府，其人长袍短褙，身材挺拔，五官清秀，一副文人相。听公主和驸马陈述僧人谶语后，沉思良久，面露恐惧，不敢言语。

公主驸马更为惊异，槊古公主说："韩先生无须顾虑，但说无妨。"

韩先生仍面色犹疑地说："我乃百姓，不可妄论朝政。"

槊古公主说："有我做主，您妄言无罪。"

韩先生拂去头上的冷汗说："当下朝廷，萧家的势力如日中天，过于强盛，且已威胁皇权，为后族种下隐患。常言道，水满则溢，月圆则缺。未来萧家权臣若不收敛气焰，谨慎为官，将会受到皇权打击，衰亡在即。在萧家即将衰落之时，观音步入后宫，会在皇权后族的险恶博弈中，蒙受灾难，难以自保。"

槊古公主和驸马听得满面惊骇，越发对韩先生刮目相看。

槊古公主说："韩先生洞察时弊，独具慧眼，实乃孔孟之才。小女若躲过未来灾祸，以求善终，只有远离辽宫，嫁入南国之地。南国乃汉人天下，小女不懂汉人习俗，何以在南国生存。如韩先生不以为辱，本公主愿聘请韩先生为观音之师，教授小女汉地的诗书礼仪。"

韩伟庭说："我向来不以门庭为荣辱，而以学问立天下。蒙公主不弃，愿教授观音才艺之道、做人之道。"

韩伟庭不仅教授萧观音诗书礼乐、琴棋书画，还从南国请来舞师，教授观音大唐的《霓裳羽衣舞》。

萧观音四岁时，已能朗诵诗文千首，书法胜过大人，独抱琵琶弹奏。

韩伟庭因萧观音孺子可教，更加精心地教授观音诗经汉赋、史记华章。萧观音聪慧过人，以一目十行过目不忘为长，尤喜曹植的《七步诗》，并常以七步演练诗文。

萧观音才貌惊人，小小年纪，不仅名冠懿州，还传遍辽国，深得年长观音八岁的皇子表哥燕赵王耶律洪基的喜爱，耶律洪基央求父皇为其订婚。四岁的萧观音虽被皇帝口谕许配给燕赵王耶律洪基，但遭到槊古公主的多次拒绝。公主下决心让女儿远离宫廷，只求一生平安。

韩伟庭有一子韩天游，长观音五岁，从小与观音同习音律辞赋，同在饶阳河边玩耍。韩天游美仪表，善雄辩，尤以江山社稷兴衰得失论之。二人一同演奏，音律感天动地；吟诗赋词，天下无人能敌；郎才女貌，天造地设一双，懿州人等，羡慕至极。

萧观音十四岁时，姿容出落得更加清丽，貌美如花，为萧氏诸女之冠。又工诗词，喜读书，能自制音律。爱弹筝，善琵琶，天下第一。十九岁的韩天游也乃诗书一身，满腹经纶，翩翩少年，伟岸英俊。两人默默怀春，走近彼此。槊古公主暗自高兴，但愿女儿嫁与汉人，打破谶语，一生无恙。

饶阳河边，红日高悬，垂柳滴翠，萧观音怀抱琵琶，韩天游轻弹古筝，一同弹奏演唱乐府诗《孔雀东南飞》："孔雀东南飞，五里一徘徊。十三能织素，十四学裁衣。十五弹箜篌，十六诵诗书。十七为君妇，心中常苦悲……"曲调缠绵优美，如滚滚波浪流向远方。

一曲弹罢，萧观音望着潺潺的饶阳河水，对韩天游说："我虽然被人称作天女观音，却生在懿州，从小与风沙草原为伴，这是不是有些讽刺？而我极羡慕唐人李白和杜甫胸怀旷达荡游天下的个性，这辈子如能随天游哥哥携手并肩浪迹天涯才不枉此生。"

韩天游说："只要妹妹喜欢，哥哥愿随妹妹走遍天下，阅尽人间。"

萧观音说："我不知辽地与长江相隔多远，也不知懿州到南国要走多久，可是我特别想看看李白所写的'长江之水天上来'，愿在长江中与哥哥畅快荡游。更想与哥哥亲历南国的园林美景，绿树红花，西子湖畔，在那如诗如画的风景中使我的人生完美。"

韩天游说："你我不光英雄所见略同，还心心相印。妹妹道出了哥哥的所思所梦。你若下定决心，何不备下鞍马告别公主，端阳节后出游天下。"

萧观音说："我会慢慢说服母亲，让咱们心想事成，远走高飞，看看外面的大千世界。"

韩天游又突然皱起眉头说："你的美貌才智已经传遍天下，燕赵王若为皇储，你定被选为后妃，这是大辽铁定的婚俗，你是无法改变的。"

"不，我不嫁给表哥，我不去做王妃，这里有你，有爹娘，有饶阳河，懿州是我永远的家。"

二人默默地牵手河边，山风轻抚他们的笑脸，河水倒映他们的身影，他们青梅竹马，懿州的山水见证他们的真情。

七九河开，八九燕来，春日的懿州城，草木发芽，大地渐绿，百花待放。槃古公主决定在这个春天选定日子为女儿与韩天游完婚。

槃古公主派府中绣工亲赴宋国苏州的绣坊，采购南国最好的丝绸，为观音定做婚服。公主府中的绣工小婉是从苏州织锦坊聘来的绣女，一心钻研苏绣，获得过江南牡丹苏绣大赛天下第一绣女称号。槃古公主和观音的四季锦服都是小婉缝制，尤其是夏日里的丝袍，绲边刺绣，或绣上一朵朵百合花，或绣上一只花蝴蝶，穿在身上，如出水芙蓉，艳压群芳。此时，小婉已从江南购回最好的丝绸，正日夜为观音赶制婚礼盛装。

槃古公主还请来木工，在懿州城里搭建戏台，准备请上京摔跤手登台表演，还准备请燕京杂剧戏班子轮番演出半月，与懿州百姓同喜同乐。婚礼上，萧观音和韩天游还要共同演奏契丹乐曲，那威武雄壮的旋律如潢河之水，万马奔腾。

槃古公主还准备请韩伟庭筹备主持赛诗大会，出题对答并当场作诗，尤以七步诗赛出高低，让崇尚汉唐文化的懿州才子们一展风采。

槃古公主日日忙碌，婚期日日临近……

韩天游和萧观音坐在饶阳河边，幸福地仰望天空，天高云淡，一排北归的大雁排成人字，叽叽喳喳地划过天际。

韩天游说："上天为何这么眷顾我？让我的生命里遇到了你，我是不是在做梦啊？我都不敢相信这一切了，我不过是个凡夫俗子，你却是天女下凡。我要用我的心，我的血，我的命，我的一生珍爱你。"

萧观音倩笑说："公子这么真心爱我，你要对天发誓。"

韩天游就面对悠悠的饶阳河水起誓说："我欲与君相知，长命无绝衰。山无陵，江水为竭，冬雷震震，夏雨雪，天地合，乃敢与君绝……"韩天游又叉开双腿，两手举向天空，冲深远的长天高呼："山无陵，江水为竭，冬雷震震，夏雨雪，天地合，乃敢与君绝……"韩天游喊得声嘶力竭，满脸汗水和泪水。

萧观音倩笑不止，眼含泪水，狠拍天游一下说："傻哥哥，别喊了，留着嗓子赛诗会上出彩吧！"

韩天游抹去脸上的汗水和泪水，转过身，一把抱起萧观音轻柔的腰肢，在饶阳河边绿毯似的草地上旋转起来……太阳洒下万道金光，他们在太阳的光波中旋转。大地托起轻风，他们在轻风中惬意。飞鸟望着他们鸣唱，他们在鸟鸣中飞翔……

萧观音将一个装有自己一缕头发的精致荷包送给韩天游说："韩哥哥，我对天发誓，在天愿作比翼鸟，在地愿为连理枝。天长地久有时尽，此情绵绵无绝期。"

韩天游接过荷包，贴在胸前，紧闭双眼，享受着巨大的幸福。随后，他从胸前解下一个赤色玉佛说："观音，这是我娘送给我的护身符，保佑我一生平安。现在，我送给你，让它保佑你一生福禄。"韩天游将赤色玉佛戴在了萧观音的颈上。

萧观音低头欣赏着玉佛说："让佛祖保佑我们一生相爱，牵手百年。"

大婚之日卯时，太阳还未出山，公主早早起来准备庆典事宜。懿州百姓已看到告示，达官贵人家均接到请柬。喜庆的懿州城，只等日出时刻，韩家的花轿登门。

此时，丫头小环为萧观音戴好了头饰，绣女小婉正在为萧观音穿戴七彩嫁衣，厅堂中的铜镜辉映着新嫁娘的笑靥，公主府中满屋生辉，一片辉煌。府丁来报，韩家的花轿已经启程，正绕懿州城缓缓而来。

百姓陆续前来围观道喜，一张张喜庆的面孔等着好戏开台。

榘古公主和宰相孝惠身着崭新的礼服，带领盛装的府丁和下人，向前来道喜的城中百姓频频致谢。

突然，官道上马蹄震撼，一匹快马驰来，腾起一片烟尘。一位朝廷信使举旗来到公主府前高呼：圣旨到——燕国公主耶律榘古，北府宰相萧孝惠接旨。

榘古公主、驸马和家丁急忙迎出府门，面北跪地听旨："当朝宰相萧孝惠、耶律榘古公主之女萧观音貌美多才，懂礼仪，守妇道，特封萧观音为燕赵国王妃，三日后入殿完婚。钦此！"

榘古公主当即瘫倒，被丫头小环扶住。宰相萧孝惠无奈地接过圣旨。

萧观音忽地站起身，向懿州城外跑去。丫头小环紧紧跟随。

韩家的花轿已来到城门，萧观音截住花轿，泣不成声地对韩天游说："公子，天，塌了！"

韩天游不知所措，拉住小环急切地问："小环，出何事了？"

小环一脸泪水地说："出……出……你去问公主吧！"

韩天游飞跑进城门，冲向公主府，看过圣旨，两腿一软，晕倒在地上。府丁们急忙把韩天游抬进府门去找郎中。

宰相萧孝惠无奈地叹口气，只好回北枢密院去忙朝政。

公主府中，榘古公主欲哭无泪，难道女儿真的跳不出僧人的谶语吗？后宫凶险，不得善终，等待女儿的也许是一个覆盖鲜花的陷阱。可是女儿若是不嫁，就是抗旨，就有杀身之祸。

堆满鲜花与嫁衣的厅堂里，萧观音一把夺过母亲手中的圣旨，啪的一声摔到地上说："娘，我不嫁给表哥，我不去做王妃！我要嫁给天游，我俩要去南国遍游天下！"

槃古公主流下一串串眼泪，搂过观音说："女儿，这就是命啊！娘亲本想让你和天游尽快完婚，还支持你们去南国远游，就是为了不入宫门，躲避这场婚姻。可是现在，皇帝下诏，一切晚矣！女儿你只能奉诏入宫，谨慎做人了。"

萧观音大哭说："娘，我不入宫，这分明是表哥串通了皇帝舅舅，逼我成亲。我和表哥骨血相连，我们的后代一旦羸弱，会动摇国本的。"

槃古公主叹口气说："可是耶律皇族只可与萧氏后族通婚，这是契丹的法定婚俗。因为天下是祖爷爷耶律阿保机和祖奶奶萧平打下的，两家便世代联姻，平分天下，共坐江山。这种维系皇权的铁定婚姻已延续一百多年，不可动摇。为防止种族退化，曾有朝臣上谏，废除近亲姻俗，均遭到后族反对。后族朝臣还以祸乱血统为由，多次诛杀谏臣。如今，说这种话的人是要被砍头的。"

萧观音说："我不怕，我要和天游连夜出走，去江南美景中度过此生。"

槃古公主说："女儿，娘亲何尝不是这样想过，可是你们走了，我和你父亲都得遭殃，更惨的是你的老师韩伟庭一家，会祸及九族的。咱们不能连累韩老师一家，只好委屈女儿你了。"

萧观音失声痛哭，与韩天游踏遍天下的理想只能梦断天涯了。

槃古公主无奈地哀叹，府中气氛格外压抑。突然，丫头小环说："公主，我有办法救小姐，三日后，您说小姐暴病身亡，找个替身就可以了。"

槃古公主说："这怎么可能？欺君便是死罪，更何况去哪里找替身哪？"

小环说："我从小被公主收养，您待我如亲生。如今小环愿为小姐做替身。"小环说着便割腕放血。

槃古公主连忙说："不可！不可！"小环已经倒在了地上。公主大喊："快来人哪！"府内一片混乱。

第二天夜里，一轮明月悬挂在空中，萧观音和韩天游牵两匹快马，简装素服，悄悄地离开公主府，离开懿州城。萧观音如出笼的小鸟，骑在雪驹背上驰骋如飞，情不自禁地说："长江，黄河，我们来了；西湖，扬州，等着我！"

　　韩天游却满腹犹疑，他是偷偷从家里跑出来的。自打皇帝下诏，萧观音被封燕赵王妃，父亲韩伟庭就不允许他再踏入公主府。父亲说，再去找萧观音，就是勾引王妃，就要犯下杀头之罪。可是韩天游禁不住萧观音的百般乞求，只好瞒过爹娘，与萧观音月夜私奔。

　　两人快马加鞭，离开城池，刚要驰上官道，就见月夜下，官道上已跪下一群人。韩伟庭站起身说："韩家族人拜见燕赵王妃，望王妃三日后入宫，成就婚庆大典步步高升。"

　　韩天游连忙跳下马背，扑通一声跪在父亲面前说："爹，孩儿不孝，辱没家门了。"

　　韩伟庭一巴掌打在韩天游的脸上大骂："你个不孝子，白教你为人之道了，敢与王妃私奔，这可是祸灭九族的死罪呀！你是让韩家断子绝孙哪！"

　　韩家族人堵住官道，长跪不起，齐声呐喊："王妃开恩，饶过韩家吧！王妃开恩，饶过韩家吧！"韩家族人不停地磕头，官道上一片咚咚的响声。

　　萧观音见状，知无法脱身，心中的梦境顿时毁灭，头一眩晕，栽下马来。韩天游跳起身，抱住了萧观音。

　　大队人群返回懿州城内。韩天游不得不将萧观音送回公主府。椠古公主见女儿出逃失败，韩家众人立在殿前，一下子瘫坐在地上。

　　宰相萧孝惠夜回懿州，刚进府门，便撞上韩家众人。韩伟庭略述事由，萧孝惠顿时惊出一头冷汗，拱手对众人说："小女不明事理，谢韩家深明大义，免去一场杀头之祸，萧某万分感谢！"

　　萧孝惠将椠古公主扶进府中，声泪俱下地说："夫人，你好糊涂哇！今夜女儿若与韩天游私奔，明日韩家九族人头落地，血流成河呀！我们萧家为一己之私，却让韩家惹出灭门之灾，滔天大罪呀！既然女儿不能逃过此劫，就是天命难违，是祸是福，只能秉承天意顺其自然了。"

槊古公主无助地哭泣。

宰相孝惠哄着梨花带雨的观音说："女儿啊，为父仅你一个孩儿，天天把你捧在手上都爱惜不够，怎忍心将你送进凶险的深宫，去与看不见的魔鬼缠斗？可是，你生在后族萧家，你的美貌、你的才慧早已驰名天下，你不嫁给燕赵王表哥就是嫁给老皇帝舅舅，你还有别的选择吗？萧家的女儿认命吧！"

萧观音抱住母亲大哭："我不做萧家的女儿！我不做萧家的女儿！"

槊古公主跪在小环的灵前，泣不成声地说："环儿，你舍身为小姐，却白搭上一条命，你怎么这么傻呀！环儿，环儿，萧家对不起你！"

萧观音与母亲一同跪在小环的灵前说："小环，我们亲如姐妹，你对我的好，我终生难忘，这辈子还不上你的情，下辈子我给你做丫头，伺候你到老。小环，你听见了吗？"

萧孝惠一脸苦楚地说："小环就是我们的亲闺女，厚葬她吧！外人问起，就说是染天花病死的。"

三日后，懿州城张灯结彩，锣鼓喧天，鞭炮齐鸣。懿州百姓仍然早早来到公主府门前，等待观看王妃出嫁的隆重场面。突然，懿州城门一阵欢呼，燕赵国王耶律洪基身披彩绸，骑高头骏马，携带十车聘礼，抬着火红的花轿前来迎娶王妃萧观音。耶律洪基二十有二，血气方刚，精于骑射。不仅被封为燕赵国王，还是皇储。他的身后紧随一个仪表文雅的侍从，目光向四周机敏地睃来睃去。

迎亲的队伍浩浩荡荡地驶进懿州城门，穿过熙攘的人群。百姓自动让开通道，站在路旁观看。

公主府前，一阵火爆的鞭炮响过之后，燕赵王妃萧观音缓缓地走出家门。萧观音未穿王府盛制的婚服，只着一身曳地长裙，绾汉唐后宫发髻，略施粉黛，却更加挺拔窈窕，肤色晶莹，俊美清丽，如天女下凡。

耶律洪基看得两眼呆痴，迎亲的队伍一片欢呼。耶律洪基上前拉住萧观音的手说："表妹美若天仙，表哥都不知身在何处了。若不是看见姑姑，我还以为误入了仙境。"

萧观音淡淡地说："表哥贵为燕赵国王，阅尽天下美色，怎能将表妹放在眼里？"

耶律洪基面色惊讶地说："表妹说笑了，表哥身边虽然不少女色，可多为媚俗之辈，像表妹这般绝代佳人，恐怕天下无双。"

萧观音转头无语，一脸悲戚地凝望远方，她的心里一直担心天游哥哥，他将怎样承受如此残酷的婚变打击？而自己嫁给没有感情的表哥，即使他做了皇帝，能幸福一生吗？萧观音的眼里盈满泪水。

槊古公主说："女儿出嫁，难免恋家，按懿州风俗，要大哭几声的，观音想哭就哭吧！"

萧观音没有大哭，望着似乎呜咽的饶阳河水，流下一串长泪。

槊古公主说："洪基，观音如今已是燕赵王妃，今后不可再以表妹相称。"

耶律洪基喜笑颜开地说："谢姑姑提醒，请王妃上轿回宫，父皇将亲自为我们主持婚庆大典。"

萧观音缓缓上轿，放下帷幔，轿夫们齐声呐喊着："起轿！"大红花轿稳稳悬起，像一轮火红的太阳，升起在懿州大地，辉映着远近的山峦。

望着远去的车马花轿，槊古公主的身子一软，倒在了萧宰相怀里。

天女萧观音走了，懿州城顿时一片暗淡。

饶阳河边，韩天游望着潺潺的河水，河水中曾经倒映过天女萧观音的倩影。如今，萧观音远去京城，韩天游还与何人吟诗弹琴？那青梅竹马的少年情怀与谁人倾诉？那游历天下浪迹天涯的梦幻与何人畅想？韩天游万念俱灰，向空中呐喊："观音妹妹，忘掉天游吧！"一纵身，跳入波涛汹涌的饶阳河中。

官道上，耶律洪基骑在马上，一脸惬意和骄傲，大喊一声："驾！"策马向前，眼望火红的花轿唱起了契丹民谣：

> 大辽的江山谁创立呀？
> 契丹的太祖阿保机呀！
> 白狼水处是何地呀？
> 契丹的先祖建家园哪！
> 木叶神山是何山哪？
> 契丹的祖庙在山间哪！
> …………

萧观音倚坐轿上，轿身轻轻颤抖，轿内一片红光，她的心里却一片黑暗。她不知从此孤独的母亲是否为她夜夜肝肠寸断，她不知善良谨慎的父亲是否为她日日提心吊胆，她还不知心心相印的韩天游现在何处，是否为她痛苦一生，更不知未来的人生几多凶险。轿身颠簸，心在颤抖，萧观音想家，想父母，想天游，想小环，想老师，想懿州……

塞外黄尘，席卷古道；飒飒风声，如马群嘶吼。迎亲的队伍车轮滚滚，驶向大辽首府中京。中京是大辽的皇权之地，当朝皇帝耶律宗真正安坐在张灯结彩的宣政殿中，准备为皇子耶律洪基主持婚典。皇帝身边，簇拥着花枝招展的皇后、皇妃与侍女。大殿两侧，按官阶站立着两排大臣。宫廷内外，久闻天女萧观音的美貌才智，却未见其人。如今萧观音被封燕赵王妃，在宫廷举行庆典，后宫妃嫔自然要争相一饱眼福了。

一声炮响，鼓乐齐鸣，宫殿门廷大开。王子耶律洪基牵着王妃萧观音的玉手缓缓地步入大殿。萧观音长披曳地，素装淡抹，典雅清丽，将那些浓妆艳抹的妃嫔衬托得一片艳俗。

顿时，皇帝耶律宗真张大了嘴巴，妃嫔臣子们屏住了呼吸，宫廷乐手忘记了演奏，大殿内鸦雀无声，只听得见王子轻轻的脚步和王妃珠宝头饰的脆响。

许久，乐声才突然响起，大殿内一片惊异的赞美和喧嚣。

老皇帝终于缓过神来，望着亭亭玉立的萧观音说，燕赵王妃这等美貌，实乃国色天香，天女下凡。老皇帝的迟滞目光一直追逐着萧观音的窈窕倩影，他似乎后悔得九曲回肠，要不是儿子捷足先登，他一定将这个美若天仙的外甥女封为贵妃。六宫粉黛皆自愧气馁，气焰消沉，惊叹懿州城竟养育出这样一位绝色女子。

婚庆大典开始。老皇帝耶律宗真和皇后萧挞里坐在上首，身后站着护卫太保耶律乙辛。左侧坐着王子耶律洪基和王妃萧观音，右侧座位是皇叔耶律宗元和他的妃子萧离里。四周坐满了皇亲国戚和朝廷重臣。老皇帝站起身兴奋地说："我大辽王朝，地域广阔，四海拥戴，国泰民安，万世基业。今皇子耶律洪基和王妃萧观音乃我契丹子孙精华，秉承上天之意，缔百里姻缘，结千年之好。祝皇子王妃夫妻恩爱，百年好合，子孙兴旺，辅助大统，大辽永世辉煌也。"

"万岁！万岁！"大殿内一片欢呼。

随后是契丹民族的传统节目，摔跤。几个彪形大汉缠斗在一起，摔得鼻青脸肿，引得满堂观者哈哈大笑。

鼓声响起，一群头戴神鬼面具的壮汉，头顶水碗，张牙舞爪地蹦跳，向天求雨，祈求上天保佑契丹百姓，让大辽之地风调雨顺，消除灾祸。这种从南国传来的寺庙鬼舞，在辽地风靡。相传能驱魔辟邪，降雨兴邦。

萧观音看得痴迷，开放的契丹民族，崇尚汉唐文化，广招天下人才，因地制宜，因俗而治，这里不愧是吸纳南北精华的国府中京。

突然，当朝皇后萧挞里说："这些把戏太俗了，萧观音乃我萧家第六代女儿精华，大辽才女，姿容冠绝，精音律，善琵琶，自作歌词，喜汉赋唐诗。不如在今日婚庆大典，一展王妃的琴艺，二展王妃的舞姿，三展王妃的诗文。陛下意见如何？"

皇帝耶律宗真早乐得手舞足蹈，立即允诺说："皇后所言极是，今日能和举国的皇亲国戚和朝廷重臣观赏大辽才女萧观音的绝代风华，实在是普天同庆的喜事。"

萧观音自知躲不过帝后朝臣的疑惑和好奇，就怀抱琵琶，款款走出座席，来到殿前，向皇帝和皇后深鞠一躬。顿时，满朝嘉宾为之一震，惊讶其天女下凡般的绝伦美貌。一道霹雳琴声惊天骤起，萧观音怀抱琵琶弹奏起来。她本来要与天游哥哥在他们的婚礼上一同弹奏这首乐曲的，不承想今日独抱琵琶孤身一人演奏。萧观音将一腔幽怨倾注在乐曲中，那乐曲便流水般激荡，珠落玉盘似叮咚，浩荡长风般轰鸣，如刮起一阵阵飓风，将众人送入战场：旌旗猎猎，战马嘶鸣，与敌厮杀，开拓大辽万里疆土……火爆的气氛使得燕赵王耶律洪基热血沸腾，挥起长剑，与王妃琴瑟歌舞。

一曲弹罢，满堂响起风暴般的掌声。

王妃甩掉披肩，露出霓虹般的彩色羽衣，羽衣薄若蚕丝，灿如蝶翼，熠熠生辉。宫廷乐声轻起，王妃长袖起舞。十四岁的萧观音柔身软体，舞姿婀娜，如嫦娥转世。众人的思绪随王妃跳跃升腾，被带到了遥远的月宫。月宫冰清玉洁，没有硝烟，没有争斗，一只小白兔正翩翩起舞，一坛桂花酒芳香四溢。征人丢下兵戟，与嫦娥天庭漫步。

片刻沉默，忽然掌声雷鸣……大辽王妃萧观音，舞姿超群，惹宫廷震荡。

燕赵王喜之不尽，兴奋起身，牵手迎接王妃。

老皇帝频频点头说："真乃天女下凡，观音转世！"

有妃嫔不屑地说："此乃魔女下界，必祸乱王宫。"

挞里皇后对满堂嘉宾大声说："诸位惊异王妃的琴瑟舞姿，不知王妃超人的诗情才智，尤以七步诗叫绝。不如由圣上出题，让王妃当场献诗。"

"皇后英明！陛下尽快出题！"嘉宾中爆发出一片欢呼。

耶律宗真老脸生辉，抚须含笑说："我契丹先祖，创百年基业，大辽盛世，四方朝拜。王妃就诵诗一首，赞誉我大辽社稷永恒。"

萧观音闭目思索片刻，忽然睁开双目，慧眼如炬，走到大殿前说："本王妃从小读诗文，研音律，向前七步成诗，请陛下皇后诸位嘉宾不要耻笑。"

大堂掌声如潮……

萧观音玉足轻起，如梦前行，随之咏出一首五言律诗：

> 虞廷开盛轨，王会合奇琛。
>
> 到处承天意，皆同捧日心。
>
> 文章通谷蠡，声教薄鸡林。
>
> 大宇看交泰，应知无古今。

不多不少，恰好七步完成，满堂皆惊，欢呼声一片。

辽代朝臣历来推崇汉赋唐诗，辽圣宗时就以契丹大字译出白居易的《讽谏集》，诏令大臣研读。当朝皇帝耶律宗真还曾给宰相以下的官宦出题，令其赋诗进御，优胜者赐给金带。如今，十四岁的王妃萧观音就能以七步作出这等诗词，皇帝喜之不尽，兴奋地说："这首诗的旨意是以虞舜喻契丹，以周公朝会诸侯，喻契丹属国携珍宝来欢聚。赞誉辽朝之今承天意而行，深得各族拥护，乃堂堂华夏的正统，讴歌了我契丹民族兴旺、国运昌盛的景象。全诗韵律和谐，古朴典重，称颂自然，萧观音真乃我大辽的人之精华，举世无双啊！"

大殿内顿时一片欢呼和掌声。

耶律洪基使足力气拍掌叫绝。

萧观音却一脸淡定，目视远方。翩翩退下时，忽然身子一软，倒在大殿上……

第二章　才貌冠绝

槊古公主思念女儿，每日向京城张望，僧人的谶语不时在她的耳边回响，宫廷险恶，年少的观音如何懂得？她能躲过一道道看不见的暗箭吗？公主仅此一女，母女情深，女儿未待成年就做人妇，远嫁千里之遥，公主日日思之。之后，微恙，头患风疾，常抑郁不能自拔。

驸马萧孝惠乃大辽开国国舅萧阿古只五世孙，其姐萧耨斤嫁与圣宗，生皇子耶律宗真，封元妃。圣宗崩，耶律宗真继位，少不更事，耨斤自封皇太后，垂帘听政。其娘家兄弟五人皆入朝为官。大哥萧孝穆为北府宰相，孝穆女儿萧挞里嫁与当朝皇帝耶律宗真为后，其余四个兄弟被招驸马及主持南北枢密院。孝惠排行老五，官至北枢密院枢密使，北枢密院掌控朝廷一切军政事务。然宫廷诡异，内斗不止，而萧家如日中天，孝惠常有不祥之感。特别是当今皇上耶律宗真曾许诺百年后传位于皇太弟耶律宗元，可是现在，耶律宗真要改变初衷，欲传位皇长子燕赵王耶律洪基。这未来的皇权之争，不知要有多少变故。女儿观音为燕赵王妃，置身其中，不知要有多少凶险。孝惠忧患焚心，为女儿忧！为权势鼎盛的萧家忧！孝惠就对槊古公主说："女儿现已陷入旋涡之中，洪基继位，必有宗元之乱。"

槊古公主急切地说："那要如何是好？小女年少，不谙世事，耿直善言，脚下有多少泥淖尚不为所知。"

孝惠说："最忧心女儿的是，观音生在锦衣玉食中，不以心机即得富贵，不知何为邪恶奸佞之徒！更为凶险的是，小女通诗文，善谈论，孤傲直言，才貌超群，最遭人妒。又处凶险的皇权角逐中，一不小心，则万劫不复，岂能善终啊？"

槊古公主说："观音与天游青梅竹马，本应成婚，谁知天命难违，天命难违呀！"

孝惠说："韩家遭受如此打击，不知天游如何承受，现在何处，韩先生还能否教授子弟。择日一定去登门抚慰。"

此时，韩家最是痛苦至极。天游投饶阳河，被家人救起。韩母正在哭泣："天游，你何必这样痴情？萧家女儿凡有姿色者，皆代代为后为妃，像萧观音这等绝代风华，早入皇家册封，岂能落入平常百姓之家？"

韩天游说："观音与我已订立海誓山盟，拒入皇家。因她娘亲槊古公主得一僧人谶语，小女若入宫门，难得善终。为此，公主只盼我带观音远离辽地，游历天下。可是天命难违，观音只能踏入风云诡异的皇家了。"

韩伟庭说："皇帝下诏，抢在你和观音婚典之前，立封燕赵王妃，这一切绝非偶然，皆在燕赵王计算之中。若没有内人通风报信，岂能计算得这样精巧？"

韩天游说："这一切皆是皇叔耶律宗元妃子萧离里所为。"

萧离里是四国舅萧孝友的女儿，虽有几分美貌，却衣着妖冶，言语粗俗，少时与观音同拜韩伟庭为师，习琴艺练诗书。但其心智愚钝，不得要领，却慕天游才华横溢，玉树临风，一表人才。然天游倾心观音，不理其示好。萧离里一怒嫁与长其二十岁的皇叔耶律宗元，却妒观音貌美才卓，污其妖女。知观音与天游择期成婚，便常来打探。天游不知蹊跷，善言待之，却不知萧离里早与燕赵王勾结，催老皇帝下诏，拆散一对佳人。

韩伟庭说："如是这等缘由，天游性命危矣！"

韩天游说："我已失去观音，到饶阳河死过一回，还有何大灾大难不能承受？"

韩伟庭说："岂止承受灾难，现在是性命难保。萧观音姿容娇丽，才貌冠绝，现为燕赵王妃，王子岂能容他人对王妃思之念之？天游只能尽快离开懿州，离开辽地，另谋生路吧！"

韩天游说："普天之下，莫非王土。燕赵王想追杀我，去哪里都是死地，不如我一死了之，免得给韩家惹来灾祸。"

韩伟庭沉思片刻，忽然一跺脚说："对，一死百了，燕赵王子就彻底放心了。"

第二天晨起，韩家挂白幡出殡，长子韩天游投河溺死，韩家哭声一片。饶阳河边，隆起一座新坟，石碑上刻：韩天游之墓。

傍晚，一韩府下人，身穿青衣，挑担而出，遁入山林。

槊古公主与宰相萧孝惠登门安抚。公主落泪说："韩长子天游与观音乃金童玉女，珠联璧合，如今却阴阳两隔，让我和宰相万般痛惜。既已如此，望韩先生节制哀愁，顺承天意吧！"

萧孝惠说："多情自古伤离别，天意所为，人之无力呀！"

韩父韩母哀泣不止，公主宰相含泪离去。

翌日，中京大定府派人来捉拿韩天游。韩先生问："天游犯了何罪？"来人说："按契丹法律，成人男子游手好闲不耕不织者，充军守边，徭役五年。"韩先生说："我儿十八刚好成人，昨日却不幸溺水身亡，全家痛苦万分。如果你等早来几日，我儿便无此灾祸了。"说罢，一阵痛哭。来人只好无功而返。

燕赵王听到韩天游溺水而亡的消息，喜之不尽。才貌冠绝的天女萧观音只为他而生，为他独有，这是何等惬意！我耶律洪基真是吉人天相，洪福齐天，天人合一，一切秉承天意。

萧观音听说韩天游溺水自尽，忍不住面南哭泣："天游哥哥，是我害了你，只因我生在后族萧家，这辈子别无选择，只能侍候君王。若有来生，一定与你百年牵手，生死相依。"之后的日子里，萧观音渐渐淡忘往事，一心辅助王子，尽王妃职责。

然宫廷繁华，只在表面。朝堂之下，暗波汹涌。老皇帝继位初挫败"母后政变"，答应百年之后将皇位传给弟耶律宗元。宗元妃萧离里就经常到诸王府和朝臣府邸游说此事。萧离里还告诫萧观音说："别以为你貌美，乃燕赵王妃，就惦记皇后位。皇帝百年后，是要将皇位传给皇太弟耶律宗元的。"

耶律宗元本性善良，处事沉稳，与皇兄感情甚好。其子涅鲁古却骄横霸道，滥杀无辜，一直对皇位虎视眈眈。

皇帝耶律宗真病重，脸色青紫，自知将不久于人世，就暗拟诏书，留待身后宣诏。重熙二十四年八月初，耶律宗真将皇子耶律洪基和儿媳萧观音叫到病榻前说："我过去曾答应将皇位传给你们的皇叔耶律宗元，可宗元百年后将传位给其子涅鲁古，涅鲁古是个嗜杀成性的家伙，极易激起民变，那将葬送契丹先祖创下的百年基业。我现改变主意将皇位传给我儿洪基。洪基虽贪恋游猎，但性情宽厚，处事内敛，又有才华超凡的王妃帮助，你们一定能治理好国家。密诏已经写好，在宰相萧孝惠手中。"耶律宗真交代完身后事就再不能语。

两天后，老皇帝耶律宗真驾鹤西去，尊谥号神圣孝章皇帝，庙号兴宗，葬庆陵。

燕赵工耶律洪基奉诏继位，尊奉兴宗遗诏，任命西北路招讨使、西平郡王萧阿刺，也是耶律洪基的亲舅为北院枢密使，统管南院枢密使，改年号为清宁，大赦天下。

登基大典上，有受耶律宗元之子涅鲁古蛊惑的臣子大呼："先皇早有誓约，百年后传位皇太弟耶律宗元。今耶律洪基假拟诏书，骗取皇位，天下可尽诛之。"叫嚣臣子举剑向耶律洪基刺去。

耶律洪基身后的护卫太保耶律乙辛迅出长剑，将狂妄臣子杀死于殿前。宰相萧孝惠宣布先皇诏书。诏书曰："大辽天下，归于一统，天子之尊，唯传皇长子者，乃人间正道。故大辽之位，传皇长子耶律洪基，钦此！"

萧孝惠将兴宗亲拟的诏书展示给朝臣观看，众朝臣争相传阅，实为兴宗笔墨，皆跪地叩首耶律洪基，山呼万岁！登基大典继续，耶律洪基登上祭祀台，叩拜长天大地，叩拜先祖列宗，叩拜部族百姓，然后登上宣政大殿，稳坐皇帝宝座。礼乐歌舞演奏到天明，朝臣心里却蒙上一层皇权争斗的阴影。

护卫太保耶律乙辛叩拜在大殿前说："我大辽从建立契丹起，已摈弃八部轮坐旧俗，改随汉制。今遵先皇遗诏，传皇长子耶律洪基继承大统，乃顺承天意，万民拥戴，举国欢呼也。臣不由得喜极而泣。"

耶律洪基异常激动，想到方才耶律乙辛剑杀逆臣贼子的忠勇之举，就一脸动容地说："尔等忠勇可嘉，是我大辽未来的栋梁之材。孝惠宣旨，护卫太保耶律乙辛即日起任北枢密院同知、南枢密院副使。"

耶律洪基心里清楚，父皇苦心违背誓约，不仅为一己之私，还因为皇叔宗元之子涅鲁古勾结诸多后族皇舅，在朝堂结党营私，把持朝政。若传位耶律宗元，再传位涅鲁古，大辽将非耶律宗室，乃成萧家天下，皇舅们将任意更换皇帝，太祖的基业岂不毁在父皇手上？耶律洪基虽然已登皇位，却知其凶险。但仍像父皇一样，感恩皇叔当年的功德，便加封耶律宗元为皇太叔、天下兵马大元帅，加封耶律宗元之子涅鲁古为楚王、武定君节度使、南院大王。

耶律洪基加封过皇叔，自然要封后，举行隆重的册立仪式。册立仪式在巍峨庄严的宣政殿举行。朝臣妻妾，宫廷女眷，属国使者，皆欣然而来，一睹当朝皇后的风采。芳龄十六的萧观音，头戴饰满珠玉翠羽的金冠，身穿典雅的白绫袍，脚蹬光泽照人的皮靴，在十六名命妇的护卫下，姗姗走进大殿。皇后的美丽高贵，惊呆了满堂嘉宾，人们由衷地赞美她："孤稳压迫，女古华革，菩萨来做特里蹇。"这句契丹语的意思是说：玉饰头，金饰足，观音来做辽皇后。在一阵清音雅乐中，被封为懿德皇后的萧观音盛装缓步，玉立朝堂，顿时大殿生辉，四壁金光。皇帝耶律洪基走下御座，牵手懿德皇后，在一片天下喝彩中，走上大辽王朝的帝后宝座。

这时，在千百双眼睛中，宰相萧孝惠看见一道烈火般的毒光射向自己心爱的女儿。那道毒光来自皇太叔的妃子萧离里的眼睛。萧孝惠的心颤抖了一下，默默地想，未来的夺嫡之乱必定来自这个目射毒光的女人。

如日中天的当朝懿德皇后萧观音，当然不会看到这双阴暗的眼睛，她正沉浸在百官朝拜的陶醉中。

耶律洪基喜不自禁地说："承先祖之德，当朝懿德皇后萧观音贤惠淳善，貌美多才，乃观音转世，天女下凡，定能保我大辽风调雨顺，百姓安居乐业，江山万代永驻！"

"我皇万岁！皇后千岁！"满堂喝彩掌声雷动中，萧观音感觉到皇权的至高无上，身体不知不觉中已飘然若仙。

突然，天边飘来一幅白绫，飞进大殿，落到懿德皇后的脚下，上面书写着"三十六"三个大字。众人皆惊，不知是何天意？

一宫婢拾起白绫献给萧观音说："大辽皇后，乃天女下凡，佛祖降下天书，让懿德皇后统领三十六宫。"

挞里太后愠怒说："退下，大辽不是汉唐，哪来的三十六宫？就当是佛祖送给皇后的三十六个祝福吧！"

人们又一次欢呼："皇后千岁！皇后千岁！"

此时，十六岁的懿德皇后与二十四岁的皇帝耶律洪基结婚刚刚两年。耶律洪基不仅喜欢观音的美貌，更爱慕观音的才华。无论处理朝政还是参加射猎，都将观音带在身边。

北国的秋天，山林仍然尽染绿色。契丹是马背上成长的民族，耶律洪基固然像他的先祖一样爱好骑马和射猎。在天高气爽的秋天里驰骋山林射杀野物，是皇帝耶律洪基最开心的事情。秋捺钵时节，耶律洪基带领懿德皇后和臣子侍从游山射猎，来到了骆驼山，看见一片浓密的绿色山林，一条清澈的小溪哗啦哗啦地流进林中，有鱼儿在溪水中跳动。习习的山风吹过松林，如万千支竹笛吹响。

耶律洪基说："此地叫伏虎林，颇有来历。"

皇后萧观音倩笑说："之所以叫伏虎林，一定是常有老虎来这溪边喝水，或在林中埋伏。"

耶律洪基说："非也。传说景宗爷爷年间，常有猛虎在此蛰居出入，景宗爷爷带人前来射猎，却见虎伏草际，战栗不敢仰视。景宗爷爷就吩咐众人不许放箭，放过了这只虎，所以这里才叫伏虎林。"

萧观音说："这真是一个动人心魄的传说，像这里的景色一样美丽。"

耶律洪基更是心生喜悦，见远处山风浩荡，近处绿树红花，处处风景如画，便命群臣赋诗。

臣子们皆被山林景致陶醉，却只啊啊地大喊吐不出半句诗文。

耶律洪基就笑对皇后说："唯我妻才智过人，诗书冠绝，定能见景生情，直抒胸臆，一吐为快。"

萧观音笑说："圣上就别夸我了，若作不出诗文，岂不是自掌嘴巴？"

耶律洪基大笑说："我妻若无为，天下皆无为者。"

皇后举目四顾，傲视群山，略一思索，就朗朗吟诵起来：

> 威风万里压南邦，东去能翻鸭绿江。
> 灵怪大千俱破胆，哪叫猛虎不投降。

众臣子侍从瞠目惊异之余，皆欢呼雀跃："好诗！好诗！皇后千岁！皇后千岁！"

萧观音脱口成诗，气壮山河，有拔山盖世翻江倒海之势。耶律洪基大喜过望，情不自禁，向群臣侍从盛赞观音："皇后可谓人中才子女中王，大辽无双啊！"

此时，秋阳高照，山风轻拂，层林尽染，在万般美景中亭亭玉立的萧观音，更加妩媚，风情楚楚。耶律洪基百看不够，索性将皇后搂在怀中，备感柔情。

萧观音挣脱耶律洪基怀抱，搂住耶律洪基的脖颈说："表哥可像儿时一样背我？"耶律洪基哈哈大笑，背起爱妻，在丛林中奔跑……边跑边喊："皇后，我的美人，我的妻——"

萧观音在耶律洪基的背上咯咯倩笑大呼："皇上，爱美人，更爱江山——"

耶律洪基跑累了，也喊累了，两人一起摔倒在草丛里开心地惬笑。太阳西下，天边一片火红，夕阳照在他们的脸上，大地一片金黄。晚风吹来，草地上卷起一波波绿浪，火红的石柱子花迎风开放，在绿色的山坡上点缀跳跃。一团火焰般的大尾巴松鼠从草丛中爬出来，冲他们吱吱地叫唤两声又嗖地钻进草丛。

耶律洪基被惹得哈哈大笑，坐起身说："小东西，哪儿跑？看我不逮着你！"耶律洪基扑进草丛。

松鼠从远处探出头，悠闲地扫着大尾巴，又吱吱叫唤几声，似乎在说："傻皇帝，别逗能了，你根本就逮不着我！"

耶律洪基站起身，喘着气说："小东西，玩我呢！看我的箭！"耶律洪基搭箭待射。

萧观音说："皇上，别伤害它，它和我们捉迷藏呢！不信，我去哄它。"萧观音慢慢走近松鼠，蹲下身，长长的秀发拂过松鼠的脸颊，软软的玉手轻轻地抚摸着松鼠火红色的绒毛。松鼠眯起眼睛，幸福地享受着皇后的爱抚，像享受母亲的温柔。松鼠似乎陶醉了，一动不动地团着身醉卧着，任皇后的母爱更加长久。

萧观音说："小东西，你是不是睡着了？"松鼠睁开眼睛瞅了瞅皇后，又闭上眼睛醉卧草丛。观音觉得蹊跷，慢慢地抱起松鼠，突然看见松鼠的一只脚上夹着铁夹，铁夹夹进肉里，整只脚一团红肿。

萧观音一阵心疼说："小乖乖，原来你受伤了，想找人救你。你算是找对了，跟我回帐篷吧！来人哪！"

耶律洪基跑过来问："怎么了？它咬你了？"

萧观音说："它受伤了，等着我们救它。看，在脚上，铁夹子夹的。我们得把它抱回大帐治疗。"

耶律洪基就对身边的侍从说："把它抱回去，找御医疗伤。"松鼠冲耶律洪基感激地哼叫两声。

萧观音笑说："圣上，松鼠在说谢皇帝呢！"

耶律洪基和侍从们一阵放声大笑。

大队人马踏着夕阳，沐浴着北国秀色，走回秋猎的大帐。

翌日晨起，朝阳射进帝后的大帐，帐内一片温暖。萧观音说："圣上昨日射猎多时，今天可否休息一日？"

耶律洪基说："非也，今日还去伏虎林。若不能在此地伏到老虎，此地就妄称伏虎林，更是愧对皇后冠绝天下的诗文。"

旌旗猎猎，号角声声，大队人马奔向伏虎林。萧观音说："圣上，这样兴师动众的，都把老虎吓跑了，怎能射猎到老虎呢？"

耶律洪基说："我的卫队报，早就发现一只老虎在伏虎林出没，今日定去碰碰运气。"

耶律洪基指挥猎队将骆驼山包围，一点一点地向前推进。当接近伏虎林时，耶律洪基让队伍停止行动，原地埋伏，发现老虎迹象，立即报告。然后耶律洪基只准两名射手与他一起潜入伏虎林。

萧观音说："洪基，你是一国之君，掌管天下大事，怎能以自己的生命为儿戏？万不可这样冒险？一定要加派五名精锐射手与圣上一同潜伏。"

秋高气爽，烈日当头，埋伏在山下的大队人马又饿又渴汗流如注。

萧观音陪耶律洪基及五名射手埋伏在伏虎林小溪边的树丛里，一动不动地卧伏了半日，有几只苍鹰在他们头上低旋，一次次俯冲到他们面前，看到一双双睁大的眼睛，盘旋而去。一条野鸡脖子毒蛇爬到他们身边，抬起花灿灿的蛇头，吐出长长的毒舌，在他们眼前示威般地缓缓而过。

萧观音惊骇得闭上眼睛，紧紧地抓着耶律洪基的手，忘记了渴，忘记了饿，一身汗水濡湿了衣裤。

从小在山林中射猎长大的耶律洪基，根本不把苍鹰和毒蛇放在眼里，只是静静地等待最大的猎物——老虎的出现。

射手们更是沉稳得毫无声息。

忽然，远处的草丛中传来窸窣的响声，身下的土地有了踏踏的震动。耶律洪基和射手们顿时紧张起来，睁大眼睛，盯着发出声响的草丛。果然，一只花纹浓重的老虎现了原形。老虎先从草丛中探出头来，警觉地四处张望，两耳交替地探听，觉得四周宁静没有威胁后才一步一步地走出草丛。突然，一只兔子跑出树林，老虎警觉地后退回草丛，冲兔子扬了扬庞大的虎掌。兔子嗖地没了踪影。一头麋鹿从树林中闪出，老虎冲麋鹿张大了嘴巴，两颗巨大的虎牙暴露无遗。麋鹿冲老虎眨了眨眼，逃进树林深处。老虎这才四下撒目一番，放心地走出树林，一路撒欢地跑向河边。可是老虎并未立即喝水，却坐在岸边，摇摆着硕大的头颅，在溪水中照来照去。

萧观音不由得乐了，悄声说："圣上，太神奇了，老虎照镜子呢！"

耶律洪基立即说："闭嘴，老虎在利用河水搞侦查呢！通过水中的倒影观察四周是否安全。"

"天哪！"萧观音差点叫了起来，"这老虎比人都精明。"

耶律洪基悄声说，为了生存，有时候动物真的比人精明。

老虎动用了所有侦查手段，觉得喝水的地方的确安全，才低下头颅，大口大口地饮起水来。

耶律洪基和射手们举起了弓箭。

萧观音趴在耶律洪基耳边说："圣上，再等一会儿，让老虎喝饱了水吧。"

可是，不知哪位射手等不及了，嗖的一支箭放了出去，却射到了河边的树上。老虎嗷地大吼一声，蹿到了空中，敏捷地落到地上，看见了眼前的几位猎手，还有一位如花似玉的美女，老虎就向懿德皇后扑来……

猎手们连放几箭，都未射中老虎要害。就在老虎张大嘴巴，飞扑向皇后时，耶律洪基的利箭射中了老虎的喉咙。老虎扑通一声翻滚在地，卷起了地上的泥土。耶律洪基又补一箭，射中了老虎的心窝。老虎喘着粗气躺在了河边，眼睛依然瞪得骇人。

狩猎的人马顿时从四面八方跑来。伏虎林中，一片欢呼和呐喊。群臣和猎手们大声朗诵起皇后的盖世诗篇：

威风万里压南邦，东去能翻鸭绿江。

灵怪大千俱破胆，哪教猛虎不投降。

耶律洪基一把抱起萧观音说："朕在这片伏虎林中，亲自射死一只老虎，才无愧皇后这首奇绝的好诗！"

萧观音说："可是圣上太冒险了。圣上不能为逞一时之勇，却要冒这般生命危险。"

耶律洪基说："这只老虎也太狡猾了，一开始就跟我斗智斗勇。先是地面侦查一番才走出草丛，到了河边，又在水中侦查。要不是看见了美若天仙的懿德皇后，没准它就溜了。"

萧观音说："圣上拿我取笑了。要不是圣上的致命一箭，我没准就成老虎的点心了。"

耶律洪基说："皇后说得没错，要不是朕的致命一箭，你就是老虎的致命一口了。这只聪明的老虎，不知斗败了多少猎手，中了我两箭还不服气。大家看，现在它还死不瞑目呢！"

群臣又是一片我皇万岁的呐喊。

夕阳唱晚，猎手们抬着老虎走出伏虎林，耶律洪基牵着皇后，留恋地回望着伏虎林边的晚霞，心中荡漾着对大辽河山的无限热爱。耶律洪基说："作为契丹的子孙，我爱大辽的每一座山脉，爱脚下的每一寸热土，更爱先祖留给我们的盛世和平。我耶律洪基要守住大辽的基业，做一个盛世明君。"

萧观音说："圣上的贤德和才干天下皆知，只怕有人居心叵测，觊觎皇位，乱了朝纲啊！"

耶律洪基说："我已封耶律宗元为皇太叔，天下兵马大元帅，他将在一顶顶桂冠中慢慢老去，还能翻得了大船吗？我还封忠勇可嘉的护卫太保耶律乙辛为北枢密院同知，南枢密院副使，协助国舅国丈处理军政事务。"

萧观音说："但愿圣上能在一片繁华中，洞察秋毫，居安思危，让大辽的基业世代兴旺。"

秦王耶律宗元，天下兵马大元帅，府门豪华，车马拥挤，满朝群臣皇亲国戚都是秦王府的座上宾朋。府内，金碧辉煌，珠光宝气，不亚皇宫御殿。大厅里，有一色彩斑斓的虎皮椅，皇帝耶律洪基将伏虎林射猎的那只老虎孝敬了皇太叔，那虎皮正是来自那只老虎。

耶律宗元生得眉目秀朗，才勇绝人，为人寡言笑，让人望而生畏。此时，皇太叔耶律宗元正舒适地倚在虎皮椅里，王妃萧离里陪伴近前，儿子楚王前来请安。几步之外，歌女单登正弹奏琵琶。清音袅袅中，耶律宗元望着奢靡豪华的厅堂，心中生起一种不知是幸福还是酸楚的惬意。遥想儿时，生在皇家的耶律宗元有一个幸福的童年，奶奶承天皇太后一生叱咤风云，为大辽奠基创业，与宋朝定下澶渊之盟，从此，辽宋互不侵犯，百姓安居乐业。父皇圣宗是一个仁德贤厚的皇帝，他坚守澶渊之盟，南北修好，共享天下太平。

母亲萧耨斤是宫女出身，因仁德皇后无子，耶律宗元和哥哥耶律宗真从小由仁德皇后抚育，皇后待他们如亲生。父皇驾崩后，生母元妃萧耨斤自封皇太后，把持朝廷，清理异己，加害仁德皇后。十六岁的皇兄不忍母亲萧耨斤杀害善良的仁德皇后，便引起母亲的厌恶。耶律宗真继位三年，心智日渐成熟，霸道擅权的生母萧耨斤恐其亲政国事，无法再权谋朝政，欲废其位，立小儿耶律宗元。宗元也一直愤怒母亲迫害仁德皇后，得知母后和舅舅们的密谋，立即告诉哥哥兴宗，兴宗抢先动手挫败了母后的政变。为感谢弟弟耶律宗元，耶律宗真封耶律宗元为皇太弟，大辽一人之下万人之上的北院枢密使，赐以金券，上朝免拜，尊宠之隆，并许诺百年之后，传位于皇太弟。谁知，人心难测，耶律宗真驾崩，并未将皇位传于皇太弟，而密诏传位于皇长子耶律洪基。这不仅使耶律宗元心生郁闷，也让皇太弟成为天下笑柄，耶律宗元好久未去上朝了。

侄儿洪基继位，深感对耶律宗元过意不去，先封耶律宗元为皇太叔，又封耶律宗元为天下兵马大元帅。封其子耶律洪孝（小字涅鲁古）为楚王，武定军节度使，南院使事，对耶律宗元父子百般加封恩宠。这一系列的加封让耶律宗元又心生不忍，这些年一直辅佐哥哥，为大辽朝尽心尽力，虽然不做皇帝，也为的是耶律家的天下。这皇位不坐就不坐了，让侄儿操劳去吧！耶律宗元是个心胸开阔之人，也是明事理的人。耶律宗元想明白了，也就不郁闷了，想一心护佑侄儿巩固大辽一统江山。可是儿子涅鲁古不干了，涅鲁古说："当年您不向耶律宗真告密，我奶奶政变肯定成功，天下就是您的。您做了皇帝，传位后就是我的。可是您告密兴宗，兴宗保住了皇位，答应皇太弟继承皇位，却完全是虚情假意，暗中密诏传位于皇长子。如今皇太弟成为笑柄，您被兴宗欺骗了二十余年，皇位于你我父子没有了任何干系。是可忍，孰不可忍，这口恶气，我一定要出，这个仇，我一定要报。"

耶律宗元说："这朝廷之事，不可乱来，稍有异动，将惹来杀身之祸。"

涅鲁古说："有何惧怕？谅他这个名不正言不顺的皇帝也不敢大开杀戒。"

耶律宗元说："对皇帝异心，就是谋反，天下共诛之。我耶律宗元，少时即贤德礼让，一世口碑，何必老来冒天下之大不韪，遗臭万年呢！况且耶律洪基已对我们父子步步加封，尊宠之隆，荣华巅峰，当朝无二。不可再得寸进尺置皇帝于尴尬，或激怒朝臣弹劾我父子二人，让我们尽失荣华富贵，走上黄泉末路。"

耶律宗元的妃子萧离里也按捺不住心中的欲火，她好奇装，浓粉黛，搂着耶律宗元撒娇地说："楚王涅鲁古言之有理。若少年时您当仁不让，继承皇位，还要什么皇太弟、皇太叔这些无聊的封号！我就是当朝的皇后，皇位自然要传给涅鲁古的。可是如今，兴宗言而无信，耶律洪基虚与委蛇，即使给您一百个爵位，也不如皇帝一言九鼎。这皇位我们早晚要夺回来的。"

耶律宗元叹口气说："都给我老实待着，把贼心掐死，不可轻举妄动。我耶律宗元当年不参与叛逆，如今仍然光明磊落，做我大辽的贤臣。"

萧离里一脸嘲讽："哎哟哟，我的王爷，你真的把自己当成尧舜了！尧舜又怎样？天下经常洪水泛滥，还是人家大禹挖河开渠，治理了洪水。大禹将皇位传给了他能治理洪水的儿子，百姓才更加安居乐业。您说大禹不是好皇帝吗？你若当了皇帝，将皇位传于涅鲁古，您就是大禹。"

耶律宗元说："我们不能自比尧舜，更不能自比大禹。大辽的江山是我们的先祖打下的，我们不过是倚靠先祖的基业坐享王爷的富贵，又何德何能去争皇位呢？"

涅鲁古说："爹，这您就说错了，我们同是耶律子孙，共享先祖的福荫，为何耶律洪基能继承皇位，我耶律洪孝却不能呢？本来这皇位早就是咱家的，是您让我大伯做了二十多年，现在又让耶律洪基抢去，说到底我们就是被耶律宗真那个老东西耍了。这皇位您不想要，我还要呢！早晚得让他们把欠咱家的东西还回来。"

耶律宗元说："儿子呀，听爹一句劝！你整天打打杀杀的，真让你做皇帝，你恐怕不是那块料。"

萧离里说："王爷可别小看了涅鲁古，真到了战场上与敌厮杀，涅鲁古就是英雄。可是你看那耶律洪基，就知道哄他的妖后媳妇玩儿。几月前他们去伏虎林狩猎，妖后做了一首诗，洪基打了一只虎，就把他们狂上了天。回来宴请满朝大臣哼唧那首诗，还在街巷里让小儿传唱，现在连酒肆的伙计都一边卖酒一边哼唱。"

耶律宗元问："怎么哼唱的？"

萧离里拍着珠光宝气的头饰说："让我想想，哦，想起来了：

威风万里压南邦，东去能翻鸭绿江。

灵怪大千俱破胆，哪教猛虎不投降。

"这也太能吹了，都吹到东海去了。不怕东海的风大，闪了舌头。"

耶律宗元的眼里闪出惊讶的目光，叹口气说："难怪满街小儿都在传唱，这分明是一首气壮山河的好诗！何况又出自女儿胸怀，尔等真是无知呀！"

涅鲁古说："爹，你就知道扬人家威风，灭自家志气。那种吹牛的狗屁大话，我能说一天一夜。"

萧离里说："没错，那妖后说的就是狗屁大话，老虎也不是人，怎能投降呢？"

耶律宗元摇摇头说："你们哪！我是对牛弹琴。"

萧离里一边为耶律宗元捶着后背一边讥讽地说："王爷，你是喜欢妖后的诗呢，还是喜欢妖后的人哪？要不怎么一个劲地夸她呀！"

涅鲁古说："没错，我敢说，这满朝男人没有不喜欢妖后的。要不是耶律洪基那小子下手早，我就把那小女子抢过来了。"

涅鲁古说的是实话，自打五年前随耶律洪基打猎路遇萧观音，涅鲁古就像遇到了九天下凡的仙女，将萧观音的美貌刻在了心上，再也忘不了了。如今，萧观音成为当今皇后，要想得到她，必须夺取皇位，再娶皇嫂，这是大辽顺理成章的婚俗，也是涅鲁古一心觊觎皇位的原发动力，涅鲁古将这种野心藏在了心底。

耶律宗元说："浑小子，你越说越不像话了，皇族的脸面让你丢尽了，就你这德行，别说做皇上，武定军节度使和南院枢密使事这两个官位都让你糟蹋了。"

涅鲁古说："爹，和您开玩笑呢！谁让您就我这一个儿子。其实，我才不喜欢那妖后呢！您也不许喜欢，还是离里王妃光彩照人，善解人意！"涅鲁古瞟了一眼萧离里，哼着契丹小调走出门外。

一个时辰后，楚王府里，涅鲁古焦急地走来走去。终于，萧离里推门进来，一下扑到涅鲁古的怀抱。

涅鲁古说："想死我了，宝贝，怎么才来呀？"

萧离里故意生气地说："看把你急的，不等老东西睡着，我敢出来吗？"

涅鲁古说："也是，你是他的王妃呀！可是你比我爹小二十岁，等于找了个爹，这夫妻做得有意思吗？还不如嫁给我，咱俩都年方二十，龙凤绝配。"

萧离里不屑地说："我当时嫁的是秦王爷，皇太弟，未来的天子，你那时候什么也不是。"

涅鲁古说："现在我可是八面威风的楚王了，一点也不输给你的妖媚。"

萧离里一撇嘴说："看把你嘚瑟的，你不是刚刚被封楚王吗？这样也好，有个爹疼我，又有个小哥爱我，我不就是天底下最幸福的女人吗？"

二人说笑着，滚进了幔帐……

（《大辽诗后》入选中国作协2017年度少数民族重点作品扶持项目，沈阳出版社2019年1月出版。）

蓝湾之上（节选）

于永铎

第四章　木笼里的海羊

　　蓝湾的上空有一片翻卷着的白云。站在太平崖上望去，这片白云极像一个大元宝。几十年都是一个样子。这片云从不曾离开过。如果是一个晴好的日子，站在太平崖上，凝神细看，长时间不眨眼地看，那片云就会慢慢放大，翻翻滚滚的，直到云层里露出城的一角。

　　云上面是一座城。

　　因为这座城，这片云就被赋予了更多色彩，给蓝湾人带来的不仅是单纯的财富观念，还有更多深刻的道理。有些道理甚至与认知的思路境界相悖。事实上，对一些过来人，尤其是一路撞得头破血流的人来说，有些不同的感受是可以理解的。真理也要分多个层面，一个层面有一个层面的绝对标准。蓝湾的上空因为有了这片云，就显得不同寻常。这片云见证了历史变迁，成了蓝湾的一个亮点。事实上，很多人并没有意识到这片云的与众不同，能注意到这片云，是需要智慧的。有智慧的人即便看到一块石头，都能瞻仰到真佛。没有智慧的人，即便佛显真身也会视而不见的。

海亮有智慧，是他最先注意到了这片云彩。十八岁以前，他没有见到过这片云彩。十八岁以前，蓝湾的上空也像大海一样一丝不挂。海亮看到了云中露出的城市的一角，当时，他还从来没有离开过蓝湾。他从来就没有见过城市。城市是个什么样，海亮不知道，父亲李全义也不知道。李全义琢磨着儿子的描述，憋了好半天才告诫儿子不要乱说。李全义不让乱说是怕人家笑话。云上的究竟是不是一座城，海亮说的不算。李全义是个喜欢较真的人，他担心会遇到麻烦。对于渔民来说，他们不怕大陆，他们只惧大海。上了船，就把命交给了大海。下了船，他们会后怕得要死。

李全义勉强爬上了太平崖，海亮跟在后头，像海猫一样轻巧。蓝湾一带的野孩子，还有没爬过太平崖的吗？虽然长辈们反复告诫，太平崖很危险，自从娘娘宫被推倒了，太平崖上年年闹鬼，鬼最愿意拘的就是小孩子。显然，这样细致的告诫并没有起到作用，没人在意长辈们的话。李全义来到了崖壁前，朝着蓝湾上空眺望。

海亮问："看见了吗?"

李全义看了半天，身子摇晃了几下，踩掉了几块石子。崖壁下面的海猫轰地飞了起来，绕上天，又俯冲下来。李全义双手护着脑袋，逃也似的离开了太平崖。海亮跟在后头，一直回到了家。

父亲说："别出去瞎说。"

这是第二次警告，海亮能体会到父亲紧张的心情。海亮不清楚父亲为什么会如此紧张，不就是突然出现的一片云吗？

父亲说："你可能遇到好事了。"

父亲的话让海亮心里头一热，谁不想遇到好事？父亲显然注意到了海亮的得意之色。父亲苦着脸，狠狠地叹着气。

父亲说："你也可能要倒霉了。"

海亮仿佛突然掉进了井里，井水冰冷，瞬间，海亮手脚僵硬。父亲的话太突然，一会儿是好事，一会儿要倒霉，对刚满十八岁的海亮来说，如此摸不着头脑的话，实在是一种灾难。海亮宁愿父亲的前一句话是正确的，他才不想倒霉呢。海亮的认知能力有限，他认为好事就是能吃饱饭，吃饱饭也不算是大好事，最好能天天吃细粮，不吃粗粮。如果还能管够吃细粮，把肚皮撑破，那就算是天大的好事。二爷就曾经遇到过这样的好事，他一顿吃了一百三十个饺子。当他准备吃第一百三十一个饺子的时候，一堆饺子从嘴里蜂拥而出。从此，二爷就成了蓝湾沿岸最幸福的人。

吐出来的，全都是喷香的鲅鱼馅饺子。海亮总觉得自己当时也在现场，饺子个个都长了翅膀，呼啸着飞到他的眼前。他确定闻到了鲅鱼馅的清香，他会随时随地停下来，贪婪地闻着，虽然他从来没有吃过鲅鱼馅饺子。

海亮说："是辣的，是腥的，是又腥又辣的！"

二爷年轻的时候，也是一个调皮的人。他总是偷偷去太平崖，他从不避讳谈及去太平崖的目的。二爷去掏海猫蛋，海猫蛋比乒乓球还要大一些，烧着吃绝对顶饿。终于有一次，愤怒的海猫呼啸而来，它们扇动着翅膀，它们想灭掉那堆篝火。篝火却越扇越旺，海猫蛋的香味越来越浓，许多海猫的翅膀被火燎了，受了伤的海猫惨叫着，飞回崖壁。每当吃罢鸟蛋，二爷都会朝着蓝湾眺望。有一天，二爷望到了两只帆船。

二爷说："我从来没有看过那么大的帆船。"

两只帆船慢悠悠地靠向了太平崖，二爷跳着脚欢呼。二爷估摸了一下，船身能有六十米长，桅杆比太平崖还要高出一头。船上放下了舢板，冲到了岸边。二爷帮着把舢板拖到岸上。舢板上的人很爽快地肯定了二爷的猜测，他们说："最大的那只船确实有六十米长。"舢板上下来的人都是南方口音，他们自称是泉州人。他们是来拉玉米的。二爷被邀请参加了临时组建的运粮队，很快，沿岸各村都组织起来，整整运了一天一夜。大船吃得饱饱的时候，泉州人就要告辞了。他们请帮忙的妇女们做一顿可口的饭菜慰劳大家。船上有十几袋白面，泉州人慷慨地全都送了下来。妇女们决定包顿饺子。她们变戏法一样将一袋袋白面变成了饺子皮，又将一条条一米以上的大鲅鱼剁成了饺子馅。男人们在海边砌了十口大灶。海边冒着腾腾的烟气，海边洋溢着欢声笑语。崖壁上的海猫一次次腾空而起，每一次群飞，都显得暗无天日。饺子煮好后，泉州人请二爷先吃，泉州人保证二爷可以放开怀吃，想吃多少就吃多少。二爷在尖叫声中，吞下了一百三十个饺子，他幸福得眼珠子都要鼓出来了。

海亮想不出来"怪物"是什么样子的，想得头疼都想不出来。海亮心里有了阴影，就觉得有个怪物，随时随地跟在身后，即便睡着了，也会在梦里头很响亮地舔着嘴唇。海亮能听见无处不在的脚步声，海亮走，它就走，海亮停下，它也停下。海亮突然转过身，怪物就像风一样无影无踪。直到有一天，无缘无故地，毫无征兆地，海亮与怪物迎面相撞。海亮看清了怪物的真面目，海亮才明白，这个戏弄了他很长时间的怪物就叫作倒霉。很多年过去了，海亮经历了太多太多的倒霉，他都要被倒霉腌渍了。

虽然如此，海亮始终不认为看见了那片云就意味着倒霉的开始。

吃不饱当然很倒霉，海亮从有记忆开始，就吃不饱。不是一个人吃不饱，而是全家都吃不饱。海亮每天只能摊上一个乒乓球拍大小的玉米饼子，吃掉一个饼子，也就意味着一天过去了。吃掉许多个饼子的时候，童年也就过去了。童年被他自己吃掉了，被他消化了，被他一天天地拉了出去。童年在他的脑子里就是一堆屎。童年臭烘烘的。海亮的饥饿是无法形容的，别说多摊一点饼子，就是看一眼别人手里的饼子，娘都能弹他一个脑崩儿。海亮长成人了，估摸着可以轻松地把全家的饭都给吃光了的时候，他无比委屈地嚷着饿。娘的手指头都快碰到他的脑门儿上了，娘居然没有弹下去。海亮总是忍不住要吃掉全家人的饭，他策划过许多次，始终没有下定决心。这种念头隐藏得很深，他只是在被饥饿啃噬得忍受不了的时候残忍地想想而已。这样的念头就像头顶上盘旋着的海猫，你坚持不抬头，就不会有危险。

海亮的痛苦还是被父亲发现了，李全义跟儿子认真地谈了一次，李全义对海亮说了三层意思。海亮记不住原话，却懂得这三层意思的核心内涵。因为是长子，他的人生使命就是牺牲自己成全别人；弟妹们冻着了、饿着了，都是海亮的错。海亮真想狠狠回击父亲，哪怕瞪他一眼，告诉他自己并不想当长子。海亮只是起了个这样的念头，脑门儿上就挨了一个脑崩儿。

李全义说："我知道你想什么。"

很多年以后，海亮站在太平崖上，像第一次见到那片云彩的感受一样。云上确实有一座城，一座越来越清晰的城。第一次见到城的时候，海亮还有些矮小，他的视线里，只有城的一角。南风拂来，像母亲的手一样轻柔，海亮很多年都没有被母亲抚摸过了，母亲的手温暖润泽，比任何女人的手都要舒心。南风吹来，太平崖上一片绿意，赶早的小草在风中摇动。崖壁上的海猫也开始了一年一度的繁殖，密密麻麻地蹲在窝里，像一个个灰色的石头。

轮椅上坐着一个戴着防晒帽的女人，女人的脸完全被遮住了。女人穿着一件紫色的紧身上衣，面料上染着红色的碎花。前一天，女人穿的是白色的紧身上衣，面料上染的是粉色的碎花。女人很少动，身子微微倾斜，如果没有轮椅撑着，她一定会依偎在海亮的怀里。

海亮说："云上有一座城。"

女人抻着脖子，朝云上望去。海亮俯身握住了女人的手，轻声说话。女人的脖颈软了，脑袋缩在胸前。海亮的目光再次伸向远方。他一会儿眺望，一会儿又在女人的身边走来走去。他总是疾走几步以后突然站住，贴着女人的耳朵说几句话。

海亮说："我一直想飞过去。"

在海亮看来，父亲说的其实就是一个谶语，不假思索随口而说的谶语。虽然父亲的表情很神秘，那又怎样？父亲的话其实不是他的话，应该是神灵通过他的嘴说出来的谶语。父亲说他可能遇到了好事，又说他可能遇到了倒霉事。父亲全都说对了。海亮很快就遇到了好事，也很快就遇到了倒霉事。

父亲嘱咐海亮，别出去瞎说。李全义怕人家说闲话，出海搏命的人都有一个软肋，有的怕风，有的怕雨。李全义就怕嚼老婆舌。他总是不厌其烦地嘱咐伙计们别嚼老婆舌。出海回来，说得最多的一句话就是"嘴上要有把门儿的"。父亲的嘱咐还没有落地，萧丽芳风也似的跑进院子，又猛地站住了。

萧丽芳问："看见俺家三芬儿了吗？"

海亮说没看到，李全义也说没看到。萧丽芳扭着大辫子，身子也跟着扭，都快扭成麻花样了。她打量着海亮的表情，看起来，海亮有些闷闷不乐。

萧丽芳问："海亮，谁惹你生气了？"

海亮说："谁也没惹我生气。"

萧丽芳说："谁也没惹你生气你干什么不高兴？"

海亮说："谁也没惹我生气我为什么不可以不高兴？"

海亮的回答让萧丽芳不舒服，她认为海亮一定是遇到什么麻烦了，否则，不会如此郁闷。海亮太不老实，蹦出来的每个字都带着刺儿，萧丽芳听得火起，朝海亮扬起了巴掌。海亮闪了一下，萧丽芳笑了，李全义连忙朝海亮的额头弹了一个脑崩儿。

李全义说："不许惹乎她。"

萧丽芳的身子又拧成了麻花样，手里捏着大辫子，朝海亮笑。李全义叮嘱海亮要多向萧丽芳学习。在李全义的眼里，萧丽芳做的每一件事都是正确的。李全义总是夸赞萧家的姑娘能干，他分不清谁是老大谁是老二，这并不妨碍他去赞美。萧广大对这样的评价很是得意，咧着嘴能笑上半天。

萧广大会说："俺家二芳儿没心眼儿。"

太平崖下面来了一个怪物，涨大潮的时候，被海浪一直推到礁石堆里。萧丽芳看见了，也听到了低低的叫唤声。萧丽芳胆子大，下去查看了，礁石堆里有个木头笼子，比她还要高半个头。笼子里关着一只羊，差不多要咽气了。

萧丽芳说："羊一直在掉眼泪。"

李全义就带着海亮和萧丽芳再次爬上太平崖，海亮迎面就看到了蓝湾上空的那片云，云上依然有鲜亮的楼宇。海亮踮着脚，依然只能看到城市的一隅。

萧丽芳问："你看什么？"

海亮说："天上有海妖。"

萧丽芳伸出手掌，从海亮脸庞飞了过去。

李全义说："不要瞎说！"

海亮说："天上有大佛。"

萧丽芳问："佛是什么东西？"

海亮说："佛是神仙。"

萧丽芳问："是海神娘娘吗？"

从太平崖的崖壁下到海边是很危险的，如果不从这边下去，就得驾舢板绕过去。驾舢板也危险，水里到处都是暗礁，舢板很容易被戳漏。从崖壁上下去，容易滑坡，一旦失足，最轻也是腿折胳膊断。崖壁上有成千上万个鸟窝，突然炸窝了，万千的海猫旋起来，吓也吓死了。因为危险，太平崖上一直人迹罕至，崖下面的海滩也是人迹罕至，很少有人来这儿赶海。这儿的海货特别多。春天，水还冷的时候，赤甲红就像木桩子一样叠在一起，最多的一垛，海亮数过，整整十二只。

萧丽芳敢像男人一样从崖壁上下去，她的冒险并不单单为了多搞一些海货，她还有一个羞于启齿的目的，她就是想多看一眼海亮。太平崖下面有一个暗洞，那是海亮的领地。海亮每次趁大潮摇舢板钻进洞里去的时候，都不会想到，礁石堆里会有一双热辣辣的眼睛盯着他。

三个人在一块礁石的后面，看到了木头笼子。笼子一半没在海水里，一半露在外面。果然是只羊，下巴上还有一撮胡子，只是浑身光滑。李全义伸手拍了拍，那只羊突然挺起头，叫了起来，叫声像婴儿的啼哭。

萧丽芳说："就是羊嘛！"

她还模仿着羊的叫声："咩咩！"

李全义说："是海羊。"

萧丽芳问："海里还有羊？"

李全义说："海里当然有羊了，海里不但有羊，还有牛，还有马，陆地上有的，海里都有。"

海羊怎么会在笼子里呢？

这是一个谜。毫无疑问，这只笼子是从远海漂到岸边的。海羊不会说话，秘密也就无法解开，没人知道，蓝色的大海里，又发生了什么故事。

南风吹来，确实像女人的手，抚摸着蓝湾的海岸。草木被摇醒了，草木就开始跳着欢乐的舞蹈。会跳舞的草木像疯孩子一样，无论什么姿势，无论如何嬉闹，身段都好看。南风的身后是温暖的春天。春天就像一个亭亭玉立的大姑娘，驾着春风而来，驾着春雨而来。一个看起来和往常一样的春天来到了辽南。和春天一起来的是一个木头笼子，笼子里面有一只断了气的海羊。海亮断定，这不是羊，和羊一点关系都没有。萧丽芳只在意与海亮分享她的新奇，是不是羊，是不是海羊对她一点都不重要。

一个小时以后，海羊身上发出了刺鼻的腥臭味，胡子像衰草一样随风飘散而去。海羊身上一圈一圈地发黑，黑圈外有细细的白。这样的黑与白从嘴唇开始发展，黑的地方开始崩裂，发出吱吱的响声，崩裂处往外流着脓水。李全义踢了一脚木笼，抄水扬在海羊的身上，他不忍心海羊临死受到折磨。

第五章　虚构一次海难

十七岁那年，海亮已经能独立驾驭舢板了。舢板是海里最小的船，一般只有四米左右。比舢板大一些的就是排子。比排子还要大的是帆船。驾驭舢板最关键在于摇橹，大橹摇得好的，舢板又快又稳。大鱼沟哨卡下来的人都说，俯瞰蓝湾，大橹摇得好的舢板像织布的梭子。早年间的舢板一般都是柏木造的，柏木比所有木头都抗腐蚀，一只柏木造的舢板能在海里泡十年。大和尚山自古就有柏木，只是1905年日俄战争时的一把大火，山里的柏树就此绝迹。柏木成了稀罕物以后，蓝湾人就把仅存的柏木都造了大橹，船烂了一茬又一茬，大橹却传了一代又一代。

李全义送给海亮一只松木舢板，船板烂了几个沙眼子，虽然堵上了，也不敢走远，只能在近海转悠。李全义指着东南方向的三山岛说，你海亮什么时候能把舢板划到岛上，什么时候就算成手，就可以跟船队出远海作业。李全义还给了海亮一把柏木大橹，海亮臂力不足，摇起来，船头一个劲地往水里栽。李全义果断地将大橹截了一段，再摇，舢板就驯服了。每年伏汛来临之前，李全义都要趁机出海打"秋风"，除了船队人员，没有人知道他们的行踪。光靠蓝湾的女人赶小海、养海带、砸蛎头，是吃不饱饭的。男人必须得想法子，再不想法子，蓝湾沿岸就要全变成光棍村。蓝湾的女人能干，远比内地种庄稼的女人强悍。每当潮水退去，海滩上全都是撅着腚赶海的女人，这些女人就成了蓝湾的一道风景。"蓝湾女人的屁股因此都很漂亮，像稻米之乡插秧女人一样圆润。"这是表舅说的。表舅是画画的。他以蓝湾女人的屁股为主题，画了一张又一张，有的画得像，有的画得不像。如果满纸都是大屁股，就会引起误会，让被画的人羞愧。蓝湾女人性子暴烈，三下五除二就把大屁股画撕得粉碎。表舅也恼过一回，还指着人家的鼻子发脾气，结果，让一群女人摁在沙滩上，扒光了裤子。即便受了如此羞辱，表舅还是坚持认为，蓝湾女人的屁股比插秧女人的屁股还要美，简直美得无与伦比。

赶小海不能解决吃饭问题，李全义决定铤而走险，他要带着青壮渔民偷偷出海。一年中，机会只有一次，秋汛期间，船队回港避风，李全义他们就利用这个空当神不知鬼不觉地打一次"秋风"。每当李全义组织出海的时候，支书就背着行李卷外出开会了。出海前，李全义得把丑话再说一遍。比如，一切听从他的指挥，比如鱼获如何分成。李全义是蓝湾最有经验的老大，有李全义和没有李全义是不一样的。李全义带着去的船队，产量绝对会比其他船队翻倍。一般来说，两只船联合作业，一天能打一千斤鱼。李全义的船却能打两千斤。他带着船队走得远远的，一直走到三不管的地方，日本的、韩国的船都在。他们的船更大一些，尤其是日本的船，不但大，还全都是钢壳。韩国和日本的渔民喜欢不劳而获，喜欢拿半新不旧的衣服换鱼获。李全义会说几句半生不熟的日本话，他不要衣服，不要日用品，他专门要钱。几只船就在海里交易，一手交钱一手交货。

李全义虽然莽撞，却是一个不喜欢惹事的聪明人。他担心支书在家里顶不住，总是见好就收，每次都要带着船队提前回去交差。返航以后，李全义会绝对公平地分配鱼获收入，五成自留，五成送到大队，交给支书支配。

李全义带队最远一次是去舟山渔场捕捞，那一趟舟山行，两个月以后才回来。这趟长途远行可把渔民们整苦了，一个个像野人似的披头散发。船队进港的时候，支书带着人放了一阵鞭炮，还没等支书说几句表扬的嗑儿，渔民就撒欢了，年轻一些的蹉摸着自家女人后，顾不得羞臊，扛起来就往家里跑。

海亮第一次上船就赶上了远行，上级分派去抓捕一只斑海豹。他们一直寻到旅顺口，越过了黄渤海界面，进入了西渤海湾。李全义对西渤海湾的印象不太好，西渤海湾那边的人见到黄海过来的船就挤对。渤海湾里有大对虾、有刀鱼，这是特产，除此之外，也没什么好货。蓝湾人捕大对虾，宁可远去长岛，也不愿意看西渤海湾人的冷脸子。船队整整走了二十天，饮水缸都要见底了，终于在蚂蚁岛附近发现了一群躺在雪地上晒太阳的斑海豹。李全义指挥着帆船迂回到礁石后面停下。担心惊了斑海豹，李全义让人放下小筏子，让海亮下到筏子上划水。李全义抄着一把大网兜，趴在筏子上。筏子几乎没入海水中，海亮的一双脚浸泡在冰冷的海水里，冷得直想喊，却看到父亲的身子全都泡在水里，海亮就忍住了。海亮听着口令，控制着筏子的速度，不断迂回，慢慢靠向了礁石滩。

斑海豹都注意到了这只可疑的筏子，警觉的公豹发出了警报，海豹像玩滑梯似的依次滑入水中。李全义狂吼着，让海亮加速。海亮双臂翻飞，大橹摇得像闪电，舢板直冲礁石。李全义兜头将仰脸看他的小豹捞进了网里。

海里的斑海豹全都露了出来，围着筏子转，有的还将脑袋搁在筏子上。筏子突然就被压沉了。李全义抄起挠钩乱刨，海豹纷纷闪避。海亮猛摇大橹，筏子朝大帆船冲去。船上的人伸出挠钩，搭住了筏子，海亮的双腿都没入了海中，他惊慌地喊着："沉了，沉了。"李全义啐了一口。海亮不敢再喊，双手紧紧抓着大船。李全义将网着斑海豹的兜挂在船舷上，把兜口系紧了。小豹蹿出来，呜呜叫着，几只大豹围拱着小豹，围拱着李全义。

李全义说："去拿两条鱼。"

海亮快速爬上大船，抓了两条鱼递给了父亲。李全义喂了小豹，抓着缆绳爬上来。李全义带着帆船返航蓝湾，一群斑海豹跟在后面，婴儿样地哀叫。海亮心软，看不得骨肉分离，他真想偷偷放了小豹。他有两次绝好的机会可以放了小豹，最终，还是没敢造次。一路上，海亮想给小豹喂食，他担心小豹饿了。李全义总是严厉地阻止了。

李全义说："它有爹有娘，饿不死的。"

回到蓝湾码头，海亮和其他渔民一样满嘴都起了大泡，因为缺水，海亮都开始喝尿了。海亮喝尿的时候眉头眨都没眨一下。想当一个好渔民，就得学会吃苦。老渔民都说，只有吃足了苦，才能享到甜。叔叔大爷们表扬他，说海亮经受了考验，将来一定会超越老子的。海亮心里美滋滋的，仿佛看到了超越父亲的那一天，如果当上了船老大，他最想做的就是下令放掉小豹。

萧丽萍问："斑海豹呢？"

海亮有些紧张，又有些得意。萧丽萍一双好看的大眼睛四处踅摸，她的眼睛和小豹的眼睛一模一样，都是圆圆的，大大的，闪着光泽。

海亮说："是一只小公豹。"

海亮说："太可怜了，父母兄妹都跟过来了。"

萧丽萍问："谁可怜？"

萧丽萍的声音很大，很多人都转过脸来看她，也看见了满脸赤红的海亮。海亮突然就矮了下去，像个肚脐波螺一样。

萧丽萍问："你还能听懂它们的话？"

李全义转着绞盘，小豹露出了水面。李全义大声吆喝着，将小豹吊了上来。海亮摸着小豹光滑的后背，萧丽萍也抚摸着小豹的后背，小豹的大眼睛盯着萧丽萍，婴儿样地呻吟着。

萧丽萍说："别害怕，送你去首都动物园享福哇。"

船下面有一条条的波纹，每条波纹下面都是一只斑海豹。斑海豹的脑袋突然齐刷刷地伸出来，朝着船上望。它们不停地游动，不停地出水眺望，它们盼望着奇迹，盼着小豹能回到身边。这是没有希望的希望，除非突然而来的一场大风暴掀翻了船。怎么会呢？怎么可能呢？

小豹被抬下了船。

萧丽萍说："去了动物园，你这辈子就不愁吃不愁喝了。"

海亮掀开舱板，捉了一条鱼，塞到网兜里。海亮又朝船舷下面的海豹挥了挥手，船舷下搅动着巨大的波纹，波纹又慢慢拉长，伸向远方。海亮仿佛听到了一阵伤心的像婴儿一样的哭声。

萧丽萍说："二嫂小心眼儿。"

海亮问："你们闹别扭了？"

萧丽萍说："我要是男人，一定会娶她的。"

海亮吓了一跳，他笑了，笑得心惊胆战。萧丽萍也笑了。斑海豹被抬到一辆卡车上，还搞了一个交接仪式，李全义和渔民全都被请到卡车旁边，首都动物园的同志和他们热情握手。每个人都获赠了一支钢笔作为纪念。支书对着斑海豹做了一番慷慨激昂的讲话，支书的嗓门儿洪亮，响彻蓝湾。

支书说："小家伙，幸福的生活在向你招手呢。"

小豹的眼睛闪着泪光，海亮敢打赌，小豹一定为支书的这句话而流泪，却不是幸福的泪水。海亮摸着小豹的脊背，不停地喂它鱼吃。首都动物园的人也摸着小豹的脊背，还问海亮多大年纪了。

秋风下来的时候，蓝湾的水很快就凉了，大洋里的很多鱼种都要洄游产卵。蓝湾这期间是不能捕鱼的，这是规矩，老祖宗定下来的规矩。捕获一条带鱼子的鱼就等于捕获了成千上万条大鱼，这是造孽。鱼群产卵只需十天时间，过了十天，鱼群就会重新回到大洋。这个时段，鱼汛到了。有经验的渔民不但要数日子，还要看天，每年的最后一次台风到来的前后就是鱼汛，这是经验，差一点都不行。鱼汛前夕，蓝湾沿岸都很紧张，绝大多数渔民都停止了喝酒，他们都在等待着风向，等待着船老大的一声令下。

李全义要求每只船都备好两盘网，还要有一盘钓鱼线。每盘网都要织好，网眼大了不行，网眼小了也不行。李全义要亲自检查，发现有糊弄人的，轻则一顿拳脚，重则要两顿拳脚。船上的渔民都怕他，背后都骂他李海贼。李全义又将两只载货的排子安了尾挂机，一般渔船是不舍得安尾挂机的，渔民宁可使大力气摇橹也不愿用耗费大的尾挂机。李全义亲自去农机站买两桶柴油回来，嘱咐不要怕耗油，多运儿趟就有了。

关键时刻，萧广大病了。萧广大的肚脐眼儿附近起了一片疮。李全义断定是蛇盘疮。他清楚蛇盘疮的厉害，一旦头尾相连，必死无疑。人病了，就容易胡思乱想，萧广大想到了冤有头债有主，想到了那个索命不成的丧门星。

李全义问："哪个丧门星？"

萧广大说："小燕儿的男人！"

李全义赶忙捂住了萧广大的嘴，不让胡扯下去。虽然如此，萧广大的话还是让萧丽芳听到了。萧丽芳搞不明白"小燕儿的男人"是什么意思？难道爹不是小燕儿的男人吗？萧丽芳也只是打个闪念而已，很快，就释然了。表舅死了，爹活着，死鬼和活人能发生什么关系？爹真是个小心眼儿。

李全义嘱咐萧丽芳一定要精心伺候病人，一旦遇到紧急情况就去求助支书。李全义还让小燕儿出去借大酱，最好是生了蛆的酱。让小燕儿拿去涂抹病人全身，早晚涂抹两遍。离开萧家时，李全义嘱咐萧丽芳，一旦控制不住病情，就赶紧牵头牛来，让牛舔大酱，牛舌头也能解疮毒。

李全义叹着气说："亲家呀亲家！"

萧丽芳问："你们什么时候轧的亲家①？"

萧丽芳的心一阵突跳，这是一个让她无法不激动的消息，这是一个让她做梦都不敢想的消息。萧丽芳搓着大辫子，沉浸在曼妙的仙乐中，她听着完美合拍的心跳声和仙乐声。

萧丽芳问："谁和谁呀？"

还用问吗？当然是她和海亮，难道还能让她和小海强结婚？小海强才多大呀？萧丽芳突然笑了，捂着嘴，笑得浑身乱颤。

_____

① 轧亲家：方言，指两家人约定好让自己的孩子和对方的孩子结婚。

船上缺人手，李全义决定把海亮带上。娘不舍得，扯着胳膊不让去。海亮劝娘，海亮比画着，这是一次难得的机会，他得在大风大浪中成长。李全义不耐烦，想当年，他比海亮还小三岁的时候就出海了，他能下海，海亮为什么不能？海亮娘就起急，朝他瞪眼，朝他跺脚，还要将一碗鱼汤泼过去。海亮拦住了，海亮都快笑死了，娘的样子就像张牙舞爪的大巴蛸。恼也恼了，娘拗不过父亲，娘给爷儿俩做了盆二米饭，炖了黄花鱼，算是送行。

　　海强和妹妹围在桌边看着他们吃饭，妹妹的手指头叼在嘴里，海强的手指头也叼在嘴里，俩小孩一口一口地吞咽口水。二嫂要带他俩出去玩，俩小孩紧紧抓着桌子，脚底下生了根一般。海亮捏了个米团，藏在口袋里，出门时，朝海强递了个眼色。海亮钻进了厕所，把米团塞到墙缝里。出来时，又朝海强递了个眼色。海强赶忙钻进厕所里，出来的时候，满脸的迷惘。二嫂气不过，也钻进厕所，举着米团出来了。

　　二嫂嚷："你们管不管海亮？"

　　娘朝着海亮狠狠弹了一个脑崩儿，娘又要掐海亮的胳膊，海亮跑开了。李全义嘿嘿地笑了，眉眼里全都是赞许的神色。

　　二嫂说："海亮，有人想见你。"

　　海亮突然定住了，二嫂根本不想告诉是谁想见他，二嫂要好好吊一吊海亮的胃口。海亮的眼睛四下乱撒，他猜一定是萧丽萍要见他，海亮不想再隐瞒自己的爱意，怕什么呢？又不是抢女人，见个面说句话，有什么好怕的？

　　二嫂说："你可千万别胡思乱想。"

　　二嫂一定是有特异功能，她能看透人的心底，海亮恨不能抠掉她的眼珠子。海亮仅有的一点勇气在这对毒辣的眼珠子前瑟瑟发抖。

　　李全义带着船队离港两个小时以后，上面来了通知，要求各单位迅速组织船只回港避风。上面强调，8号台风已经在东南海面生成，中心风力超过10级，而不是预报中的8级。支书慌了神，所有在家的人都慌了神。10级台风会是什么样子的？支书跺着脚，恨不能一脚踩住时间的尾巴。

支书说："10级台风就像原子弹爆炸。"

支书说："原子弹爆炸就像海和天倒了个个儿。"

大海和天倒了个个儿，就意味着平面被打破了，凡是和平面有关系的无根的物体都将在运动中被消灭。很快，蓝湾沿岸的人们都理解了10级台风的威力。船是无根的，船必须要回到港口避风。渔民家属不顾危险，成群结队爬上了太平崖，他们一起朝蓝湾喊话。喊声变成了集体的哀号，连大鱼沟那边的哨卡都听到了。他们打电话询问出了什么事。支书不敢隐瞒，把李全义私自出海的情况汇报了上去。大鱼沟哨卡就朝天放了一通机关枪，还打了几发信号弹示警。

船队靠近三山岛的时候，有人听到了枪声，也不敢肯定一定是枪声，以为出了幻觉。李全义试着下了一网，发现产卵后的鱼群走得比往年早，尤其是牙鲆鱼，排着队往大洋里游。李全义催促船队加速快行，他打算把船队带到外海的某一海域，扎住口袋，力争堵住一拨鱼群。运气好，一天的鱼获能顶上平时的两天。所有的船都过了三山岛以后，李全义让海亮吹海耗子，指挥着其他的船去指定的方位。一切布置妥当，李全义让海亮掌握大橹，他亲自到船尾下网。李全义还放了一盘钓钩，钓钩不是真正的鱼钩，两三米之间缠一根高粱秸，一盘钓钩足有二百米长，缠了百十个小拇指大小的高粱秸。李全义放了线，把着边橹，脑袋尽可能地探出去往船下面看。他提了提鱼线，突然就拽上了一条大棒鱼。大棒鱼的嘴大，吞下高粱秸以后，就再也甩脱不掉了。二叔的船和这边的船开始并头，李全义吆喝海亮转舵，角度都对了，两只船就加速并行。

李全义喊："绞网喽！绞网喽！"

船上的渔民都跟着喊："绞网喽！绞网喽！"

喊声震天，让人全身的血像点了火一样蹿起来。绞网的时候，摇大橹的担子要多重就有多重，一旦配合不好，绞网的渔民就得多出很多冤枉力气。李全义让海亮加把劲，随着口令，左右西东，来回摆着船头。海亮摇着大橹，眼睛却紧紧盯着父亲，船只和绞网形成了反作用力。渔网上来，网里的鱼越来越多，渔民的号子声也越来越大。三叔有的是力气，他是船上的主力，绞网的时候，三叔的双脚像钉在了船板上，胳膊上的肌肉块儿隆得比一般小伙子的腿还要粗，他铆足了劲，几百米的大网一点点收拢上船，摘了鱼，又从另一侧放入水中。海亮喜欢三叔，在他的眼里，三叔就是金刚大力士。他能扛起二百斤重的鱼筐，一边奔走一边还能笑出声来。海亮长得像三叔一般高的时候，三叔还能轻易地将他举起来，横扛在肩上。三叔扛着海亮去马桥子赶集，去看露天电影，海亮颠簸乏了，想下来走几步，三叔不放他下来，三叔需要更多的掌声，三叔扛着海亮得意地穿行在人群之中。

海亮说："三叔，我要尿尿。"

三叔假装没听见，他专朝人多的地方走，如果没人理会，三叔就能扭一下身，让海亮的脑袋或者脚去撞人家。直到人家赶着朝他举起大拇哥，赶着表扬他力大无穷才罢休。

海亮说："我真的要尿了。"

三叔还是没有理他，三叔扛着海亮行走在每一个热闹的地方。海亮憋不住，真的就尿了。三叔像什么事都没有发生一样，任凭人们笑弯了腰。别人笑，三叔也笑。三叔的笑和别人笑的内容很不一样。海亮喜欢三叔，三叔的脑子里缺根弦儿，其实，那是表面现象。三叔知道大小，也会算小账，这样的人怎么会缺弦儿呢？父亲喜欢这个三弟，喜欢他不藏力气，担心他在别的船上让人耍，就亲手带他。在这之前，三叔没少让人耍，人家夸他一身好力气，三叔就心花怒放。大橹能摇得哗哗响。人家再夸赞几句，三叔一口气能摇上几个小时。下了船，三叔的胳膊肿了，走路东倒西歪的。奶奶气恼，带着三叔挨家挨户去哭、去骂，诅咒他们"欺负傻子没有好报应"。海亮跟在后头瞧热闹，他第一次听到"傻子"这个词时，并没有意识到是和三叔画等号的。

　　8号台风过了长岛群岛，直奔蓝湾而来。李全义一无所知。李全义还以为这场随时可以遇见的台风和往年一样温顺，台风过了的时候，正是大鱼群嗷嗷叫着的时候。经验丰富的李全义指挥着船队在蓝湾的外海撒开了欢儿，他们期盼着台风早点来，好让船队结结实实地捞一把。李全义会看海流子，能准确地猜出是活流子还是死流子。活流子是聚宝盆，总会突然出现一股鱼群，乌泱乌泱的，鱼被流子拽得晕头晕脑，一网兜住了，就意味着兜住了幸福生活。活流子还分热流子冷流子，舟山一带海域来产卵的鱼喜欢热流子，产卵后，会迅速返回南方。北冰洋海域过来的鱼喜欢冷流子，产了子的鱼要在流子里待上一段时间，恢复了体力，会奋力北上。

　　船队能准确地摆在流子的下口处，这才叫能耐，可不是吹的，有的船老大干了一辈子也做不到，哪儿是流子的上口？哪儿是流子的下口？除了李全义，谁又能说得清楚？找对了地方，顺了网，鱼群蜂拥而至，渔网顷刻间就被撞得绷直了。到了这个节骨眼儿上，李全义必要亲自掌舵，渔船时而顺着鱼走，时而别着鱼走。李全义一定要将网里的鱼磨得没了锋芒，就开始收网。他让海亮吹海耗子，让二叔那边同时收网。大橹这时就显得很重要，就像陆上的驾辕马一样，成为整条船的主心骨。渔船甚至都不需要走直道，即便在海上画大"8"字也没关系。海亮没有经验，每到关键时刻，就走形了。渔船被拽得一愣一愣的，严重影响了收网的速度。李全义抢过大橹，轻重缓急，一会儿，船就绷紧了，就有了力量。父亲摇橹，海亮就去帮着三叔收网，三叔不用他搭手，只让他摘鱼。三叔还让他下到舱底里分鱼。分鱼有讲究，同类鱼分在一起，不能弄混了，弄混了就不值钱。手脚不但要快，脑子还要快，稍一走神，就容易甩错了池子。碰上一些还没死透的鱼，有时候还能被吓一跳，这些装死的鱼会突然蹦起来，撞到脸上，就犹如挨了一巴掌。

收网越到后头越是艰难，李全义会调整着摇橹的节奏，搂橹的力道更猛一些，推橹的力道稍松一些，让正面的力道去将负面的力道抵消。即便如此紧张，他还能分出心神，脚尖儿钩住渔网，帮着倒网。如果收网太吃力，李全义就会用一只脚钩住大橹上的绷绳，用脚掌握着大橹的节奏，双手腾出来帮着绞网。

此时，李全义的脚下有些不正常，他感觉到了一股非常强烈的力量。仿佛船底有一条鲨鱼或者鲸鱼，时而托起了船，时而又把船拽入流子里。这种力量绝不是来自渔网，除非网里全是一米以上的鲅鱼或者两米以上的刀鱼，否则，不会产生这样怪异的力量。脚下的力是无形的，仿佛天和海之间猛烈闭合时产生的那股子压力。李全义断定，这股力量来自天上。李全义抻着脖子瞭望，感觉到从天边传导过来的一股煞气，能闻到海风里的腥臊，不是正常的腥臊，是臭鱼烂虾的腥臊。李全义突觉浑身无力，眼睁睁地看见了自己倒下去的身影，倒下去的身影压疼了他。

三叔像有了心灵感应般一把抱住了大哥。

三叔问："大哥你魔怔了？"

李全义被五花大绑，被抬到了碾盘上。

李全义说："老三，你仔细看！"

三叔放下大哥，三叔紧接着起获了一条三米长的刀鱼，他激动得尖叫着，他还从来没有捕捉到这么大的刀鱼。大哥让他仔细看，看什么？大哥真是多事。三叔又不敢不听大哥的话，在海上，大哥就是司令。违抗司令的命令，他就不是老三了，是老鳖。三叔摆好了方向，竖起胳膊，他闭上一只眼睛，瞄准了橹锥。

三叔的眼睛都看花了。

三叔确信一切正常。

李全义问："你闻到了什么味道？"

三叔摇着头，他什么都没有闻到，却恼火地说闻到了特大鱼群的味道。李全义火了，一脚踹在三叔的腿上，三叔一个趔趄摔倒了。李全义狠狠地骂，骂他是个傻瓜蛋子，骂他脑子里缺根弦儿。李全义让海亮摇橹，他伸出胳膊，摆出了方向，他仔细地盯着远方。他的心怦怦直跳，心头上压着五百斤重的大磨盘。

李全义吼："收网！收网！"

李全义抄起海耗子，朝其他船只传递着收网的指令。海耗子的声音嘶哑沉闷，仿佛牛鸣一般。二叔也吹起了海耗子，他对收网的命令有着万般的不解和愤怒。二叔还想再下几网。李全义狠命地吹着海耗子，号音威严而决绝。很快，各条船上都吹起了海耗子。号音中能听出来，他们都心有不甘，遇到了这么大的鱼群，说走就走了？三叔拽着渔网，还是不舍得撒手。李全义抄起铁钩，朝老三的大腿抽去。

李全义狂喊着："收网！收网！"

三叔狂喊着："不收！就是不收！"

三叔像一只凶恶的狗，咬人的疯狗。三叔的大腿上挨了一钩子，流着血，很像狗嘴里的舌头。李全义有些后悔，不该揍老三的，老三是个可怜的傻子，为什么要和傻子较真呢？李全义交代海亮，让他赶紧去帮三叔收网。见海亮过来搭手，三叔抹着眼泪，委屈得像个孩子。

李全义说："老三，就让你拉最后一网，行吗？"

三叔一下子就笑了，还冒出了一串快乐的鼻涕泡。三叔像个孩子一样跳起来，朝着大哥敬了个礼。

三叔说："是，司令。"

三叔的快乐感染了大海，大海也响起了快乐的回声。浪花扑到船上，如洒了一船的笑声。三叔的吆喝声响彻大海。

三叔说："大哥，全是大鱼。"

李全义永远得为这次犹豫后悔，因为犹豫，一切就变得不可收拾。虽然依然活着，在海亮看来，因为这次的意外，父亲已经死了，他的魂儿就是在这一次出海的时候弄丢的。李全义是经验丰富的船老大，按理说，这样的低级错误不该发生。李全义容忍了三弟，最终答应三弟可以再下一网，如此一来，救命的时间就错过去了。李全义后来辩解道："一切都是因为兄弟们活得太苦了。我也想让兄弟们多捞一把。老三老四都没有娶上媳妇，他们盖不起房子，没有房子哪儿来的媳妇？兄弟们拼命打鱼，不就是为了多挣点钱吗？"老二结婚的时候，上面批了半吨水泥，李全义带着兄弟们走了四个小时，来到了金州城里的供销社。人家抬出十包水泥，李全义和兄弟们不舍得花钱雇车，老三和老四一人扛了三袋，老大和老二一人扛了两袋。兄弟们吭喝着，走了六个小时，一口气把十包水泥扛了回去。他们从不舍得多花一分钱，他们清楚挣钱有多难，遇到千载难逢的鱼汛，他们舍不得罢手，在特大鱼群前，李全义的权威坍塌了。

明明是中午，阳光却像黄昏一样散淡，一层层的虾兵蟹将朝这边涌来，渔网里早已满了，虾兵蟹将还是奋不顾身地往里钻，仿佛网里乾坤颠倒一般。更多的虾兵蟹将在海天的后面突然冲出来，一层层地压着，再大的网也装不下。绞盘吱吱呀呀地响，随时都能崩断，李全义让海亮也去帮忙，他狠命地蹬着绷绳，靠脚去掌握大橹。他双手扯起着鱼线，鱼线上挂着的全是银光闪闪的大棒鱼。海亮还要摘鱼，李全义抢起斧头砍断了鱼线，鱼线撒欢地漂走了。

李全义说："砍网，快砍！"

三叔说："老大，你疯了吗？"

李全义抄起斧子，使劲地剁着缆绳，三叔倚着渔网，双手死死拽住缆绳。他的身子迎挡着斧子，虾兵蟹将滚滚而来，拥着轰鸣的响声而来，天边有沉闷的雷声，有激荡着的闪电。李全义吹起了海耗子，不用他吹，所有的渔船都看到了凶险。李全义拨开老三，几下子就把缆绳剁断了，渔网突然被拽入海里，千万条大鱼涌出水面。二叔和四叔的船朝这边靠来，其他的船各自而去。

三叔哭嚷着："老大疯了。"

二叔的船离他们有十米远的时候，两只船却再也靠不上了。四叔想跳船游过来，让李全义吼住了。李全义让他们赶紧走，能走一个是一个。李全义又让老三起网，老三很是疑惑，大哥怎么知道他留一手的？老三吆喝着，使出了神力，一张网起来了。

　　老三吼："鲅鱼！大鲅鱼！"

　　小猪一样的鲅鱼摔在舱里，蹦了几下，就打挺了。渔船开始晃荡，有节奏地晃荡，仿佛欣赏着一首好听的歌，仿佛有些男女间的情不自禁。李全义让海亮把大帆卸下一半，让老三把左边的边橹架上，让海亮去右边再架一个边橹。李全义亲自掌着大橹，他已经记不起来以前什么时候用两只手摇橹，不但两只手摇橹，身子也跟着剧烈地摇摆。三叔看到了危险，不再闹了，三叔架上边橹的时候，发现边橹使不上劲了。

　　李全义吼："全都抓牢了。"

　　一阵巨浪飞起来，砸碎了李全义的吼声。李全义礁石一样从浪里显露出来，又是一层巨浪，每层巨浪都足有两米高。桅杆上的大帆被巨浪抽打，大帆痛苦地扭动着，桅杆也跟着痛苦地扭动着。渔船落在谷底的时候，桅杆发出一声惨叫，轰鸣着扑向大海。渔船被掀起来，狠狠地抛到了浪峰之上。李全义抢着斧子，狠狠地看着桅杆，桅杆戳入海中，大帆冒着泡儿，被拽进深海里。过了三山岛，一艘军舰开了过来，高音喇叭喊话，让他们到三山岛避风。李全义瞄了一眼，过了三山岛，最多三个小时就能回到太平崖。三山岛并不保险，李全义只想着赶紧回家，他也从来没有如此沮丧，他比以往任何时候都想家，想他的哑巴老婆，想他的热炕头。

　　李全义喊："加把劲，回家喝大酒哇！"

　　三叔吹起了海耗子。

　　二叔也吹起了海耗子。

　　8号台风提前一个小时上来了，中心风力至少有10级。李全义的船队被台风兜头堵住，他们和台风艰难地博弈，他们并不知道此时已经进入绝境，非人力所能摆脱的绝境。转过三山岛，蓝湾失去了屏障，8号台风迅速占据了蓝湾，海浪像太平崖一样高，层层砸下来。渔船如同被一只巨手抓起来，又狠狠地扔出去，渔船失去了自控的能力。海亮紧紧抓着边橹，他早已忘记了摇橹，有两次，他被巨手抓住扔向大海，每一次都是在生死之际，巨手又把他扔回船里。李全义狠狠地摇着大橹，他的双脚长在船板上，无论如何颠簸，都没有离开船板一步。海亮将缆绳捆在身上，他也像父亲那样狠狠地摇着边橹。

比太平崖还要高出一头的巨浪压了过来，那双无形的巨手更加频繁地抓起渔船，抛到更远的地方。风暴摇动着翅膀盘旋在蓝湾上空。风暴驱逐着海浪，用铁一样的羽翼抽打着海浪，海浪像千军万马奔驰而来。海亮被抓起来的瞬间，一只脚幸运地钩住了铁钩，他又一次得救了。他惊魂未定，却又极力保持着镇静。他是李全义的儿子，他不能胆怯，胆怯又有什么用呢？

父亲开始变形，变成了另外一个人，一个像石头一样的人。父亲全身上下都化成了石头；父亲开始变形，变成了另外一个人，父亲变成了女人，父亲衣服上全都是小碎花，还画着红脸蛋儿；父亲开始变形，变成了另外一个人。父亲的脑袋窝在胸口上，抱着大橹打呼噜。

父亲变成了大橹一样的人。

父亲像大橹一样躺在大橹的怀里。

渔船撞上了礁石滩，万千的虾兵蟹将瞬间就被砸死在礁石滩上。两艘船相继靠岸了，渔民家属都跑到水里接缆绳，让船靠岸抛锚。很多人都快哭瞎了，他们不得不用嗅觉辨别着亲人的味道。

父亲问："老三呢？"

父亲抄起斧子，砍断了锚绳，他抓住大橹。渔船又动了。成千上万的虾兵蟹将缓过神来，又结队而上，要和父亲决一死战。柏木大橹突然崩断了，父亲的腰杆突然就断了。大橹断了的时候，船身也散架了。那么多的鱼从舱里涌出来，扑向大海。

第六章　我是谁？

萧丽萍呢？怎么没听见萧丽萍的声音？又是一道闪电，黑暗被粗暴地撕开了一条口子。海亮看到了萧丽萍。瞬间，光亮消失，海天又是一片漆黑。蓝湾发生了如此大的横祸，萧丽萍居然有心情和男人说笑，真是该死。她应该靠在海亮这一边，应该紧紧地盯着大海；她应该怒斥着纠缠她的男人，应该甩给他一个耳光。萧丽萍没这么做，她居然还发出了微弱的笑声。微弱的笑声就像生了锈的鱼刀，不停地割着海亮的肉。海亮摸索着走了过去，笑声更加清晰，男人咯咯地笑，萧丽萍轻声地笑。男人还放肆地哼着小调。萧丽萍咳嗽了一声，男人就不哼了。海亮听到了窸窸窣窣的声音，突然，一阵尖叫声，如锥子般锋利。海亮冲了过去，准确地找到了男人的脸，一拳砸在男人的脸上。

海亮吼："你找死！"

男人一把一把地拧着鼻子，男人仰着脸，拍打着额头。

海亮说："你给我滚！"

萧丽萍问："出血了吗？"

男人说："没事了。"

萧丽萍吼："海亮，你真霸道！"

海亮找不到更凌厉的词儿回击，哑口无言。萧丽萍拍着男人的额头。男人的脸凑过来，几乎要贴在海亮的脸上了。海亮能闻到他脸上的血腥味。男人蹲下去，突然又站了起来，朝海亮扬了一下胳膊。海亮的眼睛就被沙子迷了。海亮揉着眼睛的时候，有一万只脚端在他的身上。海亮忍着疼，抱住了男人的一只脚，那只脚拼命甩着。

海亮说："你找死！"

男人说："你找死！"

两个人在沙滩上撕扯，直到月光乍泄的时候，他们才停了手。他们停手的原因并不是月光，而是大海涨潮了。海水快淹到他们的腰部，每一次摔打，两个人都要喝上几口海水。他们不约而同地住了手。

海亮问："咦，萧丽萍呢？"

男人问："咦，萧丽萍呢？"

海亮问："你是谁？"

男子说："我是崔宏伟。"

海亮问："你来干什么？"

崔宏伟说："我代表全班同学来慰问二嫂和萧丽萍。"

如果不是幻觉，大海的尽头一定是出现了一个黑点，一个会动的黑点。崔宏伟也承认有一个黑点，他也认为不是幻觉。

海亮说："会不会是船呢？"

崔宏伟说："是一条大鱼吧？"

黑影比苍蝇要大一些，后来，比臭老鳖还要大一些。崔宏伟坚持认为是一条被台风吹昏了头的大鱼，以前，蓝湾也有这样的大鱼抢滩。海亮有个不好的预感，他确定是一只船，他担心是一只死船。直到天地间再次变得模糊的时候，那只船依然没有靠岸。崔宏伟一直陪着，他盯着海面上的月亮发傻，他捅了一下海亮，居然说天上有张香喷喷的大饼。海亮望去，月亮果然像一张抹了油的大饼。

崔宏伟说："够咱哥儿俩吃一顿的。"

海面上出现了一只舢板，一只死舢板。海亮的心突突乱跳，他解开缆绳，驾着舢板去接应。曙光乍现的时候，海亮把舢板接了回来。舢板上躺着四个人，除了萧丽芳还有一口气，其他三个如同死了一般。闻讯赶来的人将他们抬了下来。海亮伸手去抬萧丽芳的时候，脸上突然挨了一大巴掌。萧丽芳揉着手掌朝他笑，人们问笑什么，萧丽芳也不回答，只是笑，笑得眼泪直流。

萧丽萍说:"妹,你傻了吗?"

萧丽芳突然不笑了,脑袋一歪,倒在了萧丽萍的怀里。

支书说:"她累坏了。"

到此为止,他们在海上已经漂荡了两天两夜。

萧广大是这些人中最先醒来的,是疼醒的,蛇盘疮伤口部位被海水浸泡后如万箭穿心。萧广大呻吟着,咒骂着,还哀求抬他的人轻点。李全义也醒了,他睁着眼睛,一句话也不说。支书问他,他也不应答。最后一个抬下来的是三叔。三叔的身子像个浮漂,三叔的脸更像浮漂。三叔的牙朝外龇着,牙缝里塞着海菜叶子。

书记说:"只有老三是死的。"

父亲仿佛被抽去了筋骨,一下子就老了。父亲冲出海去的举动永远定格在海亮的脑子里,影响了他的一生。李全义从此告别了渔船,像蓝湾岸上的娘儿们一样,每天痴等着潮起潮退。每当潮退之时,无论刮风无论下雨,无论黑天无论白天,他都要拐着鱼筐,和娘儿们一起赶海。他撅着腚,小腚尖尖的,和那些浑圆结实的腚混在一起,犹如万千花海中的一棵仙人掌。李全义不放过任何一个海货,尽可能多地将海货划拉进筐里。李全义的突然衰老让人唏嘘,他也因此失去了应有的尊严,后辈们当然不会请他喝酒,即便是老伙计,也没人跟他喝酒,就连亲家萧广大也躲得远远的。萧广大名义上嫌他不爽快,嫌他像个娘儿们,其实,萧广大就是不愿意和他一起喝酒。李全义的腰弯了,弯得像张弓,腰弯了,腿就疼。海亮希望自己变成三叔,他却不是三叔,没了三叔,父亲的脊梁就挺不直溜儿。后来,李全义和海亮有过一次谈话。这次谈话的环境有些糟糕,李全义在猪圈边堵住了海亮。李全义说起了腰疼,又说起了腿疼。李全义嘟囔着,后来,就提起了萧丽芳。

李全义说:"多亏了她。"

海亮以为谈话到此结束了,他实在忍受不了猪圈里的味道,他转身就往外走。李全义的眼里流出了怨恨的目光,像一把把飞刀,直插海亮的后心。

二嫂喊："哥！"

海亮说："怎么了？"

二嫂说："咱爹要杀你。"

海亮当然不信父亲要杀他，他重新回到父亲的身边，等待着他的教诲。李全义眼里的飞刀依然不停地射出来，刀刀刺目。

李全义说："多亏了她。"

海亮决定在适当的时候送件礼物给萧丽芳，感谢萧家父女的冒死相助，如果没有萧丽芳和萧广大，父亲必死无疑。海亮有义务感恩戴德。终于，他找到了比较合适的礼物，他赶了一潮赤甲红，每一个的个头儿都有盘子大。海亮认为这些赤甲红一定会让萧广大笑逐颜开，萧广大高兴，萧丽芳也一定会高兴的，救命的情谊也就算还上了。他也想见见萧丽萍，他都有很长时间没有见到她了，他想念着她的笑声，也惦记着她的苹果。海亮走进萧家的院里，听见了萧丽萍的笑声，萧家院里乱爬着赤甲红，每一个都比盘子大。四兰子蹲在地上捉赤甲红，被大钳子夹得嗷嗷直叫。

萧丽萍说："爹呀，崔宏伟还要送一筐更大的赤甲红。"

萧广大说："好！好！好小伙子！"

海亮悄悄地退出了萧家院子，他拔腿就跑，一口气跑到了海边。他想喘口气，想歇一歇。他放下鱼筐，猛然发现，筐里空空如也。海亮想回去找一找，又一狠心，算了，权当送礼了。这一次送礼失败，海亮的心里很不是滋味，闭上眼，眼前就是赤甲红，睁开眼，眼前还是赤甲红。礼物没送出去，李全义和海亮的谈话就没那么从容了，他一把揪住了海亮的袖子。

李全义问："二芳儿舍身救人算不算好样的？"

二嫂说："当然算。"

李全义说："没问你。"

海亮说："当然算。"

李全义说："我和你萧大叔有个死约。"

李全义说："我们两家轧亲家了。"

海亮心里扑腾腾地跳，脑子里就映出了萧丽萍的脸来，萧丽萍的脸上有对漂亮的酒窝，萧丽萍有双不但会说话，还会笑的大眼睛。萧丽萍是幸福美满下凡而来的仙女。李全义说了"生死之交"，这个词万分沉重。海亮当然不知道这个词的分量有多重。当时，萧广大紧紧地搂住了李全义，忍着蛇盘疮的伤痛，摇晃着他的脑袋。

萧广大说："李老大，二芳儿一定会把你带回去的。"

萧广大说："谁让咱们是亲家呢！"

萧丽芳已经僵硬了，浑身上下没有一个地方是灵活的。她迷迷瞪瞪地听见了"亲家"这个词，脑子猛地就醒了，胳膊也醒了，双腿也醒了。

萧丽芳问："哪个跟哪个呀？"

萧广大说："当然是大萍和海亮。"

萧丽芳的脸突然就变得蜡黄，她一把推开大橹，一脚踢开了铁钩子。渔船突然失去了动力，像拉磨的驴一样打转，一个浪下来，差一点掀翻了。

萧丽芳问："我哪儿比不上大萍了？"

奄奄一息的李全义被萧丽芳拽了起来，靠着船舷坐着。萧丽芳摇着他的脑袋，就像摇着小孩子玩的拨浪鼓，李全义被摇醒了。李全义也听明白了，萧丽芳这是要撒手不管，船上人马上都得像老三那样被淹死。李全义搞不清楚，她这么疯狂地闹，到底为了什么？

李全义说："我被你摇糊涂了。"

萧广大说："你糊涂个屁，二芳儿就想嫁给你家海亮。"

李全义说："我又明白了。"

萧丽芳说："你明白个屁！"

李全义说："你二芳儿是女中豪杰梁红玉！"

一道闪电，一阵惊雷，黑暗又将所有人裹了起来。萧丽芳倒下了，大橹像死去的三叔，直挺挺地躺着。萧丽芳的肚子豁开了，肠子流出来了。她不觉得疼，她想睡，哪怕永远不醒；一道闪电，一阵惊雷，海上一道银光，那么多的勇气涌上她的全身，她被闪电注入了能量。萧丽芳朝着黑暗尖叫，叫声像铁钩子在青石上划过一般。大海与她对峙。渔船在尖叫声中颠簸着。萧丽芳哈哈笑着，像男人一样笑着。萧丽芳凝神，她在等待着死亡，死亡长的什么样子呢？

死亡一定和三叔一样。

船漏水了。

萧丽芳看到了死亡，死亡就是三叔。死亡醒了，死亡张开了双臂，谁也跑不掉的。

李全义吼着："我保证让海亮娶你！"

萧丽芳打了个冷战，她甩开了死亡，猛地将死亡踩在了脚下，她站了起来，不停地擦着泪水。

萧丽芳问："爹，你听到了吗？"

萧广大说："听到了。"

（《蓝湾之上》入选中国作协2018年度定点深入生活项目，发表于《中国作家》2019年上半年长篇小说专号。）

滕贞甫　主编

新时代文学作品集

长篇小说卷·下卷

北方联合出版传媒（集团）股份有限公司

春风文艺出版社

·沈阳·

砂粒与星尘（节选）

薛　涛

　　这个故事是真的，人物也是真的。砂爷是真的，砂粒是真的，公爵和虎子也是真的。狼也是真的，它是一条草原狼。

　　星尘一粒，沙粒两颗，出乌粮的路至少三条。

八年前

1

　　八年前，砂粒的周围是苍白的，没有色彩，也没有明显的痕迹。砂粒固执地认为，八年前没有星星和月亮，什么都没有。没有虎子和公爵，连一粒沙子都没有。有一个模糊的女人，后来知道那是妈妈，爸爸则不存在。爸爸后来解释过，他那时是一个穷光蛋，在郊区的分公司过着天天加班、黑白颠倒的日子。现在，砂粒躺在热乎乎的沙子上面。这时候应该喊来伙伴们一起玩沙子，可是伙伴们找不到他，他也找不到伙伴们，他们失去联系了。

　　八年前就算有了世界，也是一个空壳，只有空气和沙子。空气是四面八方的空气，沙子是花坛旁边的沙子。那是工人装修剩下的一堆沙子，砂粒带着几个小孩占领了它，从此日复一日玩下去。砂粒也喜欢一个人在上面躺着，反复想象一个情景：一个人在大片的沙漠里面行走，前面还走着一峰骆驼。现在，砂粒的下面已经不是那个小小的沙堆，而是几百里之外的沙地。砂粒果然在一望无际的沙地行走，只是前面没有骆驼，身后也没有骆驼。沙地里面太单调了，直到那个村子出现。

那个村子叫作乌粮。

2

八年前，世界上已经有了砂爷，也有了乌粮。砂爷有了一个儿子，儿子十五岁，也叫砂粒。所以，八年前世界上已经有了另一个砂粒。砂粒乘坐马车和汽车离开乌粮，一直走到三十公里外的县城，在那里读师范。砂爷数得一清二楚，砂粒是第三十六个去外面读书的年轻人。砂粒一走，乌粮空空荡荡。虎子也跟他走了，赶不走，也拦不住。

砂粒在县里读书，偶尔给砂爷写信。一枚单薄的信封非常牛气，把新入职的邮递员带进沙地，让他见识了沙地深处的乌粮。他从县城出发，先往一个充斥牛羊的村庄丢下两个包裹，之后便循着一条模糊的村道踏进茫茫沙地。村道三心二意，常常隐去踪迹。邮递员开始还用手机导航，后来没信号了，只能凭借指南针前行。邮递员的自行车跟信封一样单薄，没什么能耐，除了邮包只能载一大瓶矿泉水。邮递员口干舌燥地出现在砂爷面前。砂爷端来一杯水，跟邮递员道歉。邮递员沙哑地笑，说没什么没什么，大不了辞职不干了，这个工作要命。可是不久，砂爷等来的还是这个邮递员。

砂爷赶紧给砂粒回信，要砂粒无论如何买个旧手机，发短信省事，再写信就砸人家饭碗了，这不厚道。砂粒坚决不买，把钱结余下来买牛肉。砂粒不吃这些牛肉，牛肉都给旗杆上的虎子了。

全校师生都知道，新入学的班级有个男生养了一只鹰，这成为一个奇谈。虎子在学校四周飞来飞去，像学校的保安，有时候在空中无聊地悬停，有时候落在旗杆上打盹儿。这些日常的活动经常引起师生的围观。这个县城果真不是虎子待的地方，虎子也试着朝高处飞去，大地越来越开阔，地平线重新回到它的视野。再向下看，县城像一堆盒子，错落有致地摆在沙地中间。砂粒哪去了？砂粒缩成一颗渺小的沙粒，藏在那些盒子中间，被湮没了、吸收了。砂粒不见了。虎子在空中悬停一会儿，好像被一条绳子紧紧地扯住。当初，绳子第一次系在腿上时，它非常愤怒。后来，这条绳子扯着它熬过六个夜晚，扯着它叼起主人给的第一片牛肉。第七天熬鹰有了结果——这只无比倔强的鹰向主人妥协了。小主人把那条绳子扔上屋顶。现在这条绳子又出现了，虎子心甘情愿朝绳子的下端俯冲。砂粒渐渐放大，出现在视野里。虎子悬起来的心落下来。

虎子舍不得砂粒了。虎子闭上眼睛，故意不再打量蓝天。天空代表着从前，它不想回到从前。

可是，有些困难它解决不了。比如，它讨厌汽车。那东西骄傲自大，一切都不放在眼里，包括虎子。虎子实在看不下去，朝一辆汽车冲过去，狠狠地抓了它一下。它的本意是先抓起来再丢下去，摔它一下。可是虎子失败了，双爪被坚硬的铠甲挫了，一片指甲劈裂了。虎子足足用了一晚上时间来平息愤怒。从此，虎子失眠了。

虎子吃不好，睡不好，渐渐消瘦下去。

砂粒过得也不好。结余的生活费给虎子买吃的，砂粒自己也吃不饱了。开学三个星期后，砂粒和虎子都瘦了。是的，自从来到县城的师范学校，砂粒读书，虎子陪读，都过得不怎么样。

3

班主任第三次找砂粒谈话。

班主任说："砂粒同学，这回是学校委托我找你谈话。这里面的分量你要掂量。"

砂粒满脸通红，扭头瞥了一眼窗外的旗杆。虎子在旗杆上打盹儿。它还不知道，它跟着砂粒来到师范学校，这里足足轰动三个星期了。

班主任对窗外的鹰兴趣不大，他专注地盯着砂粒："假如，我是说假如。假如是父母搬到县里陪读，这个做法学校无可非议。可是你弄一只鹰来陪读，这个事靠谱不靠谱，你自己应该知道。"

砂粒苦着脸说："在家的时候，我和我爸要放它回草原，它不走。它自己要来，拦不住，也赶不走。无计可施啦！"

班主任说："其实学校有的是办法处理它，不过生物老师说了，它是国家重点保护动物，不能伤害。我们也没想着把它交给动物园，学校做到仁至义尽了。"

砂粒说："那就别管它。它不伤人，你们胆子太小了。三个星期了，我就见它吃了两只耗子。它帮学校抓耗子，这也是贡献吧。"

班主任皱皱眉头，就好像他跟耗子是亲戚："女生们都吓坏了，二班的徐子涵都不敢上学了，爸妈陪着都不敢来。人家女生认为自己的眼睛最好看，就怕眼睛有个三长两短的。咱得考虑人家的感受。"

砂粒说："那个女生连蜘蛛都怕，学校干脆把蜘蛛都消灭得了。学校要是让蜘蛛灭绝，我就让虎子消失。"

班主任不耐烦了："继续说你的鹰，提虎子干啥？这事跟虎子有啥关系？虎子是谁？"

砂粒说："鹰就是虎子，虎子就是鹰。鹰不准有个名字吗？"

班主任恍然大悟："这名字取的。咋还取个老虎的名字，它是鸟，不是兽。"

砂粒来了兴致："它长了一身虎纹就叫虎子，我们鹰把式都这么取名。"

班主任重新严肃起来："好，那就叫虎子。生物老师还说，有办法让这只鹰离开。你也清楚，这事迟早会被有关部门知道，鹰的去处不会太理想，至少保证不了自由。你还是得主动想想办法。"

班主任同情地看着砂粒。他心知肚明，这个少年与鹰的感情太深，不容易割舍。要不是校长下令，他都想睁一眼闭一眼留下它。它整天也就是闲逛，不是在天上就是在旗杆上，不招谁惹谁。孩子们习惯就好了。

砂粒哽咽起来，声音越来越大，鼻涕都流出来了。砂粒的哽咽打断了班主任的思路，班主任不再说什么，无奈地瞥了一眼窗外的鹰。那只叫作虎子的鹰立在旗杆上，专注地看着地面的升旗仪式，很像一个国旗卫士。每次升旗仪式，它都规规矩矩立在上面。它喜欢上这个仪式了。

砂粒用力憋住哽咽，吐出一个成语："强人所难了。我试试……"然后蒙头蒙脑走出办公室。刚才哽咽太厉害，大脑缺氧了。

第二天，旗杆上只剩鲜红的国旗，它的卫士不见了。班主任挨个树梢儿搜索，确定那只鹰不在树梢儿。他仰起头看天，天也空荡荡的。有几只鸟急匆匆飞过，看那忽闪忽闪的姿势就不是鹰。鹰的姿势只有鹰能做得到，麻雀、喜鹊不是那样子，大雁也不是那个样子。有几个女生跑过来兴奋地告诉他，鹰飞走了，鹰飞走了，这是亲眼所见。

是的，鹰确实飞走了。

鹰飞走了，这是好事。不过砂粒也不见了，这不是学校想要的结果。

宿舍里，砂粒的床铺基本空了，只留下一双拖鞋和脸盆，其他用品都带走了。另外，上铺同学的一把水果刀跟着失踪了。上铺的同学非常激动，恶狠狠谴责这个小偷。他很快在枕头下面发现了字条："小意，借你的刀用用。我不会赖账，相信我。"上铺的小意同学便不吭声了，连说误会了误会了，原来是借的，不是偷，性质不一样，不一样。教室里，砂粒所有的课本和学习用品都在，好像它的主人还会回来的样子。同学们都说，这不能说明他还能回来。谁出走会带上这些东西呢。砂粒瞬间成为所有女生和部分男生的偶像，主任不得不组织专题班会，打压这种不好的倾向。

没有人看见砂粒是怎样离开学校的。他只是留下两个结果：鹰飞走了，他也不见了。

苦熬到第二天，砂粒还没出现，学校这才向派出所报案。再等下去校长和班主任都要发疯了。

两个警察出现在学校，详细做了笔录。校长的脸红一阵白一阵，班主任的脸则一直是白的。同样的事情，脸色却不一样，校长和班主任不是一样的人。

警察问校长："通知家长了吗？"

校长说："马上派人去乌粮通知家长……"

警察说："你们不用派人了，还是我们通知比较快。校长，你遇见大麻烦了。"

校长说："万一这孩子带鹰回家了呢？"

班主任小声提醒："那孩子留了字条，不像要回家的样子……"

警察说："别幻想了，这孩子一准是出走了。咱们保持联系，争取找到这个熊孩子。带鹰出走，不多见……"

4

砂爷得知砂粒的情况是在第二天。下午，派出所的陈警官骑马来了。他这一路走得口干舌燥，一进村先要水喝，咕嘟咕嘟喝完水才把这个坏消息告诉砂爷。

"砂粒要是回家了，赶紧告诉我们，我们尽快通知学校。学校急坏了。"陈警官说。

砂爷望着天边的沙丘，半天没说出话。砂粒带着一只鹰走了，这种事情砂粒能干出来。这家伙可能送虎子回草原了。这熊孩子，太操心了！

砂爷气得团团转，一边转一边跟陈警官反映乌粮人口的外流问题。

"乌粮的人一个接一个走了……乌粮越来越小了。"砂爷叹口气。

"你儿子也走了，还把鹰带走了。"陈警官在本子上做着记录。他有多重职责，既是治安警也是户籍警，关心人口是他的职责。

砂爷详细说着最近的情况。李琦家的儿子考上吉林大学，李琦两口子跟儿子说好了，毕业别回来，将来有能耐把爹妈也接长春去。儿子拍胸脯答应了爹妈的请求。王老歪的闺女如愿以偿嫁到了通辽，女婿是火力发电厂的技术员。这是王老歪梦寐以求的结果。把闺女嫁出去后，王老歪突然后悔了，整天喝得迷迷糊糊。张四去沈阳打工，施工队缺做饭的，媳妇也跟着去了。儿子小，哭着闹着也跟去了。张四的房子空了。

沙子怕人，欺负人少的房子，今天进门槛，明天上窗台。发现房子里没人，就敢胡作非为，几天就埋了灶台。

砂爷常常在外面大声喊："没人管了吗？你家进沙子了！"

房子里静悄悄的，没人回答。砂爷一拍脑袋，张四一家人去沈阳几个月了。砂爷慌慌张张去推门，门已经被沙子填实，推不开了。砂爷破窗而入，发现沙子已经埋了土炕。砂爷抄起铁锹把沙子扬到窗外。一阵风卷过来，把沙子又吹回来。风，是沙子搬来的救兵。没有风帮忙，沙子不会这么猖狂。砂爷怒骂风和沙子狼狈为奸，这个成语最恰当了。窗外，羊倌赶着一群骨瘦如柴的羊走过去。羊倌是砂爷的外甥，趴在窗口劝舅舅："别整了，你整不过来。你朝四外看看，沙子把乌粮围起来了。你这个村主任没法干了，别干了。"

砂爷叹口气，从张四家爬出来。

砂爷承认，更多的沙子从四面八方围上来，已经渐渐侵入。大批后援则随时准备攻入乌粮。

砂爷被沙子绊住腿脚，摔跟头。砂爷又开始咒骂沙子。一阵风跟着吹来，沙子封嘴，他骂不出来了。

狼狈为奸。

砂爷心里反复念叨这个成语。砂粒写作文时经常用这个词。

5

陈警官骑上马，磕磕绊绊出了乌粮。枣红马脖子绷得直直的，用力拔着蹄子，一寸一寸走向天边。走了一会儿，陈警官坐不住了，翻身下马在前面拉扯缰绳，帮枣红马拔蹄子。可是，他们的速度并没有快起来。陈警官就想，这里不适合人类居住了，应该理解那些离开不回来的人。这个村子保不住了。

砂爷用目光送走陈警官，再用目光等待儿子。几天过去，砂粒还没有踪影。送虎子回家，路途太长了，不是三天两天能回来的。这一路上有风沙，还有狼，不好闯。第五天，砂爷待不住了，备好行装要去接应砂粒。这时，砂爷想起砂粒说过的一句成语：大海捞针。

砂爷放弃了。

在沙地和草原上，砂粒就是一粒沙。沙地和草原是大海，砂粒是掉进大海的那根针。

6

砂爷在等待一个奇迹。比如某天早上，砂爷望着远方发呆，一个黑点出现在地平线。这个黑点越来越大，竟然是一个破衣烂衫的人。这个人不是别人，正是砂粒。砂粒把虎子送回草原，路上与狼群擦肩而过，居然活着回来了。想着想着，砂爷又绝望了。他的前半生没遇见过奇迹，他早就与奇迹绝缘了。所以，砂粒肯定回不来了。

砂爷把自己关在屋子里，偷偷哭了一下午。这个场面被窗外飞过的猫头鹰看到，猫头鹰嘎嘎大笑。砂爷尴尬，也非常沮丧。猫头鹰这时候出现不是好兆头，它是专门跟奇迹作对的坏鸟。砂爷接着流眼泪，喝光了一瓶白酒。谁料，第二天便来了一个好消息，好消息是那个邮递员送来的。邮递员没骑自行车，换了一匹白马送邮件。这匹白马花了一千元钱，邮局报销一半，另一半邮递员自掏腰包。所以，这匹马有一半产权属于邮局。

砂粒的信很短，字迹毛糙。

爸，我和虎子搭各种车，走到阿尔乡了。再走半天就是内蒙古了。我俩闻到草味了，虎子已经神魂颠倒、垂涎三尺。

虎子让我给你问好。

砂粒

对了，别回信，我俩继续往北走，没办法收信。你收到信时，我俩肯定进草原啦。

砂爷把这封信足足读了十遍。邮递员早就跑进砂爷的厨房找水，先把自己咽喉里的火浇灭，再去浇白马咽喉里的火。砂爷给邮递员灌满水壶，给白马喂食了干草，送邮递员离开。

砂爷整个晚上都嘿嘿笑，彻底失眠了。半夜，砂爷披了衣服出去。沙地的夜晚寂静无声，清凉的月光洒在衣服上，砂爷打了一个冷战。猫头鹰蹲在院外的桦树梢儿上，睁一眼闭一眼，没把村主任当回事，砂爷一点都不生气。好消息是邮递员送来的，也是这只猫头鹰送来的。俗话说，猫头鹰进宅无事不来。这次来的是好事一件，砂爷感激这只吉祥鸟。

"猫……头鹰，老兄……"砂爷跟猫头鹰套词，却弄不清它是猫还是鹰了。人在失眠的时候脑子不好用了。

猫头鹰没理砂爷，它也不想跟人聊天。人类是一种自以为是的动物，有一个算一个，没有例外。猫头鹰来乌粮，说得高尚点是来维护这里的秩序，其实就是来混口饭吃。从前有一只别的鹰在乌粮附近活动，猫头鹰几乎不来这里。一片天容不下两只鹰。是的，猫

299

头鹰也是鹰，不用怀疑这件事。最近虎子走了，需要另一只鹰来补位置。乌粮的老鼠总得有只鹰来约束，不然闹翻天了。是的，猫头鹰是鹰，没什么可怀疑的。猫头鹰一只眼睛就看清了：这个人类对它的到来不冷不热。据说，人类的偏见非常顽固。砂爷把一捧米搁在树下，猫头鹰干脆飞走了，送给砂爷一碗闭门羹。猫头鹰不接受廉价的施舍。砂爷抬头一看天要亮了，便用这捧米熬了粥自己喝了。砂爷暖暖和和地等待砂粒的新消息。

这封信之后，砂粒再无消息。砂爷盯着树上的猫头鹰，嘟囔着，猫头鹰就是猫头鹰，不是花喜鹊，带不来吉祥的消息。

一周后马倌带回一个模棱两可的消息。

马倌三年前去克什克腾旗贩马，马群把他的雄心也带到草原，乌粮装不下他了。这次回来，马倌没骑马，开着吉普车来搬家。马倌搬走家人不算，还要把户口迁到草原。马倌无意中跟砂爷说到了。

"砂粒有出息，一个人追赶马群。虎子落在马背上，驾驭一匹烈马，也特别带劲。"

"你详细说说！来，干一杯！"

"我看中几匹马，想跟这小子谈谈，人家没搭理我。"

"你在哪遇见他的？"

"刚进草原的地方，这么小就敢闯草原，比我当年还厉害。"

"不好好念书，天天跟鹰混在一起。你看他能行吗？"

马倌喝了一杯酒，开始颠三倒四："我当年逃学去了长白山，跟一个护林员学采人参，最后成了马倌。"

砂爷扑哧笑了："你一会儿上山一会儿草原，一会儿采药一会儿贩马，不专一。你要是专心读书比今天混得好。"

话题扯远了，两个人都不吭声了，呆呆地望着天空。天空瓦蓝瓦蓝，云彩被大风刮走，把鸟也刮走了。

第二天，马倌的吉普车骄傲地叫唤一声，轮子却陷在沙子里，憋憋屈屈朝前爬。

砂爷拦住他又问了一句："砂粒没捎句话给我吗？"

马倌说："你瞧瞧我满脸胡子，他肯定没认出我。他只盯着他的虎子和马群。"

砂爷解释说："马群不是他的，他是跟着马群赶路呢……我再问你一句，草原上狼多吗？"

马倌不耐烦地伸出脑袋，说："狼不多，这几年我就遇见过一回。"

马倌这句话又把砂爷弄失眠了。连续三天，砂爷都是呆望北方的夜空。

第一天夜晚，一颗流星划开天幕掉在沙地深处。那块小陨石落地没有声音，砂爷的心里却扑腾一声。砂爷念叨着，有人死了，又死一个人……第二天夜晚，砂爷躺在屋顶。又有流星坠落，砂爷一翻身坐起来，又死一个人……不一定是人，兴许是鹰。

砂爷怕听见死人的消息，死一只鸟也不行。留在乌粮的人都知道砂爷的脾气，谁都不敢提死人的事情。有个年轻人连夜从城里赶回来，听见砂爷叹气却不见人。砂爷咳嗽一声，提醒他叹气的人在屋顶。年轻人爬上屋顶，看见砂爷绝望的脸。

年轻人眼泪汪汪跟砂爷说："乔布斯死了……你听说了？"

砂爷冷冷地说："我睡不着，别跟我提这样的事。我不年轻了，受不了这样的事……"

砂爷不知道乔布斯是谁，听起来是一个外国人。

第三个夜晚，砂爷不出去了，乖乖躺在屋子里盯着棚顶，不敢再看流星了。每天晚上都有流星，那场面太刺激人了。秋夜清冷，屋子里也凉，把砂爷仅有的一点困意又赶走了。

砂爷继续失眠。

7

叽溜——鹰的叫声滑过夜空。这是失眠的第三个夜晚，砂爷等来了鹰的叫声。砂爷冲出屋子，被门槛外的沙子绊了一个跟头。

虎子立在墙头，一副失魂落魄的样子。

虎子的叫声在秋夜里显得非常犀利，更像是对众多鸟兽的宣言：我又回来了。

猫头鹰正蹲在树上站岗。它明白，这是最后一班岗，应该跟这只鹰换岗了。猫头鹰突地飞走了，把原来的位置还给了虎子。虎子并不急于上岗，老老实实立在墙头。

砂爷朝虎子发出啧啧的叫声，伸出手臂。虎子没反应。砂爷这才想起来，它跟着砂粒两年，不听他的话了。

砂爷说："你真行啊虎子，还送不走你了。舍不得砂粒还是舍不得鸟粮？砂粒为了你都不念书了。你说这事咋办吧？"

虎子眨着眼，望着夜空。它的心思不在地面，更不在眼前的砂爷身上。

砂爷望着沙地中间的路。吉普车碾出的车辙几乎被风沙抹平。月光再均匀地洒在上面，把两条车辙彻底填平了。砂爷等一个黑点的出现。后来，砂爷等待的黑点一直没出现。

砂爷无所事事，只能跟虎子聊天。

"虎子，你把砂粒一个人扔下，还好意思回来吗？讲究的鹰不这么干，你给海东青丢脸！"

虎子无话可说。

"虎子，你说说，砂粒在哪儿？你俩走到阿尔乡，你还给我问好。你俩还追赶马群，后来发生了啥事？"

虎子沉默着，看了砂爷一眼。

砂爷气得走来走去，显得很不稳重。虎子受不了，飞到屋脊上去。

虎子盯着北方的地平线，很像在等主人。这个姿势给了砂爷希望。

砂爷突然明白了什么，嘿嘿一笑："你俩走散了，对不？虎子，我明白你的意思了。"

砂爷心底的乌云散了，后来，砂爷的一切希望都是虎子给的。既然虎子在等砂粒，砂粒就有希望回来。

砂爷心情好了，便背着手把乌粮里里外外巡视一遍。心情好才能工作，这是村主任的本职工作。

还是一些老问题。

马倌家的大鹅没人管，天天来砂爷家找吃的。砂爷也是一个人，不像老伴儿活着的时候粮食储备多。怎么办呢？只能喂它白菜根、烂菜叶。另外，这只大鹅太不靠谱，随便下蛋。砂爷遇见了就捡回来。马倌把所有的东西都搬走了，唯独忽略了大鹅。为什么呢？因为大鹅不在搬家的现场，悄悄跑到一个沙坑里下蛋。作为马倌家的大鹅不乖乖在家下蛋，跑到外面去下蛋，被马倌"抛弃"也算"罪有应得"了。后来马倌回来也没提到大鹅怎么处置。他彻底把他的鹅忘记了。所以，砂爷只算是替马倌照顾它，还不能大大方方据为己有。

沙子围住乌粮，开始入侵村庄。这也是一个老问题，砂爷小时候就开始的。沙子最先进入村口的牛圈，埋了牛圈边上的草料。照这样发展下去，沙子会埋了整个牛圈，整个乌粮。有脑子的人都想到了这一层。所以，乌粮人心惶惶。砂爷挨家挨户提醒，准备铁锹和柳条筐，随时把沙子淘出去。这个办法很笨，可是眼下没有更见效的办法。乡政府在沙地边缘种樟子松，樟子松根系扎得不深，长得不高，挡不住冲向乌粮的沙子。砂爷门口的桦树活得很精神，全靠多年前扎进土壤的根系。

....

8

陈警官又来了，终于给砂爷带来不好的消息。好消息和坏消息接二连三，砂爷蒙了。陈警官拿捏着口气和用词，尽量把坏消息说得不是特别坏。

砂爷软软地坐下来。软软的沙地被碾压出一个盆地，勉强接住砂爷的身体。

砂爷平静地说："好，好……冷静冷静。"

陈警官说："对，先冷静冷静，再决定。"

砂爷说："我不去认！肯定不是砂粒！虎子飞回来等他呢，他肯定没死。鹰眼睛比警察眼睛好使，你信不信？"

陈警官说："先冷静冷静……"

砂爷说："你叫我怎么冷静？对，我冷静冷静。你们这些年轻警察办事不稳当，去年抓偷牛贼愣是抓错了，结果呢人家是偷电视的，歪打正着你还立功受奖。你还是跟老警察学学吧。"

陈警官有点脸红："学什么？"

砂爷不客气地说："学冷静。"

陈警官叹口气，说："好，我先去外面冷静冷静。你再想想。"

陈警官坐在高高的桦树下，虎子就蹲在头顶。

陈警官跟虎子说："听那边的警察说，特征特别像砂粒，我怎么能说服砂爷去认一认呢。你要是会说人话就好了，砂粒究竟怎么啦？"

虎子没心思听人说话，他们的语言太复杂了。虎子张开翅膀飞了，绕着乌粮盘旋，还向陈警官俯冲过来。陈警官看出来了，这只鹰在警告他，不许他再胡说八道。陈警官扭头打量砂爷的小屋。小屋左右伸出两排桦树栅栏，摆出跟风沙周旋到底的架势。这架势跟主人一样倔强。

陈警官牵上枣红马刚出了村子，虎子便落回到树上。

陈警官也在想，万一那边的警察搞错了呢……但愿那边搞错，那么这只鹰和这个老爷子就是对的。他们对了有什么不好的呢？是非常好的。陈警官希望他们是对的！

陈警官身后传来沙沙的响声。那是马匹蹚过沙子的声音。砂爷骑着老马赶上来了，默默跟在他身后。

"那边可能弄错了。嘴角有痣的人多着呢。"陈警官说。

"我得去一趟，证实他们弄错了。"砂爷一脸严肃，陈警官的消息瞬间让他的脸饱经风霜。

两个人肩并肩走出乌粮，一路上再没有说话。两匹马之间也不交流，偶尔各自打着响鼻。只有沙子不停发出几种单调的声音，嚓嚓、咯吱……像说话，像嬉笑，打破了很多尴尬。

这样走了两个小时，他俩终于走到公路上来了。剩下的路还很长，两人把马寄放在一座中石化加油站，塞给站长一点马料钱，然后搭上一辆大货车朝东北方向赶过去。

两个小时后，黄褐色的大地渐渐变绿，货车在绿地中间的一条墨迹上行驶。半小时后，公路两侧出现马群。马群纹丝不动，安静地啃食着碧绿的地皮。砂爷和陈警官互相看了一眼，同时说出两个字："饿了。"司机告诉他俩干粮在后座旁边的纸箱子里。砂爷摸出两个饼，分给陈警官一个，还掰给司机一半。三个小时后，一个镇子出现在草原腹地。陈警官跟大货车司机说到了到了。大货车放慢速度，嘎吱一声停在镇子里。下车之后，砂爷并不着急去派出所，拉着司机和陈警官拐进喜羊羊炖肉馆。吃罢午饭，砂爷放走司机但不放过陈警官，逼着陈警官陪他喝酒。陈警官连连摆手说早就戒酒了。

"还是赶紧去派出所办正事吧……"陈警官对喝酒没有兴趣，最主要的是没有这份闲情逸致。

"不急。喝两杯再去不迟。"砂爷自己喝了一杯，脸色顿时红起来，讲起从前喝酒的趣事。砂爷的酒量是二斤白酒，这不是吹牛。

陈警官很不理解砂爷。现在真不是沉迷酒肉的时候，他只想快点联系当地派出所，然后去医院辨认那个可怜的男孩。对于他来说这是一件天大的事情，如果那个男孩是砂粒，他得协助砂爷办理有关事项，另外，他需要陪伴中年丧子的人渡过难关。可是，这个中年人现在只想喝酒。

陈警官转念一想，突然理解砂爷此刻的心情了。砂爷在逃避，不想去面对那个男孩。

砂爷望着窗外的天空："天上没鹰，鹰都哪儿去了?"

陈警官说："有个小孩……等咱们去认呢……"

砂爷把第二杯酒全部倒进嘴里，吐出一口酒气："走吧。"

砂爷站起来时，身体晃了一下，不过马上就调整过来了。陈警官走在前面，一步一步走进派出所。砂爷跟在后面，双腿开始有点抖动。镇里派小个子警察带路朝医院走去。砂爷的身子晃了一下，当地警察回头说了一句："你没少喝呀?"

陈警官在旁边替砂爷解释："二斤的量呢，小意思。"

砂爷笑笑，没说什么。陈警官发现他的脸色已经非常苍白了。

当地警察在一个冷清的门口停下，说："嘴角有颗痣，跟你们那边描述的特征非常吻合。"

砂爷双腿一软，直接扑倒在当地警察身上。事后说起这个事，当地警察会这样开头："我以为他借酒劲袭警呢……"

两个警察搀扶着砂爷走进冰冷的房间，就像押解一个犯罪嫌疑人。

砂爷目光游移不定，跟医生说："我喝多了，喝多了。"

那个男孩躺在冰柜里面，好像睡着了。男孩的嘴角有颗痣，不过他确实不是砂粒。

砂爷摇摇晃晃冲出去，蹲在墙根底下一言不发，接着突然痛哭起来，一边哭一边说："喝多了，失态了失态了。"

砂爷和陈警官坐上了回程的小客车，砂爷的酒劲还没过去，兴奋地讲着年轻时驯鹰的故事，还讲起教砂粒驯鹰的事情。讲着讲着，砂爷又肆无忌惮地哭起来。车里的乘客和司机都愣住了，不知如何处置这个醉鬼。陈警官请求司机停车，小客车走投无路，只能临时停在路边。陈警官把砂爷搀扶下去，砂爷趴在草地上一边号啕一边暗自念叨冰柜里的男孩。陈警官跟乘客敬礼，请他们等一会儿，他的兄弟酒后失态，趴在草地上醒醒酒就好了。车里的人们七嘴八舌，表示理解砂爷的举动。还有人拿出果汁，要给砂爷解酒。

在乌粮能喝二斤白酒，却把脸面丢在草原。事后，砂爷越想越懊丧。

9

砂粒被定性为"失踪"。砂粒"失踪"的真相只有虎子知道，可是虎子缄默不语。就算虎子喋喋不休地讲出来，砂爷也是懵懂。虎子时常望着远方，砂爷只是从虎子坚守态度的里看见一点光亮。

这期间，虎子习惯没有砂粒的生活——陪老主人巡视村子。有一次，它成功驱赶了一条独狼。这条独狼盯上了村里的羊圈。不等砂爷下令，虎子一个猛冲，爪子狠狠蹬向独狼的后背，险些把它的腰踩断。独狼塌着腰痛苦地离开乌粮，一路上都在懊悔，它应该有个狼群。独狼走了很远的路去搬救兵，它要找鹰复仇。这并不容易。首先它的目标是做狼王，这样便很难打入一个成型的狼群。另外，说服一个狼群远征乌粮比登天还难，就算成为狼王也不容易达到目的。

独狼开始了漫长的努力。

这期间，人们陆续离开乌粮。砂爷坚持留在乌粮，欢送过去的一天，迎接新的一天。

第二个"认领"通知送来时，砂爷又纠结了。还是嘴角有痣的男孩，他躺在更遥远的地方等着他去辨别。砂爷确信绝对不是砂粒，可是难题就出在这里：即便不是砂粒也需要他去证实，否则这个结论永远也无法落地。于是，砂爷陷入一个僵局——他越是坚信自己的判断，就越需要看个究竟。砂爷一度决定不去，可第二天早上便动摇了，因为一夜之间便冒出一万个理由催他上路。

于是便有了第三次、第四次、第五次。每次，都是一模一样的犹豫、坚定、动摇，最后出发。

第三次辨认，砂爷已经脆弱不堪，像风中的一棵尖茅草。当确定嘴角带痣的男孩不是砂粒，砂爷的心中已经没有了庆幸。相反他的心中充满悲伤，就好像对面躺着的男孩就是砂粒。所以，砂爷抽泣起来。当地警察误以为砂爷认定了男孩，便按程序询问砂爷。砂爷摆摆手摇摇头，飞快离开了。

第五次在冬天，砂爷走进茫茫雪原，眉毛胡子染成白毛。砂爷被当地警察的儿子称作圣诞老人，哭喊着跟砂爷要礼物。后来砂爷也开始哭喊，警察的儿子赶紧闭上了嘴巴。

这个男孩没有痣，被救助站发现时在垃圾箱旁边冻僵了。暴风雪来得太猛，温暖来得太晚，他没能醒过来。卖烤地瓜的大婶跟他关系不错，前几天还送他烤地瓜吃，他满脸堆笑，蹲在墙根下面给她唱二人转。他闭口不说家住哪里，也不愿意住救助站，他最大的理想是走遍世界，让脚印踩在南极洲和北冰洋。他总是抱怨走得太慢，距离目标太远。只因大婶说这孩子的口音很像辽北人，就辗转把砂爷请来认领了。他仍然不是砂粒，可是砂爷还是哭了。砂爷从小也不喜欢闷在家里，沙地缺粮食，他离开沙地跑进草原，跟狼群周旋，在野外熬夜，三年后还能活着站在父母面前。父母差点认不出他来，靠自由生长，他不但没死，还长高了。可是，那几个孩子怎么就不能活下来呢？都活不下去了，怎么不回家，怎么不求助？这些傻孩子！你们让多少大人跟着操心？

但砂粒不一样，他肯定还活着呢。

从第六年开始，"砂粒"的消息终于绝迹了，砂爷不必再去认领死去的"砂粒"。砂爷很得意，这间接证明砂粒不在"他们"中间。

接下来的两年，砂爷过着安静的日子。很多时候，他能忘记砂粒了，忘记砂粒的日子真轻松。砂爷又能笑了。砂爷笑的时候，虎子还是一脸严肃。它的状态没有变化，还在等待小主人回家，同时等待独狼的复仇。那条独狼如果还活着，一定会来乌粮。

第八年，砂粒还是没有任何消息，包括有关的消息。这个酷爱自由的男生如果还在草原上自由生长，应该有二十三岁了。

砂爷跟虎子嘟囔了一句："砂粒今年二十三岁了，该娶媳妇了。"

这样的话，每年重复一句，内容变化不大，变化的只是数字。十六、十七、十八……二十二。

从前，虎子一直没有什么反应。今年，虎子的喉咙里发出几声，听起来很像哽咽。虎子的"哽咽"触动了砂爷，砂爷也跟着哽咽起来。八年了，砂爷完全是一个老头儿的样子了。乌粮也变了，沙子越来越多，人口越来越少。乌粮几乎成为一个空村。县里不停传来消息，乌粮这个村子就要撤并了。

10

这一年，注定是个多事之秋。

入秋的时候，一个男孩出现在乌粮。他的出现，震动了荒凉的乌粮。

多事之秋

1

他简直就是砂粒的翻版。

砂爷用了很长的绳子才把他拉上来。砂爷提醒他光线太强捂住双眼，不然要被刺伤。他乖乖捂住双眼蹲在砂爷面前。过了几分钟砂爷说行了行了，他才放下双手。

那颗满脸红光的中年恒星让人无法直视，可是脚下的星球却离不开它的普照。大到一片森林，小到一只蚂蚁，只能在黑夜享受片刻的欢愉，之后便向红光升起的地方张望了。

少年背对炽烈的恒星，摇摇晃晃地站起来。

砂爷眼前站的少年分明就是砂粒。

砂爷精神恍惚，差点给这任性的家伙一顿拳脚。不过理智死死扯住他的耳朵，认认真真提醒他：第一，砂粒活着就不能永远十五岁，现在应该二十三岁，这个少年明显小几岁。第二，砂粒嘴角的那颗痣他也有，但位置完全不一样。

砂爷眨眨眼，冷静了一下才跟他打招呼。

"你从哪儿来的？怎么掉坑里的？"砂爷打量他，严肃地盘问。

少年不吭声，表情痛苦地指着嗓子。砂爷赶紧把水囊扔给他。他摸摸索索拧开盖子狂饮，突然呛着，又剧烈地咳嗽起来。他不得不蹲下来，捂着胸口，满脸涨红地看着救命恩人。

砂爷等他平静下来，重复刚才的问题。作为乌粮的村主任应该盘问盘问。

"从营口来。我在坑里困了几天？我快死了……"少年的喉咙沙哑，还没有恢复正常，回答非常简短。

"这么说你从海边来的。你逆着一条河来的吗？"砂爷去过的地方不多，最远去过沈阳，对营口了解不多，听说北边有一条西拉木伦河流到边，从那边入了大海。砂爷没学过地理，没学过成语，从前他经常向砂粒请教。

"我不会游泳，在水里不自由。我喜欢没边界的地方。你看过《荒野猎人》吗？对了，你一定没看过，是一个电影。"少年望着遥远的地平线，那目光与虎子与砂粒有几分相似。

"不就是喜欢闲逛吗？跟我年轻时候一样，随我。"砂爷打量那张熟悉的脸，肮脏的污迹也挡不住特征。

"跟闲逛不是一个意思。我有个秘密，但不能跟你说太多了。我很潇洒，半个月前给爸妈和老师留了一个字条就出发了。"少年有些得意地看着砂爷。

"你潇洒了，把别人折磨得够呛。告诉我你叫什么名字，哪个学校的。"砂爷不能让他再任性下去了。

"我什么都不能告诉你。我也不想被你出卖，被你送回去。"少年一脸狡黠。

"那我管你叫砂粒了。"砂爷不是商量的口气，是一个决定。

"砂粒？挺好。对，我就叫砂粒，代号砂粒。你叫啥名？你好像是一个领导。"少年举起水囊把水喝干了，如释重负的样子。

"别人都管我叫砂爷，是后面村子的主任。"砂爷说。

"砂爷，砂粒……砂爷和砂粒好像有亲戚。他俩是什么关系？"少年问。

"父子关系。咋样？"砂爷谦卑地望着少年，他不想被这个不羁的少年拒绝。

"随便什么关系吧。对了，村子根本没人哪，请问你给谁当主任哪？"少年改不了冷言冷语的毛病。

"给鹰，给鹅，给羊……够多不？"砂爷在这个不懂事的少年面前突然自卑起来。

"那只鹰听你的？它脾气老大了。我刚进村，还没靠近羊圈它就冲过来了。我就是被它赶到深坑里的。"少年一激动说出了自己的糗事。

砂爷嘻嘻笑了，带少年进村，正式给他介绍这里的居民。

2

乌粮撤并之后它成了旧地名，用途不大了。有时候它能把人带回从前，帮人说清自己的来历。有时候，它还能让人落泪。怀旧的人远在他乡，偶尔会猜想它现在的情形：沙子就把它湮没了。也就是说，沙子把他们的家乡活埋了。

砂爷还在乌粮，领导着寥寥无几的禽畜。大概没几个人知道这个情况。另外，那只鹰还在乌粮。早些年人们还记得它，也记得它的履历——先是跟着小主人去县城读书，后来小主人带它回草原，再后来它回到乌粮，小主人却不见了。渐渐地，远行的人们再也说不清它的履历了。它不过是一只鹰，有些固执的鹰。对，难以驯服的鹰，没人能说出它的名字了。

乌粮需要外人了解，砂爷详细地给砂粒介绍这里的居民。

砂爷第一个介绍的就是那只鹰。

"它叫虎子。"

"名字好玩。"

"它的主人叫砂粒。"

"我？它对主人太凶，让我再想想。"

"你多心了。它从前的主人叫砂粒，跟你重名。"

"你就不能给我取个新鲜名字……"

"它负责乌粮的安全工作，最好的成绩是把一条独狼赶跑了。狐狸和黄鼠狼就更不是它的对手。"

砂粒扭头看着虎子。虎子并不看他，很骄傲地望着远方。今天没把他驱逐出境也算是客气了。砂粒明白，他借了砂爷的光，不然还是几天前的下场。

虎子孤傲，不把砂粒放在眼里，这也构成了虎子的魅力。自从离开营口一路向北，这种猛禽时不时就在高空盘旋，很神秘很威严的样子。虎子是砂粒第一只近距离接触的鹰。

"嘿，我也叫砂粒。"砂粒只想随便打个招呼。谁料，虎子张开翅膀飞走了。

"它跟你不熟，另外它不负责接待客人。它巡查去了，这是我给它安排的活儿。"砂爷说。

"没事，我不生气。我喜欢这性格。"砂粒苦苦地说。

"你要是喜欢它就留下来多住几天。我教你怎么驯服它。"砂爷的眼睛里闪着光芒。

"我想想。"砂粒还不想为一只鹰放弃原来的计划。

"驯鹰没意思吗？驯鹰多有意思……"砂爷嘟嘟囔囔的。他有了一个计划，但不想说出来。

两个人各怀心腹事。

砂粒见的第二个公民是公鹅，一个习惯仰头的家伙。这家伙只有在吃食喝水时才肯低头。低头吃食喝水也是囫囵几口，便迅速仰起头，寸步不离头顶的天空。所以每顿饭都吃得慌慌张张，很长时间才能吃饱喝足。一旦吃饱喝足便仰头离开食槽。它并不喜欢食槽，只是离不开食槽里的食物和水。鹰在禽鸟界的名声很大，一举一动都在天空。公鹅并不服鹰，它听说自己的祖先是大雁，也是天上的鸟。祖先给它的高傲提供了资本。

砂爷还介绍了公鹅的住址，鹅舍在木栅栏旁边。栅栏由雪白的桦树制作，材料是砂爷从县城的木材厂运来的。鹅舍紧挨的栅栏里面便是羊圈，公鹅与一群雪白的羊群做邻居。对了，公鹅也是雪白的。乌粮缺水多沙，公鹅怎么让羽毛洁白无瑕，砂粒一直无解。

"叫它公爵就行，就这个名字。"砂爷介绍说，"它母亲把一个蛋随便下在一个沙坑里，我把这个蛋捡回来，这才有了它。从前它们都是马倌的。"

"公爵，这个名字太高级了。你怎么想到的?"

"砂粒有篇作文里写到这个词，我喜欢，就给用上了。"砂爷指着窗台上那摞书本，那是儿子读小学时用的东西。

"公爵，来客人了。"砂爷说。

公爵看着头顶一朵云，喉咙里发出轻微的"啊"，明显是在敷衍砂爷和客人。

"公爵，看着我，我叫砂粒。"砂粒自我介绍。

公爵马上发出一阵高亢的叫声，嘎——嘎——叫声突然，沙地柔软，砂粒跌坐在地上。公爵骄傲地走到栅栏另一侧，嘎嘎的笑声从另一侧传来。

"它们就这样欢迎客人哪?"砂粒受到鹰和鹅的冷遇，有些委屈。

"慢慢地你就能喜欢它们，它们也能喜欢你。"砂爷说完，观看砂粒的反应。

"没机会了,我还要赶路呢。"砂粒望着远处的地平线,那里才是他的目标。

"你休整两天再走。路不是一天能走完的,慢慢走。"砂爷说。

"总不能磨磨蹭蹭吧。"砂粒头顶闪过一个黑影子。虎子飞回来了,又落在树梢儿。

"我打算送你一个水囊,不然你走不出这片沙地。"砂爷一副神秘的表情,他企图用装备吸引这个执迷不悟的男孩。

砂粒的眼睛放光,给了砂爷希望。这样,他的计划还有可能推进下去。

砂爷拍打栅栏,喊醒打盹儿的羊群。羊圈里蹲着一群羊,个个瘦骨嶙峋,打不起精神。羊长得不好,精神状态也不好,砂爷感到丢脸。几年前,他收留了两只羊,也是羊主人的馈赠。它们活下来,并逐渐兴旺,发展成羊群。今年干旱,河滩上的草木稀缺,导致羊群营养不良。

"都醒醒,来客人啦!来客人啦!"砂爷大声喊道。

羊群的反应并不强烈。它们只对青草有兴趣。没有青草,干草也可以。有一只羊好像醒了,嘴巴做着咀嚼的动作,眼睛并不睁开。

砂爷打量着虚弱的羊群,跟砂粒解释:"平时要带它们去很远的河滩才能吃到草,草太薄,根本吃不饱,积攒的力气还不够回家的。我得常去更远的甸子上打草喂它们。"

"它们太小了。"砂粒目测了一下羊的尺寸。每只羊都缩成一团,显得非常小。

"我让它们活下来就胜利了。你看看,那两只是很老的羊,它们一直活着。"砂爷居然有点自豪了。

虎子和公爵不欢迎砂粒,羊群不搭理砂粒。热情的只有砂爷,并且热情过度。

砂粒问砂爷:"还有吗?"

砂爷摇摇头:"都在这里了。我、虎子、公爵、一群羊,乌粮的全部人口。我代表它们欢迎你。"

砂粒说："别蒙我了，只有你欢迎我，其他都不欢迎我。我住两天就得走了。"

砂爷说："你别看表面现象。它们不会说人话，也没有狗摇尾巴的本领。我保证明天开始它们会对你刮目相看，你对它们也会刮目相看。这是一个成语，对不？"

砂粒也说了一个成语："我在哪儿睡？我昏昏欲睡……"

昏昏欲睡的羊群感染了砂粒，砂粒也打瞌睡了。

3

砂粒沉甸甸地落在炕上，但是身体并没有休息。砂粒的身体一会儿爬高山，一会儿蹚深水，一会儿掉深渊。砂粒睡得太辛苦，不想再继续下去了。一只黑鸟张开利爪扑下来。砂粒认得它，它正是虎子。砂粒被固定在炕上，只能从齿缝挤出一声绝望的闷叫。最后，公爵的高歌把砂粒从深渊里拖了出来。砂粒睁开眼睛时眼前没有虎子的利爪，只有砂爷的脸。

"嗓门太高啦。"砂粒迷迷糊糊的，抱怨这里的睡眠环境。

"它天生就这样，怕别人忽略它。"砂爷挥舞铁锹，正在往外面淘沙子。昨天夜里刮风了，沙子越过门槛进屋子了。

砂粒坐起来唉声叹气，像个老人。

"你是个小孩，别总唉声叹气。唉声叹气应该是我干的事，我都没这么干。"砂爷扬出去的沙子被风吹回来，迷了他的眼睛。

"这地方没法睡觉，我没睡好呢。"砂粒抱怨的是下面的炕太坚硬。

"你都醒了，别睡了。"砂爷的脸色有点难看，不如之前的喜庆。

"我没睡好……你让我再睡一会儿，刚才我差点让虎子弄死，公爵的嗓门太高，现在你又来捣乱……"

"捣乱的不是我，不是虎子，跟公爵也没关系，是它来了。"砂爷扭回头，向砂粒展示如临大敌的表情。

"它是谁？"砂粒搞不懂乌粮这个地方了。这个地方似有若无，远看是一个荒村，走进才知道它的热闹。砂爷、虎子、公爵轮番出来闹人，只有羊群还没有惹他。羊群永远都是善良的，这不是传说。

"它还是来了，等它好几年了。来吧，奉陪到底！"砂爷用力扬起沙子，口中念着武打片的台词。砂爷的话里有话，把乌粮送进恐怖的境地。

"谁呀？什么来头？"砂粒一翻身坐起来。困意跑光了，瘆人的气息扑面而来。这个气息与砂爷的暗示无关，完全是来自四面八方。

砂爷马上换成一个轻松的表情："没什么？你的老相识们在院子里等你呢。"

砂粒小心翼翼来到院子里。

公爵仰着头朝西边高声叫喊，很夸张的样子。没错，把砂粒从深渊里拉出来的就是这只夸张的公鹅。羊群早就醒了，可见公爵也吵醒了羊群。砂粒刚露头便被羊群发现，羊群咩咩叫着一股脑儿拥过来，简直要把栅栏挤倒了。

砂粒受到羊群的热烈欢迎，砂粒感受到了温暖。这温暖里夹杂着浓烈的膻味，但砂粒一点也不讨厌。砂粒不知所措，回头向砂爷求救。

砂爷挤挤眼："我说了，你肯定对它们刮目相看。刮目相看也是一个成语，对吧？"

羊群终于挤倒一扇栅栏，咩咩叫喊着朝砂粒拥过来。砂粒呆立在原地，被这群温柔又暴虐的粉丝紧紧围住。砂粒全身一阵麻。砂粒第一次体会到粉丝的肉麻。粉丝的肉麻让人羞愧难当又难以阻挡。

砂粒解释说："叫我砂粒。你们咩咩叫，怎么听都是喊妈，妈妈……妈……真受不了，性别错了，辈分也不对。"

羊群不管这些，继续围着砂粒咩咩叫妈。砂粒只好又向砂爷招手求救。砂爷装作不懂，继续低头淘沙子。砂爷的见死不救造成严重的后果——砂粒被激动的羊群挤倒了，接下来竟然被踩踏了。砂爷再抬头看时，砂粒已经被羊群吞没。砂爷大喊一声，挥舞着铁锹冲上来，可是无法驱散疯狂的"羊粉"。砂爷灵机一动，最终用一捆干草引开了羊群，砂粒这才摆脱苦海。

砂粒真想大哭一场。砂粒也说不好是光荣还是屈辱，瞬间被粉丝树立起来的偶像，瞬间又被粉丝击垮了。

晨光为沙地镀上了金，给砂粒铺了一条闪着金光的大道，正是开始新旅途的时候。砂粒在这个荒村耽搁太久了。几天前误入荒村，被虎子赶进沙坑一蹲就是几天，险些变成肉干儿。侥幸被砂爷救出沙坑，结识荒村里的其他居民，被冷落、被惊吓、被追捧，又浪费一天一夜。

不能再耽搁下去了。

砂爷救了砂粒，这是救命之恩。砂粒掉进沙坑又是虎子所为。砂爷是虎子的老主人，主人用救命之恩抵了虎子的伤害，谁都不欠谁了。砂粒可以无牵无挂离开这个地方了。

"你答应送我水囊，愿意送我就带着，不愿意送早点告诉我。我的水壶还能用。"砂粒真搞不懂了，这个地方的人和动物忽冷忽热，都不太正常。

砂爷指着墙上的水囊："它是你的，不过你现在走不出乌粮。"

砂粒腾地烧起怒火，瞪着砂爷："我遇见的是劫匪吗？我要报警！"

砂爷站起来，指着窗外："你听见公爵叫了对不？"

砂粒说："嗓门那么高还能听不见吗？你天天听它唱歌不烦吗？"

砂爷说："最烦它的不是我，是外来客。"

砂粒点点头："对，是我。这嗓门也太大了，比公园里的天鹅还能喊。"

砂爷故作神秘："外来客不是你一个，还有一个。"

窗外一道黑影飞过，虎子开始新一轮巡逻。今天，虎子的巡逻也比平时密集多了。乌粮的气氛确实不对劲了。

砂粒心里烦乱："直说吧，他是谁？我受不了啦！"

砂爷漫不经心地说："一会儿帮我加固栅栏吧，狼来了。"

砂粒的心一下子提到喉咙把嗓子堵住，说不出话来了。自从营口出发，经过灯塔、苏家屯、沈阳、阿尔乡……一路搭车、徒步，越走越荒凉，狼的样子渐渐出现在砂粒的头脑里。不过，狼还是一个抽象的野生动物。砂粒肯定怕狼，不过他怕的狼也只是抽象的野兽。现在，活生生的狼终于出现了。

4

狼来了，挡住了闪着金光的大道。

砂粒没有别的选择，放下行李等砂爷分配任务。

砂爷从柜子里捧出一个工具箱，里面装着一些奇形怪状的工具。砂爷把箱子交给砂粒。砂爷又去橱柜翻出几个铁盒子。铁盒子生锈了，商标还在上面，模糊证明它从前是一种肉罐头。肉罐头吃光了，空盒子居然还有用。

先修栅栏。羊群挤倒了栅栏，这样的栅栏必须修好。砂粒的活儿来了。砂粒协助砂爷，使用几根铁线把栅栏变成铜墙铁壁。折腾一个小时，栅栏修好了。砂粒担心这个栅栏挡不住狼的进攻。

砂爷说："有了这些栅栏，狼想把羊拖走可不容易。不信你就试试。"

砂粒不打算做这个试验，他不喜欢吃羊肉，更找不到当狼的感觉。

接着，砂爷开始处理那几个铁盒子。

砂粒给砂爷递各种工具，砂粒认识了钳子、螺丝刀。最后，砂爷把铁盒子做成了报警器。狼一旦接触到栅栏，铁盒子会发出哗啦啦的响声。砂粒郑重提醒砂爷，电影里经常看到这种桥段，用它防止敌人偷袭，也用它防止野兽偷袭。砂粒的意思是这个设计太老套了，不绝妙。

砂爷不以为然，反而自鸣得意。

"你说电影里经常这样布置，特别老套。是这个意思不?"

"是这个意思。电影里都这么布置，不新鲜。"

"好。那我要问你了，狼看过这些电影吗?"

"狼……估计没看过……"

"不用含含糊糊，狼肯定没看过这些电影，别的电影也没看过。所以狼没见过铁盒子。"

"狼没见过铁盒子……对。"

砂爷说服了砂粒。说到这里，砂爷突然想起从前乌粮演过的露天电影，说不定狼也偷偷看过。

"狼看了，也看不懂。"砂爷补充了一句，这样说就严密了。

"狼没有电影票，它看不到电影。"砂粒没见识过露天电影，自然不知道砂爷话里的玄机。

两个人同时意识到废话太多了，赶紧闭上嘴巴，加快了工作的节奏。狼来了，这是致命的危机，其他的闲话都是废话。砂粒四处张望，并没有看见狼的影子，反倒是公爵非常引人注目。这只公鹅还夸张地叫喊着，一副不好惹的样子。砂爷竖起拇指夸奖公爵尽职尽责。砂粒可不这样看。公爵的叫喊除了制造紧张气氛，更像是在掩饰内心的恐惧。

"公爵有时候比虎子都管用。虎子只管冲锋，不能提前报信。"砂爷还嫌赞美得不够，不得不贬损了虎子。

"它就是一只咋咋呼呼的鹅，你还夸它!"砂粒想，一只鹅还能有多大的威胁呢。

"过几天你就能刮目相看，刮目相看。"砂爷极其偏爱这只公鹅，砂粒不知道为什么。

"你究竟会用几个成语?"

"没几个。一个是刮目相看，还有一个守株待兔。"

"你居然知道守株待兔。佩服。"

"虎子正在守株待兔，我也是。"

"鹰等一只兔子，靠谱。可是你等兔子干什么呀？你也喜欢吃兔子吗？"

"我俩等的是同一只兔子。"

"你俩打算合吃一只兔子吗？结果等来的是狼。"

说到这里，砂粒哈哈笑起来，抬头再看砂爷，发现他看起来"愁眉苦脸"的。

"你小子还跟我杠上了？守株待兔不就是一个比喻吗？我俩等的不是兔子，也不是狼，是一个人。"砂爷的眉头拧在一起，瞪着砂粒。

"你俩等的是一个砂粒，是不？"砂粒突发奇想，想起砂粒这个名字。

"算你聪明。他逃学带着虎子回草原。虎子没回草原，他也没回家，一晃八年了。这些年我年年去辨认'他'。他嘴巴上有颗痣，可是那些可怜的孩子都不是砂粒。八年后，你出现了，你像他小时候……"那个惊心动魄的故事被砂爷简缩成几句话，一眨眼就讲完了。

"我不是他……"砂粒明白，话题被他带偏了，让这个荒村的人想起难过的事情。

"你要是他就不用走了，这里就是你的家。"砂爷握着一把钳子，看着砂粒。

"我不用走了。狼来了，我得帮你。"砂粒把自己说成了讲义气的好汉。

"方圆几里都在狼的控制范围，你走不出狼的眼睛。"砂爷的表情很严肃，说出了一个非常真实的情况。

"来了多少只狼，一只还是两只？"砂粒轻松地问，像卖早点的师傅在问顾客，他点几个馒头，一个还是两个。

"不多，五只。头狼是白额头，就是从前那条独狼，几年前来乌粮被虎子打败过。现在混成狼王回来报仇了。"砂爷的口气平静，像在讲述别人的故事。

砂粒和砂爷刚刚对狼说三道四，公爵的喊声提高了，提醒他俩谈论对象就在附近，应该小心点。砂粒还真没说狼的坏话，话语里面还有一点敬畏呢，这也算是对附近那只猛兽的重视。砂爷则照说不误，把不体面的前世今生都抖搂出来了。

5

大半天时间里，砂爷和砂粒都在聊天。聊天缓解了焦虑。他们不光聊天，还为羊群补充草料。草料来自附近一片河滩，河道细瘦，努力养育了一片杂木林和一片草地。黄沙在这片林子跟前停下脚步，绕过去了。黄沙为什么绕道而行，砂爷也没研究清楚。这片河滩和林地是乌粮最后的生命源泉了。假如没有这片林地，就不会有羊，连公爵也不会有。

砂粒学会了割草，也学会了把草捆在一起。

两人扛着草回到乌粮时，乌粮一切正常。羊群一只没少，公爵还在岗位，虎子刚刚巡查回来，立在树梢儿梳理羽毛。

这时已经临近中午，秋阳普照乌粮。公爵的报警降低了频率，先是咿咿呀呀，再后来不吭声了。这就是说，狼群进攻的概率降低了。砂爷明白狼群的习性，就算它们摸清乌粮的底细也不会在白天发起进攻。它们更习惯夜战。这一点虎子也了解，所以虎子不像公爵那么激动，仍旧按照平时的方式巡查乌粮。那条白额狼本来也是手下败将，虎子有意保持了胜利者的稳重。

下午，公爵学会了谨言慎行，默默打量着四野，不轻易大喊大叫了。但是狼群就在附近，不能放过一点风吹草动。虎子还是若无其事地蹲在树上打盹儿。公爵看在眼里，就更不敢放松警惕了。它算看透虎子了。这家伙在树梢儿待了几年，已经腻烦了现在的工作。公爵可不学虎子的态度，一分钟都不懈怠。它一度想蹲到栅栏上面，那样视野能够开阔些。可是它的努力失败了。它的祖先确实是大雁，可是到了它这一代飞行能力退化，连蹦跳的能力也丧失了。

公爵盯着树上的虎子遗憾不已：那么好的观察视角太可惜了。

天还没黑透，月亮就取代了西边的落日。金色的沙地渐渐被月光漂成银白。夕阳一沉没，沙地上的金子瞬间换成白银。乌粮坐落在一片碎银中间，很像一座吉祥如意的银作坊，不像是一个充满危机的夜晚。砂爷不离开这里，他就想在这里活，将来在这里死。

月亮的色泽和光芒能麻痹紧张的神经。

公爵从鹅舍抻出长长的脖子。公爵欣赏月亮，一边想象自己正从它旁边飞过，翅膀梢儿划过表面，给大银盘加了一道划痕。公爵想到这里便醉了。不过，月光还不能让尽职的公鹅完全懈怠。沙地上传来异样的响动，不是沙子流动的声音。公爵收起幻想，猛烈地叫喊起来。于是，宁静的月夜被公爵毁坏了。砂爷、砂粒都扭头盯着公爵，盯着这个毁坏月夜的罪魁祸首。虎子意识到什么，闪动鹰眼，展了展翅膀，准备起飞。砂爷也觉察到不祥的讯息，四外张望。砂粒还在怪罪公爵的敏感多疑，砂爷却忽地站起来。

砂爷做的第一件事是扔掉锤子。砂粒糊涂了，这哪里是准备战斗，明明是准备投降。

砂爷接下来还有动作。只见他从衣兜摸出一个双响炮，另一只手亮出打火机，打火机咔地点燃捻子。砂爷的身体向后倾斜，胳膊一甩便把这枚"炮弹"投了出去。双响炮吐着火芯子飞过公爵的头顶，飞过栅栏，飞过树梢儿，落在很远的一片沙地上。

砰！啪！两声巨响把乌粮的月夜炸得稀巴烂。砂粒吓了一跳，赶紧捂上耳朵。月亮也吓了一跳，抖了又抖，恨不能赶紧跟太阳换班。

三道黑影在银白的沙地上闪了闪，不见了。

砂爷郑重宣布："今晚没事了，放心睡觉。"

羊群惊魂未定，每只羊都缩成雪白的羊毛团。砂爷跨进羊圈，蹲在白毛团跟前嘟囔了一阵。毛团渐渐舒展开，透出一对对水汪汪的眼睛。它们只信砂爷的。是呀，不信砂爷的还能信谁呢？

砂粒在想，今晚没事了，明天怎么办？后天怎么办？

人想的永远比羊多。所以，羊容易睡着，人不容易睡着。

砂粒失眠了。连续有几个小时，砂粒是平躺在炕上，望着斜上方的夜空。三块窗户把斜上方的夜空均匀割成三块，分别把天鹤座、南鱼座、显微镜座圈定在一个区域，简直就是一个星图。

6

月亮西垂，屋子里白亮亮的。

风一阵一阵扫过来，沙子从缝隙挤进屋子，发出嚓嚓的脚步声。它们的野心很大，那就是占领整座房子，埋没它。现在，它们已经埋没了大半的村子，只有砂爷的房子久攻不下。原因是这个唯一的人类还在顽抗。其他居民迁走之后，这个人和虎子留下来，并且接管了被人丢弃的公鹅一只、羊九只。它们被主人无意之中丢弃，主人进城后便没有了音讯，既没卖掉它们，也没移交新主人。乌粮只剩砂爷一个人，砂爷自然收留了它们。人类驯化了它们，它们已经渴望与人一起生活，那是祖先遗传给它们的一种安全感。

砂爷的日常生活除了淘沙子，还有一个任务就是喂羊。狼群出现后又多了一个事情，那就是重点安排公爵。

公爵的鹅舍不结实，没法应付狼群的进攻。砂爷用木棍和铁丝加固了鹅舍，安排公爵专门兼任羊群的护卫。公爵后来成为整个乌粮的哨兵，这是它自愿承担下来的。原因是那只鹰慢吞吞的，反射弧太长，它看着着急，所以经常为整个乌粮报警。公爵表现卓越，理应得到奖励。砂爷却不能为这只出众的公鹅介绍女友。砂爷跟公爵解释过，方圆几十里没有村落，更没有母鹅。砂爷也不知道公爵听懂了没有，反正公爵没有懈怠，照样精气神十足地守在岗位上。

让羊群吃饱，这是一件困难的事情。砂爷要赶着羊群去河滩吃草，这是羊群的自助餐。同时还要为羊越冬储备干草。那片林子慷慨大度，为羊群和砂爷准备了很多热能。砂爷还在林子旁边开辟一片园子，种上花生和土豆。只有这些仍然无法存活下去。有时候县扶贫办也派人送粮食和蔬菜，当然免不了不知第多少次劝他离开乌粮进城，他也不知第多少次拒绝。他重复了无数次理由：他得等砂粒回来，一只鹰都能等，作为一个父亲没有理由放弃。砂爷每次都能说服他们。

虎子不需要砂爷饲养。它以附近的野鼠为生，偶尔也捕猎途经的小鸟和小兽。在冬天最饥饿的时候，它都没打过公鹅和羊的主意。鹰知道公鹅和羊的味道鲜美，但是它克制了。饥饿不能成为吃掉那只公鹅的理由。公鹅争强好胜跟它攀比，这也不能成为吃掉它的理由。羊同样也不能作为食物。羊群是老主人的，宁可饿死也不能动坏心。虎子还与砂爷一起当了它们的守护者。

虎子在夜晚里是乌粮的主角。虎子的眼睛更明亮，虎子也更忙碌，每天要重复几个步骤。虎子要在月亮出现的前后从树梢儿下来，立在最高的栅栏上。它喜欢那根桦树桩，每次都是站在它的上面。它无意中霸占了这根树桩。羊群早已习惯这只猛禽的光临。首先，它对羊群没有恶意。它平时居住在那棵孤零零的桦树上面，它想换一种心情才到栅栏上来溜达。在所有的桦树桩中，它之所以喜欢这根树桩，因为它更高、更白，这才赢得了鹰的喜欢。没什么，只是因为喜新，因为厌旧。羊群只理解到了这个层面。

公爵理解的要深一些。这只鹰不是来玩树桩的，它有一个重要任务——来羊圈巡逻。这真是多此一举了。羊圈的安全有它负责，它的听觉和视觉虽说比不上鹰，警惕性却远远好于它。另外，鹰高高在上，时刻把自己摆在高处，根本解决不了地面的难题。因此公爵常常仰起头与虎子对视，直到把虎子逼走。

虎子的下一个巡逻地点是屋顶，它总要听听屋里的动静，了解一下老爷子的睡眠情况。他睡觉打呼噜，还时常嘟嘟囔囔跟小主人争吵。虎子不明白，那不是正式的交谈，只是一些逻辑不通的梦话。最近老爷子与新来的男孩没完没了地说话，虎子又不懂他在搞什么了。狼来了，还有心思废话连篇吗？虎子对那个男孩的印象一般，非常一般。虎子在屋顶停留片刻，接下来它要飞向开阔的夜空。在虎子身后的大地上，是公爵嫉妒又羡慕的目光。公爵在这个时刻开启畅想模式，畅想祖先大雁在高空翱翔的情形。它不了解祖先为什么要接受人类的驯化，这不是明智的选择。另外，丧失飞翔的能力，每日在屋前屋后行走，这是无奈的退化，绝对不是人类宣扬的进化。

虎子这一去要很久才落下来。它大概去遥远的天堂游玩了，把地面的防务全丢给了公爵——地上那只踏踏实实的公鹅。真该让砂爷了解乌粮夜晚的防务，具体工作都落在那只好高骛远的鹰的身上。

双响炮吓跑狼群，砂爷就去睡大觉，明显是低估了狼群的威力。砂爷半夜醒来，醒来后关注的是沙子进了屋子。乌粮的夜晚危机四伏，却被这里的核心人物低估了。乌粮多年来不见狼群出没，砂爷把跟狼打交道的经验忘干净了。他大概也忘记了一个事实——乌粮不再像从前那样人丁兴旺，它只是一座人烟寥寥的孤屯。

只有公爵还瞪大眼睛，关心整个乌粮的安危。公爵喜欢夜里加班，这很有成就感。如果能让那个傲慢闲散的鹰感到一丝惭愧，公爵也是开心的。

（《砂粒与星尘》入选中国作协2019年度重点作品扶持项目，安徽少年儿童出版社2019年6月出版。）

锦西卫（节选）

周建新

第六章　围剿古贺联队

22

伴随着鸡鸣，第一缕光亮透过虹螺山，熹微地照射进县城。第一批找孙县长讨要债券钱的人突然发现，六颗人头被麻绳穿着，横挂在县政府的大门旁，个个龇牙咧嘴，怒目圆睁，吓得他们吱哇乱叫，满大街嚷嚷，了不得了，政府门前挂人头了。

杜三秃子的人，向来与政府为敌，此时，却志得意满地站在政府门前，向着探头探脑赶来的人群高声宣称是受县长的指派，杀了日本俘虏，你们我们都一样，打日本没有回头路了。

悬首示众，都在城门，衙门口是干净的，如今挂了一排人头，亘古未有。消息长了翅膀，迅速传遍县城。被堵在县政府院内的孙国栋咧嘴苦笑，万般无奈，日本人绑架了他的儿子，逼他献城，土匪以日俘的人头为筹码，嫁祸于他，把他绑在了抗日的战车上。手拿债券的人不依不饶，不见真银不罢休，各色人等都不是省油的灯，他成了热锅里的螃蟹，被人连蒸带煮，丢盔卸甲，五内俱焚。

孙县长生不如死。

其实，有一个人，煎熬的程度不比县长差，只是不露声色罢了，那就是高荣轩的大管家崔黑子。挂在县政府门前的六颗人头，令他万分难受。恶贯满盈的杀父仇人，拿日俘的人头洗白了自己，他再寻机报仇，那就是与抗日英雄为敌。假如这六颗人头是他外甥张天一取下的，他会欢欣鼓舞，遗憾的是，坏透腔了的三秃子，居然干了件让人难以相信的好事。

怎么办？崔黑子眉头紧锁，思谋了好久，一咬牙，一狠心，一跺脚，扳不倒葫芦洒不了油，既然杜三秃子敢走极端，索性他就走另一个极端，借日本人的手，除掉杜三秃子。

主意既然打定，崔黑子不断地给高荣轩吹风，经商的兑出产业，揣起大洋抬腿就跑，当兵的四海为家，扛枪就蹽，可东家您置下的都是不动产，千顷良田能背走吗？油坊、磨坊、果子铺能长轱辘吗？东北军几十万兵马，被日本人撵得东奔西逃，凭着东五会这点人马刀枪，能抵抗日本人的飞机大炮吗？鸡蛋撞石头还能听个响儿呢，东家您恐怕连那个响儿都听不到，就家破人亡了。

这些确实是高荣轩的顾虑，他一直挂着乡绅名士的头牌，道义绑架得他身不由己，才把东五会的大旗举得高高的。事到临头，他瞪大眼睛问崔黑子，咋办？

崔黑子说："咱只是土地的主人，不进帮，不入伙，带着您的东五会，回来守曹田屯，以不变应万变，谁找也不离开，不管谁得势，都离不开大老爷您给撑门面。"

高荣轩不住地点头，招呼下人，喊回守在虹螺山上的弟兄们，回曹田屯暖和暖和。

东五会从虹螺山上撤了杆子，总司令袁凤台心里的火腾地一下，蹿上了房，牙床子肿得比牙还高，撒出的尿比姜黄还黄，即使杜三秃子返回了前线，也没消他的火。高大老爷非同凡人，既是乡绅的楷模，又执掌着全县最大的民团，他先撤下来了，抗日队伍就塌了腰，歃血为盟就成了笑柄，军心就会动摇，保卫县城的信心就会大打折扣。

袁凤台抽起了自己的嘴巴，肿胀的牙床子哗哗地流血。成立锦西血盟救国军时，他只考虑绿林的兄弟们了，警察都跟着黄显声走了，绿林队伍成了他的救命稻草。绿林本来就是散兵游勇，想来就来，说走就走，戴个高帽，就是紧箍咒，变相地让他们破釜沉舟，铁心地当自己的左膀右臂。血盟救国军盟誓时，他忽略了民团，居然没给高荣轩一个副总司令的头衔。

黄显声走了，会打仗的没剩下多少人了，日军肯定会加快进攻的步伐。危局迫在眉睫，袁凤台备了四抬大礼，急三火四赶到曹田屯，说服高荣轩回防虹螺山。仗打的是意志，更是钱粮，没有高大老爷支撑，他这个光杆司令，腰杆硬不起来呀。

高荣轩却不急，嘱咐下人上茶，上好茶，上云南捎回来的滇红。面对袁凤台冒火的眼睛，唾沫星子四溅的劝说，他撩起茶碗盖，错落有声地挡着茶叶末儿，边啜茶，边对袁凤台说："请喝茶。"

袁凤台哪有心情喝茶，他把八仙桌拍得山响，茶碗都拍翻了，茶汤顺着桌子流到他裤子上。裤子湿了好大的一片，他不知，烫了凉了，他也不觉，反正有棉裤隔着，一个劲地逼问高荣轩，几时几刻把队伍拉回山上去？

高荣轩也火了，索性把茶碗往桌上一掼，大声喊着："国家都不想抗日，凭啥让我们流血卖命？你把黄显声喊回来，我这个家，我这条老命，一块儿给你，否则，你说出天花来，老子也不动。"

袁凤台说："县长在，我在，国家就在，危难之时，全民皆兵，现在，我以国家的名义命令你，拉起队伍上山，否则，立刻执行军纪。"

高荣轩不耐烦地说："别装大瓣蒜了，老子的大洋你少花啦？谁见到国家啥爷奶样儿？别拿它吓唬我。"

袁凤台吼了句："就要亡国灭种了，你这是啥态度？"说罢，他跳起来，掏出枪，抵在了高荣轩的脑袋上，不答应就是死路一条。

一直在门外边听音儿的高冠雄跑进屋里，一口一句地叫着袁叔，劝袁叔别冲动，替父亲辩解道："亮山、杜三秃子之流，啸聚山林，打家劫舍，坏事做绝，兔子还不吃窝边草呢，明知是我们家出产的布匹和烟草，他们对我家客商照劫不误。我家是士绅名门，岂能与土匪流寇为伍？家父不能和他们同流合污，就算你打死了家父，你也带不走我们东五会。"

袁凤台说："国难当头，黄显声都赦免了他们，你们耿耿于怀毫无必要。"

高冠雄说："不行，他们必须付出代价。"

袁凤台说："有屁快放。"

高冠雄说："我要迎娶张恩远的闺女张月娥，今天就办喜事，曹凤仪当大媒人，县长当主婚人，你这个司令大人给我当知客，跑腿学舌。"

娶一个闺女而已，这也算条件？袁凤台冷笑一声，没想到碰到个情种，再一想，东五会西五会，两家结成姻缘，对联合抗日岂不是天大的好事。他瞅着高荣轩的眼睛，等待高荣轩的态度。

高荣轩拿他这个被惯坏了的儿子没一点办法，用手推开袁凤台的枪，一字一板地说："犬子这么执着，我又能怎样，反正这是亮山赎罪的机会，他若肯，我们的恩怨一笔勾销，东五会一如从前，听从袁总司令的调遣。"

崔黑子这把刀没借成，东家又与杜三秃子为伍了，只是意外地救了外甥女，成全了一桩好姻缘，没让外甥女嫁进土匪窝。他没有想到的是，亲外甥拿着刀，追着他算账来了。

这点小伎俩，怎能瞒得住张天一，高荣轩撤离虹螺山，肯定是舅舅撺掇的，和亮山叔家悔婚，舅舅也逃不脱干系。见到舅舅，他二话没说，拿刀就扎。崔黑子兔子一般，绕着曹田屯跑，指望有人能出面，拦下他外甥。

村里人都知道张天一的本事，拦也拦不住，反正你也不能杀了你舅舅，都在瞅热闹。崔黑子边跑边喊："杜三秃子害死了你姥爷。"

不管舅舅喊什么，都挡不住张天一的追赶，个人的恩怨在国破家亡前，微不足道，舅舅脑袋进水了，居然想借用日本人的手报私家仇。舅舅最终累得瘫倒了，气都喘不上来，一副任人宰割的样子。张天一踢了舅舅几脚，割下舅舅的裤带，扒出屁股，用刀尖豁出个口子，他要让舅舅长记性，不能再动歪心思。

龙王庙前那杆"撼东洋"大旗，在呼啸的北风中鸣咽着。血流在崔黑子的屁股上，更流在张恩远的心尖上，而且是血如喷涌。袁凤台赶到了张家，对张恩远苦苦哀求。张家柜上的座钟不紧不慢嘀嗒嘀嗒地响着，时间仿佛凝固了。突然，报时的声音当当响起，像是敲进了人们的心房，张恩远打了个激灵。

除了深明大义，张恩远还有别的选择吗？天塌下来了，他也不能干出背信弃义的事，可天还没塌呢，就逼着他对不起磕头的兄弟亮山了。然而，除了豁出自己的女儿，谁也没办法把高荣轩留在抗日队伍里。

张恩远只能心如刀割，答应了袁凤台，让老伴张崔氏赶紧给闺女张月娥梳洗打扮。张月娥如遭五雷轰顶般傻傻地站在门口，不知道究竟发生了什么。

呼啸的北风中，张恩远脱光了膀子，让西五会的人捆着他，去虹螺山的前线，见亮山。

亮山满眼泪光，硬是忍着没有落下。亮山的儿子刘天柱忍无可忍了，那是夺妻之恨哪，他揣上两把短枪，转身往山下跑，要找高荣轩报仇。亮山让人拦住儿子，给冻得瑟瑟发抖的张恩远披上棉衣，解开了捆着他的绳索，长叹一声说："走绿林闯江湖，哪儿有不结怨的？大敌当前，以和为贵，你我终究不是门当户对，天意如此，随他去吧。"

张恩远哆哆嗦嗦地跪下了，感谢亮山兄弟的体谅，既然狠心地卖了闺女，那就卖个好价钱，狠狠地敲一把彩礼，这笔钱给亮山的兄弟们添置一批武器装备。

亮山扶起张恩远，抓着张恩远的手说："结拜兄弟永远是莫逆之交。"

就在张恩远向亮山负荆请罪的同时，崔黑子拎着裤子去了县城的东街，一头扎进了西医诊所，让刘芷芳给缝屁股。虽说血没少流，皮肉伤而已，刘芷芳在处置伤口的时候，喋喋不休地问一些事情，崔黑子有时回答几句，大多数的时候，是在喊疼，刚挨扎的时候还不怎么疼，现在疼得厉害，尤其是拿药水涂屁股那一下子，疼得像要杀了他。

刘芷芳停止了包扎，让崔黑子撅着屁股等，接待完两个待诊的病人，她插上了门，拉上了窗帘，回到崔黑子身旁，拿起一根针，吸了一小管药水，扎在屁股上，又问："疼吗?"

崔黑子说："不怎么疼了。"

刘芷芳三下五除二缝合了伤口，笑着说："给你打了麻药。"说罢，包扎完伤口，顺手从崔黑子的屁股滑下，摸到了前边，摸得崔黑子春心荡漾。她接着问："疼吗?"

崔黑子满脸惊喜，好像屁股根本没受伤，满身膨胀，春情勃发。

刘芷芳"呀"地叫了一声。

事后，崔黑子将这一天发生的所有事情，原原本本地告诉了刘芷芳。

这一天是公元1932年1月6日，冷寂的虹螺山下，突然响起了鞭炮声，一场婚宴在曹田屯仓促地举办。

除了孙县长以政务太忙为借口，没有参加婚礼，县城里的各色人等，包括曹凤仪这等有威望的老学究，都来捧场喝喜酒。主婚人自然落到袁凤台身上，知客的角色本该就是大管家崔黑子，何况他又是娘家舅。他忍着屁股疼，一扭一扭地接待四方高朋，在高家大院里跑圆了。

虹螺山前线，亮山、李树祯各守两个山头，眼睛擦得雪亮，监视日军的行踪。张天一死人说活了也不肯下山当新亲，参加姐姐的婚礼，他陪着两位长辈防守隘口。亮山抱着张天一的脑袋，低声说："你姐给我叫不成爹了，你就叫一声吧，从此，你就是我的干儿子，和天柱一样，都是我的孩子。"

张天一低泣一声："爹。"

亮山左边揽着儿子，右边抱着张天一，三个人怒视前方，流出的眼泪在脸上冻出了一行又一行冰，他们把仇恨记在日本人身上，没有日本人入侵，哪会有这场突如其来的婚变。

高家的花轿接走张月娥时，张恩远和张崔氏相拥而泣，闺女的闺房从今天起就人去房空了，心里空落落的。女儿嫁走了，他们的灵魂也出走了，他们的魂本该是和亮山在一块儿的，现在却飘摇得不知所终。

两个人站在大门口，眼瞅着高家的人吹吹打打抬着他们的闺女，越走越远，轿子里传来了张月娥一声揪心的喊声："妈——"

跟随迎亲队伍离开龙王庙的，是叔叔张恩发，他回头喊了句："哥嫂回吧，我会照顾好侄女的。"

不管张家如何凄凉，无法影响到高家的兴高采烈，尽管大敌当前，也并不耽误酒宴，世道再乱，人们也得婚丧嫁娶。

酒桌上，宾客喝得乱哄哄的，幸亏高家三进大院，屋子多得出奇，才不至于在院子搭席棚。不过，厨房却搭在院子的中心，呼啸的北风被焦炭炽烈的火驱离了高家，伙计们端着吱吱冒油的炒菜，高喊着："油了！油了！"让客人给他们让路，四散奔跑进各个屋子，让客人品尝烫嘴的佳肴。

人们端着酒，纷纷跑到上屋的正堂，给高大老爷贺喜，给袁局长袁总司令敬酒，这是保卫咱县城的总瓢把子，哪有不敬的道理。袁凤台恰好把婚礼当成抗日誓师大会，端着酒杯，走到院中间，冲着各屋的老少爷们高喊："这是喜酒，也是抗日的壮行酒，酒宴过后，我们一起上前线，借这个喜气，打一场大胜仗。"

各个屋里传出了长短不一的掌声，有人还拿筷子敲盆碗，当成得胜鼓。

左一杯，右一杯，袁凤台喝了不知多少杯，左一个人拍胸脯，右一个人攥拳头，袁凤台听了不知多少句追随他抗日的话。高家酿的酒，比老烧锅的酒顺溜，醇香而不醉人，袁凤台喝得很畅快，全县的五行八作，都统在了他的麾下，万众一心，就算日本人长了翅膀，也飞不过虹螺山。

刘芷芳端着杯来敬酒时，袁凤台有些醉眼蒙眬了，他本意是不想喝了，不是出于戒备，而是出于她和县长的风言风语。两个人眉来眼去，气得老中医都看不惯了，索性不再中西医相邻，离开医院，在街里另辟一地，独挂招牌。

当然，这是隐私，不是袁凤台拒绝喝酒的理由，他的理由是都是爷儿们，喝啥娘儿们敬的酒？根本没去想刘芷芳亲自斟满的这杯酒是蓄谋已久、心怀叵测的夺命酒。

刘芷芳施展开她的甜言蜜语，奉承起袁总司令是顶天立地的大英雄，美酒敬英雄，天经地义。知客崔黑子，只顾喜上加喜，不知不觉地当了帮凶，也来替刘芷芳劝酒："芷芳大夫是医界的魁首，你们俩一个治社会的伤，一个治身体的伤，都是老百姓的福音，说啥也要干了。"这杯酒，几乎是被崔黑子和刘芷芳强灌下去的。

袁凤台沉醉在万民拥戴的奉承声中，根本没防范有人会谋杀他，就在临战时糊里糊涂地喝下了毒酒。等到筵席都快散了，人们收拾行囊准备跟总司令袁凤台一块上山时，突然发现，总司令的脸是紫的，歪在那里，七窍流血。

总司令遇害的消息，如晴天霹雳。张天一和亮山、李树祯骑着快马，急赴曹田屯，追查杀手。酒喝得那么乱，哪儿分得清谁下的毒？但有一个事实谁也推不翻，事情发生在高荣轩高大老爷家，一个上午，不仅逼了一桩婚，还让总司令死在了你家里，就算你长一千张嘴，能说得清楚吗？来的都是你家的客人，你能逃得脱干系吗？

既然说不清，逃不脱，那就靠枪来说话，亮山带来的人马和高荣轩的东五会拔枪相对。亮山不容置疑地指责，是高荣轩毒死了袁总司令。高荣轩暴跳如雷，我家办大喜事，触上这么大的霉头，一辈子晦气。

高家最大的喜事，正是亮山家最大的悲催，本来就剑拔弩张了，这句话如同火上浇油，谁搂不住火，先开了枪，那就是一场混战。

群龙无首，这场灾难将带来万劫不复的后果，李树祯带着的人马隔在双方之间，生怕他们一时性起，火并起来。

人们只顾对峙，袁凤台的遗体依然窝在椅子上，没人管，没人顾。跟随张天一一块儿飞奔过来的小号手，不忍心看着袁凤台这副毫无尊严的死相，想用手抚平袁凤台圆睁着的眼睛。张天一喊了声："等等。"

小号手吓得缩回了手，张天一盯着袁凤台的眼睛，大声说："别争了，把枪都放下，我能断出谁是真凶。"

张天一睁大眼睛，从袁凤台大而无神的瞳孔中望进去，仿佛从中探寻到了所发生的一幕幕。接着，他盘问了现场的敬酒过程，最大的疑点落在了刘芷芳身上。

张天一突然想到半年前见到刘芷芳时，她那白骨精一样的脑门上，为什么会出现个红圆圈儿，为什么她不经意间把旅顺口说成关东厅，为什么日本间谍跑到她门前会突然消失。他拍了下自己的额头，真是愚蠢至极，刘芷芳分明就是潜伏下来的日本特务。

他声嘶力竭地喊："我们上当了，快去抓刘芷芳，还有我舅。"

23

中午时分，太阳和每天一样，有气无力地挂在遥远的南天，漠不关心地照耀大地。日本关东军依田旅团第27骑兵联队的联队长古贺传太郎带着近百名骑兵，如入无人之境般穿过虹螺山隘口，直抵老爷庙大岭，居高临下地俯视县城。

春岛芳子斩首成功，乌合之众乱了阵脚，各方抵抗首领居然擅离职守，跑回去奔丧，电波把这些消息告诉联队长古贺时，这个对辽西各县的地形地貌烂熟于心的老军官立刻心花怒放，兵不血刃占领锦西县城的时机终于成熟了。

隘口上说了算的，只剩下杜三秃子，他不是不抵抗，放过几排枪后，日军一顿钢炮，轰得天翻地裂，饱尝炮弹苦头的杜三秃子一下子就哑巴了。眼睁睁地看着日军骑着大洋马，风一般飞驰而过。没多久，松尾辎重队赶着几辆大马车，石野的步兵小队鱼贯而入。细心的人数过，三伙日军大概一百多人。

杜三秃子没这么心细，也不看日本人究竟来了多少，像只受惊的兔子般，带着他的人马急匆匆地撤出，跑回了香炉山，看守他的老巢。

最后一道关卡，本该是东五会和西五会分头把守，形成钳形攻势。东五会撤了，就成了一个巴掌，攻势不复存在，加上张恩远在城西的龙王庙打理闺女出嫁，没回来，西五会的那帮兄弟，手冻得枪栓都拉不动了，日军冷不丁一出现，先是手足无措了，后来看到日军一伙接一伙地进，不知啥时是个头，就听之任之了，眼瞅着他们从自己的眼皮底下走过。

下了老爷庙岭，沿着女儿河畔，一路顺畅无阻，古贺放心地纵马过来，直至距县城东门不足两百米才停下来，等待着孙县长主动出城投降。

孙国栋在县政府里踱着步，袁凤台死了，他活着却比袁凤台还要难。他不想当汉奸，儿子却在日本人手里；他不想当投降的县长，可是所有的出路都被堵死，已无处可逃。古贺派来的人，来来去去地跑了好几趟，督促孙国栋出城迎接，孙国栋以欢迎仪式没准备好为由，反复推托。

古贺失去了耐心，架起小钢炮向城里轰了一炮，一户人家被炸死了三四口人。城里人惊慌失措，往城西逃。翻译官举着铁喇叭，站在高处喊："皇军不杀人，等着孙县长出城迎接，孙县长没有诚意，所以才开了一炮，只要孙县长出城接皇军，绝不开第二炮。"

好多人家跑到县政府，央求孙县长，一炮就毁了一家人，我们都是平头百姓，谁也惹不起，快出城接日本人吧。许多人家忙三叠四地找白布，画日本旗，准备跟随县长举家接日本人。只有校长曹凤仪呵斥人们，各回各家，别露出一脸奴才相。

老百姓怕打仗，想过安稳日子，孙国栋无奈，除了顺水推舟，他已走投无路。

县城的东门外，寒风瑟瑟，县长孙国栋拄着文明棍，戴着礼帽，身着西装，外披狐狸皮大衣，手举一面膏药旗，带着县城里的士绅、商户、官吏，哆哆嗦嗦地守候着，迎候古贺传太郎入城。

至此，锦州所辖七县，全部陷落，县长们或降或逃，没有一个人组织起一次有效的抵抗。

古贺跳下高大的战马，鞠躬施礼，随后，握住孙国栋冰凉的手，用流利的汉语说："老朋友，又见面了。"

孙国栋怔住了，旋即认出，这个年过半百的老军官，原来是锦州大信利陈列馆的老板，推销日用百货时，曾随多田来过锦西县。对于日本礼节烂熟于心的孙国栋没有还礼，直截了当地问："我儿子呢?"

古贺说："多田已将贵公子送还府上，你回家便知。"

没有杀猪，没有宰羊，没有大锅煮饭，更没有大锅炖菜，县政府空空如也，没有那个能力，也没有那个心情招待日军。古贺并不计较，不消几刻钟，占领了教育局的大院，部署完指挥所，随即封锁了电报电话局，接下来，征用了学校，接管了监狱，把县政府守卫得水泄不通。

日军忙碌这些的时候，有条不紊，熟悉得好像回到了家。

可是，那些士绅商户官吏却休想回家了，统统成为人质，扣留在县政府。怕他们挨饿，家属自然来送饭，等于变相犒劳日军了。

张天一后悔死了，他没有发现这一切都是日军环环相扣的计谋。更没想到他训练了这么久的民团，真的打起仗来，一击即溃。现在，县城沦陷了，县长投降了，总司令殉职了，想要夺回县城，一切都要从头再来。

没时间追杀特务刘芷芳，也没时间抓捕汉奸崔黑子。既然绿林与民团的首领都聚在曹田屯，索性借用村里的大庙，边祭奠袁凤台，边研究抗日大事。亮山既是袁凤台的表兄弟，又是排名第一的副总司令，丧事自然由他来主祭。家有千口，主事一人，张天一提议亮山为锦西县血盟抗日救国军新的总司令，李树祯、高荣轩次之。

危难之时，谁不希望有主心骨？亮山成为锦西县抗日救国的新首领水到渠成。

太阳很快沉下去了，高家堂屋的气灯大亮着，张天一绘制了一张锦西县地图，他谋划着下一步的围歼战。虽说锦西县城是天府之地，却也是个大瓮坑，四周皆是高山峻岭，只要动员起上万的民众，从四周封锁住县城，打日本人就是瓮中捉鳖。

御敌于县城外和彻底消灭敌人，孰轻孰重？张天一重新掂量了一番，不要纠结县长投降了，也不要在乎县城陷落了，塞翁失马，焉知非福。日军犯了孤军深入的大忌，只是狂傲得浑然不觉，现在各路绿林还沉浸在县城失陷的悲观中，不知道全歼日军的大好时机正等着他们。

张天一抬头瞅了眼亮山，亮山就在张天一的对面瞅地图，虽然他瞅不懂，却相信干儿子的本事。猛然间，张天一发现，亮山硕大的秃脑袋在气灯下格外耀眼，他凝视着这油汪汪发亮的光头，一幅画面渐渐浮现出来，一面面膏药旗烧秃了，一个个日本兵倒下去。

可在内心深处，张天一最想看，始终无法看到的，还是他的伊兰。日军进了县城，伊兰安否？

亮山在锦西抗日血盟救国军中的核心地位不可动摇地确定下来，一盘大棋在张天一的心中逐渐成熟。他要把北大营七旅肇参谋教给他的作战谋略用于实战。

战事先从骚扰战开始，这是张天一的第一步战术，麻痹战，声东击西，顺便侦察一番日军的火力。夜半三更时，张天一让父亲带着西五会的人放出了第一枪，主攻的方向貌似县教育局，实际上却是教育局西侧的监狱，里面的囚犯不是亡命徒，就是悍匪，包括他曾经抓获的三四十个杜三秃子的人。

打仗就需要一批不要命的人，开监放人，等于武装出一个敢死队。打下监狱，就是给亮山增添凝聚力，监狱里关着的人，大多是各路豪杰的贴己兄弟，这般大礼，送给绿林兄弟，胜过黄金。更何况其中的三四十人，正是杜三秃子迫切地想要回的人。各路绿林，真逃回去的只有杜三秃子这一股，别的绿林都隐藏在各个村落，等候亮山的命令，整装待发。这三四十人是杜三秃子的死党，也是杜三秃子立足江湖的本钱，张天一把这些人捏在自己手中，不愁杜三秃子不重新返回战场。

仅仅一个下午，教育局的四周支起了岗楼，屋顶上又修建了工事，火力布置没有死角，尽管是深夜，张恩远几次试探性的进攻，都被日军的机枪打得头都探不出来。

打监狱却很顺利，不到一个时辰就攻了进去，监狱的看守没有开枪还击，一溜烟儿地跑了，两名驻防的日军边打边撤，退进了教育局。两百来个犯人一拥而出，跟随西五会的人，撤离了县城。

张天一步入监狱长的屋子，摇通了县长办公室的电话，明确告诉孙国栋，带人解救他来了，只要县长在，县城就不属于日军。

孙国栋唉声叹气，劝张天一不要白费劲了，一旦县长离开，平民百姓就免不了生灵涂炭，县长的职责是保一方平安，既然跳进了火坑，就可他一个人烧吧。张天一还想问深陷虎穴的伊兰怎样，听筒里传出日本人叽里咕噜的话，电话便断了。

趁着教育局的佯攻打得正酣，张天一蹿房越脊，干脆夜探伊兰的家。

县政府后院县长的家，果然没有前院和教育局守卫得严密，张天一灵巧的身子躲过了明岗暗哨，跳进了伊兰的家。县长家的院子，堂屋的灯明晃晃地亮着，全家人谁也没睡，伊兰和她母亲紧紧地依偎在一起，睁着一双惊恐的眼睛。

伊兰的哥哥孙春城攥着一个冻透了的驴粪蛋子，不畏寒冷，前院后院到处乱跑，边啃边喊："好吃，好吃。"看守前后院之间通道的日本兵，拿枪托拍了好几下他的屁股，都没阻止住他对驴粪蛋子的热爱，依然前后窜来窜去。显然，伊兰的哥哥成了十足的疯子。

孙国栋从县长办公室出来，站在院中，看着儿子那副样子，捶胸顿足，唉声叹气。一名日军推搡着孙国栋，用日语警告他，联队长找他问话，不许随便出入，把他赶回办公室。毫无疑问，县长也是人质，尊严丧失殆尽。

经历过日俄战争的古贺传太郎，对枪声有着敏感的判断，混乱的枪声中，他清晰地分辨出哪一声是火铳，哪一声是汉阳造，哪一声是辽十三，凭着这些微薄的火力，想攻打进来，简直是蚍蜉撼树。防守的事情，他交给了副官米井大尉，无须亲自指挥，他留在县长办公室，讨论的是如何出城剿匪，一举歼灭匪首亮山，如何捉住东北军的抵抗分子张天一，还孙县长一个朗朗乾坤。

孙国栋连连摇头，亮山匪患，一直以来是他的心头大患，时局一变，势力膨胀得无可限量了，出城剿匪凶多吉少。

古贺一笑，千军万马埋伏在虹螺山，隘口重重，都没阻挡住他的步伐，几炮就轰跑了乌合之众，集中兵力剿灭一股土匪，何谓其难？

孙国栋不语，反正该劝的话他已说完，胜负是你们之间的事，和他这个县长无关。

古贺没在乎孙国栋的未置可否，反倒安慰心神不宁的孙国栋，不要担心贵公子的病，日本医术高超，时局稳定下来后，治疗此等小病不在话下。

孙国栋还是没吱声，心里在说，你们不走，永无宁日。

张天一的脚步比猫还轻，比风还快，还是被疯疯癫癫的孙春城看到了，两个人目光相对的瞬间，屋里的灯光正打在孙春城的眼睛上，张天一看到两颗比星星还闪的光斑，随即，光斑消失。外面的枪声依然爆豆似的响，孙春城却浑然不觉，扭过身子，又向前院跑去，边跑边咬驴粪蛋子，嘴里喊着："好吃，好吃，妹妹，你也吃一口。"

伊兰也快被哥哥的声音折磨疯了，可她不愿意走出屋子，她害怕无处不在的日本兵，害怕空中乱飞的子弹。哥哥啃驴粪蛋子倒也罢了，还从前院跑回来，乒乒地敲窗户，高低让妹妹出来陪他一块儿啃。

躲在暗处的张天一，从孙春城眼中的两点光斑中，迅速地捕捉出智慧的光芒。张天一的眼睛能直视太阳，孙春城眼里瞬间释放的光芒怎能瞒得住他如炬的目光？

伊兰到底被哥哥的声音折磨出来了，走出不远，被张天一把拽进阴影里。伊兰吓了一跳，想喊，被张天一捂住了嘴，她定睛一看是张天一，一下子软到了他怀里。两人进到了伊兰的闺房，伊兰低泣着："带我走吧，我爹顶不住压力，投降了，我在家里片刻也不想待。"

张天一说："我们正在收复县城，解救县长，需要日军的情报。"

伊兰抱着张天一，什么也不回答，一味地说："带我走。"

就这样，张天一抱着伊兰，久久地抱着。教育局那边的枪声渐渐停了，张天一很清楚，既然劫狱的目的已经实现，佯攻也没太多的意义，子弹这么贵，还是省着点好。奇怪的是孙春城疯疯癫癫的喊声也突然停了，回到了与伊兰相隔一墙的屋子。

世界突然静下来，静得死了般，偶尔有几声狗叫，极力地打破沉寂。

不知是屋子冷，还是真实的恐惧，过了好久，伊兰还在张天一的怀里哆嗦。别看伊兰在抗战宣传和募捐时那么活跃，那么泼辣，日军真的来了，她也是羔羊一般无助。张天一抚着伊兰的头，吻着她的额头、脸和嘴唇，告诉她，有哥在，不怕。

尽管两人紧紧相拥，对曾经发生过的激情，却没有心情再次重温，他们的身上压着同样的大山，就是侵入县城的日军。恐惧，浸满了伊兰身体每一个细胞。

与哥哥相隔的门缝，传来了窸窸窣窣的声音，像是老鼠偷偷摸摸地出来了，没多久，啪嗒一声，一个信封掉在了地上。张天一咬着伊兰的耳朵，悄声说："告诉你个秘密，你哥精明无比，没疯。"

伊兰似乎不相信，扳过张天一的脑袋。张天一重复一句："你哥没疯。"

张天一挣开伊兰紧抱着的胳膊，走过去，从门缝下捡起信，借着窗外的灯光，他辨清了里面的文字，是日军在县政府与教育局的布防，军官的名单，近日的军事计划。精通日语和英语的孙春城，在疯子面目的掩护下，把断断续续听到的内容完整地归纳出来。

好了，知己知彼，百战不殆，张天一闪现出了更详尽的作战方案，他不再与伊兰缠绵，推开门，纵身一跃，抓住房檐下的椽子，一个鹞子翻身，转身上房，消失得无影无踪。

屋里传来了伊兰无助的哭声，撕心裂肺。

各部首领的军事会议在龙王庙村张恩远家召开，活跃在锦州以北的老梯子，深藏在热东清风岭的王老凿，两位远道而来的客人也被邀请进来。亮山摸着秃脑袋，粗糙地说了几句开场白："打仗不是劫道，咱不懂，我干儿子张天一东北军出身，他说咋打就咋打，谁不听命令，我就摘谁脑壳，听懂了吗？"

地图画得再详细，这帮绿林出身的人也看不懂，张天一又一次在屋地上做出大沙盘，把县城四周的地形清清楚楚地模拟出来。张天一的作战计划叫瓮中捉鳖，分成大小两个包围圈，大的一圈在沿着县城盆地的四周的群山上布防，由老梯子、王老凿等快速召集外地的抗日义勇军，所有的山头和路口，都不能有遗漏。

围绕县城周边的小包围圈，就是锦西抗日血盟救国军的家事。东部的虹螺山一线，离曹田屯最近，给了东五会的高荣轩，切断日军和锦州的联络通道。北面的五虎山，交给了杜三秃子，他们擅长守山，不过那三四十人，暂时留在龙王庙，等打完了仗，才能还给他。西北的北地碾子、南地碾子两个村，还有柴屯锰矿，交给了陈应南的闺女陈小娴，那些矿工都有些好身手，张天一放心。西面的龙王庙、上坡子、周铁屯、拉拉屯交给了父亲的西五会，东南面紧临县城的凤凰山还有南面高耸的狼洞山则交给了亮山。

一番布防过后，张恩远杀牛祭旗，与众兄弟再次歃血为盟，共度生死。大碗喝酒大块吃肉时，他又一次振臂高呼，一腔热血给谁，给天，给地，给爹，给妈，给国，给家！

张天一无心喝酒，歃血为盟是长辈们的事，晚辈自有晚辈的事。面上的布防做完了，还有更隐秘、更仔细的事情没安排，除了自己，李树祯和亮山的儿子刘天柱，一直是枚闲棋，没做安排。

张天一有自己的考量，日本特务无孔不入，救国军的成分如此复杂，他连自己的舅舅都没看住，一不小心就让他当了汉奸，还能

342

确保谁不会被日本人拖下水？从孙春城那里获得的情报，回来后，连总司令亮山都没告诉，都没经过训练，谁知道哪句话说走了嘴，传到日本人的耳朵里。他只能一对一地安排最关键的环节。

孙春城的情报清楚地告诉了张天一，两天后，松尾辎重队去锦州领取补给，古贺亲率一个骑兵中队、一个步兵小队出城剿匪。此场歼灭战有两个重要节点，一个是怎么能让古贺有来无回，另一个是怎么让松尾辎重队在虹螺山里消失。

张天一最不放心的是高荣轩，两次关键时刻，高荣轩都找出了借口，撤兵自保。让高荣轩守虹螺山，阻挡松尾辎重队，无异于放虎归山。然而，高荣轩为副总司令，与亮山的过节那么深，若是表露出不信任，仗还没打，救国军就分裂了，后果不堪设想。好在他留下了后手，让李树祯秘密出发，潜伏到大小虹螺山的衔接处——钱褡子岭，那里是绝好的伏击地。只要把各村的民团都动员出来，就是一张天罗地网，苍蝇都飞不出去。

另一个重要的差事，张天一交给了自己的义兄刘天柱，让他和他的叔叔刘存山带着十几个枪法好的兄弟监视日军，一旦发现日军出城，马上占据城西防土匪用的炮楼子，那里是城西唯一的制高点，日军想退回县城，那是必经之路。

万事俱备，只欠东风了，让谁吹这口东风，又不让日本人怀疑呢？张天一想到了一个人，那就是舅舅崔黑子，他不信崔黑子和刘芷芳会消失得无影无踪，他们肯定在暗中监视着这一切。所以，他反反复复地让亮山出入龙王庙村，让古贺确定无疑地认定，龙王庙就是亮山的新老巢。

张天一不信古贺不上当。

24

崔黑子果真没有走远，他通过各种眼线，把亮山的每天行踪都告诉给刘芷芳。自然，刘芷芳又把这一切传递给了县城里的古贺。

不过，崔黑子还是有所保留的，从来不向刘芷芳透露外甥张天一在哪儿。尽管刘芷芳不止一次地询问，张天一在干什么，崔黑子仅仅回答，黄毛小儿，不足挂齿。

刘芷芳说："人无远虑，必有近忧，你会后悔的。"

崔黑子嗤之以鼻。

把东五会拉出去，蹲守虹螺山，是高荣轩最不愿意做的事情，他依然有保持中立的想法。倒是张天一的一番话，吓得他魂飞魄散："你不是没见过日本钢炮的厉害，长了眼睛般准，你以为据守曹田屯就安全了？防土匪没问题，若是防日军，墙高过房也白扯，你住的炕头就是日本人的活靶子，一发炮弹，全家人性命不保。"

高荣轩无奈，筹备着把东五会拉到山上，坐山观虎斗，也未尝不可。

崔黑子到底还是跑回了曹田屯，还愿意在高家当管家，他向高荣轩打包票，日本人不会动他家一草一木。高荣轩没说什么，他多少还顾及些自己的脸面，抗日大势所趋，上万人围打一百多日本人，谁能胜，还不是明摆着嘛。

高荣轩顾虑的不是眼前，而是将来，短短半年，整个东北都陷落了，即便亮山等人夺回了县城，还能坚守多久？倒是高冠雄坚决不妥协，催促父亲，既然答应了，就得拉上虹螺山，打出东五会的威风。

高冠雄感谢父亲将他心爱之人娶到家中，提出父亲年龄大了，受不了风寒，最好的尽孝方式是替父亲上山。

崔黑子不再坚持，再度以大管家的身份服侍少爷，由他张罗着，把武器弹药送到山上，让少爷替老爷指挥东五会。

高冠雄在虹螺山守了两天两夜，冻得不行，貂毛大衣都冻透了。第三天启明星亮起的时候，山下突然传来一连串轻微的马蹄声，影影绰绰的，高冠雄看到了有五辆大马车行走在山下路上。他不知道山下的人是谁，也不知道松尾辎重队趁着凌晨人们正在酣睡之时，悄悄地出了县城的东门，去锦州领取给养。随着马车越走越近，朦胧的下弦月下，高冠雄终于辨出了，那是日军装束。

高冠雄喊了声打，举起驳壳枪，扣响了扳机，奇怪的是，枪没有响。东五会的其他人听到了少爷的命令，拉起枪栓，推弹上膛，然而个个都是撞针空空的碰击声，没能击发出一粒子弹。

听到喊声，松尾催促着马车，跑得像飞了般，没过多久，就消失在高冠雄的视野里。

一场伏击战，机会瞬间丧失，高冠雄痛苦地拍着大腿，他弄不明白了，这么多支枪，这么多子弹，怎么会一枪也打不响呢？

只有崔黑子等人知道答案，分发给大家的子弹用开水煮过了，打不响，再正常不过了。有人飞奔着跑回曹田屯，通报高荣轩，子弹有问题。高大老爷装聋作哑，权当没这回事。

东五会放过了松尾辎重队，坏事却变成了好事，李树祯的机会来了。

松尾辎重队来到钱褡子岭的时候，太阳已经升起一竿子高了。正是大寒节气，凛冽的风在大小虹螺山间强硬地穿行，即使阳光透彻地照射进来，也驱不走鬼龇牙时辰的寒冷，大地冻得硬成了一块石头。

从县城出发，走到这里，起码四十里了，松尾辎重队的人一直坐在马车上，纵使棉衣再厚，也被寒风打透，加上肚子饿，他们被冻得缩成了一团，承受不住了，不得不停下来。他们从山坡上找到一堆柴火垛，背风向阳倚着柴火垛，添柴引火，埋锅造饭。

李树祯在山头上，将松尾辎重队的人一遍一遍数个通透，共二十九人，其中五个赶大车的，没穿军服，也没拿武器，衣服的样子像是朝鲜人。李树祯笑了，对张天一钦佩极了，算得这么准，小鬼子去锦州拉给养，会在钱褡子岭下歇脚，都被他算计到了，真是军事奇才。

见到松尾辎重队停下来，他立马把人派出去，告诉附近村屯的民团，快速聚集，将这二十九个小日本团团围住，全歼，一个不留。

吃饱了烤暖了，小日本该养足精神头了，李树祯不会给他们这个机会，点燃一个火药桶，顺势从山上滚向柴火垛。一声爆炸，柴火堆燃起熊熊大火，锅翻了，马惊了，车跑了。松尾辎重队的人立刻分散出去，寻找土坎、田埂、沟畔做掩体，开枪还击。

附近村落的民团得到消息，八方打鼓，四面敲锣，有人拿着土枪，有人端着洋炮，有人拎着锹镐，呼呼啦啦上千人，蜂拥而至。他们凭借着对地形的熟悉，迅速占领了所有的高地和山头，把大块石头搬在身旁，充当礌石。

起初松尾用机枪开道，面向锦州方向，强行突围，可路口即是隘口，被人们滚下的石头、堆上的树木和柴草堵严了，爬上去挪开，就成了显著的目标，当了活靶子。松尾只好退回来，寻找掩体，靠武器的优势和单兵作战能力，困兽犹斗。

见到五辆大马车全都跑散了，李树祯心花怒放，他清楚地看到，日军的弹药箱子都在大马车上，大马车跑了，仅凭日本人身上携带的弹药能打多久？反正这是荒郊野岭，锦州锦西的日军得不到消息，一时半会儿增援上不来，他们消耗得起。他立即派人骑马追向马车，扛回弹药，那些才是他们奇缺的宝贝。

鼓声锣声越来越近，越来越密集，钱褡子岭四周人头攒动。松尾意识到，插翅难逃了，却依然奋力反抗，固守待援。毕竟，民团的武器太差，虽说声势浩大，命中率却不高，有几个民团的人，自以为枪法好，拿出打猎的姿态，站着射击，结果先被日军击中了。

打仗哪有不死人的，李树祯安慰大家，别慌，别撤，压缩包围圈，枪没日军的好，咱近距离射击，这么多人，靠撇石头也能把敌人埋了。

虽说每打死一个日本兵，都费了很大周折，可毕竟日军人太少，死一个战斗力就要减少几分。从开打，到中午，两个时辰过去了，双方僵持着，松尾辎重队跑不了，民众也攻不下去。

李树祯睁大眼睛，盯着松尾，干掉这个辎重队的头儿，其他的日军就好收拾了。他没想到，这么一小股的日军，还有非战斗人员，就这般难打，几十发子弹发射出去，都被松尾闪转腾挪地躲了过去。

渐渐地枪声稀了，显然，日军的子弹快打光了，只能节省着进行有效还击。没有日军火力的压制，李树祯平心静气地瞄准松尾的藏身地，就在松尾探头观察的瞬间，他一枪击中了松尾的右眼。松尾捂着眼睛，痛苦万分地跳了起来，身体完全暴露出来。一顿乱枪骤然响起，松尾命丧黄泉。

日军枪声顿时稀落下来，一股青烟从日军的藏身地升腾起来，剩下几个日军正在焚烧文件和钞票。人们壮起了胆子，包围圈越缩越小。

枪声引来了从县城方向飞奔过来的两名日军通信骑兵，这两天，他们一直在这条路上跑来跑去，确保锦西与锦州之间道路畅通。他俩跳下马，本想将松尾辎重队解救出来，李树祯怕他俩跑回去通风报信，索性一块儿包饺子，或骑马或奔跑，带着上百人将两名通信兵围个水泄不通，直至分别击毙。

等到他们返回时，枪声已停，李树祯看到，仗打完了，数一数日军的尸体，一个不少，恰好二十九具，加上两名通信兵，共击毙三十一人。此时，枪械和军毯早被捷足先登的人抢光，罐头和饼干也被人们揣进怀里，民众们七手八脚地扒日军身上的衣服。

有几匹受惊的马，挣脱了缰绳，在山坡上乱跑，有人骑着自家的马，追上去，抓住战马，戴上笼套，牵回自家的牲口圈。还有一堆堆人围在被打死的马旁，挥舞着斧头或菜刀，分解马匹，背着一块块马肉往家赶。受伤没死的马，被人放了血，摆脱不掉被割肉的结果。

李树祯带着人将一团团人群围住，高喊着，停下。人们只顾抢东西，不听李树祯的高喊，李树祯冲天开了一枪。人们以为日军的援兵来了，刚要跑，李树祯大声喊着："别怕，别跑，日本人来不了这么快，可谁也挡不住日本人要来，你们也不想想，把尸体血迹都丢在外边，离哪个村近，日本人就会屠哪个村。听我的话，东西送回家，马上回来，拿回锹镐，找条远离村子的深沟，把尸体埋了，把所有的痕迹都擦干净了，一个子弹壳也不留在外边，像是啥也没发生过。"

大家一听，有道理，于是各村带着各村的人，赶在天黑之前用锹镐、铁钎子刨坚硬的冻土，忙活着把日军的尸体埋了。

李树祯没时间打扫战场，带着他的人马，急速返回县城，那里的一场大战正等着他们去增援呢。

围剿古贺的大战是在日上三竿后拉开的，虽说县城的外围埋伏了千军万马，却都藏起了身子，不是在村落，就是在山冈。离城近的几个村庄，乱叫的狗被勒死，炝肉吃了，惊乍的鹅被拧断了脖子，炖进了酸菜锅。驴马骡牛都被借走了，牵到远离县城的地方，承担打仗的运输工作。

县城外的世界，一片死寂，见不到几家炊烟。

张天一趴在城西一个烟楼子里，拿着望远镜，不时地往城里望，他只盯着一个目标，老对手古贺。和孙春城提供的情报一样，古贺率五十多名骑兵，从南门出发，驮着好几挺轻重机枪，骄傲地挺拔身板，目空一切地直奔龙王庙村南的高地上坡子。石野率步兵小队，约三十人，从西门出发，跑步奔向龙王庙村，绕向村后，准备占领另一个高地——西山。

典型的骑兵突袭，步兵拦截的夹击战术，目标就是自己的家，亮山指挥部。

张天一拍了拍刘天柱的肩膀，刘天柱心领神会地爬下烟楼子，领着一群兄弟，分成两伙，向外跑去。一伙沿着女儿河，跑向城东，割电话线，要割出好几里长，日本通信兵想接都接不上。另一伙去城北，把从南票输送来的电线给弄断了，没了电，城里的日军就没咒念了，电报也发不出去。

既然是关门打狗，就得防备狗急跳墙，倘若县城里留守的那个小队和外部联系上了，日军的飞机眨眼间就能飞过来，仗就没法打了。所以，不能留下一丝纰漏。

切电源，割电话线，事先都准备好了，费不了多大的周折，刘天柱很快就做完了。看到古贺已经扬尘而去，石野步兵小队也不见了踪影，他带着自己的三个叔叔，还有老烧锅的十几位兄弟，背足了火药，奔向菜园子中间的炮楼子，一头钻了进去。那里除了炮楼子是制高点，周围全是开阔地。

张天一带着小号手，骑着快马，率领所剩不多的几位东北军的弟兄，跟踪在古贺的身后，增援上坡子。毫无疑问，上坡子即将成为主战场。

除了东北军的几个弟兄，张天一的身旁又多了一个帮手，那就是猎户郑世吉。大凌河之役结束后，郑世吉脱离了东五会，寸步不离地跟随在张天一的身旁。他是个知恩图报的人，张天一对他那么好，关键的时候，不能袖手旁观。同时，他也是个胆小的人，他需要张天一对他的保护。

出城三里，不待古贺接近龙王庙村，零星的骚扰就开始了，三五成群的人，从沟里冒出头，端起洋炮，远远地轰一下子，然后，骑马就往西南方面跑。让土匪跑了，那是古贺联队长的耻辱，策马便追。另一伙人突然冒出头，也是远远地用洋炮轰，阻挡骑兵联队追击的速度。如此两番，古贺已经摸清楚了，洋炮不过是雷声大，雨点稀，弹片满天飞，射程不过百八十米，加快了追击速度，直到上坡子。

正如张天一预测的那样，上坡子战斗一打响，古贺立刻采取中间突破、两侧迂回包抄的战术，机枪中队居中，两个小队为左右两翼，快速进攻上去。老梯子替张恩远带着西五会的部分兄弟守在这里，老梯子是何等精明，不可能让西五会的人被日军包围吃掉，按事先设定的路线，疾速撤退，把古贺引诱进龙王庙村西南方的南门沟。

来自各地的上千名义勇军突然冒出头来，迅速拉开大网，企图在南门沟形成合围。久经沙场的古贺，马上意识到自己犯了轻敌的错误，没有抢到有利地形。他快速调整战术，停止追击，以机枪为支撑点，组成弧形反击圈，切断包围圈的最终形成。

张天一不得不佩服古贺，所有的进攻点都在火力的控制之下，莫说是滚石头、撇砖头没用，就算有手榴弹，也甩不了这么远。还有他们的战马训练得比人还懂事，匍匐在岩石之下，多么爆裂的声音都纹丝不动。

西五会和各路增援上来的义勇军，挥舞着杂乱不一的各色旗帜，亮山、西五会、震东洋、"羿"字号、东北军、老梯子，反正能举的旗帜都举了起来。满山摇晃，锣声、鼓声、钢盆声，还有杀小日本的呐喊声和旗帜相互呼应。张天一在制造一种声势，只要能鼓舞士气就行。

真的交起火来，火力的差距立刻显现出来，西五会和义勇军大多是土枪火铳，射程近，准确度差，与古贺联队的精良武器装备是天壤之别。然而，人海战术加地形优势，古贺骑兵的优势，在山区也无法发挥。机枪的优势突显出来，山上岩石后的人，只要一冒头，机枪的子弹就扫过去。

双方就这样僵持着，一直到晌午后。

僵局是被军号声打破的，张天一命令小号手张响奔跑在各路义勇军的身后，每跑一百米，吹一段冲锋号。新兵怕炮，老兵怕号，古贺的骑兵联队也知道流传中国军队的口头禅，山上到处吹冲锋号，那就意味着山上土匪要不顾死活地冲下来了。

古贺命令机枪手，追着号响的地方打。

老猎户郑世吉抓到了探头的机会，抄起张天一赠给他的辽十三，沉静瞄准，一枪打爆了机枪手的头。机枪手的尸体向后一仰，失控的机枪斜过来，枪口恰好歪向了郑世吉。郑世吉补上一枪，子弹直接钻进了机枪的枪膛。一挺机枪毁了。

少了一个火力点，封锁的范围便出现了空挡，趁着机枪扫射得不那么密集，西五会和义勇军一个接一个地往下蹭，越来越接近沟口的古贺。

僵持的平衡点开始倾斜。

张天一拍拍老梯子的肩头，让他领头，拖住古贺，不让日军撤退。若是古贺与石野兵合一处，形成火力支撑，那就麻烦了。他挥旗指挥小号手，继续到处吹冲锋号，迷惑敌人。自己带着郑世吉和几名东北军的弟兄，增援龙王庙，那边的枪声特别激烈，父亲没有作战经验，不像老梯子，与小日本打过好几仗了，有经验，有招法，日军相互间的喊话也听得懂，他相信老梯子定能让古贺焦头烂额。

龙王庙之战，打得异常艰苦，双方都在争抢西山高地。石野步兵小队从东面和南面两面爬山，张恩远带领的西五会从北面爬山。双方在山头开始激战，四挺机关枪一起扫射。西五会终因火力不足，无法抢到制高点。

虽然如此，占据高地的石野小队也占不到多少便宜，本来人就少，事先派出的三个尖兵，沿着村里去侦察，一个也没回来。听到龙王庙响起了枪声，热东来的王老凿带着多路义勇军增援上来。没有遭遇到日军的亮山，恐怕结盟兄弟吃亏，带着他的人马，还有整个刘氏家族，靠拢过来。加上周边村子的老百姓，足有上千人，将石野步兵小队团团围住。

张天一增援上来时，仗已经打了一个时辰，日军有伤亡，西五会和绿林也有伤亡。

父亲张恩远用儿子教他的方法，匍匐上去，亮山用机枪在他身后掩护射击，他举起驳壳枪，近距离击毙了日军机枪手，跳上去抢机枪的时候，被另一日军开枪击中了右手腕，顿时筋断骨碎，血如喷涌，莫说是摸枪，右手都保不住了。幸亏叔叔张恩发也是枪法超群，一枪击毙了还想开第二枪的日军。亮山的火力压上，张恩远才得以从山下脱身。

老烧锅刘氏家族中的一家兄弟三人，穿过村子，从日军的后面上山，本来往上摸得挺顺利，与日军短兵相接时却吃了大亏，前赴后继中弹牺牲了。虽说如此，却也击毙了三四名日军。

亲人阵亡，亮山报仇心切，架起机关枪和日军对射。张天一火冒三丈，绿林出身，就是我行我素，事先布置好的用围点打援的招法，实现瓮中捉鳖，亮山却把战术全丢在了脑后头，居然没攻县城，跑回了龙王庙。

不容分说，张天一将亮山拉出战场，违反了军规，总司令也不行，他挥起鞭子，猛抽亮山的屁股，鞭刑二十之后，让亮山带着自己的队伍，马上攻打县城，龙王庙之战有他这个参谋长在呢。

二十鞭子，浇灭了亮山复仇的火焰，心甘情愿地承受过鞭刑，他带着本部人马，快速地向县城奔去。杜三秃子见大势已定，怕张天一没收他那三四十人，便也从五虎山上下来，配合亮山，一块儿攻城。

亮山留下的机枪，张天一交给了自己带来的东北军，毕竟他们受过训练，不会盲目射击。在机枪的掩护下，郑世吉爬上了离西山最近的一株大树，卧在一根粗壮的枝干上，寻找好一根树枝，架稳他的枪。

张天一让郑叔只做一件事，那就是藏好身子，不能让大树成为目标，别人不打，专门瞄准穿军官服的日军，一枪毙命。

连郑世吉自己都不知道，他一直瞄准的军官，就是步兵小队的队长石野中尉。枪声响过，正中石野左胸。郑世吉豹子般唰的一下子，从树上滑下，转瞬间，大树成为目标，子弹雨一般扫过，藏身的地方立刻被打成马蜂窝。惊悸之余的郑世吉滚到沟里，大口喘着粗气，冲着张天一竖了下大拇指，示意成功。

张天一盘算了一下，石野步兵小队起码阵亡了三分之一，指挥官也丧了命，已不足为患了。父亲虽然受了伤，脑子还清醒，还有王老凿等绿林兄弟帮衬，领着围攻残敌，不成问题。他便带着郑世吉和几名东北军士兵撤了下去，顺路赶到南地碾子，带走了陈小娴和她手下的二百多名矿工。

一切按作战计划进行，大战的关键节点马上来临，那就是围点打援，全歼日军，在此一举。亲自坐镇指挥的张天一，需要一批守规矩的人马，满县城只有陈小娴带来的矿工受过纪律的约束，堪当此任。张天一带着东北军和郑世吉爬上了城西与炮楼子相对的烟楼子上，矿工们埋伏在烟楼子两侧的房顶上。炮楼子和烟楼子之间的开阔地，就是古贺骑兵联队的葬身之地。

25

亮山猛攻县城时，李树祯从钱褡子岭赶了回来，同时，也把钱褡子岭全歼松尾辎重队的消息传播了出去。围打县城的队伍顿时一片欢腾，李树祯用缴获的机枪，向固守县城的日军展示火力。

别看守县城的日军只剩下一个小队，防卫得却不保守，县政府、教育局、监狱、学校外围民房的房顶全都构筑了工事，进攻的所有路径，都在交叉火力的覆盖下。几门迫击炮严阵以待，一旦哪里遇到重点攻击，炮弹立刻支援上去。

守城的小队长村上中尉，拿出了大佐架势，把每一名日本兵的战斗力提升到了一个班。村上无所顾忌的原因是手中握着王牌——人质。县城的士绅、商户、官吏，包括县长的一家四口人，都是他的人肉盾牌，遇到危机，随时可以推上去。

亮山以为，三四百人围攻三十多人，还不是小菜一碟。可是，打了半个时辰，除了打死了一个出来进去反复侦察的军曹，其他的日本兵，连毛都没伤到。难怪干儿子张天一告诉他，不许强攻县城，把声势造足就够了，围城的目的是打援。

枪声、爆炸声是声势，还有一种声势，那就是放火。隔墙放火，那是绿林好汉们的拿手好戏。一时间，日军防守的前沿，浓烟滚滚，火光冲天。

一个苍老的声音传了出来，房顶上，一个老绅士颤颤巍巍地站起来，哀求道："亮山哪，别打了，我们还在里边呢。"

亮山抬眼望上去，房顶上站着一排人质，他的头大了。

龙王庙的战场，人越聚越多，百里外的人都赶着马车，骑着毛驴来了。有人跟着打仗，有人站脚助威，西五会占据了绝对优势。可是，真的想歼灭石野步兵小队，不比狗啃骨头容易。不怕死的刘氏兄弟已经死了，敢夺机枪的张恩远手腕被打折了，枪都不能拿了。再也找不出更勇敢的人，敢爬上去与日军近战，双方在僵持，反正我攻不上去，你也逃不出去。

日军如此顽强，因为他们的小队长石野并没有死，郑世吉的那一枪，只是穿过石野的肺部，他暂时昏死过去罢了。石野恢复意识时，清楚地明白了，剿匪已经失败，反被土匪围剿了，现在必须求得古贺联队的支援，突围回城。一名军曹在机枪的掩护下，兔子般脱离战场，直奔上坡子。

张恩远和王老凿居然谁也没发现。

逃出去的军曹把石野身负重伤、步兵小队面临全歼的危险告诉了古贺。古贺沉吟片刻，回头向县城方向望去，那里浓烟滚滚，火光冲天，他知道，此次剿匪功败垂成，不但没消灭亮山，活捉张天一，自己还损失惨重，悔不该不听县长孙国栋的劝阻。

古贺先把通信小组和军医派过去，增援石野，自己亲率一个中队两个小队，交替掩护，边打边撤。他要率机枪中队增援县城，另外两个小队速奔龙王庙，救出石野。

小号手张响最先识破古贺的意图，张天一说过，拖住古贺，分而围之，各个击破，是最佳战术，如今古贺想跑，这还了得。小号手急得跳到一块石头上，真正吹响了冲锋号。西五会也好，义勇军也罢，根本不懂得号，更何况小号手一直吹冲锋号迷惑敌人，现在，真正号令大家冲锋时，大家反倒熟视无睹了。

这种蛊惑人心的军号，早就让日军心烦不已。在此之前，藏着身子，到处乱吹，不过是扰乱他们的军心而已。现在，号手跳到了岩石上，号声突然变得更加急迫而嘹亮，透露着一股杀气，明显地号令三军，全体冲锋。别看西五会、义勇军听不懂号，日军却明确地猜出了，哪个是假冲锋，哪个是真冲锋。几挺机枪不错时机地同时扫过去，小号手大睁着眼睛，身子直挺挺地倒下去，至死他还在遗憾，日军已经挺不住了，漫山遍野的人，为什么不冲下去，一鼓作气，全歼残敌？

小号手滚下山崖，直至一棵虬状的油松收留了他，右胳膊不知折断了多少处，那只压扁了的军号依然牢牢地攥在手中，即使眼睛里扎进了松针，依然睁得圆圆的。

没人懂得他的号声，小号手死得很委屈。

几挺机枪泼雨般向山上扫射，古贺骑兵联队在机枪的掩护下，跨上战马，飞一般地逃离了战场。两个骑兵小队快速穿插到龙王庙，西五会的人没等把火药塞进火铳子里，日军的骑兵便旋风般冲进来，人们只好闪开，战场上的平衡立刻被打破了。

张恩远眼睁睁地看着骑兵小队把步兵小队救走了，没有一点办法。儿子交代过，一个不放过，可他抵抗不过骑兵，全放跑了。好在骑兵救走的一多半是尸体，全胳膊全腿的没几个。那个命大的石野，也没多活几个时辰，军医没救过来，死了。

张恩远想，反正儿子那里还有一道埋伏呢，自己带着西五会，追上便是了。

古贺骑兵联队的战马，是关东军中最出色的战马，从上坡子撤下来，风一般快，没多久就赶到了城西菜园子。可再快的战马也跑不过子弹，菜园子中间那座炮楼子，山一样挡在骑兵的面前，炮楼射击孔里的子弹，飞蝗般射出，挡住了骑兵。

围城打援，让古贺骑兵联队有来无回，守住炮楼子至关重要。张天一在烟楼子上挥舞旗帜，埋伏在南边高坡处的亮山和李树祯的部下立刻冒出头，一齐开火。北侧埋伏在烟楼子两旁平房上的人马，早就耐不住性子了，张天一的小旗一落，马上和炮楼子里的火力交叉在一起，封锁住了古贺回城的路。

回城路途被封死，后边大兵压境，古贺联队插翅难逃了。

打死古贺，让日军群龙无首，空旷的菜园子，日军的火力再强，也是无处藏身。张天一举起铁喇叭，冲着炮楼子里的刘天柱喊，穿呢子大衣的是小日本鬼子的指挥官古贺传太郎，打死他。

一顿乱枪，一齐打过去，日军听懂了张天一的喊话，机枪围着古贺，形成火力压制。可是火力再强，也敌不过炮楼子居高临下的优势，虽说枪不准，射出的枪砂与子弹很零乱，可是都集中火力朝着一个目标打，还是有一发子弹击中了古贺的肚子。

日军不惜用战马给古贺当掩体，挡住了炮楼子的视线，军医忙给古贺做包扎。机会留给了张天一这一边，同样，烟楼子也是制高点。张天一问郑世吉，能不能打中古贺？

郑世吉目测了下距离，起码二百米，他感受了一下风速，平心静气地瞄准，从掩护古贺的日军缝隙间寻找到了古贺的身体，一枪打过去，子弹从古贺的左肩处射入，横穿整个胸部从右腹部射出，他手中的指挥刀再也举不动了。

和每一次打野兽一样，虽说没将野兽一枪毙命，但他清楚地知道，贯穿了内脏，还能活多长时间。他很清楚，古贺肯定救不活了，这么一想，他的手哆嗦了起来，再次端枪怎么也瞄不准了，好像古贺的魂儿提前飞出来，落在了他的准星上，压迫得他枪都拿不稳。

毕竟，这是郑世吉这辈子第一次知道打死的人是谁，若是不知名姓，他只当穿黄衣服的日军是狼，是土豹子，是猪獾，扣过扳机，埋下头，身子滚进旁边的掩体，把眼睛一闭，权当休息，就不会产生心理负担。

几名日军背起古贺，相互交叉掩护，企图撤到安全地带，实施战场急救。张天一不可能让他们逃走，郑叔的手抖了，他的手却平稳得很，他盯住掩护古贺的日军，一发接一发的子弹直追过去。弟兄们随着张天一，数不清的子弹直追过去。

日军一个接一个地阵亡，却不畏生死，前赴后继地掩护古贺。张天一清楚地看到，替身负重伤的古贺而死的，有日军的大尉副官，有勤务兵，也有少尉和军曹。最终，他们还是把古贺拖进了能掩藏身体的秫秸帐子里。

古贺撵走了最后一个守候在他身边的日军，向替他指挥的机枪中队长下达了最后的命令，攻下炮楼子，回师县城。

身旁无人的古贺，知道秫秸帐子被绿林土匪盯上了，不安全，挪动着身子，爬进了一个院落，藏进了一座牲口棚里。

西五会的人从后边追了上来，也围向了菜园子，怕被机枪打中，一个接一个往民房里藏。不知是谁发现了古贺，喊了一嗓子，好几十人一起围过来。此时的古贺别说是抽刀拿枪了，就是把手举起来的力气都没有。

古贺瞪着眼睛，直视砸下来的锄头与乱棍，一眨不眨，没有一丝对死亡的恐惧。他设想过死，武士一般壮烈，对手强大得让他心悦诚服。他从未想过，自己的死和强大的对手没有任何关系，而是像一只狗般被一群老百姓乱棍打死，他死得憋屈，死了也闭不上眼睛。

（《锦西卫》入选中国作协2015年度少数民族重点作品扶持项目，发表于《当代》2019年第5期。）

娜样红（节选）

鹤　蜚

> 我们出发，只为信仰！
>
> ——题记

前　言

1927年夏天的大连闷热无雨，整个夏天里，人们都在翘首企盼着滚滚的雷声撕破天际，企盼着甘霖遍洒大地，而滚圆的太阳依然在天空中悬荡，像久孕不生的女人腆着肚子招摇过市。这个夏天里，中华大地乱象丛生，军阀混战的硝烟将南方的战火生成阴霾，将北方的城邦幻化成无疆的野心，山河破碎的悲伤在阳光下暴晒，裂变，破碎，而乱世纷呈下的革命热潮却暗流涌动。

被日本殖民统治的大连，在南部海滨一个叫黑石礁的地方有一个小广场，从小广场穿过去，有一条通往海边的靠海小街，它有一个浪漫的名字叫浪花街。这个夏天里，在浪花街深处住着一位来自江南的女子，她只有二十岁，是一名年轻的共产党员，她的名字叫安娜。

那时候安娜没有想到，多年以后，当她重新回到黑石礁的时候，她住过的那条小街，因为她，有了一个光荣而骄傲的新名字——红星街。

红星街！多么响亮的名字呀！

第一章

1

安娜得到情报，大连各区的警察局正在秘密集结，准备联动，下午要在全市进行大搜捕。由于叛徒出卖，多名地下党员接二连三地遭到逮捕，眼下形势越来越严峻，夏贺功每次开会都强调大家要小心再小心，互相接头传递情报接受任务时都要严格按要求进行，不能有半点纰漏，不然脑袋就要搬家。好在大家单线联系。几天前，牛文礼奉命到西山水库去执行任务，约定的时间过了，接头的人还没有来，他猛然想起夏贺功的叮嘱，躲进山林里。果然，不一会儿，一群警察来了，惊得他一身冷汗。那天早晨，夏贺功告诉安娜，要随时做好撤退准备……看到安娜眼神里的恐惧，他把后半句"甚至牺牲的准备"咽了回去。夏贺功已经把一些秘密文件处理掉，安娜也感觉到了危险的临近，但她并不知道，日本当局已经得到密报，准备秘密进行所谓"大收网"行动，就是要把大连地下党一网打尽。

安娜在圣德公园里得到情报的那一瞬间，她还有些发蒙，接着，她就像一个突然疯掉的女人，拼命地奔跑起来。如果不是十万火急，安娜不会在正午的大太阳底下拼命地奔跑，她像一只受惊的兔子，惊恐狂奔，她不停奔跑的脚步声在正午空旷的街道上回荡，咚咚咚，锤子一样击打着大地的胸膛。

8月本是大连天气最炎热的时节，又逢干旱，已经连续几个月不见星点雨滴。风干物燥，片草成灰，天地万物似乎都被烤化，烘干，一碰就灰飞尘扬。正午时分，没有风，远远看去，黑石礁海面上波澜不惊，海风像惯坏的孩子一样懒散、任性，不肯掀动哪怕一丝一缕的波纹。日头使出恶毒的招数，仿佛要蒸发掉天地间每一滴水珠，曾经的清风细雨，好比负心的汉子突然就坏了心肠，挽着放荡女人的腰肢扬长而去，一条道儿走到黑，执拗地再也不肯回头。

安娜从黑石礁电车站下了电车，穿越小广场后飞奔向浪花街。她把蓝花布围巾胡乱地遮盖在头上，一只手捂住胸口，像是怕心脏从胸口里蹦出来。另一只手上紧紧攥着一个装满馒头的小篮子，生怕里面的馒头掉出来。此时，浪花街上少有行人，人们似乎都在屋子里躲藏起来，又仿佛他们是一滴水，只要一露面就立即会被热辣辣的太阳蒸发掉。如果这时候有人在大街上飞跑一定会让人费解。安娜被自己奔跑时泛起的尘土呛得咳嗽不止，她突然意识到什么，回头看到自己一路跑来飞起的灰尘，行为是多么反常啊！

安娜跑得喉咙干渴，跑得几乎虚脱，她感觉到自己的无力和无助，像是一个在大海深处的乱石堆上贪婪挖刨的赶海女人，突然发现大海早已重新涨潮，天地苍茫，自己却被困于大海中央，四周都是暴涨的海水，像是从来都没有退过潮，马上四周的海水就会淹没自己。安娜有种窒息的感觉，只有安娜自己知道，她心里有多么焦急，又有多么害怕和恐惧。

是的，她从没有想到自己是如此恐惧。

她承认，此时，她害怕得要死。

安娜拼命地往浪花街下屯巷的家中跑去，蓝底白花的旗袍湿透了，紧紧地裹着她的腰身，她跑起来非常吃力。她撕扯开旗袍的下摆，全然不顾地大步跑着，她浑身上下大汗淋漓，像是刚刚掀开蒸着馒头的大锅，冒着热气，她感觉到虚脱、无力，似乎再也跑不动了，但是她知道她不能停，她害怕溜腿小山上的枪声在浪花街上响起，更害怕失去她的爱人夏贺功。夏贺功就是她的命，是她在这个混沌的世界里唯一的那一丝光亮，如果没有了夏贺功，她不知道自己怎么活下去，又谈什么革命，如何革命。她有那么多的理想和抱负都要和夏贺功一起实现，现在她知道夏贺功面临危险，她要做的就是首先冲到他跟前，与他一起面对。他们曾经发誓，今生今世都要在一起，一起生，一起死。安娜一边跑着，一边想着夏贺功，她不时警觉地观察周围，奇怪的是，看上去整个黑石礁太过寂静，真是太寂静了，这寂静让她更加害怕。她想起寒潮说的话，让她尽快离开大连，不要回家。但此时，她脑子里全是夏贺功，她没有和夏贺功告别，他们今后要去哪里，要做什么，夏贺功都没有交代，她怎么可以离开他？她希望所有的担心都是自己吓唬自己，她拼命跑着，无论发生什么事，她一定要和夏贺功在一起。

大街上只有安娜咚咚咚的脚步声和她乱糟糟的心跳声在天地间回荡，在正午的黑石礁浪花街上回荡，她努力按捺住惶恐不安的心跳，拼命地跑着，跑着，终于，她看到了自己家的房子和不远处的大海了。远远看去，一切都好，一切都好！她松了口气，下意识地放慢了脚步，感觉到自己过于紧张了，想想寒潮说什么会遭遇不测，眼下，不是一切都好吗？

安娜在浪花街口停下来，她似乎已经用尽了力气，像是一条从海里蹦到陆地上的新鲜而绝望的皮匠鱼，一下又一下地蹦着，直到没了力气。她浑身上下已经湿透，蒸笼一样地冒着热气，她弯下腰，一只手按在膝盖上，另一只手按住狂跳不已的胸口，力图平复剧烈的心跳和喘息。她眼冒金星，天地在她的眼前晃动起来，一片恍惚，仿佛星光闪耀的夜空，还有夜空中飞翔的萤火虫。她擦着脸上的汗水，想看清楚周围的一切，眼睛却越发模糊。她掀开小篮子上的蓝靛花布，伸手摸了摸那些小馒头，像是摸到刚刚生出来的小鸡雏，它们一个个胖乎乎的，没心没肺地挤在一起。还好，小馒头还在，她看到了两个盖着红点的小馒头，混在一堆小馒头里，倒像是鸡雏里拱出的猴里猴气的猴子，那小猴子不时地眨眼看着她，她的眼前一会儿是一群猴子，一会儿又是一群鸡雏，晃得她眼冒金星。突然，寂静的浪花街上传来一声枪响，接着是更多更零乱的枪声，安娜抱紧小篮子，下意识地躲进路边的一片小树林里。

枪声是从家的方向传来的，安娜朝不远处那排平房张望，突然，她看见夏贺功出现在屋顶上，只见他飞快而灵巧地在屋顶上跳跃，往黑石礁河的方向跑去。几个持枪的人边追赶边向屋顶射击。安娜看着夏贺功在屋顶上跳跃着躲避着子弹，像暴风雨中穿梭的海鸥，忽上忽下地飞翔。她焦急万分，不明白夏贺功为什么要跑到屋顶上，这不是明摆着要把自己暴露在敌人眼皮底下吗？安娜远远地跟着夏贺功，顺着屋檐，追着夏贺功的方向跑过去。她眼睁睁地看着十几个持枪的特务边跑边向夏贺功的方向射击，他们喊着要抓活的。

有汽车开进浪花街，一大群警察从车上跳下来，他们冲进下屯巷，安娜穿过小树林，迅速地从下屯巷拐进了上屯巷。

上屯巷静悄悄的，好像下屯巷的枪声在这里遭了隔绝，好像下屯巷飞来飞去的子弹是天空中乱窜的麻雀。每一栋别墅都像是互相约好了，静静地躲在青藤缠绕鲜花环抱的院落里，没有任何响动，也没有人出来观望。大家似乎都躲在暗处，又仿佛枪声就是通往死亡墓地的灵幡，没有人愿意迎接这样的召唤。安娜在小巷里快速地跑着，感觉身后像是有人追上来了，她跑得越快，那追赶的脚步声音似乎也越近。她不知道自己要到哪里去，不知道身后追赶的是什么人。安娜感觉耳边有什么东西滑过，似乎有风在头顶上飞旋，是一枚子弹飞过她的耳畔。她不顾一切地跑着，突然，她感觉有人在后背猛地击了一掌，她下意识地用手一摸，手上全是血，她的左臂钻进了一颗子弹，弹孔正在往外冒血，撕心裂肺般的剧痛接踵而至。她把花头巾缠到伤口上，目光蛇一样地穿梭进曲里拐弯的上屯巷深处，终于停留在一个棕黑色的院门上。

2

安娜推了推棕黑色的院门，门虚掩着，安娜发现院内没人，院子里的别墅大门紧闭，她听着越来越近的叫喊声，迅速地闪进去，关上了院门。

院子里像大雪过后的深夜般静谧，让人不安。安娜环顾四下，院墙上爬满了茂密的藤萝，院子里的各种各样的花朵开得正旺。安娜把手里的篮子藏到花丛中，躲到墙根处，警觉地往外面看去，一群人呼啦啦地跑进上屯巷，接着又往远处跑去了。安娜看着外面的人跑远了，刚刚缓口气，突然看见夏贺功还在房顶上跑着，他已经跑到了那排平房的尽头，安娜知道，再往前，就是黑石礁宽阔的河。

几路人马向夏贺功包围过去，夏贺功被逼到黑石礁河边，那里正是黑石礁河入海口，海河交汇的前方，就是开阔的黑石礁大海。

夏贺功被逼停在河岸的堤坝处，没了退路。一群人疯狂对着他叫喊着，他猛然转过身来，他的脸在阳光下显得格外红，他抬头看了看头顶上火辣辣的大太阳，像是想要喊什么，却终究什么也没有喊出来。看着聚拢过来的持枪警察和便衣，他确定自己陷入重重包围之中，在一片叫喊声中，他把手里的枪高高地举过头顶，看样子是示意要投降。四周似乎安静下来，他的目光四下里看了看，然后又把头扭向一边，朝着黑石礁浪花街的方向看过去，好像知道安娜就藏身在不远处，他似乎要把最后一眼留在家的方向。安娜远远地看着，她的心一下子抽紧了，仿佛浑身的血液都凝固了，那一眼，虽然离得远，却让安娜感觉到了绝望，那一眼不仅有爱怜，更是诀别，还有赴死的不甘。安娜悲从中来，她知道，那是夏贺功对她最后的诀别，那眼神里一定有着万般的不舍和悲壮。那一眼，仿佛一下子洞穿了安娜所有的岁月。那一瞬间安娜猛然明白过来，为什么夏贺功要跑到屋顶上，那是为了给她报信，他一定知道安娜马上就要回来，所以夏贺功不合情理地跑到屋顶上，引诱敌人打枪，他是为了给马上回家的安娜报信。安娜明白了夏贺功的真正用意，她的心顿时有种被撕裂开的疼痛。

夏贺功在重重逼近的围困中果断地转过身去，纵身跳进了黑石礁湍急的河流里，夏贺功身体碰撞水面发出响亮水声的那一瞬间，河岸上响起了密集而交错的枪声，子弹冰雹一样噼里啪啦砸向河里，跳进河里的夏贺功跌下河底，眼前是道道金光，后背像钻进无数钢针，河水已经染成红色。他知道，他被打中了，他在水底憋气憋得难受，用力地浮上水面，河床上又重新乱作一团，子弹再一次射入河中，水面上喷溅起混乱不堪的水花，那水花在阳光下翻腾，现出刺目的红，夏贺功重新跌落河底，子弹追着他，腾起的水花像被雷管炸飞的鱼群，张扬地跳跃出水面，拼命地挣扎，无力地喘息。

夏贺功在湍急的河里挣扎着，顺流而下，通过海河交汇处，翻滚进开阔的黑石礁大海深处，他已感觉不到任何疼痛……

就在子弹射向水面的刹那，安娜不由得尖叫起来，如果不是一只大手从背后一把捂住她的嘴巴，整个黑石礁都会听到她绝望的尖叫。

3

安娜是按照夏贺功的指示去和寒潮接头的，他们在圣德公园内一个叫溜腿小山的地方接上了头。这是安娜第一次见到传说中的寒潮。最初听到寒潮两个字时，她曾下意识地打了一个寒噤，仿佛真的遭遇了一场寒潮来袭似的。她不由得想起冬天里在黑石礁海边亲身经历过的那次真正的寒潮，那是多么冷酷暴烈的一场寒潮哇，大地封冻，大海咆哮，天地混浊，风暴肆虐，那是安娜第一次在黑石礁领略真正的寒潮。刚好是正月十五，恰逢天文大潮，猛烈无比的强风裹挟着雨雪袭击了黑石礁。寒潮猛烈，激怒了海浪拍打着礁石，风卷起惊涛巨浪，飞溅到几十米高，每一次巨浪雄起，好像要把那些活过千百年的黑色礁石悉数击碎。那些来不及拖上岸的小渔船，在拍岸的浪涛撞击中被劈得细碎，像除夕夜里鞭炮炸开的碎屑，更像是被击碎了的皇朝旧梦，残破不堪，再也无法拾掇起来了。

安娜朝着圣德公园走去，远远就看到了公园门前两棵高大的洋槐树，她清楚地记得五月槐花盛开的时候，她曾经和夏贺功来到公园里赏槐。赏花是假，执行秘密任务是真。那时候，公园里到处都是前来赏槐的日本游人，他们把他乡当成故乡，把别人的家当成自己的家，脸上怡然自得，并不羞愧于自己无耻地侵入。他们聚集在槐树下，嗅着花香，一个个都是陶醉的模样，这让安娜的心里时不时地充满愤懑的情绪。

第一次看到槐花开放，安娜不由得想起家乡的梓树。梓树褐色或黄灰色的树皮与槐树有几分相似，不过，梓树端正，冠幅开阔，叶大荫浓，春夏黄花满树，秋冬荚果悬挂，真是十分好看。相比梓树，槐树除了芬芳的花香并无更多的迷人之处。槐树大多以姿态粗鄙的刺槐为主，只有圣德公园门口两棵洋槐树，其高大俊秀的树枝和繁茂的串串花朵惹人喜爱。安娜看着洋槐，似乎还沉醉在洋槐的芳香之中，五月槐花才开过不久，转眼已是盛夏，时间过得太快了，来大连已经一年多了，安娜不知道何时还能看到家乡的梓树，她突然有种离愁别绪涌上心头。安娜看到圣德公园里的大挂钟显示接头时间快到了，她没有在洋槐树下停留，而是大步朝公园深处走去，按照指定地点，顺利地找到了寒潮。

寒潮来之前，得到沙河口警察署内线消息，下午，市内的沙河口、西山和水上等几个警察署要联合行动，执行重要任务。寒潮知道，这几个警察署所在地，正是大连中共地下党员经常活动的地方，敌人已经掌握了重要线索，所谓的重要任务就是遍布全城的大搜捕。他焦急，但不能焦虑，因为他有更重要的任务要执行。

寒潮初见安娜时，不由得皱了皱眉头，眼前的这个女人怎么看都不像一个成熟的地下交通员，虽然穿着当地的土布蓝花布旗袍，拉带黑布鞋，却梳着一头青年学生的发式，皮肤白得耀眼，穿着打扮和举手投足，怎么看都感觉不对劲，有些别扭，想到还要有重要的任务交给她完成，寒潮不由得有些担心，她能行吗？

此时的安娜心思也有些飘忽，安娜是第一次来见寒潮。安娜来到溜腿小山后面，按照约定指令，找到凉亭左数第三棵系有密密麻麻红布条的槐树，她远远地就看到了寒潮，他正站在槐树的树荫下，戴着浅褐色的墨镜，手里的那张报纸遮住了他的大半张脸，只露出他明亮而白净的额头。他的另一只手不时地拂起额前垂落下来的几缕头发，每向上抚弄一下头发，就顺势朝四下观察一番，正是那不时在额头滑动的手指，让安娜有些困惑。这个男人的手太不像男人的手了，太过细腻，太过白净，太过修长，也太过柔软。再看看他的衣着，太过讲究，大热的天竟然穿着一件长袖衬衫，白蓝细条纹的图案，一看就是正宗的日本货。安娜到千代市场取邮件时看到过橱窗里的模特身上就是这样的衬衫，衬衫的袖口处还有一枚银色长方形袖扣，刀片一样雪亮，这一定也是特别定制，笔挺的黑色西裤剪裁得体，收腰处恰到好处，看上去像是出自兴工街日本洋服店里日本师傅的手艺。还有他脚上的鞋子，太过讲究，棕色的鞋帮上，金黄色的铜扣眼儿闪着光，深棕色的鞋带一丝不苟地往脚踝处系上去，在最后一排铜扣眼儿处，打上一个漂亮的结。这身装扮不张扬，却不简单，很讲究。安娜怎么看都感觉眼前这个男人是个有品位的男人。安娜对男人的衣着一向有研究，她在阿泰舅舅的裁缝店里经常看到这样的男人。阿泰舅舅开的高级裁缝铺非常有名，就像苏州河一样有名，安娜从小几乎天天在那里，不只是因为她的表妹唐娟住在阿泰舅舅那里，更确切地是她莫名地喜欢裁缝店里的那种特别的味道，她喜欢裁缝铺里的一切。安娜喜欢画画，她经常泡在裁缝店里，按照阿泰舅舅的想法画出服装的草图，阿泰舅舅总是夸赞她画得好。阿泰舅舅的老婆是个哑巴，她总是微笑地看着安娜，然后埋头在衣料里飞针走线，安娜常常被她专注的神情吸引，被她的沉默感染，看着她将一大把一大把的光阴沉迷在那一针一线飞逝的时光里。安娜惊叹阿泰舅舅和他女人的手艺，他们总能把一捆捆一堆堆一卷卷死气沉沉不起眼的布料，变成各种各样神奇的衣衫。安娜喜欢裁缝店里的味道，痴迷于堆积在案板上那些衣料里的香味，那些布料散发着像是微微发霉却藏有暗香的特别味道，她经常把脸贴在那成堆的衣料上闻着，被那种特别的味道感动，迷醉。她尤其喜欢深色系的面料，她说那里面有一种特别的墨香味道。而表妹唐娟更喜欢花花绿绿的锦缎，她经常把锦缎丝绸等料子缠在身上，学着画报里明星的样子，摆着各种各样的姿势让安娜画她，还在屋子里走来走去。那时候的安娜不叫安娜，那时候的安娜还叫景怡，理想是长大了当一名女裁缝，或者是当一名女画家，而唐娟的理想是做画报里的那种模特儿。

安娜正是从那堆衣料里开始慢慢地认识男人的，开始品味男人的不同之处，每次听到阿泰舅舅在前厅里招呼客人，安娜就知道来了定制服装的人，安娜就躲在布帘子后面，偷偷地往外看，打量着来人。虽然也有女人光顾，但是安娜更多地会关心男人，猜测他们多大年龄，从哪里来，做的是什么行当，同来的女人是不是男人的外室。反正她什么都好奇。因为个子小，安娜经常最先看到的是客人脚上的鞋子。久而久之，她能从他们脚上的鞋子，判断出他从事的职业，不管是银行的职员，还是报馆的记者，不管是乡下的绅士，还是突然发迹的暴发户，安娜都能从鞋子的品位和衣着猜个八九不离十……

"你不像是……"安娜想对寒潮说，但安娜只在心里说，终于没有发出声，她想象中的寒潮应当是五大三粗的壮汉，应当还会飞檐走壁，一身的功夫。当她看到寒潮的那双手时，有些吃惊，她只是有点拿不准，有着这样一双特别洁净的男人的手，还有讲究的衣着，一定有着优渥的生活，这样的男人能否靠得住？如果他被捕了，他的手经受得住那些坚硬的铁钳吗？他的手会不会像筷子一样被夹子断成两截？安娜并不知道这双细腻而白皙的手是一双医生的手，更不知道，有时候这双手会主宰一个人的生，还有死。

其实，安娜一进公园的时候，寒潮就看到她了，他精灵般跳跃的眼神穿过茂密的林间小路，捕捉着安娜的一举一动。安娜像是一道忽然在天空燃响的爆竹，他像是被吓了一跳，继而又有些兴奋，如果不是安娜右手腕缠着一条端午节里祈福的五彩细绳，他不会相信，眼前这个女人就是安娜。但他的心情随之也坏起来，根据情报，寒潮知道，未来凶多吉少，下一步计划要依靠安娜。有一瞬间，他突然有些心痛，想象着不可知的未来和随时会发生的危险，他的心痛加剧了，他远远地观察着她，有一种似曾相识的感觉。说实话，对待女人他向来是比较挑剔，安娜出现的时候，还是一下子吸引住了他。这个女人实在是少有的漂亮，虽然她把自己打扮得像一个村姑，也有点像工厂女工，但他怎么看都觉得她更像是个不谙世事的学生，她白而亮的皮肤不是北方水土可以养成。寒潮想不通，这么长时间，夏贺功怎么把这样一个女人安排到工厂里，难道周围人就没有人怀疑她吗？这样白净的女人怎么看也不像是在工厂做工的人，不知道这么长时间她是怎么应付的，好在还没有暴露，现在她可以躲开危险，要让她离开工厂离开大连了。

寒潮没想到，自己竟然在心里悄悄地为她谋划着，确切地说是为她担心着。他不得不承认，看到安娜的那一刻，他像是被谁在后背狠狠地踢了一脚，心跳居然有些猛烈。虽然安娜在他面前极力表现得沉着自然，但还是会流露出稚嫩、笨拙和紧张。不过，安娜对他充满质疑的眼神，还有那不经意间的观察，倒是让他有了些许欣慰，这正表明，安娜是一个心细敏感的女人，从事地下工作，至少要有一双时刻质疑的眼睛和敏感的神经，还有反应迅速而智慧的头脑。此次传递"飞鹤计划"行动，组织上决定让安娜来完成。情况紧急，他必须快速做出决定。马上他要离开大连到奉天和长春去执行秘密任务，他永远不知道等待自己的是生还是死，但是他必须义无反顾。

寒潮的担心有些道理，安娜自到大连以来，一直隐藏身份，和夏贺功秘密住在黑石礁，知道她真实身份的人没有几个，她也没有做太多具体的工作，组织上只安排她安心地当着夏贺功的夫人，做好一个新婚的女人，配合和掩护夏贺功工作，平时只做一些辅助性的工作，再到工厂去结交一些朋友，发展革命力量。不过，看上去，她挺幸福。寒潮想着，不由得为自己的念头好笑，也有些复杂的情愫在心底里涌动。

安娜盯着他的鞋子衣服看时，寒潮看出了安娜对自己的犹疑和不解，他打断了安娜的胡思乱想。安娜同志，寒潮这声音又急又重，不像是他外表那样看上去波澜不惊，这声音甚至吓了安娜一跳。寒潮俯下身子凑近安娜，用耳语般的声音如此这般地交代一番，然后他直起身，看了看远处葱郁而密实的树林，有些悲观。安娜同志，种种迹象表明，敌人已经开始了全面的行动，请你快速转告夏贺功，完成好重要任务，要暂时停止一切活动，立即转移隐藏起来。还有，无论如何要把绝密文件"飞鹤计划"，尽快送到"上海先生"手里，无论遇到什么情况，都不能影响你完成这个重要的任务。切记，哪怕失去了生命，也不可以丢失"飞鹤计划"！人在，鹤在！人不在，鹤要毁掉！

这么重要的文件，能问是什么内容吗？

寒潮摇了摇头。

我是说，我可以背下来，或者……

你不能问，也背不下来，寒潮不客气地打断她的话，你只要在指定时间指定地点取走情报，并把情报送到上海，交到"上海先生"手里，你的任务就完成了。

如果我和夏贺功遭遇不测，你也必须完成任务。

当寒潮说到不测两个字时，安娜像是一下子掉进了冰冷的苏州河里，脸上的表情也一下子变得僵硬。这时，不远处传来了狗叫声，公园里本来就有许多便衣。寒潮走出几步，像是又想起什么，他突然又转回来，严肃地告诫安娜，你取走情报后要快速离开，不要回黑石礁，先找地方躲起来，明天见机行事，如果一切顺利再回去，如果夏贺功遇害，立即按第二套方案行动。

遇害！怎么可能？安娜听出了自己的声音在发抖。

现在形势严峻，做地下工作非常残酷，随时都有生命危险，没有什么不可能。

可是，我来了这么长时间，还不是好好的？

日本人可不是你想象的那么笨。

我不回去，贺功找不到我，他会着急的。

我会想办法通知他。

他还在等我回去！

从现在起，你暂时不要见任何人！必须迅速藏起来，然后按计划离开大连，前往上海，不管发生什么事情，不惜代价，把情报送出去。目前，我们唯一的电台密码已被破译，而且这份文件生死攸关，必须送到上海。

我出门时他一切都还好好的，他能有什么事？安娜心里想，但没敢说出来，她被寒潮的语气吓着了。

安娜同志，现在已经到了革命的生死关头，走错一步，都可能造成不可挽回的损失。

安娜听到远处传来狗叫声，她有些为他担忧。她想知道他从哪里来，要到哪里去，但是她知道，她什么也不能问，他什么也不会跟她多讲。安娜只知道他叫寒潮，他身上的衣着，他的气质，他的双手，他的从容不迫，对她来说都是个谜。安娜还在愣神，寒潮已经快速钻进小山的树林里。直到这时，安娜才发现，自己根本没有看清寒潮的脸，不，是根本没有看到，那张脸一直在报纸的后面，声音也是从报纸的后面发出的。

安娜按照指令去取情报，她听到寒潮跑远的方向传来了追喊声、狗叫声和刺耳的枪声，顿时，公园里乱成一锅粥。安娜顾不得太多，她冷静下来，迅速地理清思路，快速来到圣德公园西侧的神庙里。安娜走进神庙，神庙里静静的，只有一个和尚坐在帷幔侧面的桌前打盹儿，案几上的香炉里弥漫着馨香。安娜跪到神像前的垫子上，先是祈祷着，然后叩了五个头，又从衣襟里摸出几枚钱，扔到了功德箱里，这时帷幔旁边的和尚走了过来，说夫人你的钱掉了。

安娜抬头看了看和尚，我的钱都捐进功德箱里了，没有带多余的钱。

和尚双手合十，说夫人上午我清扫了庙堂，今天是初二，从早晨到现在还没有第二个人来上香，这钱一定是你的！

安娜的心脏急速地跳动，她没想到和她接头的是一个和尚。和尚把钱塞到她的手里，走到了帷幔后面。安娜接过钱握在了手里，重新跪下来，她低着头，打开卷在钱里的字条，看了看，塞进了嘴里。

这时，和尚拿出一个篮子递给安娜，你捐了功德，这个篮子里的馒头，你带回去给你的家人。

小篮子里装着小馒头，看上去就是平常人家在庙里上供用或者祭奠亲人用的小馒头，馒头上面正中间都点着红色的小圆点，其中两个馒头中间点了五个圆点，情报就在这个特别的圆点里。安娜想起寒潮跟她说的这份文件比性命都重要，不由得拐紧小篮子，她才发现，自从拿走小篮子起，她的心紧张得都要跳出嗓子眼儿了。

安娜取出随身带来的蓝色花巾，盖在了馒头上，离开了神庙，从公园西侧边门走出了圣德公园。

一走出圣德公园，安娜就疯了一样地跑起来。

4

之前夏贺功对安娜说起寒潮时，是在一个平常的下午。当时，安娜和夏贺功坐在院子里的阴凉处，夏贺功在那里翻弄着烟叶，空气中飘散着泼辣的烟草味，浓烈刺鼻。夏贺功躬身专注于那些烟叶上，那样子一下子把安娜带到了苏州河潮湿的往事里。那些发黄的烟叶，让安娜想起圣赖登教堂的神父赖登先生收藏的满墙满墙的旧书，那些旧书边角毛糙，一页页一层层叠加着粘在一起，书页的边儿向上翻卷着，像赌气的孩子生气地噘着嘴，倔强地站立着。赖登先生闲时总是在书房里翻弄着那些旧书，安娜对赖登先生痴迷那些又破又旧的书不解，似乎那些书里面藏着神秘而又无尽的陈年往事。每到天气晴朗，赖登先生会把一些书搬到教堂后院的阴凉处，他戴着老花镜，聚精会神地翻书，晒书。有一天，安娜就是在那样一个平常的下午，在赖登老花镜的注视下，从容地离开了院子。赖登一定想不到，他眼里那个看上去敏感而有些忧郁的女孩子，有一天会成为一个共产党员。他一定也没有想到，安娜此时正在大连黑石礁海边浪花街上，跟着她的丈夫也是她的领导夏贺功一起，从事着一项秘密而神圣的工作。赖登如何也想不到，常常坐在他教堂长椅上发呆的女孩章景怡已经有了另外一个名字——安娜！

给章景怡改名字的人，正是她丈夫，也是她的入党介绍人夏贺功。

你选择我，也许是出于革命需要，如果让你重新自由地选择，你还会选我吗？夏贺功曾经问过安娜。

那是肯定的，无论我这辈子有多少次选择，我都会选择嫁给你。

为什么？

不为什么，就是爱你！

你不怕死？

和你在一起，我不怕死。有你保护我，我也不会死。

安娜其实不敢承认，她有时还是怕死的。她先是爱上了夏贺功，当知道了夏贺功的真实身份后，她又无法不爱他。夏贺功的共产主义理想对于这个腐朽的社会来说就是洪水猛兽，对于她来说是那样神圣和庄严。嫁给他时，虽然她对他说的主义和理想理解得还不是那么深刻，她爱他，她知道要得到他的爱，必须和他以及他的理想在一起。但他所做的一切需要的不仅是勇气，甚至可能献出生命。她知道，她不能怕，只有像他一样勇敢，才能和他在一起。但是她有时又确实很怕，怕他哪一天会突然不见了，怕有一天自己会突然死掉，但她不敢说怕，她只好让自己勇敢，这样才能让夏贺功不用为她担心。

就像夏贺功期待的那样，她要像那位苏联女英雄安娜一样勇敢。

夏贺功想到，从认识安娜到结婚，似乎有些仓促，总觉得安娜还没有爱自己到那么深，还没有爱自己到非要嫁他的那个程度，结婚匆忙，还没有确信彼此就是最爱的时候就结婚了。他知道自己从事的是一项什么样的事业，这事业支配着他义无反顾地前行，这事业又让他无法保证这一辈子永远拥有她，他既爱她，又不舍得她。每一个夜晚，他总是把安娜搂得紧紧的，看着她睡，哪怕胳膊酸痛麻木失去了知觉，他都不舍得动一下，担心每一个响动，都会惊扰她甜美的梦境。在他的怀里，她总是睡得安稳，如果他哪一个夜晚没有回来，她便是彻夜无眠，那样的深夜，寂静会加剧她的恐惧。安娜从不肯承认自己有恐惧，她一再地想自己是个坚强的人，但是没有人时，她私下里承认她有时确实是心怀恐惧，她常常为自己的胆小而自卑，甚至害羞。

那天，夏贺功在她眼前摆弄那些金灿灿的黄烟叶时，安娜就想，不知道赖登先生收藏的那些旧书，现在是不是还要经常晾晒，不知道那些丢在书柜里的旧画，会不会让苏州河涌上来的潮气洇漫得没了生气。安娜正胡思乱想着，夏贺功说起了寒潮，安娜的思绪从遥远的赖登先生的书房里转回来，看着夏贺功。夏贺功从烟叶上抬起头，正撞见安娜的目光，安娜的眼睛明亮而清澈，就像是平静的海面突然有海鸥的翅膀掠过，荡起的水花在夏贺功的心里飞溅。

夏贺功想起什么，他走回屋，拿出铅笔和纸递给安娜，现在我说你记，记完了你要背下来，要把细节一个一个记在脑子里，然后再把这些纸都烧掉。

安娜认真地记下了夏贺功交代的事情，遇到紧急情况时的接头人，接头暗号，重要联系人，送情报时的注意事项，她都认真记下来，又背下来，然后复述给夏贺功听，直到无误。虽然安娜之前也多次参与地下活动，也接受过相关训练，但是夏贺功好像还是对她不放心，以前，她所有的活动，都是在夏贺功的直接指教下完成的。

这个下午，安娜的表现非常出色，没有一点漏洞，夏贺功确认安娜的记忆准确无误后，开始向安娜交代任务。就是在这时，夏贺功向安娜提起了寒潮。原来，这是寒潮临时布置给夏贺功的任务，要他对安娜进行"考试"。"考试"过关后，有一项特殊的任务要安娜去完成。

寒潮！什么样厉害的角色能起这样的名字？

夏贺功说，我们的队伍里藏龙卧虎哇！寒潮毕业于日本大学的医学院，是个外科手术医生，又是我党北方区大连重要的领导人，总之，你想象他有多厉害他就有多厉害！安娜突然想起扬州那个盐商家的儿子宋大鹏，与自己有过婚约，他也曾经在国外留过学，只是他留在国外一去不回，不然，安娜早就成了盐商家的儿媳。不知道是他厌倦了父母的老旧，还是在异国他乡有了心爱的女人。总之，正是盐商家的"言而无信"，安娜才有机会得以到北平继续读书，绘画。安娜从来没有见到过盐商的儿子，更无法想象怎样嫁给他。安娜有他小时候与母亲的一张合影，那是安娜母亲给她的，母亲始终不甘心放弃这段婚约。母亲哪里知道，如今，她有了属于自己的爱和幸福。

夏贺功翻动着那些金黄的烟叶，像是翻动伤口上的结痂，小心不已。那些烟叶晒得格外脆弱，轻轻一碰，空气中就会散发出焦躁而又让人着迷的弥香。安娜喜欢闻烟叶的那种香味，她常常坐在夏贺功的身边，看着他侍弄那些烟叶，闻着既浓烈又香醇的味道。自从安娜跟夏贺功开展地下工作以后，就爱上了他的一切，他果敢利落的行事风格，他睡觉打呼噜的声音，他越来越重的烟瘾，他不时变换的多种身份。在她眼里，他既是年轻的学生领袖，优秀的革命者，忠诚的革命战士，又是一个好男人，好爱人。现今，他是一名朴实的工人。

夏贺功频繁地奔走在不同工厂，交了许多穷朋友，每天回来，他都很疲惫，但他给安娜带回来的都是信心和力量，他让安娜无时不感觉到他澎湃的热情。他在做着一份让自己血脉偾张的事业，为穷苦人求解放的事业，这份事业是他思想和灵魂的出口。像是在漫长的暗道里前行，他感觉到每一天都在掘进，向着暗道另一头的那一丝光明掘进。他先是在福纺厂，后又到铁道工厂和制铁厂做工，他对烟的喜爱也是在工厂开始的，他从最初在烟熏弥漫的旱烟味中咳嗽不止，到最后迷上了抽旱烟，这一切的变化仿佛也就是一袋烟的工夫，在不知不觉中完成的。他跟着王大灿学会了自己晒烟叶，自己搓烟末，自己卷烟卷，技术也越来越娴熟。他总是耐心地将搓碎的烟叶，均匀地撒在裁成长方形的白色小纸片上，轻轻地卷成一头大一头小，一头粗一头细呈锥子形的烟卷，将烟卷在手里转了一圈又一圈，把烟卷实了，然后用舌尖朝烟卷最外层的纸片儿轻轻一舔，再将卷烟时多余出来的纸卷撕掉，利落地点上火，用力地吸一口，满足地吐一口烟。整个卷烟的过程流畅，看上去没有半点生疏，和"老烟袋"王大灿没有什么两样。安娜喜欢看他卷烟，就好像看着乡下的农人在初春翻滚的地垄沟里撒上玉米种子一样，那种耐心的神情和期盼，让安娜心醉和着迷。

　　夏贺功边翻动烟叶边让安娜复述一遍与寒潮见面的时间，接头的暗号、口令等细节，安娜的记忆力让夏贺功非常满意，本来嘛，安娜就是一个聪慧的姑娘，他相信自己的眼光。夏贺功在晒烟叶的盖帘上面拍了拍双手，好像连沾在手上的烟渣渣都金贵无比。从北平来到大连以后，他的同事战友有许多人遭遇不幸，做地下工作究竟有多危险他非常清楚，也许随时都会牺牲，但他从来也没有担心过自己，从对着党旗宣誓的那一刻起，他就将自己的生命置之度外。但是安娜不同，她是因为爱上自己才爱上革命的，如果不是和他结婚，她现在还是北平师专的一个学生，或者正在家乡的一所学校里教书。她的革命经验还不足，甚至可以说几乎没有什么经验，看看安娜那双明亮的眼睛就知道了，她的眼里有恐惧，有担忧，而更多的是对他的爱和依恋，这种爱和依恋暂且让她忘记了恐惧和担忧。夏贺功看着安娜，心里满是怜惜。安娜齐耳的短发是来大连前才剪成的，那是夏贺功亲手为她剪的，剪发时，他犹豫了好久，在安娜的一再要求下，最后才剪掉的。她的辫子剪下来后，安娜拿在手里，眼泪一下子就下来了。夏贺功搂着泪流满面的安娜，如果不是革命需要，他不会这么快地娶妻，他想象中的妻子，应当就是安娜这样的，这是他们今生的缘分。夏贺功拉过安娜的双手，夏贺功看着这双手，莫名地一阵心疼，莫名其妙，他感觉好像和安娜交代完了一切，离别就在眼前，他用力地握住安娜的手，想到有一天可能会失去安娜，他的心就陡然紧张起来。他永远不想失去安娜，想到这些，他低下头，不敢再看安娜的眼睛。他紧紧握着安娜的手，想象着今生就停留在这样的时刻，凝固不动，静止不动。良久，他抬起头，眼眶发红，他掩饰着自己，伸手把她脸庞的头发别到耳后，端详着她，他说亲爱的安娜，把头发剪成这么短，等以后再重新留起来，想留多长就留多长，想留多久就留多久。

这个夜晚，夏贺功把无尽的爱给了安娜，直到夏贺功睡去，安娜都沉醉在夏贺功的怀抱里难以入眠，他身上的烟味和汗酸味混杂在一起，像爱一样浓烈。安娜看着躲在云彩后面的月亮，想着并不遥远的过往，被夏贺功给予她的甜蜜包裹了。她爱他，比想象中的爱还浓烈，他的力量，他机智而果敢的奔跑，他在北平的街头带领着学生们奔走在游行队伍前面高呼口号的样子，他在工人中间讲解革命道理时的目光，他和工人们开怀大笑的时候，都让她着迷，她喜欢这样的男人，勇敢，坚定，执着，他的一切都让安娜敬佩。这个夜晚，当已经粗糙的手指滑过她光滑的额头，在她发丝间摩擦，他令人窒息的拥抱和亲吻让安娜幸福无比。她想起他最初抽烟时的情景，有时会在夜晚咳醒，那时候，她总是在半睡半醒中，偎依在他怀里，用手轻轻地拍着他的后背，他还之以拥抱，他的背那么宽厚，那么结实。安娜喜欢他的拥抱，她想一辈子享受这样的拥抱，她并不知道，即将到来的将是生离死别。

5

那天，走出很远的安娜看到夏贺功还在家门口向她挥手，她冲他笑了笑，心里却异常紧张。这是安娜第一次单独执行这么重要的任务，尽管安娜对他说，让他一百个放心，可夏贺功就是不放心。以往，寒潮只和夏贺功单独联系，今天他们要分头行动，情况紧急，夏贺功要接受一笔重要的捐赠。党的六大正在紧张筹备中，大连的地下党正在积极筹措资金，这笔捐赠，来得正是时候。虽然与夏贺功一起工作，安娜耳濡目染各方面进步很快，但在到大连的一年多时间里，安娜的主要工作就是到工厂做宣传工作，和穷苦的女工们在一起，教她们唱歌、识字，给她们讲故事，更多是给她们讲革命的道理。她到过不同工厂，与许多工厂女工成为好朋友，这些都对夏贺功开展工作起到了辅助作用。夏贺功如果要开会，她会配合做好掩护。有一段时间，由于大连工人各种大小罢工不断，日本当局到处抓人，安娜遵照夏贺功的指示，好长时间没有去工厂。那阵子，安娜常常会坐在家门口，手里做着针线活，眼睛却经常对着不远处的黑石礁海出神。安娜天生喜欢有水的地方，来到黑石礁，她一下子就喜欢上了黑石礁，她喜欢黑石礁的大海，喜欢大海深处还有遍布海岸的成片成片的礁石。她还把眼前几座大的礁石起了不同的名字，她给离岸边最近的那块大礁石起名叫千岁石，靠近西边山根处的又高又瘦的礁石，她取名黑天鹅，门前不远处两块相对而立的一高一矮一胖一瘦的礁石，她取名牛郎织女，还有一块下窄上宽的像猴子一样的礁石，她取名齐天大圣。她给上百块大大小小的礁石都起了名字，又一个个在笔记本上画出来，标上名字，有时还会写下密密麻麻的文字，那是她的心情记录。她告诉夏贺功，有一天，她要把自己看到的知道的做过的一切亲口告诉自己的孩子，如果没有机会告诉他们，就给他们留下这个本子，让他们知道，他们的爸爸和妈妈当年在一个叫黑石礁的地方住过，那里是他们干革命的地方。

安娜走后，夏贺功有些不安，之前听说新党员贾皓人被捕的消息时，他突然就有一种不祥的预感。在去浪速町见朱沉潜时，朱沉潜在规定的时间也没有出现，夏贺功传递消息给各党小组负责人，人员和资料要快速处理，近期要停止组织活动。

安娜离开家后，夏贺功就一直在焦急地等待王大灿，王大灿已成功取到那箱金条，马上就赶过来，他要等王大灿到来后，连同以前收到的银圆一起藏好。这些金条和银圆是组织上准备的一大笔重要活动经费，必须藏好，等接到上级指示后，再交出去。时间紧急，接触这箱金条的人要绝对可靠，知道的人越少越好。王大灿是夏贺功亲自考察发展的党员，政治上靠得住，他相信王大灿，除了他和王大灿以外，还有交通员牛文礼也知道这箱金条，三个人研究后，决定把金条先藏在王大灿的母亲家里，也就是夏贺功和安娜现在的家里。

夏贺功没有告诉安娜金条的事，他不是不相信安娜，而是有种隐隐的担忧，如果安娜一旦被捕，就一定会受刑，她不知道金条藏在哪里，就不用忍受太多的酷刑。组织上派安娜去和寒潮接头，也是要安排安娜离开大连，夏贺功没有对安娜说。他希望由组织上亲自告诉安娜，那样，既然是组织上的需要，安娜就一定会去执行。

安娜消失在浪花街的尽头，夏贺功的心一直跳个不停，他真的不放心安娜，又说不好不放心她什么。他曾经想到过，有一天安娜会离开自己，但是当这一天一点点靠近时，夏贺功才发现自己心里有了万般不舍。如果说当初娶安娜多少有些匆忙，那么，现在，他已经无法离开安娜了。

6

安娜从和尚那里得到消息时，有一种不真实的感觉。昨天晚上，当夏贺功对她说，如果他将来遇到"不测"，让她一定要振作精神，保证完成他未能完成的任务。她当时听到"不测"两个字的时候，像是被开水突然烫了一下，心顿时揪成一团，眼泪就下来了。尽管夏贺功多次跟她讲过地下斗争的复杂和危险，但她从来没有想到究竟有多复杂多危险，其实她心里还是感觉到了恐惧，但只要和夏贺功在一起，她就不用多想。她因为爱上了夏贺功而爱上了革命。安娜有时不得不承认，她其实还没有真正领会革命的含义，没有经历过革命的残酷，但是与夏贺功在一起，她已经渐渐地把自己融入革命斗争了，她知道，革命有多种多样，她的革命就是和夏贺功一起。当夏贺功要带她离开北平时，她走得毫不犹豫，毫不留恋，只要和夏贺功在一起，只要有夏贺功的呵护，在哪里又有什么关系，夏贺功想做的事，就是她想做的事，她相信他的主义，相信他的信仰，更相信他对自己的爱。对她来说，夏贺功就是她的一切，夏贺功就是她参加革命的原动力。

这之前，安娜并不知道，他们正在做的秘密工作遭到了重大变故。日本殖民当局已确认大连有共产党组织与活动，加紧了搜查。遍布整个大连地区的大搜捕已经开始。

而就在两天前，他们还在为组织的发展壮大喝酒庆贺呢。那天，夏贺功借着海龙王的生日做掩护，在王大灿家召开了秘密会议。

王大灿家靠近海边，院门前不远处是修船的大棚，王大灿以打鱼和修船为生。海边有十几户人家遍布四处，不远处的山脚下的海边，到处都是各种小船和小舢板。下屯巷的海边有一个自发形成的鱼市，热闹红火，渔民每天早早出海打鱼，回来时就把船摇到山海相交的山脚下，那里是个天然小港湾，避风，那些专门来收买新鲜活鱼的鱼贩子早早就等在那里，等着渔民打鱼回来。到太阳出来时，鱼就卖掉了，渔民们再回家吃饭睡觉，下午再织织网修修船，等待第二天再出海打鱼，往复循环。随着渔港上鱼贩子增多，抢不到鱼的人就想买点别的，时间长了，鱼市就成了热闹的集市，一点点远近有名，郊外的菜农也把新鲜的蔬菜拿到鱼市里卖，卖肉的，卖煎饼的，卖豆腐的，还有卖小吃的，每天早上渔港都挤满了人，热闹不已。后来，一点点形成了一个天然的海鲜交易市场。每到凌晨，渔港的生意就开始了，好多商贩就等在渔港，等着渔民打回新鲜的鱼，那里的渔市交易都非常热闹。

黑石礁原本是个小渔村，最早到黑石礁浪花街的居民大多是渔民。日俄战争前后，紧挨着黑石礁海东部的星个浦公园建成后，紧临星个浦公园的上屯巷就被开发成高档别墅区，下屯巷跟着热闹起来了，各种各样的人都住进了下屯巷，下屯巷仿佛就等着以上屯巷的那些富人为生，一时间，以上屯巷为目标又衍生出许多行业和职业。下屯巷开起了饭馆、茶馆、诊所、裁缝店、澡堂子、理发馆、照相馆、杂货店、小旅店、拉车行，等等，这些生意都十分红火。下屯巷的居民成分也由原来的以渔民为主，演变得越来越复杂，有专门为别墅区的人供应菜肉的商贩，有到星个浦公园里打杂的工人，有给人修脚的，有给人送货的，有在夜场唱小曲的姑娘，有专门收保护费的地头蛇，三教九流无不包罗。反倒是最早到浪花街海边以打鱼为生的那些原住民，成了少数一族，他们许多人把自家的老房子租给那些外来人员，收着租金，自己住到海边放杂物的破房子里。

夏贺功和安娜就住在浪花街王大灿家的老房子里，王大灿的姥爷过世，老母亲和妹妹王大美一起回老家守孝。安娜和夏贺功对外称是来大连投奔亲戚，到大连工厂打工挣钱，这倒容易让人相信。自大连港开埠建市，又经日俄战争后，日本人开始接替俄国人殖民统治大连，大连商港开放，成了整个东南亚的重要出海口和自由贸易区。日本各大财团借着战争的余威进驻大连，一时间大连大量地开建工厂，机车厂、纺织厂、制铁厂、石灰厂等各种工厂迅速投产，各国在大连建银行、办事处等机构，工业、建筑业、纺织业也日益发达。日本当局开始大量地从日本移民，同时也需要大量的成年劳动力，一时间，从山东、河南、东三省等地涌到大连的劳工近百万人，大连街上打工做生意的人骤然增多。而浪花街位于城乡接合处，房子的租金便宜，从黑石礁到市内有电车直达，交通方便，住户越聚越多，尤以在工厂打工的人为多，他们分布在不同的工厂里，人多而杂，南腔北调的口音汇集在一起，容易隐蔽，方便开展地下工作。夏贺功和安娜到大连后，两个人一直住在王大灿的母亲家里。

王大灿的家原来在星个浦公园的海边，那里地势高，离海又近，还有自然形成的港湾，许多渔民的老房子建在高处，既能亲海，海水涨潮时又不会淹到房子，久而久之那里的住户越来越多。突然有一天，住户被告知要搬迁，通知下发没有多久，勘探的队伍就进来了，又过了不长时间，日本人开始进场拆迁，他们不由分说就把王天灿家的房子和邻居家的房子全部铲平，自然形成的好端端的渔民小村被连锅端掉，许多人又在下屯巷建房子，建新家。眼看着自己原来的家，换成了那些拔地而起的一栋栋别墅，下屯巷的居民恨死了这些"小日本"。

王大灿的老婆丁采芹，也是党的积极分子，她提起小日本牙咬得嘎嘎响，她说小日本太坏，太狠，本来我们日子过得好好的，突然有一天，他们来到我们家，占领我们家，这大太阳底下到底还有没有天理了？

农历六月十三那天，一大早，丁采芹就和安娜一起，早早坐车去了龙王塘，到那里的海神庙祈福。海神庙热闹不已，庙前的广场上还搭建了戏台。

丁采芹准备了馒头、香烛、纸钱等供品，摆上案几，拉着安娜一起上香磕头。安娜无意间发现旁边一个穿着灰色制服戴着墨镜的男人正双手合十地跪在那里，安娜想，自己一定在哪里见过这个人。男人连续磕了三个头后起身离去，安娜想起了什么，她迅速地跟出了庙堂，庙堂内外人头攒动，安娜四下张望着，却再也没有看到那个灰色制服的男人。

难道是他？怎么可能？安娜一脸的疑惑。

当天傍晚的浪花街上格外热闹，海龙王生日这天，借着喜庆劲，家家都出海打鱼，讨个吉利。到了傍晚，忙碌了一天的渔民们也开始歇息，家家户户的灶台前都很热闹，借着海龙王的光，再穷的人家也要准备吃的喝的，像是过年。王大灿家的大棚就在海边西山脚不远处，院子里有两间小房，四周散落着修船的工具和渔网、渔具，大棚背靠山坡，地势稍高，能看到很远的风景。此时，丁采芹把做好的饭菜端到桌子上，不一会儿桌子上就摆满了，有炒好的韭菜鸡蛋，炒土豆丝，蒸好的咸鲅鱼，自制的新鲜虾酱，还有新出锅的金灿灿的玉米饼子和蒸土豆，大葱和生菜，非常丰盛。夏贺功、王大灿、牛文礼还有几个工友围着桌子坐着。

夏贺功把一碗酒干下去，顿时感觉肚子里火辣辣，脸上冒汗，全身通透。他的脸刹那就红了，他用手往嘴上抹了一把，大声说："真痛快！"

痛快！痛快！

安娜知道，夏贺功借着海龙王生日的掩护，正在王大灿的家里召开会议，内容就是成立码头油坊党支部。

7

到大连之前，安娜对大连知之甚少。之前她《京报·妇女周刊》上看庐隐的小说《扶桑印影》里提到过东北和大连，她把小说里东北和大连的句子都做了标记，从庐隐的文字中看到了一个女作家面对一个被征服的民族那种悲哀和愤懑的情绪。安娜和庐隐一样痛苦和忧伤，而殖民地的一些卖国求荣的奴才，与日本当局一起残害中国百姓，把好端端的一个大连变成了日本人的"天堂"，甚至许多出生在大连的孩子们都不知道他们应当属于中国这个国家。

转眼间到大连一年多了，她从一开始对革命的冲动懵懂，到充满了热情，到现在已经适应了这样的地下工作，她感觉到幸运的是，自己既可以为革命理想而奋斗，又可以和心爱的人在一起。自到大连以来，夏贺功参与领导了福纺厂和满铁铁道工厂的大罢工，而她教女工识字，给女工们写歌，教她们唱歌，给她们画像，交了好多朋友。

丁采芹娴熟地用梭子织渔网，安娜心里满是敬佩，这个泼辣能干的女人，坚强而勇敢。丁采芹告诉安娜，当年，她的爷爷带着两个儿子，从山东老家到大连闯关东，当时船就在旅顺口老铁山海边靠岸，哪想到，到了旅顺，正赶上日本鬼子屠城，爷爷被杀害了，大伯下落不明，她爹虽然逃出来了，但他看过屠城的惨状，受了刺激，常常在夜里发出惨叫，最后抑郁而死。他死前留话给她哥，这辈子要记下小日本这个仇，要长志气，长骨气，长本事，将来要给爹报仇。她娘带着她和哥哥给爹埋了后，钱也花光了，又无家可归，就流落到了黑石礁，本来她娘是要到黑石礁投海，后来，被王大灿的娘发现了，收留了他们娘几个，他们才活了下来。

丁采芹说："安娜你是读书人，我没有文化，但我明白一个理儿，就是我们自己的家就是自己的，别人不能随便来作贱。这就好比居家过日子，邻里邻居地来串门，来做客，我们欢迎，我们中国人就是好客，客人来了做好吃的好喝的招待，怎么都行。但要是这个客人赖着不走了，还要霸占咱的家，还要欺负咱家里人，还要把咱家里的人赶出咱们自己的家，听他们的话，给他们做牛做马，你说说咱们能让吗？除非你是个缺心眼的人，对不对？"

丁采芹说："我支持王大灿参加革命，这辈子不打跑小日本，我们就对不起死去的人，只要能打跑小日本，叫我做什么我都愿意，这辈子能为革命做事，让我死我也不怕。我也和安娜你一起为革命出力，我心里就有劲，感觉日子有奔头，感觉这辈子就没有白活。"

安娜眼泪在眼眶里打转儿，她握着丁采芹的手，久久不肯放下。

8

夏贺功在王大灿、牛文礼和一大批地下党员的支持下，不仅成功地领导了福纺大罢工等工人运动，还相继组织建立了满铁沙河口工场、中村铁工场、小坞、电气照明场、顺兴铁工场、小野田洋灰场、大华窑业、福纺纱场等二十多个党支部，发展党员上百人。夏贺功还利用夜校向工人们讲述国内学生运动和工人运动的情况，介绍苏联的政治经济制度和人民生活情况，让大家懂得了要救中国非革命不可的道理。他还把《新青年》《向导》《苏维埃劳工政策》等书刊送给大家看。

借着海龙王的生日做掩护，夏贺功召开了党员会议，他分析了大连的形势，确定了当前面临的紧急任务。夏贺功要求党员要学会分析问题，要培养和训练骨干分子，不断扩大党组织，并带头重温了党的的纪律。更让人兴奋的是，一个爱国商人资助了一箱金条。夏贺功一想到这些不断扩大的革命成果，想到正在发展壮大的革命队伍，想到能为正在筹备中的党的六大筹集了一笔重要的资金，他就感觉到特别激动和兴奋。

会议开得很顺利，大家酒喝得也畅快，一个个浑身上下热血沸腾。牛文礼有些激动，他刚当选工运部长，这个工运部长实在不是什么大官，但那是为工人说话的官，能为工人撑腰，那是他最想做的事。一想到他可以代表工人们与资本家日本工厂主谈判，他感觉自己的腰杆立马直了，说话也硬气了。昨天，在瓦房店乡下的妹妹来信，告诉他，儿子牛丰收在复州城的学堂里学习用功，学校的先生都表扬他聪明，将来能有出息，让他安心在大连工作，不要担心他们。想起儿子，他一脸骄傲，他举起杯，敬夏贺功，夏贺功也不客气，一饮而尽。夏贺功看着这些跟着自己干革命的贫苦兄弟，心里就有说不出来的激动。想到刚到大连从事地下工作的艰辛，想到他介绍的党员如今都可以独当一面了，心里就特别有成就感。

已是半夜，大家都喝了好多酒，夜风袭来，吹来了几丝清凉，让人越加舒服畅快，大家相继散去，只剩下夏贺功和王大灿还有牛文礼还坐在桌前，酒早已光了，但三个人仍处于兴奋和激动之中。夏贺功不胜酒力，安娜用眼神提醒了他好几次，他也明白她的意思，但是夏贺功不想扫大家的兴，竟然不知不觉喝了好多酒。他真想好好地醉一场，他有些累了，但今天他就是喝不醉，喝再多也不醉，真是酒逢知己千杯少哇。

　　安娜陪着丁采芹织网，她像一个渔妇，穿着粗布衣裳，一头秀发也剪成了齐耳短发，说话也有一股大连海蛎子味，有时自己听了都大笑不止。

　　"你不像我，我们又穷又苦，你这么漂亮，又是大学生，有那么好的家庭，你为什么要参加革命？"

　　丁采芹的话让安娜一时不知道如何回答，她好像还没有认真地想过这个问题。要说参加革命的初衷，她还真有些不好说出口，安娜参加革命是因为爱情，她是因为爱上夏贺功才参加革命。她没有丁采芹那样的苦大仇深，也没有活不下去的明天。但是她细想，又不是完全因为夏贺功，她接触了那些女工，还有自己母亲的遭遇，千千万万个妇女的不幸，似乎点燃了她心底蕴藏的火种，那是作为女性在这个不平等世界里的那份不甘。夜深人静时，故乡和母亲常常会浮现眼前。这是她自己选择的道路，她究竟是为了谁，为了什么？也许是为了母亲吧，为了天下的母亲不再像母亲那样没有自尊没有未来地活着，不再像母亲那样只能作为男人的附属而活着，为了女人能获得更多的自由，或者是为了自己。现在，她心中有了更加明确的目标，在这个被外敌侵占的城市，她内心的革命意识更加强烈，她要为解放劳苦大众而革命，要为了心中的信仰而革命，获得那份原本就属于我们的自由，为了原本就属于中国人的自由，而这自由，已经被无情地践踏了。

　　"为了爱，也为了自由和信仰！"安娜看着丁采芹，坚定地说。

安娜的眼睛像被夜晚海面上突然升腾起的雾气包围住了，有些潮热，有些模糊，她想起了家，想起了遥远的苏州河，想起苏州河上飘荡的婉转悠扬的评弹。安娜把目光投向远处的大海，仿佛眼前的大海就是那条静静流淌的苏州河，仿佛自己此刻是坐在苏州河边的堤坝处看着远处。她的脑海里不由得浮现出优美的曲调，她想起了一个人，想起了那个人美妙的歌喉，不由得轻轻地哼唱起来：

知音爱我休催促，在下闲时定续成。白芍霏霏将送腊，红梅灼灼欲迎春。向阳为趁三竿日，入夜频挑一盏灯……

"真是太好听了，这是什么歌?"丁采芹问道。

"这是评弹《再生缘》，"安娜说，"我有一个妹妹叫唐娟，她的评弹唱得很好听。"安娜想起久未通信的表妹唐娟，心里涌现出无尽的思念。

…………

（《娜样红》入选中国作协2016年度重点作品扶持项目，发表于《中国作家》2019年下半年长篇小说专号。）

十月的土地（节选）

津子围

第三章

7

事后证实，响马河站发生的事件是一场波及十几个村屯的误传，那些所谓的俄国兵不过是一些中东铁路路警，因为参加检阅集中在响马河站校场操练，而章兆仁击退的俄国兵，刚巧是那天巡查通信线路的两名俄国路警。

风波一过，章家家眷就被接回寒葱河。

章兆龙亲自去了莲花泡，在老宅门口，迎接他的是一位小个子"男子"，脸膛黝黑，穿青色的对襟棉袄，头戴毡帽，说话却是女人的声音："大掌柜的，你可来了。"

章兆龙愣住了，问："你是谁呀？"

那个人撸下帽子，露出了头发："我是彩凤啊，你自己老婆都不认识了？"

章兆龙仔细看了看，哈哈大笑起来。

不只是曹彩凤，到老宅避难的成年女人，脸上都抹了锅底灰，还束了胸，穿着男人的衣服。回到寒葱河后，大家说起这事都觉得可笑，女扮男装的事当笑话在章家大院有滋有味地讲了很久。

章韩氏回到家里，章兆仁却病倒了。

章兆仁是痨病底子，当年在莲花泡开荒时落下的病根，按章韩氏的话说是"丧力了"，为老章家卖命累出来的病。章兆仁结婚之后，章韩氏千方百计为他治病，虽不敢说彻底治愈了，可这些年也没怎么发作，当然，痨病鬼的模样还是挺明显，人瘦得骨骼清奇，脸庞上有一些细微的红血丝，嗓子里还时不时发出拉风匣一般的声音。这次发病显然是和俄国兵的事情有关，他哪里经历过这么大的事，恐惧、操劳、急火攻心，多重因素一齐发力，他想不倒下都不行。

每天一到下午，章兆仁就脸颊泛红、脚心发热、胸部闷痛，受点刺激就一阵一阵地干咳，咳嗽大了就痉挛起来，吐出的黄色浓痰里掺杂着血丝。

这天上午，章文德和娘在房后小菜地里给秋白菜和萝卜浇水，那块地很小，原来是章家摆咸菜缸的地方，窄窄的一长溜儿，严格意义上说算不上真正的菜地。章韩氏很会因地制宜，在那里种了四垄青菜。春天栽发芽葱和韭菜，夏天种豆角、黄瓜、辣椒和洋柿子，秋天种秋白菜和大萝卜。章韩氏侍弄菜地很精心，也很有道眼儿，每样菜数量不多，却基本解决了一家人的吃菜问题。章文德跟章韩氏也学了不少，他能分辨出白皮葱中哪个是鸡腿葱，哪个是仙鹤腿，还能分辨出宽叶韭菜、窄叶韭菜、马莲韭菜和竹千青，分辨出辣椒中的猪嘴椒和羊角椒，豆角的种类更多，章文德认识兔子翻白眼、大姑娘挽袖、长豆角、油豆角、刀豆角、胖孩腿、玻璃翠、黄眼夹，等等。章韩氏也觉得奇怪，她对章兆仁说，文德这孩子怕是不能大出息，读书认字他记性不好，讲起农活农事却头头是道。章兆仁说，这样好，实实在在做个农民比啥都强，一辈子心里踏实。

菜地浇了头遍，章文海领着桂兰就出现在房山头。

"娘，我爹叫你！"

"没看正干活吗？啥事？"

"家里来人了！"桂兰说。

章韩氏叮嘱了章文德几句，扑落扑落身子就回屋里去了。

章文德很快给菜地浇了二遍水，回家一看，娘和曹彩凤在西屋说话，他找了一个小板凳，凑了过去。

曹彩凤正讲到老宅，讲到郑四娘。

"不能吧？"章韩氏疑惑的样子。

曹彩凤趴在娘的耳边嘀咕了几句。

"如果真是那样，文礼也太不叫东西了……文智一点都不知道吗？"

"估摸现在还不知道呢。"

"败坏家风，接下来灾祸就得临头了。"

"我琢磨着，这根儿上啊，还是四娘的问题。"

章韩氏说："四娘的命够苦的了……"

曹彩凤说："你还可怜那个狐狸精，依我看，事都坏在她身上。女人跟男人不一样，娘儿们坏起来还了得，能毁家业、毁江山，说书的不是说过妲己、杨贵妃吗？从古到今不都是这样？"

"别这么说，咱也是娘儿们呢。"章韩氏说。

"咱？咱可不一样。"

章文海和桂兰正在抢一个布老虎，桂兰尖厉地叫了一声。章韩氏打了章文海一巴掌："多大了，还不知道让着妹妹！"

曹彩凤问："二掌柜的病咋样了？"

"这次犯得挺重，夜里都咯血了。"

"我在娘家时听说，老娃子蛋治老痨病，生喝就行。"

"唉，办法都想尽了，他这一倒，我们娘几个指望谁去。"

曹彩凤狡黠地笑一下："告诉二掌柜的别太担惊受怕了，官府那头大掌柜的正在使银子，上上下下打通关节，阻止官府到咱这儿拿人……按说这事不是小事，按过去旧法论，可算是谋反，谋反的人必被杀头，还得把头挂城头上十天……"

章韩氏的脸立马搁下了："打俄国人算哪门子谋反，咱这是在自己家门口，谁请他们来了？如果他们是好鸟，咱家娘儿们为啥还跑山里躲起来？……彩凤，我不是戗着你说话，你说跟俄国人打，怎么能扯到谋反上呢？"

"我也是听大掌柜说的……具体我也说不清楚。"

章韩氏的情绪进一步高昂起来，她说："既然话说到这份儿上，我还真要说道说道，兆仁是什么样人谁不知道，他的胆儿比兔子还小，他敢和俄国人打？烧成了灰我都不信……要说打，也是大家一起打的。"

"可点炮发号命令的是他……"

"他肯定是被逼的，章家上上下下一堆爷儿们，资格老的有，本事大的有，按说哪能轮得到他出头，他没当缩头乌龟，还不是为了保全章家老小的身家性命，他忠心耿耿为了章家去拼命图个啥？"

"弟妹呀，我就是和你随便唠扯唠扯，怎么倒引出你这么多话……"

章韩氏没理曹彩凤的茬儿，接着说："官府要抓人是吧？让他们来抓吧，我替二掌柜的去，砍头砍我的，挂城头也挂我的……"

曹彩凤也拉下脸来："咱不就说说话嘛，你何苦翻脸呢？……好了，怪我多嘴。"说着，曹彩凤起身往屋外边走。

章文德在门口说："三婶子走哇。"

曹彩凤没好气地说："走哇，我走了，让你娘好好消消气儿。"

曹彩凤走了。章韩氏啐了一口："呸！真欺负人！"

对面东屋传来章兆仁剧烈的咳嗽声……

曹彩凤回到正房见到章兆龙，立即向大掌柜的哭诉，说自己受到了章韩氏的奚落，埋怨章兆龙花钱为章兆仁买平安，人家还不领情。章兆龙说："这事得分怎么看，说是为章兆仁买平安也没错，可主要还是为咱章家买平安。铁路那边俄国人向官府提出交涉，官府认得了章兆仁吗？还不是冲我们章家来的？幸好没有伤亡，不然，事情就不好办了。"

"依我看，你就该让官府拿章兆仁，让他在大牢里待几天，也好压一压他家娘儿们的邪气儿，不知道谁给她撑腰，这家伙嚣张的!"

"拿人容易，就章兆仁那把身子骨，出了事怎么办？剩下一个寡妇领仨孩子，你养活呀？"

曹彩凤一时无言以对。

"老娘儿们就是老娘儿们，头发长见识短，以后家里的大事别跟着瞎掺和。"

曹彩凤还不肯善罢甘休："要不这样，你让官府里的人来吓唬吓唬他，杀一杀他家娘儿们的威风……"

"这可是你说的，如果官府来人吓唬，他要是出了什么事，咱可吃不了兜着走。"

"起码，起码得让他家知道感恩，他总不能吃咱家的花咱家的，临了咱还落个冤大头!"

章兆龙虽然不赞成曹彩凤说的话，可话在他心里还是起了作用，本来，平时他就没少在那些官员身上使银子，这次与俄国路警发生冲突，他并没有单独花钱打点，只是打了个招呼而已，可经曹彩凤这么一说，他还真觉得自己花了银子，心中不觉生出一些不平和嫌隙。

"看看情况再说吧。"章兆龙不耐烦地说。

"还有，郑四娘怀孕一个多月了，"曹彩凤说，"文礼的事你打算怎么处理？"

"能怎么处理？我又没凭证，再说，有凭证也不好处理，丢人不是丢他们的人，是丢老掌柜的人，丢我的人……算了吧，只要是章家的骨肉，老大老二的还不都一样。"

"你脸皮真够厚的，平日讲的仁义道德都哪去了？小叔子霸了嫂子，算不算伤风败俗？"

"按旗人的传统，弟弟娶嫂子那是司空见惯的，那叫肥水不流外人田，你懂什么，别跟着咸吃萝卜淡操心……"

"好哇，那你走着瞧，将来出了大事情，别说我没提醒你。"

章兆龙严肃起来，语气冰冷，仿佛从冰窖里吹出来的风一般："闭上你的乌鸦嘴！从今儿个起不许再提郑四娘、不许再提章文礼，如果这件事走漏了风声，我就找你算账！"

"找我？找我什么？"

"我随时都能找人把你的嘴缝上，让你永远讲不出话来，你信不信？"

"……去老宅那么多人，怎么知道走漏风声的是我？"曹彩凤的语气还是软了下来。

"这我不管，我就找你！"

曹彩凤哇的一声哭了起来，不知道是因为委屈还是真的被吓到了。

章兆龙行事风格干净利落，快刀斩乱麻，处理完白草沟金矿的事，回到寒葱河就把章文德叫去了。章文德几乎从未单独见过章兆龙，不知道章兆龙找自己有什么事，来到前院，心就突突乱跳。走进正房，章文德见章兆龙坐在书桌前，笑眯眯地对他说："文德呀，过来，坐大伯腿上。"

章文德心里七上八下的，走近章兆龙，坐也不是，不坐也不是。章兆龙伸手把章文德抱在怀里。

"文德呀，大伯问你一件事。"

"啥事？"

"听说，你知道你文智大哥和文礼二哥卖黄豆来着？"

章文德愣住了，继而摇了摇头。

章兆龙指了指书桌上的漆木糖盒，告诉章文德，如果你跟大伯说实话，就可以吃里面的糖。

章文德犹豫起来，他看了看糖盒，又看了看章兆龙。

"说吧，跟大伯说实话！"

章文德犹豫了一会儿，突然用手把嘴捂上。

"告诉大伯，是不是知道文智大哥和文礼二哥卖黄豆……"

章文德摇了摇头。

"说吧，跟大伯说没关系。"

章文德还是没说话，不由自主地向糖盒瞅。

章兆龙虎下脸来，一把将章文德推开。

"不说实话不是好孩子，大伯不喜欢你了。"

章文德傻了，低下头呆呆地瞅着自己的鞋。

啪！章兆龙一拍桌子："说！……你今天要是不说就别想回家，我让人把你关菜窖里去。"

章文德吓得一哆嗦，眼泪立刻含在眼圈里了。

"说不说？"章兆龙厉声问道。

章文德大脑一片空白，只是傻呆呆地站着。

"来人哪，把小小儿扔菜窖里，让耗子陪着他……"

二德子走了进来，他观察了一下章兆龙的眼色，伸出胳膊将章文德夹了起来，转身向门口走去。

章文德吓得哇的一声哭出声来。

"放下他。"章兆龙说。

二德子将章文德放在地上。

"说吧，到底有没有这回事？"

章文德啜嚅着说："……大哥用、用黄豆换过一个洋座钟……"

章兆龙笑了："这就对了嘛，就应该做个诚实的孩子，诚实的孩子才是好孩子……"

章文德从正房里出来，手里攥着几块糖，他愤愤地把手里的糖块儿扔掉了，走了几步，他又停住，想了想，回身把地上的糖块儿捡了起来，拿起其中一块含在嘴里，嘎巴嘎巴嚼了起来，嘴里嚼着糖，眼泪还没干。

回到家，章韩氏问章文德："你大伯找你说什么了？"章文德没说话，只觉得自己大腿根儿痒痒的，低头一看，裤裆里早就湿了一大片。

接下来的两天，章兆龙分别找了章文礼和章文智谈话，谈话的内容不得而知，不过章兆龙做出的决定，大院里的人都知道。章兆龙当众宣布，由于章文智看管不严，导致莲花泡粮库黄豆丢失，损失严重，即日起免除章文智管理莲花泡的权力，限其在莲花泡闭门读书，思过悔改。鉴于章文礼游手好闲，不思进取，即日送他到边境小城绥芬河章家兴隆货栈打杂，跟客栈掌柜的学习打理生意。另外，男大当婚女大当嫁，为帮助章文礼早日自立，今年八月十五前为章文礼定亲，正月十五之后择良辰吉日举办婚礼。

章兆龙在正房的待客厅里宣布这些决定之后，章兆仁拖着病恹恹的身子从正房出来，刚一出门就觉得头顶发凉，那时，天空正稀稀落落地下着冷雨。

回到家，章兆仁感叹道："一场秋雨一场凉，三场白露一场霜啊。"

章韩氏问章兆仁，大掌柜提咱家的事了吗？章兆仁说没有，说的是他两个不省心的儿子，"章文智被他爹撸得精光，莲花泡的事还得我管着。眼看就快下霜了，莲花泡地里的庄稼麻烦事可不少，我就是个操心挨累的命啊。"

章韩氏说："眼下你是病人，当官的还不撵病人呢，干脆你借这次有病，撂一撂挑子，看大掌柜的能咋样。"

"撂挑子？"章兆仁说，"这还没怎么着呢，人家背地里已经说我装病了。"

"啥银价铁价的，你管他别人说什么呢，再说了，章家大院谁不知道你有病啊？痨病是能装出来的吗？我想好了，这次你就好好在家养病，看少了你能咋样！"

"说得轻巧，咱这一大家子人吃啥喝啥？"

"要么这样，等你啥时候病好了，咱再去给老掌柜、大掌柜的卖命还不成吗？"

"行了，老爷儿们的事，你少操点心吧。"

章韩氏还真要操这份心，她去玄薇居找章秉麟，向章秉麟哭诉章兆仁多不容易，病得多严重什么的。章秉麟一直缄默，最后才说了一句上不着天下不着地的话："老爷岭丛佩祥在哪儿呢？在河套里？按说，这几天他也该来了呀。"

说完就不再与章韩氏说什么，独自读他的诗："昏鸦尽，小立恨因谁？急雪乍翻香阁絮，轻风吹到胆瓶梅，心字已成灰。"

章韩氏背着章兆仁找老掌柜，章兆龙知道后十分恼火，他想起曹彩凤跟他说的话，心里盘算着，还真得请官府的人出面，替他教训教训"二份"媳妇，得让他们知道自己的身份，知道自己应该安守的本分。

下第一场雪的时候，章文智回到了寒葱河，他骑着青头大马，打扮得十分利索，进了章家大院，饭没吃水没喝，嚷着要见章兆龙。章兆龙扔下一句话："不好好在家里读书闭门思过，来寒葱河干什么，不见！"

章文智站在正房门口大声讲明来意，他的想法是，民国县政府改组后，推行新式教育，他的同学正在组建宁安县中学，想请他去做教员。经过一段时间闭门思过，他已经认识到自己的错误，他想有所作为，干出个样子来让爹瞧得起，不想成为家里的负担……章文智说了很多，屋子里的章兆龙肯定听清楚了，然而，屋子里一点动静都没有。

章文智就在正房外的雪地里站着，纷纷扬扬的雪花一会儿就白了章文智的头发、肩头以及他脚下的砖地。

其实，章兆龙一听章文智说要到县城去教书，他心里已经同意了，只是不急于表态，章文智唠叨第二遍时，他还把灯熄灭了。差不多到了半夜，章兆龙才开了门，借着朦胧的夜色，他看到门口站着一个雪人。

"进来吧！"章兆龙说。

章文智扑通一下倒在地上，接着又爬了起来，噼里啪啦拍打起自己，挪动僵直的腿进了正房。

章兆龙详细问了章文智的计划和想法，涉及办学经费、招生人数、学制等。章文智从口袋里掏出一封信，那封信是晋棋校长写给章文智的。章文智对章兆龙的询问一一做了说明，甚至把课程设置都提供出来。章兆龙接过信，对着马提灯看，那里罗列着：国文、数学、历史、地理、自然、物理、化学、英文、法制、经学、卫生、体育、乐歌、工艺美术。章兆龙问："啥是地理？还有自然是啥意思？"章文智解释了半天，章兆龙一半明白一半糊涂。章兆龙说："课程设置我不懂，当先生终归是好事，好好做吧，也算给老章家长了脸，没辱没门楣。"

章文智没想到章兆龙居然这么痛快就答应了，心里一阵激动，扑通一声跪在了章兆龙面前。章兆龙把章文智拉了起来，对章文智说："爹可能对你严格了一些，可是不对你严格对谁严格呀，等你将来有了儿女，就会明白当爹有多不容易，也就能理解当爹的良苦用心了……好了，放心去当教书先生吧，需要什么跟爹说，爹会帮你的。"

章文智眨了眨眼睛，流出了眼泪。

章文智要离开章家大院去县城教书，临别的那天，章家的大人孩子集体出门送行。章文德觉得自己没脸见章文智，也不敢见章文智，他认为，逼走章文智的是自己，自己是惹祸的根源，自己对不起文智大哥。

章文智走了没几天，两个穿制服的人就来敲章家大门。来人声称是宁安巡警三分局的巡警，要找章兆仁。拴马桩问找二掌柜什么事，巡警训斥拴马桩，声称要见章兆仁本人，要带他去分局核实情况。巡警被请到了前院，消息很快传遍了章家大院。

二德子跑到章兆仁家，劝章兆仁躲起来。章兆仁望着章韩氏，章韩氏也没了主意。

不知什么时候，章秉麟突然出现在前院，他对巡警说："这个家我说了算，家里发生的事都跟我有关，章兆仁只听我指令，什么事都跟他无关。"

巡警坚持要见章兆仁，章秉麟说："章兆仁不在大院里，我派他收苞米去了。"

巡警不信，要去章兆仁家搜查，章秉麟火了，他横在巡警面前，拉着年龄大一些的巡警说："要找章兆仁，得先从我糟老头子的身子上过去。"

两个巡警面面相觑，年龄大一些的软了下来，对章秉麟说："老掌柜的，你这是何苦呢，好吧，等他回来你告诉他一声，让他去分局一趟，我们要跟他核实一些情况。"

巡警走了，大家都松了一口气。

章兆龙是下午回来的，听了情况就直接去找章兆仁，他对章兆仁说："我已经找了人，疏通了关系，怎么还有巡警来抓人？兆仁老弟你放心，有啥事由我顶着，坐牢我去坐，砍头先砍我的。"章兆仁说："出事那天你不在，要说错也是我的错。"章兆龙说："你哪儿错了，你还不是为了保卫章家？我是章家大掌柜，有事得由我顶着，你安心做你的事，我扛得起来。他们再来找，我去对付他们……"安慰章兆仁一番之后，章兆龙说："晚上请你吃饭，压压惊。"

章韩氏听了章兆仁的转述，她说："咱不吃他的饭，今晚我做好吃的，咱家自己热闹热闹。"

章韩氏去了后街的集市，买回小鸡、猪肉和鱼，一只手拎着篮子，一只手拎着鱼，进了章家大院，见人就打招呼。

可惜，大院里的人不多。章韩氏干脆又绕了一圈。

"去集市了，这不，买了肉和鱼……今天的鱼挺新鲜的，就是贵了点……本来我想买条大鱼，挑了半天，这是最大的了。"

曹彩凤从房门口探出身子，见外面嚷嚷的是章韩氏，露一下头连忙缩了回去。章韩氏大声招呼："他三婶子呀，今晚我做好吃的，来家吃饭哪！"

曹彩凤家的门开着一条缝儿，却没一点动静。章韩氏忍不住笑了起来。

章韩氏做菜，章文德跟在屁股后打杂，他问章韩氏："为啥我爹在老掌柜面前说话，总是那啥，那啥的？"章韩氏叹了一口气说："你爹恩敬老掌柜的，也畏惧老掌柜的。""我爹他怕大掌柜吗？"章韩氏说："他怕大掌柜，可他不敬大掌柜。"

那天晚上，章韩氏还真下了大功夫，做了四道东北地方名菜，有猪肉炖粉条、排骨炖豆角、小鸡炖蘑菇、鲇鱼炖茄子。章韩氏说："过大年也没这么全乎过，都是喜欢吃的。猪肉炖粉条，馋死野狼嚎。排骨炖豆角，天下没处找。小鸡炖蘑菇，吃傻老大夫。鲇鱼炖茄子，撑死老爷子。"

章兆仁不停地咳嗽着，面对丰盛的大盘菜，看的时候多，吃的时候少。三个孩子可开斋了，大大地解了一回馋。

章韩氏的心情不错，拍桂兰睡觉时还喃喃哼唱起童谣："迷楞迷楞摸摸，迷楞迷楞摸摸，里面住个哥哥。哥哥出去买菜，里面住个奶奶。奶奶出去烧香，里面住个姑娘。姑娘出去梳头，里面住个老头儿。老头儿出去打水，里面住个小鬼。小鬼出去点灯，烧了鼻子眼睛……"

然而，章兆仁的心情却相反，他的情绪怎么也高不起来。

8

大雪覆盖了广袤的山川田野，仿佛覆盖的被子一般。雪青白无比，在阳光的照射下晃得人睁不开眼睛。那天中午，丛佩祥蹚着还没结壳的积雪来到了章家大院。

丛佩祥的马爬犁上拉着一个铁笼子，里面有一只活獾子。他把铁笼子拿到院子里，大院里的人都来围观，指指点点，喊喊喳喳说个不停。那只本该冬眠的獾子看到围了一圈的"天敌"，愤怒又惊恐，哺哺地叫着，随时准备做最后一搏。

丛佩祥把铁笼子放到院子里就先去拜访章秉麟了。他离开之后，有人用柳条棍儿向笼子里捅，獾子锐利的爪子和犬齿瞬间就把柳条棍儿扫得七零八落，咬断时嘎巴直响。大家随即发出一片惊叹之声。

章秉麟并没有露面。午饭后，丛佩祥脸色红扑扑地出了玄薇居的小院，说话时，白色的哈气中飘浮着酒气。

丛佩祥是老爷岭一带头号炮手，名气很大。这一带方言中，炮手和猎户常常混用，很多人都知道丛佩祥。一则，丛佩祥与老掌柜的交情深厚，每年大年前他都送一些山珍野味过来。二则，丛佩祥的枪法被称为天下第一。当然了，这里所说的"天下"，也许仅仅是他们认知的范围，如果说在老爷岭一带，丛佩祥的枪法第一还靠谱一些。

丛佩祥的枪法在传说中神乎其神，说丛佩祥有空手打鸟的本领。有一次他在草地站着，看到空中有一只花老鸹子，赶巧他没带枪，身边也没有石头瓦块，情急之下，他抡圆了胳膊向空中的花老鸹子做打击状，不想，那只花老鸹子竟然扑棱着翅膀，一头从空中栽了下来，两片羽毛还在空中飘荡着。这故事说得有鼻子有眼的，有人信也有人不太信，但信的竟然比不信的人多。

丛佩祥对围观獾子的人作了作揖，也没说话。在老庄头儿的引导下，丛佩祥拖着铁笼子，直接将獾子送到章兆仁家。丛佩祥把老掌柜的嘱咐和他来的意图跟章兆仁讲明，然后，在章兆仁家后院，宰杀了那只獾子。

据说，新鲜的獾子血是治疗痨病的特效药。但是，獾子血必须要趁热生喝，所以，丛佩祥才那么辛苦地拖着活獾子来到章家大院，当场宰杀，并看着章兆仁喝下去。丛佩祥剥了獾子皮，分割好獾子肉，并细致地给章韩氏讲解獾子油的熬法。"烫伤抹獾子油最管用，还有痔疮和胃口病，都管用。"丛佩祥说完，看了看天空，他想趁着第二场雪还没下赶回山里，于是就告辞离去。

章文德没去看丛佩祥宰杀獾子的过程，他和章文海一同出的屋，但是走到房山头，他迟疑了。章文海拉了他一下，没拉动。章文海说："你不去看，我自己去看了。"

弟弟走了，章文德更加迈不动脚，一种莫名的恐惧感袭上了后背。就在章文德迟疑时，房后传来獾子被杀的叫声，章文德一哆嗦，仿佛自己一下子掉到了深沟里。

雪后，天一放晴就开始起风了，寒风把新雪刮起来，一绺一绺地弥漫着。章家大院虽然有围墙遮挡，可风还是绕着弯儿刮进来。风雪交加打在人的脸上，就如同被糜子笤帚抽打过一般，火辣辣地疼。

章兆仁十分感激丛佩祥，为了给他治病，那么远冒着大雪天运来獾子，还亲自动手宰杀，看着他喝下獾子血……他不知用什么报答丛佩祥，等丛佩祥走了一个多时辰，章兆仁才想起自己珍藏的锡壶。那把锡壶是他从关里家带过来的，一直是自己的稀罕物儿。

不知道是偏方真的治大病，还是章兆仁自身的免疫力发挥了作用，或者心理和情绪引起的变化，喝了獾子血之后，他竟然一天一天地好了起来，进入腊月，就连咳嗽都不多见了。

章兆仁病情好转，最高兴的当然是章韩氏，大年前她给每个孩子都做了一套新衣服，同时也给自己做了件鲜艳喜庆的衣服，她想把自己也打扮打扮。章家大院有个传统，大年是给小孩过的，大人一般不在过年的时候办置新衣服，新衣服一般都是换季的时候添置，以示恪守勤俭持家的美德。章韩氏不是不知道这个传统，这个传统不是章家大院独有，也属于这一带的旧风俗。也许章韩氏过于大意了，大年初一，她穿上新衣服在章兆仁身前晃来晃去，章兆仁没什么说的，看媳妇穿戴整齐漂亮，他的心情也不错。可是问题出在，章韩氏不该到外边去招摇。

东北讲究大年初一拜年，先是在自己家的大院儿里拜，长幼尊卑有序，你家拜完我家拜，然后是大院之外的亲戚朋友家，拜年活动一直要持续到初三。

初一拜年的时候章韩氏穿了新做的衣服，走东家，串西家，格外惹眼，难免引起了一些人的注意，尤其是曹彩凤，她看到章韩氏穿的新衣服，脑瓜子生疼，受了不小的刺激。曹彩凤在背地里一番添油加醋之后，大家开始议论起章韩氏来。章韩氏听到了风声，不用猜就知道是曹彩凤搞的鬼，所以见到曹彩凤，她就故意对曹彩凤说："大掌柜的咋没给你扯块布做件新衣服哇？……也难怪大掌柜的了，给你添新衣服就不能不想到他大婶子，可他大婶子念佛，对俗家的事不会搁心上。"

曹彩凤一抹脸，怼了过去："可惜呀，我白白挂了个空名头，说是大掌柜屋里的，不知道多有呢，其实我才真的穷，哪敢跟你二掌柜屋里的比呢！"

章韩氏觉得无趣，曹彩凤也觉得无趣，两人讪不搭地错肩而过。

曹彩凤一回家就跟章兆龙哭天抹泪，她还有鼻子有眼儿地提出她的怀疑："我给二掌柜的算过一笔账，怎么算他家的开销都有问题，你看看他一家人的穿戴，再看看他家平日里的吃喝，我敢肯定二掌柜的私贪咱家的钱了。外鬼好挡，家贼难防……"

"别胡说八道！"章兆龙呵斥曹彩凤，"你有什么证据？你抓住人家把柄了？光看吃喝穿戴能说明什么？别总是扯些不着边儿的事，吃饱了撑的？乱嚼舌头根子！"说完，皱了皱眉头，转身离开。

照理说，一件新衣服不至于引起两个女人这么大的矛盾，她们之间的底火到底是什么呢？其实，新衣服引发的只是事件表象，这背后隐藏的深层次原因，就是章韩氏和曹彩凤两个人之间的鄙视，对，是鄙视。她们相互看不起，表面上有说有笑，暗地里却较着心劲，谁也不服谁。章韩氏认为，曹彩凤不过是个偏房姨太太，一个小妾而已，狗肉上不了正席，凭什么狐假虎威的，好像她是个什么人物似的。曹彩凤当然不会这样认为，她觉得，大太太章吴氏现在吃斋念佛，家里的事横草不动，油瓶子倒了都不扶，也就是个有名无分的摆设，她曹彩凤才是这个家真正的女主人，况且，她年轻貌美，章兆龙只要回到章家大院就住在她房里，和她住一个炕上，他们才是真正夫妻。加之章兆龙格外宠爱佳馨，佳馨是她的亲生女儿，她自然母随子贵。说来不可思议，章兆龙一向不疼爱孩子，对两个儿子管教严格，甚至有些不近人情，唯独对女儿佳馨，捧在手里怕掉了，含在嘴里怕化了，百依百顺。爱屋及乌，反过来说也一样。从曹彩凤的角度看章韩氏，章韩氏不过是"二分"的媳妇，在她心里，章兆仁和章韩氏基本是比下人高一个等级的管家，属于在章家大院里跟着混饭吃的穷亲戚，虽说章兆仁和章兆龙属于本家，可毕竟不是一奶同胞。而章韩氏不这样看，她认为章兆仁也是章家人，尽管是"二分"，可自己是大太太呀，明媒正娶、光明正大的大太太。还有，章韩氏觉得章兆仁是章家大院里出力最多的人，不说章兆仁支撑了整个章家，但章家的家业起码有一半是章兆仁苦把苦业挣来的，可是他自己一家老小却没有受到公平的待遇，丈夫为人忠厚老实，不说什么也就罢了，她可不能自认怂包，她要挺起腰杆儿，要站直溜了。

所以，章韩氏和曹彩凤的冲突看似画蛇添足、毫无缘由，实际上根源在于两个人的地位不同，身份不同，看问题的角度自然也不会相同。她们的想法不可能在一个道道儿上，尤其是她们之间存在着利益冲突，这就使她们相互间的矛盾更加难以调和。

手摇发电无声电影首次出现在寒葱河市场街里，一下子引起了轰动。正月十五傍晚，章文智拉着佳馨来到章兆仁家，说是要带孩子们去看洋皮影儿。章文德不敢见章文智，立即趴在炕上装睡。"文德，文德！"章韩氏喊了几声，章文德还是不吭声。

章文智和往常一样，乐呵呵地拍了章文德屁股一下："文德，大哥请客，带你们去看洋皮影儿，你不起来可别后悔！"章文德还是不肯起来。章韩氏不明就里，问怎么回事，章文德没反应，章韩氏连忙摸了摸章文德的头，又用手在章文德鼻子下探了探，生气地说："不稀得理他！"说完，开始给章文海和桂兰穿棉袄、戴帽子。

"一会儿就开演了，我们走喽。"章文智冲炕上说了一句，说完，领着穿戴好的章文海和桂兰出了屋子。

章文智一走，章文德一骨碌爬了起来。

"闹啥妖儿？"章韩氏问。

章文德没说话，戴上狗皮帽子就跟了出去。他实在无法拒绝洋皮影儿的诱惑，强烈的好奇心冲淡了他内心的羞耻和愧疚感。

章文德远远地跟随在章文智一行人的身后，刚能望到市场，就看到黑压压的人群。章文智好像预知章文德会来似的，进街之前就停住了脚步，站在断断续续的清雪中等着章文德。

章文德走到离章文智七八米远的地方，突然又站住了。

这回，章文智真不高兴了，大声说："文德你怎么了？再要怪，我可真生气了，真不管你了。"

看洋皮影儿是要花钱的，无奈，章文德硬着头皮跑了过去。

洋皮影儿在粮食仓库里放映。那个仓库里能容纳五六十人，更多的人围在外面进不去。实际情况是，洋皮影儿的诱惑真的无法抗拒，仓库里没取暖设备，大家却热气腾腾，当影像出现在新糊了毛边纸的墙壁上时，现场发出各种惊叹和疑问声，有人小心翼翼地试

403

着去摸有影像的墙壁，有人甚至想去墙壁的后面探个究竟。章文海和桂兰拉着章文智的手，央求章文智，把他们送到墙壁的影像里去玩。

可惜，洋皮影儿放映的时间太短了，还没看明白怎么回事，仓库里又恢复了黑暗。大家熙熙攘攘地向外走着，他们仿佛河套发水时浮在水面的甸子塔头，顺着大流被挤出门去。

回家路上，章文海和桂兰都有很多疑问，章文智就按自己的理解一一解答着，只是佳馨的表现与以往不太一样，她好像厌恶章文德和章文海，章文德走在章文智左边，她就转到右边，章文德走在章文智右边，佳馨又躲到了左边。

桂兰拉着章文智的手，不肯走了。

"我还想看。"桂兰说。

这时，佳馨说话了："别臭美了，让你们看就不错了！二分，又不是我们家里人。"

章文智站住，大声说："佳馨别乱说。"

"本来嘛……给脸不要脸。"

章文德不高兴了，他走到佳馨眼前："你说谁家呢？"

"就说你家，就说你家……"

"你家好？你再好，也是三房生的！"

"那也比你家强，在我家蹭饭吃，蹭饭手脚还不干净……"

"谁不干净？你说清楚！"章文海上前推了佳馨一把，佳馨脚底一滑，摔倒在地……

这之前，孩子们并不知道大人之间的龌龊事，正月里吃着好嚼裹儿，整天蹦蹦跳跳一起玩，佳馨看好章文德的冰灯，章文德还特意为佳馨做了一个。做那个冰灯也算是章文德的发明，有一天他出去倒脏水，发现水桶边冻了一层冰，倒水时将那个形如水桶的冰层也倒了出来，他想，如果里面点上洋蜡，不就可以做灯笼了吗？于是，章文德就用干净水做了一个冰灯。为了感谢章文德，初五那天，佳馨还偷偷给章文德两个黑色的冻秋梨，一个橘黄色的冻柿子。

事情就是这样，大人之间的矛盾潜移默化地影响到孩子身上，不知从什么时候开始，孩子们之间渐渐地产生了对立情绪，并毫无掩饰地表达出来。

佳馨摔倒了，不巧挫伤了胳膊，她大骂章文德，一骂自然就骂到大人身上。

章兆仁和章韩氏带着章文德、章文海两兄弟反复几次去章兆龙家赔礼道歉，章兆龙和曹彩凤嘴上都表示"没有大碍"。不过，无论怎么看，都觉得对方的眼神有点不对劲。

农村过年，耍正月，闹二月，哩哩啦啦到三月。"猫冬"似乎不适合章兆仁，正月没过，他就开始为新一年的耕种忙活了，苞米脱粒、大豆选种，现场查看水渠工程，安排轮换耕种地块，等等。二月下旬的一天，章兆仁回到家里已是半夜时分，家里的灯还亮着，好像知道他今天回来，专门等他似的。章兆仁敲门，章韩氏没问是谁就把门打开了。"你怎么知道是我敲门？"章兆仁问。章韩氏说："你走路的动静我听得出来。"

"你还吃点啥不？我给你热一热。"

"不了，晚上在鹿道沟吃的，挺饱。"

章兆仁开始脱衣服，一层一层脱去外衣，解下了包脚布，坐在炕沿儿上等着。这时，章韩氏用膀子顶开了棉门帘儿，端着洗脚水进来。

"把你的臭脚伸过来！"

章兆仁的脚试了试水，觉得有点热，两只脚放在盆边上。

"烫一烫，你走了这么些天，烫烫解乏。"

章韩氏为章兆仁洗了脚，安顿他躺下后，独自坐在炕梢儿，就着窗台上的油灯，做剩下的针线活。

章兆仁一直看着章韩氏。

"还不快睡，瞅我干啥？"

章兆仁也不说话，用脚钩了钩章韩氏，章韩氏打了他一下。

章兆仁伸手去拉章韩氏，章韩氏向后挣脱一下，章兆仁再拉，她就小声说："干啥呀，别把孩子吵醒了。"

章兆仁干脆靠近章韩氏，噗地吹灭了油灯，把章韩氏拉进了炕头的被窝。

章兆仁和章韩氏在被窝里的事被章文德听到了，他们动作的声音、控制呼吸以及小声说话反而让章文德睡不着。农村孩子成熟早，不知道与生活环境是不是有关，反正章文德的性启蒙来源于大火炕，来源于自己的父母。

章兆仁和章韩氏运动之后，两人开始说悄悄话，章韩氏说章兆龙刚刚当选了民国县议员，在家里大摆宴席。章兆仁说他已经听说了，不过议员啥的他不懂，也不关心官府的事。章韩氏说你不关心官府的事，可要关心自己的事，整天为章家操心，整个章家大院就忙你一个人，耍你一个人，到头来，钱人家把着，权人家攥着……章兆仁已经发出了鼾声。

章韩氏不满地嘟哝："死鬼，完事了你就睡，哪回都这样！"

第二天早晨吃饭，章韩氏继续和章兆仁唠叨昨天的话题，章韩氏说："你趁早为自己打算打算，别到头来两手空空。"章兆仁说："说话得有根儿，怎么两手空空了？"章韩氏说："你没两手空空？你说说看，章家那么多产业，那么多地，哪个是你的？有一间房一亩地也行啊。"章兆仁说："咱现在不挺好的吗？不挨饿，不受冻，老婆孩子都兴旺，想东想西干啥？"章韩氏说："在人家房檐底下搭窝，总不是长久事。我娘舅说，现在官府正在放荒，一方地一方地招垦，开春就可以开荒了，依我看，咱去柞木台子开荒地吧，辛苦几年，家业也攒下了。"

"不能去。"

"机不可失时不再来，这一拨放荒赶不上，下一拨还不知道猴年马月呢。"

"咱有今天的好日子得感谢老掌柜的，没有二爷就没我，就没咱这个家，咱得知道感恩。"

章韩氏不屑地说："我也知道，当初老掌柜收留你，你欠人家的感情，可你在章家卖命十五六年，感情债也早该还上了。"

"恩情不能算账。"

"这回我知道你为啥是出力的命了，你看人家章兆龙，花天酒地，吆五喝六，最后还赚了个人人感恩。这人哪，要是熊了狗都能欺负……"

章兆仁火了，啪地把筷子拍在饭桌上。

"你咋还火了，我说的不对吗？你看那章兆龙做事，不愧和曹彩凤是一窝的，核桃皮熬汤——全是坏水。还有老掌柜的……"

"我警告你呀，不许提二爷不好！"

"二爷这个人倒还好，可他那么好，怎么不把家业传给你，还不是全交给他亲生儿子，到头来，你不过是地垄沟打头的……"

"闭上你的臭嘴！"

"你不让我说二爷，我还真要说，我看二爷心机深着呢，大皮不叫大皮——真刁（貂）。"

章兆仁已经忍到了极限，他抬起手，将一双筷子摔到章韩氏脸上。

章韩氏被打疼了，她也抄起饭碗，扣在章兆仁身上。

"反了你了！"章兆仁伸手薅住章韩氏头发，两人厮打在一起。

东北乡下流传这样的话"打到的老婆揉到的面""三天不打，上房揭瓦"，打老婆虽然算不上风俗却也司空见惯，不打老婆的爷儿们在外面抬不起头来，被称为"熊爷儿们"。章兆仁基本属于"熊爷儿们"一类，娶了章韩氏之后，他们没动过几回手。正因如此，三个孩子对他们打架毫无准备，桂兰哇哇大哭，章文德和章文海过来拉架，怎奈小哥儿俩身单力薄，章兆仁的胳膊一挡就把章文德顶了个跟头。无奈，章文海照顾桂兰，章文德出去喊人，他在院子里大喊大叫："不好了，我爹打我娘了！"见没有人，他喊得更凶了，"快来人哪，我爹打我娘了，再不来人，我爹就把我娘打死了！"

院子里前屋后屋的人陆续来了，章兆仁和章韩氏的战斗也基本结束了，章韩氏鼻子、嘴角都见了血，章兆仁的胳膊也被抓出了一道道血痕。章韩氏没有善罢甘休，她找二爷告状，找大掌柜的评理，闹了两天才算消停。

东北两口子的生活就如同那火爆的气候，头天晚上还在一个被窝里热乎，第二天早晨就大打出手，当然，没过三天，章韩氏和章兆仁就和好了，用獾子油相互涂抹伤口，心疼得要命。

章兆仁和章韩氏打仗后的第二天，章兆龙去后院找章秉麟，不知道两人是怎么谈的，章兆龙从后院出来后就找了章兆仁，他让章兆仁去莲花泡老宅，要把莲花泡的整个营生都交给他。

9

早年间，东北乡下有一首民谣这样唱道："一九二九，在家死守；三九四九，棒打不走；五九六九，加饭加酒；七九八九，东家再留也不回头。"此刻，章韩氏不知怎的想起了这首民谣，也许这个调调儿契合她现在的心情，反正她就是觉得，只要能离开章家大院，躲开巨大而无形的控制，去哪儿她都高兴。

章韩氏愿意去莲花泡，那是她心目中的理想家园，在莲花泡她可以自己说了算，真正过自己的小日子，还不用见那些让她闹心的人，只要她愿意，也可以不听、不想知道的那些糟心事。章兆仁呢？应该说他的心情还真有些复杂，起码他自己觉得，他是章家二掌柜的，掌管章家所有农事，春天播种，夏天施肥灌溉，除草灭虫，田间管理，秋天收割仓储，等等，事无巨细，样样都要他思虑周全，还得亲力亲为。忙归忙累归累，可是他觉得自己重任在肩，身负使命，是章家的担当之人。现在，派他去老宅，仅仅管理个莲花泡，起码表面上让人觉得，似乎不被重用，不免心中犯了嘀咕，难不成是老掌柜不信任自己了？左思右想，又觉得不像。那啥，他还清楚地记得，以前老掌柜当着章兆龙的面对他说："兆仁哪，咱一家人不说两家话，你就跟我亲生儿子一样，甚至比我亲生儿子还亲……小时候我就没了娘，是你爹把我拉扯大的，长兄如父，恩重如山哪，再说，这个家你也立下了汗马功劳，你一辈子都是章家的二掌柜的。"还有，章兆龙对他说："兆仁老弟，劝劝你家屋里的，以后不要再说生分的话，尤其不要再提分家啥的……我知道，分家的话不是你说的，过去的事我也不追问了，老掌柜的说了，今后莲花泡就交给你了，押金、租金、劳金都由你说了算，你是莲花泡的当家人，你知道该怎么做。兆仁哪，别再提分家了，那样会伤老掌柜的心。以后，你不能提，你屋里的也不要再提……"

章兆仁想，如果是老掌柜的不信任自己，能把章家的底牌交给他吗？章家在莲花泡的土地有一百二十多垧，占了章家所有土地的七成，那可是老掌柜大半辈子攒下的老底儿啊。

章兆仁的顾虑是，虽然他当了多年的二掌柜的，主要操持的也就是农事，其他涉及钱财的事情，从来轮不到他来拿主意。现在不一样了，整个莲花泡都交给了他，不单单是农事，还有钱财的进出管理，什么押金、租金、劳金之类的事情都要由他自己拿主意，他还真没了底气，着实怕自己肚子里那口气顶不住。

说起来，这一家子里最不愿离开寒葱河的要数章文德和章文海两兄弟了。寒葱河是个小镇，有上百户人家，不要说过年过节，就说平时婚丧嫁娶，富贵人家添丁进口，孩子过百天、周岁，老人家过寿诞，等等，仅请戏班子唱戏的热闹事情就不少。小孩子都爱热闹，况且镇里还有那么多一起长大的小伙伴可以玩耍……老宅莲花泡那头就十几户人家，住的大多是长工和短工，冷冷清清，住得稀稀拉拉，一户人家距离另一户人家很远，几乎看不到可以一起玩耍的小孩。不想离开也没有办法，章文德他们还是孩子，一切还都由父母做主。

迁居路上，章韩氏心情少有地愉悦，一路上她都笑吟吟的，仿佛是出了牢笼的鸟儿，对遥远的天空充满了无限的想象。三挂马车到了莲花泡地界，章韩氏看到天空中北归的大雁，几十只大雁排成"人"字形雁阵，在高空中嘎嘎地叫着。

"桂兰，快看大雁，大雁回来了，大雁回来了!"

三个孩子都抻长脖子，仰头看着大雁。尽管那天的天空算不上晴朗，堆积着一层一层的乌云，可大雁还是带来了一道美丽风景。

章韩氏喃喃着："大雁飞回，春天就来了。"

傍晚时分，章兆仁一家到了莲花泡老宅，郑四娘、"白美发"和小丁姑等人已经在门口迎候了。白美发说："大嫂在大门口等了一个多时辰，总算把你们盼来了。"

下了车，章韩氏就关心起郑四娘的身孕，关切地问这问那。小丁姑说："大嫂的肚子越来越大了，搞不好是双胞胎呢。"郑四娘抿着嘴笑了，有些自豪地摸了摸肚子。

章韩氏问："感觉怎么样？这段时间可要照管好自己的身子，多吃好东西，别干重活。"

郑四娘说："没事，都挺好的！这还得多谢婆婆照顾哩，把贴心的小丁姑都舍给我，有小丁姑帮我，我哪还会干重活呢。"

白美发领几个雇工过来帮着卸车，章兆仁说："不用你动手，让他们去卸吧，你陪我去河西地边走走。"接着，回头对章韩氏说："你带孩子先回屋吧，我和周管家去河西大地溜一趟。"

章兆仁和白美发走了，郑四娘对章韩氏说："二婶，带孩子进屋吧，饭也预备好了。"

"辛苦你们了。"

"不辛苦，前两天听说二掌柜一家要搬过来，我们可高兴了，房子早就收拾干净了。"

"还说不辛苦呢！"

"应该的，我们高兴还来不及呢。"说着，郑四娘的眼圈微微发红，"二婶你来就好了，有啥事，我也有个人说话，有个长辈给我做主。"

章韩氏拉住郑四娘的手："这孩子，有人欺负你吗？"

郑四娘摇了摇头。

"有事就跟二婶说，二婶帮你拿主意。"

两个人一边走一边说着话，郑四娘把章韩氏带到了正屋门前。正屋门敞开着，里面空空荡荡。"这是怎么回事？正屋不是你和文智住的吗？"

郑四娘说："我搬到后屋去了，这间房子留给你和二掌柜的住。"

"这不行，我来可不是跟你争地盘的……"

"这是哪里的话，二婶，你和二掌柜是长辈，这屋子就该你们住。"

"不行，绝对不行。"

"房子已经空出来了，也打扫干净了。二婶，你就别为难我了行不？"

小丁姑在旁边帮衬一句："二婶你们来之前，大掌柜就传过话来，让二掌柜住正房，二婶，别难为大嫂了。"

"这多不好，我们一来就把你赶后院了，不行不行，这事我可做不了主，要住也得等你二叔……等二掌柜的回来定夺。"

雇工开始往车下卸东西，问东西都搬哪儿。章韩氏说，先放院里吧，等二掌柜回来，让他决定搬到什么地方吧。说是这样说，其实章韩氏心里早就拿定了主意，只是她要做比成样，确立章兆仁在老宅的权威。从此以后，她就是莲花泡的女主人，她不能像以前那样随性了，想事情要周全一些，特别是要维护好章兆仁的权威和形象。

见此情景，郑四娘也不好再说别的，只好说："那就先到我屋里歇歇吧，喝点水，孩子们也都饿了，先让厨房把饭菜送过来。"

章文德早已饥肠辘辘，他瞅了章文海一眼，章文海拍着手说：

"我饿了，要吃饭。"桂兰看了看，模仿起章文海，也拍着手："要吃饭，要吃饭！"

"好好，一会儿就吃饭！……这几个孩子真没出息，就知道吃。"章韩氏虎着脸呵斥道，回头对郑四娘慈祥地笑了笑。

此刻，章兆仁和白美发已经到了河西，河西有章家的四十垧田地，那些地都是章兆仁带人开荒开出来的。望着一直消失在天际线的坡地，章兆仁心里生发出一股莫名的成就感和自豪感，想起山东家那可怜巴巴的一小块山坡地。爹看得比自己的命都金贵，如果爹闭眼之前能看到这片土地该多好，哪怕看上一眼也好哇！他没亲眼看到，无论你怎样对他讲，他都无法想象，天底下会有这么辽阔的土地，黝黑黝黑的土地。爹要是能见到，一定会安心的。

"文德！"章兆仁叫了一句，回过头来，才想起章文德没跟过来。

章兆仁蹲在背阴的垄沟里，此时，泥土里还残存着冰碴儿。他伸手抠了一把土，用力攥着，土块儿一点点软了，从他的指缝间流了下来。也许是命运捉弄，他章兆仁最爱泥土也最恨泥土，后来到了章文德那里，爱和恨都传承下来，泥土的成分里融合了爱和恨，如同自己的身躯和血液一样，注定一辈子无法分离。这是后话。

章兆仁站了起来，眼前的大地，残雪尚未消融，高粱茬子在大地里密密麻麻，星罗棋布。一阵风刮了过来，带着春的气息，沿着坡地掠过。

"今年这块地轮耕，种黄豆！"章兆仁说。

白美发看了看章兆仁，似乎没明白章兆仁的意思。

章兆仁说："按理说，今年这块地还可以种一年高粱，不过从年景看，种高粱不如种黄豆收成好，别辜负年景，牛马年好种田哪。"

白美发点了点头，说对，今年是牛年。

"得抓紧时间备耕了，九九加一九，耕牛遍地走。"

白美发说："好，回头我就安排。"

"以后上地，想着喊文德一起来。"章兆仁吩咐道。

"明白。"白美发说。

天色一点点暗下来，章兆仁还在地边站着，不知道是不是他的眼里，已经出现了春耕的繁忙景象。

新家刚刚安顿好，章韩氏就开始侍弄菜园子了，在老宅后院移栽了两床韭菜。老宅与章家大院不同，土地多的是，你想种多少菜都行。章文德和章文海到了老宅之后，不能读书了，就只能跟着章韩氏下地学做农活。章韩氏想，孩子不读书也罢，做个勤劳本分的庄稼人，将来踏踏实实过日子比什么都强。这一点上，章韩氏已经妥协了。

"韭菜是起阳草，春鲜、夏辣、秋苦、冬甜。"章韩氏尽可能地教小哥儿俩。

一阵微风，传来了货郎拨浪鼓的声音。

章文德和章文海循声跑了过去。

小货郎歪斜地骑在一头骡上，一副威风凛凛的样子。

"嫂子好哇！"小货郎隔着板杖子，向菜地里的章韩氏打招呼。

"小货郎啊，你真是及时雨呀，我正愁着要去大集买东西呢。"

小货郎说："我就知道你们需要我了……二掌柜不在家？"

"他哪能闲住，天没亮就带人出工了。"

"二掌柜的药，我也给带来了。"

"走，快进屋喝点水。"

章韩氏简单归拢一下农具，转身沿着小道儿往老宅走，路过郑四娘住的房子，她吩咐章文德先去大门口接小货郎，自己去敲郑四娘的窗户："四娘啊，小货郎来了！"

屋里传来小丁姑的声音。

"小货郎来了，我们一会儿就过去。"

小货郎牵着骡子，骡子背上驮着叮当作响的杂物，等他围着板杖子院外绕过来走近大门时，章文德和章文海已经站在门口等候他。

"有糖块吗?"章文海问。

"有，不过现在不能给你们，得你娘发话才行。"

没多大一会儿，章韩氏过来了:"小货郎啊，我们搬到莲花泡之后，你是第一个从寒葱河来看我们的人呢，二掌柜看到你一准高兴。"

"我好长时间没见着二掌柜的了，有些想了呢。"

"今天别走了，晚上我给你炒俩菜，你们哥儿俩喝两盅。"

不知什么时候，小丁姑站在章韩氏身后。小丁姑说:"小货郎，昨天我们还说起你呢，真是不抗念叨哇，一念叨你就来了。"

章韩氏小声问小丁姑，郑四娘怎么没过来。小丁姑趴在章韩氏耳边小声嘀咕，告诉章韩氏郑四娘身子不舒服，要买的东西她都记好了。

"走! 快进屋歇息歇息。"

小货郎和章兆仁一家的关系向来不错，除了章秉麟，他也就和章兆仁及章韩氏夫妻俩走得比较近，特别是章文德得霍乱的时候，人都扔后山了，如果不是章秉麟和小货郎出手相救，恐怕章文德坟上的草都一枯一荣了。虽说把章文德从庙里接回来的人是章秉麟，但是在救命这件事情上，小货郎也功不可没，没有他带来的草药，救治也不会那么及时。章兆仁和章韩氏一直对小货郎心存感激。

从小货郎的角度来说，他对章韩氏也很感激。有一次，曹彩凤在背后讲究小货郎，章韩氏替小货郎打抱不平，消息传到小货郎耳朵里，小货郎自然对章韩氏心存感激。关于小货郎，有很多不同的说法，章家绝大多数人都知道他跟二爷章秉麟的关系不错，他经常给章秉麟带一些适用的物件儿，章家的内眷跟小货郎也混得熟稔，她们平日不便去逛货栈，想要买什么东西一般都通过小货郎来完成。对章家一部分人来说，他们知道小货郎有特殊本领，据说他可以召唤亡灵，转述鬼魂和在世亲人的想法，如同阴阳两界的信使。

这方面，小货郎与跳大神的汤仙姑不同，汤仙姑是请神儿相助，小货郎是自己游走于阴阳两界，据说很消耗精力体力，所以，小货郎从不主动给别人看病，帮人沟通阴阳也不索取钱物。

章韩氏热心地招待小货郎，迟疑婉转地向小货郎提了一个要求。

"小货郎啊……嫂子见你一次也不容易，嫂子想，求你一件事。"

"没事，嫂子，有事就说。"

"我想……我想请你帮忙找一找二掌柜的弟弟。十七年前，二掌柜和他的弟弟，在往东北逃荒的路上，小叔子失踪了，活不见人，死不见尸。"

"这个……"小货郎面露难色。

"嫂子知道你不愿意做，听说消耗元神……"

小货郎说："倒也不是怕消耗元神……嫂子不瞒你说，除了老掌柜的，我谁都没答应过。"

"算嫂子求你了……你可能知道，二掌柜现在管老宅这头所有的事，眼见着就开春了，繁杂琐事会成摞地堆过来，担子会越来越重……可二掌柜心里还压了块大石头，那个大石头压在背上还不怕，顶多压弯了腰，可压在心里不搬走，我怕他顶不住哇……"

"你是说二掌柜丢了的弟弟？"

"是呀……他弟弟叫章兆义，他们最后见一面在公主岭客栈里。"

"公主岭，那离咱这疙瘩可远了。"

"是呀，所以说，嫂子不好意思求你呢，这也是实在没辙了，拜托大兄弟了！"

小货郎想了一会儿，应承了，不过小货郎提出个条件，他沟通阴阳时需要一个地方可以独处，不能有人打扰。章韩氏连忙说："那是、那是，我一定安排好。"

章韩氏安排小货郎到后屋客房里通阴阳，她自己则在门口把守，不许任何人靠近。章文德和章文海来找小货郎，章韩氏不让他们进屋，他们就从后面扒窗，后窗还封着冬天的棉帘子，无奈他们又转了回来，章文海掩护，趁章韩氏不注意，章文德偷偷溜进门去，看到小货郎仰八叉地躺在炕上呼呼大睡。"小货郎，小货郎！"章文德轻声叫道。章文德没叫醒小货郎却招来章韩氏，她进屋揪住章文德的耳朵，将他薅到了屋外。

章韩氏啪啪打了章文德两个耳光，"让你不听话，让你不听话……滚回前院去！"

章文德没想到娘那么狠地打他，哭着和章文海离开后院。

小货郎傍晚才醒过来，醒来之后告诉章韩氏，二掌柜的事办妥了。

"咋样？"章韩氏问。

小货郎说："他弟弟被人害了，是一个自称老乡的人，叫肖老大。"

"为啥害人的？"

"谋财害命呗，肖老大以为章兆义有钱，其实他身上没多少钱……章兆义的尸首在一个枯井里，骨头渣子都烂没了。……我把二掌柜这边的情况跟他讲了，他挺安慰的，还说他托生之前，会来看二掌柜的，会保佑二掌柜的……"

章韩氏思忖着。

小货郎说："二掌柜弟弟章兆义是不是属羊，比二掌柜小三岁？"

章韩氏愣住了，含混地点了点头。

"章兆义生于光绪九年七月，对不对？"

章韩氏继续含混地点头。

"他的眼眉上边有颗黑痦子……"

"大概是吧。"

"行了，我能为嫂子做的就这些了……"

"辛苦大兄弟了，这些嫂子已经够感谢的了……不过，嫂子得求你个事。"

"啥事？"

416

"见章兆义的事你别跟二掌柜说了……还是我找机会跟他说吧，你知道的，二掌柜胆小怕事，他的胆儿可能就是那时候吓破的，我怕照直了说更加重他的心病，所以，我琢磨琢磨，看看怎么说好……你知道，嫂子所以求你沟通阴阳，就是想找个法子解了他的心病，一把钥匙开一把锁……"

小货郎说我明白了，等你说的时候别忘了嘱咐二掌柜，今年阴历七月十五去一趟公主岭，到铁道西那个枯井烧点纸，祭奠一下。章韩氏说我一定记得。"还有，"小货郎说，"我帮你通阴阳的事，除了二掌柜，不要对别人讲，谁都别讲，切记切记。"

章韩氏用力点头："我记住了。"

大概十天之后，章韩氏对章兆仁提起她请小货郎通阴阳的事。"章兆义找到了，他已经死了，被一个叫肖老大的人害了，本来那个肖老大是要害你的……"

"为啥要害我?"

"人为财死，鸟为食亡……你弟弟为保护你跟他拼命，那个肖老大会功夫，你弟弟没打过他，尸首埋在铁道桥西一个枯井里。你弟弟很勇敢，他的亡灵至今都不服气。小货郎把咱家的情况都告诉你弟弟了，你弟弟还说要来看你，托生之前，一定会保佑你平平安安，顺顺利利。"

章兆仁问："是客栈那个老乡害的兆义吗?"

章韩氏点了点头。

章兆仁疑惑地说："那个老乡不姓肖啊，他说他姓赵……"

章韩氏知道章兆仁有些不信，她说："那个姓肖的既然想干坏事，就不能说真名实姓……说真的，开始我也不信小货郎有这样的神通，可后来他说出一些情况我就傻了……"

"啥情况?"

"他说你弟弟属羊……"

章兆仁愣住了。

"他说你弟弟生在七月份，是光绪九年七月……"

章兆仁惊讶地张大了嘴巴。

"他说你弟弟眼眉上边有颗黑痦子，这些都对吗？"

"这、这些，小货郎怎么会知道的？"

章兆仁呆呆地坐在炕沿上，沉默了好久。

睡觉前，章文海悄声对章文德说："啥阴阳，都是骗人的，我不信。"

章文德说："爹说过，信神有神在，不信神泥啦块。"

章文海撇了撇嘴说："反正我不信。"

章韩氏说："你们俩嘀咕啥？还不睡觉？"

章文海对章文德伸下舌头，做个鬼脸……

第二天早晨，章文德一出门，就看到小货郎在大门口跟章兆仁和白美发说话。小货郎拿出一把刀递给章兆仁。当地很多人都知道小货郎不是一般的货郎，他是"赊刀人"，莲花泡也好寒葱河也罢，都有人赊过他的刀。他赊刀时表情古怪，不管你需不需要都送你一把刀，实在过意不去要给他钱，他说几句令人费解的话，还故意重复几遍，最后说："我说的话灵验的时候，再来收钱。"

这次，小货郎又开始赊刀了，将一把菜刀递到章兆仁手里之后，他就说："黑狗趴窝黄狗跳，蝗虫遍地血染庙；四分五裂鸡无架，老马难睡回笼觉。"

章兆仁和白美发你看看我，我看看你，谁也不明白小货郎想说啥。小货郎不厌其烦，又重复了两遍，最后说："等我的话应验了，我再回来收钱吧。"

（《十月的土地》入选中国作协2018年度定点深入生活项目，发表于《小说月报·原创版》2020年贺岁版。）

繁花似锦（节选）

张艳荣

楔 子

驾驶着我的爱车，从沈阳出发。我没走高速，而是走的国道，主要想领略家乡沿途的风景。"十一"小长假，伙伴们约我去南方旅行，我说要回老家得胜村。他们说，你从小在那长大的，还没看够哇。我说，你没听过这首歌嘛，亲不够的故乡土，恋不够的家乡水。我趁机给家乡打广告，你们可以去我老家乡村游哇，你会领略不一样的地域风光，盘锦大米、丹顶鹤、芦苇荡，这些辽河口文化，带着生命的温度和内涵，带着生活和历史的记忆向你走来。

这次回得胜村是为了完成我的纪录片，寻找乡愁，我记录、跟进了十多个村庄，得胜村是其中之一。纪录片的立意是重新找回有灵魂的村庄和挽回逐渐消失的村庄。首先说一下，我在省电视台工作，父老乡亲说我是得胜村飞出的金凤凰，可我自己知道，我离金凤凰还差得远呢。最主要的是，他们认为我小时候，就会用大眼睛看哪看，就是不说话，像个小哑巴似的，如今居然是省城的记者。大记者呀！不但要口才好，还要说得给劲、切题和准确，上哪儿说理去？我还笑他们呢，没听说嘛，眼睛是心灵的窗户。

路两旁的稻田已经金黄，铺天盖地，望不到边际。我把车停在路边，挎着照相机，扛着录像机，站在稻田的田埂上，金色的稻浪尽收眼底。

一进得胜村，映入眼帘的是错落有致的青砖红瓦的民房，还有村路两旁各种茂盛的果树。正是金秋十月，千亩苹果园一望无际，现在已是硕果累累，郁金香葡萄已经爬满藤架，秋高气爽，太阳照耀在绕阳河上……丰收的喜悦洋溢在人们的脸上，如花儿一样在金秋里绽放。我的车也随着一辆辆私家车和旅游大巴开进得胜村。

我没有回家，来之前我在网上已经给自己在得胜村预订了民风民俗农家小院。明天，沈阳的秋叮叮和周铁铁他们一帮人才到，今天，我想拥有独处时光。所以，我偷摸地入住，谁也没告诉。如果这事让我母亲大春子知道了，准说我，只有你臭三能做出这等傻事，放着家不住，花钱住啥民俗农家院，小时候还没住够哇。

嘿，要的就是这种意境和感觉，这次回得胜村寻找曾经的孤单，想心事，忆往昔。最好是独处，寻找灵感。如果和大春子这样说啥孤独、啥寻找，她又该说，你呀臭三，从小你就矫情，到现在也没改。

推开农家院的木门，咯吱，曾经熟悉的推门声离我已经是那么久远了，今天耳闻却那样触动心弦，唤醒了儿时的记忆。城市钢筋水泥的高楼大厦桎梏了我们的视线和思绪，阻碍了我们贴近泥土的呼吸，使我们忘记了乡愁。如果想逃离喧嚣，如果想重温陌上花开蝴蝶飞，得胜村民俗民风的农家小院，可作为暂时休憩的驿站。夜晚，在小院的月亮下，数着星星，可小酌几杯，全算作陶冶情操，那将是多么惬意的事呀。

月亮门，小庭院，墙上爬满了倭瓜秧，园子里长着小葱、辣椒和小白菜，夹竹桃红了半院子。两棵茂密的桃树遮住了西屋的窗户，毛桃已经压弯了枝头，风吹过，熟过头的毛桃散落一地。小时候的味道油然而生。

而今，我已经是四十大几的人了，早已过了悸动、煽情的年龄，此刻，我却有种想要和谁热烈拥抱的冲动。细品，把生活过成诗和远方，是那么奢侈又那么简单。放眼得胜村的稻田、苹果园和袅袅的炊烟，是逃离繁华喧嚣的精神回归，是禁锢的眼泪肆意地流淌。得胜村在保留古朴民风的基础上焕然一新，俨然走在新农村的幸福大道上，任重而道远。可以说，得胜村是一部农村奋斗史，是传统农民和新时代农民相对比、相转换的思想启示录。

　　推门的瞬间，仿佛看见小时候的我，六七岁的样子，用一双好奇的大眼睛询问我，你是谁？我的眼泪骤然涌出眼眶，打湿了旧时光。我真看见了小时候的我自己。她斜挎着一个花布书包，那是姥姥给缝的，里面装着线装的磨损的"唐诗宋词"，还有姥姥给的四个嘎拉哈，一个缝制的四方口袋。她的两个小辫子，不是一个高，就是一个低，要不一个编着麻花辫，一个散着。我是那样心疼她，那样喜欢她，又是那样羡慕她，真想把她的麻花辫梳整齐了，再系上红绸子做的头花。我想给她买柔软漂亮的绒毛兔子、绒毛狗熊和芭比娃娃。我想给她买好吃的奥利奥饼干、德芙巧克力和沈阳不老林糖果，这些她小时候都没吃过。我真想抱抱她，把一生的爱都给她。我太爱小时候的我了，我居然在恍惚间看见了小时候的我，开门的刹那，我俩差点撞个满怀。

　　只是我的童年被日夜流淌的绕阳河带走了，一去不复返，绕阳河也在我注视的目光里变得沧桑、悠长。我再也不会坐在河边，做听风过河的傻事了。可我是多么留恋童年的景色和人物哇，这人物与乡间风景交相辉映，蓦然回首，哪一道才是最亮丽的美景？虽然有些景色和人物，微不足道得像田野上的一茬水稻苗，像万顷苇荡里的一棵芦苇，像浩瀚江河里的一道浪花，却温暖和丰满了我整个童年，并给我的童年插上了想象的翅膀，让我在自由的天空飞一会儿，再飞一会儿。

　　我是不善言谈的人，我只想对绕阳河倾诉，我想把童年的故事、得胜村的故事讲给绕阳河听，讲给岁月听。

好吧，我默默地讲，你静静地听。

我的小名叫臭三，大名叫郝宇萌。

第一章　春意闹人间

春天的风刮得格外厉害并凛冽，刮得人睁不开眼睛。这是得胜村的春风，有别于其他地方的春风，这春风要持之以恒地刮上十天半个月，以至于你会觉得把春天刮跑了，把花蕾刮落了。其实不然，刮着刮着，河两边柳树冒芽了，娇嫩的，芽黄的，不几日，柳树芽变得翠绿欲滴。那柳树是皮实的，不怕风吹。这春风接着刮，刮得昏天暗地，你会觉得，这回那些小嫩芽该凋零了，其实不会的，村头的几棵桃树便开出了粉嫩的花，桃花开了。

那是野桃树，零散地长在村头的水塘边、小路边、河堤上。结出的桃也是毛桃，甜倒是甜，就是太小，比乒乓球大不了多少，就连孩子都懒得吃，所以那毛桃只好在树上自生自灭。还有高大又枝繁叶茂的野枣树，在这刮过来刮过去的春风里，也开出白色素净的小碎花，这时候，村头就飘着淡淡的花香，那香味是湿漉漉的，润泽着被风刮得有些干燥的空气。这样飘香着，滋润着，一场春雨就降临得胜村了。肆虐的风稍作停歇，仿佛在积攒更大的力气好再次冲锋。

果然，一场春雨后，那桃花开得就漫天灿烂了，远远望着，雾蒙蒙、粉噜噜，映红了一池春水。是的呢，那一汪一汪的水塘，那一块一块的水泡子，不知不觉中，蓄满了水。应该说是长满了水，不是涨，而是长，因为那水是开化的泥土里长出的，是从春风里长出来的。芦苇顶着水珠，拱出了地皮，拱出了水皮，翠绿欲滴。

绕阳河的水也见长，洋溢了，流水声也格外响，畅畅悠悠的，绕过半个村子，向绕阳湾流去。

春风再起的时候就到了5月份，我都没注意，等我看见的时候，绕阳河的水已经灌进了稻田。不几日，满稻田地都是插秧的人了，热火朝天的。这个时节，我那个当赤脚医生的父亲郝东凯，也是要去插秧的。他去插秧也要背着药箱，他在药箱上又整了两个背带，能背在双肩上，这样，药箱背在后背，不耽误插秧。有一次，他把药箱放在地头，也不知道谁家淘气的小孩，把药箱踢翻了，药撒了一地。从那时起，只要下地插秧，他就把药箱背在后背上。春天插秧，秋天收割，郝东凯都要跟着下地干活，平常郝东凯是不用下地的，只当他的赤脚医生。

转眼间，水田里就绿莹莹的，稻秧扎根，秧苗苗壮了。得胜村还有很多旱田，种苞米和高粱。苞米皮实，在哪儿都能长。比如，在院墙边上，也可种上一溜，苞米蹿得可快了，你一不留意，等你再看时，绿莹莹的苞米叶和粉莹莹的苞米穗已经搭上了墙头。还有那野枣树，没人管它，却像比赛似的，枝繁叶茂。我从小就喜欢痴痴地看，什么都爱看，就说这墙头的苞米叶子和野枣树吧，我也能看上一阵子，默默的。

这年的春天我六岁，这个春天没什么特别的，就是稻田地里插秧的人多了，多出了很多陌生人。不知道什么时候来了一群知青，听说是从省城沈阳来的，也有从北京来的，还有来自更远地方的浙江知青。这一下子，得胜村就热闹了，从知青点总能飘出拉二胡和手风琴的声音，还有唱歌声。

知青点设在得胜村的东面，靠着绕阳河。晚上在屋里睡觉，也能听到潺潺的流水声。知青点是坐北朝南的十间泥房，东西各五间厢房，南面是柳条子架的篱笆墙，中间是破木头钉的大门。一辆红色东风拖拉机停在院子里。东厢房住女知青，西厢房是厨房和洗漱的地方。

开春后，那些女知青很少在屋里洗漱，她们端着脸盆到绕阳河去洗，水是凉了点，但洗得透。特别是早晨，她们的洗脸盆里可真是琳琅满目，有友谊牌雪花膏，有紫罗兰香粉，有牡丹牌香皂，还有圆镜子。

有个女孩，也是知青，看样子她比我姐姐大不了多少，她叫秋叮叮。她的洗脸盆里比其他人多了玩具，而且每天不重样，有时候是布娃娃，穿着花裙子，有时候是绒毛兔子。我倒是不喜欢那个布娃娃，我喜欢那个毛茸茸的兔子，跟真兔子一样大。秋叮叮说，这个绒毛兔子是天鹅绒做的，又柔又软。我就想，如果是我的该有多好，我每天抱着它，或者，背着它，走遍得胜村的每个角落。是的，我喜欢走，天一亮我就起床，穿上衣服，走出家门。

在我家，我和母亲大春子起得最早。不但外面人说，我家人也说，这孩子不正常。自从知青来到得胜村，我早起的第一站就是知青点。我也学他们，在绕阳河里洗脸，但我没有洗脸盆，也没有雪花膏，就是站在河边的石头上，用小手捧着水洗脸，然后，目不转睛地盯着他们看。

我是有目的的，我在盼望着那个最小的女知青秋叮叮来，她的脸盆里有绒毛玩具。但她总是最后一个来，还哈欠连天，揉着眼睛，嘟囔，啥时候让人睡个囫囵觉哇。大家都叫她小懒猫。她怕把绒毛玩具弄湿了，把玩具从盆里拿出来，放在河岸边。那天正好拿的是绒毛兔子。河边的青草刚冒出芽，嫩绿得要溢出水来，她就把绒毛兔子放在青草上，那绒毛兔子像要跳起来吃青草似的。我情不自禁地走过去，抱起绒毛兔子，对着秋叮叮说："姐姐，我给你抱着，省得埋汰了。"

我自己也惊讶，我居然说话了，嘴还那么甜。因为我以往是不爱说话的，是能用眼睛就不用嘴的那种人，说那么多废话有什么用啊？大家都以为我是个小哑巴。我母亲曾经看着我，愁眉不展地对我姥姥说："妈，臭三不会是个哑巴吧？"我姥姥叼着她的大烟袋，吧嗒了两口说："净扯，她那叫金口难开。"我姥露出无限憧憬的笑意，"将来呀，我这跳大神的营生有接班人了，我要传给臭三。"

我母亲就急眼了："妈，您可别地，这孩子够各色的了，您可别让她一天再神道道的。"

　　就这样，我姥要教我跳大神的想法，因我母亲的这句话搁置了。

　　我抱着那只绒毛兔子，如同抱着我自己，亲热得不行，我竟把脸贴上绒毛兔子的脸，想，如果我有一只这样的兔子该有多好。

　　每天清晨，我准时出现在知青点，要不站在绕阳河边看女知青洗脸，要不就站在知青点的大门口，看院子里那台拖拉机。有个长发男知青，最早占领拖拉机制高点，那制高点无非就是拖拉机上唯一的驾驶座。我也不知道什么叫制高点，是他每次跑上拖拉机都喊："战友们，同学们，我占领制高点了，冲啊!"

　　每当这时，我都唻唻地笑，多半是笑他的傻样子。他站在拖拉机上，迎着初升的太阳，高声朗读毛主席诗词。这个人叫赵松，是浙江知青，看见我对他傻笑，就轰我："去去，谁家小破孩，每天早晨来，你又不上地干活，起那么早干啥。"

　　赵松跳下拖拉机，走到我面前，问我叫什么名字，问我在这干什么，问了半天，我才冒出俩字："卖呆。"赵松是浙江人，他不知道看热闹叫卖呆，一脸蒙。我更加笑他，笑他露着脚指头的拖鞋，那是我第一次看见塑料拖鞋。

　　远处传来大春子的喊声："臭三，回家吃饭了。"

　　这回赵松笑了："哈哈，臭三，一个小姑娘，叫臭三，哦，哦，多么难听的名字呀。"他的表情很是夸张，嘲笑中带着痛苦。

　　我对着他露在拖鞋外面的脚指头狠狠地踩了一脚，转身跑了，回家吃早饭去喽。

　　赵松跌坐在地上，捧着脚哎哟了半天。活该。

　　回家时，大家已经坐在桌子边上吃饭了，只有我坐的那个位置是空的。我家吃饭时的位置是固定的，没有人规定谁坐在什么地方，可是时间长了，习惯成自然，谁坐在哪儿也就固定下来了。吃饭的时候，放一张圆桌子，吃完饭可以收起，放在墙边，这在我家叫靠边站。我在家也属于靠边站那伙的，没人特意搭理我，可有可无。只有我姥姥还关心我，因为她总是试图教我跳大神，我也好奇地期待着。

饭桌放在炕沿边上，炕沿边能坐三个人，我姥、我姥爷，中间坐着我，我不占地儿，有点小空就行。东西边坐着我大姐郝思晴和二姐，我爸郝东凯和我妈大春子挨着坐在桌的南边。

我一进门，就往炕上爬，绕过我姥，坐在我姥和我姥爷中间。大春子嘴里含着饭呵斥我："臭三，你去哪儿疯了？一早起来就不着家，你再瞎跑就不让你吃饭了。"她后面又跟了句狠话，"再跑，敲折你腿。"

我眼睛看着大春子，胳膊肘碰了下我姥，意思让她管管她闺女。我姥果然心领神会："干啥不让吃饭哪，她是活物，还不让跑了？我看谁打我臭三试试。"

对大春子的这些废话我是从来不予理睬的，当然也不予回答。我说她说的是废话一点不假，她每次都问，你去哪里疯了？我从没告诉过她。她还多次说不让我吃饭，说得次数多了，已经变成耳旁风了。我姥会让我吃饭的，就这种情况，你说她说的不是废话吗？我不爱说话，很大程度上是因为大春子的废话。我认为，人说多了话，是废话。

郝东凯相比大春子要好得多，对家里每一个成员都宽厚，他从不大声说话，他长得也斯文，他坐在这个家里，斯文得都不像这个家里的人。特别对我姥爷和我姥，毕恭毕敬，关怀备至。叫爸喊妈比大春子叫得还亲昵，不知道的，以为我姥爷、我姥就是他亲爹亲妈。为此，我姥爷也特自豪和欣慰，这是他为我母亲选的丈夫。他为自己的好眼光而沾沾自喜，对这个家他没什么不满意的，就是亲儿子，有几个婚后还和老人住一起的？即使住一起哪有舌头不碰牙的。而他的家却一片祥和，其乐融融。如果说不满意，那就是，家里有三个外孙女，却没生个外孙。这也不能怨人家郝东凯，怨自家的女儿不争气。说是外孙，跟自己的孙子又有什么区别呢，只不过是个称呼罢了。我父亲郝东凯是从山东闯关东来的，跑腿子，具体是投奔谁来的，也说不清了。只身一人落到得胜村，跟我姥爷的亲儿子无二啊。姥爷就这么一个闺女，姥爷不但给女儿找了个好夫婿，也给自己的老年生活找了个好靠山，岂有不乐的道理。

斯文而俊朗的父亲融进这个家，是经过一番波折和心思的。姥爷家的大门是永远对他敞开的，父亲竭力抗拒着。没关系，我姥爷有的是耐心和热情，他对郝东凯是绝不放弃，直到好梦成真。

吃完早饭，我跳下炕，向村西面的公路上跑去。得胜村和得胜镇是连着的，中间就隔着一条公路。小学和中学都设在得胜镇。我跑到村西面的公路边，看孩子们上学，还能看见林芬芳老师，我爱看她，真漂亮。林芬芳和我们村里的任何一个女人都不一样，她比那些女知青还好看。一年四季，她总是穿得那样干净整齐，最耀眼的，是她翻在外衣外的衬衫领子，有白色的，有粉色的，有蓝色的。那些女知青也好看，但时间长了，风里来雨里去的，她们也就懒得打扮自己。而林芬芳却不同，无论人们怎么议论她，或者领导怎么批评她，说她穿衣打扮腐化，她都不理，她说爱美之心人皆有之。穿戴整齐，爱美，是热爱生活，也是对别人的一份尊重。她的这套爱美理论，得胜村没有几个能理解的。林芬芳是从盘山县来的老师，人家属于县城来的城市人，比我们这些土生土长的村里人自然要洋气得多。

今天风景却不同，我站在路边看林芬芳，赵松也站在路边，手里卷着一本书。看书皮，不是早晨那本书了。赵松脚上穿的也不是塑料拖鞋了，换成了崭新的解放鞋。他早晨还乱蓬蓬的长头发，现在梳得根根顺溜。他一个大男人站在路边，觉得很尴尬。他招呼我："臭三，来，上哥哥这来。"

我才不搭理他，不用问，他也是来看林芬芳的。我讨厌他，他仿佛侵占了我的地盘，这个地方，只允许我一个人看林芬芳。他看我不动，就主动走到我的身边来，拿出一块水果糖，剥开放进我的嘴里。他也说，这孩子咋那么不爱说话呢，你是小哑巴呀。他把那本诗集打开，说哥哥教你念诗。他跟我说着话，眼睛却瞟着公路那边。有我在他跟前，他就自在多了。他假意教我念诗，实则是在等待着林芬芳的出现。

我的心思也不在这本诗集上，诗是什么，对一个六岁的孩子来说，那就是对牛弹琴。赵松还是打开了诗集，他告诉我，这是雪莱的诗集，雪莱是外国人，是世界著名诗人。他介绍了一堆，我只记住了雪莱，是硬性地、机械地记住，雪莱是谁，我还是不知道。赵松也不需要我记住和知道，他此刻就是一个戏精，这只眼睛表演教我认识雪莱，那只眼睛时刻瞄着林芬芳。

总算出现了，林芬芳来了。"天上掉下个林妹妹。"这话是从赵松嘴里溜达出来的，我听得一清二楚。当然我依然不知道林妹妹是谁。他说这话的时候，已经把雪莱的诗集卷在手里，双手握着，规规矩矩地站立着，已不再理会我。但他的嘴小声地咕哝着，只有站在他身边的我能听见，声音颤抖："芳来了，芳来了，美丽动人的林芬芳她来了呀。"

这会儿我知道林妹妹是谁了，我心里狠狠地说，啥人哪，不地道，瞎给人起外号。赵松无限向往地望向林芬芳，而我站在他的身边，也一动不动地看着林芬芳。我还闻到了一阵清香，像从稻田刮来的，也像从林芬芳那方向刮来的。这时候的稻田已经绿成了片，绿成了海洋，无边无际。

我们俩一大一小，站在路边，行注目礼。林芬芳手里捧着一摞子作业本，款款地、亭亭地从路的那头，走向学校方向。我断定她都没向我们这边斜一眼。林芬芳都走出去老远了，赵松还遥望呢。我拉了一下他的手，仰头看着他，撇嘴。赵松一本正经又带着气地说："撇啥嘴，你个小孩，还知道撇嘴。我教你的记住了吗？雪莱，诗人。"

我刚才看见那诗集封皮是个卷头发的外国人，赵松也说是外国人。我冒出一句："特务。"

"什么特务，是诗人。"赵松急赤白脸，"什么熊孩子，这是。"

"你也是，"我用手指指着他，"特务。"

给赵松吓得一激灵，直摆手说："可不能这么瞎说呀，熊孩子。"

别看我说话少，赵松显然说不过我。他撒腿就跑，我不知道他是怕我，还是怕我胡乱冒出的"特务"两字。连我自己也不知道，怎么会说出这两个字，是挺吓人的。

我和赵松站在路边的时候，还看见了我父亲郝东凯，背着药箱，健步如飞，很快超过了林芬芳。他从林芬芳身边飞快走过，没有打招呼，他可能急着给人看病去。郝东凯同样没搭理我俩，可能也是没理会。

那年我只有六岁，但我就是从那年开始记事的。那是因为一场格斗，就发生在我们得胜村西边靠公路边上，公路边上有个大坑，多半时间干涸着，夏天里面长满了水稗草，我们都叫赖草。可奇怪的是，得胜村周边坑坑洼洼边边角角都长芦苇，只有这个坑里，长水稗草。这种草根连着根，薅也薅不净。有时候，你薅下来的草搁到边上，那草根只要够着土，立马又复活。更别说连阴天，或者是下雨了。最好是暴晒的天，薅下来，晒在太阳底下，方可让它蔫巴枯萎。那年我养了只灰色的小兔子，是我妈大春子从黑山套来的野兔子，没套死，就拿来给我玩了。因为我总吭叽："我要玩具，我要秋叮叮的绒毛兔子。妈，你给我买一个吧。"

大春子回答得很干脆："我看你像毛兔子，没钱。"

别看大春子嘴上说没钱，说我像兔子，但她真往心里去了，再上黑山套兔子，就留个心眼，逮个活的，留着给我玩耍。

小兔子还小，跑不那么快，我总是把它抱到这个大坑里吃草。我把它往大坑边上轻轻一放，它顺着斜坡滚到坑底，在坑底吃草，就不用担心它会跑了，它还没长本事，爬不上那么陡的坡。这时我就坐在坑边上，看小人书，或者玩石头子。我捡的石头子都是五颜六色的，且光滑。玩够了，石头子我是不舍得扔的，装在衣兜里，走到哪儿带到哪儿。呵呵，往往是衣服没坏，我的衣服兜漏了好几回。我姥说这石头子也太费衣服了，说着从被窝垛底下摸出一副嘎拉哈和一个布口袋。一副牌嘎拉哈是四个，一个布口袋能有拳头那么大，是正方体的，里面装玉米把它撑起来。加上布口袋，这才算是一副完整的嘎拉哈。

嘎拉哈是猪或者羊后腿关节部位的那块骨头，最理想的是羊的那块骨头，小而精致。过年杀猪宰羊的时候，大人就把猪或者羊后腿关节部位的那块骨头保留下来，剔干净，洗干净，留给女孩子玩。先把布口袋抛到空中，然后迅速把炕上的嘎拉哈改变方向。时间来不及，先改变一只，高手能趁着布口袋在空中的时候，改变两三只，然后手脚利落地接住掉下来的口袋。循环往复，直到炕上所有的嘎拉哈四面都统一改变过四个方向算一把。如果抛在空中的口袋你没有接住，而落到炕上，算输。我姥给我的四个嘎拉哈也不知道是什么时候的，是羊骨做的嘎拉哈，已经被摸索得光滑锃亮。我姥说，是她当姑娘时候玩的，不舍得给我玩，怕整丢了。我说保证丢不了。这倒是不费衣服兜了，四个嘎拉哈，外加一个布口袋，衣服兜里根本装不下了。我姥用碎布头给我拼了个小书包，我斜挎着背，里面装着我心爱的嘎拉哈。现在，我在大坑边玩嘎拉哈。

等小兔子吃饱了，我收起嘎拉哈，再慢慢地出溜进坑里。有时脚踩不住，也像小兔子似的，连滚带爬地滚到坑底。就是滚，我也是相当小心地滚，生怕压死了小兔子。

那是个初夏，我记得很清楚，我妈大春子已经喊过我回家吃饭了，我贪玩，耽搁了一会儿。还有，小兔子还没吃饱，我得让它先吃饱。说来也怪，它好像听懂人话了，从我妈喊我回家吃饭那刻开始，它就不安分了，上蹿下跳，两只大耳朵也不那么支棱了，有只耳朵居然耷拉了。我想，坏了，它一定是碰到蜇麻子了，蜇到嘴了。蜇麻子是种野生植物，秆是淡紫色的，叶子是绿色的，秆和叶都长着密密麻麻的刺，碰着，就像让蜜蜂蜇了似的，麻酥酥、刺挠挠的，疼得钻心。要疼上一两个小时，才能慢慢好。

我刚想下坑去抱它，都怪我瞅了眼天空。只见天空瓦蓝的，飘着雪白的云朵，每朵云都不挨着，隔那么远撒一朵。云朵的白盖过了天的蓝，我就想，咋就那么白呢，搁啥洗的呢？各种形状的云朵，像棉花，我真想尝上一口。听我爸郝东凯说，在他老家山东有棉花糖，街头现做，雪白的，稀甜的，一大团。但我没吃过，棉花糖就是这天上的云吧，于是我馋得咽口水。太阳还晃我的眼睛，我眯缝着眼睛看棉花糖，想吃上一口。后来我嘴里就有了甜味，仿佛真尝到了棉花糖。突然，一阵嘈杂声传来，还有零乱的脚步声，让我嘴里的糖味荡然无存。我喊着，我的棉花糖。只听有个女人喊，那小孩，快躲开。我把视线从天上拿回来，先看见了林芬芳。

看见林芬芳我更呆了，傻愣愣地看着她，心里说，真好看。林芬芳长得好看在得胜村是出名的，总是听我妈絮叨，长得好看有啥用，就像林芬芳似的，招风。不缺胳膊，不缺腿，就行了。我妈说这话的时候，也一并把我爸否定了。因为我爸长得英俊。所以我最早是从我妈那知道林芬芳长得俊，招风。

人们总能看见林芬芳往学校走，她在得胜镇小学当老师，手里总是拿着一本或者两本书，有时拿着一摞作业。她常常穿件米色双排扣的列宁服，腰收得窄窄的，里面白衬衫的领子翻在外面。反正，她是与众不同的。今天的林芬芳与以往又多了些不一样之处，以前她也是披肩发，但今天，她的刘海儿是弯的，带卷，有搭在眉毛上面的，有刚过了眉毛的，嘛嘛嚓嚓刚盖过额头。我从没看过这么好看的刘海儿，谁说好看没有啥用，我妈说的话都是糊弄人的，招风真好哇。

我完全没听到有人让我躲开，或者听到了也还是茫然。我坐在地上没反应，当我把眼睛从林芬芳刘海儿上挪走时，我看见了一帮腿，还有腿下的脚，各种鞋，有农田鞋、解放鞋、皮鞋、还有拖鞋。这些鞋狠狠地踩在地上，又迅速拔起。各种腿，搅拌缠绕在一起，又狠命地挣脱，蹚起尘土。我顺着腿往上看，一群男人，手里有拿木棍的，有拿铁棒的，有用拳头的，扭打在一起。

血，顺着那个叫赵松的知青额头流淌。

林芬芳站在坑的旁边，也就是站在我的跟前。她还是穿着翻领列宁服，白色的衬衫领翻着在外面，真干净。那么多男人呼呼啦啦的，只有她一个女的，亭亭地站着，喊："别打了，别打了。这有个孩子，别碰着孩子。"她说话的声音像是在念课文，斯斯文文、字正腔圆的，一点都不刺耳。她的声音很快淹没在打斗声中，谁都不听。她的喊话倒像火上浇油，那些小伙子像是比赛，看谁的武艺高强。

赵松的脸上流着血，向我这边跑来，紧接着，一群人紧随其后，向我压来。

林芬芳弯下她亭亭玉立的腰，抱起我，向前跑。刚迈开两步，那些人拥了过来。林芬芳一只脚踩空，抱着我，跌下了大坑……

我一点也没害怕，因为我闻到了来自林芬芳身上的雪花膏香味，我立刻就想起了染指甲花的香味。染指甲花在我家院里的樟子边上，开得一溜一溜的，水嫩鲜亮。

我俩跌入坑里的时候，绕开了小兔子，我看见小兔子的两个耳朵都耷拉着，没精打采的，也不蹦腾了，它是吓的。我刚想伸手抱小兔子，那堵人墙就以迅雷不及掩耳之势，拍在了小兔子身上。林芬芳抱着我，躲到了坑的另一边，可是她的腿还是被压在了人墙下。赵松从人墙里钻出来，奋力拔出林芬芳的腿，背起林芬芳往坑上爬。林芬芳没忘拎着我，她哭着喊："我的腿断了。"我也哭："我的小兔子被压死了。"赵松全然不顾这些，他爬上大坑，拉着林芬芳，向着街里跑去。

就这样，我还在林芬芳怀里，她一只胳膊紧紧地环抱着我，勒得我喘不上气来。似乎走投无路了，跑进我父亲的卫生所。

我父亲先是惊愕，随后他二话不说地冲出门，挡在门外。那群人已经拥到门口，他们已经衣衫不整，叫喊着让那小子出来决斗。我父亲说你们再这样闹腾，要出人命的，我是医生，我告诉你们，他们伤得很重。

人群里有个人反驳，郝东凯，你是狗屁医生啊，就是一赤脚医生。

我父亲说："不还是医生吗？"我父亲又说，"你们还伤了我家孩子，还不快走，我要赶紧给他们治疗。闹出人命，你们吃不了兜着走。"

想必他们是害怕了，于是悻悻而又愤愤地离去了。

后来母亲骂我欠登，我当然不服，最欠登的是小兔子，我可怜的小兔子。我母亲说她的三个女儿当中，我最矫情，最各色。那个小兔子本来是下锅炖汤的，兔子红色的眼睛脉脉含情地看着我，突然从母亲的手里蹿到我的怀里，我就抱住了它，就这样小兔子成了我的玩伴。自从看见知青秋叮叮的绒毛兔子，我就梦想着，啥时候自己也有一只这样的绒毛兔子，那天我还抱了秋叮叮的绒毛兔子，柔软而又温暖。回家我又跟大春子说："妈我想要个绒毛兔子，"我比画着，"这么大的，能抱着。可暖和了。"

大春子大惊小怪地说："玩具呀，咱买不起。"她用手指头点我脑门一下，我像个不倒翁似的，脑袋向后仰去，又弹回来，"你又去知青点了吧，咱跟人家比不起，人家都是大城市来的。再别去了。"

我嘟噜个脸，很想用手指头点她脑门，给她点回去，谁让她总用手指头点我脑门。大春子寻思寻思，良心发现似的说："行吧，等我去黑山给你套一个。"大春子不是吹牛，她总能套到兔子，都炖着吃了。得胜村的北面有座山，叫黑山，但离得胜村很远，很少有人去。大春子不怕远，她会骑马。她有时借用村里的马，一溜烟儿就到了。等大春子真的套到兔子，她早忘了给她的小女儿臭三玩，就想着炖了给全家人改善生活。也奇怪，以前她每次套的兔子都套死了，只有这只灰兔子，等大春子看见它时，还在四腿徒劳地踢蹬，挣扎着试图逃跑。大春子把兔子从套上解下来，想顺手摔死它，还是放弃了，让它多活会儿吧。

等我出生的时候，我上面已经有两个姐姐了，到我这儿，还是个丫头，已经不受待见了，名都懒得起，就叫臭三。没人搭理我，于是小兔子成了我最好的伙伴。我母亲这个后悔呀，就该在山上把兔子整死，再拎回家。

第二章　风流年华

等我爸替我们处理好伤口，带我回家的时候，已经是吃晚饭的时候了，我中午吃没吃饭，大春子早就忘了，反正喊我回家吃饭了，吃不吃那是我的事，她自己狼吞虎咽吃完就干活去了。家里家外，有的是活等着她干。郝东凯除了看病，啥都不干，已习惯了。当我和郝东凯路过那个大坑时，我呼啦想起我的小灰兔子，它死了，被压死了，它还躺在大坑里。我就往大坑里跑，郝东凯拉着我，我还是挣脱了他的手，跑进坑底，拎起那只被压扁的兔子。这可是和秋叮叮那只绒毛兔子相媲美的兔子呀，被压死了。我咧开嘴大声地哭了。

我拎着兔子腿，迷迷糊糊跟着郝东凯回家了。没精打采的，眼皮可沉了，抬不起来，我就这样耷拉着眼皮，呢喃着说："谁都别吃我的小兔子，它好可怜哪。"大春子看见我这个样子，着实怕了："这孩子魔怔了。"她接过死兔子，连忙说："不吃，不吃呀，我把它埋在园子里的樟子边上。"

我不吃不喝，一头栽倒在炕上。

原来下午打仗的那伙小青年，是分两派的，一伙是当地的小青年，一伙是浙江、北京和沈阳来的下乡知青。林芬芳既不是当地

434

的，也不是来自浙江、北京和沈阳的青年，她是从盘山县城来的。

本来两伙青年就不和，点火就着。又因为林芬芳长得漂亮，都想和林芬芳搞对象，暗地里较劲，但就一个林芬芳，怎么办？后来，两伙人打开天窗说亮话，达成一致协议，两伙人从今往后就这么静静地看着林芬芳，她谁都不属于，但她又同时属于他们两伙的，她的美在心里属于我们所有人。这些属于已经够奢侈的了吧。

当然，这些林芬芳都不知道，她还是一如既往地美丽着，像个高傲的白天鹅，从这两伙小青年中高傲地、亭亭玉立地走过。她能听到身后传来闪电般的眼光，相互交织着，电花四射，电得啪啪响。

这么一走一过，在两伙小青年中，最能引起她注意的是那个长发青年赵松，他手里总拿着一本书，具体什么书不知道，但不管啥书，开卷有益。就像林芬芳自己，书卷不离手。其实赵松就是看她书卷不离手，于是也学她的样子随便拿本书，这就叫投其所好吧。有时他远远地看见林芬芳来了，手里实在没有书，便立即回宿舍现拿，俨然不赶趟了，他就顺手拿个记工分的本，卷起来，也看不出是啥玩意儿，害得村会计好一顿找。

只能说，在追漂亮姑娘上，赵松比他们这帮人略胜一筹，知道糖打哪儿甜，醋打哪儿酸。林芬芳就认准了，赵松比他们有书卷气，一定是个有文化的人，文艺小青年最受青睐。林芬芳已经考虑过自己的终身大事，再漂亮的女人也是要嫁人的，趁着自己年轻，选个意中人。这两伙青年，她是断然不会选当地的青年，再怎么意气风发，也是大队的农民。她要从知青里选，人家从大城市来，最低也是初中毕业。说来说去，有文化的人，还是喜欢有文化的人。

那次赵松和我站在路边等林芬芳，但我不是完全为了等林芬芳，我就是站着看，看什么呢？什么都看。大春子不让我去知青点，怕我和秋叮叮一样的女知青在一起，学奢侈了，学娇贵了，知道要绒毛兔子之类的玩具。那我就站在路边看，看早晨的太阳，看春天的小草，还有飞过的小鸟。我看吴二嫂蓬头垢面地追着孩子打，没打着孩子，还让孩子晃个屁股蹲儿，她就坐地上骂。我看李奶奶站在大道上，每天清晨六七点钟，风雨不误，那个时间点，是她最疯癫的时候，她站在大道的中间，像登上了舞台，这世界就是她的了，她站在天地之间，摆好了架势。她在最疯癫的这个时候，打扮得最为光鲜，她梳杂朵杂揪，用黑色的网子网上，头发像抹了头油一般光洁，苍蝇蹬上去都打滑。她左腿在后，右腿在前，左手掐腰，右手伸成手掌，手臂伸直，前后挥舞着。挥舞的频率，随着她嘴里说话的速度的快慢改变。她的嗓音，比大队的大喇叭还洪亮。但她说的什么，没人能翻译出来。

我姥说，老李太太说的是天上的话和阴间的话，凡人是听不懂的。

的确，整个得胜村，包括得胜镇，只有老李太太能过阴，也就是把逝去的人的愿望和想法带到阳间，说给阳间的亲人听。

我姥爷说，这都是迷信，有些事是赶巧。破除迷信，解放思想。

老李太太每天早晨在大道上那一通喊，只有我是她忠实的观众，没人听，也没人看，已经熟视无睹了，经过她老人家身边的人，都不会停留片刻。我只记住了她开头的一句，因为她每天用这句开头："揍起你老贾家的外甥，无棱起无棱山妖仙转起后山……"我没事就从嘴里溜达出这句话，觉得好玩，背得滚瓜烂熟。大春子听了，免不了给我一巴掌。郝东凯看见了，轻描淡写地说一句，别打了，本来这孩子就魔怔，别再打傻了。

早晨站在路边，我还能看见大队长老拐。为啥大队长叫老拐，因为他两条腿不一般长，走路一拐一拐的，不是差很多，也就是大伙说的跛脚。我也学他拐拉着走路，不知不觉中走路就一瘸一拐的了。当大春子在我身后端我一脚，我腿冷不丁一软，趴地上了，我才知道，哦，我又学老拐了。

大道这边，早晨的光景有看头。老拐可能刚吃过早饭，他用小拇指剔牙，他小拇指的指甲又弯又长，他拐着穿过大道，走进村部。大喇叭是他的喉舌，往往老李太太早晨的天语和大队长的大喇叭同时响起，且又互不干扰。同时能听清也分清老李太太的天语和大队长的宣言。

大队长的大喇叭也有特色，带着乡村的泥土味。大喇叭一响，我就站在电线杆子底下，仰头看着大喇叭，琢磨着，声音是从大喇叭哪个方位发出来的呢？大喇叭先传出大队长试验声音的"喂喂"声，"喂喂"声是有节奏的，先两个"喂喂"，稍作停顿，接着另两个"喂喂"。然后进入正题："啊，社员同志们注意了注意了，注意了啊——后街的老娘儿们，啊，去旱田，给苞米薅草。后街的老娘儿们老娘儿们，老娘儿们注意了，啊——有知青小青年跟你们干活，别咧大彪哇……"

大队长的语速掌握得恰到好处，前面两个"注意了"是连在一起的，后面的"注意了啊——"是拉长声音的。前面两个"老娘儿们"也是连着说的，后面的"老娘儿们注意了，啊——"是拉长声音的。为的是引起重视，重视啥呢，有知青小青年，老娘儿们别荤的素的，啥都往外咧咧。有一次吴二嫂去我家给我妈送鞋样，她这个人到哪儿都黏糊，一屁股坐炕沿上就不走了。在咱家，特别看见我爸郝东凯，她的眼珠子就不转了，盯着我爸看，嘴里啧啧称赞："哎妈呀，你看看，唉，大春子，你看看你家郝东凯，没得挑，双眼薄皮，鼻直口方，哎妈呀，咋就好像看电影明星似的呢，你说咱得胜村要是那北京、上海的，郝东凯准去当电影《侦察兵》里的王心刚去了。"

这是多大的赞誉呀，连我这个小毛孩子都知道王心刚，总看电影《侦察兵》，百看不厌，我记得王心刚有句经典台词，家喻户晓。王心刚戴着白手套，摸了下火炮口，白手套就染上了黑灰，他边走边抖着白手套说："你们的火炮是怎么保养的？麻痹，麻痹，太麻痹啦！"

给我爸夸的，见到吴二嫂就跑。吴二嫂二虎吧唧的，她看我爸

437

臊得跑了，就像打了大胜仗，笑得咯咯的。她也不管守着谁，守着我妈也这么夸。我妈不吱声，任凭她夸去。吴二嫂看我爸跑，也不冷场，跟我妈开始东家长李家短地唠开了，唠着唠着，就唠到生孩子这事上了，她脑袋凑到我妈的脑袋边上，两颗脑袋就抵在了一起，吴二嫂还用眼睛余光扫了一眼周围，像是没看见我，或是根本没把我当成人。她们无论咋唠，我都不说话，相当于不存在。吴二嫂压低嗓子，神秘地说："刘柱家的，又猫下了。"

大春子愣了下说："这么快，早上我还看见她在大道上溜达呢。这孩子够密的，一年一个。"

吴二嫂嘻嘻笑："那刘柱，要得老勤了，一黑天就拉灯，一拉灯生一个，一拉灯生一个，跟生猪崽子似的。嘻嘻。"

大春子就抿嘴笑着，轻轻地推她一把。

她俩压低声音说的话，怕人听见，其实我听得一清二楚。我突然说话了，拉着脸，很无辜地问："妈妈，我也是一拉灯生的吗？"

吴二嫂拍着手地笑。大春子搡搭我："不是告诉你了吗，你是雪堆里刨的，是腿肚子里掉下的。"大春子用手点我脑门，"你傻不傻，啥话都往外说。"

吴二嫂已经笑得直不起腰了，都说她虎，关键时刻她倒说句公道话，给大春子说乐了。吴二嫂说，你们大人做都做了，还不让人家孩子说。

所以呀，大队长在大喇叭里喊，别咧大彪哇，是有必要的。

赵松和林芬芳是如何你有情我有意，又是从何时起对上眼的，还得从头说。大春子不让我去知青点，但我也没地方去玩，于是还照旧去，只不过要偷偷地去。天一放亮，我就爬起来了，脸来不及洗就跑到南面知青点。我也学知青们，蹲在绕阳河边洗脸。秋叮叮看见我，就用水撩我，有时把我的头发撩湿了，我就生气了，站在那不动，噘着嘴。秋叮叮就跑到我身边，拉我的手，摇晃着说："还真生气了，叮叮姐不是和你闹着玩吗？"

我就指自己的头发，意思说，你把我头发撩湿了，我生气了。

秋叮叮笑着说："就这点事啊，一会儿就吹干了。来叮叮姐给你梳小辫，扎大红花。"秋叮叮把她辫子上的红绸子给我扎上了。我不再羡慕秋叮叮的绒毛兔子，大春子已经给我套了个活兔子，比她的绒毛兔子好多了。秋叮叮为此也失落了很多，她也觉得活兔子好玩。

自从我早上到知青点来，秋叮叮也起得早了，她是专门来会我的。等我俩洗完脸，知青们才起床。我和秋叮叮在绕阳河岸边奔跑，她追我，有时我追她。绕阳河岸边开满了金黄色的婆婆丁花，我采了婆婆丁花，举给秋叮叮看，早上的太阳正平行照在我举着的花儿上，太阳光刺得我眼睛眯缝着。

我俩激烈地争论，早晨的太阳离我们近，还是中午的太阳离我们近。我说太阳中午离我们最近，你看多烤得慌啊。秋叮叮说太阳早晨离我们最近，你看又圆又大，看得多清楚哇。我们俩谁也说不过谁。最后，还是秋叮叮拿我手里的婆婆丁花解围。她唱着说："婆婆丁开什么花？开黄花，你老婆婆死了我给你当家。"

等我和秋叮叮拿着脸盆回知青院的时候，又看见赵松拿着本诗集在拖拉机上轻声朗诵，他不看诗集，他就在手里拿着。我看见了，卷着的书皮，还是那个卷头发的外国人。我记住了，他告诉过我，这是雪莱的诗集，我指着他手里的诗集说："我认识这个卷头发的外国人，他叫雪莱。"

赵松不搭理我，他继续轻声诵咏着：

> 雨季的太阳啊，淋湿了我的梦，
> 我从梦中醒来，多想回去再栽下一棵相思树，
> 用梦的雨浇灌，蹚过你的河，
> 坐上用水做的船，
> 用梦里的眼泪编织成帆，
> 迎着吹不动的风，

追求太阳，下着雨的阳光。

　　秋叮叮听入迷了，仰着脸，陶醉的样子。我指着赵松的脸说："你骗人，天上才下雨呢，阳光没下雨，你看阳光。"我指着太阳给他看。

　　秋叮叮仰着脸看站在拖拉机上的赵松，问："这也是雪莱的诗吗？"

　　"不是，"赵松抬头看天，"这是赵松的诗。"

　　秋叮叮说："那你教我写诗呗。"

　　"行倒是行，那你得替我办件事。"赵松依然站在拖拉机上。

　　我蹦着高说："叮叮姐，别跟他学写诗，他写得不对。你看，迎着吹不动的风，到底人吹风啊，还是风吹人哪。风怎么会不动呢，不动那叫风吗？"

　　赵松已经无语了，他憋了会儿说："这叫自由抒发诗。说了你也不懂，赶紧走哇，小破孩，我都让你绕迷糊了。"

　　从知青屋里传出一个人的喊声："我告诉你呀赵松，别嘚瑟，不让看这种诗，小心把你那破诗集没收了呀。"

　　赵松从拖拉机上跳下来，凑到秋叮叮跟前，他看了我一眼："让这个小破孩离远点。"

　　秋叮叮说："臭三，你去大门口等着我。"

　　我看了眼赵松，蔫蔫地向大门口走去。我站在大门口，看见赵松跟秋叮叮小声说话，并从裤兜里拿出一个小薄本子，是日记本。秋叮叮接过来，放进裤兜。我隐约听见秋叮叮说，保证完成任务。

　　有人喊，开饭了。我听到开饭了，我才想起，我也该回家吃早饭了。秋叮叮跑到大门口，抓住我的手说："臭三，在知青点吃饭。"我任她拉着我的手，用眼睛询问，行吗？秋叮叮用双手拉着我："怎么不行啊，"她又贴在我的耳朵上说，"吃完饭，有任务。"

　　我不知道啥叫任务，但我想在知青点吃饭，每天早上我都到知青点，待到他们开早饭的时候，我就回家。我无数次想，他们吃的是什么呢，我特别羡慕他们的集体生活，一铺大炕上，褥子挨着褥子，枕头挨着枕头。早晨的时候，秋叮叮会给我梳辫子，不像大春子，给我梳辫子，揪得我头发生疼。秋叮叮说在知青点吃饭，我欣然同意了，我拍手，欢喜。

木头钉的长条桌子，我坐在桌角，占用了不点地方。主食是油炸大饼子，主菜是大酱炸小河鱼。大米稀粥。每个人碗里只有几粒米，汪汪的满碗米汤，可是我吃得满口香甜。有几个男知青吓唬我："真能吃，再吃，把你当小猪卖了。"

吃饭的时候，人多，像在开会，只是这个会杂乱无章，畅所欲言，谁想说什么就说什么，东拉西扯的。有人说今天要干的活，有人问你们猜老李太太在大道上喊的是啥意思。

赵松呼啦呼啦吃完，放下碗筷，拿腔作调地说："魔镜魔镜你说，在这个世界上，谁最漂亮？"

秋叮叮说，白雪公主。

好几个男知青异口同声地说，林芬芳。

我说，秋叮叮最美。

最后还是说林芬芳美的人多。

周铁铁是知青的排长，他说，我告诉你们，林芬芳是咱们得胜村最美的女人。

知青们听了，炸窝了，乱哄哄地说，什么得胜村哪，范围说小了，那是整个得胜镇的大美人。不对不对，是盘山县大美人。

周铁铁烦叽叽地摆摆手："都别瞎嚷嚷，我宣布一件正事。我已经和当地小青年达成协议了，谁都不能和林芬芳搞对象……"

又是乱糟糟地问，为什么呀……

他们再说什么我听不着了，秋叮叮拉着我走出了饭堂。我看见赵松给秋叮叮使眼色，还用手指放在嘴上，表示"嘘"的意思，不让秋叮叮吱声。秋叮叮拉着我就向西面的大道走去。哎呀，太好了，我最爱去大道上了。

今天来得晚了，老李太太喊完已经回家了，老拐大队长还在大喇叭里喊着注意了。秋叮叮和我并排站在路边，秋叮叮说："臭三，你听我指挥呀。"我不眨眼睛地盯着她看，心里合计，听指挥，是要我跑步走吗，那我俩要往哪儿跑哇。有时我站在学校操场看学生们上体育课，老师就站在一排学生面前，就是这样说的，听我指挥，跑步走。我看着秋叮叮，傻愣着说："那我现在跑了?"

"跑什么跑哇，"秋叮叮拽住我，"咱俩盯住林芬芳，看她来了，你就走过去，拉着她的手，跟她说，芬芳老师，你好漂亮啊。然后，你就拉着她往我这走，听见了吗?"

我点头，又摇头："叮叮姐，我不会说呀。"

"就一句话不会说呀，"秋叮叮生气了，"来，你给我背。"

我背了好几遍，芬芳老师，你好漂亮啊。

正背着呢，林芬芳亭亭玉立地来了，她走路时腰板拔得溜直。今天她穿着军绿色、双排扣、大翻领列宁服，白色的衬衫领子翻在外面，标准，时尚。

秋叮叮冲着林芬芳的方向仰一下下巴，意思让我快去。

我一步三回头地向林芬芳方向走去，眼看着林芬芳要过大道了，我跑着奔向她，脚下轻巧，要飘起的感觉。林芬芳向我伸出手："哟，孩子，你别摔了。"

我背诵着："芬芳老师，你好漂亮啊。"然后拉着林芬芳的手，向路边的秋叮叮走去。她也就顺着我走。

秋叮叮激动，又像胆怯，机不可失，时不再来的迫切样子，她从裤兜里掏出那个薄笔记本，是个红色封皮的笔记本，伸手递给林芬芳，没等林芬芳问，她硬是塞进林芬芳手里。秋叮叮说，这是赵松让我交给你的。林芬芳随便打开一页，马上扔进秋叮叮手里，轻声但严厉地说："告诉赵松，请不要搞这种牛鬼蛇神的事。"

秋叮叮抹搭一眼林芬芳："不就几首诗嘛，跟牛鬼蛇神扯得上吗?"

林芬芳愤怒地疾步走远了，她也许没听见秋叮叮的话。

我用眼睛询问秋叮叮，我做错了吗？

秋叮叮爱惜地抚摸了下我的脸，说你做得很好，是这个林芬芳，太傲慢自大。

我模仿着秋叮叮说："那咱的任务完成了。"

"算是完成了，但赵松不会满意的。"秋叮叮看着笔记本里面的诗说，"多有深意的诗呀。"

诗跟我没有关系，我只想着今天有人跟我玩了，我说："叮叮姐，现在咱们去哪儿玩？"秋叮叮说："你快回家吧，我可没工夫和你玩，我要上地干活去了。"我轻描淡写地说："那就歇一天呗。"秋叮叮认真地说："那可不行，一天都不能歇，我要当劳动模范，将来我要上大学。"我有点糊涂了，上学就没有空干活，那干活当劳动模范，和上大学有啥关系呢？唉，大人们的世界，真是难懂。

秋叮叮看似瘦弱，知青点里却数她最能干。连大春子都说："人哪，真不可看貌相，这个秋叮叮啊，看着娇滴滴的，无论是下田插秧，还是去玉米地拔草，她都拿着个绒布小兔子，哪像个干活的。哎，就数她最能吃苦，开始是不会干活，但她认学认干，别人休息，她不休，一定要把进度赶上。有时候，她那一条垄铲到头了，再回来接别人，帮着其他人干活，真是个好女子。"刘家的大嫂说给我当闺女吧，李家的大娘说给我当儿媳妇吧。有人撇嘴，就说了，人家秋叮叮是大城市来的，能看上咱这村里，你们都消停点吧。王家大姐接话了，我舅家儿子老帅了，在盘山县上班，那可是吃公家饭的。

秋叮叮就抿嘴笑，她不闪任何一个人的面子，也不回答任何一个人的问话，她忙碌着手里的活，得空的时候，拿出带着的绒毛小兔子，或者玩具小狗什么的，摆弄会儿。休息时间她就看包里带着的书，也不知道啥书，她的书是藏起来的，看的时候，也不让别人看，别人问起，她就敷衍着说，啊，看着玩的。秋叮叮看书和赵松不一样，赵松是时刻拿在手里，就怕别人看不见。而秋叮叮是随身带着，藏着掖着，得空偷摸看。

秋叮叮和我从大道分手后，来不及回知青点，也来不及找赵松，所以，她是拿着赵松的笔记本去跟那帮老娘儿们上地干活去的。那天中午休息的时候，她看了赵松的笔记本，那里面有十多首诗，都是赵松的诗。她看得似懂非懂，但她渴望看，一口气看完，意犹未尽，从那时起，她就喜欢上了诗。

还是缘于诗，林芬芳和赵松慢慢地走近了。第一次林芬芳拒绝了赵松的诗，她不是拒绝诗，而是拒绝他这个人。虽然她总看见赵松书卷不离手，但也不能完全说明他就是个知识渊博的人。林芬芳看见赵松了，也想着他的诗集了，但她矜持着，还是不想搭理他。

赵松这个人在群众眼里不太老实，偷奸耍滑，拈轻怕重。能不上地干活就不去。他梳着一头文艺范儿的长头发，手里卷着一本书，不是坐在树下，就是爬上树，坐在树杈上，有时望着远方冥思苦想，有时假模假式地低头看书。他为什么比别的知青起得早？一是他平时干活偷懒，有充足的睡眠时间。二是最重要的，他起来要做的第一件事是看天，看天上的云彩。他坐在院子中间的拖拉机上，望着东面的天空，心里默念着，今天会不会下雨？看云彩多了起来，哦，又多了一片，哈哈，云的颜色也在变化，由白变乌。

如果下起雨来，赵松就在院子里欢呼跳跃，亲爱的兄弟姐妹们，下雨了！下雨了！今天不用出工了。如果雨下着下着停了，他就沮丧地坐在拖拉机上看诗集。往往是，看见秋叮叮从女知青屋走出来，他就喊："秋叮叮，快来看，来嘛。"秋叮叮揉着睡意蒙眬的眼睛说："有什么好看的，我都知道你要说什么，'秋叮叮，你看东面的云彩，多厚哇，今天指定下雨。'"赵松也不恼，指着秋叮叮说："你呀，哪儿都好，就是太聪明了，一个女孩子，那么聪明干什么嘛。"秋叮叮一歪脖子，一甩小辫，说："我乐意。"再说，对秋叮叮来说，下雨天和晴天对她是一样的，她每天都出工，无论下雨还是下雪。赵松的懒惰和秋叮叮的勤快，形成鲜明的对比，而他俩还总在一起研究事情。

第一次赵松的诗集没送出去，赵松是晚上才知道这个"噩耗"的，他觉得那晚的星星都失去了光芒。他惴惴不安地等了一天，因为秋叮叮只要上地干活就是一天，晚上才回来。他还埋怨秋叮叮咋不早告诉他。秋叮叮说，早告诉晚告诉都是一个结果，拒收。他俩晚上就坐在拖拉机上，连夜研讨原因。那晚的月亮很圆，春风料峭，秋叮叮就穿个夹袄，冻得瑟瑟发抖，可她嘴上坚持说不冷。赵松感激不尽，他从裤兜里掏出一瓶友谊牌雪花膏，他说这个是从宁波带来的，自己没舍得用，本来是想送给她的。赵松是说，她，没提名字，但这个"她"指定不是秋叮叮。赵松用袖子擦了两下雪花膏瓶子，郑重地递给秋叮叮。

这时候，月亮刚钻出云层，又圆又亮，正好照在秋叮叮的眼睛上，闪闪发光。秋叮叮爱惜地接在手里，她的脸风吹日晒的，已经起皮了。她正想买瓶雪花膏，不舍得，好不容易攒点钱，去盘山县城，本来是想买雪花膏的，看见了绒毛猪猪，得，买绒毛猪猪了。她对这些毛茸茸的动物玩具实在没有抗拒力。看着手里的雪花膏，心里想，怎么着也得给赵松哥儿们出点主意，否则对不起这瓶雪花膏。秋叮叮怕别人抢去似的，麻利地放进衣服兜里。

谁也不会怀疑赵松和秋叮叮在一起会有什么猫腻，都把他俩看成是天外来人，因为他俩都跟正常人不一样。就说赵松吧，一个大男人，文弱，凡是老爷儿们干的活他都干不了，老拐大队长最头疼的是怎么安排他干活，给他放到男人堆里，谁也不愿意跟他一伙，他啥也不干哪，杵在那里，不干活还碍事。手里拿着一本书，反正这手里是不能空着，有一次，村会计找不到计工分的本了，翻箱倒柜地找，最后晌午下工的时候，在大道上，看见赵松手里握着一卷纸，仔细一看，真是记工分的本。会计上去从他手里抢过记工分的本，说你拿我记工分的本干啥呀？害得我找了一上午。赵松不以为然地说："我早上忘了带书，看见大队部桌子上有本，我也没看是啊，就卷起来，拿在手里了。这有啥呀，你那本子闲着也是闲着。"会计不解地嘲笑："我说你那爪子里没个抓挠的物件就活不了呗？"赵松不生气，他神秘地说："其中的奥秘我不会告诉你的。"说完扬长而去。会计也长长舒口气，总算是找到了，如果没了，那谁出多少工挣多少工分，不就成了一笔糊涂账了嘛，他这个会计也干到头了。

谁都不把赵松当正常人看，他爱写诗，爱背诗，还爱当众朗诵诗。那不叫才华，那能当饭吃吗？大队长看他是个废材，还赶不上个好老娘儿们，就把他安排到老娘儿们堆里干活。到了地里，他坐在地头看诗集，发呆。时间久了，老娘儿们也就把他当空气，不当人了，说些荤素的话也就不背着他了。

你说一天累得贼死，唠点拉灯后炕上那点事，也算解解乏。别看赵松不吱声，他又不聋，老娘儿们唠的嗑都让他听去了，他回到知青点，就跟那些男知青传播，幸好知青点的周铁铁及时制止，这才把恶劣的影响消灭在萌芽中。

再说秋叮叮吧，知青点她最小，看上去懵懵懂懂，四六不懂，整天抱个绒毛玩具，就像个长不大的孩子。但她贼能干，不知疲倦，就是男知青也没有她的劲头。就这两个不正常的人在一起，能掀起啥大风大浪。谁能料到，这两人真就掀起大风大浪。秋叮叮把赵松当哥儿们处，必须指点迷津，她说："赵松，你诗写得是好，我今天在地里都看了，但是很难理解，太抽象了。"

赵松听有人挑他诗的毛病，连忙解释说："我偷摸读了多少外国诗，也学了多少外国诗，就像雪莱的诗，那也算是世界顶级的了。那么，我的诗也得带着洋味啊。"秋叮叮说："那外国的诗到咱这不灵，水土不服，到咱得胜村更不灵。你得写你自己风格的诗，反正我也说不明白，不知道你听明白了吗？"赵松点头，大彻大悟的样子，说他听明白了。看见了吧，这两人就这么怪，一个没说明白，另一个却听明白了。当然了，讨论到最后，这个爱情的使者还得由秋叮叮担任，外加半个人，臭三我。

春夜实在太冷了，各种夜晚行动的生灵抽冷子叫唤几声，秋叮叮提出回屋休息。赵松说那咱俩得拉钩，你要为我保守秘密，谁都不能说。秋叮叮伸出小手指，两人拉钩，拉钩上吊，一百年不泄露秘密。拉完钩，赵松这才放心地去睡觉。

第二天一早，我又如期站在了知青点大门口，大院里一个人都没有。太早了，没看见秋叮叮，我就去绕阳河边去找，果然秋叮叮在河边洗脸呢。她见到我，顾不上擦脸说："小臭三，可把你等来了。你快去，把赵松叫来，有事商量。"

我说："我从你们知青大院来，没见到赵松啊。"

秋叮叮摆手轰我说："去，你现在去他就在了。"

我颠颠跑到知青大院，正看见赵松站在拖拉机上，遥望着东面的天空："看见了吧，今天要下雨了，要下雨了……"他抒情诗一样地朗诵着：

> 要下雨了，你走过那棵桃花树，
> 不偏不倚，一片桃花瓣落在你的秀发上，
> 芳香染红了村庄。
> 要下雨了，我为你撑起一把桃花伞，
> 纷纷飘落我那粉色的忧伤，无边无际，
> 砸疼了你思念的心房。
> 要下雨了，你从桃花树下走过，
> 桃花雨打湿我的眼睛，
> 我的泪水肆意成河荡漾。

我耐心地听赵松朗诵完"要下雨了"，我站在大院门口，向他摆手，意思让他上我这来。

赵松不耐烦地跳下拖拉机，这是一台报废拖拉机，除了赵松，

没人到顶上去，那成了他抒情的领地，久而久之，谁也不上去，谁站到那个破拖拉机上，谁就是二百五和精神病的代名词。谁放着好名声不要，去惹罗乱。

走到我身边的赵松，斜眯着眼睛说："小哑巴，小傻子，找我干啥？"我指了下河边，比画完了我才说："你是二百五。"

"唉，这会儿你说话了。"赵松很奇怪地看着我，"以后说话，别老比画，让人以为你是个小哑巴。"

我又不吱声了，带头向河边走去。

见到秋叮叮，赵松一副厌倦的样子，指着我："秋叮叮，你带这个小尾巴，碍事。"

"此言差矣，"秋叮叮诡秘地笑着，"一个饭店饭菜做得再好，没有跑堂儿的，美味佳肴怎么上桌，飞吗？那是不可能的。"她把我拉到身边，介绍，"臭三，资深跑堂儿的。"

赵松一副痛不欲生的样子，坐在草地上，烦叽叽地说："秋大明白，快指示吧，咋办？不然，煮熟的鸭子就飞了，让人家抢去了。"

秋叮叮托着两腮，苦思冥想的样子："你把最拿手的诗教给臭三，让她来奉上。"

"她？话还说不全。"赵松摇头。

"我会背。"我说。

"来，你背背，我听听。"赵松从草地上站起来。

我背了段跳大神的唱词：

日落西山，黑了天。
家家户户把门闩。
行路君子奔客栈，
鸟奔山林，虎归山。
鸟奔山林有了安身处，虎要归山得安然。
头顶七星琉璃瓦，脚踏八棱紫金砖。

脚踩地，头顶天。
迈开大步走连环，双足站稳靠营盘。
摆上香案请神仙。

赵松嘿嘿笑了两声，说了句："真是各走一精啊。好吧，好吧，我服了，我教你一首诗吧，我先朗诵一遍。"

告诉我，星星，你用明光的羽翼，
奔赶你火焰似的航程，匆匆飞行，
在夜的什么样的洞穴里，
你将收敛你的羽翎？

"停，"秋叮叮打住了赵松，"你这诗啥玩意儿？不懂。"
赵松不屑，嘲笑秋叮叮，这是雪莱的《宇宙流浪者》。
秋叮叮说："我不都说了吗，这外国的诗在得胜村不灵。整个唐诗宋词啥的，也比这强。"
赵松这回愉快地答应了："好吧，教你个易懂的，来臭三，跟我念。"

春有百花秋有月，夏有凉风冬有雪。
莫将闲事挂心头，便是人间好时节。

两遍我就背熟了。秋叮叮盯着我，又有了想法："不能都背诵对了，得给别人留有纠错的余地，特别是老师。这样啊，臭三，最后一句呀，改成，便是人间好生活。"
显然，赵松已经不愿意管我和秋叮叮的事，随便吧。他从裤兜拿出一张叠得四四方方的纸，递给秋叮叮，说把这首"要下雨了"粘进笔记本里。秋叮叮嫌弃地不接，说又是那个外国人的诗，是吧？赵松说不是，是我自己写的。秋叮叮说，哦，那行，等吃早饭的时候，我用玉米粥粘上。

散落在得胜村各个角落的桃树，到了春天才映入人们的眼帘，不觉间花开了。那些桃树，有长在路边的，有长在洼地的，还有长在院子角上的。这会儿，都暗自飘香了。正值3月，我和秋叮叮站在一棵长歪了的桃树下，早晨的风凉，掠过桃树，花瓣纷落，落在了秋叮叮的头发上，我瞅着她笑，就是不告诉她，你的头发上有花瓣。是秋叮叮说的，今天站在桃花树下，看见林芬芳来就大声背诵"春有百花"。我点头，背诵比让我说容易。又有几瓣粉色的桃花落在了秋叮叮的头发上，真好看，我就看着她笑。

笑着笑着，我不笑了。我看见了林芬芳手里拿着一本书走来，高挑个儿，迈着轻快的步伐。我隐约还听见她唱歌了，细细的，绵绵的，像桃花一样甜，她的歌声是有甜味的。

我兴奋地高声背诵着：

春有百花秋有月，夏有凉风冬有雪。
莫将闲事挂心头，便是人间……

到了"便是人间好时节"这，我卡壳了，我想念好时节，又怕秋叮叮说我，她告诉我，是好生活。我看着秋叮叮，看她的口型。然后，我又大声背诵着："便是人间好生活。"一开始，林芬芳一边走着，一边赞许地看着我，还冲着我点点头。她今天离我很近，近得我都闻到了她身上的雪花膏味。但听到我背诵"便是人间好生活"时，她站住，并折反身，走到我跟前，抚摸着我的头说："臭三，谁教你的？"

我摇摇头。

林芬芳也不再追究谁教的事："来，跟老师念，便是人间好时节。"

我大声地跟着念。林芬芳又说："这回记住了？"我点头。

林芬芳向我挥挥手，她向大道的对面走去，刚走了两步，就听秋叮叮大声朗诵赵松的诗，我看她正翻开赵松的那个笔记本，朗诵着：

> 要下雨了，你走过那棵桃花树，
> 不偏不倚，一片桃花瓣落在你的秀发上，
> 芳香染红了村庄。
> 要下雨了，我为你撑起一把桃花伞，
> 纷纷飘落我那粉色的忧伤，无边无际，
> 砸疼了你思念的心房。
> …………

我说过了，早晨的风凉，也硬，穿透了桃花树，花瓣飘落，又落在了秋叮叮的头发上，也落在了我的头发上，我看不见自己的头发。是这样的情景，一棵桃树，花团锦簇，风吹得桃树略倾斜，有三三两两的桃花瓣飘落，粉嫩粉嫩的，似要滴出水来。好像让桃花闹的，空气也湿润了起来。桃树下站着两个女孩，一高一矮，矮个儿的女孩梳着两把精细的黄毛的小刷子，高个儿的女孩梳着刚搭到肩头的麻花辫，她们的头上落着几瓣桃花。高个儿的女孩捧着笔记本高声而专注地朗诵着诗句，而矮个儿的女孩仰头看着，笑眯眯的。

林芬芳回来了，我拉了下秋叮叮的衣服，秋叮叮假装不看我，继续朗诵。

"这是谁写的诗？"林芬芳开门见山地问秋叮叮。她还抬头看了眼那一树桃花。

秋叮叮把笔记本递给她说："林老师，您自己看吧。"她把笔记本塞进了林芬芳手里，林芬芳轻轻念出赵松的名字。

这时候，一只鸟落在了桃树上，委婉地鸣啾响在空中，片刻后

飞走了。秋叮叮拉着我也跑了，跑得飞快，我都跟不上了。秋叮叮使劲拉着我跑。跑到一棵柳树边。秋叮叮拉着我躲在老柳树后。秋叮叮露出半张脸，窥视着林芬芳，她屏住呼吸，我是大口喘气。我问："叮叮姐，你偷看啥？"

秋叮叮眼睛看着远处，说："我看林芬芳，她要是把笔记本撇了，我好去捡，那可是赵松的诗呀。"

我也把半张脸伸出柳树外，帮着秋叮叮偷窥，林芬芳站在桃花树下，她把笔记本和手里的书合并一块，拿着，转身离开了桃树，渐渐地远去。

秋叮叮看了眼手腕上的手表，赶紧撒开我的手，惊呼："哎呀，不赶趟了，我今天要去水电站了。"

叮叮姐手腕上的表是上海牌的，她跟我说过，说是下乡时她爸爸送她的，是她爸爸的手表。那表盘比叮叮姐的手腕还粗。"上海"两个字我认识，叮叮姐指着表盘玻璃里的"上海"教给我怎么念了，"上海"的上字我都会写，太简单了，我用柳树枝在地上就能写，这个"上"字简单得不像字，像树杈。

水电站的事我知道，从去年就开始建设了。说是建成了，节约国家的电，这是用水发电。绕阳河那边正在建水磨，已经快建好了，以后磨米磨面去用水磨就行了。听我妈说，来的知青里面，人才可多了，有懂水利的，所以才能建水电站，建水磨。

第三章　表彰会上

秋叮叮去了建水电站的工地，又剩下我一个人了。我回到家，我姥说我，还知道回家呀，怪不得你妈说你像个野孩子。我姥歪在炕角抽着大烟袋，金黄的烟叶，在那个铜烟袋锅里，慢慢化为灰烬。然后，我姥翻过烟袋锅，在炕沿边上磕打了两下，把大烟袋收在炕里，跟我说，臭三，又去知青点了？

452

我点头，亢奋地为我姥朗诵早晨学会的"春有百花"。

我姥说："那些知青都是大城市来的，都有文化。唉，话又说回来了，念那些诗呀歌呀的，没啥用，还是跟姥学跳大神吧，来，姥教你唱词，记住了呀。哎，俺家臭三，脑瓜灵，一教就背下来了。"

我说："姥哇，这春有百花呀，知青教错了，林芬芳老师教对了。"我姥好像对林芬芳这个名字很漠然，她没有搭话。说到这的时候，我父亲和林芬芳还半点边没搭上呢。

家里面很清静，两个姐姐上学去了，我爸去卫生所了，我妈、我姥爷去地里干活了。总而言之，他们都去建设社会主义了。

院子里也安静得很，大黄狗在院子里大门后面趴着呢，压着狗爪子，不时地抬头看一眼，看没啥动静，又死眉搭眼地压爪眯着了。狸花猫蹲在窗台上，有一下没一下地用前爪洗脸。公鸡、母鸡，都在溜墙边，或者在樟树边，刨食吃。

我姥教我背跳大神的唱词，我站在炕上，立立正正地站着，我姥用大烟袋在炕沿上轻轻敲打着鼓点，我一字一板地背着。我看见狸花猫跳下窗台，我也跳下炕，追猫去了。为啥我要追猫？那时候我养的小灰兔子还没死，养在院子西面的仓房里，仓房门不严实，狸花猫总能挤进仓房门，它总拿爪子够小兔子去。我怕狸花猫把兔子挠伤了。我姥就在炕上喊，这孩子咋没长性呢，念得好好的，噌地就没影了。

林芬芳不是拿到赵松的笔记本，念了他几首歪诗就接受他了，他想得美，没那么容易。

好雨知时节，当春乃发生。这好雨昨晚就淅沥沥地下了，我爸郝东凯昨晚回来的时候已经十一点了，我都睡觉了。郝东凯背着药箱进屋说："大伙干劲真大，水电站马上建成了。我上工地了，有手磨破的，那砖头、石头上都带着血。有的知青可真能干，就说那个叫秋叮叮的女娃娃，看着像个孩子，别人休息，她还搬砖呢。腿磕破了，还说没事，我给她上的药。也有差劲的，最差劲的就是那个长头发的神经病，叫赵啥玩意儿了，哦，赵松。就拿个图纸比画，可也是，这家伙会看图纸。也算是有点小本事。"

大春子招呼："看你衣服都湿了，快脱了，别再着凉了。"大春子关心郝东凯，可能胜过关心她的三个女儿。每天我是和两个姐姐在东屋跟我姥住，今天我愣是赖着，在西屋炕上睡。大春子说在哪儿睡不能换地方，这叫生活有规律。

我今晚就想在西屋住，我说："凭啥你俩占这么大炕啊？"

大春子用手指点我脑门："就你为啥为啥多。"

郝东凯边脱外衣边兴致勃勃地说："这雨呀，随风潜入夜，润物细无声。"

大春子问："你说的啥呀？一套一套的。"

郝东凯打个哈欠说："我说外面的雨。"

"你就说晚上下雨得了呗。"大春子把我往边上挪挪，"快躺下吧，炕上热乎。这晚上下雨好哇，浇灌了庄稼，还不耽误明天上地干活。"

我记住了我爸说的随风潜入夜，在梦里我还念叨这句诗呢。

河水还冰手，秋叮叮捧着河水洗脸，又把手放在嘴上哈着。她的手指被河水冻红了，打弯都费劲。早上的时候，还下着蒙蒙细雨，雨细得像雾。我就踏着这雨雾来到了绕阳河，河边更是雨雾蒙蒙。我拉过秋叮叮的手，抓在我的小手里，给她焐焐。

雨雾中听到拖拉机的声音，渐渐近了，是赵松，他开着手扶拖拉机。这个破手扶拖拉机我看见过，在大队部的院子里，扔下老长时间了。赵松说是他把手扶拖拉机修好的，零件是他到公社供销社买的，花的是自己的钱。秋叮叮甩着两手的水说："你咋这么先进了呢？"赵松跳下拖拉机说："我要做给林芬芳看。"秋叮叮不屑地撇着嘴角说："人家稀不稀得看哪？"赵松望着远方，憧憬得眼泪汪汪，说："那不一定，她收下我的笔记本，就说明她看了里面的诗，呵呵。"秋叮叮说："可能半道撇了呢？"赵松声音有点大了："你净说

454

丧气的话，你看她撕了吗？"赵松从兜里掏出笔记本："这不在我这呢吗？"秋叮叮惊讶："这可不能怨我，我可是完成任务了，我亲手把笔记本塞进她手里的。"赵松嘲笑秋叮叮说："你呀，就是个小孩，我还在哪儿捡的？是林芬芳亲自还给我的。"秋叮叮撇下嘴："那又能说明啥？"赵松拿出笔记本翻开让秋叮叮看："秋叮叮，我问你一个事，你看这页，那首诗，《要下雨了》，是你撕掉的吗？"

秋叮叮拿在手里仔细看着说："不对呀，明明是我亲手粘上的，咋没了？"秋叮叮看着赵松，"我在桃花树下还看着朗读了呢，然后才塞进林芬芳手里的，要说撕掉了，也不是我，那指定是林芬芳撕的。"

秋叮叮这样解释，她是怕赵松赖上她撕掉了他的宝贝诗。

哈哈，赵松手捧着笔记本转圈，高兴。

都说赵松神经病，还真是的，自己转圈笑。别的病我不懂，但这神经病我可知道，就是疯子，就像李奶奶，每天早晨都要疯那么一阵子。赵松热烈而激动地看着秋叮叮，喜不自禁地说："秋叮叮你知道谁把那页撕去了吗？是林芬芳，说明什么问题呢？说明她喜欢。"赵松用摇把摇着了拖拉机，突突突……拖拉机声震天响，这会儿，说话要喊着说了。赵松轻快地跳上拖拉机驾驶座，他说要去建水电站的工地。

秋叮叮站在拖拉机的旁边，喊着说："太阳打西面出来了，你不是天天盼望着下雨吗？下雨了，你咋还积极了呢。"

"受刺激了，我的小心脏承受不来呀！"赵松带着哭腔说，"我也不瞒你了，也不怕你笑话了，"他歪头看了眼我，秋叮叮站在拖拉机头跟前，我站在秋叮叮身后，歪头看拖拉机上的他，也许他没把我当人，接着说，"林芬芳把笔记本递给我时说，以后别整这种把戏，离我远点，二流子。你呀，赶不上这里的诗。"赵松捂着眼睛，假装悲伤，"二流子？多伤人心哪。所以，从今往后，我不在老娘儿们堆里混了。我会看图纸，我会机械修理，我为什么要当二流子，从今天开始，加油！"

秋叮叮给赵松鼓掌，我也跟着鼓掌："这是爱情的力量。"

赵松启动拖拉机："你知道啥，小破孩。"

"我知道，随风潜入夜，润物细无声。"我瞪着两只眼睛，没头没脑地喊。

赵松又停下拖拉机，惊喜地张着嘴："唉，臭三行啊，前面两句怎么念？"我摇头，他提示，"你看天，下雨了，你看草绿了，春天。"我还是摇头，"嘿，怎么又像个小傻子了。来跟我念，好雨知时节，当春乃发生，随风潜入夜，润物细无声。"

赵松也不管我是否听见，开着拖拉机突突突远去了。秋叮叮望着远去的拖拉机说："赵松的春天到了。"我也看着远方，就不解了，春天怎么就是赵松的呢，我怯怯地说："春天是我们大家的。"秋叮叮说她也要去水电站工地了，让我回家玩。我说："你不是腿受伤了吗，就歇一天吧，我爸说今天还要给你换药呢。"

"不，一天也不能休息，我要出满勤。你还小，你不懂。"秋叮叮说完，拿上脸盆去知青点大院了，留下我一个人孤零零地站在河边。

雨雾笼罩着河面，河显得又宽又远，深不可测。我坐在河边看河，草地上湿漉漉的，我的鞋子湿了，裤子也湿了，但我不觉得冷，雨雾罩湿了我的头发。我能听到各种声音，先是听到了风悄悄过河的声音，咝咝地响。一会儿又听到风不分方向，横冲直撞的声音，愣将雾蒙蒙的河面，撞开了无数条明亮的线，这些明亮的线，四处飘散，雨雾不翼而飞，河面清亮亮地耀眼。我听见鱼在水里游泳的声音，单个的，成群的，好像在撕打着，有打急眼的，跳出了水面。我还听见草丛里虫子的叫声，还听见鸟叫，我四处扫视，我的身后，有一棵小树，我以为是小树上有鸟，没有，但那棵树能发出鸟叫的声音。也许这棵树太孤单了，就学鸟叫。

我又听见风过河了，急一阵，缓一阵，又呼呼啦啦地作响。一群野鸭从河面飞起，它们的羽毛是绿色的，在太阳的照耀下，闪着光，那光是变化的。我听到了野鸭下蛋的声音，不是来自草丛，是来自天空，难道野鸭在天空中下蛋吗？我不相信，可是我确实听到了，那是一种什么样的声音，我说不清楚。

不可能的事情总在发生着，赵松和林芬芳真就恋爱了。水电站建成了，开表彰大会，赵松被选为劳模了，他戴着大红花，满面红光地接过大队长颁发的奖状。这个表彰大会开得隆重，林芬芳老师带领学生们也参加了，学生们唱了《劳动最光荣》。孩子们个头儿矮，于是林芬芳领着他们坐在前排。戴大红花的还有秋叮叮，她的两条麻花辫上还扎着粉绸子。还有好几个人，有知青，也有当地的小伙子。戴大红花的人里面，我就认识赵松和秋叮叮。我姥也去了，她牵着我的手，与其说她牵着我的手，不如说我是她的小拐棍。

站在木板舞台上的赵松，眼睛一直看着林芬芳，把发给他的奖状拿反了还浑然不觉。林芬芳看见他拿反奖状，捂着嘴笑了。林芬芳笑，赵松看得清清楚楚，林芬芳坐前面第一排，赵松站在台上，村干部坐在主席台上。赵松等劳模都站在村干部前面，他离林芬芳最近了。他看林芬芳笑，心里美滋滋的，以为林芬芳笑是因为看他当劳模了高兴的，完全没想到自己是在自作多情。林芬芳指指赵松手里拿的奖状，赵松就笑了，笑得自豪，以为林芬芳是在夸他，夸他的奖状。见他不解自己的意思，林芬芳索性站起来，猫着腰，快步走到他跟前，把他的奖状拿正，又快速坐回座位上。

劳模上台亮完相了，回到前排的座位上。赵松和林芬芳中间隔着好几个学生，赵松不自觉地歪头看林芬芳，又假装低头系鞋带。会快要结束了，有几个当地青年和知青喊，让劳模来个节目，有起头的，大家就呜呜嗷嗷地跟着喊。当地小青年范潇典喊得嘹亮，指名道姓地喊秋叮叮来一个，秋叮叮来一个。

知青里有个随身携带乐器的，就是周铁铁，无论田间地头都能听到他的手风琴声。在田间地头他演奏的是谁都能听懂的《社会主义好》，当他的琴声响起的时候，连得胜村的农民都跟着唱，这首歌真是深入人心、家喻户晓哇。等他回到知青点，吃过晚饭，月亮升起来的时候，他会坐在院子里的稻草垛上，抱着他心爱的手风琴，拉响苏联歌曲，《小路》《红莓花儿开》《莫斯科郊外的晚上》，有女知青随着琴声歌唱，也有随着琴声跳舞的。要说跳舞，谁也没有秋叮叮跳得优美而标致，她会下叉，还会弯腰，这些高难度的舞姿，整个知青点，只有秋叮叮能做到。秋叮叮也是文艺骨干。

周铁铁风度翩翩，文艺范十足，不只会手风琴，他还是知青点的头儿，知青们都叫他铁排长，具体这个排长搁哪儿论的就无从考究了。

那个谁也不许和林芬芳搞对象的倡议书也是他起草的，和当地的小青年达成协议也是由他谈判签署的。

当地小青年的头儿叫范潇典，初中文化，二十二三岁。要说怎么也轮不到他当头儿，他能上位还是仰仗着他爹是老拐大队长。其实老拐这人也挺好，就是爱占点小便宜，范潇典死看不上他这点，爷儿俩别到一块，到一块准掐。老拐祖上传下来的有个绝活，会皮影表演，虽然老拐没把皮影艺术精髓学到家，但也能比画那么几出戏。耳濡目染，范潇典比老拐比画得还好，他是偷学的。老拐是不想把这门手艺传给范潇典的，他认为男儿应该志在四方，摆弄皮影没啥出息。皮影，算是个手艺吧，正式场合还称之为艺术。但这个祖传的手艺，他不想在他手里失传，他想传给自己女儿小珍，可小珍连看都不看，她不爱好这些。可以说范潇典是偷艺自学成才的。老拐更不舍得的是祖传的那两箱子宝贝，清代的小牛皮皮影，落到范潇典手里，他怕给鼓捣坏了。老拐其实也不指望皮影戏出多大彩，他之所以保留这两箱子皮影，是希望有朝一日能当文物卖点钱花，这是他冒着生命危险保留下来的。按理说，儿子范潇典有这样的传承，他理应高兴，但老拐怎么也高兴不起来，有时他也骂自己鼠目寸光、小肚鸡肠。

周铁铁和范潇典是一对欢喜冤家，既对立又融洽，在农闲的时候，或者夏天夜里闲得睡不着的时候，还有放露天电影的时候，他俩总是要合作，演上一场皮影戏，范潇典十指灵活地操纵着皮影，还负责说唱。周铁铁拉手风琴，用手风琴给范潇典伴奏，按理说应该用二胡伴奏最地道，因为得胜村的皮影戏唱腔是接近二人转的唱腔，有的皮影戏完全是二人转的唱法。他们就是在这种既斗争又合作的岁月中，建立了特殊的友谊，其中一项友谊就是，知青和当地小青年都不能追求林芬芳，就那么远远地看着，近近地欣赏着，保持一定的距离，这是多么幸福的事情啊。共识达成，口说无凭，立字为据。周铁铁起草的倡议书，知青男青年和地方男青年聚集一起，共同通过，由周铁铁和范潇典代表双方落款签字。

到这大家妥妥地放心了，林芬芳是我们大家的林芬芳，同时，又不属于我们大家，这就更有魅力了。包括赵松，他当时也是双手赞成的，后来他对大家背信弃义，"推翻"了这个协议。但是他不怨自己，他总结出一条真理，什么也没有心的变化快，什么我心永恒，那都是心如止水的人说的，保持一颗激情澎湃心的人，万也说不出这种话的。别看他表面波澜不惊，但他内心时刻悸动，要不他咋能写出诗呢？他把对大家的失信，又赖到了诗上，也许每个诗人都保持一颗年少而又浪漫的心。

（《繁花似锦》入选中国作协2018年度定点深入生活项目，安徽文艺出版社2020年5月出版。）

向阳生长（节选）

曾　剑

第一章　先人们

1

日头挂在河西坝，霞光涂抹下来，竹林湾像一幅油画。大人在畈田忙活，细伢还没放学，二奶成为画中的主角。她扶着门框，跨过门槛，下了三级石头台阶，捯着小脚，在温暖的光线里，蹒跚走向后山坡。二奶老了，身子越来越短，影子越走越长。

二奶站在后山坡，沐着日渐暗下去的光线，翘首盼二爹。二爹十三岁那年，跟着红军的队伍走了。二爹走后，再没回来。二奶去后山坡盼二爹，每天如此，成为竹林湾一道移动的风景。

她没迎来二爹。她双脚像缠着绊绳，迈着碎步，行走在村路上，往家走。她的眼睫毛颤抖着，内心的失望在她面部表露出来。她慢慢捯到家门口。

散养的鸡，懒洋洋往屋里进。

二奶倚着石头墙，望着西天那淡紫色的光线，许久地凝望。她累了，耷拉着脑袋歇息。一声狗吠，二奶受了惊扰，睁眼，夕阳的光线未撤尽，二奶冲着狗说："叫啥？天还早，你二爹还没回来呢。"

该回来了，我再等一会儿，二奶说。二奶每天黄昏都这么说。有人的时候，就对着身边的人说，没人的时候，就对着鸡或狗说。鸡和狗有时也听烦了，躲开去，她就对墙说，对着门前那株桂花树说。

桂花树是二爹当红军那年春天栽种的。二爹挖坑，二奶浇水。二爹走后，桂花树成为我家的纪念树，是二爹留给二奶的最大念想。

那时穷哎，深秋了，水都呼呼往外冒寒气了，你二爹只有一身单衣，鞋都有得穿。

二奶凝望着桂花树，有时，目光从桂花树的枝叶间穿过，落在东南的石拱桥上。无论目光朝向哪儿，二奶的眼里都噙着泪。

霞光消逝后，天暗下来，而屋里还没有掌灯时，累了的二奶，就蹲在屋檐下。她不会进到屋里，也不会去拽灯绳。她就蹲在那里，似乎她是鸡婆，在等待鸡崽进窝。

父母从畈田回来。我们从学校回来。父亲挥动着双手，对二奶说："娘，天黑了，凉了，进屋吧。"二奶不应父亲，仿佛父亲是在同别人说话。我说，奶，进屋。二奶不理我。她从来不是别人让她进屋她就进屋，她只在天完全黑下来，实在等不到二爹，她才双手扶墙，慢慢把自己移到堂屋里。

我们管二奶叫奶，其实是在"抄近道"。我们没有亲奶，我们的亲奶早死了。二爹是二奶的男人。我们红安人，管爷爷叫爹，管父亲叫父、伯或爷。

二奶的门牙落光，她那瘪下去的嘴，增添了嘴角的皱纹。一头干枯的白发，遮挡不住她窄小的额头。额下，那双眼永远闪动着企盼的光，偶尔有点响动，那眼里就瞬间布满惶惑与不安。

二奶还没完全老，因为她还有泪。一次，我问，奶，你哭了？二奶摇摇头，说是风扫了眼。我不再问，但心里清楚二奶的痛。二奶说，你二爹跟着红军走，是想打土豪，分田地，有屋住，娶媳妇。二奶说到这儿时，总是一脸幸福和羞涩，笑容荡漾在她那横竖

461

交错的皱纹里，一定是二爹俊俏的少年形象，浮现在她日渐混浊的眼前。

二奶的话，显然有杜撰的成分，十三岁的二爹，未必那么早就会想到娶媳妇。

二奶是二爹的童养媳。她是跟着她的母亲讨饭到我们竹林湾来的。那天，二奶被她母亲拽着，在我们竹林湾乞讨了一个下午，直到太阳落山，一口凉粥都没讨着。天黑下来时，我的爹爹给了她们一个饭菜团子，饭少，菜多，且是野菜。爹爹把饭菜团子放进她们那只有个缺口的碗里，对这对母女说："你们到别的垸子里去讨吧，年景不好，歉收，我们竹林湾的人，自个儿都吃不饱。"

当母亲的就点着头，蚊子一样细的声音嗡嗡道，我们吃完了就走。

爹爹关了茅屋的门。半夜里，爹爹听见孩子的哭声，先前以为是野猫在叫，又怀疑自己在梦中。细听，那哭声清晰了。他起床，开了门，顺着哭声，借着月色，在茅屋右侧的稻草堆旁，他看见了那个讨饭的女孩，却不见那当娘的。娘把女孩哄睡着了，自个儿偷偷地走了。

爹爹在清冷的月光下，看着这个六七岁的女孩，她在初秋的风里，身体抖瑟着，牙磕着牙，咯咯地响。爹爹说，跟我进屋吧，明早我带你去找你娘。爹爹说这话，是骗她，也是骗他自己，让他有勇气把她带进来。这年头，多一张嘴，或许就要舍去一条命。

这年爹爹十六岁。

2

竹林湾临河而建。河叫石桥河，因了河面那一座高高的石拱桥。

茅屋里传来尖厉的哭声，喊娘声，二爹醒了。他蹬腿，双手抓挠着空气，一双惊恐的眼终于涌出泪痕。他一直在哭，看见小姑娘，他突然不哭了，睁着一双黑亮的大眼睛，望着眼前这个陌生人。小姑娘同样睁着一双大眼睛，胆怯地望着他。

松香散发着温暖香醇的气味。

二爹笑了，咯咯咯地笑，好像有人抓挠他。小姑娘也笑了。她一脸惊喜，她不知这屋里还有这么点个小伢。

这年，小姑娘七岁。二爹一周岁多，刚会跌跌撞撞地走路。

天亮开，阳光穿过茅屋那孔窄小的窗，照着两张稚嫩的脸。爹爹不忍心告诉小姑娘：她的娘撇下她走了，因为那个饭菜团，当娘的知道把她送给这样的人家，不至于饿死。或许还不全因为那个饭菜团，或许她看见了爹爹家门前的那堆稻草垛。稻草堆在这里，谷子自然就储在家里。她哪里知道，这些稻草是村北富户刘百斗家的，爹爹是他家的长工，没黑没夜地流汗，才挣得这样一口饭菜团子。

太阳升到三丈高时，小姑娘的母亲就出现了，不过，她已经死了。她的尸体漂浮在石桥河里。竹林湾的人，都围过去看热闹。她的脸是朝向水面的，有人用竹竿把她捅了一下，那尸首翻过来，爹爹看到一身破烂的衣服，认出了这个女人。

爹爹回家，他怕小姑娘认出她的娘，便告诉她，我去给你们弄吃的，你看着小弟弟，哪儿也不准去。

竹林湾是个杂姓湾，说杂也不杂，只有刘杨两姓。刘家的坟地，不许埋外姓人。爹爹家里找不到一根像样的木头，就将他的床板卸下来，剖成薄薄的木板，给这个女人拼了个棺材，埋在我们杨家的地头，那是我家唯一的一块地。爹爹说，既然她的闺女在我们杨家，那她就是我们杨家的亲戚。寻块地，让这个苦命的女人入土为安吧。爹爹说这话的时候，显得少年老成。

谣言起，说爹爹没安好心，家里穷，眼看就要娶媳妇了，怕娶不上，就把这个小姑娘养起来，让她活个命，过几年身子长起来了，就是他的媳妇。按他们的说法，爹爹收了个童养媳。

我十六岁的爹爹，把这些话当成河面上的风，不去理会。多一张嘴吃饭，可不是闹着玩，那意味着得从他和我二爹的嘴里掏粮食，弄不好是要死人的。这可怜的小姑娘，没看着就罢了，看见了，怎么能让她在自家门前饿死。爹爹断定，那当娘的，是特意把女儿安顿在他家门前，然后自绝于世。爹爹当着这些人的面，上前，伸手疼爱地理了一下小姑娘额前的头发，一张秀气的脸出现在众人面前。小姑娘穿着虽然破旧，长得却周正，一双大眼睛，闪动着胆怯的光，也闪动着灵性。

仅这件事，湾子里的女人们都佩服爹爹，一个十六岁的孩子，就会为自己的后来打算。而那些老少爷儿们，简直妒忌他了。看他这样的家景，一间半茅屋，就那一小块地，靠给人扛长工，多少年也不可能翻过身来，就等着打光棍当寡汉条子吧。可现在，他早早地把媳妇娶进了，再过十年八年，就可圆房生伢。何况这七岁的小姑娘，已经会扫地、洗菜、往灶膛添柴火了。

爹爹不理会这些人的流言和猜疑，他熬了一个通宵，把他和二爹住的屋子隔成两个空间。他住一处，七岁的小姑娘带着刚满周岁的二爹住一处。

小姑娘叫金枝。

爹爹是一个不喜欢辩解的人，他只用行动说话。几天后，爹爹去了一趟七角山外的董家大湾，领回一个叫玉叶的女人。玉叶因为不能生育，被男人休了，住在娘家。嫁出去的女，家里是不能长养的，何况玉叶的爷，是个旧时秀才，死要脸面。他听说十六岁的爹爹，要娶比他大八岁的玉叶，乐得号啕大哭，像捡了天大的便宜。他不知道，爹爹就想找过花嫂——过了花期不值钱的寡妇。这样的女人，要么是死了男人，要么是被休。这样的女人，不要彩礼，用竹林湾人的话说，是便宜货。同样的过花嫂，爹爹选择的是被休在家的董家大湾的玉叶，而不是死了男人的河西湾的另一个女人。被休在娘家的女人，到底不那么晦气，至于生不生儿，在爹爹看来，一点也不重要。家里又不是没孩儿，他的弟弟比他小一轮多，不就如同自个儿的孩儿嘛。

爹爹这一举动，给那些胡乱猜测的人一记耳光。他们恍然明白，爹爹把小女伢领进来，纯粹是善举。

3

把奶奶玉叶娶进门的那天晚上，爹爹请湾里几个长者到家里喝酒，一年的工钱，花得所剩无几。爹爹高大，有棱角，十几岁的人，长得像壮实的牛犊。湾子里的人，都觉得白瞎了爹爹这个人。爹爹笑道，我这样的家，白天有人烧火做饭，晚上有人暖被窝，知足了。爹爹说，找各位来，除了喝我的喜酒，还有一件事有劳乡邻。众人抬眼，忐忑地望着他，都知道这酒不是白喝的，但禁不住诱惑，还是来了。竹林湾的人，向来老实，怕惹事，怕多事，有人就想打退堂鼓，可这酒杯已经端上了，不灌到肚子里，怎放得下？只得硬着头皮，等爹爹开口。

爹爹管捡来的小姑娘叫丫头。爹爹说，找各位长辈来，是想当着你们的面，把石头和丫头的事定了。几位长辈如坠云山雾海：他们有什么事？听爹爹下面的话，他们才恍然明白。爹爹说，我把丫头许给石头当童养媳，请众人保个媒，做个证。

一湾子的人，被爹爹这翻来覆去的举动搅得有些疲惫，背地里骂爹爹是人精，但也还仁义，毕竟那时我的二奶金枝，是一个漂亮的小姑娘。爹爹要是再等几年，自个儿把小姑娘收了，也是水到渠成的事。一个重情义的人哩！竹林湾的人赞叹说，为自己的兄弟想得周全。爹爹不管别人怎么议论，童养媳定了，就名正言顺了，湾子里那些人，就不敢对丫头这个外乡人用异样的目光审视，更不敢打她的主意。爹爹虽然是长工，但性子烈，几板斧就放倒碗口粗的树，他们是知道的。至于将来，两个孩子能不能在一起过，那是以后的事。

爹爹是木匠。石桥河一带，把木匠尊称为博士。

我的过花嫂奶奶玉叶，不但不生伢，还是个病秧子，地里活做不得，家里搞得一团糟，这可亏了我的二奶金枝。她除了给一家人烧火做饭，还要织布，换点钱补贴一家人。

我的过花嫂奶奶玉叶在我们老杨家，只待了数年就死去了。竹林湾的人说，奶奶玉叶颧骨高，是克夫的命，而我爹爹之所以躲过一劫，是因为爹爹人好，福大命大造化大，镇住了她。于是，她只得将自己克死了。

令爹爹欣慰的是，我的奶奶玉叶，并非不能生育，她给爹爹留下了一个儿子，就是我的父亲杨大志，小名如喜。爹爹说，生我父亲那年，家里一贫如洗，他顺嘴给父亲取名如洗，奶奶觉得如洗不吉祥，取谐音，叫如喜。

二奶抱大了二爹，又开始怀抱我的父亲如喜。竹林湾的人感叹说，金枝是爹爹捡进屋的用人，爹爹把金枝捡进家，是捡了大便宜，也算是善报。

竹林湾几十户人家，只有我们一家姓杨。

这得从我爹爹的父亲，我们的太爹说起。

我的太爹原是十里外杨家湾的人，一个博士。太爹年轻时游荡乡间做手艺活，一天，他游荡到竹林湾，被一个财主相中。财主家日子殷实，唯一的缺憾就是没有儿子，香火无法延续。

说来也是缘分。那天下雨，财主留太爹住宿。太爹一身鼓胀的肌肉，干活不偷奸耍滑，财主对他印象好。那个晚上，财主问太爹，当我女婿不？太爹吓得一下子坐起来，以为是做梦。床那端财主说，到我家来吧，你同冬菊一起过日子，只有一个条件，改姓刘。

冬菊是财主的女儿。

太爹想都没想，就应了。太爹家穷，弟兄五个，守着那两间破屋，怕是连过花嫂也娶不上。太爹想要女人，想要一个家，这样，他在外游荡做手艺，回到家，屋子里好歹有些热乎气。他实在不愿回到那群光棍之间，锅凉灶冷。至于姓什么，在太爹看来，那并不重要，重要的是血脉——血管里流淌的，还不是老杨家的血！

那个晚上，太爹就再也没睡着。他躺在床上，眼泪淋湿了被角。冬菊是小姐，家境也好。这福分，他是从不敢想的。但现在福气来了，就好好待人家吧。

太爹入赘的三年时间内，竹林湾发生了很多事。先是喜事。太爹入赘一年后，就给他的岳父续上了香火，让他的女人也就是我的太奶冬菊生下一个男孩儿。但孩子的百日未过，太爹那病恹恹的岳母就一命呜呼。仅过了三个月，太爹的岳父因为屙一坨硬屎而毙了命。为了那截堵在他大肠里三天三夜出不来的硬屎，他在厕所蹲了一个晚上，第二天早晨，被人瞧见时，他已倒在茅厕里，人比他屙出来的那截屎橛子还硬。

太爹自此背上忘恩负义和不孝的名声：知道泰山大人拉不出屎，怎么不给他抠？更有甚者，说太爹是谋财害命，故意给他岳父吃了不好消化不好屙的东西。族长带人，把太爹送了官。太奶冬菊变卖了四间正房、两间厢房，把太爹从官府赎了出来。这样他们就只剩一间厢房，泥草屋。太爹一家人，自此少与刘姓人家来往。

太爹干活，不分白天黑夜。他想用五年时间，把女人卖出去的瓦屋赎回来。三年后，冬菊生下我的爹爹，后来又生下一个女婴。婴儿生下来，瓮声瓮气，连哭声都没有，半个时辰就断气了。冬菊也因流血过多，体质弱，又成天想着她那个一出生就奔向死亡的女儿，慢慢地变得精神恍惚。后来，竹林湾的人在石桥河里发现了她的尸体。

石桥河溺亡的人以女性居多，太爹给我的太奶冬菊打了一具松木棺材，在竹林湾也算得上是厚葬。只是那几间瓦房便无力赎回了。

刘姓族人想把太爹赶走。

那天清晨，太爹搬了一只四脚条凳，搁在石拱桥最高处，把磨刀石固定在条凳上，磨他那把斧子。太爹从清晨磨到天黑。斧子磨热了，他就歇下来，抡起斧子在空气中挥舞。那样子，完全不是练习砍木头，而是砍人。斧子挥舞的高度，正是人的肩膀之上，脑袋之下。他砍得阳光下的竹林湾，寒光闪闪。

太爹为冬菊守身一年之后，娶回一个丑女人，一个黄花大闺女。这个女人只有一只眼，另一只眼球在小时候让荆棘刺破了，长大后，成为一个干瘪的窟窿。她的头发总是不利索，因为要故意放下一绺来，挡住那只死鱼眼。太爹将这样一个嫁不出去的女人娶进来，他需要的不是眼睛，是女人，是陪他睡觉的女人。有一个眼睛，白天看路就行了，要那么多眼睛干什么，晚上睡觉，眼睛不都是闭着的吗？

独眼女人给太爹留下的儿子就是我的二爹。但她在生二爹时，受了风寒，得了一场大病。二爹半岁时，她死了。

谣言像河面的风，乍然而起，说我们老杨家（他们不承认太爹是刘姓人）祖上缺阴德，顿不住女人。太爹听到这样的闲谈，心里冷笑：咱杨家顿不住女人，可顿得住男人。男人在，香火就断不了。这不，石头欢实着呢。

嫁出去的姑娘，泼出去的水，而入了赘的男人，更是覆水难收。别说他在十几里外的那个杨家大屋没有一砖半瓦，就是有，他也不能回去，那是要被人笑掉大牙，戳穿脊梁骨的。

太爹留恋竹林湾。那被刘姓族长低价买走的四间瓦屋和宅院，是回不到他手中了。不就是财吗？人为财死，财没了，麻烦就少了。

那天，太爹带着爹爹，走出老宅院旁的那一间厢房。他越过石拱桥，在桥东盖了两间茅棚，与他的旧宅相对而视。人说开门见山，太爹开门就见他家的旧宅。他内心怎想？是卧薪尝胆，还是迷恋石拱桥，不想离桥太远？别人不得而知。

如太爹所想，祠堂没搬移过来，太爹家的宅院，成了刘姓家族的刑场，谁犯了族规，就吊在院里的老槐树下抽打，有打死的，有打残的。自此，老宅院在石桥河的河风中，飘荡着一股血腥味，一股阴气。我们老杨家人，自从搬出这个院落，就再也没回去过。

直到20世纪70年代，老宅依然坚挺在石桥河畔。

后来，太爹把岳父留给他的十亩旱地、五亩水田，全部交给刘姓族人。太爹在杨家大湾的几个兄弟不理解，要来拼命。太爹说，不这样，他在竹林湾顿不住脚。他喜欢这片地，喜欢这里的竹园、石桥河、石拱桥，还有竹林湾南面的观音寨。生活在这样的地方，只要饿不死，就是富足的。

太爹和爹爹，自此在竹林湾的东南角，过着他们贫苦冷清的日子。他们那个茅屋里，几乎见不到炊烟，太爹靠给人做木匠活维持生计。太爹给人家做活，还得带着爹爹。多一张嘴，太爹就得少要一个铜板的工钱。直到太爹娶了那个独眼的女人，这家里才有了过日子的迹象，茅屋里多了温热的气息。

二爹管二奶叫姐，二奶扮演的，却是母亲的角色。她白天给一家人烧火做饭，晚上哄着二爹睡觉，有时，二爹可能是想娘，不舒服，在床上瓮声哭着，二奶就搂着二爹睡。自从二奶进到家门，杨家就再也没听见过二爹撕心裂肺的哭喊。

二奶用野菜做面团，贴在烧红的锅壁，锅底舀入两三碗水，把锅盖盖好。灶膛里有暗火，用不了多久，热气腾漫。一家人吃得香甜，但一人只有一个。二奶常常先把那个最小的吃了，把那个最大的留给爹爹。他是家里的劳动力，干重活，就得多吃些。再后来，二爹能吃了，她就吃得更少，或者干脆不吃。有时候，二奶把米粉做成面疙瘩，多放些水和野菜，倒也能把一家人的瘪肚子勉强撑起来。

二奶会捕鱼。石桥河的风浪停歇了，太阳暖暖地照着。二奶带着二爹，拎了竹篮，竹篮底用麻绳系了几片菜叶。竹篮把上系了麻绳，竹篮里放着石头。二奶把篮子放进水里，回家干活。半个时辰后，二奶来到河边，猛地抓绳，将篮子迅速地提起，那篮子里，定然会有几条小鱼。有的也不是太小，有拇指粗的，炖汤喝，又鲜又嫩。

二爹的个头儿，就在这野菜面团和鱼汤的催促下，慢慢地长高。

我们从没见过奶奶玉叶，她留给父亲的印象都是模糊的。在我们的印象里，二奶更像是我们的亲奶。

4

那个遥远的深秋，竹林湾东北的七角山来了一支队伍，他们驻在山里那些伐木工的房子里，那些伐木工有的被赶走，有的充了军。这些白腿白帽黑衣服的兵，三天两日，就到周围的垸子里来搜刮，竹林湾同样难以幸免。他们要银圆，抢鸡鸭，不给就打人。他们来到太爹家时，太爹说，你们看吧，有什么值钱的东西，你们就拿。

队伍是刘家兴勾搭来的。刘家兴在家闲得无事，遇到这些当兵的，觉得好玩，就加入了这支队伍，穿上军服。碍于同乡情面，刘家兴并没进到太爹家里，只站在高高的石拱桥上，远远地盯着。太爹把这十几人的队伍冷在一边，走过门前那片赤裸的坡地，走向刘家兴。他方嘴大张，怒目而视，指着刘家兴，想说什么，但最终什么也没说。他挺着腰板，走过石拱桥，走向河西那片田野。太爹越走越远，背影模糊在田野上升腾的薄雾里。

白腿子兵走了，离开了竹林湾。那天晚上，竹林湾的人睡了个好觉，但第二天下午，噩耗就传遍竹林湾：太爹被这些白腿子兵砸破了脑袋。爹爹赶去收尸时，太爹还有一口气。太爹的气息向外抽着。他脑袋上的伤口，往外冒着血泡。

爹爹坚信太爹的死，与刘家兴有关，但太爹并没有说，他一口一口地吐血，每吐一口血，就往外迸出一个字，每迸出一个字来，就会带出一口血。太爹说，把……石头……带大。太爹还说，把姓改过来，咱还姓杨……让老杨家……在竹林湾活……出个……人样……

这是太爹留在人世最后的话，它无数次在爹爹耳边响起，令爹爹难受，让他刻骨铭心。这年，二爹一岁多。亲娘生他后死去，现在又没了父亲，二爹可怜。但二爹天生乖巧，他偶尔哭着向爹爹要他的爷他的娘，更多的时候，他在我们老杨家那两间茅屋前，跌跌撞撞地玩耍，全然不知道灾难已经降临。

我是很多年后，听父亲说，爹爹其实是红军的人，他远在七里坪做博士手艺时，认识了红军的人。他给红军的队伍打独轮推车，但他还没来得及正式加入队伍，他的"亲红"行为，就被白腿子军发现了。

爹爹很快就将他和二爹的姓氏改了过来。那年，爹爹十六岁。十六岁的爹爹知道这意味着他与刘姓家族将有一场战争。太爹入赘到刘家随岳父的姓，他们家族的人都排斥，不想让他姓刘，叫爹爹杂货、野种。现在，爹爹自己将姓氏改过来，这意味着爹爹根本不稀罕姓他们的姓，这无异于给他们刘氏家族一记耳光。一群人围过来，说竹林湾本来是单姓垸子，爹爹既然不姓刘，那么，他和他的弟弟，就没有资格住在竹林湾。但我十六岁的爹爹，初生牛犊，不怕虎豹。在一个正午，他用太爹留下的墨斗，蘸上墨水，在木板上凿出"杨氏"两个大字，牢牢地钉在自家门楣上。之后，他拿起太爹留下的磨得锃亮的斧头，走到石桥河边，当着那些在树荫下歇凉的人，一斧子将一株碗口粗的柳树砍断。只一斧子。

这是爹爹惯用的技法。他示威的时候，就磨斧子，或是砍一个物件。歇凉的人，吓得走回自个儿的屋里。这时候，刘家兴想灭掉爹爹，但没等他反应过来，爹爹就背着一杆长枪，在石桥河的石拱桥上，朝着高远的天空放了一枪。枪声未歇，一只孤雁从高空滑向水面，砸起一片水花。

是一杆火铳。

爹爹不看孤雁，他若无其事地望着天上飘落的白云。他知道，那些刘姓人家，正在门缝后面，或在窗口边沿，抻着脖颈，吐着舌头，眼睛灯笼似的看着他。他能窥见他们的心，他们一定在心里嘀咕：这铳从哪里来的？他想干什么？

爹爹自然不会告诉他们，铳是从何而来，至于要干什么，效果已经达到了。枪声把竹林湾的老幼都惊动了，他们站在石桥河边，望着十六岁的爹爹。由砍斧到火铳，竹林湾的人对爹爹突然心怀敬畏，他们揣摩着这个十六岁的少年，这个半大劳动力。直到这年秋上，十六岁的爹爹把讨饭的二奶领进家，直到他把玉叶这个比他大八岁的过花嫂娶进门，竹林湾的人，才真正认识了爹爹，那就是：他们永远也不可能真正认识他，他们永远也搞不懂他下一步要干什么，会做出什么让他们不适的事。

一个时辰后，刘家兴带着他十几个人的小分队，来到老杨家。他们站在爹爹家门前，冲爹爹说，我们只杀共产党分子！

爹爹说，那好，从今天起，我就是共产党！

爹爹目光如炬。

刘家兴双手一挥："上！"几个白腿子冲上来，爹爹纵身一跃，落在刘家兴面前。他旋转如风，一把尖刀就顶在刘家兴的脖子上。爹爹说，要死大家一起死。

刘家兴没看清爹爹是怎么掏的刀，也不知道那把尖刀此前藏在哪里。他目光软下来。河面升腾起的水汽像是雨，打在桐树叶上，再滑落地面，发出滴滴答答的声音。

石桥河里每年都死人。每年，河面都会漂着一具尸体，男人，女人，老人或孩子。这些溺水而亡的人，大多来自上游，偶然的年份，竹林湾也会有人自绝于这汹涌的河水。

这年一直到冬天，河面没见有过死人，竹林湾的人很惊讶，认为这多年不变的现象，可能自此绝迹。不少人在茶余饭后，谈论这件好事。

爹爹指着河水说，家兴，都说石桥河今年没见尸体，我看不一定。要么没有，要么不止一具。

刘家兴右手一挥，带着他的队伍悄然离去。

刘姓是大家族，多少年来，刘姓人家日益壮大。老杨家，人口不增，也不减，每年如此。爹爹已无心续弦，这壮大杨家的重任，需得二爹担当，可二爹太小。

二爹十岁那年，一个春日的晚上，熟睡中的二奶突然从梦中惊醒。她很快就明白了，是二爹的手，在抚摸着她的胸脯。这只手，同幼儿时寻找奶吃的那只手，似乎一样，又似乎不一样。长成大姑娘的二奶，脸上像扣了个火盆，燥热难当。她一把推过二爹，差点把他推下床去，二爹吓得大哭。见二爹哭，她又心疼，把二爹搂到怀里，自己也哭。爹爹有所觉察，第二天，他上山弄来一些木头棒子，剖成窄木条，将二奶和二爹的那逼仄的小空间，一分为二。床还是那张床，只是中间有了隔板。

太爹虽然没有传给爹爹木匠的手艺，但爹爹天资聪慧，太爹做活时，他在一旁玩耍，大一点时，跟着打杂，早将这些活铭记在心。

爹爹干了半个月的力气活，从富人家挣来一截木头。那天无事，爹爹拿出太爹留下的博士工具，在茅屋前的阳光下拉开架势，打衣箱，做碗柜。

爹爹自学成才。

5

那是一个春天的上午，我的二爹在山上放羊。二爹的羊群很小，只有六只。这天，日头很低地挂在天空。二爹的六只羊特别烦闷，不好好吃草，只知道跑，从这个山坡跑到那个山洼。二爹跟着羊群跑。他的羊把他搞得也很烦闷。他跟着羊群过了北山洼，羊群还是停不下来，他顺手抓起一个石头，正要向羊群砸去，他看到了一支部队，他们奔跑在他的视野里，他们奔跑在白亮的空气中，动作缓慢，像奔跑在白色幕布上的皮影。二爹惊骇地看着这些人，接着，他看见了火光，就在那些皮影似的人周围，接着是旱雷般的轰响。浓烟升起。

敌人来了，打仗了，快跑……二爹给自己下了一道命令，转身飞奔，这时，他听见一只羊咩地叫了一声，他才想起他的羊。他踅转身，向着他的羊群而去。二奶的喊声在树梢掠过来："石头，回来，快回来，打起来了。哥让我来喊你，让你快去山洞躲一躲。"

南山坡下，有爹爹偷挖的山洞。

哥呢？二爹问二奶。

他背着如喜先走了。

如喜就是二爹的亲侄儿，我的父亲杨大志。

那羊呢？二爹停下来问二奶。二奶喊他快跑，往回跑，不见他迈步，二奶就朝着二爹飞奔。她那双裹到半道又松开了的半大的脚，轮番在草丛和山石上起落，轻盈飘忽，如蜻蜓点水。在二爹犹豫之时，她像一只鸟飞落在二爹面前，冲他吼道，羊重要还是人重要？

羊重要！二爹大声道。

白军杀过来了，人都没了，羊就成了别人的羊了！

羊是我家的羊，羊不能是别人的羊！

那时候，爹爹家穷，二爹不可能拥有自己的羊，前年冬天，爹爹到镇子里给人做工，人家给他一只怀了崽的母羊顶工钱。

二爹不走，二奶过来抓二爹，二爹像泥鳅从她手中滑走。二奶飞奔上前，死死薅住二爹的衣领，任凭二爹怎么抓挠，就是不松开。二爹十三岁的小男孩，虽然有些力气，到底敌不过二奶。二爹挣扎一阵子，听见北山坡传来喊杀声，就顺从地跟着二奶狂奔。

二奶和二爹一气跑到南山坡下的山洞。他们钻进洞里，将洞门用树枝掩好。喊杀声、零乱的脚步声从洞门外飘过。他们后来听说，是一个叫田开河的红军游击队小队长，将白军引开了。田开河在敌人的枪口前，一直奔跑了三里多地，最后在石拱桥上，纵身一跃，跳入石桥河。等白军来到石桥河边，他已从水里直接钻到岸边的红柳丛。白军没见田开河，就没再追他。他们认为，这么高的石拱桥，田开河不淹死，也得摔死。

竹林湾的人，在山洞里躲了一天一夜，枪声完全消失后，他们走出逼仄狭长的山洞。白亮阳光洒满观音寨，照耀着石桥河，也照

474

耀着二爹，照耀着他那双稚嫩的手，他手中竟然抓着一块骨头，一直抓在手中。

天啦，快扔掉，快扔掉！二奶冲他吼道。

昨日慌乱中，二爹随意抓在手中，准备砸羊的，竟然不是石头，是一小块死人的头骨。

出到洞外的人，大口吞着新鲜的空气，却在青草气息中，嗅到了血腥气味。一堆动物的尸体，摆放在村口的碾场，两个军人在那里守着这些死尸。二爹冲上去，看见了他的六只羊。二爹哭喊着去抱自己的羊，被一个持枪人拦住了。那个人说，等一会儿，乡亲们来了，一起认领。二爹说，那就是我的羊，我认得。

二爹号啕大哭。已是半大小伙子了，他孩子气的大哭，让那个当兵的慌了神，他不知如何来安慰这个少年。他说，你别哭，你去拿吧，是你的羊，你就拿走。

二爹冲到那堆死羊旁。他蹲下去，看见那些羊，找不到一只还有气息的，他的哭喊高起来，大声地号哭。他冲那个当兵的喊道，你赔我的羊，你赔我的羊！

当兵的说，羊不是我们杀的。我守在这里，是怕野狗来吃。他不再理二爹，冲竹林湾的人喊话："老乡，把各家的牛羊猪狗都领回去吧，都放一夜了，再放，就该坏了臭了，赶紧弄回去煮着吃了吧！"

爹爹只背回一只羊。他从家推去一个独轮车，装上剩下的五只，用草绳绑了。他对那个扛枪的人说，这五只羊，给部队上吃吧。我们吃不了，部队上正缺粮，肉，就更稀缺了。

湾子里几个老人，就学爹爹，把自家的猪哇鸡呀送到部队上去。

爹爹去送羊时，战士不要，说赶紧拿到石桥镇上去卖肉吧，这天也不凉快，再放一天一夜，肯定就臭了。早点去卖了，还能换点钱。爹爹说，不了，这兵荒马乱的，有钱也是祸害。正说着，一队人马开了过来，他们就驻扎在竹林湾。领头的队长，正是田开河。

爹爹说，那就各自拿回去吧，炖给当兵的吃。家家都做，他们也吃不了那么多，剩下的，吊在石拱桥下，慢慢做给他们吃。

石拱桥下，阴凉如冰。

那天晚上，除了刘家兴，竹林湾所有人家，都住了红军战士，家家给战士炖肉吃，竹林湾飘荡在羊肉猪肉鸡肉的香味之中。只有二爹，独自一人，坐在河边的石阶上，望着缓缓流动的河水，一言不发。爹爹喊他进屋吃饭，他不动。二奶端一碗羊肉，送到他跟前，他不接，痴呆一般，傻相的脸庞上，还挂着泪。

天黑了，二爹害怕。石桥河每年都死人，每年都有新添的水鬼。水浪拍打着岸边石头窟窿，发出噗噗的声音，像是水鬼在唤魂。有时，河里的鱼翻起一个大浪，弄出很响的水声。二爹头皮发紧，他往家走。他看见了二奶，二奶端着碗，一直在那儿等他。

姐，二爹喊了一声，声音洪亮而悠长。

令二爹没想到的是，那个背枪的很精干的年轻人，居然就是木兰山游击队石桥河分队队长田开河，他同爹爹早就认识，他住到二爹家，真是冤家路窄。二爹缠着他，要他赔羊。二奶把饭菜盛到桌上，田开河带着人训练归来。他洗手，吃饭，像自家人一样。他还喊二爹吃，二爹说，不要脸，杀了我的羊，还在我家吃。田队长笑道，羊肉这么好吃，我为什么不吃呢。要不，你也吃。二爹脸扭向一边。他说，你不吃，那就喝点羊汤吧。他逗着二爹，把一碗羊汤递过来，二爹干呕一声，蹲在地上，差点吐了。他没吐出来，眼泪出来了。他跨出茅屋，躲到房后生闷气。

二爹自此不吃羊肉，不喝羊汤。

每天，田队长回来，二奶就把洗脸水端上去，说，田队长，你洗吧。二爹也跟上去。二爹的话，就不像二奶那么客气。二爹喊，你赔我的羊，你赔我的羊！

羊没了，二爹像生了病，两天不吃不喝，只跟在田队长身后，要他赔羊。田队长觉得二爹可爱，好玩，也不辩解。二爹前跟后撵，与田队长快成了冤家。爹爹训斥二爹无理。他告诉二爹说，你和你姐躲在洞里时，是田队长把坏人引开的，是他救了你和你姐的命哩。

二爹一直跟到训练场。田队长就教他练枪，二爹不练枪，他只要他的羊。有一天，田队长被二爹缠得没办法，许诺说，好，我赔你的羊，等下次打仗，我缴获几块大洋，给你买十只八只羊，你还放羊。

我不要十只八只，我只要六只，我只要我的羊！二爹说。

于是二爹就盼着打仗。

田开河带着他的部队，训练、整队、唱歌。他们的歌声迷住了二爹。他们唱道：

> 八月桂花遍地开，
> 鲜红的旗帜竖哇竖起来，
> 张灯又结彩呀，
> 张灯又结彩呀，
> 光辉灿烂闪出新世界……

田队长训练间隙，时常会在二爹头上、脖子上拍几下。一见他的手伸过来，二爹就直着脖颈，歪着脑袋，躲避着他。可半晌见不着田队长，他又会凑上前去，问什么时候打仗。他不像别人那么叫田队长，也不叫他田爷（叔叔），就那么哎一声，完全把田队长当仇人。田队长故意逗他，今晚我们就打仗。于是第二天一早，他就向田队长要羊，田队长笑而不答。

二爹几乎不离田队长。他盼着他们打仗，他要重建他的羊群。突然有一天，他见了田队长，不提赔羊的事，他要田队长帮他干仗，把那个叫刘家兴的家伙一枪崩了。田队长问他为什么，刘家兴虽然是白军，可打仗是大人的事，他一个小孩子，不应该关心这些。二爹说，他打我哥。田队长问，怎么个事？二爹没有细说，只是抹眼泪。

那是二爹心中的秘密。一天晚上，刘家兴带着几个人，把爹爹叫起，让他跟着他们一起走。二爹听到了动静，他没有喊叫，只悄悄地跟着，借助黑夜和树枝的遮掩，偷看他们。他们把爹爹带到南山坡下，几个打手，对爹爹拳打脚踢。爹爹要反抗，刘家兴说："你不怕死，难道你那个兄弟，你那个刚丢奶的儿马子就不怕死？还有你家那个金枝，可是早就有人盯上了。"

爹爹说："你们说吧，要吗样？"

刘家兴说，少同田开河他们做事。

爹爹说，我没同他们做事。

刘家兴说，你要想你的那个儿马子和你那个兄弟活着，让你家那个小媳妇不被人害，就照我说的做。

爹爹沉默着。刘家兴说，不说话？行，不需要你说话。我就不相信你的心这么狠，会把自个儿的儿、弟兄都送上绝路。

爹爹说："行，我按你说的做，但是，你们不能伤孩子。"

刘家兴说，你没资格跟我谈条件，你记住我的话就行。刘家兴在微暗里一挥手，一个打手举起枪，掉转枪头，枪托重重地砸在爹爹的后背上，像瓦匠拍打泥土的声音，沉闷，湿淋淋的，那是一种不留外伤而能震碎五脏六腑的打砸。

二爹一声惊叫。刘家兴问，谁？他朝二爹这边的树林搜寻，爹爹大声说，好，我答应你们。他用声音拽住他们。他的声音黏稠潮润，像有着很多痰水。他已满嘴是血。

二爹双手捂嘴，倚着一棵矮松抽泣。

6

天近黄昏，二奶在河边洗衣服，她心里突然一阵慌，有些闷，空落落的，好像有什么不好的预兆。她抱起木头脚盆，衣服也来不及拧干，就那么胡乱地扔进盆里，匆忙奔到家。她看见二爹床头的外套不见了，床下的一双布鞋也不见了。天还不太冷，二爹平时是舍不得穿鞋的，他就穿一个褡裢，长裤，光着脚。

二奶像中了枪，大脚盆和捣衣槌跌落地下，盆里的水溅湿了黄土泥地。她很快意识到，她不能这么呆站着，她拔腿就跑。她那被她娘包了一半又放开的脚，还算有力。她很快跑到了后山坡，接着上了北山洼。

二奶远远地看见了二爹，他跟在队伍的后面，一个小身影，他那晒得黝黑的膀子，在夕阳下闪动着幽暗的光。他依然没舍得把上衣套在身上。二奶喊着，石头，石头……

二奶追出北山洼，队伍到了七角山。二奶跑上七角山，队伍过了七角山，踏上七角山水库的堤坝，二奶追上堤坝，就再见不到队伍了。队伍几十个人，突然消失，像一群鱼游进了水库里，像一列鸟钻进了水库边的树林。

天黑下来，四野死一般寂静。

爹爹连夜追到七里坪。他有一种直觉，田开河的队伍是去了七里坪。

七里坪镇上静得可怕，别说军人，一个老百姓的背影都难得一见。整一夜，粒米未进，滴水未沾，因为怀揣找到二爹的希望，爹爹没感到饥渴，现在，希望渺茫，爹爹像一下子被人掏空了，瘫倒在地。

爹爹坐在地上，望着他的两只脚。布鞋的碎片在风中抖动，鞋前脸开线，裂开，脚趾露出来。两只布鞋，像两只张着血盆大口的翻毛狮子。

爹爹累了，不知不觉眯上眼。半梦半醒中，他看见了二爹，二爹朝着他奔过来，脚步声急促而零乱。他被惊醒，果然有人，不是一个人，而是一支队伍，他们急匆匆向北行进。使爹爹惊喜的是，他看到了二爹。他虽然没看清楚，但他从那个小小的背影和那奔走的样子，感觉到那就是二爹。他想冲过去，脚麻木如两截木头，无法将自己站起。他坐在暮色里，冲着二爹喊："石头，石头！"没有人应他。爹爹看见队伍行走在狭窄的巷道里，就要消失在一片低矮的青砖瓦房中，他急了，大声喊："石头，石头……"爹爹无奈地坐在那里，喊着石头，他知道，他喊不回他。他突然想起，到队伍上的二爹，还没个名字呢，没上过一天学的二爹，应该有个学名。按家谱，爹爹他们属于"纪"字辈。是红军来了，家里才分得了田地，二爹又是奔红军的队伍去的，那就叫纪红吧。那一刻，爹爹的脑子快速转动。他冲着二爹的背影喊："石头，你的学名叫杨纪红……"

二爹走后，奶奶和二奶，两个女人，宠着父亲。父亲的啼哭停歇下来，奶奶就会想起二爹，二奶更是想得夜不成眠，悄然落泪。奶奶懂女人的心，就同爹爹商量，给二奶找个人家，把日子过起来了，感情冲淡了，想得就不那么苦，时间一长，心里的伤痛，慢慢就愈合了。

二奶不同意。二奶说，我生是杨家的人，死是杨家的鬼，你们要是嫌弃我，我就去跳河，从石拱桥上往下跳。只求你们在我的坟旁，给石头留块空地，以后石头老了，走了，就把他埋在我身边，我下辈子还当他的媳妇，这辈子我没能伺候他到老，下辈子当牛做马伺候他。

爹爹不再吱声，奶奶陪着哭。

时隔数年，我的奶奶玉叶再怀身孕。七角山脚下董家大湾，一个靠接生过日子的老寡妇，给奶奶相面，摸脉。说奶奶怀的是千金，不过凶多吉少，与奶奶的命不合，要奶奶吃一服中草药，打掉这个孩子。奶奶固执地生下这个孩子。

女孩活了下来，奶奶出血过多，死了。我们杨氏家族顿不住女人的传言，像河面的风，在竹林湾四处飘荡。

这个女孩，就是我的姑姑秀兰。

二奶盼瞎了眼，二爹却一直没有回来，有人说他牺牲在了红军长征的路上，有人说他战死在黄安城，无法考证。

我们想二爹，盼着有一天，他突然带着一大家人，回到我们竹林湾。二奶盼的，会是什么情景？她肯定希望出现在乡道上的，只有二爹自己，而不是一家人。

刘家兴在他的女人死后，想把二奶收了，二奶坚决不从。上河湾下河湾河西湾，甚至远在董家大湾的鳏夫，托人向二奶提亲，都遭到拒绝。二奶说，石头还活着，我的男人还活着。他就快回来了，回来就不走了。二奶这样说时，总是一脸幸福地笑，一定是那个叫石头的俊俏的少年形象，浮现在她明澈的眼前。

第二章　初上窑场

1

竹林湾竹园阔大，竹子繁茂，因此得名。无论冬夏，桥北河湾沿岸一片碧绿。北湾拦河截坝，筑起一口池塘，名曰秀水塘。秀水塘的水是流动的，那个土筑塘坝，等同于过滤器。秀水塘常年是清凌凌的水映照着蓝莹莹的天。水塘边那株老槐树年代久远，据说有了灵性。

时光的流逝，把传言变成了遥远的难以忘怀的真人真事，现在的古槐，落满尘埃，显得更加苍老。它老了，不再开花，不再散发出浓烈的香味。夜里，树干上的洞穴在风中呜咽，像野鬼的哭泣，很是骇人。而白天，枯枝上的嫩叶在阳光下闪动，像无数只鸟在挥动翅翼。树荫和清水带来的凉爽，无疑是竹林湾人夏日的最爱。于是，老槐树虽然夜里"闹鬼"，人们对它敬而远之，也只是在夜晚。白天，树下那方土地，成为竹林湾人的乐园。塘坝上那些石头，就是露天桌椅。竹林湾的人，从畈田回来，在这里坐着歇息、抽烟、喝茶，谈古论今。

夕阳下的石桥河水，像微风中的巨幅彩布，轻曼柔和地涌动着。光线从河水反射到我家门前那片坡地，黄昏昏黄的光线，让春日的坡地充满暖意。刺槐的阴影，从坡地漫过屋顶，屋子暗下来。我从堂屋里，搬出一高一矮两只木凳，在门前搁稳。

这年我九岁，是一名小学三年级的学生。我展开作业本，未及写字，一道阴影罩住我，是母亲。她仰头，看一眼西天的落霞，不紧不慢地将目光落在我脸上，说，四郎，天热了，你也大了，我和你父的床挤不下，你上聋二那儿去睡吧，今黑夜就去。

我直起腰，斜望西天，殷红的夕阳陡地一沉，我心里咯噔一下，仿佛它重重地砸中了我。暖暖的光线随即抽丝一般消逝了，一股陡起的凉意浸入我的脊背。

聋二是村里一个寡汉条子，一个人过着日月。我不知道他有多大岁数，好像三十多，或许四十，也可能过五十了。总之，在我们山里，他已经是个小老头儿。他有着寡汉条子的特性：孤僻、怪异，似乎还有些清高，少与人来往。

去寡汉条子聋二那儿睡，倒没什么，毕竟他那个茅棚还很宽敞。关键他是个窑匠，成天与泥巴打交道，汗淋淋的头发沾上尘土，像戏子头上的绒球。尘土其实也不是脏东西，何况他每天傍黑都要在清水凼里抹脊背，不像别的寡汉条子那么邋遢。我不想去他那儿，是害怕窑场北面的松林，那里有一片坟地——最北是刘姓的祖坟，南边是野死的人——喝农药死的，被车撞死的，跳桥死的，在河水里淹死的。未成年的小孩子死了，用凉席一裹，也埋在那里，进不了正坟，只能埋在这野地。而这样死的人，都是冤死鬼，不甘心，急着寻替身。我每次到窑场，那些死人的脸，就会出现在我的眼前，我总会吓出一头冷汗。

我没理母亲，埋头写作业。母亲用一种商量的口气说，我同聋二说好了，他想你去哩，你就去呗。母亲天生一副大嗓门，除非不说话，一说话，响遍半个竹林湾。她这样低眉下气，在我的记忆里，还是第一次。

我打岔，说揭人不揭短，你别成天聋二聋二的，我叫他二父。母亲这下声音恢复到她的原始状态，震得我耳膜生疼。母亲说，哎呀，我家四郎就是嘴巴甜，难怪聋二那么喜欢你，一听说我让你住到他那里去，高兴得像是得了儿，里里外外，又扫又擦。别看是个茅棚，弄得可干净咧。我看哪，你就当他的儿吧。我不吱声，厌烦地躲着母亲。母亲视我的不吱声为默许，说，四郎就是懂事，不像他家的毛刺。

毛刺是聋二的侄儿，与我一般大小。

我嫌恶地瞥母亲一眼，收起我的作业本，往书包里一塞，说，不写了，讨人嫌！

我转身，父亲从田里收工回来，他把一只长把秧耙靠在墙角，疼爱地望着我，一副讨好的表情。我像喝了一碗冰冷的剩米粥，满肚子不舒服。

凭啥？凭啥是我？我上面有三个哥哥，大郎二郎三郎，为何不让他们上聋二那里去住？我扔下作业包，坐到石拱桥上，看西天的落霞。石拱桥上常有人往下跳，不是半大小伙子玩水的那种跳，而是寻死。若大人们逼着我们做一件不愿去做的事，我们也会站到石拱桥的最高处，这时候，大人们多半不会再威逼。

夜里，我到父亲母亲床上去睡时，父亲的眼瞪得像电灯泡，眼神是嫌恶的。我不知道他为什么烦我，我懒得理他，爬上床，闷头就睡。从出生那天起，我一直就跟他们睡在一起。我知道我大了，该分开睡了，可哪有房屋，哪有床？半夜里，我听见哼哼唧唧的声音，我睡眼微睁，看到父亲赤裸的身体。

不能怪我，只能怪那夜的月光太明。月光从三块明瓦里，探照灯一样，正好照在他们身上。

我知道他们在做什么，我不小了。母亲想要个女，这话她白日里说过。母亲说，在农村，没有儿子不行，光有儿子也要不得。看咱们竹林湾的女人，还是有女的享福。儿媳妇有几个对婆婆好的？母亲自问自答："没有，一个没有！都是娶了媳妇忘了娘。忘了娘是好的，最后都成了冤家。"母亲说，她当初以为我是个女，才把我留了下来。

我想装睡，但我不能。我从初春的薄被里钻出来，像一条鱼麻溜地跃出水面，游走到哥哥们的住处。他们就住在下半截房里，一人多高的半堵墙，将他们和父亲母亲的住处隔成两处，阻挡视线却不隔音。一张床，睡着大郎二郎和三郎。他们旁边，是一个大谷池子。整个小屋，都快下不去脚。

我往床上爬，二郎半梦半醒中，一脚踹在我的腰上，我跌落在地，屁股生疼。我听见二郎说，哪有地方？语气带着火。他扯起一个床单，随手一扔，床单在窗外照进来的月光下，像一朵云的阴影，落在谷池子上。他说，你就睡谷池子吧，里面还有小半池子谷，暖和。

我没感到暖和，我感到浑身刺痛。我爬起来，把床单还给他们，走到外屋。

外屋也没地方。外屋一分为三，紧挨大门的是堂屋，中间是二奶逼仄的睡房。说是睡房，连床都没有，只在几块土砖上，搭了一张门板。最里侧那一小间，就是我家的灶屋。灶屋是不能睡人的。我跑到二奶那逼仄的房里，明瓦上射进来的月光，打在二奶的脸上。二奶头发零乱，细眼斜睁，腮帮塌陷，嘴大张着，没有牙齿的嘴空荡荡，亮出一条灰白的舌头。二奶死了！我吓得叫出声来，二奶动弹了一下。她没死，她还活着，但我分明嗅到了死亡的气息。用母亲的话说，那是老人身上散发出来的老气。

父亲是瘸腿，他无力为我们多盖一间屋。

我最终还是回到父亲母亲的房间。夜静下来。父亲母亲的床上，有着温暖而神秘的气息。我在床的最外侧，贴着父亲赤裸的身体躺

484

下。父亲身上滑溜溜的，一股潮润的汗酸味与很淡的腥味混杂着。他已响起香甜的鼾声。我迟迟睡不着，故意把呼噜打得像旱雷。

2

窑场在北山洼。一个土窑，一间茅棚，一块平整出来的沙土地，就是整个窑场。茅棚是聋二的家，聋二白日在茅棚前做砖坯瓦坯，夜里在茅棚里歇息，深秋或初冬烧窑卖砖瓦。

下午放学，我走在河坝上，河水里倒映着蓝天上的白云。河水在微风中轻轻荡漾，那水里的白色云朵，便轻轻地，随着微波上下起伏着。我仿佛看见了昨晚父亲那白亮的屁股，它那么像一朵视觉强烈的白云，在我眼前随风移动。我似乎身处昨日的那个月夜，置身于床上。我胸闷，透不过气；还有二郎重重的一脚，它使我的腰到现在还疼，屁股也疼；二奶那死人一样的脸，一身的老气。这一切，像一堵无形的墙，阻挡着我回家的路。我漫无目标地在田间游荡，不觉来到窑场。

聋二欣喜地过来迎我。他新剃了头，照平时显得干净利索。他两手是泥，伸过来想接我的书包，又缩回手去。他窘迫地看着我。之后，他几步跨到茅棚下那个大水缸前，舀水洗了手，这才接过我的书包，另一只手搭在我的肩上。他朝着我笑。他说，你娘说昨天就让你来，你咋没来？我没吱声，他没再问。

虽是茅棚，里面收拾得干净，夕阳从窗口照进来，门大开着，茅屋里很亮堂。

聋二收摊，不再拍砖泥，也不做瓦坯。他拿了米，择了菜，到茅棚旁的清水凼去淘洗。清水凼的水清幽幽的，像一口清潭，其实是山泉水流到这里，在这里储存，满了之后，又沿着溪沟往下流去。

聋二生火，焖米饭。他说，以后晚上就在我这儿吃，别跑来跑去的。你今晚来，告诉你娘了吧？我点头，其实，我没告诉她，我谁也没告诉。我在家里像个多余的人。我想吓唬他们一下，我还想试探他们，我不回家，有没有人找我。

我帮着往灶膛里添火，聋二说不用我，他让我把凳子搬到外面，在晒场把作业写了，晚上灯光暗，对眼睛不好。

我就搬了一把竹椅，屁股下垫两块砖，趴伏在竹椅上，就着夕阳写作业。聋二将他的一件上衣叠整齐，塞在我的屁股下，又拿出一件外套，披在我肩上。他怕我着凉。这样的举动，记忆中，父亲母亲从未有过。聋二让我心生温暖。

天暗下来，家里并没人找我，我内心有一种说不出的滋味，失落，慌乱，气愤。我越来越觉得，我在那个家里是多余的人。我很伤心。我以为我不回家，他们会找我。天黑时，家里养的猪没回屋，鸡窝里少了一只鸡，母亲都会找，她却不找我。天完全暗下来，听不见母亲呼唤我的声音，我觉得自己可怜，差点落下泪来。

四郎，吃饭了，喊我的是聋二，不是母亲。

我转过脸去，聋二一手拿着一只大海碗，里面是面条，上面覆盖着一个黄亮亮的煎鸡蛋。他的另一只手夹着一双筷子。他笑着把碗筷递过来。我慌了神，我说，我又不是客，我……

碗已塞在我手中，香喷喷的。聋二往面条里撒了韭菜。我吃了一碗，聋二又给我盛了一碗，我吃得满嘴流油。这是有记忆以来，除了过年，吃得最饱的一次。家里弟兄多，又都是长身体的时候，干活的人少，都是能吃的半大小伙子，锅里的饭，盘子里的菜，缸里的米，谷池子里的谷，像泄洪的河水下得飞快。我常常只吃半饱。

风从南面吹到北山洼，吹动北山坡的松树浪涛一样波动。远处影影绰绰地浮出淡青色的山丘。我看了一会儿风景，收回目光。我的目光与聋二相撞，他眼里溢满关爱。

我挺着吃得圆鼓鼓的肚子，帮着聋二洗碗，他不让。我去拿扫把扫沙地，他说，不用，天黑了，扫个啥，明早再扫。我就站在窑棚门口，看夕阳落下后的田野。刚才还绿油油的小麦和油菜，被罩在灰蒙蒙的夜雾中。泥土潮湿的气味和青草的味道混合在一起。蛙已开始了它们暮春的鸣叫。

3

黑夜袭来时，母亲的声音划破夜幕，她在湾子里骂街似的喊了几声。仅这几声呼喊，我眼睛一热，眼泪涌出来。我的三个哥哥，大郎二郎三郎，他们只顾玩自个儿的，没人喊我。我的父亲，只知道埋头种地，成串的儿子在他眼前晃荡，他很少过问。他或许对我们不在乎，或许对我们这种散养的状态很满意，或许他根本就没发现我们在他面前多一个或少一个。他要么在田地里闷头干活，要么坐在八仙桌前抽卷烟，喝酽茶。到底是母亲，也骂我们，也打我们，但还是惦记着她的儿子。难怪世人都说，母亲是伟大的。

我赌气，不吱声，是聋二应了她。聋二说，四郎在我这儿哩。于是，整个竹林湾都知道，那个晚上，我住在聋二的窑棚里。

母亲应着聋二，来到窑场。她灭了罩子灯，在茅棚的油灯下，将一张讨好聋二的笑脸展现出来。她说，我一猜他就在二父这里。她将"聋二"改为"二父"，这是竹林湾很重的礼节，随着孩子的辈分称呼对方，听起来很亲近，我却感到肉麻。

母亲看看灶台，米饭已喷发出清香。我不再往锅里添火，把锅里的火苗压灭，让明火变成暗火，这样米饭不会煳锅。聋二往另一只锅里倒油，撒葱花，比大米饭更香的香味呛得母亲直打喷嚏。她冲聋二笑，说，二父，你的手艺可真不错，以后，四郎就交给你了。

聋二显然受不了这么高的礼节，说，桂花嫂，你还是叫我兄弟吧，随孩子们叫，我受不起。母亲就改口叫二兄弟。她说，行，叫二兄弟顺口。二兄弟，四郎在这里，可麻烦你了。

聋二说，没事，桂花嫂，四郎在这儿，我热闹。我一个人冷冷清清的，没啥意思，四郎正好给我做伴。母亲说，二兄弟人就是好，你越是这样说，我越是过意不去。

母亲要回去。来时，是跟着一个过路人来的，回去时，母亲有些害怕，毕竟是山道，说不定湾子里那些野死（非正常死亡）的鬼魂，正在通往坟山的道上游荡哩。

母亲让聋二送她，我一个人不敢在窑场待。聋二撤了灶膛里的火，我和聋二把母亲送到我家屋后，我再跟着聋二返回。

聋二把拍砖用的方桌搬进来，依床摆着。饭菜的香味直往我鼻子里钻，我往茅棚里侧让开。我刚才吃过面，不能再吃。聋二盛了两碗饭，让我与他并排坐到床沿。他递给我一双筷子，说，吃吧。我说我刚才不是吃过面吗？聋二说，那是过下（下午茶）的。在我们竹林湾，来了客人，如果留吃饭，饭前做点热汤面，下点瘦肉。没有瘦肉的，放点韭菜鸡蛋，这叫喝茶。早晨叫早茶，上午叫午茶，下午叫下午茶。喝早茶叫过早，上午茶叫过中，下午茶叫过下。聋二把我当客待，我心里一暖，同时有些惶惑。

作业写完了，没什么事做，我就看书。聋二在棚檐挂一只马灯，继续忙碌。他推土，和泥，为明天做砖瓦坯子做准备。我在茅棚里另点一盏灯。风吹进来，油灯摇曳，光线闪耀，茅草墙上，到处是晃动的影子，像动物，像人形，像鬼魅。我害怕，走出窑棚，走到聋二身边，跟着他。窑棚前面的一株松树干上，挂着一盏马灯。四野空旷，凉风吹着。夜罩着整个山洼，马灯使山洼的一切变得朦胧幽暗。顺着马灯射出的光线，我望见了北山，看见山脚下那片坟地。我看不清坟的凸起，但我知道那里有很多坟，隐没在树影中。刚才茅棚里暖和，饭菜也香，我一时忘了坟的存在。现在，眼前的一切，像紧箍咒一样，弄得我头皮发紧，心也缩得紧紧的。我回到茅棚里。在茅棚里，我心里还是有些紧。我喊了一声二父。聋二回到茅棚，满手是泥。他问我，什么事？我没有回答，我如果说怕鬼，他会认为我胆小。而且一提"鬼"字，我会更害怕。他一定是从我的表情，看出我内心的胆怯。他说，好了，不做了，白天抓紧一些。他在马灯下舀水洗了手，之后就坐在我身旁。他说，才吃过，怕是睡不着，你读书吧，读给我听。我盯着课本，有时翻一下眼皮看聋二。他静静地看着我，一脸很浅的微笑。我突然觉得，比之我的父亲，他更像父亲。父亲是沉默的、劳累的，他很少对我这么笑。

看了一会儿书，我打起哈欠，聋二说，洗个手脸，泡个脚，睡吧。灶台里煨着水壶，是一个旧的、掉了漆的绿色军用水壶，不过它现在完全是黑色的，像一只被烧焦的乌龟。聋二用铁火钳夹住水壶，将热水倒进一只白瓷脸盆里，又往脸盆里舀了一瓢冷水，伸出一只手指头，在水里画着圆圈试水温。他说，洗吧，不烫。他将脸盆搁在我面前的地上。

洗完手脸的水，倒进脚盆。我把脚放进盆里时，全身热乎了。我的两只脚，在热水里上下交攀，把水弄得吱吱脆响。洗了一会儿，聋二说，好了，别把水洗凉了。他说着，一手拿一块农家织的土布，另一只手抄起我的一只脚，将土布贴上来，给我擦水。我不好意思，把脚往后缩，他粗大的虎口将我的脚拤得无法动弹，像是给我脱鞋似的一拧一抹，我的脚就干净了。

我脱衣躺下。聋二抄起脚盆，在茅棚门口像撒网似的双手一扬，我听见水落地的扑腾声。他回屋，舀水，浣了脚盆，往脚盆里打了热水，兑了凉水，抱着脚盆出了屋。屋子里一下子静了，风从门口灌进来，从茅草的缝隙钻进来，吹得灯光摇摆，茅草墙上，再次出现奇怪的影子，它们晃动着。我喊聋二，没有回应。我跐着布鞋追出去，我看见他在茅棚的一侧擦洗身子。我看见他月下的身子分作三截，中间白亮，是他的屁股，那很少被太阳晒到的地方。父亲白亮的屁股，再次出现在我面前，我还想起父亲虎视眈眈的下体。我想，聋二会不会也是这样的呢？我就往前走，聋二极快地用汗巾围住身上的那圈白，头也不回，问我，你不睡，起来做什么？

他的声音很大，像是在吼。

我脸一热，觉得丢人。我急忙说，我怕。此刻，我情愿说自己胆小，也不愿承认自己有偷窥的企图。他沉默着。我又说，二父，你到棚里洗呗。

聋二套上长裤，进到茅棚。他不再擦洗身子，只洗脚。他洗了很长的时间，那水已不再冒热气，他还在洗。洗脚水发出的声音，陪伴着他长时间的沉默。

我躺在床上。聋二终于洗完，他关了茅棚的门，上了床。家里没有多余的被，我们共一床被子。床单下是稻草。稻草显然晒过，干涩的气味驱走了床铺四周的潮气。我从来没睡过这么宽敞的床，很舒坦。

聋二的茅棚里，本来只有一张单人床，母亲告诉他想让我上他这儿睡的那天，他在他的床铺旁，钉了一个长条形的木框，与他的床铺相连，成了一张双人床。

聋二灭了灯。夜的黑扑过来。我们睡通腿儿。我的头朝着门。北山上那些旧坟，浮现在脑子里，我总觉得，那坟里会伸出长长的手来，只等我闭了眼，就来掐我的脖子。我爬起来，移动着身子，挪到聋二那一端。我说，二父，我也睡这边。聋二说，行。我又说，二父，点着灯不灭行吗？聋二说，不行，晚上风大，我们都睡着了，会把棚子烧着的。

我往里靠了靠。我感受到他粗粝的呼吸。他知道我有些怕，说，你睡吧，等你睡着了我再睡。

我侧脸看他，他的眼睛在黑暗中熠熠闪着。他果然睁着眼睛，等着我睡。我觉得他比亲生父亲还亲。我往他后背挨过去，贴着他温热的肌肤。

（《向阳生长》入选中国作协2019年度重点作品扶持项目，北京十月文艺出版社2020年8月出版。）

乌兰牧骑的孩子（节选）

鲍尔吉·原野

第一章

1

有人说，所有的奇遇都发生在假期，这话没错。下面这个故事就是五个小学生在假期里的奇遇。他们是谁呢？

铁木耳、金桃，这是哥哥和妹妹。海兰花、巴根、江格尔，他们仨是姐弟。铁木耳年龄最大，十二岁；江格尔最小，八岁。他们在苹果小学读书，这个学校在内蒙古大草原东部的赛罕汗乌拉旗的汗乌拉镇，他们是蒙古族人。

铁木耳和金桃的父母丹巴和龙棠是乌兰牧骑的队员。爸爸会跳舞，妈妈会唱歌。海兰花、巴根、江格尔的父母宁布和山丹也是乌兰牧骑的队员。爸爸会拉二胡和四胡，妈妈会报幕和讲故事。

他们两家的父母是好朋友，他们的孩子也是好朋友，他们九个人都是好朋友。

"乌兰牧骑"是什么意思？这是蒙古语，本意是"春天的红色的草的嫩芽"，后来变成单位名称，是说内蒙古各个地方的文艺小分队。文艺小分队的演员们每年都要去茫茫的草原为牧民们表演文艺节目。

2

汗乌拉镇的西拉木伦街两旁栽着苹果树，苹果树开花后，像白蝴蝶被胶水黏在了树枝上，想飞却飞不起来。那是5月，有些地方还积雪，但苹果树开花了，让经历了六个月寒冬的汗乌拉镇的居民产生梦幻感。为了感谢这些树，旗里把西拉木伦街改为苹果花街。第二年，西拉木伦河暴发了大洪水，冲倒很多苹果树，旗里把街名又改了回来，加了一个大字——西拉木伦大街。

初夏，镇里的人换上好看的衣服来看苹果花。有的花枝高，大人们把鼻子凑到花朵前闭眼嗅一嗅。有的花低，接待小孩的鼻子。高处和低处的苹果花都有杏仁的清香。

现在是8月，学校放假了。铁木耳、金桃、海兰花、巴根和江格尔他们坐在西拉木伦大街西侧红色水泵的铁管子上远望。

江格尔看到云彩像巨大的白象，把长鼻子卷进肚子里，连续不停地向前翻滚。

巴根看到一群鸟笔直地飞进路旁的苹果树里，树枝颤动。

金桃看见一只蚂蚁爬上自己的塑料凉鞋。凉鞋的横格像一个十字路口，它迷路了，走两步又退回去，想了想再往前走。

铁木耳把一株青草用指甲掐成小棍，眼睛眨来眨去，想着事情。他从铁管上站起来说："放假了，我们要制订一个计划。"

江格尔说："我的计划是去白银花草原找蓝莓，吃到最后牙变成紫牙，像魔鬼。"

巴根说："我的计划是去我叔叔家，看那匹枣红马。我想骑着马在河边跑，用刷子刷马身上的毛，看河水把它蹄子打湿。我还要骑着枣红马一口气跑上山顶，一口气跑下来，跑到楚格家。他有一块猞猁皮褥子，放在羊圈围栏上，狼站在很远的地方不敢往前走。"

海兰花说："我听外婆陶格斯说，镇子北边的赛罕汗乌拉山里有一只神鸟，神鸟从古代开始就生活在山里。你们知道，森林里有松树、栎树，还有白桦树。但是神鸟住在一棵红珊瑚树上。

"这只神鸟叫什么名字？你们猜！我看还是别猜了，你们猜不出来。它名字叫乌音嘎，意思是好听的旋律。这只神鸟唱起歌来，天上的喜鹊和地上的松鼠跟着翩翩起舞，其他不会跳舞的动物原地转圈，你们听了也会转圈。这还不算，乌音嘎冬天唱歌，松树上的雪团会滴答滴答化成水，因为雪团听到歌声浑身热得受不了。

"为什么会这样呢？因为乌音嘎是神鸟。它不光唱歌，还跳舞。平时不跳，高兴它才跳舞。天空的白云红云编织成彩色毯子时，乌音嘎就会飞到树梢顶上跳舞。它的翅膀分为七层，一层有一层的颜色。最底下蓝色，上面是绿色……"

"不对，"江格尔说，"不是绿色，应该是紫色。"

海兰花说："绿色，就是绿色！然后才是紫色。神鸟尾巴的羽毛像缎带飘荡。它飞起来，两个翅膀像扇子一样扇来扇去。它的翅膀一扇，云朵就改变了颜色，红云变成绿云，紫云变成黄云。这不算什么，最厉害的是啥？你们猜。"

"是什么？"

海兰花说："这只神鸟会画画，你们知道吗？赛罕汗乌拉山上有一块巨大的悬崖，上面有各种各样的壁画。上边画着太阳、牛车和挥舞长矛的人。这是谁画的？肯定是神鸟，因为人登不上那么高的地方。"

铁木耳说："你讲的是神话。"

海兰花说："不是神话，是真事，这是我外婆讲的。"

铁木耳说："我们今天要商量计划，你说了半天根本没计划，什么雪团融化滴滴答答从树上流下来，这不算计划。"

海兰花说："我的计划是在这个假期去赛罕汗乌拉山，找到神鸟乌音嘎。"

金桃说:"我也要去。"

铁木耳问:"你找到这只神鸟要干什么呢?"

海兰花说:"我拜它为师,学唱歌、跳舞和画画。"

"但是,"铁木耳最近喜欢说"但是"这个词,比如他说我渴了,但是我要喝水,他说,"赛罕汗乌拉山离我们很远,要渡过西拉沐沦河,还要穿越红嘎路沙漠,最后才能到达赛罕汗乌拉山。骑马可以到达,但是我们没马。"

巴根说:"我舅舅僧格家有一只黑毛驴。"

铁木耳说:"骑毛驴到不了那个地方,太远了。但是,"铁木耳又说,"我也想去找那只神鸟,不学唱歌跳舞,我想跟它学习飞翔。会飞之后,我们飞到赛罕汗乌拉山,当天再飞回来。我们还可以飞到别的地方看看,到通辽、赤峰看看。"

巴根说:"铁木耳,在你学会飞翔之前,怎么去赛罕汗乌拉山呢?"

铁木耳说:"这就是我思考的问题。白云在天空上每天飞行一百多里路,不喝水,也不带干粮。可是人走着走着就累了,还要吃干粮。干粮吃光了怎么办?他只好往回返。"

这时他们都不说话了。

铁木耳说:"我要宣布我的计划!"

他背着手在地上走,背手这个姿势是他跟大人学的,显得有智谋,"我的计划是跟我妈妈爸爸一起下乡演出。"

海兰花说:"你要做一个乌兰牧骑的队员吗?"

江格尔说:"只有大人才能当乌兰牧骑队员。"

金桃说:"乌兰牧骑的人会唱歌、跳舞、理发,会给牲畜治病,你会什么?"

铁木耳说:"反正我要去乡下。"

3

傍晚,铁木耳和金桃回家。他们沿着西拉木伦大街往北走,从旗委平房往右拐，路过一个奶牛站。再路过海兰花的外婆家，在堆着高高的红松木头垛的边上，是铁木耳的家。

家里，铁木耳看见爸爸丹巴正在整理衣服，他把雨衣雨鞋挂在桦木的栅栏上，他对铁木耳看都没看一眼，说："把手指全张开。"

铁木耳每个手指之间都夹着蜻蜓或蚂蚱的翅膀，他把这些昆虫扔到天上，但有些昆虫不会飞了。爸爸说："跟你说过的，不要捉拿昆虫，昆虫也是一条命。它的命和马的命、人的命是一样的。你把它们抓回来干吗，这里是它的家吗？"

爸爸接着说："你把兜里的东西掏出来放在窗台上，否则衣服要变色了。"

原来铁木耳和金桃衣兜里装满蓝莓果和一种叫羊奶子的浆果，这些野果容易把浅色的衣服弄脏，像沾了紫药水，洗不掉。

铁木耳和金桃把兜里的野果放在窗台上，进屋，从铁锅里盛上玉米粥。他们蹲在院子里一会儿就把玉米粥吃光了。

爸爸和妈妈并排坐在条凳上商量事。

条凳四条腿，这边坐一个人，那边坐一个人。家里来客人，爸爸把条凳端出来，让他坐条凳，自己坐炕上。夏天，爸爸把条凳搬到院子里，一边欣赏向日葵，一边说话。坐条凳的人若要起身，要告诉边上的人。不然，那个人失去平衡会跌倒。

爸爸说："咱们明天出发。"

妈妈说："是的。"

爸爸又说："铁木耳在家管妹妹。"

妈妈说："玉米面和高粱米都在米缸里，铁木耳会做饭。"

爸爸说："还要做作业，这比做饭还重要。"

妈妈说："是的，咱们下乡回来第一件事就是检查他们的作业。"

爸爸说："我发愁的是幻灯片被水泡了。头几天下雨，把放在小棚里的幻灯片都泡了，玻璃片上什么都没有。明天下乡，牧民看不到幻灯了。"

什么是幻灯？它有点像电影。天黑后，在墙上挂一个床单，床单要挂白色的，花床单看不清画面。幻灯和电影不一样，图像静止，比如一幅画，或者一行字。

幻灯机的后面有一个二百多瓦的大灯泡，它的光亮加上镜头的放大作用，能够把图画放映到床单上。

幻灯片有的是玻璃，有的是赛璐珞片，总之是透明的，人在上面写字画画。

爸爸妈妈说话时，铁木耳躲在门后听。听爸爸说幻灯片的画面被雨水浇没了，铁木耳高兴得差点蹦起来。

铁木耳干吗这么高兴呢？因为他会画幻灯片。

乌兰牧骑的人只有桑布会画幻灯片，爸爸说桑布去盟里培训了，一个月之后才能回来。爸爸挺沮丧，他坐在条凳上，双手抱着自己的头，好像怕脑袋从脖子上掉下来。

妈妈说："如果我会画就好了，可惜我不会画。"

爸爸说："我应该让桑布把幻灯片提前画出来，多画点。不管下不下雨，就算桑布被狼吃了，我们也有幻灯给牧民放。现在怎么办呢？"

铁木耳大喊："我会画幻灯！"跑到爸爸身边。

爸爸说："你说什么？你再说一遍。"

铁木耳说："我会画幻灯片。你放在黄木箱里的幻灯片，我偷着拿出来看过，我对着纸也画过。只要你把毛笔和蓝墨水借给我用，我就能把幻灯片画出来。"

第二章

4

听说铁木耳会画幻灯片，爸爸眉开眼笑。他从条凳上忽地站起来，摸着铁木耳的头说："你真的会画吗？"

那一边，铁木耳的妈妈龙棠从条凳上摔倒，她后背倒地，脚向天空举着，条凳也学着她的样子四腿举向天空。

铁木耳看妈妈手脚朝天，先想笑，但没笑，把妈妈扶了起来。

妈妈对爸爸说："你突然站起来，不告诉我，我怎么能不摔？"

爸爸没有理会，对铁木耳说："把你画的东西给我看一下。"

铁木耳领爸爸走到鸡窝边。鸡窝里冲出一只大公鸡，嘎嘎飞上屋顶。铁木耳伸手从鸡窝里取出一个油纸包。打开包，露出一堆碎玻璃。碎玻璃上有图。有牛，还有白云或一群羊。但这些碎玻璃不能当幻灯片播映。真正的幻灯片是割成四方形的玻璃，边上包纸壳。

爸爸对铁木耳说："你画一个图，我看看。"

铁木耳从书包里拿出作业本和一支铅笔。"画什么？"

爸爸说："画军人。"

铁木耳画了一个人，身上斜挂着子弹袋，手端一支步枪，头戴很小的帽子。

爸爸说："这是什么军人？"

铁木耳说："日本鬼子。"

爸爸很生气，说："我们不需要画日本鬼子，你会画解放军吗？"

铁木耳说："会，解放军眉毛粗。"

他画了一个解放军，浓眉大眼，身上交叉挂着两个子弹袋，比日本鬼子多一个。枪也比日本鬼子好，是冲锋枪。

"怎么样？"铁木耳哗啦哗啦抖本子，问爸爸。

爸爸拿起图来看，问："你还会画什么？"

铁木耳画了一头牛，又画三只羊，还画了一个蒙古包，蒙古包有门窗。门上画着吉祥图案，天空上飘着祥云。

爸爸说："画得不错，铁木耳。没想到你有这个本事，我要表扬一下你。你可以给乌兰牧骑做工作了。"

爸爸拿出乌兰牧骑的玻璃幻灯片，说："你在这些幻灯片上画上图，一会儿我给你找来红墨水和蓝墨水，还有毛笔。"

铁木耳很自豪，他搓了搓手，手心立刻变得发烫。自豪真是一种享受哇。他抬眼瞭望远方，而妹妹金桃正崇拜地仰望他，好像他是一只站在山顶上的金毛老虎。

爸爸回来了，他从乌兰牧骑队部拿来红蓝墨水和一支小毛笔。那个毛笔头很细，像刚出生的小猫的尾巴尖。

爸爸说："你画吧。"

铁木耳问："画什么？"

爸爸低头想了想，说："我也不知道画什么。每次画幻灯，是到了牧区之后，村主任介绍情况，然后画成幻灯。春天接羊羔，夏天打草。还要听广播，按广播里说的画。"

妈妈问："那怎么办？"

爸爸说："让铁木耳跟咱们一起下牧区，按村里情况画幻灯片。"

妈妈问："金桃怎么办？铁木耳跟咱们一起走了，谁管金桃？"

金桃说："我要和你们一起去牧区，你知道吗？赛罕汗乌拉山上有神鸟呢，我们要拜它为师。"

爸爸说："不行，乌兰牧骑下乡只有两辆大马车，拉乐器，还坐人，金桃去了车上没地方。另外，小孩子到牧区，有了病怎么办？从白音花草原回镇里要走几十里路，要是急病的话，上医院都来不及。"

金桃低下头，眼泪随之掉在地上，她不敢反抗爸爸妈妈，唯一能做的就是流眼泪，并且用拇指拨弄其他手指。

妈妈说："那就让金桃上宁布家里，跟海兰花他们一起玩吧，好不好金桃？"

金桃点了两下头，有两串眼泪落在地上。

铁木耳根本没在意金桃掉不掉眼泪，他把木头箱子里的幻灯片摆到炕上。炕是北方睡觉的地方，用砖垒一尺多高的台子，下面通烟火，冬天不冷。一个两个三个四个，一共有十二个幻灯片，也就是十二块玻璃，他用嘴里的哈气哈这些玻璃，然后拿衣服蹭玻璃。

这些玻璃片变得非常透明。到了明天或后天，玻璃上就画满铁木耳画的画了。铁木耳看一眼箱子上的红墨水瓶和蓝墨水瓶。他觉得墨水瓶里藏着好多东西，牛马羊和皮靴战刀都藏在那里。

铁木耳把幻灯片玻璃擦好了，把它们小心放回木头箱。每一块幻灯片和另一块幻灯片之间垫上毛头纸，保护幻灯片图案不被蹭掉。现在幻灯片上没有图，但铁木耳照样用毛头纸把它们包好。

然后，铁木耳趴在窗台往外看。每当铁木耳的眼睛咕噜咕噜转动时，就是他在思考计划。这时候他眼睛又咕噜咕噜转了，好像里面有机械发条。他猛地下炕，对金桃使一个眼色。他俩偷偷溜出房门，向院外跑去。但铁木耳的爸爸妈妈没发现他们的行踪，他们俩还坐在条凳上商量乌兰牧骑下乡的事情。

5

之后第二天或许第三天，乌兰牧骑准备下乡了。

那天早上，铁木耳的爸爸丹巴把头发梳了又梳，往头发上抹了一点香油，他的头发卷儿闪闪发光，并有香味。

铁木耳的妈妈龙棠换上一身水蓝色的蒙古袍，粉色绲边。这种粉色像牛犊子嘴唇的粉，非常好看。

他们三人往旗政府走，铁木耳身背装幻灯片的黄箱子。黄箱子两侧钉有绿帆布带，可以斜挎在肩上。木箱前脸画一颗红五星，五星两边各画了三条像猫胡子的横线，比喻五星放射光芒。

他们来到旗政府门口，这是集合地点。乌兰牧骑下乡的两辆大马车停在那里，八匹拉车的马脑门戴红绸花，马鞭系着新红缨。好像这些马要去结婚一样。

出发前，旗长吉日嘎拉接见乌兰牧骑全体队员，还拍一下铁木耳的脑袋。他站在马车对面发表讲话。

旗长说："今天早上，我在这里为你们送行。我每次为你们送行的时候，都想跟你们一块走。虽然我唱歌跑调，跳舞绊脚，但我愿意跟你们一块到牧区，亲眼看到牧民欢迎你们的热烈场面。牧区地广人稀，人与人之间没有什么来往。你们去了之后，他们感觉去了亲人，但是他们真正的亲人也不一定会唱歌，不一定会跳舞，不一定帮他们干牧业活，更不会帮他们放幻灯……"铁木耳又听到幻灯这个词，心儿像火箭升上天空。

旗长接着说："说到这里，我不知道往下怎么说了，实际上我是很会讲话的人，但我的话语被激动的感情挡住了。我想说你们就是百灵鸟，在天空上唱着婉转的歌。你们就是梅花鹿，在山坡上跳着吉祥的舞。你们就是庙里画的祥云笼罩的菩萨，专门去帮助别人。你们做这些事，因为你们有一个美好的名字叫乌兰牧骑，我为你们感到骄傲。现在，我命令你们——出发!"

两辆马车的八匹马听旗长的讲话入迷了，听到他说出发，马一边点头一边抬起蹄子在地面上踩踏，意思是让车夫把刹车的手闸松开。

正像马盼望的那样，车夫把马车的手闸松开了。马拉着大车一溜小跑，跑上西拉木伦大街。演员们坐在车里向旗长招手，旗长用两只胳膊向两辆马车招手，每只胳膊关照一辆车，马车走出很远了，旗长的两只胳膊还像木偶一样来回摆动。

乌兰牧骑下乡的地点是赛罕汗乌拉山北面的白银花草原，离汗乌拉镇很远。

很远有多远? 坐大马车要走五六个小时。如果进入红嘎路沙漠走近路，三个小时就到了。但沙漠里走不了马车，马车的辖辘陷到流沙里动不了，所以他们要走大道。

6

铁木耳第一次坐在这么好的马车上。上回也就是前年，他坐过舅舅朝戈的驴车。毛驴短短的尾巴像半截白菜帮子，没有长可扫地的马尾神气。驴车很小，舅舅朝戈坐前面，铁木耳坐在车厢，车厢空余地方只能装几颗山杏。乌兰牧骑的马车由四匹马拉动。四匹马的十六个蹄子在西拉木伦大街路面上嗒嗒踏响，轻捷而有力量。马当然知道它们蹄子落地的声音好听，所以它们机警地竖起尖耳朵倾听这些节奏——嗒、嗒、嗒。

这次乌兰牧骑下乡出动了两辆马车。铁木耳坐在前面那辆车上，赶车的人是乌兰牧骑的手风琴手毛瑙海。铁木耳坐在黄木箱上，他身旁堆放着乐器。这辆马车的后面还有一辆马车，赶车的人是乌兰牧骑的笛子手青龙。那辆车上装着大鼓、下乡吃的粮食，还有红绸子幕布。

苹果树站在西拉木伦大街两旁，叶子在微风里飒飒摆动。苹果藏在叶子后面，现在还没红，绿皮带一层白霜。铁木耳坐在马车上看，觉得这些树比平时矮小。这些矮小的树，到了秋天会结出国光和黄元帅苹果。铁木耳不知道这些苹果什么味道。秋天会有人来到树下摘苹果，他们把苹果装上解放牌大汽车，拉到了远方，最后不知道给谁吃了。

嘚嘚、嘚嘚……马车在西拉木伦大街上行进。铁木耳闭上眼睛分辨哪个声音是由哪匹马踏出来的，乱猜而已。每到一个分岔的路口，驾车的毛瑙海会用吁吁喔喔这些马的口令告诉它们往左拐或往右拐，最终到达白银花草原。

丹巴和宁布他们在马车前面骑马行走。天热了，他们解开上衣，露出健壮的后背。

"吁——"丹巴在马上举起胳膊，这是停止前进的意思。他转回身问："谁看到给羊药浴的药粉啦?"

大家摇头。

药浴是把生石灰和硫黄粉搅拌成糊糊，撒到水池子里，再赶羊下水洗澡。用药水给羊洗澡，可以预防羊得疥疮病。

丹巴让大家下车，把马车上的东西一样一样搬下来，找装生石灰的白口袋和装硫黄粉的黄口袋，没找到。丹巴说："我记得我把这些药装到车上了，你们有看到吗？"

大家摇头。

丹巴有些恼了："大家要帮助我记这些事情，我一个人记不过来。我们到了白音花草原，牧民看我们没有带来药浴粉，他们的心情会有多难受哇，咱们心里要多想牧民的事。"

说着他走向后面那辆大车。那辆车上坐着铁木耳的妈妈龙棠和演员琪琪格玛。丹巴把大鼓搬下车，把粮食搬下车，还是没发现药浴粉。这时候他抱起红绸布，扔到车下。你猜怎么着？红绸布下边坐起一个人，她一边揉眼睛一边问："我们要去哪儿啊？"

这是谁呢？是铁木耳的妹妹金桃，原来她藏在红绸子幕布底下睡着了。

7

爸爸丹巴和妈妈龙棠看到坐在大车上的金桃，十分惊讶。

爸爸问："你怎么钻到这里面来啦？"

妈妈问："是谁让你钻到这里来的？"

金桃还没完全睡醒，刚才她睡得正香，脸上出汗了，头发一绺一绺地挂在前额上。人在摇晃的马车上睡觉一定睡得香。她问："咱们怎么来到这里啦？"

爸爸说："你先回答我，你怎么钻到这个红绸子下面啦？"

金桃低下头，说："如果现在不是做梦的话，那就是哥哥把我藏到红绸子里面的。"

铁木耳这时站在前面大车立耳倾听，爸爸听金桃说完，马上回头看铁木耳。铁木耳嗖地跳下车，知道爸爸这是要动武了。

爸爸用手指着铁木耳："来，来，来。"他虽然没说"打"这个字，但牙齿咬在一起不松开，证明他已是气愤不已了。

铁木耳朝四外看，周围是苹果树，远处是西拉木伦河。过去挨打，妈妈袒护他，但妈妈现在的表情没有一丝要袒护他的意思。铁木耳轻轻走向爸爸，好像地上全是蚂蚁，怕把它们踩死一样。他心里想，爸爸只要一抬手，他立刻逃跑。

爸爸问："这是怎么回事？"

铁木耳说："妹妹要和咱们一起去白银花草原。"

妈妈说："问题不是妹妹想不想去草原，是你瞒着我和爸爸偷着把妹妹藏在了这里。"

爸爸接着说："妹妹想去白银花草原不是错误，你瞒着我们把妹妹藏在车里是犯罪，你知道吗？"

铁木耳问："犯什么罪啦？"

爸爸向边上看，铁木耳知道他在找打人的东西，刚准备跑，胳膊已被爸爸的大手抓牢。

爸爸说："你犯的罪是你的屁股太想念柳条了，柳条在哪里？"

爸爸让铁木耳双手扶着马车的车厢，把他裤子扒下来，露出雪白的屁股。爸爸在路边儿撅一枝苹果树的树枝，他本来想找柳枝，但附近没柳树。平时他习惯用柳树枝打铁木耳的屁股，用顺手了。啪！苹果树枝打在铁木耳的屁股上。铁木耳像过电一样，身体挺得溜直，但不敢出声。按照爸爸的性情，越是号叫就越打。其实呢，这种带树叶的树枝打在屁股上并不太疼，但这个架势比较吓人。爸爸打了七八下，妈妈把树枝抢过来，说："你让铁木耳自己说说他犯了什么错误。"

铁木耳说："我犯了不诚实的错误。"

"不诚实的人应该咋样？"爸爸问。

"挨打。"

妈妈说："我已经告诉陶格斯外婆，说金桃去她家里，到现在金桃还没去，陶格斯外婆不知道急成什么样子了。她会四处找金桃，外婆的眼睛本来就不好，走路掉进坑里怎么办？那你真是犯罪了。"

爸爸仿佛看到陶格斯外婆掉进坑里摔断腿的样子，他从妈妈手里夺过树枝准备接着打。妈妈双手抓住树枝不放，说："你还有要紧事呢，去找药浴粉。如果找不到，我们马上回旗里取这些东西。"

爸爸醒悟了，他说："哦，硫黄粉和生石灰到底在哪里？"

金桃这个时候说话了，她用细细的声音说："我知道。"

妈妈问："药浴粉在哪里？"

金桃指着自己坐的马车说："在这下面捆着呢"

爸爸俯下身，看到有一个裹着黑雨衣的包裹捆在了马车箱板底下。他问："这是谁捆上的？"

金桃说："兽医站的孟和叔叔捆上的。他说这个药物气味太大，不能放在车厢上，如果下雨被浇湿的话，就没法给羊药浴了。"

妈妈问："你看到孟和叔叔捆绑药物了吗？"

金桃点点头，说："这个药气味大，我始终闻着它的味，后来睡着了。"

找到了药浴粉，爸爸很高兴。他转身见铁木耳把裤子提起来了，这又让他很生气："谁让你把裤子提起来的，你怎么知道我不打你了？"

铁木耳说："你已经打过了。"

爸爸说："刚开头，这怎么能算打过。今天算你幸运，因为有找药浴粉的事情，先打到这里。如果你再犯错误的话，两件事算在一起打，多打一倍。"

铁木耳说："要是那样，我把我犯的错误一下子都说出来吧，前提是你不能打我，把错误都放在刚才已经打过的上面。"

爸爸惊讶："啊？你还有错误？"

铁木耳说："可能比这个错误稍微大一点，但是你不能打我。你如果打我，我就永远不告诉你，你永远不知道是啥错误。"

爸爸急得原地转了一个圈，他把手中的树枝扔掉，说："不打你，你说吧。"

铁木耳说："我让妹妹藏在这辆大车的红绸布里，让海兰花、巴根和江格尔他们悄悄从红嘎路沙漠那条道去白音花草原了。"

啊？爸爸真是吓得不轻，招呼宁布："宁布你快过来，你听到没有？海兰花、巴根和江格尔去了红嘎路沙漠，你知道吗？"

宁布说："我不知道哇。"

爸爸说："完了完了，这条路大人去都走不出去，三个小孩子怎么能走出来呢？完了完了。"

爸爸咬着牙问铁木耳："这是谁的主意？是你的主意吗？"

铁木耳垂头不语。

妈妈问："陶格斯外婆知道吗？"

铁木耳说："她不知道。"

"完了完了，"丹巴说，"宁布你快去，回到镇里，进入红嘎路沙漠找到这三个孩子。你一定要小心。多带水，带衣服，你们晚上可能出不来，还要带上打狼的布鲁，快去吧。"

宁布听说自己的三个孩子进了沙漠里，急得满头是汗，他一边擦汗一边说："马上马上。"

丹巴说："如果我先到了白银花，派人到沙漠里接你们。"

第三章

8

海兰花和弟弟妹妹走进了红嘎路沙漠。

沙漠多么美呀。金黄色的沙漠想堆都堆不起这么高，它像从天空的巨大的漏沙器漏下来的沙堆，否则顶上怎么带尖呢？沙漠细腻，没人碰过它，就连蝴蝶也没用翅膀扇过它，一粒沙子都不少。沙漠顶端带着柔和的峰缘，阳光照下来，峰南金黄，峰北是黑色的。人走在沙漠上，流沙急速抱住你的脚，好像早就盼着这一天，知道你的脚要走到这里来。沙子钻进鞋里，和你的脚趾捉迷藏，这多有意思。当然在沙漠里走路会费一些力气，明明往前走了一步，因为沙子塌陷，只能算半步。即使这样也蛮有意思。那么在金黄与黑色的沙漠的上空有什么呢？蓝天？是的，蓝天在金黄沙漠的映衬下显得特别蓝。反过来说也一样，金黄的沙漠在蓝天的映衬下黄得耀眼，简单说就是好看。蓝天不光蓝，上面还有丝绵般的小云朵。这些小白云蛋子在蓝天上走得很慢，好像在俯瞰沙漠上有什么东西。实际上，沙漠除了沙子什么都没有，它空寂、干净。但仔细观察，沙漠也有生机。蜥蜴从沙漠的斜坡上唰唰地爬过去，它的小脚和尾巴踢落了一些沙子。蜥蜴跑了几步钻进沙子里。它钻到沙子里面又去了哪里？没人知道这些事情。

海兰花、巴根和江格尔走在沙漠上，心情很好。

在丹巴允许铁木耳随乌兰牧骑一起下乡那天晚上，铁木耳和金桃偷偷跑到海兰花家里，那时海兰花的父母宁布和山丹都不在家。

铁木耳对海兰花说："你知道吗？爸爸允许我跟着乌兰牧骑去白银花，一起坐大马车穿越大草原，唱歌跳舞放幻灯。而且爸爸给我一项任务——画幻灯片，这太了不起了。最重要的是马车上必须有一个人高举红旗，不管风从哪边吹过来，红旗上的字迹都会露出来——'赛罕汗乌拉旗乌兰牧骑'，人们老远就看到乌兰牧骑来了。爸爸让我举旗，举旗的人虽然胳膊酸，但不能放下红旗。"

海兰花说："那又能怎么样呢？"

铁木耳说："我想让你们跟我一起去白音花，去找神鸟乌音嘎。"

海兰花说："我爸爸妈妈不会同意的。"

铁木耳说："这需要计策。"

"什么计策？"

"我把妹妹金桃藏在马车的红绸子幕布里。"

"那我们呢？"

"你们步行，你领着巴根和江格尔沿着一条小路去白音花草原。"

"可是我们不认识这条路。"

"很简单，"铁木耳说："你从西拉木伦大街一直往北走，走到兽医站的十字路口，就看到右边有一条通向沙漠的路。那是一条小路，从这条小路前往白银花草原比走大路要近得多。当然这条小路全都是沙子，你们走得会比老牛还慢一点，但是它也近呢。有可能你们比我们先到白银花草原，那时你的爸爸妈妈和我的爸爸妈妈看到你们三个突然出现，他们会多么惊讶呀，还高兴，而且他们会把你们抱起来转圈。"

海兰花说："如果是这样的话，证明什么呢？"

铁木耳说："证明你们长大了。"

"可是我们不认识路。"海兰花说。

铁木耳说："刚才我已经说了，从西拉木伦大街往北走到兽医站，往右边一看就是沙漠。沙漠只有这一条路，你们不会迷路。顺这条小路一直往前走，连老鼠都能走到白音花草原，你们怎么会走不到呢？"

海兰花问："走过去有几里地？"

铁木耳对几里地是多远没有什么认识，他只知道远和不远。他说："不太远。"

海兰花又问："那我怎么跟陶格斯外婆说呢。"

铁木耳说："你的爸爸妈妈出发之后，你告诉陶格斯外婆，说你领着弟弟妹妹去海拉苏镇的马西舅舅家，在那里待三天。反正外婆眼睛已经瞎了，她不会去海拉苏镇找你们。"

海兰花对这个冒险计划很喜欢，但是感觉有一点害怕，她问铁木耳："这会有危险吧？"

铁木耳说："这有什么危险？没危险。你们一直往前走就是了。你们在沙漠走走走，会看到金色的沙漠变成了绿色的草原，有房子和蒙古包，那就是白银花草原。这多有趣呀。"

9

在乌兰牧骑出发的那天早上，海兰花看到爸爸妈妈走出家门。

他们穿着厚衣服和雨靴，戴着遮阳帽。出门前，妈妈对海兰花说："要听外婆陶格斯的话，照看好弟弟妹妹，不要乱跑哇。"

海兰花说嗯嗯，她在嘴上说"嗯"的时候，心里咯噔一下。她知道这个"嗯"里包含着谎言，她第一次对父亲母亲说谎。妈妈说不要乱跑哇，她心里已经准备带着弟弟们乱跑了。话虽然这样说，铁木耳的计划还是太吸引人啦。爸爸妈妈出门之后，她帮弟弟们穿好衣服鞋子，准备好自己和弟弟的假期作业本。她记得铁木耳说沙漠里很热，应该带一点水。但是，一点水是多少呢？海兰花不知道用什么来装水，她想起自己珍藏过三个小瓶子，是跟旗医院的乌云阿姨要的栗子色的小药瓶。瓶子只有核桃那么大。她把这些瓶子找出来装上了水，放在衣兜里。还需要带什么呢？海兰花没走过沙漠，不知道带什么。实际上需要带的东西很多，但是海兰花不知道。她又带了一把小铲子，她把小铲子和三只小药瓶装在自己书包里。然后告诉弟弟在家里等着她，她要去陶格斯外婆家。

陶格斯外婆住在西拉木伦大街的东侧，外婆的房子靠近一个红色的水泵。每年春天小鸟飞回来时，红水泵从地下抽水灌满了路边的水渠。这样，西拉木伦大街边上就有了一条亮晶晶的小河。如果脱掉鞋子在水渠里面走，水特别凉，乍的骨头疼。外婆陶格斯家的木栅栏上爬满了牵牛花，粉色和紫色的牵牛花像喇叭一样，对着大街开放，但不放音乐。海兰花每次看到这些牵牛花，都想摘下来一朵做成酒杯，用它喝露水。

海兰花进到外婆家里，她说要到马西舅舅家里住几天。外婆闭着眼睛，用手摸海兰花的胳膊，说："好哇，马西家里的杏树每年都结吃不完的杏，又甜又软，你们多吃点。"

马西舅舅家里从来没有杏树，这是外婆的想象。外婆说她养的猫总是从外面给她叼来各种各样的礼物，比如老鼠、松鼠、青蛙，最大的是一只兔子。这只猫也生活在外婆的想象里，她家没有猫。但外婆确实养了一只狗，这只狗陪外婆在外面散步，它像警卫员一样把外婆要走的路线前前后后看一遍，遇到有坑洼的地方，就上前扯外婆的裤脚，为外婆规划一条安全路线。

海兰花走出外婆家，外婆往她兜里塞了很多山丁子果。这种野生水果只有小手指肚大，酸到让人尖叫。海兰花随后来到僧格舅舅家，借他的小毛驴。僧格舅舅问："你带毛驴去哪里呀？"

海兰花说："我们要到沙漠里玩。"

僧格舅舅说："沙漠里不是随便去的，你看那里平静，其实有危险，你知道吗，海兰花？"

僧格舅舅的话还没说完，海兰花已经牵着毛驴走出了院门。

10

海兰花和弟弟巴根、江格尔离开家前往白银花草原，是在早上九点多钟。街上走着他们姐弟三人和一头小毛驴。小弟弟江格尔骑在毛驴上，姐姐海兰花走在毛驴的左边牵缰绳，大弟弟巴根走在毛驴右边。西拉木伦河大街两旁高大的新疆杨像巨人那样躬着身为他们送行。在风里，新疆杨的树叶旋转着，露出背面的银灰色。海兰花想起来，僧格舅舅这头毛驴是有名字的，它的名字叫乌日根，意思是山丁子树。乌日根好漂亮，身上像水獭一样乌黑发亮，但眼眶是白的。白眼圈里是黑水晶一般的眼睛，使它有点像化过妆的演员。小毛驴的嘴巴也是白色的，吃起草来，嘴巴一动一动，看得特别清楚。

小毛驴乌日根迈着碎步往前走。蹄子踩在西拉木伦大街的鹅卵石上，像有人清脆地敲木鱼。江格尔第一次坐毛驴，他坐在海兰花绿色带红花的棉袄上，察觉自己的身体在驴背上不由自主地扭动，脖子像安了弹簧一样左右晃。

走着，他们走到铁木耳所说的那条通往红嘎路沙漠的小路，边上是兽医站。

走进沙漠，他们三个人感觉新奇，互相咧嘴笑。沙漠洁净，又像刀裁过一样整齐，而线条又是柔和的。远远地，他们看着一只鹰飞过沙漠，飞得很低。这只鹰和它的影子在远处汇成一个小黑点，留在沙漠上。

他们所走的小路是两座沙漠中间的谷底。两座沙漠的沙子从顶上流到下面停住了，中间形成一条路。这条路弯弯曲曲，随着沙丘的形状时隐时现。走了一会儿，海兰花和巴根有点累。在沙漠里，脚往前走一步，被流沙吞没，相当于往后退了半步，所以走得很慢。走一会儿，他们停下来脱鞋磕打鞋里的沙子。后来海兰花和巴根干脆把鞋脱下来别在后腰上，光着脚往前走。在沙漠上光脚走，沙漠既干净又暖和。但沙漠被太阳晒得很热，时间久了脚烫得受不了，他们只好把鞋子再穿上。不久，他们的头被太阳晒得发昏。强烈的阳光照射下来，仿佛把空气中的氧气吸干了。干燥的风抽走他们口中的水分，姐弟三人觉得口干舌燥。

海兰花这时想起来她有水。她又想，这刚刚开始旅行，水还是留到以后再喝吧。她一边这样想，一边张望，看哪里有水。海兰花想象前边不远处，就能看到蓝莹莹的湖水，白鸟张着很长的翅膀在湖上飞翔。可是无论往哪个方向看，她都看不到湖水，到处是白花花、干燥的沙子，沙漠反射阳光让人睁不开眼睛。他们三人把眼睛眯成小缝。

终于，坐在驴背上的江格尔喊道："我渴了。"

海兰花连忙从书包里拿出一个小药瓶，把盖子拧开递给江格尔。

江格尔一仰脖把药瓶里的水喝光，说："还有吗？这么点水，没等咽下去就在舌头上化了，我能喝十瓶。"

海兰花说："还有两瓶，那是我和巴根的水。"

江格尔说："但是我很渴呀。"

海兰花又把一瓶水交给江格尔，说："这是我的水，你到最渴的时候再喝吧。"

江格尔一口喝没了水，说："我还渴。"

但是没水了，海兰花不知道怎么办。巴根把自己那瓶水珍惜地贴在脸蛋上，好像用脸蛋贴着水可以解渴。

海兰花觉得自己走不动了。她告诉自己再坚持一下，这是磨炼。所有的好事都是经过磨炼才得到的。她听到巴根说："我走不动了。"回头看巴根已经坐在地上。

海兰花走过去拉他起来，他不起来。海兰花说："你把药瓶里的水喝了吧。"

巴根从兜里掏出小药瓶，拧开盖，他用舌头一点一点地舔。他每舔一下，海兰花就往下咽一次口水，但是没口水，嗓子冒烟了。她眼看巴根把药瓶里的水一点点舔光，说："你站起来吧。"巴根站起来，但是走不动。这时候小毛驴也不走了。海兰花拽着驴的笼头往前走，驴就是不动地方。

海兰花抬头看，他们眼前的路断了，迎面是一个沙漠。往前走就要往沙漠上爬，小毛驴爬不上去，才停下了脚步。

这可怎么办呢？看来小毛驴真的没劲了。海兰花把江格尔从毛驴背上抱下来，把毛驴牵上沙漠的顶上。回来，她又领着江格尔和巴根往沙漠上走，但江格尔一步也走不动。海兰花抱起江格尔往上走，她感觉到自己的两条腿像灌了沉重的铅。海兰花每走一步都在心里告诉自己："一定要完成这一步，就这样一步一步走上沙漠顶上。"回头看，巴根还在沙漠的半腰上，于是她又下去拉着巴根的手，一点一点走到沙漠顶。这时候海兰花筋疲力尽，坐在地上一动也不能动了，她觉得自己仿佛要死过去。

这时候如果问海兰花在想什么，事实上她什么也没有想，她的眼前飞起一片金星，耳边有嗡嗡的轰鸣，好像是太阳照在沙漠上反射的回声。有水就好了，她想，但是没水，他们手里只有三个空空的小药瓶。不知过了多久，她听到江格尔喊："姐姐，姐姐。"然后感觉有人推自己的肩膀，原来她被晒得昏了过去。

海兰花睁开眼睛看见巴根推自己的肩膀，巴根说："姐姐，毛驴跑了。"海兰花用尽力气爬起来，看到小毛驴乌日根从沙漠顶上一溜烟儿跑了，跑得很远，变成一个小黑点。

看到小毛驴跑远了，海兰花突然打了个寒战，这回完了，没有毛驴，他们走不出这个沙漠了。她往四处看，左边右边都是白茫茫的沙漠和像蓝玻璃一样的蓝天，一丝云彩也没有。阳光像火焰一样倾泻下来，晒到脸上像伤口被盐水浸泡一样疼痛。虽然隔着衣服，她的两个肩膀还是被阳光晒得火辣辣地疼。海兰花突然感觉到了一种叫悲哀的情绪，觉得自己到了特殊的时刻，可能再也见不到爸爸妈妈了。他们姐弟三人要在这里无力地等待死亡降临，直至和这个世界告别。想到这里，她把巴根和江格尔拉过来，抱住他们的肩膀。两个弟弟被太阳晒蔫了，把头靠在她的肩膀上，一句话也不说。

这时的海兰花不光感到悲哀，还有彻骨的疼痛。是她把弟弟带到这里，却出不去了，她特别恨自己，眼泪突然冲出眼帘，流了下来。海兰花用手摸一下脸，看是眼泪，用舌头舔一下是咸的。她希望多流一点眼泪，好解渴呀。但是眼泪吮到嘴里，越吮越咸。

海兰花紧紧抱着弟弟，眼前出现了爸爸宁布的形象。爸爸眼睛带着笑意，他的头发稍微长一点就出现海螺样的鬈发。爸爸喝上一点酒，会用力呼出嘴里的辣气，然后小声温柔地唱蒙古歌。这些歌是关于羊羔、母亲和春天的歌，还有迎接从南方飞回来的小鸟的歌，非常好听。爸爸唱这些歌，眼睛里好像能飞过小鸟。可惜再也见不到爸爸了。海兰花又想起妈妈。妈妈身上有特殊的香味，比鸡蛋的香味还要香，有点像牛奶加青草的香味。妈妈的头发黑中带点淡黄色，但她眼睛完全是黄色的。阳光下面，妈妈的瞳孔是金黄的，回屋后，她的瞳孔变成琥珀色。妈妈开口说话，优美的蒙古语从她红润的嘴唇和像贝壳般洁白的牙齿中间冒出来，像泉水冒出草地那样流畅。海兰花想躺进妈妈的怀里，像躺在宽阔的草原上一样，柔软舒服。海兰花越想这些事，流下的眼泪就越多，她一边流眼泪一边想我身上已经没有水了，是从哪儿来的这么多的泪水呢？这些水如果不变成眼泪直接流到我嗓子里多好哇，我就可以解渴了。

海兰花想到沙漠的可怕。在这里，你怎样呼喊也没人听到，你怎样奔跑也跑不远。这里没有人路过，没有蒙古包，没有一棵树，也没有河流经过。刚才爬过的蜥蜴现在也看不到了，而阳光越来越热。

11

宁布跟乌兰牧骑的人分手后，骑马回到镇上的家里。屋里空荡荡的，桌上放着孩子们吃完炒米的碗。炕上乱扔一些衣服，而地上孩子们的鞋没有了，被他们穿走了。宁布叹一口气，孩子们已经出发了。

他去了外婆和僧格舅舅家，僧格说："这三个孩子借着我的黑毛驴去沙漠了，我很担心他们。"宁布一听就明白了，和金桃说的一样，他们进入沙漠了。

宁布又回到家。他找到两个用羊皮做的口袋，一个口袋装满酸奶，另一个口袋里装上水。他又找出一件雨衣，还有蒙在头上防止被太阳晒伤的床单。这时候他想起丹巴说的要带上打狼用的布鲁。布鲁是木柄铁头的投掷器，狼头被布鲁击中后必碎无疑。带上这些东西，宁布骑上白马，很快就来到兽医站边上的十字路口，进入沙漠。

马在草原上跑得快，进了沙漠就慢了。马把蹄子费力地从沙里抬起来放下，根本跑不起来。宁布心里急，但急也没用。他下马，牵着马往前走。照这样的速度，不知道什么时候才找到海兰花姐弟。

宁布边走边观察沙漠上的脚印。孩子们体重轻，他们的脚印被流沙埋住了，但驴的蹄印还残存一部分。这说明孩子们是从这条路走过的。宁布担心的是孩子们突然改变路线，进入无边无际的大沙漠，那就出不来了。如果他们顺着这条路走，肯定能相遇。宁布走着走着开始小跑，马在他身后也跟着小跑起来。他们一直跑到了那个挡路的沙漠下面。

宁布看到这里有孩子们的足迹、屁股坐在沙子上的印记，还有驴在沙丘上蹬踏留下的蹄迹。

上这个沙坡好费力，马甚至登不上去。马蹄一蹬，沙子竟塌下来。宁布使劲拽着马的缰绳往上牵，才把马牵上高坡，上了高坡，他往远处看，看到三个孩子在远远的地方躺着。啊！不祥的感觉冲撞着宁布的胸口，他不知道孩子们发生了什么事情。

宁布飞一样跨步跑下去，没站稳，头朝下从沙漠顶上笔直地滑下来，然后连滚带爬朝孩子们跑过去。

走近，他看见三个孩子在地上躺着。海兰花脸朝上，闭着眼睛，江格尔脑袋枕在海兰花胳膊上，巴根脸朝下，他们都一动不动。宁布从马鞍上取下羊皮口袋，仰头含一口水喷在海兰花脸上。连喷了两次，海兰花才睁开眼睛。她用奇怪的声音说："爸爸。"想爬却爬不起来。宁布用水往巴根和江格尔脸上喷，把他们扶起来。然后拿出另一个羊皮口袋，把酸奶灌进他们嘴里。这种酸奶是用马奶做的，特别酸，蒙古语叫"车格"，止渴的能力强。江格尔咽了一口车格，酸得浑身打了一个激灵，巴根也打了一个激灵。他们三个轮流捧着那个大羊皮口袋喝水，简直像三天三夜没有喝过水的老牛一样。江格尔喝完把羊皮袋递给巴根，巴根喝完把羊皮袋递给姐姐，姐姐喝完递给江格尔，他们终于把水喝足了。三个人用亮晶晶的眼睛瞪着爸爸，什么话也不说，等爸爸说话。

爸爸说："僧格舅舅的毛驴乌日根呢？"

海兰花用手指东南方向："它跑了。"

爸爸说："毛驴找水去了。"

爸爸登上沙丘顶上，说："乌日根在那个地方。"

他们重新上路，往毛驴方向走，走平坦沙漠的时候，巴根和江格尔坐在马上，爸爸背着海兰花。如果登沙丘，江格尔和巴根都要下马，爸爸把他们轮流抱到沙漠顶上，再回头牵马，走了很长时间才到达毛驴乌日根待的地方。

毛驴站在一座沙漠下面，爸爸说那个地方一定有水。他们走近，看到那儿有桌子大小的一摊水，水上面飘着马粪和驴粪，不能喝。

爸爸在这摊水边上一尺远的地方掏坑，他掏了很大一个坑。爸爸说："那些水会慢慢流进这个坑里，经过沙子过滤，水会变得干净。"

真是这样，水慢慢从边上渗过来，渗成了一小坑水。爸爸让马先饮水，再让驴饮水。然后在这摊水的另一边掏了一个大坑，等水渗过来，他把羊皮口袋装满了水。

他们开始往白银花草原的方向走。两个弟弟骑马，海兰花骑毛驴。太阳继续喷火，爸爸把床单盖在两个弟弟头上，把自己的衣服脱下来盖在海兰花的头上。爸爸光着膀子，像一个油光光的红铜雕塑，牵着马往前走。走着走着，爸爸说："要下雨了。"

海兰花说："你怎么会知道呢？"

爸爸说："天空有鸟飞过来了。下雨前，藏在沙漠里边的虫子会爬出来，小鸟飞过来吃这些虫子。"

海兰花抬头看，天上一丝云彩也没有，阳光强烈，哪有雨呢？就在这时候，沙漠远处传来闷闷的雷声，好像有人在爆破。随着响雷，那边的天空变成了灰色，云层翻滚着变成了黑色。云层越来越低，白色的沙漠变成深灰色。说话间，黑云来到了他们头顶，

爸爸说："你们快下马，把衣服脱掉。"说这话的时候，爸爸已经脱掉裤子，只剩下灰色的裤衩。他帮助巴根和江格尔把衣裤脱掉，他俩没裤衩，裸体。爸爸在沙子上嗖嗖挖了一个大坑，在坑里铺上雨衣。他说："我们准备接雨水吧。"

黑云好像看到爸爸准备好了，立刻把雨点洒下来——噼里啪啦，噼里啪啦，雨点大而密集。他们哥两个，包括爸爸都光着膀子，海兰花穿着裤子和小背心被雨浇。

他们高兴地站在雨水里，举起双臂迎接雨水，洗脸洗脖子洗脚。他们张大嘴，让雨水落在嘴里，哦哦哦地在嘴里洗漱，啪地吐

出去。滚烫的沙漠在雨水里变得清凉。

雨下着，爸爸把他们四人摊在沙漠上的衣服拎起来，用手把衣服里的水拧到铺着雨衣的大坑里，然后再把衣服铺在沙漠上接雨水。就这样，衣服拧了两三遍，那个雨衣做的像大黑铁锅一样的坑里已经接满了水，天也晴了。太阳不慌不忙地走出来，照耀沙漠。

沙漠上刚才还有雨滴跳来跳去，现在变得安静起来，与之前相比好像是两个地方。沙漠变得非常干净，还有香味。沙粒被雨水冲刷过后变得亮晶晶的。

爸爸说："我们有一坑水了，不怕没水喝。先保证马和驴有水喝，这样它们才能带我们走出沙漠。如果今天晚上走不出沙漠的话，这些水也够我们用了。"

江格尔望着这个像大铁锅似的水洼说："这个湖真好，我可以下去洗个澡吗？"

爸爸说："不可以，这是饮用水，不能洗澡。"

江格尔用小手舀着水，一点一点往嘴边送。爸爸说："你随便喝，管够。"海兰花这时候悄悄掏出三个小瓶子，灌满水。爸爸说："这么一点水有什么用处，连润嘴唇都不够呢。"

巴根突然喊："有鱼呢！"

这个雨衣的水坑里真的有两条小鱼在游，不仔细看都发现不了。小鱼半透明，略微有一点驼黄色，身体有火柴棍的一半那么长。它们透明到什么程度呢？连身上的鱼刺都可以看得清楚，头部还有很小很黑的眼睛。它们的尾巴活泼地甩来甩去。

海兰花问爸爸："鱼是从哪里来的呢？"

爸爸说："沙漠里要是下雨的话，马上就会有鱼，我也说不清鱼是从哪来的。如果让我说，它们是从天上掉下来的鱼。"

海兰花说："太神奇了，我们喝水的时候要小心，不要把鱼喝进肚子里。"

爸爸笑了，说："我还会唱一首名字叫《小鱼》的歌呢。"他蹲在水坑边上，用手指着小鱼唱道——

从雨里来的，
到水里去。
从水里来的，
到河里去。
从河里来的，
到海里去。
小鱼小鱼，
到了海里
你就变成了大鱼。

海兰花问："今天晚上我们要住在这里吗？"

爸爸说："我们尽量走出沙漠，赶到白银花草原。他们在等我们。但是人在荒野，要做好各种各样的准备。不能光想着好事，也要想着困难，今天晚上也有可能住在这里。"

海兰花说："晚上住到这里有趣吗？"

爸爸说："沙漠到了晚上很冷，会把你冻得全身发抖。而且狼有可能来袭击。"

海兰花问："爸爸你怕狼吗？"

爸爸说："我不怕，狼害怕我们。狼最害怕的是我的白马奎屯。它是一匹非常勇敢的马，蹄子像铁一样，一下就能踢碎狼的脊骨。马和狼搏斗是非常有趣的事。狼始终躲着马的蹄子，趁马不注意，用爪子掏开马肚子，马肠子流到地下，马就完了。但马始终在躲狼的爪子。有时候两只狼围住马，一只狼在前面挑逗马，另一只狼从后边偷袭马。马心里明白，它假装攻击前边的狼，突然一蹄子把后边的狼踢得头破血流。动物哇，都是非常聪明的。"

海兰花说："晚上睡觉的时候，我不睡，看着弟弟。"

爸爸笑了："该睡觉还是要睡觉，也许白银花草原的人不到天黑就能把我们接走，那样我们就不用在沙漠过夜了。"

他们走着走着，又走不动了。马走不动了，驴也走不动了。虽然有水喝，但是它们一点力量都没了。在深陷的沙漠里走路，非常消耗气力。

这时候，爸爸看到路边有一个废弃的牛车。他用身上带着的斧子，把牛车横梁上的两块原木卸下来，立在沙漠中，用床单搭一个凉棚，又在凉棚下面掏了一个地窖。

爸爸说："我们不走了，在这里乘凉吧。"

到凉棚下，人立刻感觉到有风吹来，而且爸爸刚掏的沙漠地窖还有湿润凉爽的水汽，用手攥着这些湿润的沙子，特别舒服。他们在凉棚下躺着，海兰花问："我们在这里休息多长时间？"

爸爸说："等到气温降下来，我们才能出发。否则弟弟们会中暑，我们就出不去了。"

（《乌兰牧骑的孩子》发表于《芙蓉》2020年第6期，获2021年度中国好书。）

北地（节选）

老　藤

第七章　无名一寒村

　　榻上呓语：我对自己说，你可以逾越一寸，逾越一尺，但你很难逾越一丈。达子香不能错过，错过等于辜负了春天，我辜负了春天，一辈子都在酷夏里煎熬。

　　孙武是一个县，一个弄不清因什么而得名的县，连专家对此都莫衷一是。说法最多的是因当地有孙武两姓人家而得名，但这个说法有点望文生义，缺乏文化含量和传奇色彩，当地人不愿意接受。再说孙家和武家来自哪里？后人在哪儿？没人能说清楚。还有一种说法是来自侵占东北的日本关东军，当年关东军沿"龙逊官道"勘察屯兵之地时，先到了胡家堡，然后沿逊比拉河南行至逊河设治局五号驿站，简称之"逊五"，后来误传成"孙武"。

　　孙武出名因为两件事，一件是当年关东军在此重兵布防，屯兵多达十万，建有设施齐全的军事及配套设施，意在抗衡苏军。另一个是以孙武命名的一种鼠疫，叫"孙武热"。两件事让北地这个小县有些灰头土脸，因外夷屯兵和传染病而出名，无论怎么说都不好听。

孙武热又叫"出血热",是一种死亡率颇高的传染病,在黑龙江流域多发、频发,给驻军和平民造成极大伤害。

老爷子在自传中有这样一段话:

> 三年困难时期,受命于危难之时,奔赴孙武防控出血热,在极其艰难困苦的条件下打赢了这场阻击战。所有的胜利都需要付出代价,县卫生局女干部齐思思的死,让我痛心疾首!齐思思完全可以不死。齐思思留下个一岁的女儿小哲,应该长大成人。抗疫中还有个姓李的干部也染病殒命。我阻止了毕克功建议的表彰活动,庆祝用生命换来的胜利是一件很残忍的举动,通过灾难来博取利益是可耻的。

老爷子写到的受命于危难之时,正是他仕途再次遭遇坎坷之际。

奇克克山病防疫战落幕后,县委主要领导果真没有食言,向地委正式推荐了常克勋。县委的报告写得有理有据,奇克这场跨年疫情得到有效控制,全县死亡人数止步在一百二十三人没有上升,主管卫生工作的副县长常克勋功不可没,是常克勋同志果断采取了中西医相结合的防治办法才扭转了防疫形势。报告打上去,地委很重视,让组织部来奇克考核,结果考核出了点问题,原来分管卫生工作的副县长提了些不同想法,一些因防疫不力受到常克勋通报批评的几个中层干部也颇有意见,说常县长工作时作风强硬,说奇克能打赢克山病防疫阻击战是群策群力的结果,不是哪一个人的成绩。考核组回去汇报后,毕克功给常克勋打来电话,说克勋哪,地方不同于部队,工作要注意一下方法。

毕克功当然是怀有善意的,能打来电话也说明他对老同学、老战友的关心。考核有不同意见,提拔就容易搁浅,恰逢孙武发生大范围流行性出血热,局面有点失控,地委领导说既然常克勋同志抓卫生防疫工作很有办法，就让他去行署卫生局担任副局长吧。找常克勋谈话的正是毕克功。谈话场面有些尴尬，毕克功说老常啊，这次任用是对你在奇克工作的肯定，希望你不辜负组织培养，尽快打赢抗击孙武出血热这场战役。

老爷子是怎么想的没人知晓，这个经过是地委办公室干部朗连平说的。朗连平后来担任地委副秘书长，为老爷子鞍前马后服务多年，和常家人都熟。去孙武之前，常寒松给早已退休的朗连平打电话，朗连平介绍了以上这些情况。朗连平说当时白河、奇克两地很多人认为这样安排常书记不妥，为常书记鸣不平，当时奇克县长空缺，常书记是最合适人选，没想到一纸调令就去了卫生局，而卫生局那位副局长则来奇克当了县长，这是拿出力的当盾牌，哪里有枪眼往哪里塞。

这次履新实际上是老爷子仕途第三次谪迁。

来孙武要找的关键人物是小哲，老爷子提到的那个当时只有一岁的小女孩。

齐思思是烈士，烈士的女儿应该不难找。两人坐早班公共汽车从奇克赶到孙武。

尽管是夏季，孙武却清冷如秋。任多秋没有北地生活经验，没带长袖衣服，下了车便缩脖抱膀，一副乞丐模样。常寒松平常到处跑，喜欢穿长袖衬衣外套马甲，走起来自然就舒展。两人在街上转了一圈，太阳渐渐升起，身上的暖意被唤醒，任多秋的脑袋这才从脖腔里抻出来，左顾右盼个不停。有墨尔根的住宿经验，两人找到县政府招待所住下。草草用过早餐，便赶往卫生局打听小哲。

卫生局干部刚上班，在人事科，任多秋向一个中年女干部说明来意。女干部很热情："齐思思的女儿啊，那是我们房局长，刚退休没几年，你们到家里找吧。"女干部写了地址给常寒松，抬头奇怪地问："看样子你俩不比房局长大多少，怎么叫房局小哲呢？"

两人相顾一笑，是呀，小哲是老爷子叫的，他俩不该这样叫。

县城不大，两人按照地址很快就找到了房哲家。常寒松说我们不能空手，上次见莫先生没带礼物有点不好意思，北地人讲究，空手登门失礼。两人就近找了个水果店买了些杧果、橙子拎着。任多秋说："我没这个意识，在报社都是别人给我买东西，我从没给人送过礼。"常寒松说："你是无冕之王，当然用不着给别人送东西，在北地这是人情往来的礼数，与交易无关。"任多秋说："这事不好把握尺度，弄不好就会碰线，我知道北地民风如此，想一夜之间改过来不容易，其实人情也是个负担。"

叩响房哲家门，开门的是一个笑眯眯的中年女人。

"你们从北京来？"中年女人说，"人事科打来电话说北京来的客人找我有事。"任多秋想，这一定就是房哲了，退休了还保养这么好，头发依然乌黑发亮，脸上皮肤也少有褶皱。

任多秋介绍了常寒松和自己，一再说事先没约，有点冒昧。

"我叫房哲，请进来坐吧。"房哲很开朗，让座、沏茶，动作麻利。

房哲家房子不是很大，客厅兼做书房，两排橡木书柜很是阔气。任多秋对书有一种超级观察力，只扫了一眼，就发现藏书颇有档次，因为书柜第二层摆满德国古典哲学家的著作，其中有一本是费希特《全部知识学的基础》，而且有些毛边，看来主人没少思考自我和非我这一哲学问题。

房哲坐下后，任多秋问："房局长喜爱哲学？"

"我是学中文的。"房哲说，"但很喜欢哲学，仅仅是喜欢，不专业。"

"我也喜欢哲学，工作职位就在报社理论部，现在退下来了，我想我们有共同爱好。"任多秋聊天很会找共鸣点。

房哲笑了笑，嘴角现出两个深深的酒窝，微笑停止时，酒窝变戏法一般又不见了。

任多秋和房哲对话的时候，常寒松注意到书柜里有一张镶框的黑白照片，照片上有三男两女五个人，都很年轻，中间那个女人梳着齐耳短发，眼窝有点凹陷，嘴角用力抿着。另一个女孩大概十八九岁的样子，梳着两条长辫。最中间的是一位穿浅色中山装的男人，戴着墨镜，背着手，胸膛高高挺起，常寒松隐隐约约觉着这人的脸部轮廓有些面熟。另外两个男人穿着白大褂，一副医生打扮。

"你们找我有何事？"房哲问，"我已经退下两年，工作上的事就不要找我了。"

任多秋刚才介绍时没有透露常寒松身份，便回答说是受常克勋家人委托，来这里了解当年常克勋在孙武抓防治出血热的工作情况，目的是给常克勋写传记。

奇怪的是在任多秋提到常克勋时，房哲表现十分平静，没有明显反应。他心里感到有些不妙，看来老爷子自传里写到的这个小哲似乎对老爷子没什么记忆。

"在医院里治病的常克勋说要到北地招魂，我们搞不清老先生想招什么魂。"任多秋说话直来直去。

房哲淡淡说："原来是了解常克勋的情况，我确实知道一些。"

"常克勋在自传中提到了您，当时您才一岁。"任多秋提示说。

"是吗？"房哲说，"一个一岁的孩子连妈妈的模样都不记得，不瞒你们说，我对妈妈的印象就是一张照片，喏，就是书柜里那张合影。"说完，房哲起身过去，将那张黑白照片拿过来，用纸巾轻轻擦了擦上面的浮尘，指着照片中那位梳短发的女人说，"这就是我妈妈齐思思，当时是在县卫生局负责防疫，不幸因公殉职。妈妈是带着遗憾走的，死不瞑目。"

"其他几位都是谁？"常寒松插话问。

"中间这位戴墨镜的就是常克勋，因为有墨镜，看不到他的眼神。穿白大褂的男人一个是县卫生局局长康捷，一个是地区卫生局干部小范，最年轻的小姑娘叫金菊，是个护士。"房哲说，"照片里的人都不在了，时间就是这样，无论人世如何嵯峨，最终总会归于一平。"

房哲怎么会说老爷子不在了呢？常寒松觉得她一定是听信了讹传，便问："您听谁说常克勋已经不在人世？"

"没有谁说，是我估计的，对于我来说他即或活着也和不在一样。"

"您对常克勋好像有些成见。"任多秋说，"这是怎么回事，可以说说吗？"

"这事说起话长，"房哲不想深入这个话题，很歉意地笑了笑说，"年轻时情感上的纠葛现在再看不免幼稚，但生与死的痕迹在记忆里是填不平的沟壑。"

"您当时才一岁，不可能知道大人的事。"任多秋身子向前倾了倾，心里很兴奋，觉着挖到了一处故事富矿，眼前这个优雅的女人一定知道老爷子某些不为人知的秘密。

"是姨妈告诉了我许多实情，"房哲说，"我是姨妈带大的，姨妈认为常局长为了前程不惜辜负一个垂死的女人，是个薄情的伪君子。我长大后看过他给我妈妈回的一封信，不长，官话连篇，像又酸又硬的列巴，所以觉得姨妈的评价很客观。"

"常局长怎么会给您妈妈写信？"常寒松越发不解。

"这您要问他了。"房哲说，"那个时代的事，今天人们无法理解，什么事都遮遮掩掩，明明可以当面表白的却还要写信。对了，二位要问常克勋什么事情呢，这个大人物是不是想忏悔过往，就像托尔斯泰笔下的聂赫留朵夫，让自我和非我统一起来，想实现一种良心的复活。"任多秋很惊讶房哲对费希特哲学理论的运用，看来孙武也是藏龙卧虎之地。

"不是的，"任多秋马上否定了房哲的猜测，他觉得在一个有哲学思维的女人面前，应该摒弃任何谎言，省得被对方所戳穿，"常克勋这两年身体不好，几乎卧床不起，记忆严重衰退，病中总会自言自语，断断续续说些不着边际的话，他说的一句北地招魂让我们特别在意，我们觉得他在北地或许有一份牵挂，便来实地寻访想找到答案。"

房哲站起身去厨房给茶壶续水，去的时间稍长，她在等水壶的水烧开，然后端着茶壶回来续茶，手微微有些抖动。

"民间一般是给孩子招魂，大人招魂不多，给一个八十多岁的老人招魂还没听说过。"房哲说，"如果常克勋真的说过有什么牵挂在孙武，倒是让我想到了这样一句古话：'鸟之将死，其鸣也哀；人之将死，其言也善。'"

常寒松感到极不自在，房哲这句话已经透露出她对老爷子心存怨恨，这是为什么呢？老爷子无非是在这里抓抗疫，是造福当地，一个当年尚在襁褓中的孩子，为何对老爷子芥蒂如此之深。

"听您的话我感觉常克勋在此抗疫，工作做得不是很好吧？"任多秋问。这是一个关键问题，如果老爷子来此抓抗疫却尸位素餐，未拯救斯民于汹汹疫情，那么当地人民有理由恨他，这样的干部能一路提升更是时代的悲哀。

"那倒不是，"房哲说，"常克勋抓抗疫还是尽心竭力的，工作是工作，情感是情感，两者不能混淆。"

"听说有个叫李宝库的干部殉职在抗疫一线，是怎么一回事呢？"任多秋想从外围再切入核心，先把李宝库殉职的事提了出来。

房哲介绍了李宝库因公殉职的情况，李宝库是个公社干部，三十出头，有一半俄罗斯血统，当年就是他带常克勋一行去曾家堡检查疫情。因为曾家堡一夜之间出现了多个出血热患者，常克勋分析这是食物遭到黑线鼠污染的结果，于是带队直接到村里察看。曾家堡有个日伪时期建造的飞机场，废弃后被大队用来做场院，大队的黄豆、谷垛就堆在场院上，场院边有一处老房子是大队的豆腐坊，社员谁家吃豆腐就来这里用黄豆换。常克勋查看过现场，认为问题出在豆腐上，是老鼠污染了豆腐，社员吃了凉拌豆腐导致患上出血热。应该说常克勋这个发现是有道理的，有了曾家堡的教训，县里专门下发了一个7号通知，要求城乡居民不要吃凉拌豆腐，大豆腐和干豆腐一定要熟吃。

那天下乡，常克勋和几个干部在一户社员家吃派饭，李宝库和另外几个随从在另一家社员家吃派饭。李宝库吃饭这家没有什么菜，就用大酱拌了一盆豆腐。就是这顿饭，让熊一样强壮的李宝库患上了出血热。出血热专门欺负身体好的人，尤其喜欢欺负身强力壮的年轻人。等李宝库发作时浑身已经布满出血点，医生也回天乏术了。李宝库的死成了落实7号文件最好的反面例子，从这一点看，李宝库没有白白牺牲。

"当时条件太差，如果村里有食堂不吃派饭，李宝库就不会染病。"房哲提起半个世纪前的事，依然心有遗憾。

"当时吃饭的人那么多，为什么偏偏李宝库感染了呢？"任多秋有些不解。

"传染病毒这个东西很怪，我们搞卫生的人甚至怀疑它长有一双眼睛，因为它的指向性极明确，也就是说它在攻击目标上不是盲目的，而是专门去打击那些轻视它的人。李宝库就是一个自恃身强力壮、对防疫措施满不在乎的人，结果一桌人吃饭，病毒专门撂倒了他。"

"李宝库后事安排怎样？他陪领导下乡感染，属于因公殉职。"任多秋说。

"后事安排没有问题，这种事常克勋还是很会做的，李宝库以最快的时间被定为因公殉职，这是常克勋争取的结果。在李宝库殉职这件事上，实事求是地讲不能怪常克勋，因为他已经明确指示不要吃凉拌豆腐，可惜李宝库是在另一户人家吃派饭。"房哲思考问题不偏不倚，没有因为这件事迁怒于常克勋。

"那么，令堂的殉职是不是和常克勋有关？"任多秋开始切入正题。

房哲犹豫了一下，说："也好，你们给常克勋写传记，如果把我妈妈写进去，对九泉之下的妈妈也是一个交代，妈妈临死都没有听到她想听的话。

"据姨妈讲，常克勋是个很有男人味的干部，刚毅、果断，知识渊博，口才也好。妈妈有什么事都和姨妈讲，妈妈说她从见到常克勋第一刻起就被这个男人深深吸引住了。常克勋来孙武抓抗疫，县卫生局康捷局长让妈妈陪同，妈妈的任务是记录常克勋在各种防疫会议上所讲的话，传达常克勋提出的工作要求。妈妈是个对工作高度负责的人，常克勋在孙武的所有讲话妈妈都记了下来，然后编发工作简报，那段时间妈妈实际上承担了常克勋秘书的角色。妈妈学医出身，不会速记，就经常把记录本送给常克勋审阅，这是一个必要工作程序，目的是防止出现差错。

"一次，常克勋在腰屯公社抗疫现场会上讲了一个土方子，说这个方子是一个鄂伦春医生告诉他的，大家可以一试。什么土方子呢？就是回家找一些生锈铁钉，与马鞭草一道熬水喝，有病没病都可以喝。这个土方子简便易操作，大家都记住了，回去肯定会用上。妈妈懂医，防疫经验还是有一些的，她觉得领导在近百人的会议上推荐这样一个土方子有些不妥，至少缺少科学精神。妈妈犹豫再三，觉得还是该提醒常克勋。午休时妈妈敲开了常克勋的房门。妈妈从不隐晦自己看法，喜欢开门见山，常克勋问她何事，她就说我给您提个意见，我觉得您作为地区卫生领导不应该在公开会议上推荐那些属于巫医神汉的伎俩，这有损您的形象。常克勋说，秘方怎么就是巫医神汉的伎俩，这是谁说的？常克勋误会了，认为有人在诋毁自己。妈妈不过多解释，说我是为您负责才越级向您提建议，您听不进去就算我没说好了。常克勋没有重视妈妈的意见，嘻嘻哈哈就过去了。那天夜里，妈妈辗转反侧无法入睡，就起来给常克勋写了一封信，夹在会议记录里送给了他。信很长，表达了三个方面意思：一是因为尊重您，敬爱您，才会向您提建议；二是防疫是一门科学，要凭科学根据说话，偏方秘方推荐要谨慎；三是如果哪里冒犯了您，请千万别在意，思思无非是'两处闲愁'罢了。妈

527

妈在信里表达出一种很隐晦的情思，这一点相信常克勋不会不懂，谁都知道李清照那首《一剪梅》的词，那首词我背得滚瓜烂熟。

"这里妈妈用了'一种相思，两处闲愁'中的后半句，想表达的意思再清楚不过了。但常克勋装聋作哑，一句话没说就把信退给了妈妈，好在他还有一点人性，没把信转给康局长，但这件事让妈妈暗自流了不少眼泪。"

常寒松忍不住插话问："对不起，房局长，我想问一下，你妈妈当时是婚姻存续状态吗？"

"不是，我爸爸是林业干部，不幸在一次扑救山火中牺牲，我是个遗腹子。"房哲苦笑一声说，"一个家庭，父母都是烈士，老天真是开眼了。"

不幸，太不幸了。任多秋注视着房哲想，厄运为什么如此眷顾一个可怜的小女孩？她爱上哲学是不是想自我解答这个宿命问题。

"常克勋当时应该是有家室的人了，不敢再接受异性的橄榄枝。"常寒松不是问，而是用陈述句表达了一个结论。

"可是，妈妈并没有要怎么样啊，妈妈只是想表达一种爱慕之情，要知道，爱是不应该受谴责的，谁都有爱的权力，更何况爱是一种高尚的情感。但是常克勋太能装了，他明明喜欢我妈妈，嘴上却不敢承认，这对于一个女性来说是莫大的伤害。"

常克勋喜欢齐思思？常寒松觉得不可思议，老爷子一定是有什么事让对方产生了误会。

"我妈妈是个人见人爱的漂亮女人，你看照片，是不是有点像电影明星白杨。我姨妈说爸爸牺牲后，跟在妈妈身后的追求者能有一卡车，但妈妈毫不动心。妈妈是个清高的人，她欣赏的男人必须果敢、刚毅、有才华，她认为常克勋具备这一品质。小时候我就想，妈妈为什么会这样？非要在一棵树上吊死，长大后我才明白，是孙武这个无名寒村限制了妈妈的选择余地，当常克勋这样有资历、有知识、有气质、形象又好的男人一出现，便像磁铁一样吸引了妈妈。常克勋也是个男人，当时又那么年轻，对一个漂亮的单身女人不可能无动于衷。有一次下乡，妈妈头上不知怎么沾上了一截干草，当时常克勋和妈妈站在村口，他抬手摘下了妈妈头上的干草说，知道头上插草什么意思吗？妈妈说不知道。常克勋说，那是穷苦人家在街上出卖自己呀，旧社会常有的事。妈妈开玩笑说，那我就把自己卖了吧。常克勋说，那我砸锅卖铁也要把你买回来，这么好的女人谁能忍心让你流落街头。也许是说者无心听者有意吧，妈妈当时就哭了，一下子扑在常克勋怀里说，有您这句话我满足了。常克勋吓了一跳，急忙推开妈妈四下张望，担心被人看到。结果妈妈破涕为笑，说亏你还是打过仗的团长呢，连一个弱女子都怕。"

"你说得对，常克勋确实喜欢你妈妈，只是受身份限制，不敢明说而已。"任多秋肯定了房哲的判断，因为老爷子那句"砸锅卖铁也要把你买回来"的话已经说明问题。

"仅仅是这些，还不足以让您生常克勋那么大的气吧。"常寒松说，"我觉得常克勋的做法没什么不妥。"

"如果仅仅是这些我不会恨常克勋，但后来他俩的关系发生了质变，性质不一样了。我姨妈说常克勋和妈妈之间的事仿佛就是老天故意安排的，一切都那么顺理成章，对此我并不生气，两情相悦，食色，性也嘛。我生气的是两人关系到了那么一种程度，妈妈临终前一点小小的要求都不能得到满足，这无论怎么说都是常克勋不对了。当时我姨妈在现场，后来她告诉我，她心里一直埋怨姐姐爱错了人。"

"这到底是怎么回事？"常寒松心跳有些加快，故事一波三折，时松时紧，他的心都提到了嗓子眼，如果再出现红花尔基蓝水瑶那样的故事，老爷子的人设就彻底垮塌了，自己北地之行无疑就成了罪过。

"一切问题都出在那辆破吉普车上。"房哲说，"那是一辆美国车，从抗美援朝前线回来的，你想想车会有多少岁。那天，司机拉着常克勋、康捷和妈妈去辰清检查疫情防治，看天色已晚，司机就选择了一条山路近道，没想到走到半路两只轮胎先后爆胎，四个人困在了林中路上。这时天也黑了下来，只能派人去寻求救援。司机提出自己步行到公路上截车，然后搭车去找救援。那个时候山上野兽多，司机一人穿越森林相当危险，常克勋就让康捷陪司机去，他和妈妈在车里等待救援。常克勋配有手枪，为了司机和康局长的安全，他把枪给了康捷，以防路上遇到野狼。常克勋说车的马达不能熄，一旦有狼群出现可以打开车灯把狼吓跑，狼惧光，车灯一开狼不敢靠前。去寻求救援的康捷和司机到凌晨才回来，这一晚狼群没出现，车灯也没开，但车里该发生的事都发生了。妈妈对姨妈说是自己情愿的，常克勋没有一丝一毫的强迫。妈妈说常克勋很会疼女人，她感谢这辆破车，吉普车连爆两胎很少见，可见这是天作之合。这一晚妈妈在常克勋怀里睡了一个甜美的好觉，妈妈说这是她三十年来睡得最美的一觉，她做梦了，梦见自己化成一片云在天上飞。

"这次下乡回去后，常克勋给妈妈写了一封表达歉意的信，这封信让我对他更加耿耿于怀。当一个女人把自己献给了你的时候，你应该感到幸福而不是自责，因为只有感到幸福，女人才会觉得自己的奉献有价值，而你若感到自责，女人会觉得自己的奉献成了罪恶，这是我能体会到妈妈内心的纠结所在。"

难以置信，常寒松感到嗓子发干，像吞了一口不上不下的干炒面，端杯喝了口茶，却呛着了气管，一连咳了好几声。

"有点令人匪夷所思，"任多秋摇了一下头，"这故事太艺术化了，像电影。"

"我觉得很正常，"房哲说，"激情势同山火，降临之时无法阻挡，在那样一个几乎与世隔绝的环境，周围有群狼环伺，林涛阵阵，一对相互喜爱的人在狭窄的空间里发生一点事情很正常。有位哲人说过，当末日来临之时，道德的约束力会自然宽松。他们两个是特定条件下一种本能释放，也恰恰说明这是两个正常人。我说了，我对常克勋有看法不在那一夜他们之间发生了什么，而在于发生后常克勋的态度。"

"妈妈的不幸还在后面，"房哲接着说，"妈妈感谢过的那辆旧吉普后来出了大事。"

"大事?"任多秋和常寒松不约而同地重复。

"今天看来，那应该是一辆报废车，"房哲说，"抗美援朝时的吉普车，已经超过了使用寿命，但因为当时国家穷，汽车少，报废车也只能凑合着开。

"这辆车当时拉着照片上这五个人，去位于黑龙江畔的奋斗乡，那里靠近一个国营农场，国防公路比较平坦。一般来说，路况好的时候司机忍不住就会开快车。司机在平坦的沙石路上油门踩得狠了点，快速行驶中，突然从路旁桦树林里跑出一群狍子。狍子有个特点，惊慌时会停下来回头张望，就因为这个特点有'傻狍子'一说。狍子群跑上公路突然停下了，纷纷扭头望着开过来的吉普车。司机没有处理过这种险情，要是一两只狍子他会毫不犹豫地撞上去，可这是一群狍子，有十几只，撞上去会像撞墙一样把吉普车撞碎。司机只能打方向，结果吉普冲上路旁的沙堆，弹起来翻进了沟里，四轮朝天倒扣在泥水中。常克勋左肩脱臼，腿上有擦伤，康捷额头划了道口子，小范腰椎损伤，金菊脚踝扭断，妈妈伤得最重，是内伤，呼吸十分困难。车上的人除司机外，都不同程度受了伤。好在车祸地点离农场场部不远，农场派车将伤者拉到场部医院治疗。常克勋、康捷无大碍，小范和金菊需要住院观察，只有妈妈因为内伤不明处于危险状态。医生会诊后认为伤到了肝脾，转院路上太颠簸不行，需要到北安接专家来手术。县里接到农场电话后派人赶到农场，姨妈也去了，姨妈是抱着我去的，因为农场方面说了妈妈病情十分严重，但我太小了，对那天的事情没有任何记忆。我们赶到农场医院时妈妈已经不行了。因为头部没伤，妈妈离世前一直清醒。

"姨妈告诉我，在农场医院她看到了人性自私的一面，这种自私是不可饶恕的，多年以后姨妈说到妈妈去世的情景仍然义愤填膺。人怎么可以这样呢？别说有过肌肤之亲，就是普通同志也不至于这样无情。"

"常克勋又做了什么？"常寒松几乎要哭了，老爷子做出了什么样的绝情之举会把房哲的姨妈得罪如此之深？他对老爷子在那样一个吉普车之夜与齐思思发生的事已经不能理解，如果在一个即将离世的女人面前再有不当之举，那就不可原谅了。

"妈妈在弥留之际，面对病床边的人，目光一直在两个人身上不肯离开，姨妈说这两个人一个是我，另一个就是常克勋。谁也没有料到，弥留之际的妈妈向常克勋提出了两个要求。妈妈用微弱的声音说，想请常克勋做小哲的干爸，小哲太可怜了，父母都不在人世，总该有个人称呼爸爸，免得受人欺负。常克勋没有说话，转身抚摸了一下我的头。据姨妈说，常克勋的眼圈红了。接下来妈妈又说，小哲的干爸，你能吻我一下吗？就一下。姨妈看到常克勋犹豫了，在妈妈恳切的目光中，他俯下身，在妈妈挂着滴流的右手背上吻了一下。姨妈能看出妈妈刹那的失望，她瞳孔里原本微弱的烛光一下子被风吹灭了，瞬间变得空洞、呆滞，只见妈妈用尽全身力气抬起被常克勋吻过的右手，努力想把手背靠近自己嘴唇，就在要贴上的时候，右手突然垂下了，像忽然折断的翅膀，耷拉在床边，妈妈就是带着这样的遗憾走了，那个农场叫红色边疆农场，我一辈子的伤心地。"

任多秋和常寒松都流下了眼泪。房哲的述说很有感染力，情景描述特有代入感。

老爷子太过理智了，任多秋想，特殊情形不应该顾忌那么多，毕竟齐思思已经进入生命倒计时，让她没有遗憾地离开这个世界对死者是莫大的安慰。

常寒松则想，是当时那种政治环境让老爷子迟疑不前，担心有人做文章，因为在红花尔基已经有过这方面的议论，一朝被蛇咬，十年怕井绳。按理说这种处理方式不符合老爷子的处事风格，但处于谪迁期的老爷子肯定有难言之隐。

"以常克勋的身份不能没有顾虑呀，"任多秋说，"真要是来一次死亡之吻，白河政坛足可以发生一场地震。"

"这就是某些政客不可爱的原因。"房哲说，"还有下文呢，如果是常克勋顾虑太多，不敢去吻就要离世的妈妈，那么后来他的做法就让人寒心了。"

他又做了什么？常寒松觉得自己快要崩溃了，这次造访会面简直就是一场对老爷子的控诉，而控诉的内容又无法辩解，想找个理由都难。

"这件事是我的亲身经历。应该说妈妈去世后，一直有人每个月寄给我五块钱，后来是十块、二十块，一直到我上了卫校享受到国家助学金，我也满了十八岁，这个钱才停下来。姨妈问过，得到的答复是行署卫生局给的。姨妈再没多问，作为烈士后代，政府有照顾，我的生活没有问题，行署卫生局给这个钱也是情有可原，妈妈毕竟是陪卫生局领导下乡才牺牲的。

"我卫校毕业面临分配，同学们都在找关系，我就想起自己还有一个当专员的干爸，就想去行署大院见见这个干爸，请他帮助拿个主意。刚才说了，这是妈妈临终托付的事情。姨妈若知道不会让我去，所以我是瞒着姨妈偷偷去的，去的路上我还想，妈妈太伟大了，她知道女儿长大后需要有一个活人叫爸爸，才在临终时提出了那样一个要求。我当时特别想对一个德高望重的男人叫一声爸爸，我想好了，只要常克勋能认我这个干女儿，我会用足力气喊一声'爸爸'。我去行署大院，门卫不让我进去，我说我找常克勋，门卫奇怪地问你找常专员干什么，我说常专员是我干爸。然而没想到我会碰一鼻子灰。门卫问了我的姓名，打电话向办公室做了通报，不一会儿，大楼里出来个穿半袖衫的年轻人，表情十分严肃地说，哪里来的小丫头，该去哪儿去哪儿，知道这是什么地方吗？不要在这无理取闹，常专员说了他根本没有什么干女儿。我一听就明白了，人家是不想认，我特后悔没听姨妈的劝，结果自讨没趣。"

"是不是下面工作人员没有通报呢？"常寒松觉得此事颇有疑点。

"应该不会，我向门卫说了自己是卫校马上要毕业的学生，来自孙武，名字叫房哲，如果不是故意装睡，这些内容足够唤醒他。当然，故意装睡的人你是无法唤醒的。"

"老爷子真是邪门了，为什么要这样对待你？他帮助你也就是举手之劳哇，卫校毕业，正好给你分配个可心的单位，这对你妈妈也是个交代。"任多秋有些愤愤不平起来。

"常克勋也不是没有帮助我，我担任卫生局局长之后，了解到当年行署卫生局每月给我钱的事。计财科长说这些钱不是单位出的，都是常局长从自己工资中扣的，包括他调离卫生局，这钱也仍然没忘。这一点我要感谢他，我想过，如果有机会我见到他，我会连本带利把这些钱还给他。另外，常克勋抓出血热防治还是很有成绩的，这一点我姨妈也认同。当时被我妈妈说是巫医神汉伎俩的那个土方子，竟然大大降低了农村人口的感染率，这可能也是我妈妈更加崇拜他的一个因素吧，女人总是喜欢有本事的男人。自那次防治后，这个长期被地方病困扰的欠发达小县，再没发生过大面积流行性出血热。"

"难得您能这么看问题。"任多秋夸奖说。

房哲谦虚地笑了笑，两只酒窝又浮现出来："我喜欢哲学，懂得什么都要一分为二。"

"我想，这其中肯定有误会。"常寒松摇摇头，"我不相信常克勋会这样对待一个准备写进自传的干女儿。"

房哲笑了："不管怎样，一切都已经过去了，时间是最好的疗伤剂，所有的伤口都会随着时间流逝慢慢愈合，我今天说这些，是除了姨妈之外第一次对外人讲，你们不来，我也不会讲，如果用一句话总结的话，一切都将过去，唯有伤疤永存。"

常寒松问："我能翻拍一下这张合影吗？"

房哲说："可以，你们如果将来出版《常克勋传》的话，希望能把这张照片用上。"

告别房哲，走在空旷的街道上，任多秋忽然觉得身后常寒松没跟上来，回头一看，发现常寒松正驻足回头仰望房哲家的窗子，房哲站在窗前默默地望着他们。任多秋也回过身来，说："走吧，老爷子留在孙武的魂已经被你翻拍到了。"

"我想，房哲已经认出了我的身份，她只是不想说破而已。"常寒松这样说。

第二十三章　凤鸣街

> 榻上呓语：当歌曲和传说都已沉寂，唯有建筑还在张嘴说话，我毁灭了建筑，却没能封住说话的嘴。夜深人静之时耳畔总是响起一首幽怨缠绵的萨克斯曲，曲子的名字叫《人鬼情未了》，我知道，我或许动迁了许多原本已经沉睡的灵魂。记得有个抽雪茄的外国老头儿说过，人造房子，房子也造人。

凤鸣街是白河城区年纪最大的一条街，东西向，三里长，路面青石铺就，主道六米宽，两侧各有一丈宽的人行道，这样算起来，人行道竟然不比车道窄。凤鸣街东始于黑龙江江岸，西止于圆葱头教堂，黑色的铸铁铁艺路灯不过一人半高，厚厚的玻璃灯罩，夜晚灯光昏黄暗淡，颇有点布拉格城堡壁灯的味道。

凤鸣街两旁建筑尽是色泽凝重的木刻楞，这些建筑一律用粗大的松木垛成，有好看的雕花木窗，窗里大都衬着白纱窗帘，让窗户的每一块玻璃都有了油画般的质感。木刻楼屋顶一般是绿色或赭色带瓦棱的铁皮瓦，带有别致的天窗，天窗虽窄小，却像个袖珍房子一样也尖顶起脊，立着高高的避雷针。如果从天窗进去，应该是木刻楼最神秘的阁楼了。

凤鸣街是老爷子晚年的一块心病，这从他的自传提纲中可以看出来：

> 悔不该同意克功提交的凤鸣街改造方案，悔不该将那些珍贵的木刻楼一拆了之，悔不该炸掉那座圆葱头教堂……

改造前的凤鸣街像一个童话，常寒松脑海里经常海市蜃楼一般浮现那里的街景。常寒松说："我脑海中的凤鸣街是一幅幅黑白老照片，虽然色彩单一，但特别耐品。"

任多秋问："凤鸣街给你最深的印象是什么？"

"感觉就是一个字：旧。"常寒松说，"木头房子，青石铺成的马路，包括磨损严重的马路牙子，都很旧。你去过省城的中央大街吧，凤鸣街的石砖马路和中央大街的石砖路一样，据说是同一个俄国设计师设计的，每块栽在马路上的方形石砖要一块银圆呢。印象里那是一条从不缺少阳光的街道，因为是东西向，早晨，带着晨露的石砖路面上会撒上一层明亮如银的朝晖；傍晚，一路夕阳则像秋天里飘落的银杏叶，金灿灿的煞是好看。街两旁的木刻楼大都建有门斗，门斗窗台上多摆放盆栽的月季花或洋绣球，月季花红艳如炭火，和木质建筑特别搭配，能给人许多暖意。房子相互间隔较大，中间栽有丁香和棠棣树，棠棣果一粒粒紫红泛黑，却无人采摘。最显眼的是西边的圆葱头教堂，那是一座体量并不大的东正教堂，有一大两小三个绿色圆葱穹顶，每个穹顶上都有一个高高的金色十字架。记得教堂周围栖息着一群乌鸦，经常在穹顶上方盘旋，乌鸦的叫声令人烦，但没人去驱赶，白城人讨厌乌鸦却从不伤害它，这是个很有趣的现象。圆葱头教堂没有名字，白河地方志里有这座教堂的黑白照片。"

"很有异域特色的一条老街。"任多秋说。

"是呀，很可惜改造了，改造旧东西是很多人的嗜好，问题是改造之后远不如改造之前好，对于这一点我的相机镜头就是一块试金石，有些老建筑无论你从哪个角度拍，成像都美，而许多新建筑就不成，想把它拍得美一点特困难。老爷子之所以后悔改造凤鸣街，应该是审美上的醒悟，如果不改造的话，凤鸣街将是一条古朴的民俗风情街，是白河一道难得的风景线。"

"为什么要改造呢？"任多秋紧锁眉头，他对大面积的城市改造一向不敢苟同，新的就一定是好的吗？

"也许老何能说清楚，"常寒松说，"与见证白河锅炉厂的拍卖一样，老何也是凤鸣街改造的见证者，他还写过长篇报道《老街新貌话白河》，老爷子把这张报纸拿回家，保存了很长时间。"

可以从这篇报道入手来解密凤鸣街的改造。任多秋心中一动，秘密往往隐藏在内幕里，而打探内幕是记者的职业本能。任多秋忙不迭打电话让老何来宾馆，告诉他要聊聊20世纪80年代的凤鸣街。

老何来了，进屋就说："你们频繁找我谈话，宾馆前台还以为是纪委办案呢，白河不大，容易出流言蜚语。"

任多秋笑着说："谈完后我俩到餐厅请你喝酒就没人怀疑了，办案人员只请喝茶没有请喝酒的。"

"开个玩笑，"老何说，"你们正好给了我一个梳理往事的机会，这些天我也萌生了写本回忆录的念头，人到晚年，总该给自己一个交代。"

常寒松心里嘀咕，人老了怎么都想写回忆录呢？

闲聊了几句，开始转入正题。任多秋让他讲讲凤鸣街的事。

老何讲问题一向先总后分，他认为凤鸣街改造当时就有争议，如果说是个败笔的话，这笔账应该记在毕克功头上。毕克功有一种二锅头般的民族情绪，认为凤鸣街是白河的耻辱，是被殖民的标志，凤鸣街的存在除了做反面教材再没有其他意义。

老何的回忆有条不紊，似乎早就打好了腹稿。

"当时的白河到处是建筑工地，建筑公司来自天南海北，叽里呱啦的南方话充斥大街小巷。这本来是一过性反应，却让小城决策者产生了一种不切实际的想法，认为白河很快就会是北地深圳。老何说白河领导层对白河未来的愿景成了一个热气球，各行各业都在给这个气球注入豪情，大干快上的冲动让当时白河领导很有些飘飘然，觉得自己已经走在国际化的路上了。我注意到那个时候街面上的广告牌，一个小小的三层建筑却命名国际大厦，一个原本行业的招待所，改头换面就成了国际大酒店，白河电影院也更名为五洲影院，明明举办个地方性小活动，因为邀请了几个留学生参加就用国际来冠名……说实话现在我可以当马后炮，在当时我也很陶醉这种撑竿跳一般的发展态势，我本人是个白河跨越式发展的吹鼓手。"

"不只是白河这样，当时普遍存在一种发展焦虑。"任多秋说。

"北地深圳目标虽好，但累吐血也够不上，深圳是举全国之力在打造奇迹，源源不断的资金是它发展的强大推力。白河有什么？几个南方工程队那是来赚工程费的，白河的财政解决吃饭都捉襟见肘，哪里有余力上项目？白河属于苦寒北地，没有气候优势，想建北地深圳太不切实际。

"但白河的决策者对此信心百倍，坚定不移要建北地深圳，要实现大目标，就必须设定阶段性目标，也就是说定期要有形象进度，这样凤鸣街便不幸被列入了改造计划。"

"改造凤鸣街到底是老爷子还是毕克功的主意？"常寒松有点急。

"常书记和毕克功在城市改造大方向上是一致的，都觉得要有形象进度，经过短期改造至少要给人眼前一亮的感觉。但两位主官在改造哪一地块上思想没能统一。常书记主张集中力量改造沿江一线，同时修建一条江堤带状公园。理由是沿江带状公园建成，就如同上海有了外滩，香港有了维多利亚湾一样，城市特色就出现了。毕克功却盯住了凤鸣街，理由是凤鸣街是白河一条横向主路，窄窄的老气横秋的主路与北地深圳不匹配。本来毕克功的主张很难通过，但高度近视的毕克功在凤鸣街发现了一种小动物，这种小动物帮了他大忙。

"这种小动物就是毕克功说的白蚁，疑似出现在了凤鸣街。'疑似'这个词当时很少用，在我的印象里毕克功是使用这个词比较早的领导干部。

"毕克功带着城建局的人到凤鸣街做入户调查，发现了三个问题：一个是凤鸣街木刻楞建筑里的居住者大都是老年居民，许多是中俄混血，妥善安置这些人养老，政府义不容辞。另一个是这些房子没有集中供热，冬季需要烧壁炉取暖，烧柴取暖这是落后的标志。再一个是在一些木刻楞里发现了疑似白蚁，白蚁这个东西很厉害，会把木质建筑一点点挖空，是公认的危房制造者，木刻楞有白蚁等于患上了癌症，难以治愈。

"常书记对凤鸣街改造还是比较慎重的，他带着地委副秘书长朗连平和我去凤鸣街做了一次调研。那次调研，令常书记觉得凤鸣街的气息不对，大到一座城，小到一处建筑，都是有气息的，这种气息决定着依托者的精神，凤鸣街的木刻楞让人恍若走进了19世纪的西伯利亚，充斥着一种腐朽、霉烂的味道。我注意到常书记站在圆葱头教堂正门前，回头望着这条直通江边的青石街，缓缓地点了点头。

"据常书记的秘书后来说，在改造凤鸣街方案上会前，常书记找毕克功谈话，两人谈话内容并不保密，因为城建局长老刁也在场。

"常书记问，你下定了决心拆掉凤鸣街？

"毕克功说，蓝城公司看中了凤鸣街，觉得那个地段好，这是个机会，抓住了，白河城市建设会上一个台阶。

"常书记看了看刁局长，刁局长是老资格的中层干部，在商业局长岗位上交流到城建局任局长，此人很有主见，看问题如同打算盘，习惯用盈亏数字来说话，在中层干部中有一定威信。刁局长说，蓝城公司主要看中了凤鸣街的动迁成本低，那些木刻楞一辆吊车就吊走了，房屋间距又大，如果动迁其他路段，动迁成本要提高三倍以上。应该说刁局长说到了点子上，商人追逐的肯定是利益。

"常书记说，那些木刻楞虽旧，却是白河最古老的房子，是城市凝固的记忆。

"毕克功说，老房子在露天环境里不会永远存在下去，任何建筑都是有寿命的，像凤鸣街的木刻楞，从理论上讲寿命最长也不会百年，因为木头会腐烂。若是石头建筑就另当别论，古希腊、罗马，还有埃及，留下的古迹都是石头的，没有一处是木头的，拿木刻楞当古迹只会一遍遍重建，而重建的就是赝品。

"毕克功讲的这些话说明他做了功课，对古代文物做了些研究。但他的话也被常书记抓住了破绽，常书记摇摇头说，木质建筑不是不能长期保留，据我所知应县木塔就是辽代的，一直保留至今嘛。

"毕克功愣住了，他不清楚应县木塔，望着常书记一时不知说什么。

"常书记说，应县木塔在山西朔州，始建于公元1056年，木塔用红松木料三千立方，不倾不倒，避雷避火，是世界木质建筑的瑰宝。当年明成祖朱棣率军北伐住宿应州，登塔观看城中景色之后，亲笔题写了'峻极神工'四字，木塔名气因此大了起来。

"毕克功说，应县木塔我没有研究过，但我想木塔能保存千年，肯定无病无灾，而凤鸣街的木刻楞却患上了'癌症'。毕克功说了发现木刻楞有疑似白蚁一事。常书记有些怀疑，白蚁应该生活在亚热带，北地属于高纬度，怎会有白蚁存在？

"很可能是木刻楞内部的小环境所致，毕克功说，木刻楞屋内常年湿润，木头缝隙里一直有苔藓，白蚁在室外和混凝土建筑中无法生存，在木刻楞这个小气候里，就可以构建起自己的世界。

"常书记说，如果真有白蚁滋生，即使不动迁这些建筑也会被白蚁毁掉。

"毕克功说，等到那个时候蓝城公司也走了。

"常书记说他需要了解一下情况再做决定。毕竟改造凤鸣街事关白河人的记忆，要动迁必须理由充分，不能让后人戳脊梁骨。

"我们来到一户姓郭的人家。郭家只有一对老夫妇，都从白河群众艺术馆退休。老郭母亲是中国人，父亲是俄罗斯人，他是二代混血，黄发碧眼的特征比较明显。老郭是手风琴表演艺术家，曾到北京演出过，在当地有些名气。老郭太太是鄂温克族，一个鹿笛演奏演员。退休后两位老人在这座木刻楞里琴瑟和鸣，生活很是安逸。老两口有个孩子在外地工作，一年回来一次，平时老两口就带着各自的乐器到圆葱头教堂前和一些老人拉拉琴，唱唱《红莓花儿开》《喀秋莎》等50年代的老歌。圆葱头教堂前那块空地，像个私人晒谷场那么大，周边是一圈高大的杨树，老年人就在树荫下聚堆休憩。

"常书记和老郭坐下聊天，老郭很健谈，用自制的格瓦斯招待我们，我记得他家的皮沙发很讲究，罩着镂空的白纱，阳光透过薄纱窗帘照进来，温暖柔和。室内地板上铺着一块米色方毯，应该是俄式地毯，地毯旁有个矮矮的根雕花架，花架上是一盆月季花，月季刚刚开了几朵，尚有许多花蕾含苞待放。这是一个温馨之家，进到屋内我就有这种感受。其实，对家的理解就是一种感觉，有些地方一进去客场感便挥之不去，怎么也找不到家的感觉。老郭的房子不是这样，每一样摆设看上去都那么亲切，包括一只趴在窗台上睡觉的花狸猫。

"常书记问，郭老师这房子住得习惯吗？老郭说，这房子冬暖夏凉，住着舒服。常书记说，要是给你换个集中供热的楼房怎么样？老郭摆摆手说，不行，住楼房我就没法拉手风琴了，会影响楼上楼下邻居。郭太太也说，住楼房我的鹿笛也没法吹了，吹鹿笛要在有树的地方，楼房里上哪儿找树去？常书记问，有人发现这木刻楞里有白蚁，白蚁会掏空这些圆木，让房子变成危房。老郭说，这个我们不清楚，屋子里有老鼠和蚂蚁是真的，是不是白蚁我不懂，我怕蛇，只要不是蛇就好。常书记又问，这房子是父辈传给你的吧？老郭说是岳父留下来的，当年岳父在白河做皮货生意，修建了这座木刻楞，银子是岳父出的，但设计施工的是一个俄罗斯女建筑师，也就是圆葱头教堂的设计者做的，凤鸣街三分之一的木刻楞出自这位俄罗斯女设计师之手。常书记说他知道这个俄罗斯女设计师一些情况，这个人叫加莉娜，对白河城市建设有贡献。

"离开老郭家的时候，老郭问常书记房子是不是要动迁？

"常书记微笑着说，正在论证，关键是看这里的住户愿不愿意。

"老郭说，常书记放心，我听政府的，政府做事肯定是为我们好。

"常书记被老郭的话感动了，紧紧握着老郭的手说，谢谢您，有您这样的市民，我们工作就有了底气！

"我们又拜访了两家，情况确实如毕克功所说，这里居住的都是一些退休或无业的老者，上次调研时所感受的那种沉沉的暮气更加浓郁。当然，让人感觉好一点的地方也存在，比如家家院子里种的茄子、辣椒、韭菜等蔬菜，看上去很有生机。

"我们走进一家院子里立了个铁鸡笼的人家，鸡笼里养着几只芦花鸡。鸡笼的一端有个柳罐斗形的装置，用蒲草编成，应该是供鸡下蛋的窝。户主姓韩，有些驼背，穿一套蓝色建设装，系着一条灰色布围裙，正在屋里用白柳条编筐。刁局长介绍了常书记，老韩直起身，撩起围裙擦擦手，想握，迟疑了一下又缩回去。与其他人不同，老韩家里没有任何装饰物，屋里悬挂的都是工具，进到屋内好像走进一个工具展览馆，什么木匠用具、钓具、冰镩、锹镐锤筢、马鞍、辔头、赶车的鞭子，简直无所不有。常书记问他在编什么，老韩说编须笼，好到江岔子里打鱼。老韩说自己无业，靠收废品生活，老婆子在市场上卖菜，日子过得还不错。屋后那个木板搭的仓房就是装废品的，里面还有一辆三轮车。老韩说自己虽说收废品，但很注意院子卫生，没有乱堆乱放，街道领导还夸过自己。常书记和他聊了一会儿，知道老韩是满族、镶黄旗，祖上有功名，到了他父亲这代家道中落。这栋木刻楞是祖上传下来的，与加莉娜的设计不同，这栋木刻楞门窗没有雕花，屋前没有探出长檐，但木刻楞下的石基很厚重，房子没有任何走形迹象。老韩说领导来检查卫生的吧，放心，你这么大的官来检查卫生，我不能给凤鸣街脸上抹黑。老韩把我们当成检查卫生的了。我当时就想，废品收购容易影响周边环境，卫生是大事，来检查的人不会少。常书记说，我不是来检查卫生，是来看看这些老房子是不是需要改造，如果改造，你是支持还是反对？老韩想都没想就说，我不想上楼，上楼我的生计就断了。常书记问，怎样安置你才会同意搬迁呢？老韩说只要给一个能存放废品的地方就好说。

"凤鸣街规模最大一栋木刻楞是朱掌柜旧居。人们知道这座建筑的名字，但对它的主人知之甚少。任多秋查阅过资料，朱掌柜的名字是朱万山，清末闯关东从山东昌邑来北地，一直在老金沟淘金，有了积蓄后在凤鸣街置办了这处家产。朱掌柜人慈心善，当年江东六十四屯惨案发生时，朱家的舢板在江里救上了七个人，并收留在家里一段时间。这七人后来给朱家送了一块刻有'再生爷娘'字样的牌匾以谢救命之恩。朱家故居是两进院子，前屋会客，后屋居住，院子里铺了青砖因而无法种菜，青砖缝隙里却长满了龙葵。朱家木刻楞没人住，由本地一个亲戚间或来打理。围着院落的板杖子还算整齐，看出有白森森的新补木板。常书记对我说，你尽快搜集资料，编一本关于朱掌柜的书，就叫《朱掌柜传》吧，不用公开出版，但内容要翔实，文本要厚重，最好图文并茂，印好后给我。记住，印刷装帧要精致。我得令后集中力量，用了两周时间印出了一本《朱掌柜传》，专门送给了常书记。"

任多秋问："是这次入户调查让常书记下了改造凤鸣街的决心吗？"

老何说："不是，让常书记下决心的有两件事：一件是他和毕克功发生了一次争执。另一件是凤鸣街意外发生了一次火灾。

"发生争执的事是常书记私下和我说的，常书记和我说这些的目的我不好揣测，我隐隐地感觉他是想表达一种无奈。那天，他把我叫到办公室，对我说小何呀，你从一个记者的视角看，凤鸣街该不该动？我当时不好回答，因为我知道常书记在犹豫不决，但我必须回答呀，我想了想就说，动可以动，但不要全动，保留几栋木刻楞作为城市发展的化石也不错。常书记又问，你说木刻楞里真有白蚁吗？我说这个问题不难，可以请专业人员检测。常书记摇摇头，苦笑了一下说，我只能信其有了。常书记说克功对这件事很执着，他和我袒露了心迹，说自己一到凤鸣街心里就添堵，因为凤鸣街百分之九十的建筑是当年俄国人建的，殖民色彩浓厚，应该来一次脱胎换骨的改造。听常书记这么讲，我知道常书记想妥协了，但决心还没有下，迟疑的原因是担心文化上的损失，凤鸣街是这座城市的发祥地，把凤鸣街抹去，等同于抹平了这座城的肚脐。事情过去三十年，我才明白常书记眼光就是比一般人长远，他的担心是有道理的，对待一座城市的遗迹应该持慎重态度。其实，白河不缺建设用地，可以从北西南三个方向外拓，为什么非要动迁凤鸣街呢？在老城区动大手术不是最佳选择。但蓝城公司看重的是地段，他们对外拓不感兴趣，地产商瞄准的永远是地段。

"常书记找我的当天夜里，凤鸣街发生了一次火灾。失火的是老韩家，起火点在老韩装废品的木板仓房。消防队勘察结论是，老韩收到仓库的废品中混进了未熄灭的烟蒂，傍晚时引发火灾。一个独立存在的板房起火并无大事，问题是起火后老韩进仓房救火，废品中有毒塑料燃烧后散发的毒烟将老韩熏倒，最终令他中毒不治。这件事让常书记最后下了改造凤鸣街的决心。

"在决定凤鸣街改造的会议上，常书记说了这样的话：修建沿江公园是锦上添花，改造凤鸣街乃雪中送炭，两者相较还是后者要紧，就先改造凤鸣街吧。

"会议做出决定后毕克功颇有感慨地说，这是一个历史性的决定，是正确而明智的，可惜稍稍晚了些时日，若是能早一周，这场火灾就不会发生。

"我觉得毕克功这话说得不够大气，火灾是个意外，拿意外做文章实属不该，说了也没有意义，倒有点马后炮的味道。但我理解毕克功的心情，凤鸣街改造项目卡在常书记这里将近两个月，他心里有点火上房。"

任多秋弄清了凤鸣街改造的决策过程，觉得老爷子的做法几乎无可挑剔，从老何的介绍可以听出来，老爷子实际上是一种妥协，他明明知道木刻楞里没有白蚁，但还要信其有，说明他想成全毕克功的方案。老爷子太了解毕克功了，既然凤鸣街的建筑与他的思想意识格格不入，他知道即使没有整体改造，他也会以专员拥有的权力将其化整为零一栋栋定点清除，毕克功是个一旦咬住猎物就不会松口的角色。

"接下来的动迁还顺利吗？城市改造最难啃的骨头是动迁，容易卡脖子。"任多秋问。

"动迁不会顺利，"老何说，"主要有两大障碍。一个是圆葱头教堂怎么办，圆葱头教堂不是木刻楞，是永久性建筑，动迁开始后，有人跑到教堂前阻止施工，甚至引发了一场冲突，不得不慎重处理。最后，常书记给城建局长老刁出了个主意。让老刁用八号铁丝将教堂围起来，铁丝上挂着三块牌子，分别写着这样的标语：'有砖瓦脱落，请勿靠近；危楼待修，注意安全；随时可能坍塌，保持安全距离。'这三块牌子挂出后，情形有所改变，动迁人员做工作也有了统一口径，毕克功夸刁局长像《沙家浜》里的刁德一，鬼点子挺多，老刁说刁德一只是个参谋长，我是背靠大树好乘凉。

"圆葱头教堂以维修的名义拆除了。拆除教堂用毕克功的话说是必须拆的，因为在新的设计方案里那个地方是中俄边贸大市场，市场是经济繁荣的重要标志，必须摆上位置。至于那三个洋葱头，如果需要的话可以异地重建，甚至可以原样复建。

"在拆除圆葱头教堂时出现了一点小意外，在现场观摩的毕克功脚受伤了。那天，毕克功穿着一双软底运动鞋，戴着安全帽在现场听刁局长汇报，之后到工地里转了转，出来时不小心踩上了一枚木板上的铁钉，铁钉穿透软底鞋，将右脚扎伤。

"凤鸣街改造后，我执笔写了那篇今天读起来有点脸红的《老街新貌话白河》。当时写得挺亢奋，有点指点江山的感觉，那时我的心里充满了记录历史的自豪感，现在回头看就不是那么一回事了，令人过于亢奋的事情往往会换来极度的萎靡，这篇通讯等于把我剥光了，暴露在凛冽的北风里遭受历史的鞭挞，白纸黑字摆在那里，想抹也抹不掉。我本是文人，但我的嘴好像长在别人身上，后来我一度希望那天踩上铁钉的是我，果真如此，那篇通讯就不会由我来写了。"

"你为什么要后悔?"任多秋不解。

"历史是面镜子，能照出我写的新貌在哪里，凤鸣街是没了，新貌却和我当年的描述大相径庭。所谓中俄边贸大市场今天看只是一个门可罗雀的建材市场，代替木刻楼的那些住宅小区简直就是铁西居民楼的翻版，如果当初知道是这样一种新貌，那篇报道打死我也不会执笔。"

任多秋摇摇头说:"愿景和现实永远有距离，你不必为此自责，如果像你这样，我任多秋被打死十次都不为过。此一时彼一时，很多时候书写者并不是历史的主角。"

老何说:"到我这个年龄再不知道悔悟，那良心就叫狗吃了。"

"接下来动迁还遇到了什么?"任多秋问。

"凤鸣街动迁遇到的最大障碍是朱掌柜旧居。圆葱头教堂虽然也难，但没有房主，朱掌柜旧居就不一样了，房产本上是有户主的。街两旁的木刻楼都拆掉了，包括常书记去过的老郭家。动迁老郭家的时候我在现场，常书记和我对这个手风琴表演艺术家印象不错，常书记就给我打电话，让我到现场看看，一旦老郭情绪激动好帮助安抚。我到现场的时候，一辆铲车已经高擎挖斗停在老郭家门前。老郭牵着太太的手从屋里走出来，他太太手里拿着一只鹿笛，老郭则抱着那只花狸猫。我很纳闷，老郭应该抱着心爱的手风琴才是，怎么会抱着猫呢？我又想，手风琴等重要家什可能都搬走了，家里只剩下这只不愿意走的猫了。老郭出门后，径直来到铲车旁，向驾驶室里的师傅摆摆手，师傅探出头来问他有啥事。老郭说这房子里还有一家住户，你铲的时候留点心，别伤着他们。师傅将铲车熄火，问，怎么还有人在里面？老郭说不是人，是黄二大爷，在这屋子住了近百年，他们若走，你要放他们一条生路，别碾压他们。师傅吐了下舌头说，哎呀妈呀，我可不敢招惹黄皮子。老郭家木刻楞被铲倒的时候，并没出现黄鼠狼。老郭很失望，抱着猫拉着太太走了。老郭夫妇一步三回头，我发现老郭那双蓝色的眼睛里充满了泪花。

"朱掌柜旧居的实际产权人是宁波一个私营企业家，他接到动迁通知就立刻赶回来，坚决不同意动迁。政府答应多给他两倍补偿也说不通。这是一个名气很大的民企董事长，他说自己不缺钱，凤鸣街这栋木刻楞是他朱家在北地的根，动迁老宅等于斩断了根脉，对他来说，故乡就是这么一处老房子。他说每年在宁波老外滩吃年夜饭的时候，全家都要站成一排朝东北方向拜上三拜，拜的就是这栋木刻楞，把它拆了，全家还朝哪个方向拜？

"问题僵住了，刁局长去向毕克功汇报，说实在不行就强迁，不能因为一处朱掌柜旧居就耽误改造工期。毕克功问了情况后，就让执法部门组成一个联合工作组和朱先生谈，但工作组工作毫无进展，朱先生是见过大世面的人，对司法条文的理解比工作组还透，工作组回来复命只能告饶。朱先生剑桥留学出身，是一个国家级协会的副职，那副派头和气场，引经据典的谈吐，工作组的人根本不是对手。

"毕克功萌生了强迁的念头，但考虑到对方的身份没有贸然行事，便让刁局长来向常书记汇报。常书记听了汇报后认为，不到万不得已不要采取强迁手段，一旦事情闹大，对白河投资环境影响甚大。

"常书记处理复杂问题的能力值得佩服，明明是一步死棋，生生让他走活了。常书记让朗连平去请朱先生，在自己办公室请朱先生喝咖啡。地方领导邀请，朱先生自然要给面子。据说两人谈了一个下午，至于谈了些什么，外人不知，但朱先生在离开的时候紧紧抱着一本书，正是我编的那本《朱掌柜传》。谈话第二天，朱先生在动迁协议上签了字。

"常书记解决了朱掌柜旧居动迁问题，毕克功沉默了一整天，他不知道常书记凭什么没多花一分动迁款就拿下了这根硬骨头。常书记不表功，事情做完了就不再多说。毕克功通过刁局长知道我编了一本书，就打电话找我要。我带着《朱掌柜传》来到毕克功办公室，毕克功接过书几乎贴在书上翻阅了好一会儿，然后合上书长叹一口气，我这个政委出身的专员却不会打感情牌，惭愧，惭愧！我问，毕专员您当过政委？毕克功点点头说，我和常书记在一个师，我是一团政委，他是二团团长，打感情牌本来是政委的长项，没想到在凤鸣街动迁上，我这个政委输给了团长。你可以把我的话捎给常书记，我就不当面夸他了。

"我这才知道原来书记和专员是战友。"

任多秋说："他俩不仅是战友，还是中学同学，两个不分胜负的学霸。"

常寒松插话说："一对老冤家，一双好朋友，他俩之间的事说不清道不明。"

任多秋问："你现在也认为凤鸣街改造是失误吗？"

真理多走一步就是谬误，改造凤鸣街想法没错，但有两个问题值得反思：一是不该被开发商"绑架"。二是不该操之过急。有些东西不能急三火四地去干，这一代办不了就留给下一代做，不要期望在自己这一代把什么事都干完，事实上你也干不完，留给子孙后代去做不是更好？凤鸣街如果保留到今天去改造，绝对不是现在这个样子。当时的思路是想用一张白纸，好画最新最美的图画，导致不分青红皂白一律清地。遗憾的是画技对不住清出来的白纸，结果成了胡乱涂鸦，留下一堆垃圾。老何对这个问题思考很深，他说，将近二十年了，他从来不到凤鸣街去逛，就是希望他脑中留存的当年凤鸣街的印象不被置换。

任多秋觉得老何说的有些道理，急于求成的心理真的害人不浅，欲速不仅不达，而且容易伤脚，他想起钉子刺进毕克功脚心的那情景，一定钻心地疼。

谈完后，任多秋请老何到餐厅吃饭。饭桌上任多秋说："常书记晚年和你一样也进行了反思，认为凤鸣街应该保护，他说晚年最后悔的事就是改造凤鸣街，我就想，老爷子所说的北地招魂，会不会与凤鸣街那座圆葱头教堂有关。"

"不会的，常书记真想招魂的话，也是招城市之魂——文化传承。"老何不假思索地说，凤鸣街改造虚化了白河沿革，擦掉了城市最初的胎记，实际上切断了白河的文化脐带。

任多秋点点头，痛快的爆破过后，必然是一片废墟，城市之魂则化成一缕青烟不知飘向何方。

常寒松说："其实我觉得改造是可以的，有拆有留区别对待就好了，至少应该保留圆葱头教堂和朱掌柜旧居。"

老何摇摇头："这件事蓝城公司说了算。"

"那么，力推凤鸣街改造的毕克功怎么看这件事？"任多秋问。

"毕克功从来不认为凤鸣街改造是败笔，到现在他的看法也没有变。"老何说。

（《北地》入选中国作协2020年度重点作品扶持项目，被《当代·长篇小说选刊》2021年第2期转载，获2021年度中国好书。）

锦绣（节选）

李　铁

他们来了，他们终于来了！人们奔走相告，都兴奋得不得了。来的是从苏联引进的冶炼设备，还有他们的专家。锦绣厂一下子来了六位苏联专家，其中还有两个大眼高鼻黄发的女人，他们是冬天来的，数九寒冬，可俩女人居然穿裙子，裙摆在膝盖上边，一段雪白的大腿十分扎眼。人们私下议论，说她们不怕冻吗？有人说，她们吃生肉喝烈酒，抗冻。

苏式设备进厂，锦绣厂的车间一下子从原来的六个增加到十一个。锦绣厂是苏联援华的一百多个重点项目之一，生产的铁合金品种增加了好几个，职工人数也一下子从三千多暴增到六千多，产量翻了好几倍。上白班的职工也不用天天加班到深夜了，作息时间变得越来越规律了。

牛洪波等人在厂小会议室迎接了六位苏联专家，他们坐在长条会议桌的一边，另一边便是这些专家。会议室的玻璃窗十分宽大，投进来的阳光充足，阳光照耀在苏联人的脸上，使他们原本很白的脸看起来更白，像一张张没血色的白纸。好在他们身后是挂满红色标语的墙壁，有红色衬底，一张张白脸也有了生机。

牛洪波率先讲话，无非是欢迎、感谢之类，再由翻译翻成俄语，专家听了都点头微笑。领头的苏联专家也讲了话，他叫卡拉诺夫。卡拉诺夫说帮助兄弟中国搞社会主义建设义不容辞，凭我们强大的苏联，凭我们这些技术高超的专家，用不了几年，锦绣厂就将成为东方的明星，成为特种钢铁的摇篮，铁合金产品将步入世界先进行列。他的话很具有煽动性，翻译把他的话译过来后，大家都深受鼓舞，报以热烈掌声。

之后，牛洪波陪专家下榻锦绣厂专家楼。卡拉诺夫的房间是最大的，风格是中俄混搭，墙上糊壁纸，地上铺地毯，高低柜式的壁橱上还放了两瓶本地产的白酒。卡拉诺夫拿起酒瓶看了看，粗眉大眼的脸上露出会心的笑容。

屋里有一对沙发，牛洪波和卡拉诺夫落座。跟进来的翻译拉了把小凳子坐到一边，这是个戴眼镜的小伙子，据说有留苏的经历，俄语说得叽里呱啦。寒暄过后，牛洪波迫不及待地说出了一个藏在心里的想法，他冲着翻译说，给我把意思翻译清楚了，除了生产低碳锰铁、高碳锰铁、锰硅合金、低碳铬铁等，我们锦绣厂还想在不远的将来，搞一搞钛白粉。卡拉诺夫听翻译翻完后，盯住牛洪波的脸说，你想得太多了吧？牛洪波愣一下，立即明白这是说他太贪婪的意思。他马上说，这个项目在我们国家是空白，我牛洪波就是想做一做填补空白的事。卡拉诺夫说，当前的任务，是怎么样生产出优质的锰、铬、硅，其他的都容以后再议。

从专家楼出来，牛洪波的心里有一种刺痛感。想上钛白粉项目，是一年前萌生的念头，当时他去北京参加冶金系统的一个会议。开会期间，他听别人议论，才知道有钛白粉这么个东西，他本来对此一无所知，最初对别人的议论也没当回事。可当有一位中央首长说早晚有一天，我们也要生产自己的钛白粉时，他的情绪瞬间被点燃了。早晚有一天是哪一天？我不等早晚，我现在就要在锦绣厂上这个项目。正所谓无知者无畏，他找了个当口儿，上门求见这位首长，说了自己的想法。首长没有打击他，而是说了好些鼓励的话，让他找冶金部的有关领导谈一谈这件事。就在开会结束的当天晚上，一位冶金部的领导带着一位据说是这方面的专家来招待所见他，和他谈了三个小时。

专家说得比领导要多，他给牛洪波讲了许多钛白粉的知识，有扫盲的意味，其实也是在说给那位领导听。钛白粉，学名二氧化钛，是世界上性能最好的白色颜料。钛白粉的黏附性强，不易起化学变化，广泛应用于涂料、塑料、造纸、印刷油墨、化纤、橡胶等工业领域，是名副其实的颜料之王。钛白粉的生产与消费，是衡量一个国家工业现代化程度的一把尺子。中国的钛资源储量占世界总量的二分之一，但开发利用能力相当落后。中国还不能生产钛白粉，每年都需要花大量外汇进口钛白粉。

专家说，想在新中国工业史上写这么一笔，不容易。牛洪波豪情万丈地说，我就要写上这么一笔。专家笑了笑，继续讲，我们所说的钛白粉生产技术叫氯化法钛白，国内是空白，国际也只有少数发达国家掌握了这项技术，核心工艺非常复杂，是国家机密，这些国家对新中国进行技术封锁，仅靠我们自己的力量，不容易，也不现实。牛洪波说，只要我们团结一致，艰苦奋斗，我就不信攻不下这个难关。专家说，你的想法是好的。牛洪波冲他瞪了眼睛，说，别阴阳怪气的，我若不看你是个专家，我、我早不客气了。部领导赶紧打圆场，说，专家说的是现实，洪波书记说的是志气，是呀，只要有这个志气，我相信终有一天我们会拿下这个项目。

现在，牛洪波走在古河岸边，正是隆冬时节，河面封冻，两岸水泥色的烟囱冒着浓密的黑烟，树木的枝条光秃秃成了筋脉。他本以为把自己的想法跟卡拉诺夫讲了，会得到苏方的支持，没想到对方的反应敏感而冷漠，也许真的是他太性急了，他的想法就像一个身体单薄的人，要举起两百斤重的杠铃，只能遭人嘲笑。牛洪波的心头像多了块铅，隐隐有一种坠痛感。

第二天，牛洪波进了敖洪伟的办公室，和他交流看法。敖洪伟给他沏了一杯茶，递到他手里，不急不慢地说，还是牛书记有志向有抱负，能填补国家这项空白，那是我们的光荣啊，尽管我们还不具备这种条件。牛洪波嫌他说话绕弯子，皱了眉头说，你就直说吧，这个想法有没有可行性？敖洪伟说，我是搞企业管理出身的，对钛白粉和你一样是个外行，要不，咱请闫振邦副厂长过来探讨一下？牛洪波说，好，那就叫他过来。

时间不长，闫振邦来了，落座，敖洪伟也给他沏了一杯茶。牛洪波又把自己的想法说了一遍。闫振邦听了连连摇头，说，我知道氯化法钛白，这是个难度非常大的项目，就咱们国家目前的情况，拿下这个项目还不现实，就更别说我们厂了。牛洪波浑身燥热，问，你的意思是没有可行性？闫振邦回答得很干脆，没有。牛洪波气得直喘粗气，盯住闫振邦的眼睛问，你是说，我们就这样安于落后啦？闫振邦没吭声，敖洪伟在一旁打圆场说，振邦不是这个意思，他的意思是我们现在没有这个能力，不代表我们将来不具备这种能力，只要有这个志气，总有一天，我们锦绣厂会上马这个项目的，振邦你说是不是？闫振邦迟疑了一下，还是说了声是。

牛洪波喝了一大口茶水，水太烫，入口又吐出来。敖洪伟说，现在我们还是要抓住机遇，集中力量把引进的苏联设备利用好，完成国家给我们下达的生产指标，把咱厂做大做强。闫振邦说，咱们的工人文化水平低，怕很难短时间内掌握这些机器的操作，唉，苏联专家还是来得太少哇！牛洪波气呼呼地说，我们不能光靠人家，要靠自己，靠自力更生，知道吗？自力更生才是根本，是正道，我相信咱们的工人一定能行。敖洪伟接了一句，是呀，一定能行。

张大河日记摘抄：

苏联专家牛气得很，一个个挺胸叠肚，指手画脚，就因为是他们的设备，只有他们懂，我们不懂，他们就是老师了。我还真不服气，中国人有志气，他们懂的，我们也一定能懂。

刘英花看出我的不服气劲，警告我说，你要端正态度才行。我说，我的态度端正着呢！

厂里掀起了学俄语的高潮，一些人拿着本子，记了许多常用的俄语。钱玉贵提醒我也要学，我说，厂里是干活的地方，要学回家学去，我不会占用生产的时间学。钱玉贵说，也就是说，你会业余时间学啦？我说，都应该业余时间学。钱玉贵说，好，用的时候就知道学没学了。我撇着嘴，不理他，心想凭我的经验，摸也要把那些苏式设备摸出个道道来。

苏联专家中有一位是工人技师，名字一长串，姓彼得罗夫，四十来岁，体格健硕，一脸的络腮胡子。他和张大河一样，是个炼锰铁的高手，据说看锰水火候的眼力已炉火纯青。苏式的炼锰电炉大都安装在二车间，工人不懂俄文，对苏式设备如何操作无从下手。彼得罗夫的主要工作就是指导中国工人如何操作，他先是把大家集中起来教，差不多了，就让大家回到各自岗位具体操作，哪个有疑问，他再答疑解惑。

一车间也有一台苏式电炉，被分到这台电炉的炉前工围着电炉打转，不敢轻易下手。彼得罗夫主要在二车间指导，还没顾得上来一车间。潘章陪闫振邦下车间，遇到张大河，闫振邦就说，我可记得你说过，苏式设备你也能用。张大河嘿嘿一笑，说，当然。闫振邦说，那就试试？张大河说，试试就试试。拔腿走到了苏式电炉旁，这台炉的工人见了他，都围在他身边，看他咋个操作。他绕电炉上上下下转了一圈，苏式的要比日式的体积大一些，看起来笨重粗糙，但设备新，操作系统明显先进了不止一档。虽然是大同小异，但有异的地方往往是操作的关键，弄错了很可能对电炉造成损害。张大河完全是靠着经验和直觉，做到了心中有数，他按下启动按钮时心是悬着的，待大家各就各位，报告各种数值正常时，他一

554

颗心才落下来，长舒一口气，梗着脖子看闫振邦，闫振邦说，算你小子能耐！

张大河没想到，炉中锰水沸腾时，水冷系统发生了故障。检查，各项指标正常，并没发现啥异常，张大河凭经验也没找出毛病出在哪儿，他顿时出了一身透汗。潘章请来了彼得罗夫，这个大块头绕着电炉检查一圈后，气喘吁吁地冲张大河吼了一顿俄语。经翻译一说，张大河才弄明白，原来启动电炉时，他忘按了一个按钮，而这个按钮只有苏式电炉才有。

按下这个不起眼的按钮，水冷系统渐渐恢复了正常。彼得罗夫脸上挂着不屑之色，说了一串俄语。翻译没翻过来，显然不是啥好听的话。张大河又羞又恼，脸涨得通红。刚才挺紧张的闫振邦松了一口气，跟张大河说，别太往心里去，对新东西，都有个认知的过程，谁也不是万能的。张大河自觉丢了手艺，闷闷地走开了。

彼得罗夫又说了一串俄语，翻译跟闫振邦说，听说在你们工人中有个叫张大河的摊长，眼力高得了不得？闫振邦说，没错，他是炼锰的高手，就是他。说罢用手指住张大河的背影。彼得罗夫愣了一下，又是一串俄语。翻译迟疑着说，他的意思是说，这个炼锰的高手恐怕是徒有其名，就拿这台炉来说，要不是他赶到，恐怕就要出事故了。张大河没走远，这些话听得清清楚楚，他转过身往回走，走到彼得罗夫跟前，仰着脸盯住他的眼睛说，听说你也是炼锰高手，如果可能，咱可以一比高低。潘章连忙挤上前来，埋怨道，大河，你嚷嚷个啥，人家是来帮助咱搞建设的，你跟人家比试，像话吗？翻译把张大河的话翻了过去，彼得罗夫哈哈大笑，十分兴奋。翻译说，彼得罗夫说他愿意和张大河师傅比试，他不相信中国有什么炼锰高手。潘章说，还是算了吧，搞不好影响中苏关系，我们可吃罪不起。闫振邦推了潘章一把，说，就你胆子小得跟个蚊子似的，比试一下手艺咋能影响中苏关系？这就像体育比赛一样，比试比试是能增进友谊的。周围的人也跟着起哄，都说比比看，看苏联人厉害还是咱张师傅厉害。潘章见闫振邦发话了，也就没再阻拦。

张大河要和彼得罗夫比试炼锰铁的手艺，这消息像长了翅膀，不到一个小时，整个一车间的人都知道了。不到半天，整个锦绣厂的人都知道了。大家都不怕事大，兴奋得不行，像等着看一场高级别的体育比赛。比试的时间定在隔天下午，地点一车间，用的就是这台苏式的电炉。这台炉对彼得罗夫有优势，毕竟是他熟悉的，但张大河毫不计较，不管是哪台炉，只要两个人同用一炉，同一原料，那就是相对公平，要炼出一炉好锰，除了配电工的能力和出炉时间外，主要看的还是摊长的眼力。他们要比的就是眼力。

消息也传到了厂部，敖洪伟听了要去阻拦。牛洪波说，也别盲目地拦，先听听专家组的意见吧。敖洪伟找到卡拉诺夫，试探着提起张大河和彼得罗夫的比试。卡拉诺夫哈哈大笑，说，比比好，不管谁胜谁负，都是对生产技术的促进，我很愿意看见两国工人同志的交流。敢情人家把比试看成了交流，这就好办了。敖洪伟如释重负，也哈哈笑起来。

下午两点整，很多人聚到苏式电炉前。专家组的其他五个人在牛洪波、敖洪伟等人陪同下，也赶到了现场。见很多人都来瞧热闹，牛洪波沉着脸，叫刘英花把无关的人都撵走。这些人边走边回头，都一副恋恋不舍的样子。

电炉启动，周围的温度渐渐升高，炉内的温度更是到了千度以上。先出场的是彼得罗夫，他穿一身苏式工作服，面目凝重，手里拎着长把钢勺，眼睛死死盯着仪表。约莫时间差不多时，他戴上防护罩，打开炉门，走近，蹲下，长把勺子捅进去，盛出一勺锰水。看了一眼，用俄语报了温度等参数。然后，锰水被人拿走化验。他一脸得意，下场，坐一边喝水去了。

接着是张大河登场，他穿戴整齐，戴了防护罩，人们看不到他的表情，但从姿态看得出，他和彼得罗夫一样充满自信。过了一阵子，开炉门，长把钢勺捅进去盛了锰水。张大河也只是看了一眼，然后报数，锰水被人拿去化验。张大河下场，也坐到一边去了。

足够的时间后，化验结果出来了。潘章把化验单递给牛洪波，牛洪波摆摆手，叫他宣布结果。他笑了笑，大声说，大家注意了，锰水取样化验的结果是，彼得罗夫和张大河的眼力都高得惊人，他们看锰水的火候几乎与化验结果就在毫厘之间，但比赛毕竟是比赛，还是要分出高下的，就像跑百米一样，胜负就在零点几秒之间，现在我宣布，胜者是张大河。掌声响起。彼得罗夫似有不服，他冲到潘章跟前抢过单子看了看，朝着卡拉诺夫摊了摊手。卡拉诺夫冲着他笑了笑，说了几句什么，意思好像是让他接受比赛结果。

下班后，三个徒弟跟在张大河屁股后边，嚷嚷着让他请客，庆祝胜利。张大河瞪起眼睛说，我赢了，还要出钱请客？赵平安说，你赢了，是咱们锦绣厂的光荣，也是你个人的光荣，你当然要请客。王裕国说，就是嘛，不能白光荣了。李旺发说，就是就是，都为国争光了，哪能不请客呢！张大河笑道，这都啥道理？不过我工资比你们高，吃顿饭不算啥！四个人兴冲冲奔锦绣小酒馆，到了门口，发现身后还跟着钱玉贵和姜连子，都笑嘻嘻地看张大河。张大河说，都进去，不就是想宰我一顿吗？没啥了不起的。

进屋，围住圆桌，点菜，要了两瓶老白干。下馆子是奢侈的事，平时很少有人去的。能在馆子里吃饭喝酒，比过年还高兴。姜连子说，两瓶酒不够。张大河说，先喝着，不够再要。刚刚喝了一杯酒，门口闪进两个人，一高一矮，高的是彼得罗夫，矮的戴着眼镜，是专家组那个翻译。大家的眼睛都直直地盯住这二人，二人见了他们也愣住了。彼得罗夫向张大河走过来，用右手指了指他的额头，然后又指了指自己的鼻子。张大河问翻译，他啥意思？翻译说，你厉害，可他不服你。张大河笑了，说，他也挺厉害，不服咱换个比法。翻译问，比啥？张大河说，比酒。翻译说，你还是算了吧，苏联人都很能喝，你比不过他。大家都来劲了，七嘴八舌地嚷，谁怕谁呀，比酒，比酒！翻译说，别后悔。张大河说，后悔是娘儿们。翻译跟彼得罗夫说了一串俄语，这个家伙立马兴奋起来，两只眼睛亮得发光。

给这二人腾了地方，添了酒杯，落座。不等相让，彼得罗夫抓过一瓶酒，给自己倒了一杯，用鼻子闻了闻，连连点头，一仰脖干了，扭头要酸黄瓜。老包说，我们这儿没有酸黄瓜，有酸白菜。翻译说，酸白菜就算了，鲜黄瓜整两根也行。

张大河也赶紧干了一杯。二人一对一连干三杯后，彼得罗夫索性不用杯子，直接对瓶子吹。张大河不甘示弱，也推开杯子，开始吹瓶子。大家齐声喝彩。

张大河日记摘抄：

我是被三个徒弟轮番背回家的，当时已经不省人事。第二天没上班，直到下午三点多钟才醒过来。这次比酒我输得很惨，彼得罗夫喝了两瓶六十度的白干照样说笑，我喝到一瓶半就不行了，哧溜一下跌到桌子底下。这顿饭一共喝掉六瓶白酒，吃掉了一桌子硬菜，花掉了我半个月的工资。用洛慧敏的话说，是赔了夫人又折兵。

苏联人的酒量不是吹的，我输得心服口服。

比试看锰水我赢了，也是险胜，我做出一副无所谓的样子，心里其实紧张得不得了。

张大河累得快成木头人了，哪怕用不大的外力轻轻推一下，他也会像一块立着的木头一样倒下。连日来他一直在加班，一个星期的睡觉时间恐怕也不足一整天。走着走着，一不小心就能睡着。

不光是他，锦绣厂一线岗位上的人都是如此。现在总算告一段落，刘英花叫他赶紧回家睡觉。此时正是上午十点多钟，白亮亮的阳光照在身上有一种盖了棉被的感觉。他沿着古河边的堤坝走，身边的树木、厂房和古河水一样有一种流动感。国家重视钢铁，重点钢铁企业要炼出优质钢特种钢，锰、铬、硅等铁合金产品。在这种形势下，牛洪波搞了"大干周"运动，在七天时间内，打破正常的工作时间，到点不下班，人轮流休息，机器不休息，要在"大干周"内增加产值两倍以上。也不光是一线职工，后勤、附属企业、家属也被动员起来，想尽一切办法支援一线。每个人的情绪都到达了最高峰，一时间标语口号层出不穷，唱歌跳舞轮番上阵，锦绣厂沸腾了。

离开堤坝路拐进胡同的时候，有人在身后喊了他一声。他回过头去，看见古小闲骑一辆自行车朝他奔过来。他停住步子，看越来越近的古小闲身上充满了水波纹，路边的树枝叶中传出斑鸠的叫声。古小闲到了他跟前，骗腿儿下车，从车把上摘下一个网兜，里面有几条个头儿不小的梭鱼。

古小闲说，拿着吧，回家炖了，增加点营养。张大河伸手往外推，说，不用不用，还是你自己留着吃吧。古小闲说，全车间就数你累你睡觉少，哪台电炉都少不了你，最该补营养的就是你。张大河说，我真不用。古小闲松弛的表情一下子绷紧了，说，我看你不是不用，是害怕。张大河说，我怕啥？古小闲说，怕你老婆。张大河笑了，说，这从何讲起？古小闲说，怕收了我的东西她对你吼呗。张大河说，我不怕。古小闲说，你还怕车间里别人的嘴，怕别人讲你闲话。张大河说，我不怕，拎了古小闲的东西就走。古小闲在他身后嘻嘻地笑了。

到家，张大河把东西撂到厨房，扑到榻榻米上就睡，还不到一分钟，就打起了响鼾。直到晚上八点多洛慧敏回来了，他还在呼呼大睡。食堂这一段也在加班，等把晚饭送到各车间，或来食堂吃饭的人都吃完，收拾妥当了，也就到了晚上七八点钟。洛慧敏在张大河身上扒拉一阵，才将他弄醒，问他吃饭没有。张大河迷迷糊糊说，没吃呢。洛慧敏下厨，发现了一袋梭鱼，探出头问，这梭鱼哪来的？张大河迟疑一下，说，别人给的。洛慧敏问，谁给的？张大河说，你不认识。洛慧敏说，能给你鱼的人我都认识，你说到底是谁？张大河只得胡乱说了一个，是姜连子。洛慧敏说，姜连子家那么困难，能给你鱼？张大河说，他就给我了我有啥办法。洛慧敏将信将疑，并没耽误给他做酱汁梭鱼。

米饭和鱼端上桌，张大河一个人吃饭，洛慧敏已在食堂吃过了，她就一个人捧着大肚子坐在门口发呆。她又怀上了，自从有了张怀智，她就好像被打开了闸门，怀孕成了一件顺理成章的事情。大家照顾孕妇，重活一般都不交给她干。张大河叫她在家休息一段，她摇摇头说，大家都在单位，你叫我这个时候待在家里，像话吗？张大河想想，也觉得不像话，怀孕和大形势相比，就轻如鸿毛了。

这一年，锦绣厂开始走上正轨，建立健全了多种规章制度，建立了技术人员和工人的晋级制度。这些制度当然不是锦绣厂的首创，在全省，在整个东北，甚至在全国的企业里，都建立了这种制度。专业技术人员分技术员、助理工程师、工程师、高级工程师，技术工人实行八级工制，最高级别的工人是八级工。当时，全厂几千名工人仅有六人被评为八级工，张大河被评为七级。

按理讲，凭张大河的能力和名气，评八级是没问题的，可他毕竟还算年轻，评到顶级了一些老师傅的脸面没地方搁。他评七级是牛洪波拍的板，他把张大河叫到自己办公室，问他有没有意见。张大河说，有意见，那些被评八级的没一个比我强，就说朱友好吧，他是炼铬高手，我是炼锰高手，跟我比试，他自己都服气。牛洪波说，你说得没错，你是咱厂顶尖高手，公认的大拿嘛，可你也得照顾点老师傅们的情绪，有些五十多岁的老师傅才评到六级和七级，朱友好评了八级，可他比你大二十多岁呢，你小子上升空间大，我敢保证，用不了两三年，你就能晋八级。张大河说，你承认我是顶尖高手就行了，至于啥级别，我不在乎。

张大河走了，牛洪波笑了。他就喜欢这样的性格，张大河是条汉子。这一年，除了扩大厂子规模，制定规章制度，他还想出了许多新点子。比如"争当先进人物，学习劳动模范""技术革新奖励办法""机关科室党员定期下车间锻炼"等，这些点子有的虽然不是他首创，是从外单位借鉴来的，但他为此费了不少脑筋。在党委会上，在厂务会上，他提这些点子时也有些反对的声音，但大多数还是支持他的。

电话铃响了，十分刺耳。接电话，是一车间的一个技术员打来的，向他报告，说是发生了泥浆槽堵塞事故。他顺嘴问，汇报的人咋不是刘英花？话筒里说，刘主任和潘主任都去事故现场了，是刘主任叫我跟您汇报的。

牛洪波知道一车间的泥浆槽，具体的工作原理他不清楚，只知道挺长挺深的。只要是事故就不会是小事，他赶紧出屋，在走廊里遇见敖洪伟、闫振邦等人，几个人并作一路赶往一车间。牛洪波问敖洪伟，这个事故严重吗？敖洪伟说，当然严重，如果泥浆槽在短时间内得不到疏通，整个车间都得停炉停工，那损失就大了。牛洪波问，咋个疏通办法？敖洪伟说，有专用的疏通机。

几个人赶到时，现场已经乱糟糟聚集了不少人。刘英花急慌慌迎上来，五官扭曲，安全帽都戴歪了。牛洪波问，情况咋样？刘英花说，不咋样，疏通机坏了，没法正常工作。敖洪伟急得直拍脑袋，说，坏了坏了，这下损失大了。牛洪波问，还有其他办法吗？刘英花扭头看身后的潘章，潘章也五官挪移，龇牙咧嘴地说，没办法。牛洪波问，真没办法了？潘章磕磕巴巴说，也、也不是没有，人可以跳下去手动清淤。牛洪波说，那还等啥，组织人下去呀！潘章说，这是不可能的，这泥浆槽里的水不是普通的水，是用来处理金属的化学水，酸性强，人的皮肤受不了。牛洪波埋怨道，你呀，净说没用的，说了等于白说。旁边的刘英花眼睛亮了，抢过话茬说，不白说，为了共产主义事业死都不怕，还怕它个化学水。说罢，她跳到一个一米左右高的管道上，右手一挥，高喊道，一车间的共产党员跟我上，我们要人工清淤。立马有些人响应，跨前一步，站到刘英花近前。

闫振邦冲过来，用手拦住大家，对刘英花说，这可不行，搞生产要安全第一，不能蛮干。刘英花说，照你这么说，我们就只能眼睁睁看着它堵了？闫振邦说，暂时只能看着。牛洪波说，就这么眼睁睁看着？闫振邦说，跟外厂联系求援，让他们运送疏通设备。刘英花说，等他们来了，黄花菜都凉了。闫振邦说，没办法，多大的损失也得认。刘英花说，我就不认。她又喊了一嗓子，一车间的共产党员跟我上。没脱衣服，率先跳进了泥浆槽。接着，有一些人哗啦哗啦跟着跳下去。一时间池槽里水花翻滚，犹如一群蛟龙戏水，人工清淤开始了。

闫振邦急得一个劲跺脚，冲牛洪波和敖洪伟说，人的皮肤受不了的，这不是蛮干嘛，乱弹琴！敖洪伟也说，坏了坏了，他们的皮肤会受伤的。敖洪伟冲到池边，冲下边的人喊，都上来都上来，这么干不行。可大家都干劲十足，没一个有惧色的，没一个听他话的。他朝牛洪波摊了摊手说，这可如何是好？

倒是牛洪波十分镇定，他伸出一只手臂，示意敖洪伟和闫振邦等人安静下来。见他不动声色地盯着池槽里，其他人也渐渐安静下来，盯住下边。周围的空气也安静下来，明媚的阳光从厂房一面墙上的玻璃窗投射过来，投射到各种钢铁设备上又发生了折射，无数细小的尘埃在光中舞蹈，厂房里充满了一种暖色调，众人被这种色调笼罩，似乎得到了一种抚慰。只有池槽里水花翻滚，人欢马叫，像舞台，像群舞。

毫无悬念，淤堵被清除和疏通了。众人拉扯着池槽里的人爬出来，催促他们去换衣服。事故排除，生产运行恢复正常。

一个小时后，职工医院的人来汇报，给刘英花等人做身体检查的结果是，皮肤百分之五十受轻度腐蚀。牛洪波松了一口气，心里却隐隐作痛。

张大河日记摘抄：

刘英花奋不顾身跳进泥浆槽的一瞬间，我的思想也有了一个质的飞跃。从这一刻起，我觉得要改变的不是他们，而是自己。从他们身上，我看到了自己的欠缺与不足。

随后，我也随着他们跳进了泥浆槽。我的身上被化学水中的酸性烧灼得不轻，经过医院处理后，灼烧感持续了多天，脊背、肚皮和腿上都留下了一片片的深色斑点。

洛慧敏埋怨我，谁愿跳谁跳，你逞能个啥？我说，不是我逞能，是我被当时的情境感染了，刘英花敢说敢干，真的跳了下去，都知道那池槽里的水是化学水，可没人退缩，一个跟着一个往下跳，我对锦绣厂的感情不比他们差，他们跳了，我凭啥不跳？

我熟知安全规程，这样做明显违规。但至少在刘英花纵身一跃的那个瞬间，任何规程与规矩都显得渺小了。

敖洪伟主持厂务会，他率先发言，表明态度，赞扬了以刘英花为首的干部工人，敢于在厂子有难时挺身而出，不顾个人安危，跳进泥浆槽抢险。他这么一讲，等于给这次抢险定下了基调，一些参会的副厂长、各科室和车间的头头脑脑纷纷发言，均是赞扬、学习的口吻。分管宣传的老祁发言时甚至流出了热泪，说，多好的同志们哪，我们管宣传的要宣传什么，除了宣传中央的指示和精神外，就是要大力宣传社会主义新人，我建议，要把这次抢险中涌现的突出人物推荐给市报省报和广播电台，要重点宣传，树立我们的典型人物……他话没说完，有人打断了他的话，粗喉大嗓地说，我有不同意见。老祁住了口，大家都顺声音看，看见说话的是闫振邦，他瞪圆了眼睛，看那样子十分气愤。

闫振邦说，事故就是事故，看你们的状态，这事故咋就成了庆功？刘英花和那些跳下泥浆槽的工人精神可嘉，可这种行为是冒险、冲动、蛮干，明知道化学水对人体有损害，却不顾一切往下跳，违反安全规程，绝不能提倡和赞扬，国有国法，厂有厂规，我们刚刚制定了相关规则就有人违反，视规则如儿戏呀？是通过抢修避免了大面积停炉停电，但违规就是违规，厂里要对这种行为严肃处理。闫振邦说完一下静了场，刚才说得兴致勃勃的老祁不吭声了，其他没发言的也不发言了，都愣愣地看着牛洪波。

作为锦绣厂的掌舵人，牛洪波不能不说话了。党委会一般都是他主持，他率先定调子，最后做总结发言。厂务会一般是敖洪伟主持，最后也是牛洪波做总结发言。现在虽然是十几比一，但这个一说得铿锵有力，显然与那十几形成了对峙之势。牛洪波的讲话就将起到决定作用。他扭头看了看闫振邦，又扫视了一下会场，这才不急不躁地开口，大家说得有道理没有？有，有道理。闫副厂长说得有道理没有？有，也有道理。那都有道理，到底哪个才是真道理？我说哪个符合国家利益，符合人民的心声，有利于社会主义建设，哪个就是真道理。说到这，他的目光又盯到闫振邦的脸上，接着说，一车间出事故，要查清事故原因，按规章处理相关人员，但抢修中涌现的舍己为公、奋不顾身的好人好事，我们不能视而不见，这就是我的态度。会场响起热烈的掌声。

一车间抢修的新闻很快上了市报，厂广播站也广播了这篇新闻稿。邱宇用充满感情的声音播报，极具感染力。稿子把刘英花塑造成一个女英雄，面对危难，她大义凛然，不怕牺牲，率领党员同志跳进了带有酸性的泥浆槽。早晨七点钟，走在上班路上的，或还在家里收拾自己的，都支起耳朵认真地听，脸上浮现一层崇敬的光彩。

跳进泥浆槽里抢修的人中，唯一不是党员的是姜连子，他故意去车间办公室找潘章，嘴上找潘主任，实际是想见见刘英花，看她对他也跳下泥浆槽是个啥态度。他进了潘章的屋，放大嗓子叫了声潘主任，把正在埋头看一份资料的潘章吓得浑身一激灵，抬头看他，问他有啥事。姜连子说，也没啥大事，就是大多数人技术水平还差得远，影响咱的产品质量，我心里着急。潘章摸了摸胸口，稳定了一下情绪，说，是呀，我也着急呀，如果每一个人的手艺都跟你和张大河一样，咱们的产品质量肯定还会上一个台阶。姜连子说，那可咋整？隔壁屋子里的刘英花终于按捺不住，蹿过来接了一嗓子，咋整？传帮带呗。

此时已是夏天，人们虽都穿着长袖工作服，但穿得都松松垮垮，比如袖子高挽，扣子少系，图的是个凉快。姜连子上衣里没穿背心，又只系了两粒扣子，大片胸脯裸露着，也露出了一片紫红色的斑点。刘英花的上衣扣子都系着，袖子却和姜连子一样高挽，本该白白净净的胳膊也有一块块紫红色的给酸水灼伤的痕迹。刘英花对姜连子说，姜师傅，你可不能躲清静，光自己水平高不是高，把大家的水平都带起来才真是高呢！姜连子说，心有余力不足，我又没长三头六臂。刘英花说，为了社会主义建设，没三头六臂也要生出三头六臂来。姜连子就笑。刘英花盯住他的胸脯看了看，放低声音问，你伤得严重不严重？姜连子说，都是一样的化学水，你伤成啥样我就伤成啥样了，本来我一身光滑的皮肤，现在成花狸猫了。刘英花脸上瞬间掠过一丝类似羞涩的表情，说，你大男人怕个啥！姜连子心里说，男人是不怕，女人成了花狸猫，可就不好看了。刘英花又说，没想到你也跳下去了。姜连子说，我虽不是党员，但我拿党员的标准要求自己了，我想问问，下一批入党，能不能有我？刘英花说，看表现。

还有一个跳泥浆槽的人比姜连子还令人感到意外，她就是古小闲。古小闲是跳泥浆池清淤的两个女性之一。当时大家扑通扑通地往下跳，性别是被忽视的，并没人注意到古小闲。后来都去职工医院检查身体，古小闲才被人发现。对于她跳泥浆槽的行为，大家伙儿说啥的都有。有说她不简单，和刘英花一样是个女中豪杰；有说她有主人翁精神，真是把厂当自己家了；也有人说她是改造好了。

张大河找到古小闲，问她咋也跳了泥浆槽。古小闲翻了个白眼说，咋了，就你跳得，我就跳不得？张大河说，你毕竟是个女的。古小闲说，刘英花也是女的。张大河说，你咋能跟她比。古小闲说，我不跟任何人比，我只跟我自己比，我敢于跳下去，就比以前的我强。张大河摇摇头又点点头，心头热浪翻滚，很久都没有平息。

姜连子从车间办公室回来时，见张大河正在给他的三个徒弟讲手艺。张大河有个理论，说电炉也是有生命的，电流是血液，热度就是体温，炉膛里沸腾的锰水就是心跳。对待这样一个有生命的东西，你必须用自己的生命来和它肝胆相照。每次讲手艺前，张大河必会讲一遍他的理论。他说电炉是有生命的，是有血液和心跳的……赵平安接了一嘴，如果有公母，电炉是公的还是母的？三个徒弟都笑，姜连子也跟着笑，张大河没笑，板脸说，我们是男的，电炉就是女的，反之，炉前工是女的，电炉就是男的，别用公母叫它们，它们不是畜生，是和我们有一样的生命。王裕国伸手去摸炉体，一脸陶醉相。三个徒弟都二十出头，都没成家，估计还都是童男子。张大河撇着嘴说，瞧瞧你们那熊样，都二十好几了，屁股后边都应该有一串孩子了。李旺发说，我也想有孩子，可没媳妇哇，我家农村的，要是不从农村出来，我娘早替我张罗了，说不定现在真有好几个孩子了。张大河说，没出息，还靠老娘给娶媳妇，自己找才算有本事。

钱玉贵凑过来，他是班组长，张大河可以不拿他当回事，三个徒弟却不能不拿他当回事。三个人让出个空当儿，钱玉贵坐下，掏出一支烟叼嘴里，李旺发给他点上，他吧嗒了一口烟，说，给你们讲讲过去的手艺人咋样教徒弟吧，你们愿听不愿听？三个徒弟都说愿听。钱玉贵是从一家老炼铁厂调过来的工人，三十多岁的人了，有一肚子的故事。他讲，我们跟师傅学徒时师傅咋个教，是先教做人再教手艺，做人，尤其是男人，要有定力，禁得住诱惑，禁不住诱惑的，都成不了大器。记得我跟师傅学徒，才十六岁，师傅一口气收了六个徒弟，正好是你们的二倍。有一次，师傅带我们六个一起去大澡堂洗澡，师傅脱了衣服先进去，我们六个再脱衣服后进去。洗完了澡，换上衣服出来，有四个徒弟追上师傅，每个人手里攥着两块钱，说是从更衣箱里捡的。师傅点点头，啥也没说，收了四个人的钱。转天找齐了六个人，沉下脸说，留下四个，另两个走人。有两个徒弟立马跪下，各从口袋里摸出了两块钱。原来这是师傅试探我们的。还有一次，工头用锉刀锉坏了一个工件，他扔进垃圾堆，被我们师徒看见了。师傅问身后的四个徒弟，有人问起这事你们咋说？有三个答得一样，都是实话实说。只有一个说没看见，他这样说一不给自己找麻烦，二也不给师傅找麻烦。师傅当时沉着脸说，是不给我找麻烦，但你输了自己的人格，这样的徒弟我不想带。这个徒弟红着脸，默默走开了。

钱玉贵点了支烟，边吸边说，我讲这个，就是说收徒要重人品，你人都做不好也学不好手艺，换句话说，你手艺再高，人品不行，大家伙也不信服你。张大河斜了他一眼，接茬儿道，大钱，我认识你这么长时间，你就这句话说得在理。

张大河也给徒弟们讲了个故事，说的是淬火，这是金属工件热处理的一种方法，把工件用火烧得通红，然后迅速放进凉水里，工件刺啦一声便会冒出一股热气来，再迅速把工件从水里抽出来，这个工件的硬度就提高到了需要的程度。当年松本润教他和另外几个徒弟一起练淬火，松本润把铁扁铲插进炉火里烧得通红，然后拔出来在他们眼前晃了晃，说，看见了吧，红透喽，插进水里。说罢，松本润把红透的扁铲往水盆里一插，水盆里便冒出一股热气来，再迅速把扁铲从水盆中抽出，然后用锤子打，无论怎么打砸，扁铲都安然无恙，坚硬得令人称奇。

张大河几个人照猫画虎地练，都是把扁铲烧得通红，然后拔出来迅速插入水盆中，再拔出来，可用锤子一砸，那扁铲就变形了，显然是没有达到想要得到的硬度。徒弟们反复地练，招式和松本润并无两样，却始终不得成功。张大河讲到这问三个徒弟，你们知道是啥原因吗？三个人一脸茫然，都不吭声。张大河说，我是后来悟出门道的，松本润把扁铲从炉子里拔出来时总是在我们面前晃上几晃，问题就出在这晃几晃的时间差上，徒弟们把扁铲从炉子里拔出来，立马就插进水盆了，烧红的扁铲在空气里的时间就会比松本润少上几秒。这之后，再练淬火时，我把扁铲插入炉火中，待烧得通红了，拔出来，不慌不忙地在眼前晃了晃，这才不紧不慢插入水盆中，刺啦一声响，一股热气升腾起来后，我又将扁铲从水盆中抽出来，放在垫板上用锤子砸，扁铲的硬度就与松本润淬火的扁铲是一样的。我讲这个故事就是要让你们做个有心人，只有用心琢磨，才能找到干活的窍门。

张大河日记摘抄：

彼得罗夫带着翻译来到一车间指名道姓找我。瞧他气势汹汹的样子，徒弟们以为他不怀好意，王裕国和李旺发用身体拦他，不让他靠近我。彼得罗夫冷笑道，你俩拦不住我，让开。王裕国说，二比一，我们还拦不住你？你也太小瞧我们中国工人了。彼得罗夫说，那好，你们站好了，看我能不能过去。他两臂一用劲，王裕国和李旺发被撞得倒退了三五步。再靠前时，彼得罗夫已站到我跟前。我挺起胸脯，仰脸盯住彼得罗夫的眼睛，问，你找我还想比试啥？彼得罗夫说，这次不是比试，是交流，交流炼锰心得怎么样？我说，好哇，我倒真想听听你有啥高招。

坐下，我冲翻译说，每句话都得你来翻译，这交流得也太别扭了。翻译说，没办法，谁叫你不会俄语，他不会中文呢。我说，俄文我也是会几句的，阿拉扫、瓦斯布拉格大流、抱你娃的娜……彼得罗夫也用蹩脚的中文说，你好、同志、吃饭了吗……身边的人都哈哈大笑。

虽是通过翻译，我还是听懂了彼得罗夫都讲的啥，比如，冶炼过程中被称为"锰制度"的操作方法，彼得罗夫对这种操作方法有着独特的见解，用他的方法既可以减少对炉体的损害，又为精炼创造了条件。至少在这些见解上，彼得罗夫是高于我的，甚至高于我当年的师傅松本润。我也讲了锰系多元复合脱氧剂的独门制备方法，原料完全采用天然原料或废渣，这个方法是我自己摸索出来的，既制造出性能好的脱氧剂又能废物利用，后来成了锦绣厂的一项技术革新项目。彼得罗夫听了也连连说好。

交流结束时，彼得罗夫冲翻译说了一段话，翻译脸红了，冲我说，他问你有妻子吗？我说，有。翻译说，他说他没有，每天晚上很难受。把周围人说得脸都红了。翻译又说，他说他看上一个中国女人。我说，好哇，让他去追嘛。翻译说，他追了，这个女人没答应他。我说，那就没办法了，这个事得双方自愿。彼得罗夫似乎听懂了我说什么，又叽里咕噜说了一串话。翻译说，我们帮他打听了这个女人的情况，有人说，这个女人和你关系不错，很听你的话，他希望你帮他的忙，做通这个女人的思想工作。我心头一震，问，这个女人是谁？翻译说，是古小闲。我顿时不平静了，对彼得罗夫的好感瞬间变成了厌恶。

我说不行。彼得罗夫又叽里咕噜说了一串。翻译说，我们是朋友，你应该帮这个忙。我虎着脸说，别的忙可以，这个忙我帮不了。

这一夜，古小闲做了几个梦，梦中有张大河和老吴，也有彼得罗夫。梦境是模糊的，她还是记得最终跟她在一起的是张大河。梦醒了，古小闲发现自己的脸滚烫滚烫的。

现实中她和张大河从来没越过雷池半步。对于老吴她只有感激，但从来没有爱情的感觉。对张大河就不同了，从认识开始，她对他就是那种心跳与迷乱的感觉，这应该就是爱情吧。

阳光透过窗帘从玻璃窗照射进来，屋子里有了浑浊的光亮，其中有一道光是从窗帘的缝隙钻进来的，如同一把刀子斜插在被子上。这是个星期日，她可以赖着不起床，窗外高音喇叭正在播放一首民歌，声音婉转而尖厉。她突然有一种莫名的心慌，这一年她的年龄已经不算小了，由于出身问题，终身大事一直高不成低不就。这段时间，并不缺乏撩拨她的男人，但他们目的不纯，大多想占她的便宜，并不是想跟她正儿八经地搞对象。这样一想，她就满脑子的悲哀。

第一次见彼得罗夫，就见他的眼睛亮了。她凭着女人特有的敏感，知道这个苏联人看上了她，这个高大魁梧的异国汉子身上虽然充满了男人的气味，具有一定诱惑力，但她觉得不适合自己，她历来对外国人不感兴趣。苏联人热情奔放，直来直去，这之后，彼得罗夫就经常来修配班找她，给她送花，通过翻译向她表白，搞得满城风雨。她没心动，毫不犹豫地拒绝了。

上午十点多，门外传来女人的叫门声。古小闲从被窝里爬出来，扯条裙子胡乱穿上，又冲镜子将一下乱蓬蓬的头发，开门。门外露出一张女人的笑脸，是子弟学校的袁老师。她从来没跟袁老师接触过，但袁老师的名气不小，她不可能听不到有关袁老师的传闻。都说袁老师热衷于当红娘，旧社会时，她就撮合过不少对青年男女，新社会又撮合成不少对。她突然登门，古小闲就有了某种预感。

让座，倒了杯白开水。袁老师接过水杯放到一边的小桌上，笑眯眯地看古小闲，说，长得真带劲！古小闲不好意思地笑笑。袁老师接着说，小闲妹妹，知道我是个热心肠的人吧？古小闲连说，知道知道。袁老师说，不是吹呀，我介绍对象的成功率达到百分之九十了，咱厂男多女少，我就到纺织厂、印染厂去找，现在成了有三十多对。小闲，你是不是还单着？古小闲点下头，没吭声。袁老师说，多带劲的长相啊，要不是你出身不好，能拖到今天？古小闲知道袁老师已经把她的背景摸熟了。袁老师说，不用怕，有你袁姐在，你的终身大事我包了。古小闲说，您还是别操心了，我的事我心里有数。袁老师说，都是姐妹了，你还客气个啥？锦绣厂的不行，我给你趸摸外单位的，现在我手头就有一个，小伙子条件不错，是罐头厂的技术员，念过大书的人，能给罐头配方呢，和他成一家有口福，罐头管够吃。古小闲打断袁老师的话头，说，我现在还不想考虑个人问题。袁老师说，你不考虑可以，但我不能不替你考虑，这小伙子相貌好，家里也不穷，跟他错不了。古小闲说，罐头厂女职工多，他咋不在本厂找？袁老师说，近处没风景，小伙子眼眶高，本厂的他都没相中。古小闲说，我家庭成分不好。袁老师说，他说他不在乎家庭成分，他只在乎人本身，现在不在乎家庭成分的人很少很少了，难得呀！找个机会见见吧。古小闲说，谢谢你的好意，我还是不见了。

袁老师总算走了。没想到走是走了，她坚决的态度却并没令袁老师知难而退，或者说，这只是一个序幕。到了晚上，袁老师又一次来叫门。开门，出现在古小闲眼前的除了袁老师，还有一个人，这是个长相不错的小伙子，五官俊朗，要身高有身高，要气质有气质，看见他，古小闲心里动了一下。进屋，落座，袁老师介绍，这小伙子是罐头厂的技术员，姓牛，名亮。小伙子冲古小闲笑了笑，唇红齿白，长相比张大河要好，古小闲的心河在经历了微波之后，很快归于平静。

三个人聊了一会儿，袁老师说，你们俩再聊聊，我有事先走一步。袁老师有意先走，家里剩下了古小闲和牛亮。牛亮没话找话，讲他们罐头厂，咋个程序做肉罐头，咋个程序做水果罐头，讲得古小闲直冒口水。终于忍不住，她打断牛亮的话头，说，对不起，我们俩不合适。牛亮愣一下，问，咋不合适？古小闲说，不合适就是不合适，还是做普通朋友吧。牛亮说，你不说清楚，我是不会甘心做普通朋友的。古小闲说，好，那我就直说吧，我问你，你了解我吗？牛亮说，我了解，袁姐跟我介绍你之后，我就侧面了解了一下，锦绣厂我也有朋友的。古小闲说，那我问你，你知道我的家庭出身吗？牛亮说，我知道，我不在乎。古小闲说，那你在乎啥？牛亮说，实话跟你说吧，我只在乎样貌。古小闲觉得这人可笑，简直就是外国人。牛亮连连点头，没错，我就啥都不在乎，这一点倒真像外国人呢！

打这以后，牛亮几乎天天晚上来找古小闲，还不空手来，不是带一些罐头，就是带一些做罐头的下脚料。任凭古小闲咋冷脸，咋拒绝，都没挡住他。用他的话说，古小闲是他见过的最好看的姑娘，现在除了古小闲，他对哪个女人都没兴趣。古小闲不胜其烦，去学校找袁老师，叫她告诉牛亮别来了。袁老师说，我告诉他没问题，他听不听我就不知道了。古小闲觉得袁老师是在耍赖，或者说是牛亮和袁老师合伙在跟她耍赖。

古小闲把这事跟张大河讲了。她也不是跟张大河讨主意，只是讲了，心里边有一种痛快感。张大河问，你当真看不上他？她说，当真。张大河没再说啥。

晚上，牛亮又如期而至，他刚要推门进屋，身后冷不丁有人拍一下他的肩膀，手太重，他差点被拍了个跟头。回头看，张大河正瞪着虎眼盯他。

牛亮问，你是谁？张大河说，我叫张大河，锦绣厂的，我告诉你，以后不许你登这个门，今天例外，以后我若再看见你登这个门，就打断你的腿。牛亮问，你是古小闲啥人？张大河说，不管是啥人，我决不容许你再找古小闲。牛亮被他的气势吓住了，转身就走。

在古河两岸，有个著名的泼皮叫李纪录，因为常年剃光头，又被称作李秃子。都说他打架厉害，会摔跤，下手狠，用剪刀捅过别人的小腹。有一天他来到锦绣厂门口，扬言要废了张大河。有人见了，跑到一车间告诉张大河，叫他下班别从大门走，走后门。三个徒弟也劝他，说这个秃子惹不起，是个狠碴儿，要是别人，不用你出手，我们就把他教训了。张大河斜了他们一眼，骂了一句，胆小鬼！李旺发说，师傅你得理解我们，我们三个还都没成家，要是真让这家伙给剪了裆，那就绝后了。张大河说，用不着你们出头，我自己对付他，足够了。

这事不知咋就传到了刘英花那里，她一溜小跑来到二号炉，对张大河厉声说，不许你出去打架。张大河说，不是我打架，是有人逼着我打架。刘英花说，不管是啥原因，我不许你出去。张大河嘟囔，管得真宽！刘英花说，你是技术尖子，是锦绣厂的宝贝，你跟个泼皮打架出了危险不值得。张大河发现身边的人越聚越多，都说他跟李秃子拼命不值得，要拼，也该我们去拼。张大河说，没你们啥事，都散开吧。刘英花也说，都散开，这事交给我了，我去报告保卫科。张大河说，架还没打呢，保卫科也拿他没办法。刘英花说，保卫科拿他没办法，我拿他有办法。

刘英花抖擞精神出了厂房，出了厂大院，见李秃子正在门口转悠。他只穿了个跨栏背心，胸脯和两臂都鼓鼓的，肌肉很发达，右手还拎了一把两尺长的大剪刀。刘英花走过去，嘿了一声，问，你要找张大河？李秃子停住步子看她，说，我找张大河，有你啥事？刘英花说，我是他的领导，有啥事找他没用，找我吧。李秃子说，好，你能保证他不管古小闲的闲事，我就不找他了。刘英花问，到底是咋回事？李秃子说，古小闲是我兄弟牛亮的人，叫他别插一脚。刘英花想了想说，好，我答应你，不过，从今往后，你也别找张大河的麻烦。

李秃子果然退了。见他走远，刘英花才回车间。她先把古小闲叫到她办公室，拧住眉毛盯她，问，你有对象了？古小闲说，没呢。刘英花说，牛亮跟你啥关系？古小闲说，没啥关系。刘英花说，既然不是搞对象，那就是不正当男女关系。古小闲忍无可忍，嚷道，你血口喷人！刘英花也提高声音说，我劝你还是自重些好，牛亮是李秃子的兄弟，李秃子是有名的泼皮，牛亮也不会是啥好东西。

有人看见古小闲哭着跑出车间办公室，这消息很快传到张大河耳朵里。弄清了情况后，张大河去了罐头厂找牛亮，二人各说各的理，后来动了手，被人拉开了。一个罐头厂的老师傅拍了拍张大河的肩头说，按情分呢，我应该帮着一个厂的牛亮，但我这人讲理，二人打架，理是各占半边，要想解决问题，我看还得用工厂的规矩。张大河问，啥规矩？老师傅说，有文规矩和武规矩，文规矩就是比酒，武规矩就是约架。张大河笑了，他其实是明知故问，他当然熟悉这两个规矩，他还亲自用文规矩帮别人解决过不少纠纷呢！至于武规矩，他还没用过。所谓约架，有单挑有群架，古河一带约架的地点都选在古河边上的河滩，沙子地，摔倒了也有保护作用，是个比较人性化的场地。一番打斗，败的一方无条件听从获胜一方。张大河说，由他选。老师傅说，还是选文规矩好。牛亮说，武规矩。张大河说，好，三天后上午十点，河滩上见。

古河北岸有段不到百米的河滩是细沙滩，沙质不错，很好找。三天后是星期日，上午八点多钟，就有人开始向细沙滩这边进发，人们三三两两，有说有笑，像是去看一场露天电影。十点钟不到，这儿已人山人海，人们自觉围成一个圈，中间留出了一个圆形的空场，人们只在圈外张望和议论。不远处有几棵老树，树枝上也挂满了人，大家兴高采烈，主角还没登场，氛围已经被渲染得相当热烈了。

差五分十点，牛亮一行人到了。有二十来人，走在最前边的就是李秃子，这小子光着上身，露出足够威慑人的肌肉，右手拎着大剪刀。围观者闪开一条道，让这伙人进了圈子，站到靠东一侧。十点整，张大河一行人也到了，也是二十来人，都是锦绣厂的精壮小伙子，连彼得罗夫也来了。本来张大河不想让他来，但彼得罗夫执意要来，说他喜欢古小闲，这事是因古小闲引起的，他不能坐视不管。据说这家伙在本国就不是个省油的灯，他练过拳击，曾一拳打掉过一个壮汉的下巴。这伙人也进了圈子中央，与李秃子那边形成了对峙。

张大河冲李秃子说，是群架还是单挑？李秃子说，随便。张大河说，我看还是单挑，省得更多人跟着吃苦头。李秃子说，那就你和我来。张大河说，好。上前几步，和李秃子拉开架势，李秃子见他是空手，也就撂下剪刀，空手往前凑。还没凑到张大河跟前，斜刺里杀出了彼得罗夫，这家伙不懂得这儿的规矩，越过张大河，迎住李秃子挥手一拳，正中对手下颌。李秃子扑地摔倒，爬起来，果然下巴脱位，张着嘴合不拢。彼得罗夫还想接着打，被张大河拉住。对面的人不干了，说锦绣厂玩赖，不守规矩。张大河说，这个不算，还是我出手才算，谁再跟我单挑？李秃子捂着下巴没了再战的能力，牛亮只好自己出场。刚交手，就被张大河摔了个狗吃屎。

牛亮完败，无话可说，表示再也不去骚扰古小闲。在众人的欢呼和口哨声中，牛亮和李秃子一伙灰溜溜退场。这边张大河他们兴奋得不行，沿着闪着亮光的古河走，每个人的身上也都闪着亮光，大家伙儿嘻嘻哈哈，洒了一路欢声笑语。

张大河日记摘抄：

今天下班后，闫振邦又约我到锦绣酒馆喝酒。我来得早，酒馆里只有我一个吃客，我选在靠窗的位置上，点菜，要了一盘花生米、一碟酱牛肉、一个拌菜和一盘炒鸡蛋，两壶酒。鲜亮的夕阳从窗外投入，照在牛肉上有些发白。小酒馆难得肃静，以往这个时间已有三三两两的工人来此喝酒，今天的反常好像预示着什么重要的事情就要发生。我心跳加快，有些紧张，为了平稳心情，我自个儿先干了三小杯白酒。

窗外的高音喇叭开始播音，先是一段欢快的音乐，然后是熟悉的邱宇高亢的声音，在一串口号喊过之后，邱宇激动地宣布：锦绣金属冶炼厂准备上马钛白粉项目了。我一拍桌子，兴奋地自言自语，好！一杯刚满上酒的杯子被震翻，两个酒馆的服务员被吓了一跳，都瞪大眼睛看我。我自觉失态，咧嘴笑了笑。

激动是可以理解的，我觉得七千锦绣人都会像我一样激动。我早就知道钛白粉这东西，中国没有，却又每时每刻都需要它，这东西被西方发达国家垄断，中国只能受制于人。能拿下这个项目，能生产出我们自己的钛白粉，作为新中国的工人是骄傲，也是责任。

不就是钛白粉吗？有啥了不起的。

高音喇叭里，邱宇还在高亢地说，国家把钛白粉项目列入重点建设项目，准备在锦绣金属冶炼厂建成一个研发、试验的基地，在全国范围内调集专家，攻坚克难，自力更生，填补空白……我听得热血沸腾，又干了三小杯。

一壶酒就要见底了，才见闫振邦进来。我冲他嚷，闫厂长，你也不守时呀，瞧瞧，这都几点了。闫振邦一屁股坐到我对面，阴着脸说，太忙，抽不开身，这也是冲出重围才赶来。我说，这是你主动约我。闫振邦说，没错，我迟到了，自罚三杯。我笑道，我都快自罚一壶了。

闫振邦的工作装上沾满了灰尘和油污，一脸腻汗，看外表不像是坐办公室的副厂长和总工程师，倒像两个车间里的工人。我是换掉工作服来的，人收拾得很干净。特别是脸色，一个阴天，一个晴天，形成鲜明对比。

我说，闫厂长，这大喜的日子，你咋不高兴？闫振邦反问，喜从何来？我惊讶地问，上马钛白粉项目你不高兴？闫振邦一仰脖干了一杯酒，摇摇头说，我不是不想高兴，是高兴不起来，能生产我们自己的钛白粉，那是多少工业人的梦想啊？我能不想吗？可是，我们现在还没有这个条件，盲目上马只能是劳民伤财，得不偿失呀！我说，我不明白，你为啥这么悲观？闫振邦说，不是我悲观，是我看得比你们清楚，你知道氯化法钛白的生产工艺有多复杂吗？现在它的核心技术都在西方，准确地说，都在美国，他们把它当国家机密来保管，我们连影子都摸不到。我说，我们靠的是自力更生，我们中国人不笨，他美国人能搞出来，我们中国人也能搞出来。闫振邦说，理论上这样说没错，可是，谈何容易，很可能是我们花大力气搞了一通，最终还是会以失败告终，到头来咱锦绣厂受损，国家也会蒙受损失。我说，这也是国家的决策，国家的专家学者多了，难道都没看出这一步，就你看出来了？闫振邦苦笑着摇摇头，没回答。

我又问，你约我来，不单单是为了喝酒吧？闫振邦说，在咱厂，反对上钛白粉项目的只有我一个，如果你也反对，我就不太孤单了，咱俩一个总工程师，一个工人大拿，一起说话的分量会重一些。我说，可我从心里是支持上钛白粉项目的，让我违心说话，我做不到。闫振邦说，我是为了咱厂少受损失。我说，那国家荣誉呢？闫振邦说，我也是为了国家少受损失。我说，没有信心，啥也做不成，我不能做这种给大家伙泄气的事。

两壶酒喝光了，我们争论的结果是没有结果。出了酒馆，我们互不搭理对方，都默默地朝前走。

（《锦绣》入选中国作协2018年度重点作品扶持项目，发表于《中国作家》2021年第7期，获2021年度中国好书。）

大地芳菲（节选）

李轻松

一直卖得很好的有机菜，突然卖不动了，长期合作的客户取消了合同，网上一片骂声。王全家的大棚前，来拉菜的卡车停在那里，王全的菜价降了一半，菜商还是不肯收。菜农们围着车主讨说法。那是签了合同的，怎么能说违约就违约呢？血气方刚的小伙子与车主撕扯，一时把控不住情绪，发生肢体冲突。韩春光带着梁洪江赶来，把他们拉开。车主放下狠话，以后仙女湖的菜别想再卖出去！王全不服哇，凭凭啥，我们菜是是品牌呀，你不不买，有有的是人买。车主上车要走，春光拦下他，要问个清楚，你为什么说我们的菜卖不出去？车主愤愤地说："你们就是弄虚作假，以次充好，明明是无化肥无农药，可检测的结果是啥？农药超标，还说品牌呢，你们的牌子砸了！"

说完，车主开车便走，只留下人们愣在那里，目瞪口呆。春光迅速地调整着思维，菜滞销说明仙女湖的有机菜出现了质量问题。春光与洪江回到村委会，钱小发与刘小芳正等着他们。春光一屁股坐下去，喝了一杯水，心里升腾的火气才消了一些。

"说吧，怎么回事？"

刘小芳说，网上有好几天了，跟帖骂战，我们还以为是竞争对手雇的水军故意坏我们呢，所以也没太在意。但现在看来，不那么简单，可能真是我们的菜品出了问题。钱小发把最近五天的发货量、直播带货的现场反响、评论区的跟帖做了一个汇总。梁洪江心情沉重，千里之堤，溃于蚁穴呀！我就不明白了，这菜卖得好好的，为啥非得弄这一出？给我查，一定查出来！

春光与他们一起商量了一下对策，小发说，我直播带货就怕这样的事，树立一个口碑可难了，要说推倒就是分分秒秒的事，让我再找回那些粉丝，我可能是做不到了。刘小芳认为这不仅是有机菜的翻车，它直接关联着仙女湖这个系列品牌的声誉，所谓的好事难出门，坏事传千里。这确实就像梁主任说的，千里大坝看似稳固，但有时只是一只蚂蚁就可能引起大溃坝，殃及仙女湖所有的产品。

形势严峻哪！春光说，你们商量一下，看如何挽回影响，我们下去走走。春光与梁洪江挨户看看，损失最大的还是王全。因为他的产量最大，这批菜如果三天内再卖不出去，就会烂掉；而下一批菜马上就要采摘。他们到来的时候，王全坐在那堆像小山似的菜里，呆呆地看着。春梅正在劝他，别上火，烂就烂吧，就当今年白干了，王全欲哭无泪，不停地念叨我的菜它它是有有机的呀，是有有机的……

春梅看到它们，眼圈一下子红了："这些菜呀，就是王全的命啊，他可是严格按规定种菜的呀，可是怎么就成了这样呢？"

这时，冬子从外地赶回家，见父亲的状况，上前拉起王全："爸，菜没了，咱再种呗，你要有个好歹的，儿子怎么办哪？"这是王全听到的最温暖的话语，他抬头望着冬子像一座大山似的立在自己的眼前，眼珠立马就活泛了，眼睛也湿润了。冬子拥抱住王全："爸，咱不怕，就少赚点呗，算啥呀？咱家底厚着呢，一时半会儿的垮不了，不怕，有儿子呢！"王全把脸靠在冬子的胸前，他第一次感觉心里那么踏实，抹了一把脸，露出笑容……

春梅亲眼看着这一幕，带着泪笑了。这爷儿俩，总算是尿一个壶里了。看那王全，那么瘦小，伏在冬子的胸前，就像个孩子一般，被冬子拥着、抱着、哄着，有眼泪也有欢笑。这才是一家人的样子，才是父子俩的情感。

冬子把父亲安抚好，才跟着春光他们继续查看情况。他们走了一家又一家，基本上家家都堆着快烂掉的菜山，个个都愁眉不展。冬子在微信群里招呼大家开会。

经过冷库时，他们发现有人发生了争吵，一群人围着。梁洪江与春光走过去看看怎么回事，原来菜农们要把自家的新鲜蔬菜放到冷库里，而冷库的空间是用来存蘑菇的，所以双方发生了争执。人们一看库主梁洪江来了，便停下来全都看着梁洪江如何决定。梁洪江说："乡亲们，你们的心情我可以理解，可你们的菜就算是十个冷库也装不下呀，明天蘑菇又到了采摘期，存了菜蘑菇就烂了，背着抱着一边沉哪！怎么办？"梁洪江沉默片刻，一咬牙说："那就再建个冷库！我投钱。"一片掌声。但冷静下来之后，春光反对再建冷库，他的意见是，解决这件事情的根本方法不在于建多少冷库，而在于如何纠正错误重建信誉，信誉才是最大的冷库，否则投了不少钱，菜能装得过来吗？等到这个危机过去了，那空置的冷库便是最大的浪费。虽然洪江书记有这样的情怀，但我们不能滥用。我反对再建冷库。他说。

钱小发与王冬子要一起去省城参加首届乡村振兴新媒体高端论坛。这也是钱小发有生以来第一次远行。刘小芳精心为他准备了西装，冬子帮他打上领带，他站在镜子前看着自己，感慨万千。以前他就像个野人一般，脏得跟泥里滚出来一样。现在，他西装革履，仪表堂堂，完全是个标准的美男子。

"小发，你知道你是个帅哥吗？"小芳夸赞他。

小发不好意思摇摇头，不停地让刘小芳闻闻，他身上是否有味。

"有点香喷喷的呢！"刘小芳说。他脸有点红，承认喷了点香水。小芳说："哎呀我说的呢，怎么直打鼻子呢，以后不要喷那种廉价的香水，呛人，就自自然然更好。"

刘小芳与冬子精心筹划了这次如何参加活动，并通过钱小发的讲演，来展示仙女湖村的精准扶贫，进而宣传民宿、稻田画、绿色农业、食用菌等。小发呀，你责任重大呀！

这是钱小发第一次坐高铁。他兴奋得眼睛发亮，呼吸有些急促。他的眼睛一直没有离开窗外的景物，世界原来如此美好。他也第一次住了旅馆，在二十五层。他站在窗前，看着外面高楼林立、灯火辉煌的夜景，眼睛居然湿了。

"冬子哥，如果我爸妈还活着就好了，我一定带他们到城里来看看，也站在二十五楼望望外面的夜景，简直是太美了！"

"小发，你如果还过以前那种生活，不肯改变自己，你这辈子就永远都看不到这个世界，相信自己，你还会更好的。"

那一夜，小发失眠了。他从未觉得自己是如此有尊严，虽然他做网红时也被无数人围观过，也赚过钱，但没有人把他当人看，而是当个怪物看。现在，韩春光是教他如何做人，做大写的人……

钱小发终于站在论坛的讲台上，那一刻，在炫目的灯光下，他已经看不见台下坐着多少人，他只看见父亲与母亲的身影，他们好像也赶来看他的高光时刻，为他感到自豪与骄傲。小发站在那里，突然忘带了刘小芳给他写好的发言稿，手忙脚乱之后，他头脑一片空白，半天没有说话。

他站了一会儿，硬着头皮开口。我叫钱小发，我爸叫钱大发，我就是那个曾经靠吃虫子吸粉的网红，我的快手账号叫"发愤"。台下一片骚动。他接着说，"发愤"是我妈对我爸的专有称呼，我妈是个智障，但她很幸福，我爸很宠她。我想告诉大家的是，我也有个幸福的童年。他们太宠我了，使我养成了好吃懒做的毛病，后来我就什么也没干过，什么也不会干，家里成了狗窝。我能有今天，还能站在这里说话，全是因为我们村的驻村书记。我通过网络刷抖音和快手，找到了自己的价值。韩书记说我不能一辈子靠吃虫子活着，要靠自己的一双手劳动活着。可那时我听不进去，我为了吸粉甚至吃过屎……

台下一片议论声。

他接着说，是韩书记帮我家改建了民宿，我现在是宿主，像我这样的民宿，我们仙女湖村有六家，每一家都风格不同，有洋气的有老土的，可好看了。后来呢，我的快手账号被封，我又回到原来的生活。是韩书记把我拉出来，让我负责我们村的宣传，我才开始变成了这个样子……

钱小发娓娓道来，从自己的小时候讲到父母同逝，从好吃懒做到成为网红，从因吃屎被封号到重出江湖，他讲得土味十足却十分抓人。所有人都被他的朴实与真诚打动，将雷鸣般的掌声全部送给他。他讲上瘾了，把仙女湖夸得天上没有地下找不着，同时现场就播放他做的视频，效果好极了。

等到钱小发讲演完，立即便被记者围住了。他的眼前伸出来无数的话筒，他从容地回答着无数个问题。仙女湖、民宿、稻田画等这些关键词，走进了电台、电视台、公众号、朋友圈、小红书、抖音、快手等各种媒体，仙女湖村火了。

王冬子马上给刘小芳打电话："成了，小芳，快点准备好，我们仙女湖村就要成爆款了！"刘小芳把这个消息告诉韩春光，春光欣慰地说："这回钱小发算是救回来了，接下来我们要做好各种预案，准备接待游客。"春光还特意给冬子打了电话，这回钱小发可是咱们村的功臣，别急着回来，给你们三天时间，带他好好逛逛。

见多识广的冬子带着钱小发逛遍了阳城，他坐了地铁，玩了游乐场，进了电影院，逛了大商场，下了饭店，他见识了更广阔的生活。只要努力，以后乡村也会有更好的生活。我钱小发有今天，也算是没白来人间走一趟……

仙女湖村村民像迎接英雄一样把钱小发迎回来，他确实感受到了一个不一样的自己，那是尊严带给他的感受。人们也发现，钱小发跟以前不同了，完全是另外一个人。他专心于自己的工作，每天全心全意地做视频，他的粉丝量潮水般增长，他又重新成了一名网红……

接着，钱小发就要直播带货了。

钱小发每天都发布短视频，宣传这个新上的项目，引起围观。很快，第一批体验者来了，山里红的小院子热闹起来了，小鸟似的孩子们满院子飞，叽叽喳喳的。孩子们玩得兴高采烈，看星空、看飞鸟，然后把这些经历与感悟写下来，由钱小发发布出去，引起了关注。当孩子们亲眼看着自己种下的蘑菇钻出来，一天天地长大，那些惊奇的眼睛分外明亮。他们第一次知道木耳长在树上，那密密麻麻的小耳朵卷曲着，拥挤着，煞是可爱。

在钱小发不遗余力的宣传下，山里红民宿火起来了。梁洪波每天都精心地准备肥料、菌种，手把手地教孩子们培植、观察、采摘。同时，他还带领孩子们到山林里去，看那大片的榆黄蘑，引来孩子们的一阵阵尖叫，当然也采野生蘑菇，他总是能找到蘑菇圈。山野树林中，总是能听到孩子们欢乐的笑声，小溪山谷里，到处都留下了孩子们的足迹。

还有一样体验是"仙女绣坊"。开始是来研学的孩子们进来体验刺绣，做"送给父母的礼物"为主题的礼品，孩子可以根据自己的心愿，为父母绣一个小礼物，表达对父母的爱，深受欢迎。接着，年轻人也加入了这个体验的队伍中，他们一般都是给恋人或爱人绣一件荷包、手绢、手包等。再后来，网上就有了定制作品，比如七夕、结婚纪念日、生日等节日礼品，通过快递送到定制人手上，这桩生意想不到地火爆。

很快，村民都到齐了，他们都关心村干部会有什么办法帮他们解这燃眉之急。村委会会议室里的气氛十分凝重，大家低垂着头，一筹莫展。梁主任主持会议，说："今天，把大家召集过来，就是研究一下怎么办。我相信这也是你们关心的问题。现在，我们请韩书记讲讲。"

春光扫了一眼大家："我说三件事。第一，我们的菜卖不动了，为什么？因为咱们的菜农药超标，说明什么？说明我们其中有人违规操作，打了农药施了化肥。俗话说脚上的泡是自己走的，这就叫自毁长城。第二，我们的牌子给砸了，会发生连锁反应，以后可能什么都卖不出去了，这是什么行为？这是砸我们饭碗的行为，这是一粒老鼠屎坏了一锅汤的问题。很可能让我们前功尽弃。第三，我们怎么办？"

大家开始议论，叹息声声。

"怎么办，韩书记，你为啥不让梁主任建冷库，你就眼看着我们的菜烂掉吗？"

春光说："是，我反对建冷库，这解决了一时解决不了一世。梁主任有钱不假，但那也不是大风刮来的，是人家的血汗钱，我们凭什么让梁主任为村民们的错误买单呢？没有点教训，能长记性吗？"

人们开始沉默了。

春光沉重地说："老乡们，我们的菜打出品牌不容易呀，为啥不能好好珍惜呢，谁干的，有种就站出来，好汉做事好汉当，你不能连累乡亲们。"大家都紧张地等待着，你看着我我看着你，却没有人站出来。梁主任骂道："孬种，你有胆做没胆当吗？你就是个乌龟王八蛋，你眼看着就要把我们辛辛苦苦干出来的成果毁于一旦，你他妈的能吃好睡好吗？你拍拍良心问问自己，你就是个罪人，是仙女湖的罪人！"

春光制止梁主任再骂下去。他冷静地思考了一会儿，给大家分配了任务。首先，他马上带领冬子进城，拿着菜重新做检测，以最快的速度拿出检测报告；其次，梁主任带着成林去找那几个大客户，向他们诚挚地道歉，说明情况，挽回影响；再次，刘小芳和钱小发，思考一下用什么来树立形象，发挥新媒体的作用，挽回影响。

散会，大家立即行动。

这时，一个年轻人跑进来，大喊着："不好了失火了，快救火呀！"

大家伙闻声而动，纷纷跑出去，只见浓烟滚滚，空气中弥漫着一种焦煳的气味。烟雾中人影绰绰，纷乱的脚步声、呼喊声交织在一起。人们拿着自家的脸盆、水桶，奔向火场，开始救火。原来这是梁春喜家的蔬菜大棚，梁春喜的媳妇拍手打掌地哭着："这日子不过了，没法过了。"春喜奔着火海冲去，令人目瞪口呆，他这是要与大棚同归于尽哪！这时，只见一个身影从人群中冲了出来，猛扑过去，两个人在火海里滚了一圈，那个人终还是把梁春喜从火海里救了出来。这一幕发生得太突然，也太惊悚，人们甚至来不及反应，更无法想象，这个救人的人居然是吊儿郎当的黄小满！

大家赶紧上前查看他们的伤情。春喜从地上爬起来，除了一身的灰外毫发无损，便把黄小满抬到了安全处。梁洪江赶来，一把拉过春喜："喜叔，多大个事，不就一个棚吗，至于寻死觅活的吗？"

人们奔跑着呼喊着，把一桶桶的水浇上去，那火苗越来越小，直至熄灭。这时，春光已打完急救电话，与洪江一起蹲下来，查看小满的伤情。

"小满哥，你怎么样啊？"春光呼喊着。韩永祥拄着拐杖来了，一路上喊着："小满，小满在哪呢？"他来到了小满的面前，只见小满的头发眉毛全烧焦了，已看不出脸色，衣服也冒着烟。有人议论说："小满，英雄啊！是个爷儿们！没看出来呀，这关键时刻他还能冲上去！"

"小满，小满你个混球，你可不能死呀！"小满突然睁开眼睛，对着韩永祥露出笑容，这笑从他那满脸的灰烬中绽放，像黑暗中的一道阳光那么灿烂。"干爹，我没那么容易死，嘿嘿……"

那一刻，韩永祥眼睛一热，热泪盈眶："行，像个人样儿了！"

急救车闪着灯开过来，医护人员把小满抬上车，春光也跳上车，把小满送往医院。

大家站在那一片废墟前，不禁唏嘘。一缕缕的青烟慢慢地升腾着，一堆堆的灰烬闪着火星，不时地炸裂一下。人们不禁要问，这好好的大棚怎么就起火了呢？

春喜媳妇哭着说："菜都烂了，老梁一股火上来，自己点的。"这个结果令所有人意外，他是疯了还是傻了，自家的大棚，都宝贝得跟什么似的，咋就能下得了手一把火烧了呢？那跟大棚有仇吗？做生意都是有赔有赚，赔了再赚呗！春喜媳妇小声对洪江说："是他给菜用农药，想要卖高价，把咱村给坑了，他没脸了……"

洪江气极了，他一把把喜叔拽进屋，关上门。洪江坐在椅子上："说，怎么回事？"喜叔抱着头，半天不吭声。洪江痛心地说："喜叔哇，那有机蔬菜卖的就是'有机'二字，就是不上化肥不打农药，你明明知道为啥还非这么干呢？"喜叔怯怯地道出真相。原来他的西红柿一点上药，立刻就红了，黄瓜一点上药，第二天一早可支棱了，顶花带刺的，卖相好。他就是为了能比别家早上市，多卖钱。谁想到……

"糊涂！咋就贪那蝇头小利呢？你损害的可是大利，哪头大哪头小你没一点概念吗？为了这有机菜的品牌打得响，韩书记费了多大的劲，老乡们吃了多少苦头，你都看在眼里呀，可你财迷心窍干出这种伤天害理的事情来，现在怎么样，害得大家都赔，你良心让狗吃了吗？"

"我错了，所以我都不想活了。"

"更糊涂，不想活事就了了？自导自演哪？你这是错上加错，你是一家之主，顶梁柱，遇着事得扛着，怎么就这个怂样？"

喜叔腾一下站起来："大侄儿，那你当村干部是干啥的呀？哪个村干部不罩着自家人的？你要不给家族点好处，那你当干部干啥呀？我是一时糊涂闯了祸，那你不就得帮我摆平吗？"

"想得美，喜叔，你自己犯的错，想让我帮你掩盖，没门儿。"喜叔的话让梁洪江哭笑不得，都什么年代了，当官还得为家族谋利？这是精准扶贫，共同富裕。他让喜叔挨家挨户给菜农道歉去，求得大家的谅解，如果人家不谅解，那你就等着吃官司吧！

喜叔一听差点跳了起来，脸红脖子粗地抗议："这种不光彩的事怎么能嚷嚷得全村人都知道？还想让我满村子地去说小话，这事我是断断不会做的。"他认为只要洪江不说，就没有人知道，他的这个脸面就保住了。

这是什么逻辑呀，洪江感叹："没有人知道你就没错了吗？你就心安理得了吗？你就当没事人似的吗？你还能吃得香睡得着吗？"

喜叔一脸的怨气，直直地瞪着洪江："我就不道歉，不赔，有本事你把我抓了！"

黄小满经过检查，身上只是轻度烧伤，无生命危险。春光帮他办理了住院手续，安抚了一番便赶回仙女湖，跟老父亲汇报了情况，把陶春重新安置在春梅家，才回到村委会。

大家分头工作之后，回来开了班子会。春光拿着菜去城里有关部门做了检测，拿到了正常的指标。成林向大客户道歉也回来了，三个年轻人一时还没拿出方案。洪江首先做了自我批评，他检讨了自己作为村干部，没有管好自己的家族，出了这种事情，往小了说给每个家庭都造成了不小的损失，往大了说是破坏了村里的信誉。这件事情必须得向菜农道歉，赔偿经济损失，以此才能服众，只有通过认真地反省才能重新取得买主的信任，挽回市场。

经过讨论研究，班子成员一致同意，真心认错、诚心整改才是唯一的公关手段。可是如何挽回呢？三个年轻人一时没有主意。春光这些天忙得团团转，气得吃不下饭。雪飞开始劝慰他，帮他泻火。谈起要利用什么手段挽回信誉时，雪飞不经意的一个主意，让春光眼睛一亮。她建议，让钱小发用短视频如实地记录仙女湖的整改措施，全程直播蔬菜由播种到收获过程，以此挽回声誉。春光问："你是怎么想起这个法子呢？"原来雪飞回到仙女湖后，有个最大的感受，那就是国内的网络太发达了，一切都可以在手机上解决。她曾经是个记者，对传媒方式的敏感让她认识到，传媒已经发生了巨大的颠覆性改变，她要弄清楚这到底是如何发生的。尤其是仙女湖这个偏僻的山村，发生的所有变革让她产生兴趣，她开始了解线上销售、直播带货，也迷上了抖音与快手，没事时，自己也发一些，渐渐地，她也有了粉丝。春光大喜，我怎么忘了你是个记者呀，你跟宣传小组沟通，尽快制定个方案，把这个直播做起来，进行危机处理。

叶雪飞经过十年之后，又重新感受到了自己的价值所在。她给三个年轻人开个会，说出自己的方案。钱小发说："那不等于揭自己的短儿，我们这不是自降声誉吗？我已买好了水军，明天直播全来捧场，把有机菜打药一事说成是有人挖坑陷害，说不定这场风波就过去了。"但叶雪飞态度坚定，一味地护短、掩盖真相不是正途，我们应该真诚承认错误，揭开事实真相。她的想法得到了春光与洪江的认同，出了事不能想着投机取巧，而应该敢于直面错误，得到客户的原谅。那如何才能得到谅解呢？叶雪飞建议实时直播每个大棚里的种菜情况，让买主时刻监督，他们才会了解种菜的整个流程，也能观察到各种菜是如何生长的，说不定会收到意外的效果呢。

直播大棚里的有机菜生产过程，这个主意不错，说明了整改的决心与勇气。没错，就是要把所有过程都暴露在光天化日之下，来不得半点虚假，全程公开透明。

接着，村里召开了菜农大会，韩春光通报了这起有机菜被拒买的真实原因。大家听完，议论纷纷。想不到这喜叔干了缺德事，还上演了一场苦肉计，我们还都挺同情他呢，菜赔了，想不开了，一把火把大棚给点了。原来他就是罪魁祸首，不行，得让他赔偿我们的损失。

接着，洪江给大家道歉，认为这是他作为村干部的严重失职，梁家在仙女湖是大家族，虽说他与喜叔快出五服了，但也算是本家。喜叔张嘴闭嘴都要把这个有出息的大侄儿挂在嘴上，他的行为给村领导班子带来了声誉上的损失。他请求组织给他应有的处分。之后，他向大家承诺两件事：第一，从此剥夺喜叔的种菜资格，永不得再踏入菜品市场；第二，他跟大家签一份合同，以喜叔目前的情况，无能力赔偿损失，所以先由他代赔，但喜叔将来要偿还的。开完会，由刘小芳负责统计每家的损失，一周内赔款到位。

洪江与受损菜农签了赔偿合同，菜农们心悦诚服。这样的村干部他们由衷佩服，遇事不是推卸责任，而是勇于担当。相比之下，大家对喜叔抱以轻蔑态度，你自己惹的事，你不出面道歉，也不赔偿，太不仗义了。

从此，喜叔见了人不敢抬头，感到自己灰溜溜的。洪江替己担责，让他开始感到内心不安。冯玉民见了他便损他，你也好意思，自己拉的屎让别人替你擦？他说我也不想啊，可让我赔，我拿啥赔？我只有一条命。话是这么说，但喜叔的心里其实也不好受，大侄儿这回是赔了钱也赔了脸面，都是因为他的一念之差。他在心里暗暗发誓，以后再也不会做这种损害别人利益的事情了，凡事都得走得正行得正，要做个有信誉的人。

黄小满住了一周时间的院，便回家休养了。他通过新农合报销了百分之八十五的住院费，余下的费用由村上给解决了。村民们带着营养品，络绎不绝地登门看望，这是他的高光时刻。当然，他还需要后续的治疗，洪江表态，无论花多少钱，村上责无旁贷。春光提议给小满申请见义勇为称号。黄小满虽然受了伤，但他第一次被人如此尊敬，内心的满足感溢于言表。袅袅听说父亲受伤，推迟了出国时间，回来照顾他，见他身上缠着绷带纱布，一时难过，眼泪差点下来。黄小满却笑得开心，闺女，哭啥，你老爸关键时刻冲得上去，没给你丢脸！袅袅对着父亲，伸出大拇指。

有女儿在身边的日子，黄小满完全变成了另一个人，他由一个不着调的混混变成了一个慈爱的父亲，连说话的声音都不同了。他想，如果能多出些日子跟袅袅在一起，哪怕伤得重些他都乐意。他断断续续地给女儿讲自己那些不光彩的过去，袅袅总是耐心地倾听，然后好言好语安抚。养伤这段时间，黄小满在女儿的启发下，开始学会了反思自己，批判自己。是的，他成了一个新人……

春光与洪江挨家挨户地检查这一茬菜的播种情况，看着叶雪飞带领刘小芳和钱小发为每个大棚安装直播设备。那天，钱小发做了一场直播。他认真地说清了有机菜造假的来龙去脉，真诚地向广大客户道歉，并发布了整改措施，希望线上的所有人都成为监督员，让仙女湖村的有机菜每天二十四小时处于监控之下。人们可以通过实时直播，观察这里的菜是用什么种子、上什么肥、浇什么水，看小芽如何破土、叶片与花如何散开、果实如何结下。

一周下来，从播种到破土出苗，线上观看的人还不是太多。但从第二周小芽钻出地面开始，流量急剧增加，很快就成为爆款。久居城市的人们被这大自然的景象深深地吸引住了，有人深更半夜还在观看，有人带着自己的孩子守着直播。同时，前来研学的孩子们也增加了，他们会点名看哪片地哪座棚，看看实际的植物与直播里的植物有什么区别……

这个情况确实出乎所有人的意料。原来，人们在用监控把控有机菜的质量关的同时，也在观察每种菜是如何生长的，每一天的变化吸引着大量的目光，成为老年人重温童年时代的一个途径，更成为青少年了解植物成长的一个教材。人们认购某棚里的某一处蔬菜，看着欢心，买得放心。经过两个多月的直播，仙女湖牌的有机菜重新得到了网民的认可。运菜的大卡车重新出现在仙女湖村，而网络的购菜订单更是令菜农们供不应求，不仅恢复了以前的销量，还有了大幅增加。菜农的脸上出现了笑容，收入也得到了保障。

叶雪飞开始忙碌起来，她每天察看直播情况，粉丝数量，也认真地回复问题。有时，她自己都看入迷了。看那小芽儿钻出地面，嫩嫩的、红红的，可爱地张望着。接着它便抽小嫩叶，伸开小腰，开始拔节；那小花苞包得紧紧的，今天咧开小嘴儿，明天就咧开笑了，后天就大大方方地绽开了笑脸；那些小藤蔓儿细细的，羞羞的，攀着杆儿便开始爬，爬一段便留下几片叶子，或一朵小花，不久就结成了一只果子。这简直太神奇了，她迷上了直播。不知不觉间，她每天都累到睡着，早晨起来，发现自己的脸上是泛着光的，眼睛也是那么清澈。她突然感觉到自己原来是有用的，有价值的。这感觉太好了！她的抑郁症不治而愈。

　　喜叔看着别人家的有机菜卖得如此火爆，心里又开始动了。他想把自家烧毁的大棚再恢复起来，但洪江不让。有机菜这个生意你就永远不要想了，这叫什么？这就是诚信记录，一朝做错终生受罚。喜叔都快哭了，大侄儿啊，你就看着我受穷吗？我只有致富了，我才能还你的钱哪！洪江态度坚定，我宁可你不还我的钱，也不能失信于民。乡亲们的眼睛都看着我呢！

　　那段时间，喜叔的情绪低落到了极点。他心里不平，这大侄儿怎么就一点不顾本家之情呢？村民都原谅我了，就他还横在那里。他委屈、愤怒、痛苦，天天喝酒自醉，消沉下去……

　　三家民宿都经营得不错，一家是刘德义的观澜轩，因为它靠着仙女湖，再借助湖上长廊及湖上餐厅，引来人们在湖上把酒临风观月看星，一直保持着不错的业绩。而钱小发的听风阁则靠着他的网红流量，还有古典风情，也成为游客的打卡地。杨启山的山里红现在也在体验风的带动下，吸引了大批研学的孩子和写生的学生。娇娇专门负责研学，自从她关闭了画班，开始为仙女湖的品牌设计之后，她就跑起了通勤。娇娇每天早上坐车来上班，中午在父亲家吃饭，晚上赶回县城里的家。这最让冯玉民感到舒服了，天天有女儿陪伴自己，哪怕就一个中午，他已十分满足。娇娇为孩子们制定了一整套的研学方案，领着他们看蜘蛛结网、蜜蜂采蜜、蚂蚁搬家，一草一木都有一段自己的故事，孩子们听起来津津有味，看起来目不暇接。

娇娇的研学群很快发展壮大，她也有了自己的粉丝群。有老师反映说，孩子们通过研学，大幅提高了作文水平，他们写的观察日记，个个生动形象，有趣可爱。老师把孩子们的作文发到网上，有写蜘蛛的，有写小蜜蜂的，有写蝴蝶的，还有写种菌种菜体验的，丰富多彩，引起了网上极大的关注。有的孩子急不可待地问道，我们什么时候还去仙女湖哇？

梁洪波养蘑菇养得上瘾，他整天长在山上，一心一意地与蘑菇为伴。他在果松林里搭了个小木屋，有时就住在里面。夜里，他时刻倾听着外面的风声雨声，感受着温度湿度的变化，来判断环境的变化对蘑菇的影响。那天，班子成员来到山上看采摘情况。放眼望去，那漫山的菌棒开得绚烂，金黄色一片，大朵挤着小朵，有的舞舞扎扎，有的羞羞答答。一些手在菌棒上忙碌，一朵朵小心地摘下，放进筐里，小伙子扛下山去，装上大卡车，趁新鲜运走。这其中就有喜叔，他在合作社里打工，他悄无声息地摘菇，不好凑上前去搭话。他听着洪波给他们算了一笔账，一只菌棒的成本是五块钱，可以采七茬菇，总计生产五斤蘑，每斤鲜蘑卖五十元，这一根菌棒就收益二百四十五元，去了各种成本，怎么也能纯剩二百元，这不是暴利吗？喜叔听到洪波的话，不禁暗想，这养蘑菇也太赚钱了，这要是自家也养就好了。洪江抚摸着那喜人的蘑菇，一簇簇、一堆堆、一团团，柔柔的、软软的，喜不自禁。

洪江说："洪波，我给你一年的时间，你把所有养蘑菇的技术都给我弄得明明白白，给我个市场调查，看还有没有扩展空间，如果有，我们挑几户找不到项目的人家入社，建大棚，冬天也有出产。"洪波兴奋地回答："梁书记这主意太好了，真能这样，我们的蘑菇就不受季节限制了，冬天也照样出产。"

说者无意，听者有心，等到洪江他们下山，喜叔凑近洪波，向他打听这玩意儿是否好养。梁洪波听出了他的弦外之音："你想养吗？想的话我教你。"喜叔动了心："我太想养了，自从我家大棚没了，日子也紧巴起来，到时候你可得算我一户哇！"洪波建议他先给自己打下手，这期间先把养蘑菇的技术学会了，再琢磨建棚。喜叔一听便同意了，从此他便天天来打工，跟洪波学养蘑菇了。

当蘑菇采到第五茬时，出现了意想不到的情况。仙女湖连续下了四天大暴雨，老天爷像发了怒，把天捅了个大窟窿，那雨水如滔滔江河一般狂泄不止……

洪江与春光望着大雨焦急不堪，他们披上雨衣就往山上跑。而奔腾的河水却挡住了他们的去路，无奈只好祈求大雨快点停下。第四天傍晚，雨终于停下来，天阴沉得葡萄水似的，空气中到处都弥漫着水汽。他们二人站在河边等待，一直到河水落了一些，他们手拉着手，过河去，登上山。他们远远地看见洪波蹲在那一排排的菌棒里，呜呜地哭着。原来，榆黄蘑不仅错过了最佳采摘期，还被大雨泡得一碰即碎。那山坡上有被雨打掉的蘑菇，小溪里有被水冲掉的蘑菇，零零碎碎，一地流水落花……

洪江拍拍洪波的肩："哭啥，人没事就行。"

洪波养这些蘑菇，就像养自己的孩子一般精心。他坚信蘑菇是会听懂话的，他每天清晨与傍晚都会在菌棒中间穿梭，跟这个唠唠家常，跟那个说说心里话，那蘑菇哇它就支棱起来，像是凝神的样子，倾听的样子，微笑的样子。它在听，在回应，水灵灵的，活泛泛的。他发现，只要他经常对话，蘑菇就长得格外好，有生气、有灵气。他要是不理不睬，蘑菇就蔫头耷脑的、无精打采的。你说怪不怪呢！现在，一场大暴雨，把它们打残了，打废了，打落了，看着遍地的碎片，他心疼得哭了起来。

春光安慰了一番洪波，你要真能把它们都哭活了，我就把全体村民都找来，大家一起哭。洪波抹了几把脸，开始汇报这四天他所经历的痛苦。那简直就比要了他的命还让他绝望，这一茬蘑菇基本上绝收，损失重大。那下一茬呢？会受影响吗？洪波说，只要是温度湿度各种条件合适，蘑菇还会再长出来的。洪江心情沉重，他在考虑灾难性天气总是在所难免，那我们的蘑菇如何能减少损失或不受损失呢？这是个大课题，春光联系农科院的科研人员，请他们天晴后来看看现场，给他们指导一下下一步该如何办。

然后，一波未平一波又起。由于暴雨冲毁了道路，有关部门正在抢修，冷库里的蘑菇无法运出去，时间长了也同样会打蔫、起斑，很快就会烂掉。为此，梁洪波嘴上起了大泡，怎么办？

就在洪江和春光一筹莫展之时，喜叔灵机一动，来了金点子。他建议将冷库里的蘑菇马上晾晒，待干透再打成粉末，可卖干粉也可以和进面摊煎饼，打出仙女湖牌蘑菇煎饼。他还总结出了几大特点，抗癌、美容、延缓衰老、增强免疫力……

春光一听，大加赞赏。可谁会摊煎饼呢？喜叔说我会呀，我的手艺可是祖传的呀。小时候我们家穷，吃不上饭，我爹就将一点面里掺和进菜叶、树叶，给我们摊煎饼，不然我们哥几个也活不到今天哪！

春光一拍大腿："早说呀，说干就干，马上晾蘑菇，你把煎饼摊支起来，合作社供料，卖出的钱给你分成。"洪江也兴奋起来，没错，喜叔家摊煎饼的手艺那可是一绝呀！春光喃喃说："看看，老百姓的潜力是挖不完的，这说话间就又多了一个来钱道。这样，你们的煎饼不能随便就摊了卖了，要有策划有包装有推广，把刘小芳和娇娇找来，你们拿出来方案。"而小芳他们自然地就想到了叶雪飞，她对于传媒有着天然的敏感，她与几个年轻人互补，想出的点子总是最新的。

那天，叶雪飞带着冬子、刘小芳和钱小发，跟洪波和喜叔研究了半天，制定了一整套的方案，听着冬子讲解如何线上销售，未来的规划，洪波与喜叔大开眼界。他们不禁感慨，今天不懂的东西太多了，要想赚钱，就得跟得上时代，否则就得被淘汰。雪飞也从年轻人的身上，学到了最新的技术，她觉得自己回来这一年，顶得上在美国十年。随后，洪波与喜叔跟村委会签订了合同，主要款项包括注册仙女湖商标和一些诚信经营内容，当然还有分成协议。还有，让娇娇立即设计煎饼的包装袋，要高档，有艺术感。

春光请来的农科院技术员为山林间的菌棒防雨给出了意见，一是尽快在菌棒上建起塑料布雨伞，下大雨时可以打开，晴天时可以收拢，防止大雨长时间浸泡；二是用草帘、遮阳网保湿，不滴水，宜干旱时使用，保住菌棒水分。村委会研究之后，决定分两步走，一是按专家要求保护好山上的大面积菌棒，不再受洪涝灾害的影响。二是积极准备建几座蘑菇棚，虽然成本高些，但可以保证冬季正常出蘑菇。

仙女湖第一家煎饼作坊开业了。喜叔展示了他的拿手手艺，把煎饼摊得像纸一样薄，铺在书上能透出下面的字迹，又筋道又耐嚼，入口即化，如果卷上豆芽、土豆丝、香菜，再抹上酱，口味独特。煎饼开始是作为游客的伴手礼，每人一份带回家。慢慢地，开始半价销售直到全价售卖，仙女湖牌蘑菇煎饼慢慢地有了名。

刘小芳带着喜叔拿着煎饼最先走进了高档社区、大型超市，给他们免费品尝，有了口碑就有了回头客。再加上钱小发的直播带货，煎饼就这样卖火了，供不应求。村民们都纷纷要求加入摊煎饼的行列，可是春光与村委会班子成员研究之后，并不想扩大产量，而是决定以质量取胜，限量销售。喜叔接受了以前的教训，严格按配料比例来做，从不会偷工减料，一直保持煎饼的优质。只有这时，他才真正体会到村领导班子的良苦用心。如果没有以前的那个跟头，如果他摔得不够疼痛，他就不会如此珍惜自己的声誉。

煎饼开始赚钱了，喜叔一点点地积攒，他要将梁洪江为他垫的钱还上。

喜叔经常来探望黄小满，给他送自己摊的煎饼，也会送来一些鲜蘑。待到小满的伤彻底痊愈，喜叔邀请小满跟自己学习摊煎饼，合作社给自己的股份，他要分一半给小满。小满一听，忙说使不得，我又不会技术。喜叔说使得，小满，我的命都是你救下的，给你这点股份还不应该吗？再说，你又不是不劳而获，你跟我一块干。

黄小满开始按时上班了，他每天带着母亲早早到喜叔家上班，和面配料，一丝不苟。陶春已渐渐地离不开人了，小满怕她一个人危险，所以就走哪里带到哪里。生意越来越好，洪江琢磨着扩大生产，专门去看摊煎饼的机器。他先买了三台试用，煎饼的生产量大增。而黄小满头脑是灵活的，毕竟也是搞过经营的人，为煎饼的销售出了很多金点子。后来，洪江就任命他为仙女湖牌蘑菇煎饼的销售经理。六十多岁的黄小满，开始跟钱小发学习拍摄视频，直播带货，跟小发一起，把线上销售红红火火地做起来。

2019年的秋天到来了，清爽的秋风吹得大地泛了黄，五花山像调色板一般映衬着仙女湖水，稻浪翻滚，河水清亮。一些鸟儿会聚在电线上，叽叽喳喳地讨论着南迁，鼓噪了一夏的青蛙声音渐衰，一座座大棚的棚顶在秋阳下闪着光芒。大地上奔跑着收割机，山上的菌棒也被卸下，农科院的技术人员指导着人们存储，以便再利用。稻田画的色彩也发生着改变，人们抓住最后的机会，争相来看。几家蘑菇棚里，猴头菇、金针菇等已可爱地打起了小伞，洪江带领人们打井拉电，为蘑菇能正常过冬做着准备。拉蔬菜的卡车在乡路上奔驰着。

袅袅跑遍了一些养老机构，越来越感到康养事业未来前景可观，便主动放弃了跟母亲赴德的机会，决心大干一场。她提出要成立一个"仙女湖养老公园"的想法，因为这是一个概念，老人入驻之后，并非是圈在房间里，整个仙女湖都是一个大公园。最重要的元素就是充分利用这里的山水田园，让老人们不仅得到优质的养老服务，还享受优质的自然环境资源，比如超量的负氧离子、清甜的山泉水、开放式的人际关系、温暖的亲情守候。当然，这个养老公园还会吸引一批城里老人，他们久居城市，心里向往田园牧歌式的生活，而且在这里住得离城市不远，来去都方便，这样亲情不至于割裂，家庭关系也不至于生疏。

袅袅请春梅来担任园长，春梅说她只对孩子们有办法，对老人们没经验。袅袅笑着说："老人孩子一个样，老小孩嘛，你肯定行。"春梅说刚刚退下来，想休息一下了。袅袅说："你需要一个过渡，不然你冷不丁闲下来，会得病的。"春梅禁不住黄袅袅的软磨硬泡，只好答应她。

春梅与袅袅开始为这个养老机构奔波，把已经空置的希望小学改建成养老院。从装修开始，她们俩像两只不知疲倦的小燕子，一点点地筑巢……而第一个入驻的老人便是陶春。接着是全村的大多数老人，邻村的老人，再接下来就是城里的老人。当然，她们不会忘记村里那二十一名智障人士与残疾人。他们会做一些力所能及的事情，他们中有的人还学会了使用农具，铲地、种菜、养鸡养猪、采摘，不仅锻炼了他们的能力，还为他们各自的家庭减轻了负担，更不至于影响到家庭成员的婚姻。

春光与洪江走进公园，但见智障人士刘德志笑嘻嘻地走近他们，对他们伸出右手，习惯性地再伸出两根手指。洪江问这什么意思？袅袅说二百。洪江问你有吃有喝的，要钱干吗？刘德志说娶媳妇，老梁家的三媳妇就行。洪江一听哈哈大笑，你还真敢想，为啥是她呀？她大眼睛双眼皮，好看。春光调侃他，你这审美水平不低呀！袅袅见他纠缠不休，便大声喊立正！刘德志马上站得笔直。洪江说，来吧，我们照个相。刘德志立即咧开大嘴，笑得那么开心自然……

那是发自内心的笑，不掺一丝杂质，让人看了不由得心生感动。这些所谓的弱势群体，不再为生存而忧虑，也不为尊严而抗争，体体面面地活着，快快乐乐地释放自我。

他们走到活动区，但见一些老人们有的下棋，有的锻炼，有的唱歌，一派欢乐景象。他们查看了食堂、宿舍、体验区，最后在一片地前停下。一位老人戴着草帽，正在铲地。见他们过来，便放下锄头，跟他们聊起来。他说他退了休不适应，一下子抑郁了。说到抑郁，叶雪飞有话要说。老人家说他就喜欢种地，一见小苗心就敞亮了，而雪飞一看到种子发芽儿，藤蔓结瓜，花骨朵开放就愉悦不已。他们谈到这里的山这里的水，这里的空气，这里的气味。他们都是被这片土地治愈的病人，如今吃得香睡得着，每天睡到自然醒，吃有机米有机菜，喝山泉水，看这满眼的绿色，那心情啊，就跟一阵阵的春光吹拂一样，也跟着花红柳绿的，病就自然好了。

雪飞与春光来到了仙女湖边，看着那秋天的湖面被蓝天映照得更加通透，湖边上枫叶红了，远山那五彩的色彩正油画般铺展开来。几条大鱼接连跃出水面，荡起层层的涟漪，丰收的季节又到来了。雪飞不禁吟诵一首诗："'一鱼掀苹钱，一鱼绕苹梗，一鱼唾花须，一鱼唛花影。'好一幅优哉游哉的游鱼图哇……"

春光眯着眼睛，秋天的阳光晃得他睁不开眼睛。雪飞随口道："好鱼必得好水，好水来自长白山。"春光哈哈大笑："天哪，这可是绝好的广告词。"雪飞说："咱这仙女湖哇，这水质应该是达标了，这可是浸泡过各种中草药、人参的水，带着各种微量元素的水，不含一丝杂质呀！"春光会意，点点头说："没错，只有仙女湖的水才是真的纯净天然，只有这里的鱼才配得上'野生'二字。"雪飞灵感大发，我们下一步，该开发我们的仙女湖野生鱼了，这可是最鲜的人间美味！丹佛来电话了，问雪飞何时回去，雪飞说："不回去了，我跟你爸就在仙女湖养老了……"丹佛突然告诉他们自己处了个女朋友，也是华裔女孩，叫温玉，他们准备回仙女湖办婚礼。这个消息让春光夫妻俩惊喜交加，两个人轮流跟儿子说话，还在视频中与温玉见了面。女孩子端庄秀丽，一口汉语，听着舒服，看着舒心。

经过近十年的禁渔与治理，仙女湖又恢复了生机。野生的鱼未经投食，全部自然生长，一年只长一斤。这几年雨水多了，山上的植被茂密起来，又有小动物穿梭在田野之上。而那两条溪水般的小河又流动起来了，一年比一年水量大。春光找人来化验，这是冷泉水，里面富含各种微量元素，尤其是从长白山余脉上流下来的，用这水浇的稻子，产出的大米味道清甜富有营养；用这水养出的鱼，味道鲜美又能滋阴补阳。这是老天赐予仙女湖的礼物哇！

洪江与春光研究今年要搞个冬捕节，要把关东文化通过这个节宣传出去。叶雪飞开始研究查干湖冬捕节，从中找到灵感，与刘小芳和钱小发一起，早早就开始写广告词、制作短视频，为冬捕节做准备。

春光坐下来，抓一把土送到鼻子底下闻闻，有股子菜香、草香、混合香。这样的土地，种瓜得瓜种豆得豆；这样的土地，生绿色的植物长纯净的人……

仙女湖村又迎来了一个百花齐放的春天。韩永祥的白内障越来越重了，眼前经常是一片云雾。他一会儿说，我看见玉芹站在云彩里，正向我招手呢！一会儿又说，那片雾散开了，一座宫殿出现了，太气派了！总之，春梅认为父亲开始犯糊涂了。于是春光与春梅把父亲骗到了城里，说是给他查查身体，硬是把白内障手术给做了。

韩永祥在县医院里住了三天院，眼睛上缠着绷带的他不停地给女儿讲他过去的故事，有的她都听一百遍了，可他讲起来依然像第一次一样激动。当然，讲得最多的依然是他抗美援朝的故事。一天，他莫名其妙地举手敬礼，嘴里喃喃说着什么。

"爸，你给谁敬礼呢？"春梅问。

"我战友，你看他们一队队的、一排排的，扛着枪唱着歌，从那边走过来的。我的老战友哇，你们都去哪里了？咋就剩我一人了呢？我想你们哪！"

一瓣橘子送进他的嘴里，他吧嗒几下，吐出来，没味。

夜里他不睡觉，刚眯着一会儿，突然大声说："春霞呀？春霞，你来了咋还不进屋呢？你站在外面干啥呀，爸就等着你呢！"

春霞？春梅让父亲说得直发毛，她抬头往门外看了一眼，真的发现了春霞。春霞露了一下头便缩回去了，春梅起身走出去追她，在走廊的尽头，春霞背对着她站在窗前。

"你？真的是你？咋回来了？"

春梅发现春霞在哭，细细的，弱弱的，像丝丝的雨声。春霞转过身，吓了春梅一跳。春霞瘦了一大圈，眼窝深陷，面无光彩。你怎么了？春梅问她。她闭着眼，脸上无声地淌着泪水。多少年了，春梅都没见过她如此软弱过，她一直都示强，从不向任何人低头。春梅的眼前浮现出春霞小时候，她哭时总是用双手抹眼泪，经常把小脸抹得跟小花猫似的，每每这种时候，她这个当姐姐的就会笑，笑出声来。春霞就会气得忘掉了为啥而哭，然后扑上来追打姐姐。姐妹俩便会快速地纠缠在一起，打打闹闹就开心地笑起来……

春霞说："姐，我被骗了，差点回不来……"

"这不是回来了嘛，没事，没事！"

春梅安慰她，用手轻轻地拍拍她的肩头。春霞趁势把头靠在春梅的肩上："姐，我差点就……见不到你了……"

这句话像一汪春水，一下子就融化了春梅心里的坚冰。她张开怀抱，把春霞搂在怀里。春霞伏在她的胸前，感觉那大地般的温柔。

"姐，你还要我吧！"春梅的心瞬间软成了一摊水，她紧紧地抱住春霞，抚摸着她的头发。

"要，咋能不要呢？你回来了就好！"

她像小时候那样哄着妹妹，用着责怪的口气，更用着母亲般的口气说着："不哭了呀，有姐呢！"

　　春霞抱住春梅，终于哭出了声。

　　"春霞，咱不是还有爸吗？不是还有家吗？不是还有这片土地吗？"曾经的隔阂，就在这一抱中得到了消除。多少深埋在心里的深情，一经呼唤就汹涌而出。

　　"等你收拾干净了，姐再给你编条辫子。"

　　春霞带着泪使劲点头："我要四股花的。"

　　"好，你要啥就是啥。"

　　春霞轻轻地坐在父亲床前。她看着那张饱经风霜的脸，皱纹深得像树上的年轮，一口牙早掉光了，现在换成了烤瓷，他躺在那里，显得那么小。

　　她握住父亲的手。她一刻都不想撒开，这是她生命的源头，却被她忽略这么多年。谁也不知道她在德国经历了什么，更无法体会她内心痛苦的裂变。她曾经说过就算是孤魂野鬼也不再回来，但回到父亲身边是那么幸福。她不错眼珠地看着父亲，生怕少看一眼就看不到了。

　　老韩侧耳倾听着。一阵欢快的唢呐声响起，一顶大红的轿子抬过来了，抬轿的人个个喜气洋洋……

　　"你听，吹吹打打的，谁结婚了？"老韩问。

　　"爸，没人结婚。"

　　"谁在说话？"他像个婴孩，露出那柔软的口腔，呵呵笑着，一会儿又开始叹息……

　　一位医生来给他拆线，医生轻轻地把纱布揭下来，手指在老韩的眼前晃动着。

　　"看见了吗？"

　　"看见了。"

　　"这是几？"

"是春霞？我老闺女？我看见我老闺女了……"

医生有些错愕，又伸出五个手指，问他："这是几？"

"这是八，哈哈，春霞小时候总是把五说成八，她骗我的，我现在也骗骗她。"

春霞看着父亲老小孩似的样子，真想就让他这样天真下去。此刻父亲心里装的全是她，她说过的话她做过的事，都深深地烙在父亲的记忆深处。

"爸，你说得没错，我是春霞，我回来了，一直在这陪着你呢！"韩永祥一下子愣住了，透过微弱的视力，他影影绰绰地看见一个身影，他伸出手摸着春霞的耳朵，上边有一颗凸起的瘊子。

"哎呀真是春霞呀，我的老闺女呀，春霞呀，我还以为是梦呢，是真的，我老闺女真的回来了！"

说着，韩永祥回过身从枕头底下拿出一个小盒，打开红包，拿出一只银手镯，春霞乖乖地伸出手，父亲为她戴上。

"春霞，这可是我们家祖传的，本应传给你哥的，可我就不，我就传给我老闺女，你可不能弄丢了呀！"

那一刻，春霞感情的闸门一下子打开了，泪水像决堤的洪水奔涌而出。她一下子跪在父亲面前："爸，老闺女知道错了，求你原谅……"

"老闺女别哭哇，爸带你看秧歌去。咋的，你看不着是吧，对对，你那时候太小，没事，爸把你扛在脖子上，坐好喽！你看，秧歌队扭过来的，哎呀是春子，春子咋又那么年轻了，大红绸子系在腰间，火火的，她扭过来了，像是从云里头来的，又像是从桃花林子里来的……"

他眯着眼睛，微张着嘴巴，脸上带着幸福的笑容。

韩永祥躺在病床上，显得那样安详。春霞守在他的身边，不停地呼唤他，也许她欠下的"爸"在这一晚都还了。她跟他说着小时候，说这些年自己做下的荒唐事，说自己出了国的遭遇，把这辈子的话都说尽了。

第二天，春光带着陶春来了。看到父亲床前坐着春霞，大感意外。"你这是……回来探亲？你一个人吗？"春光问。春霞摇头："哥，我这回再也不走了，我要回家。"春光愣了片刻忽然懂得了，他像个兄长一般地刮刮她的头："这就对了，回来得好！"

他站在父亲床前，呼唤着他："爸，爸呀，你醒醒。你看谁来了，陶婶来看你了。"陶春坐在韩永祥的身边，她仿佛不是来看一个病人的，或者她的意识里根本就没有病这个概念。她轻轻地唱起二人转：

> 崔莺莺抬头打量少年郎
> 只见他方方正正一顶俊巾头上戴
> 荡悠悠两根飘带搭肩上
> 身穿蓝缎公子裳
> 脚蹬薄底鞋一双
> 天庭饱满多儒雅
> 风流潇洒又大方……

韩永祥似乎在一个遥远的地方，听见这歌声，他便顺着这声音找来了，慢慢地睁开眼睛，看着陶春的脸，红扑扑的，像年轻时一样。她的眼神是迷离的，仿佛沉浸在那情节中。

"你往下接呀！"陶春在催促他。他张了张嘴，却忘了戏词，痴呆呆地咧开嘴笑了。

"你谁呀？"陶春问。

"我永祥啊，我好像是做了一个长长的梦。我爬呀爬呀，总也不见亮，就听到了你的歌声，就回来了。"

"啥梦？"

"你一直在扭秧歌，穿着当年的碎花袄，扎两条齐腰的大辫子，腰里扎着大红的绸子，扭得可欢实了!"

陶春咯咯地笑了："你谁呀，我扭秧歌你咋看到的呢?"

"春子，我是永祥啊! 你咋忘了我呢?"

陶春呆愣了片刻，终于想起了韩永祥："哎呀永祥啊，我们要扭一对的呀，我看到你用大红绸子拉着我走，走哇，走哇，过了河、翻了山，就到了一片桃花林，你说呀，我的脸比桃花还好看呢!"

春梅见父亲要起身，赶紧过来不让他动："爸，你要回家，那也得等春光开车来接你呀!"韩永祥说："不，让他套马车来，我要坐大马车，我要慢慢地走。"春梅现出为难的脸色："爸，现在想套马车，你知道多难吗? 这家家户户都骑电动车、开三轮车，还有的开小轿车，那大马车呀，它淘汰了。"韩永祥此刻就像一个任性的孩子："我就要大马车，我就要一颠一颠的。"陶春用力地点头表示赞同。她想起来了："对对，高头大马，你胸戴大红花，沿着河套就走了，没影儿了。"

"春子，你是不是只有那时候的记忆? 别的都忘了? 也好，也好哇，你就永远留在那时候了。春子，准备一下吧，一会儿，我们让高头大马拉着，以前，我离开，现在，是回家……"

"爸，我们回家了!"春光欢快地说，"你坐好喽!"

春梅用印着牡丹花的被子铺在车板上，让父亲半偎在陶春的怀里。她把一只铃铛拴在枣红马的脖子上，连春光赶车的鞭子梢上都扎上了红绸子。这匹马十分精神，高高地昂着头，毛嘟嘟的大眼睛脉脉含情。

"驾!"春光吆喝一声，枣红马迈动脚步，大马车启动了，韩永祥幸福地上路了。

春霞不停地问："爸，你看见咱河洼了吗?"

韩永祥的目光贪婪地跟着风景走："看见了，以前这水里的小鱼小虾呀可多了，可那河后来断了。"

春梅说："你看，这不又开始有水了，流起来了。"陶春说："我从小就在这河里洗头，洗完的头发光溜溜的，用榆木梳子一梳，那可真是蚊子上去都打哧溜滑呀！"

春霞问："爸，你看见山上那大小豁牙口了吗？"

"看见了，它们龇着牙对我笑呢！"

陶春接道："它笑话你和我，永远都隔着秃老婆岭。哎，这人哪，虽说是活的，可一道岭也能隔一辈子。"

春霞问："爸，你看见虎头山了吗？"

"看见了，被炸掉的白森森的虎嘴，怪吓人的。"不知哪一年，那虎头山的山腰上，建起了一座庙，那庙里都是些假和尚、假尼姑。是的，他还看见了，他曾经救过的那只老狼又回来了，它孤独地站在山顶上，对着空旷的村庄嗥叫一两声，却是断断续续的，它也像他一样老了。他还看到了山上的"七间房"，那是七块大石头排成的房子，带着檐，他无数次在这里躲过雨，也无数次在这里伤心地痛哭过。

春霞问："爸，你还看到啥了？"

"老鹰嘴子、雁翅儿砬子、柳条沟、梨树峪，沟沟岔岔，一山一水，我都得记下喽。"

春霞问："爸，你还有啥心愿？"

"我想啊，去仙女湖走一圈。"

仙女湖是荡漾在他心里的一片波光，也是连接着这座村庄与外面的水路。一百年前，这里的人们就是坐着船从湖里划向外面的；七十年前，韩永祥也是顺着湖边的土路走向朝鲜的。大马车来到了仙女湖边，春光赶着马车绕湖一圈。波光闪闪之中，不时有鱼儿跃出水面，荡起一片涟漪。湖面上一群群的鸟儿飞过，用灵动的翅膀拍动着湖光山色，向着那水天一色处去了。

韩永祥的目光一直追随着那群鸟儿，直到它们消失在天际。

"我想啊，让河洼里的水再流成河，想让山上的树林子再密密麻麻地长起来，想让那些山鸡、野兔子、傻狍子、老狼鬼狐狸啥的，那些飞禽走兽都回来，都请回来，我们的村子才有灵气。"

"爸，它们都回来了，就在不远处看着你呢！"

"我想让我的子孙后代都别忘了，这片土是他们的根儿，不论走多远，都记着，这土地不能丢哇！"

"爸，我们记住了，也让我们的下一代也记住。"

"儿了，我打仗啊，脑袋别在裤腰带上，为了啥？为咱分到的地呀。我回来干了差不多一辈子支书，为了啥，还是为让乡亲们过上好日子。对不住了，仙女湖的父老乡亲，我是个罪人，可我没办成的事，我儿子接着办呢！他可比我强，你们要相信他。"

"爸，咱仙女湖的贫困户全部脱贫了，今年是全国扶贫减贫攻坚战的决胜年，咱仙女湖没拖全国的后腿，你放心吧！"

"给我带走一捧土吧！"

春梅蹲下身，捧起土，放进韩永祥的手里。他把土贴近自己的鼻子，仔细地嗅着。"这土，香啊，香了我这辈子，还能香我的下辈子。你也闻闻春子。"陶春也凑过来闻着。她喃喃地说："这土有春天那地里的香味，有点腥似的。夏天里，那香气里混着各种花的味；秋天哪，那香气带着五谷的味；冬天里带着飞禽走兽的味。哎，打鼻子香啊，像我亲手酿的酒，储的苹果，香到骨头里了。"

"春梅，你把你陶婶这段话记下来，直接念给小孩子们听，都赶上诗了。"春梅答应着："爸，我现在不教小孩子了，但我可以念给老人们听，他们会更有感触，因为他们也都是在这片土地上走过来的。"

陶春的眼光瞬间明亮起来，脸上泛起桃花般的红色，喃喃地说："呀，有个仙女穿着裙子，那飘带长长的，她从那虎头嘴上飘下来了，你看她飞过来了，飞过来了，哎呀她笑着呢，她笑得真好看哪！"大家都不禁抬起头望着天空，此刻霞光万道，天高云淡。陶春咯咯地笑起来："真好哇，仙女落到湖里了，她在跳舞呢，你们看到了没有？"

大家附和着春婵："看到了看到了，我们都看到仙女了……"

九十岁的韩永祥静静地望着仙女湖，好像真的看到了仙女一样。他脑海里那一片湖水渐渐地模糊、萎缩，直到干涸；那片生他养他的土地，此刻向他张开了温暖的怀抱；这片多灾多难的土地，此刻安静地收留了他；这片生生死死的土地，此刻散发出异样的芬芳……

（《大地芳菲》入选中国作协2014年度重点作品扶持项目，沈阳出版社2022年3月出版。）